Мертвые души

[俄] 果戈理 著　田国彬 译

死魂灵

世界文学文库

LIBRARY OF WORLD LITERATURE

北京燕山出版社

CONTENTS · 目录

献　给

俄国散文之父和讽刺大师果戈理

诞辰二百周年

译序

Мертвые души

明年，即二〇〇九年五月四日，是世界文化名人尼古拉·瓦西里耶维奇·果戈理(1809—1852)诞辰二百周年，届时他的祖国俄罗斯和世界各地必将举行一系列的纪念活动来缅怀他。北京燕山出版社和译者谨以《死魂灵》这个新的译本，作为向这位伟大的俄国小说家、杰出的戏(喜)剧家，天才的幽默讽刺大师和俄罗斯“散文之父”诞辰二百周年的献礼、并借此机会来表达我们对这位伟大的爱国者，反抗和声讨沙皇暴政和农奴制的大无畏的勇士、追求自由和民主及光明和幸福的斗士、为民请命和呼号的喉舌，俄罗斯和世界文学史上的巨人深切的怀念和崇高的敬意！

一

尼古拉·瓦西里耶维奇·果戈理虽然只走过了四十三年短暂的人生旅程，虽然只有二十几年的文学创作生涯，但是他却用非凡的天才和惊人的智慧，用血泪和生命耕耘了俄罗斯的文学沃土，为俄罗斯文学宝库和世界文学宝库奉献了十三卷的文学巨著的厚礼。其中有以浪漫主义风格著称的短篇小说集《狄康卡近乡夜话》，以《密尔格拉德》为代表的中篇小说集；有以《钦差大臣》为代表的喜剧作品，这部作品使现实主义在俄罗斯文学中取得了彻底的胜利，为俄国戏剧史开辟了一个新时期；有批判现实主义名著长篇小说《死魂灵》，这部作品是果戈理文学创作生涯的巅峰巨著，也是十九世纪四十年代俄罗斯文学的巅峰巨著，为俄罗斯文学树起了一座走向独创性和民族性的批判现实主义的丰碑。这些光辉的作品不仅是俄罗斯文学宝库中光彩夺目的瑰宝，也是世界文学宝库中的瑰宝，和全人类共同的精神文明的财富和珍贵的文化遗产。果戈理为俄罗斯和世界文明，为人类的进步做出了巨大而又不朽的贡献，从而使他走进了人类辉煌的历史圣殿，走进了人民心灵的天国，并在这座圣殿和天国里获得了永生！真正的实现了果戈理矢志不移报效祖国、造福人民的理想，从而实现了他生前曾说过的“……我的思想，我的名字和我的著作必将属于俄罗斯”的预言。

果戈理在结束《戏剧散场》(1842)时曾说道:“时间在消磨一切虚伪的东西,必定会像糟粕一样消逝,永远不变的真理会像种子一样保留下来。”是的,二百年来,俄罗斯的国家体制发生了翻天覆地的变化,世界也经历了两个世纪的沧桑巨变,然而他的光辉作品经过时代的洗礼,却更加光辉灿烂,更加光耀夺目。时代在变化,生活在变化,观念在变化,时尚在变化;时代在飞跃,历史在前进,科学在发展,文明在进步,然而,果戈理的作品还是那么令人心醉神迷,而且它拥有的读者增加了一代又一代,一批又一批。果戈理呀果戈理,谁也没有忘记,你用智慧和灵感耕耘了俄罗斯文学的沃土,你用血泪和生命涤荡了沙皇暴政和农奴制;谁也没有忘记你那辉煌壮丽而又多灾多难的一生,谁也没有忘记你所经历的爱与憎、血与火、生与死的洗礼!因此,在迎接和纪念你的诞辰二百周年之际,可以告慰你在天的英灵:如今,人类已经进入二十一世纪,你的作品在世界许多社会制度不同的国家里,已经翻译成几十种文字,得到全世界各地人民的喜爱,世界各国人民都崇敬你,怀念你。因此,你的名字,你的作品不仅属于俄罗斯,而且属于全世界;祖国和人民没有忘记你,历史和世界没有忘记你,朋友和读者没有忘记你,你将永远活在历史光辉的史册中,你将永远活在人民心灵的天国里!

在中国,翻译你的作品,已有将近九十年的历史,最早是耿济之于一九二〇年以秋匡的笔名翻译了《马车》,瞿秋白于同年翻译了《仆御室》(原著名为《下房》)。一九二一年贺君明又译出《巡按使》(原著名为《钦差大臣》),并搬上了中国的舞台。此后,你的作品被陆陆续续地介绍到中国。我国的大文豪鲁迅先生于一九三六年还翻译了《死魂灵》,并在你的《狂人日记》的影响下,写出了中国的《狂人日记》。剧作家陈白尘也是由于受到你的《钦差大臣》的影响和启迪,于一九四五年创作出了《升官图》。也就是说,在中国,自五四运动以来,在中华人民共和国成立以后,特别是在改革开放以后,大量地翻译和出版了你的作品。更为可喜的是,在人类历史跨入新的世纪——二十一世纪之初,由沈念驹先生主编,刘逢祺先生作序的《果戈理》全集(七卷本)已经问世。并且还大量地出版了研究你的作品的文章和专著,你的一些作品还有多个译本,《死魂灵》就是其中最为明显的一例。这一切足以说明中国人民一直没有忘记你,中国人民一直热爱你,崇敬你,你永远都活在中国人民的心中!

果戈理诞辰二百周年献辞

旷世奇才挥巨笔,驰骋文坛斗魔鬼,
仇恨铸成斩妖剑,赤爱化作彩虹飞;

为民请命涂肝胆，仗义执言辨是非，
奇思妙想著文章，何惧暴政伐与罪！
不避灾祸身先许，畅抒壮志解民危，
神耕魂耘十三卷[①]，俄国文坛树丰碑，
开创文学新时代，“散文之父”超前辈！[②]
《近乡夜话》露头角[③]，《钦差大臣》夺文魁，[④]
《死之魂灵》惊天下，涤污荡垢显神威，
神笔绘出“群丑图”，浑身是胆大无畏。
字字句句如烈火，篇篇章章若惊雷，
祖国富强终生愿，人民幸福梦千回，
短篇长卷皆精品，幽默讽刺更可贵。
声讨暴政争自由，横扫群丑除污秽，
达官贵人揭画皮，地主豪绅尽丑类；
群魔丧胆齐围剿，愚妄狂徒学犬吠，
谩骂诬陷亦枉然，狂犬吠日向隅悲。
呕心沥血播光明，忧国忧民洒血泪，
贫病交加仍拼搏，殚精竭虑心欲碎。
焚书烧稿为哪般[⑤]？精益求精历千锤！
宁舍生命祭文坛，血浇泪灌终不悔，
先哲之谜何人解？天才惨死暴政罪！
凡人难解天才梦，伟人无缘敞心扉[⑥]，
大业未就身先死，常使后人垂热泪！
神笔戳穿假恶丑，文章弘扬真善美，
名篇经典入青史，文坛巨匠名永垂！
人世沧桑两百年，历久弥新更光辉！
历史圣殿获永生，心灵天国供神位！
祖国人民祭英灵，世界各地悼先辈。

---

① 根据苏联科学院出版社出版的版本。

② 在俄罗斯十九世纪四十年代以后，当时及后人一致推崇果戈理为俄罗斯文坛的“散文之父”。

③ 即《狄康卡近乡夜话》，这是一部短篇小说集，是果戈理的成名之作。

④ 指别林斯基在评论果戈理十九世纪二三十年代的作品时，曾说过：果戈理是在普希金之后俄国“文坛的魁首”、“诗坛的泰斗”，这里只是借用“魁”字韵。

⑤ 指果戈理烧毁长诗《汉斯·古谢加顿》和两次焚烧《死魂灵》第二卷手稿之事。

⑥ 指果戈理生命的最后五年(1847—1852)，由于沙皇当局的迫害和俄国文坛反动势力的围剿，使他身心受到严重的伤害，不幸过早地与世长辞，没有机会阐明焚书烧稿的原因，故有此一说。

有幸重译《死魂灵》，灵犀相通笔神会，
生吞活剥不足取，照猫画虎反受累，
愿将灵感补遗缺，忠实原著有发挥。
二百华诞歌一曲，为君祝酒举金杯！

二

纵观果戈理一生的创作历程，可以概括为三个时期：

1. 朦胧迷茫的探索时期(1822—1829)：

果戈理于一八〇九年五月四日生于乌克兰波尔塔瓦省的密尔格拉德县索罗广采镇，自幼受到父亲写作诗歌、喜剧的熏陶，受到祖母讲述的有关乌克兰古老的哥萨克的故事和传说，和乌克兰民风民俗的影响，再加之他自幼就畅游书海，在涅仁中学时代就迷上了文学和文学创作。除了积极参加学校的文艺演出活动之外，还和同学创办了手抄本刊物《文艺慧星》等，写了很多作品，如叙事诗《两条小鱼》，悲剧《强盗》，中篇小说《特维尔季斯拉维奇兄弟》和讽刺杂剧《涅仁纪事》等，遗憾的是，这些作品全部散失了。一八二八年发表了长诗《汉斯·古谢加顿》，但是未得到好评，反而遭到批评和非议，于是他在一怒之下，把所存的书全都烧毁，这便是果戈理创作生涯焚书的开始。

果戈理的童年少年时代，正值一八一二至一八一五年俄国全民奋起反击拿破仑纠集二十多个附庸国发动的侵略战争，并且取得了卫国战争的伟大胜利。在这场战争中涌现出了一大批爱国志士、民族英雄、英明的统帅和杰出的将领，也涌现出了一大批反侵略战争的诗歌和文学作品；这为正在成长的果戈理注入了强烈的爱国主义激情、民族自豪感和民族奋发崛起的雄心壮志；再加上受到普希金、十二月党人雷列耶夫等革命志士诗歌和思想的影响，成为果戈理后来从事文学创作的榜样和强大的推动力。然而，反击拿破仑卫国战争的伟大胜利，却没有使贫穷落后的俄罗斯振兴起来，因为沙皇亚历山大一世窃取了全国人民用鲜血和生命换来的胜利果实，作为政治资本，在欧洲搞出来一个“神圣同盟”。亚历山大一世妄图称霸欧洲，伙同欧洲各国反动势力到处镇压和扑灭在欧洲熊熊烧起的民族解放运动和民族民主运动的烈火，经常游荡于欧洲充当国际宪兵的丑角。结果使沙皇暴政更加反动，使腐朽的农奴制更加黑暗。沙皇暴政和农奴制成了扼杀资本主义萌芽，成了阻碍俄国社会进步的主要羁绊和障碍。沙皇暴政和农奴制处于分崩离析，垂死挣扎的阶段，一八二五年疯狂地镇压和绞杀了十二月党人的革命，残酷地镇压了一八二六年的农奴起义和暴动,致使俄罗斯的广大人民群众,特别是农奴陷入了更加悲惨的境地。果戈理亲身经历了这种巨大的社会变革,亲眼目睹了沙皇暴政和农奴制给俄罗斯和劳苦人民大众带来的苦难。因此,在他的心中埋下了憎恨沙皇暴政和农奴制的种子。他下定决心要为民请命,发出反抗和声讨沙皇暴政和农奴制的时代最强音,要把仇恨化作一支支利箭射向沙皇暴政和农奴制,所以,他从一八三〇年至一八四六年的创作活动,从未改变这个主攻方向,也从未改变热爱祖国和热爱人民这两个主题。

2. 丰收高产,完成创作道路上三次飞跃的时期(1830—1846):

一八二八年果戈理中学毕业之后,怀着一颗忧国忧民和报效祖国的赤子之心,来到彼得堡,想全心全意地报效祖国和人民。他在一八二七年三月二十四日写给母亲的信中说:"我将要展示一下我的力量,从事一项重要而高尚的工作,也就是为了祖国的利益,为了造福人民而不懈的努力。"但是严酷的社会现实却使他这番雄心壮志的理想破灭了,费了好大劲儿,一八二九年才谋得一个文牍小吏的差事,整天只能做些抄抄写写的工作,过着勉强可以糊口和枯燥无味的生活。他心中非常苦闷,于是拿起了笔来抒发自己满腔的爱国激情。又加之两年多文牍小吏的经历,使他亲眼目睹了沙皇政府的黑暗和腐败,更加激起他对沙皇暴政的仇恨。经过前一个阶段的探索和走上社会两年多的磨炼,他深刻地认识到文学创作是一件伟大而高尚的事业,是促进人类文明进步的崇高事业,是为祖国、为人民、为人类服务的伟大事业。于是他下定决心,拿起笔来从事文学创作。一八三〇年,他在《祖国纪事》上发表了《圣诞节前夜》这篇中篇小说,取得意外的成功,得到了当时著名的诗人茹科夫斯基的赞赏,不仅约见了他,而且两人还成了忘年之交。这次成功更加坚定了他从事文学创作的信心和决心,经过对社会的深入观察,应时代的要求,一八三一年和一八三二年又发表了他的成名之作短篇小说集《狄康卡近乡夜话》,这部著作的出版立刻引起社会的轰动,给他带来了意想不到的好评和荣誉。《狄康卡近乡夜话》的内容基本上取材于乌克兰,充分吸取了民间狂欢节丰富的营养。其最大的特点和最可贵之处是在俄国文学中史无前例地歌颂了劳动人民的善良质朴,纯真开朗,勤劳勇敢,渴望爱情,热爱自由,向往和追求美好生活的强烈愿望,把普希金描写"小人物"的主题推向了一个新的高度和深度。普希金给了《狄康卡近多夜话》极高的评价,并于一八三一年五月与其相识,给了这位俄国文坛的后起之秀多方面的提携与帮助,不仅帮助他出版作品,并推荐他到彼得堡大学任世界史教师,后来晋升为副教授。紧接着果戈理又发表了一系列中短篇小说《小品集》和《密尔格拉德》等,其中有很多名篇,如《旧式地主》、《涅瓦大街》、《狂人日记》、《鼻子》等都成为十九世纪俄罗斯文学和世界文学的名篇，从而完成了由浪漫主义向现实主义的跨越。此时他已经完全踏上了普希金开创的现实主义道路，他的创作题材有了新的开拓，思想和创作风格更加成熟，作品所反映的主题也发掘得更深更广了。因此，别林斯基才给了他是继普希金之后“文坛的盟主”和“诗人的魁首”的桂冠。

果戈理在创作一系列成功的中短篇小说的同时，又开始了他自幼就迷恋的喜剧创作，他决心改变在俄国戏剧史上占统治地位，但是没有任何现实社会真实生活情节的荒唐可笑的喜剧，和只能引起人们哈哈一笑的低级趣味的所谓的轻松喜剧。他坚决反对随心所欲地把所观察到的社会现象和事实加以胡编乱造，坚决反对把没有任何社会意义，只能引起低级而又庸俗的笑声的东西搬上舞台。他认为真正的戏剧作品应该反映和提出重大的社会问题，即使是笑声那也不是低级的笑声，庸俗的笑声，也不光是给人开心取乐的笑声。他认为，喜剧应该是笑的艺术，而笑则是一种伟大的艺术，应该首先嘲笑和讽刺现实生活中一切丑恶的东西，一切罪恶行径的发人深省，引人深思的振聋发聩的笑声，让人们在前仰后合地发笑之后流出辛酸的眼泪，发出哀叹和惊呼，教人发笑之后去仇恨和铲除生活中一切丑恶的东西和一切罪恶的行径。他正是遵循这条原则创作出了《三等符拉基米尔勋章》、《婚事》等一系列喜剧，这些喜剧的发表，立刻引起了社会的共鸣，得到了进步舆论的好评，但同时遭到沙皇政府当局和反动政客，以及一切愚妄无知的小人的仇视和攻击。普希金对他的作品不仅赞赏有加，而且于一八三五年五月把自己的创作提纲《死魂灵》给了他。但是果戈理此时正热衷于喜剧创作，请求普希金能为他提供创作喜剧的素材，于是普希金果真又为他提供了创作《钦差大臣》的素材。果戈理凭借自己的天才，仅在两三个月的时间里就创作出了他在喜剧方面的巅峰之作《钦差大臣》。一八三六年《钦差大臣》出版，后来又在彼得堡公开上演，犹如一颗炸弹震撼了沙皇的黑暗统治，立刻引起沙皇当局，一切反动势力和反动文人极度的恐慌，他们立刻对果戈理发出一片诽谤、围剿的吠叫声。人民大众及进步的文学阵营则发出了欢呼声和赞扬声。从而，果戈理的戏剧作品为俄罗斯戏剧创作开辟了一条现实主义大道，它标志着俄国戏剧发展的一个新时代，并且对世界戏剧的发展也产生了深远的影响。直到一八四二年他出版了他一生创作生涯的巅峰之作《死魂灵》这部长篇小说，使现实主义在俄罗斯文学中获得彻底胜利，并开辟了批判现实主义时期。因此这一时期被车尔尼雷夫斯基称为“果戈理时期”，而他也获得了“俄国散文之父”的桂冠。

3. 迷失、彷徨、苦闷、悲哀，直到生命结束的时期(1847—1852)：

由于《钦差大臣》，特别是《死魂灵》（第一部）问世以后，引起了俄国社会和俄国文坛保守势力与进步力量的激烈斗争，对自己的作品所产生的具有革命意义的巨大的社会影响和作用，果戈理也感到震惊，甚至有些恐惧。又由于他的世界观和思想上的局限性，对俄国社会的发展前途感到迷茫，以及他在国外侨居了长达六七年之久，脱离了俄国社会的现实生活，加之沙皇当局和社会上反动势力不断地围攻和迫害，使他的创作思想陷入了异常矛盾的状态，精神也陷入极其苦闷、忧郁之中。由于生活贫困，果戈理的身体也每况愈下，精神病经常反复发作，肠胃病日趋严重。因此，果戈理人生旅途的最后五年，就是处在创作思想矛盾，思想上的消极因素日益发展和与贫病交加的生活斗争的状态之中。就是在这种情况下，他完成了《死魂灵》第二部的创作初稿，但是由于脱离了现实生活，第二卷中的所谓正面人物是凭空想像和臆造出来的，所以他自己也很不满意，虽然经过多次修改，到最后还是付之一炬。直到一八四七年，果戈理发表了他在政治思想和立场上大倒退的《与友人书简选》，公开宣扬君主制和宗教神秘主义，甚至为俄国农奴制辩护，只主张改良，而反对取消和推翻农奴制，完全背离了当年创作《钦差大臣》与《死魂灵》的创作思想和创作道路，引起了进步力量和舆论的批评和谴责，最突出的代表就是别林斯基。他以进步力量的代表和朋友的身份带病发表了《给果戈理的一封信》，对果戈理的倒退和错误论点进行了尖锐而又深刻的批评，并且表示出了极大的遗憾和规劝。果戈理对进步舆论的批评并没有闭目塞听，也没有顽固地坚持自己的错误立场和错误观点，特别是对别林斯基所给予的令他无法辩驳而中肯的批评，还是心悦诚服的。这些批评引起了他认真的思考，重新审视了自己的错误观点，并且产生了动摇。他在给别林斯基的信中公开地承认："也许您的言论中有一部分真理。"在和友人的通信中甚至还写道："我的这本书（指《与友人书简选》——译者注）给我带来了失败……如果没有这次失败，恐怕我还清醒不过来。"又说："我在这本书里，犹如赫列斯塔科夫一样招摇过市……"后来，又在《作者自白》中，详细地阐述了他的创作思想，并对《与友人书简选》中的一些错误的观点做了自我批评和重新的评价。一八四八年，果戈理到耶路撒冷朝圣之后，又重新开始了《死魂灵》第二部的创作，但是由于没有完全摆脱思想矛盾和创作思想危机的影响，对他所创作出的《死魂灵》第二部手稿，仍然极其不满意，并于一八五二年三四月，含着辛酸的热泪把花了多年心血和与贫困、疾病斗争所创作的《死魂灵》第二部手稿，再一次烧掉。有人大概会问，他为什么接连两次焚毁自己心血的结晶呢？这一点也恰好说明了果戈理这位伟大的天才极其严肃认真的创作精神，他不惜花费心血和生命来捍卫自己作品的真实性,哪怕是忍受精神上和肉体上的痛苦磨难,他也不允许把自己认为不真实的东西,背离自己毕生坚持的现实主义作品公之于世,或者留传给后世,这恐怕就是他几次焚书烧稿的根本原因吧,这也正说明这位开创俄罗斯文学批判现实主义大师令人无比崇敬之处吧!第二次烧毁了《死魂灵》第二部手稿的十天之后,这位享誉世界文坛的伟大的"俄国散文之父",这位为俄国和世界文明的进步做出巨大贡献的伟大作家,天才的文化巨人在莫斯科含着忧国忧民的热泪,含恨与世长辞,年仅四十三岁!有人说果戈理的逝世是他个人的悲剧;不!应该说这是俄罗斯文学的悲剧,是世界文学的悲剧,是世界文明伟大事业的一个重大的损失,他的不幸去世,是对沙皇暴政和农奴制的声讨和控诉,它们才是危害和夺去这位伟人生命的真正的罪魁祸首!

《死魂灵》是果戈理一生所创作的作品中最为光辉的巅峰之作,它开创了俄罗斯文学批判现实主义的新时期,因此车尔尼雪夫斯基才把它称之为十九世纪三四十年代俄罗斯文学的"果戈理时期"批判现实主义的奠基之作。《死魂灵》是俄罗斯文学史上最为光彩夺目的艺术瑰宝,也可以说是十九世纪世界文学史上的最为辉煌灿烂的瑰宝。别林斯基当时专门著文论述《死魂灵》,他指出这部作品"既是真实的,又是爱国主义的,它无情地撕下现实身上的外衣,洋溢着对俄国生活热情的、神经质的爱,带血缘的爱"。高尔基也说过,《死魂灵》是"俄罗斯文学史上无与伦比的作品"。

三

其实,果戈理在创作《钦差大臣》之前就开始了《死魂灵》的构思和创作,一八三五年,他曾在写给普希金的信中说道:"这将是一部卷帙浩繁的长篇小说,而且它或许会使人发笑、沉思……我准备在这部长篇小说中哪怕只从一个侧面也好,一定要把整个俄罗斯反映出来。"原来计划要写三部,但是遗憾的是他只完成了一部……这部流传后世的经典名著的第一卷,是他在侨居国外的过程中创作出来的。仅仅这第一卷他就花了长达六七年之久的时间,这在果戈理来说是极其少有的现象,他为《死魂灵》的创作倾注了全部的精力、心血和智慧,而且先后修改了四次,足见他对这部奇书的重视。特别是在普希金不幸逝世之后,他更是怀着极其悲痛和哀伤的心情,把《死魂灵》的创作,看作是在执行他所崇敬的良师益友普希金托付给他的"神圣遗嘱",并决心继承普希金未竟的伟大事业来完成的。是果戈理第一个在俄国文学史中尊称普希金为"无与伦比的伟大的民族诗人”，因此他把《死魂灵》当作最有意义和最有价值的祭品献给了普希金。他在欧洲六年亲眼目睹了俄罗斯和欧洲一些先进国家的差距，为自己提出了一个非常严肃的问题：俄罗斯的前途和命运究竟如何？俄罗斯究竟要向何处去？他试图在《死魂灵》中来回答这个问题，而且勇敢地承担起这个伟大的历史使命。一八四一年末，他带着他认为是他一生中最重要的著作《死魂灵》（第一卷）书稿回国了，但是在莫斯科立刻遭到书刊检查机关的封杀；于是他又来到彼得堡，几经周折，经过别林斯基的奔走和帮忙，终于在一八四二年奇迹般地出版了，但是那也是经过检查机关的砍伐和删节之后才得以问世的。《死魂灵》（第一卷）的出版，是俄罗斯文学史上一件惊天动地的大事，不仅震动了整个文坛，也震动了整个俄罗斯。立刻引起了进步阵营和反动营垒的论战，以别林斯基为首的进步阵营对这部书给予巨大的支持和赞誉，有人把它誉为十九世纪俄罗斯最伟大的一部作品。但是沙皇反动当局，文学界的反动营垒、反动政客和一些愚妄无知的小丑，则对它恨之入骨，视作眼中钉、肉中刺。又重新演起围剿《钦差大臣》时的故伎，对《死魂灵》又开始了讨伐、围攻、谩骂，甚至诬陷、诽谤，非要把果戈理和《死魂灵》置于死地而后快。（请参阅《死魂灵》第一卷第七章第三段所描述的情况，便是对这场丑剧最好的说明。）

那么这部传世经典《死魂灵》究竟有哪些非同凡响的神奇之处呢？

我们首先看它的社会价值：果戈理以大无畏的勇敢精神，继《钦差大臣》之后，再次给读者和后人描绘出一幅沙皇暴政贪官污吏的群丑图，同时更出色的绘出了一幅地主豪绅的群丑图。这两幅群丑图便是他反抗和声讨沙皇暴政和腐朽落后的农奴制的檄文和宣言，因此果戈理也被誉为俄罗斯文学史上继普希金之后，第二位反抗和声讨沙皇暴政和农奴制的勇士。而且无论从大无畏的反抗精神，叛逆精神，还是从揭露沙皇暴政的黑暗统治和农奴制腐朽落后的反动本质的深度和广度来说，与普希金相比，果戈理有过之而无不及。因此这部传世经典，不仅是当时，也是后来俄罗斯沙俄时代的先进人士、民主主义者和革命者必读之书。这才是当时的沙皇政府当局和一切反动势力对果戈理怕得要死、恨得要命的最主要原因，对他的仇恨达到无以复加的程度，除了对他进行疯狂地围剿和迫害，致使果戈理在生命的最后五年中陷入了精神分裂和贫困交加的境地，没能实现他在文学创作方面的宏图大业，不得不含恨地离开人世。就是在这位俄罗斯文学的“散文之父”于一八五二年三月四日不幸逝世之后，沙皇政府当局还在彼得堡封锁消息，下令禁止公祭。只是在莫斯科由同情和崇拜他的朋友以及莫斯科的大学生们，为这位伟大的文学家举行了葬礼。就连伊·谢·屠格涅夫得知果戈理逝世以后,在《莫斯科新闻》上发表了一篇悼念他的文章,也被沙皇尼古拉一世当局流放到故乡并加以严厉的监禁。有人说,这是果戈理个人的悲剧,不,这是俄罗斯文学的悲剧,是俄罗斯的悲剧。果戈理如此悲惨地死去,在俄罗斯的文学史上不是第一个,也不是最后一个,普希金如此,莱蒙托夫也是如此。迫害一个个天才死去的真正罪魁祸首是沙皇的暴政,是吃人的农奴制!

这部经典名著在俄罗斯文学史和世界文学史上的价值,近两个世纪以来一直在不断地研究探索和发掘。

1. 这部书的书名《死魂灵》,就是果戈理匠心独运的绝妙之处。他巧妙地运用了俄语中"灵魂"和"农奴"这两个同音同形异义词的双关语,造成意想不到的艺术效果。如果把书名当作《死农奴》来理解,那么买卖死农奴,也是令人匪夷所思,大惑不解的。在沙皇俄国,农奴①是属于地主——农奴主的私有财产,是他们会说话的牲畜,可以当作牲畜一样买卖和送人,农奴主从来也没有把他们当作"人"来看待;农奴从来就没有独立的人格和尊严,他们不是自由人,而是奴隶。因此在当时的俄国买卖农奴是一种司空见惯的现象,是一种极其野蛮、残暴,然而又是一种合法的罪恶行径。但是要说买卖死农奴,则令人感到匪夷所思了。就连乞乞科夫曾经去过的NN省城的各界人士和政要大员们在警察局长家里聚会时,都出现了种种荒唐的猜测。因此作者便利用乞乞科夫到处去收购死农奴这个荒唐的行径,给读者留下一个大惑不解的悬念,非得要把这部书读完不可。可是,如果把书名当作"死魂灵"来理解,那就更加荒唐可笑和匪夷所思了。因为按宗教观念来理解,人的灵魂是不死的,那么"死灵魂"又该怎么理解呢?在各种宗教故事里,在希腊和罗马的神话中,只能把"死魂灵"理解为"鬼魂"、"幽灵"、"阴魂"和其他不祥之物。因而,乞乞科夫收购"死魂灵"就更加令人难以理解了,因为做死魂灵的交易也就是做鬼魂的交易,不是在人世间,而是在阴曹地府里才能进行,是魔王撒旦干的罪恶勾当。作者在《死魂灵》第二卷中,偏偏又使用了"死魂灵"这个概念,毫不含混地指出乞乞科夫和地主科施卡廖夫上校进行的就是"死魂灵"的交易。而且写到穆拉佐夫在劝诫和警告乞乞科夫要洗心革面、弃恶向善、要重新做人的时候,也明确指出:不要再打死魂灵来发财致富的主意了,而是要好好地拯救自己活的灵魂。从这里可以明显地看出,

---

① 在我国出版的《死魂灵》的译著中,错误地把农奴(或庄稼汉、农夫)译为农民。沙皇俄国在没有废除农奴制之前,根本就不存在"农民"这个概念或名称。农民,从社会学和政治经济学的角度来说,是由于社会分工的不同,在农村从事农业生产的个体劳动者,是组成社会的一个阶层,是具有独立的人格和尊严的自由人。

这个乞乞科夫，以及和他进行死魂灵交易的地主，帮助他办理买到死魂灵合同并为他开庆功会的那些官员们一个个都是死魂灵，都是一些吞食农奴血汗和生命的没有灵魂的行尸走肉，都是一些没有灵魂的魔鬼。作者在这里揭示出在沙皇暴政和农奴制统治下的俄国就是一座人间地狱，这才是果戈理创作《死魂灵》的真实意义所在！奇哉，妙哉，我们不得不敬佩这位伟大的天才作家的神来之笔！

2. 运用巧妙的构思、精心的设计和奇妙的叙事和艺术表现手法。果戈理竟然把这个本来情节并不复杂的故事，写得有声有色，一环扣一环，高潮迭起，而且每一章都有新的悬念，从而能紧紧地抓住读者的心，让你一拿起这部书来就无法放手，必先一睹为快，以解心中的悬念，以释心中的疑惑，并且在读完之后也不忍放手，即使在掩卷沉思时，书中那一个又一个鲜活的形象和生动的故事情节也会像过电影一样，在你的眼前一个又一个地走过去，也会在你的头脑中周而复始地出现。这部小说一开头是写一个貌似正人君子的假绅士和投机分子乞乞科夫，到某省城去拜会当地的政界要员和到当地的一些地主庄园去收购已经死去的农奴，以便买空卖空，进行典押，从中牟取暴利。作者就以乞乞科夫的活动作为主线，犹如用一条法绳一样，把一个个昏庸无能、腐败透顶、贪婪成性的贪官污吏，和一个个自私贪婪、丑恶卑鄙，专门吞食农奴的血汗和生命的地主豪绅，捆在这条法绳上，拉出来在读者面前示众。从而描绘出一幅贪官污吏和地主豪绅的群丑图，把他们的丑恶嘴脸和肮脏的灵魂全都暴露在光天化日之下，从而揭示出沙皇暴政和农奴制的反动罪恶本质。正如赫尔岑在评述《死魂灵》中的人物所指出的那样："果戈理终于迫使他们……揭掉假面具，赤裸裸地从我们面前走过。他们一个个都是酒鬼醉汉，是饕餮，他们一个个都是向权力谄媚的奴隶和小丑，是没有一点恻隐之心的虐待奴隶的暴君，他们吞食人民的生命和鲜血，已经习以为常，是如此的心安理得，就好像婴儿吮吸母亲的乳汁一样。《死魂灵》震动了整个俄国。"

果戈理之所以选中乞乞科夫这个人物作为《死魂灵》的主人公，是因为十八世纪二三十年代，正是俄国沙皇暴政和农奴制处于岌岌可危、分崩离析的垂死挣扎阶段，阶级矛盾日益加深的时期，又加之资本主义萌芽，物欲横流，到处都是诱惑，到处都是陷阱，社会上便跳出来一些疯狂的捞取资本积累的骗子。乞乞科夫就是这样一个典型的代表人物，想乘俄国社会动乱之机大发横财。乞乞科夫出生于一个没落破产的贵族家中，自幼就没有受到过良好的教育，他父亲又是一个游手好闲，自甘穷困潦倒的人，没有给乞乞科夫留下任何遗产。自己偷窃邻居的木材，还逼迫儿子乞乞科夫去望风，后来要儿子又和他一起去偷盗。最高明的是他教给儿子一套极端自私自利的为人处世的诀窍：要想方设法“讨取上级的欢心”、“要找有钱有势的人交朋友”，“最最重要的是要把钱节省下来，并且一个戈比一个戈比积攒起来”，“在这个世界上只有钱最牢靠，有了钱就有了一切”。年幼的乞乞科夫不仅心领神会，而且把这些荒唐的诀窍奉为“金科玉律”铭记在心，不仅在学校里，就是后来走入社会为人处事完全按着他父亲口授的秘诀办事。用这一套办法欺骗老师，当上了“品学兼优”的好学生，走入社会又故伎重演，骗取老科长的信任而爬上科长的位子。乞乞科夫自幼就练就一身八面玲珑、溜须拍马，见风使舵的恶习，并下定决心要沿着仕途这条道路向上爬，一心要升官发财，梦想成为一个有权有势的大人物；有朝一日飞黄腾达便可以娶妻生子，为妻子儿女挣下一份家业，亦可光宗耀祖。后来经过一番钻营真的当上某座城市建设委员会的委员，爬上一个有权有势的大人物的宝座。于是，他就贼胆包天地贪污起来，不仅建造了豪华的公馆，还置办了高级轿式马车。正在春风得意之时，贪污之事被查了出来，险些锒铛入狱，凭着一张能说会道的嘴和上蹿下跳的游说骗术，才躲过了这场灾难。但他却不思悔改，又凭着一身骗术混进了他朝思暮想的海关，并骗取了六品文官。他一贯财迷心窍，见到发横财的机会又到了，便利令智昏，与走私集团内外勾结，大肆贪污受贿。可是黄粱美梦没做上几天，再次阴沟里翻船，险些遭到灭顶之灾。接连两次遇难脱险，他仍然贼心不死，又打起收购死农奴的主意，把死农奴当成活农奴典押给救济委员会，以骗取大笔不义之财。这里需要指出的是，乞乞科夫的真面目，作者是以倒插笔的形式叙述的，即从乞乞科夫收购死农奴的事情败露，仓皇地逃出 N 省城之后，才在第一卷的最后一章中逐渐地暴露出来的。果戈理不愧为文学大师，这样的叙述手法，并没有使读者感到突兀或生硬，而是顺理成章地就接受了。在《死魂灵》第二卷中，又进一步对乞乞科夫进行了刻画，乞乞科夫听到柯斯坦若格洛的高论以后，又梦想当一个发家致富的地主，后来又假造一个大富婆的遗嘱，企图从中骗钱，以及在骗局败露之后，在公爵面前的牢房里那一番拙劣的表演，果戈理把这个小丑的画皮彻底扒了下来！

再看这幅群丑图上贪官污吏和地主豪绅的丑恶嘴脸和卑污的灵魂吧。果戈理在这幅群丑图上以俄罗斯文学史前所未有的大无畏的勇气，畅快淋漓地倾吐出了对沙皇暴政和农奴制的满腔仇恨，进行了无情地揭露、讽刺、嘲笑和批判，把一个个贪官污吏和地主豪绅的恶行暴露在读者面前。乞乞科夫到 N 省城所拜会的官吏全是一些昏庸无能、尸位素餐、飞扬跋扈的衣冠禽兽。他们平日在平民百姓面前，在下属面前趾高气扬，耀武扬威，无恶不作，但是在上司面前，在总督公爵大人面前，却变成了可怜虫，胆小如鼠，甚至全身发抖，连一声大气都不敢出，有的人竟在总督说话时吓得尿了裤子，几乎瘫倒在地。又比如在警察局长家聚会，议论和猜测乞乞科夫究竟是个什么样的人物时，一个个所表现出来的那种荒唐可笑的嘴脸，充分暴露出他们一个个都是酒囊饭袋。那位省长大人单日里不问政事，只热衷于玩弄宠物、搞刺绣、举办宴会和舞会，吞食劳动人民的血汗，却披着一张慈眉善目、举止高雅的画皮，其实是一个一肚子男盗女娼的家伙。警察局长自诩是全城黎民百姓的父母官，却是一个利用职权无恶不作、巧取豪夺的强盗。什么民政厅长、邮政局长、税务局长全是一些欺压平民百姓，敲骨吸髓的大骗子。最可笑的是那位检察长平日里道貌岸然，假装一身正气，清正廉洁的样子，在听到新总督即将到任的消息之后，竟吓得一头栽倒在地，命归黄泉。

当然，果戈理在《死魂灵》中的主攻方向是揭露农奴主的丑恶嘴脸和卑污的灵魂，为此给每一个出场的地主——农奴主单设一章，让他们一个接一个地登场，用他自己的话说："我们主角们一个接着一个地出场，一个比一个庸俗，一个比一个更加丑陋。"那个玛尼洛夫是个典型的寄生虫：披着一张高绅雅士的画皮，整天游手好闲，空谈哲学，热衷于幻想，接人待物专门讲究繁文缛节，其实是个不学无术、空虚无聊的伪君子。地主婆柯罗鲍奇卡是个因循守旧、刻薄刁钻、闭目塞听、迟钝愚蠢、迷信而又贪婪的吝啬鬼。诺兹德廖夫是个厚颜无耻的无赖，牛皮大王，扯谎专家，是个惹是生非的酒鬼和赌棍。索巴凯维奇是个贪婪粗野、冷酷无情，有狗熊一样胃口的酒囊饭袋，是一个以诋毁诽谤他人为乐事的吸血鬼。普柳什金是个被金钱的铜臭剥夺了亲情和人性的守财奴，是个对农奴敲骨吸髓的暴君；他家财万贯，拥有一千多个农奴，却干着捡破烂和鸡鸣狗盗的丑事，穿得衣不遮体，所以才得到了"补丁老爷"的绰号。

3.《死魂灵》中果戈理在驾驭语言方面所表现的非凡才能，达到了登峰造极的地步，真不愧是一位语言大师。他所使用语言的熟练程度，真是达到了炉火纯青的程度，在对人物的心理刻画、景物的描写等方面使用的语言精炼准确，生动流畅，节奏鲜明，朗朗上口，产生了散文诗一般的效果。特别是在幽默、讽刺方面，所使用的语言极其辛辣、俏皮、诙谐、尖刻，真是运笔如刀、入木三分，这在俄罗斯文学史中，可以说是独树一帜，无人可以与之媲美。所以在他笔下描写和刻画的人物，地主豪绅、贪官污吏就像在脸上打上了标记，身上贴了标签，或者像胎记一样，无论走到哪里，无论到了哪个时代，无论换上什么行头，或者改头换面，人们一眼就可以认得出来。所以他所刻画出来的典型人物，成了俄国文学史中"通用名称"，"通用人物"，就是在当今世界，物欲横流，在商品大潮中疯狂弄潮的小丑，一切向钱看的不法分子，贪污盗窃、行贿受贿的投机分子和贪赃枉法的无耻之徒，全都可以在《死魂灵》中对上号，都是他们的徒子徒孙。所以别林斯基说，果戈理不是在写，而是在画，不是在说，而是在唱。革命导师列宁和无产阶级大文豪对此也给予高度评价。

4. 果戈理在《死魂灵》中独创的抒怀插笔，给这部传世经典增添了很多光彩和亮点，这在俄国文学史上是独一无二的。从创作角度来说是一种高超的艺术技巧，可是从社会意义和效益上却发挥了巨大的政治影响和作用。随着故事情节的发展，作家通过这些抒怀插笔淋漓尽致抒发出热爱祖国、热爱人民那颗滚烫的心，抒发出那种忧国忧民、憎恨一切丑恶的东西，追求光明幸福的美好愿望和情怀。比如当他写到祖国大好山河时，便不由自主地抒发出祖国在沙皇暴政和农奴制统治下被糟蹋得惨不忍睹的现状的愤慨和仇恨。他在这些抒情插笔中热情洋溢地歌颂了俄罗斯的伟大，俄罗斯人民坚贞不屈的性格，勤劳勇敢的天性，俄罗斯语言的丰富优美，铿锵有力，柔情万端，同时也抒发出自己对这种语言的热爱和自豪。比如在第一卷第七章中，对什么样的作家才是真正伟大的作家，什么样的作品才是当代精品或者可以称之为流传后世的经典名著，极其勇敢地抨击了沙皇暴政和书刊检查机关迫害作家的罪行，为真正的伟大作家所遭受到的不公平的待遇仗义执言，大声疾呼为之鸣不平。其实，这也正是为自己所遭受的不公平待遇，所遭受的诽谤、围攻、诬陷发出的控诉！最为精彩的抒情插笔要算《死魂灵》第一卷结尾的传神之笔（第十一章），给人留下了无限的沉思和遐想。其实都是一些有关俄罗斯的前途和命运，俄罗斯究竟向何处去，这个伟大的巨人何时奋起，骄傲地屹立在欧亚大陆上的忧思和畅想。赫尔岑以他革命家和哲学家的锐利目光，给了《死魂灵》抒怀插笔极高的评价，《死魂灵》刚一问世，他就评论道："这里从索巴凯维奇到普柳什金们，——使人感到你觉得似乎在一步一步地陷进去，而且越陷越深。但是抒情的段落突然又使你振奋，立刻又改换了画面，更加清楚地让你意识到：这是处在什么样的地狱和深渊之中。"当代和后世的文学大家都给过高度的评价。

5. 利用情景交融和三位一体的表达方法，把书中的人物、周围环境（甚至是大自然景色）及作者的抒情插笔有机地融合在一起。因此在刻画人物，塑造人物性格和描写与揭示人物心理活动时，不是把周围环境仅仅作为人物活动的场所和陪衬，而是把环境作为烘托来展示人物性格形成的重要因素。比如，乞乞科夫极其自私自利，一心想飞黄腾达，一心想崭露头角发大财的劣根性和性格的形成，都是和他的家庭出身，他父亲对他的言传身教紧密地联系在一起的，从而告诉读者，由于有这样的家庭和社会环境才塑造出乞乞科夫这样一个招摇撞骗的小丑。整部书里作者的抒情插笔都是和主题极其自然而又紧密地结合在一起的,用这种情景交融和三位一体的表达方法,才产生了如此巨大的艺术魅力。

6. 利用巧妙的、含蓄的弦外之音的表达方法来揭示主题。我们很多译者和评论者,对《死魂灵》的第二卷所著述的内容不是讳莫如深,就是把第二卷看成是果戈理背叛了第一卷的创作原则,好似成了他的败笔之作,译者认为这种看法有失公允。我们都知道,果戈理在他的生命的最后阶段,也就是在他遭受沙皇暴政和俄罗斯文坛上的反动势力围攻、迫害最严重的阶段,从而使他身心遭受到巨大的伤害,在贫病交加和承受精神巨大痛苦折磨的情况下,仍然含着热泪,倾洒全部精力和心血来创作《死魂灵》的第二卷,而且又两次焚烧了手稿,光是这种严肃认真的创作精神就足以令人赞叹和钦敬。至于说他在已经发表的“第二卷遗稿”中所表达出来的内容,能找到一点儿他为沙皇暴政和农奴制加以肯定,或者为其唱赞歌的地方吗?与第一卷不同的地方,就是推出来三个脱离俄国当时现实生活的所谓的正面形象,如经营管理田庄的大能人柯斯坦若格洛,企图以宗教观念改造现实社会的救世主包税商穆拉佐夫和那位青天大老爷总督大人。但是,三个人的言谈举止都暴露出一个最大的问题,就是谁也无法挽回和阻止不了沙皇暴政岌岌可危和农奴制必然走向分崩离析的社会现实。尽管柯斯坦若格洛一个人想实现与农奴共同富裕的梦想,但是当他看到一个又一个地主庄园不是解体就是破产的时候,尽管他竭力阻止资本主义经营方式的侵入和吞食一个个地主庄园,以致最后他自己也所谓的“应运而生,”或者“顺应时势”地办起工厂,其实这就是宣告农奴制快要解体和垮台的先兆,这股强大的历史潮流是他个人无法对抗的。穆拉佐夫以救世主的面目出现,妄图用出去为建筑教堂化缘和募捐的办法,来挽救破了产的败家子赫洛布耶夫的灵魂,要他去重新做人,作个自食其力的人,又苦口婆心地劝诫乞乞科夫改恶从善,洗心革面,重新做一个有益于社会的人,而且又自告奋勇地去说服异教徒和农奴的暴动和起义,但这也只不过是痴人说梦罢了!再说那位青天大老爷公爵大人,在说到沙皇暴政官僚机构贪污腐败的时候,也在惊呼和哀叹:“我们的祖国已经到了生死存亡的时刻,但是我们所面临的敌人,不是讲着二十几种语言的外敌入侵[①],我们的敌人是来自我们自己内部的敌人……他们经办任何事情,都要提出条件,无论经办任何事情都要公开地索贿受贿,而且气焰嚣张,胆大妄为,居然明目张胆地标出价格。……这种猖獗而疯狂的罪行和

① 指一八一二年拿破仑纠集了二十几个附庸国的侵略军入侵俄国。

丑恶行径，无论是哪一个贤明的君主，哪一个铁面无私的青天大老爷都束手无策，都毫无办法加以整治和肃清的。……否则，国将不国，家将不家，会被这些贪污腐败的蛀虫蛀食净尽，会被这场灾难大火烧光烧尽！……”总之，果戈理在第二卷中，对沙皇暴政和农奴制的罪恶揭露得比第一卷更为深刻，更为尖锐，而且他是采取“事在言内，意在言外”的弦外之音的表达方法，不是正说明这位伟大的文学巨匠的艺术天才和魅力吗！

诚然，值得遗憾的是，由于多种原因这位旷世奇才，这位伟大的批判现实主义作家没能完成他要写三卷本的《死魂灵》的宏图大愿，但是这也丝毫没有影响《死魂灵》现在这个版本巨大的社会价值和文学价值，也丝毫没影响这位伟大作家的光辉形象，只是让他带着巨大的遗憾离开了他深深眷恋的祖国和人民，离开了他驰骋一生的俄罗斯文坛和他献出自己毕生心血和精力的俄罗斯文学事业。是的，他是含着辛酸的热泪告别人世的，否则，不知他还要奉献多少光辉而不朽的著作！也有人替他惋惜，认为是“命运”在捉弄这位“俄罗斯散文之父”，让他在创作精力最旺盛的时期陷入了思想危机，特别是创作思想的危机，结果让他英年早逝，过早地放下了他手中那支比利箭还要锋利的笔。不，不是“命运”在捉弄他，而是俄国的沙皇暴政和农奴制残酷的折磨、围剿和迫害夺走了他宝贵的生命，是俄罗斯当时极其残酷的社会现实使他含恨而死！尽管果戈理英年早逝，但是我们纵观他的作品却始终贯彻着一个不变的主攻方向，那就是他的笔锋所指的方向一直是沙皇暴政和农奴制；他的作品中始终坚持着爱祖国、爱人民，追求自由、民主、光明、正义的这个主题，因此，他才作为俄国文学批判现实主义的大师、奠基人，作为俄罗斯“散文之父”，而进入了俄罗斯文学的历史圣殿，进入了世界文学的历史圣殿，进入了人民心灵的天国，并且在这座圣殿和天国中获得了永生。

四

在果戈理诞辰二百周年即将到来之际，译者怀着感激的心情向北京燕山出版社表示衷心的谢意，感谢它给了我翻译和出版果戈理的名著《死魂灵》这个新译本难得的良机。并借此机会向蔡贤伟先生表示真诚的谢意，由于他的热心帮助和大力支持，使我在二〇〇〇至二〇〇八年间，在北京燕山出版社总共出版了五个译本(共十三种版本)。同时还要特别感谢张红梅女士和王沁滨先生，他们二位对出版《死魂灵》这个新的译本给予了充分的理解和热情的支持。

《死魂灵》在我国的翻译出版已经有七十多年的历史了，鲁迅先生早在一九三六年就出版了第一个译本。这么多年来,特别是改革开放以后,又出现了很多个译本,译者基本上都一一拜读过了,从中得到了很多的教益和启迪。但是,令人遗憾的是,有的译本实在难以令人满意,居然把这样一部传世经典译成了儿童通俗读物一般,居然把书中人物刻画、景物描写和人物心理描述等最为精彩的部分都给简化或者去掉了。特别是把果戈理独创的艺术表达方法——抒怀插笔也是一带而过,实在太可惜了,应该说这些抒情插笔是这部书的精华所在。而且在遣词造句使用语言方面,根本没有反映出这位语言大师在驾驭文学语言方面的非凡的天赋,尤其是在幽默讽刺,语言之诙谐、辛辣、俏皮、尖刻等方面所展示出来的巨大的艺术魅力和惊人的艺术效果。所以读起来,让人感到索然无味,干脆就成了报道事件的通讯文章了。更何况这部经典名著当年出版时,就已经被书刊检查机关这道鬼门关进行了删减和肢解,被弄得遍体鳞伤、面目全非了,书中一些发人深省的精彩词句,一些振聋发聩的段落或章节都被大刀阔斧地砍掉或者歪曲了。译者在反复研读不同版本的原著时,感到作者在某些关键的地方总是有些欲言又止,或者言犹未了,意犹未尽之处。作者在当时沙皇暴政和书刊检查机关的高压之下,又能如之奈何呢?而且听说如今在俄罗斯已经有人把《死魂灵》续写完了,这给了我很大的启发和鼓励。因此,译者在翻译的时候,突发奇想,可否根据原著创作思路、写作风格和表达方法,在完全忠实于原著的故事情节、人物性格和形象、遣词造句的技巧等方面,对原著被删改或歪曲的地方加以恢复呢?于是译者不揣冒昧,就向读者捧献出了现在这个新的译本,这也就是这个译本增厚的原因。译者并非太狂妄或太自不量力,因为译者根据几十年的翻译实践,一直认为翻译文学不是拍照、复印和照搬原文的机械性的语言转换工作,而是一种再创作,一种难度更大的创作,这次只不过是进行一次大胆的尝试和实践而已。路是人走出来的,不经过实践,不经过实践的检验,谁又敢武断地说这样做未免太愚蠢或者太狂妄了呢?实践出真知嘛,实践是检验真理的唯一标准,那就让这个译本经过实践来检验吧,就让实践来做结论吧!因此,译者真诚地恳请读者和翻译界的前辈与同仁能不吝赐教,给予批评和指正!

田国彬

二〇〇八年元月二十日

于北京寓所神驰斋

第一卷①

Мертвые души

① 本卷发表于一八四二年。创作时间达七年之久，即从一八三五年至一八四一年。

第一章

十九世纪二三十年代某年某月的某一天[①]，在省城NN市，有一辆很精巧的轻便的四轮马车飞驰而来，驶进了一家旅馆的大门。这种马车一般车身不大，底盘上带有弹簧，而且车篷是可以折叠的。总的说来，乘坐这种轻便马车的人，大多数是一些单身的男人，比如，退伍的中校啦，陆军上尉啦，拥有一百来个农奴的地主啦，等等。总之，就是那些被称之为中等绅士之人。坐在这辆驶来的轻便马车里的这位绅士，论相貌，虽然不能说他是一位英俊潇洒、风流倜傥的美男子，却也不能说他是一个五官错位、四肢畸形的丑八怪；论身材，他既不是一个肥头大耳、全身臃肿的胖子，也不是一个形销骨立、颊陷颧突的瘦子；论年纪，不能说他已经是年过花甲、老态龙钟的年迈之人，但也不是一个朝气勃发、风华正茂的年轻人。

这位陌生的不速之客的大驾光临，在城里不曾引起上流社会和平民百姓舆论的哗然，也没有导致什么社会上的波动和不良的影响。只是在这家旅馆对面的小酒店门口，有两个庄稼汉看到这辆马车驶来，指指点点地聊了几句。不过，两个人谈话的内容只限于这辆马车，而没有议论到乘坐这辆马车的那位陌生的绅士。“快看，那辆马车的轮子可是不怎样！”其中一个庄稼汉感叹地说道，“要是去莫斯科，保准儿能拉到，你说呢？”“没问题，一定能拉到！”另一个庄稼汉应声答道。“不过要是去喀山，大概就拉不到了吧？”“去喀山？那可就不行了。”两个人就聊到这里为止。另外，这辆马车驶到大门口时，遇到了一个年轻的小伙子，只见他下身穿着一条又瘦又短白色斜纹布裤子，上身穿着一件时兴的燕尾服。可能是为赶时髦吧，还故意把胸衣上的别针弄得特别显眼，那是一枚土拉城出产的名牌货，上面还带着青铜手枪形的装饰物。这个小伙子侧身转过头来，朝马车看了看，一只手捂着险些被风吹掉的帽子，接着继续走自己的路。

马车刚一驶进院子，马上就有一名旅馆的侍仆迎上前来，在俄国的客店里一般都把侍仆叫作伙计。这个跑来迎接客人的伙计，一看就是个机

① 原文中作者没有注明故事发生的时间，但他在第一卷第十章中却透露了发生的时间和背景，因此译者便推断出这个时间来。译者认为注明时间，有助于读者加深对故事的理解。

灵鬼，动作很敏捷利落，跑前跑后地招呼和侍候客人，风风火火的，忙活得简直令人无法看清他那张面孔长得什么模样。只看到他飞也似的跑了过来，手里拿着一条餐巾，长得又高又细，身上穿着一件长长的线呢常礼服，后衣领几乎顶到他的后脑勺。他把头发向后一甩，欢快而灵巧地领着这位客人来到楼上，然后再穿过一条木制的长廊，去看上帝恩赐给投宿者的客房。这种客房是人们司空见惯的那些普通房间，因为这家旅店本来就是一家人们司空见惯的普通旅店，也就是说，这种旅店是在省城里人们见怪不怪的那种旅店。在这样的旅店里过往的客商只要掏两个卢布，就可以弄到一个房间住上一天一夜。这种价格不算低廉的客房，住起来还算舒适，可是美中不足的是，不论犄角旮旯，还是墙根处，都爬满了蟑螂，就像在地上移动着的黑李子干。房间里通常都有一道门通往隔壁的客房，又总是被一个五屉柜堵住。

当然隔壁房间也住着一位客人，别看他表面上寡言少语，性喜安静，却有一种怪癖，那就是好奇心很盛，得知新来的房客并非这里的常客，便处心积虑地想把此人的行踪和外出的目的刺探得一清二楚，否则就会辗转床榻难以入眠。这家旅店的外观形状和其内部结构倒是配搭得很得当，即表里一致：这是一座二层楼房，但楼身却拉得长长的，一层没有抹灰着色，深红色的砖头裸露在外，砖头本来就不是新烧制的，脏里吧唧的，再加上年深日久，风吹雨淋和酷暑严寒的磨难，砖墙的深红色已变得有些灰暗了。二层楼涂抹了流行的黄油漆，倒还经得起岁月的剥蚀。楼下是一排卖马轭、绳索和光板羊皮的店铺。在这排店铺的拐角处，有一家小铺，或者更准确地说，有一个窗口，里面坐着一个卖蜜水香茶的商贩；此人满面通红，与身旁摆着的那只俄国式红铜茶炊颜色几乎完全相同，从远处望去，此人若不是长着又黑又密的大胡子，还以为窗口里面摆着一对大茶炊呢。

这位初来乍到的绅士正在仔细环顾自己要下榻的客房时，他的行李已经搬进屋来：第一件行李是一只白色的皮箱，从箱子已经被磨得破旧的程度来看，可以看得出来，它跟着主人已经久历旅途的颠簸了，是马车夫谢里方和仆人彼得卢什卡[①]两人抬进来的。谢里方长得矮矮的，身上穿着一件光板的羊皮袄；彼得卢什卡大概有三十岁左右，穿着一件肥肥大大破旧的常礼服，一看便知是主人赏给他的。这个小伙子阴郁寡欢，看起来脾气似乎有些倔强，厚厚的嘴唇上方，趴着一颗高大的鼻子。随后又搬进来一个红木的小匣子，上面还镶嵌着精雕细刻的桦木图案，几副皮靴楦头

---

① 彼得卢什卡是彼得的卑称。

和一只用蓝纸包裹着的烤鸡。随身带的物品全都搬完之后，马车夫谢里方便到马厩里去照料马匹去了，侍从彼得卢什卡也开始安置自己的住处。那是在一间非常简陋的门厅，又脏又暗，像一个黑乎乎的狗窝。在未安置住处之前，他就把身上的外套拿了进来，因此整个门厅里都散发着他身上那种特别难闻的气味，后来他又拿进来一袋子仆人用的衣物杂什，这些东西也都沾上了这种独特的气味。他在这个门厅里靠墙放稳一张三条腿的又窄又小的床铺，然后在上面铺上了一条小垫子，早就被压得又硬又薄，上面油渍斑斑，恰似从店主人那里费了好大劲儿才弄来的薄饼，真是有点让人恶心。

在仆人和车夫各自忙活着自己的事情的时候，这位陌生的客人已经信步走出房间，独自到大厅里去了。这种公用大厅里面大致的情况，大概每一个经常奔波在外的旅客都是了如指掌的：四壁都涂抹着光滑的油漆，墙壁上部都被过往的烟客喷云吐雾给熏得黑乎乎的了，下部被三教九流的过往客商的脊背给蹭得乌黑发亮。当然，在这里逗留时间最长的还是那些本地的客商，每逢赶集的日子他们都会聚集到这里来，三五成群，六七个人一伙地坐在这里喝上两壶茶，再天南地北地聊上一通。再仰头往上看，天花板也被熏得黑黑的，正中间总是挂着一盏枝形吊灯架，也是被熏得黑黑的，灯架下方悬挂着一串串玻璃球作为装饰，每当伙计活跃而灵巧地捧着托盘走过来的时候，上面摞着的茶碗多得像海边的鸟群一样数不清，当他从铺着又破又旧的漆布的地板上跑来跑去时，吊灯上的玻璃球也随之摇晃和跳动，发出丁丁当当的响声；墙壁上总是挂着那么一两幅又大又宽的油画——总之一句话，这里的一切和其他旅店一样，几乎毫无差别，不同的是，这里一幅油画上的女神，其乳房之大格外引人注目，如此硕大的乳房，想必我的读者也许从来没有饱过眼福。但是话也不能说绝了，在各类历史题材的油画上，造物主的这种捉弄人的鬼把戏是屡见不鲜的。这类历史画不知是在什么时候，也不知是什么人从什么地方带到俄罗斯来的，或许还是我们的一些酷爱绘画艺术的社会名流或达官贵人，在为他们作向导的信使的劝说和鼓动下，从意大利订购或携带回来的呢。

这时，我们这位陌生的绅士摘下帽子，解下那条围在脖子上带有彩色图案的毛围巾，凡是娶妻成家的男人都围着这种围巾，均是由心爱的妻子亲手编织的，而且还会温言细语地嘱咐过，怎样围法才更加暖和。至于说到围这种毛围巾的单身汉，究竟是谁给编织的，那就无法断定了，或许只有上帝才会知道，反正我是从来不曾围过这种围巾的。解下围巾之后，这位绅士便准备进餐，于是就吩咐侍者上菜。侍者应声给他端来旅店通常供应的各种饭菜，比如：热菜汤和酥皮馅饼（这种馅饼是专门为过往旅客准备的,已经保存好几个星期了),牛脑子烩青豌豆、香肠炒白菜、油炸鸡块、腌黄瓜,以及随时都可以供应的酥皮糖心馅饼;当所要的热菜和冷盘备齐之后,这位绅士便跟上菜的侍者,或者说叫作伙计,不着边际地闲聊起来:从前这家旅店是谁开的,现在的老板又是哪个人,旅店的收支情况如何,他们的店主是不是一个唯利是图的卑鄙小人。对于这种问题,伙计往往都是如此回答:“哎呀,先生,老板可是一个敲骨吸髓的吝啬鬼!”如今,无论是在文明的欧洲,还是在文明的俄罗斯,许多凡是有点声望和多少有点受人尊敬的人士,在旅店里不同仆人闲扯一通,他们吃饭时是难以下咽的,有时甚至拿仆人开心取乐。不过,这位先生所聊的话题,也不全都是一些无所谓的闲言碎语,比如,他不厌其烦而又严肃认真地询问了这座省城里的省长是个何许人物,民政厅长是个何许人物,检察长又是个何许人物,——总而言之,他把城里的显要人物全都问遍啦,一个也没有漏掉。但是,当他问起当地所有的有声望的地主时,即使说他不是怀着极大的关注的话,也都问得非常仔细,盘问得异常详尽:哪一个地主拥有多少个农奴,居所离城有多远,甚至还问到脾气秉性如何,是不是常到城里走动。他还认真而仔细地询问了这一带乡下的情况:在他们本省所管辖的范围内是否发生什么流行的疫病;比如猩红热啦、致人死命的疟疾啦,天花啦,以及诸如此类的传染病。这些情况他都问得非常详细,而且要求回答得准确无误,如此看来,他并不像仅仅是为了满足一般人的好奇心。这位先生的言谈举止之间,流露出一种令人莫测高深的庄重而威严的气度,就连擤鼻子也比一般人要响亮得多。也不知道他有什么绝招,能把鼻子擤得像吹喇叭一样的响。说来也真是邪门了,他这个微不足道的绝招,却意想不到地赢得了旅店伙计们特别的敬畏,所以每当伙计们听到他擤鼻子的声音,便立即把头发向后一甩,挺直身子,毕恭毕敬地垂首问道:“请吩咐您还需要什么东西?”饱餐一顿之后,这位绅士又喝了一杯咖啡。坐到沙发上,顺手把一个靠垫塞在背后。在俄国的旅店里,靠垫里装的不是柔软而又有弹性的羊毛,而是一种硬邦邦的东西,就像砖头和石块一样。没坐一小会儿,他哈欠连天地想打瞌睡了,于是便吩咐伙计领他回到自己的客房。刚回到客房倒头便睡,一觉就睡了两个钟头。醒来之后,他按侍仆的要求,在一张纸片上写上了自己的官职和姓名,以便呈报给警察当局。伙计拿着纸片走下楼去,一边按着音节拼读着纸片上写的文字:“六品文官巴维尔·伊凡诺维奇·乞乞科夫,地主,因私外出旅行。”正当伙计依然费劲儿地辨认纸片上的文字的时候,巴维尔·伊凡诺维奇·乞乞科夫独自一人走出旅店,去逛街和浏览市容去了。看得出来,他对这座城市还是产生了好感,这是因为他觉得这座城市与其他省城相比并无逊色之处：最为引人注目的，当属那些涂着米黄色油漆的砖砌房屋，木头房舍全都涂着灰色油漆，颜色虽然不那么鲜亮，却显得素雅别致。这里房屋清一色全是楼房，有一层、两层还有一层半的，而且全都带有阁楼。也许是因为城里的建筑师们认为，阁楼是为这些楼房增光添色必不可少的一部分。城里的建筑规划和布局有些不协调：有些地方的街道过于宽阔，好似一片旷野，有些房屋疏疏落落地分布在一眼望不到边际的木头栅栏围起来的院落里，孤孤零零的，显得有些零乱；有些地方的房屋簇拥在一起，又显得很密集和拥挤，街上的行人熙熙攘攘，热闹而富有生气；他信步走在街道上，映入眼帘的全是些五花八门的招牌，经过风吹雨淋，几乎全都面目皆非，全都褪了颜色。招牌上面有的画着花形面包圈，有的画着高筒靴子；有一块招牌上画着一条蓝色长裤，下面还有华沙某一个裁缝的签名；有一家帽子店的招牌上挂着便帽和制服帽，上面还写着："外商瓦西里·费德罗夫"，国籍和姓名自相矛盾，令人啼笑皆非。又有一处的招牌上画着一张台球桌，桌旁有两个人正在打台球，身上都穿着燕尾服，也就是在我们戏院里，演出快要闭幕时，登上舞台的那些尊贵的观众们身上所穿的那种燕尾服。招牌画面上这两个打台球的人，正手握着台球杆瞄准目标，胳膊略微向后缩着，两条腿下蹲式的弯着，恰像舞蹈演员腾空弹跳后刚刚落地的舞姿。广告画下方注明："此处是台球房。"有的地方，干脆就把桌子摆到街边，桌子上摆放着核桃、肥皂，以及看上去和肥皂差不多的蜜糖饼干，当街叫卖起来。还有一家小酒馆的招牌上，画着一条又肥又大的鱼，鱼的身上还插着一把叉子。但是最为令人触目伤情的是，从前常见的那些带有颜色发暗的双头鹰国徽图案的房舍[①]，虽然荣耀一时，但是如今已变成了经商的场所，被挂着的"酒店"招牌所取代了。唉，真是世事沧桑，兴衰难料啊！这座城市的街道实在不怎么样，路面不整，有些地方甚至凹凸不平。

我们这位陌生的客人又顺路到市立公园遛了一趟，名曰市立公园，其实园内只有为数不多的几棵小树，长得细细的，扎根不深，摇摇晃晃的，只好用三角形支架支撑着树身，支架上涂着闪光发亮的绿色油漆，倒是比摇晃的小树显得漂亮些。虽然这些小树长得还没有芦苇高，但是报纸上却吹得天花乱坠，在报道节日里悬灯结彩的情景时，胡说什么："当谢地方长官的恩泽，为美化我市而新建一座公园，园内遍植名贵树种，已枝叶繁茂，浓阴如盖，酷暑炎夏之时，可供市民消暑纳凉，实为幸哉。"接下来又写道："广大市民个个满怀感恩热忱，人人心潮澎湃，欢呼雀跃，泪雨倾

---

① 双头鹰是俄国的国徽，凡是带双头鹰的房舍，便喻示以前是政府的办公机构。

盆，以表对市长大人的感谢之情。笔者目睹此情此景，亦不胜感动，特著文刊于报端，以抒心中的感慨万端。”此公走出公园之后，又移驾至岗警身旁，仔细而又翔实地问询了去往教堂、本市政要的办公机关，以及省长大人官邸的便捷之路，以备不时之需。此后，他又观赏了那条横贯市中心的河流，途中顺手扯下一张贴在廊柱上的戏剧海报，打算带回旅店去再仔细阅读一番。这时，他发现在用木板铺设的人行道上，走来了一位颇有几分姿色的女士，身后还跟着一个少年侍从，身穿军人制服，手里提着包裹；他目不转睛地把这位女士仔细地观望了一番之后，又环顾了一下四周的景物，仿佛要把这里的环境铭记于心，然后才动身踏上回归旅店之路。刚一踏进旅店，一名侍仆立即前来伺候，精心地搀扶着他登上楼梯，陪着他回到客房。喝完茶之后，他在桌前坐了下来，吩咐人为他点亮了蜡烛，便从衣兜里掏出那张戏剧海报，凑近灯光，微微眯起右眼，认真地看了起来。可是，海报上引人注目的东西并不多，上面刊载着正在上演的柯楚布[①]的一部戏的广告，还详细介绍了饰演这部戏的演员阵容：波普廖文先生扮演罗拉，齐雅波洛娃小姐扮演柯拉，其余的演员都是些不十分出名的了。但是，这位绅士还是把演员名单全都挨个地看了一遍，甚至连池座的票价也没漏掉。当他发现这张海报是省政府印刷厂承印的，便把海报翻了过来，想看看背面是否有什么东西值得一看，可是什么也没印，于是他揉了揉眼睛，很细心地把海报折叠起来，放进了他那只红木小匣子中。此公有个习惯，不管碰到什么东西，哪怕是无关紧要的东西，他都要收藏到这只小匣子里。就寝之前，他吃了一盘凉牛犊肉，喝了一瓶酸梅饮料，然后倒头便睡，按着我们这辽阔的俄罗斯疆土上某些地方的说法，鼾声如雷地呼呼大睡起来，随着鼾声送走了这一天。

到了次日，这位不速之客把全部时间和精力都用在走访拜客上了。他把省城的政要人物，一个不落地走访了一遍。当然第一个要拜访的是省长，于是他怀着虔诚崇敬的心情去拜见了这位大人物，不料这位省长大人和乞乞科夫身材一样，即长得腰不圆体不肥，脖子上悬挂着圣安娜勋章[②]，甚至闹得沸沸扬扬的，有人传说，他很快就会荣膺星形勋章[③]了，上报的呈文很快就会批复下来。别看这位大人物位高权重，声名远震，但是却不是那么飞扬跋扈，为人倒是很和善的，心肠也不坏，闲来无事之时，还要在透空纱上飞针走线地略试身手。其后，我们的绅士去拜访了副省长，

① 柯楚布（1761—1819），德国的剧作家。乞乞科夫所看的戏剧广告，正是该剧作家的剧作《罗拉之死》。

② 圣安娜勋章，即沙皇俄国时代奖给政府官员的二级勋章。

③ 星形勋章，是沙皇俄国时代专门授予高级官员的。

再后来，又去拜访了检察长、民政厅长、警察局长、包税人、官办工厂的总监……总之，凡是该拜见的人，他都一一拜访过了，美中不足的是，我们无法在这里把这些有权有势的显要人物一一列举出来。然而在这里指出一点就足矣啦：这位不速之客在攀高附贵，上蹿下跳，到处钻营这方面所表现出的非凡的才能和非同凡响的狂热，真是令人瞠目结舌，无法多加评论，就连卫生监督及该城总建筑师那里，他也没有忘记登门拜访，以示敬意。经过如此一番折腾之后，又在那辆轻便马车里坐了许久，反复思索，思前想后，看看还有哪些政要被遗漏，或者还有要去拜访的官员，然而在这座省城里，需要去拜访的官员，实在一个也没有了。他在和这些权贵及政要人物交谈时，为投其所好，无不巧言令色地对每个人都表现出了阿谀奉承之能事。在拜会省长时，他便鼓动如簧之舌，巧妙地寒暄起来：他这个陌生之人初来乍到贵省长治下的这块风水宝地，犹如走进了世外桃源或人间仙境，道路平滑如镜，四通八达，走上去，像踏上天鹅绒一样的舒适，真让人有些飘飘欲仙的感觉了！接着又说，政府当局理应受到颂扬和礼赞，因为它所任用的官员皆属贤达有识之士；但是他这一番妙语高论说得十分自然，十分中听，好像不是经过深思熟虑和精心策划的，而是在谈话中有感而发，并没有言过其实和奉承取宠之意。此人很善于见风使舵和随机应变，也就是说，见到什么人，会说什么话。比如拜会警察局长时，便对省城里的岗警作了一番赞扬，使警察局长听起来十分顺耳，心里美滋滋的。在拜会副省长和民政厅长时，在交谈时，明明知道两人只不过是五品文官，却故意把此二人称之为“大人”，虽然会见时间不长，却两次重复这个“大人”误称的错误，但这两个官员听到以后，心里像融化了糖块一般，感到甜蜜蜜的。经过如此精彩的表演之后，的确收到了预期的效果：这位省长大人立刻向他发出邀请，请这位绅士务必于当晚光临省长官邸的家庭晚会，其他官员也都效仿省长，全都迫不及待地向他发出邀请，有人请他共进午餐，有人请他去玩波士顿牌，有人请他赏光，到府上去聊聊天，随意吃些茶点，以满足他们的虚荣之心和发出真诚邀请之美意。

这位不速之客在与别人交往时，关于他本人的情况却有些讳莫如深，也就是说对于他自己，不是避而不谈，或者是避而少谈。即使迫于当时的处境，不能不谈的时候，也只是用些无关紧要的只言片语搪塞过去，如此一来，在这些人眼里，倒显得他很谦虚，很有风度。在这种情况下，即使说出只言片语搪塞的话语，也是选一些文绉绉的词语，带有十足的书生味，显得十分谦卑：说什么他在这个尘世的茫茫人海中，只不过是一个微不足道的小人物，不值得人们对他多加关注；又说什么他在一生中饱受磨难，为捍卫真理在仕途上屡遭挫折，历尽失意，并且树敌过多，甚至有些敌人欲把他置于死地而后快；如今他只想寻求一处栖身之所，能够心舒神畅而安宁地了此一生；又说他来到这座城市之后，理所应当地要拜会这里的最高长官和达官贵人，而且责无旁贷地要向他们表达无限崇敬之情。在这座城市里，人们对于这位即将出席省长大人的家庭晚会的陌生客人所能了解到的情况仅限于此，但是大家对这位来历不明的客人，就要成为省长大人家庭晚会的座上客这件事却是牢记于心的；至于这位新来的绅士自己更是受宠若惊，为了出席这次晚会，他足足花了两个多钟头的工夫，精心地梳洗打扮了一番，所表现出来的那种专心致志和耐心的劲头，确实非常罕见。午饭之后，他只睡了片刻，醒来之后，立即叫人服侍他洗漱，他先在两边脸颊上涂满了肥皂，然后用舌头顶着腮帮子，连刮胡子带揉搓地忙活了好半天。随后他又顺手从旅店侍仆的肩上拿过来毛巾，先是冲着侍仆的脸使劲儿地哼哧了两下鼻子，接下来从耳根擦起，把他那滚圆的胖脸一处不漏而又仔仔细细地擦了一遍。然后又走到穿衣镜前照了又照，这才穿上坎肩，还拔掉两根从鼻孔里钻出来的鼻毛，最后穿上了一件闪闪发光的紫红色燕尾服。就这样，他把自己打扮好了之后，坐上了自备的那辆马车，沿着省城里宽阔得出奇的街道飞驰而去。街道上一片漆黑，只是在某些地方从窗户里射出微弱的灯光，照着马车一闪而过。

然而，在省长邸宅里却是一片灯火辉煌，照耀得和阳光灿烂的白天一般，即或是举办盛大舞会也不一定有如此明亮耀眼的灯火；大门前犹如闹市，车水马龙，熙熙攘攘，一辆辆豪华的弹簧马车络绎不绝，车上都挂着明晃晃的灯笼，大门口还站着两名宪兵，从远处便可听到前导马驭手的吆喝声，总之，贵客盈门，热闹非凡。这时，我们看到，乞乞科夫刚刚走入大厅的一瞬间，不得不把眼睛眯缝起来，因为大厅里的灯光、烛光和女士们衣裙和服饰的闪光，交相辉映，令人眼花缭乱，刺目和眩晕。大厅里金碧辉煌，一切东西都闪光发亮。举目四望，到处闪动着燕尾服的身影，一会儿四散奔走，一会儿又聚拢在一起，恰似七月里炎热的盛夏，一大群苍蝇围绕着洁白晶莹的冰糖块上下翻飞，时散时聚一般；这时，一个人老珠黄的管家婆在敞开的窗子前，把大块的冰糖弄碎，亮晶晶的碎糖渣到处飞舞。孩子们好奇地围在管家婆的身边，兴致盎然地观看着她粗糙手里的小锤敲击着糖块的动作；再看那些在空中盘旋飞舞着的苍蝇，犹如攻击目标的轻骑队，驾乘着轻风，气势凶猛而又畅通无阻地冲进屋来，俨然要取代这里的主人一般；它们欺侮管家婆老眼昏花，再加上强烈灯光的照射使她犹如睁眼瞎一样，便有恃无恐地拥在甜蜜可口的糖块上，看样子，它们还很讲究进攻的策略，有的组成三五成群的小分队，有的则集结成大兵团密密麻麻地大举进攻。实际上，在这年丰物阜的盛夏时节，到处都有美味佳肴，苍蝇随时随地都可饕餮狂饮，它们早都把肚子撑得滚圆了，因此它们飞到这里来，根本不是为了填饱肚子，不过是为了登上这大雅之堂游历一番，展示一下它们逐而不绝、捕杀不尽的威严而已。它们在糖块上悠闲自在地爬来爬去，或者围绕着糖块上下翻飞和盘旋，有时落在糖块上，伸出两只前腿或者后腿相互摩擦，或者在翅膀下面搔一搔身子，或者举起两只前腿在脑袋上蹭几下，然后转身匆匆飞走，过不了一小会儿，又带着一队队新军再次飞回来，实在令人讨厌和心烦！

乞乞科夫尚未来得及仔细地观察大厅里的排场情况，省长大人出乎意料地走过来拉住他的胳膊，并把他介绍给了自己的夫人。虽然事发突然，或者说有些猝不及防，但是我们这位陌生的客人并未张皇失措，举止也未失当：他对省长夫人说了几句十分得体的恭维言辞，这对于像他这样一个官衔不高又不低的中年人来说，能够这样应付自如，确实很机智，很难得。当一对对舞伴翩翩起舞，把其余宾客都挤到墙边时，乞乞科夫便悠闲地站在一旁，倒背着双手，细心地观赏着一对对舞伴的穿着和舞姿，看了大约两三分钟。许多女士都穿着鲜亮耀眼的服装，既时髦又高雅，其余的女士则打扮得俗气一些，虽然花枝招展，但穿的服装尽是些在本城当地购置的。再看这里的男士们，和全国各地没有什么差别，也就是说大约可以分成两种：一种是皮松肉薄的或者说皮包骨头的瘦子，都是些好色之徒，就像狂蜂浪蝶一样，总想采花啜蜜，总是围着女人团团转；其中有些人很像彼得堡的风流男子，从穿着打扮和行为举止上看，很难识别开来；他们同样留着煞费苦心修剪和梳理的连鬓胡子，倒也显得英俊潇洒；有些人干脆把一张椭圆形的脸蛋儿刮得光光的，倒也不失体面和风采，也能不知自重而又嬉皮笑脸地挤在女士们的身旁坐下，说着一口流利的法语，也像彼得堡的风流男子一样，说出一些奇思妙想的开心取乐的俏皮话，逗得这些女士险些捧腹大笑。另一种是肉圆皮紧的胖子，或者是像乞乞科夫一样，既不肥胖臃肿，大腹便便，但也不是肉少皮松、形容枯槁，这种人与瘦子们恰恰相反，大多都不垂涎女色，即使遇到女士们，也是敬而远之，既不搭讪，也不正眼相看，极力退避三舍，只是瞪着两只眼睛滴溜溜乱转，扫视四周，看看省长家里的仆人是不是已在什么地方摆上了铺绿呢子的牌桌，恭候爱赌牌者去玩乐。他们一个个都肥头大耳，一张脸圆滚滚的，皮肤仿佛都要撑破似的，有些人面部还长着赘疣，有的还长着"群众观点"——麻子；他们不爱留那种"怒发冲冠"的鸡冠式发型，也不喜欢剪成弯弯曲曲的鬈发，对法国人所说的那种"活见鬼"式的发型更是嗤之以鼻。他们的头发不是剪得很短，就是梳得光滑闪亮，如此一打扮，使本来就已经肥头大耳的脸显得更圆更大了。看，这就是省里那些值得尊敬的上流人物的尊容，真是有点让人望而却步！唉，在当今这个世界上，胖子比瘦子更会念处世哲学这本真经，更会享受自己安身立命诀窍的丰硕成果；瘦子在仕途之路上，多半是扮演受人差遣的角色，或者只是挂个空名而无实权，到处疲于奔命或闲游闲荡而已；他们在人海中犹如微尘沙粒，随浪沉浮，随波飘荡，完全无法主宰自己的命运，在朝不保夕的生活中尽力挣扎。可是那些胖子们就与他们截然相反，无论在什么地方都要崭露头角和抢占鳌头，而不愿意坐第二把交椅，过惯了颐指气使、作威作福的生活；一旦他们选好位置坐了下来，则要四平八稳，踏实牢靠，宁肯让那个位子在屁股下面压得嘎吱嘎吱直响，他们也不会起身让位。他们也不喜欢穿着华贵而招摇过市。身上穿的燕尾服也不像瘦子们那样用料考究、做工精细，但是在他们的百宝箱里却满满堆积着上帝赐予的珍珠宝贝。瘦子们可在短短的三年之内把家产挥霍精光，就连家中的农奴也被典当得一个不剩；但是胖子们与瘦子的处世之道却是天壤之别，他们对家产不仅善于经营管理，掌握着精打细算和生财有道的秘诀，过着养尊处优而又无忧无虑的生活；请君亲自观看，胖子没多久之前在市区尽头，以妻子的名义买下一幢房子，转眼之间又在市区的另一头买了一幢房子，没过多久，又在市郊添置了一处田庄，然后又购进一个土肥水美又可搞多种经营的村子。最后，在为上帝和国家效忠尽职几年之后，也就是说在功成名就誉满全省之后，便急流勇退——辞官归里，隐退到一个山清水秀可以安度晚年的去处，摇身一变成了地主，成为一个远近闻名的俄国乡绅，成为一名真正的俄国式的大老爷，经常宴请宾朋，慷慨好客，过起了悠闲舒适的好生活。但是当这位胖先生，或者说当这位胖绅士寿终正寝驾鹤西归之后，再由一些瘦子，也就是他们的不肖子孙来继承他花了一生而积攒起来的庞大家业，按照俄国的风俗习惯和财产聚散的规律，在不到几年的时间里把家业挥霍得一干二净。

毋庸讳言，乞乞科夫仔细观察了这伙肥头大耳的官员之后，脑袋里翻腾的差不多全是这一类想法，经过反复斟酌，最终还是跻身胖子一伙人的队列中去，他在那儿遇到的差不多全是谋过面的人，虽然不能说是很熟之人，但也不能说是完全陌生之人：第一个人便是检察长，此公额下有两道又浓又黑的眉毛，左眼睛总是不时地眨巴几下，好像在暗示："老兄，咱们到隔壁房间去吧，我要和你说几句知心话。"他倒是一个严肃而又正派的人，从不信口开河或胡言乱语。邮政局长是个小矮个子，张口便是妙语连珠的俏皮话，而且很有哲学头脑。民政厅长则是处事稳健慎重，待人亲切和蔼。这三位官员见到他，如同老熟人相遇一样，都很热情地和他打招呼，乞乞科夫向他们一一躬身还礼致敬，并无受宠若惊而张皇失礼之处，也就是说表现出无可挑剔的绅士风度。也就是在这里他结识了两个地主，一个是待人和气可亲而又彬彬有礼的玛尼洛夫，另一个是呆头呆脑的土地主索巴凯维奇，这个土老冒初次打交道就踩了他一脚，只说了一声："请原谅。"接着有人请乞乞科夫去打惠斯特牌，他便表现出恭敬不如从命的神情接过纸牌，顺势谦恭而得体地鞠了一躬。于是他们几个人围着铺有绿呢子的牌桌坐了下来，一直玩到入席吃晚宴，其间不曾有一人站起来或起身离座。在座的每个人把全副精力都集中到牌上，牌局以外的聊天和闲言碎语全都停止了，恰像专心致志地在从事某一项重大而有意义的事情一样。那位邮政局长虽然平时爱说爱笑，俏皮话不断，可是一旦正式开牌，脸上便立刻表现出一副冥思苦想的样子，撅起下嘴唇盖住上嘴唇，而且在整个牌局过程中始终保持着这副尊容。每当他打出一张大牌的时候，总是用手使劲地拍一下牌桌，如果打出的是一张王后，他就会大声喊道："去你的吧，神父老婆！"如果打出的是大王，他又会叫道："滚吧，唐波夫的乡巴佬！"再看那位民政厅长也不示弱，出牌时也是大呼小叫的："我要把这个家伙的胡子揪掉！我要把这个婆娘的胡子揪掉！"有时他们居然忘乎所以，出牌时使劲儿地往桌子上摔，情不自禁地喊道："唉！豁出去啦，没牌可出了，就出方块吧！"或者干脆扯着嗓子叫起来："红桃！烂红桃！"或者又狂叫："蠢黑桃！傻黑桃！黑桃大笨蛋！"甚至干脆就喊："黑鬼！"——这些五花八门的叫法，便是他们这一伙牌友对各种花色的纸牌起出来的独出心裁的雅号。打完牌之后，他们照例要大喊大叫地争吵一番。我们这位外来的客人也没因为新来乍到而感到陌生或羞涩，同样也参加了这场大合唱，不过，他在争论时却与众不同，态度不是那么粗鲁，声调不是那么刺耳，用词也相当文雅而又巧妙。因而大家立刻发觉，他虽然也在争论，但是他的争论没有使人不快或反感，反而感到心悦诚服。在玩牌过程中，他从来不说："您出错了牌"，而是说："承蒙惠顾"，"我碰运气正巧压住了您的小二"，以及诸如此类不会引起别人听起来刺耳或不悦的话语。或者为了缓和争论的气氛，或者使对方心平气和、甘心情愿地服输，他每次都会把自己那只银制的鼻烟壶递给对方。这只鼻烟壶不仅做工精美，而且还镶着色彩艳丽的珐琅，为了增添烟的香味，烟壶的底部还有两朵紫罗兰。

宾客之中最令乞乞科夫感兴趣的人，是上面已经提到的两个地主，即玛尼洛夫和索巴凯维奇。他立刻把民政厅长和邮政局长请到一旁，直截了当地打听和了解这二人的情况。从这位新来的客人提出的几个问题来看，他不仅仅是出于好奇，而是经过深思熟虑和反复斟酌才会如此，因为他首先打听的是：那两位地主各有多少农奴，他们的田庄经营状况如何，最后才问起他们的名字和父称。没花多少时间，或者可以说不费吹灰之力，就把这两个地主给迷住了。地主玛尼洛夫是个正值年富力强的人，年岁不算大，有一双像糖一样甜蜜蜜的眼睛，笑的时候总是把眼睛眯起来。他被乞乞科夫完全给迷住了，让他给弄得神魂颠倒，他久久地握住乞乞科夫的手不肯放开，再三恳请这位新来的客人赏光，到他的田庄一游，并且说，他的田庄距离城关仅有十五俄里之遥。乞乞科夫听罢，非常恭顺地鞠了一躬，真心诚意地握住玛尼洛夫的手爽快地回答道，他不仅乐于从命，而且把这应邀前往的行动视为他应尽的神圣义务。见此情景，索巴凯维奇也立刻发出邀请，只不过说得简洁明快："请君务到寒舍赏光。"然后两个后脚跟一碰，行礼致敬；他脚上穿一双特制的大号皮靴，在当今这个时代，即在俄罗斯神奇的巨人开始绝迹的年代，要想找到这种巨人似的大脚，恐怕太难了。

翌日，乞乞科夫便应邀去警察局长家赴午宴，并且在那里消磨了一个开心的夜晚。吃罢午饭，客人们从三点就开始惠斯特牌局大战，一直打到深夜两点，顺便交代一下，乞乞科夫在这里又结识了地主诺兹德廖夫，此人刚到而立之年，也就是三十左右的年纪，是个活泼能干的小伙子，与人交往是个自来熟，而且又不拘小节，没说上三五句话，就和乞乞科夫像老朋友似的，竟然以“你我”相称①地交往起来。诺兹德廖夫对警察局长和民政厅长也称呼“你”，以表示他们的关系十分友好和密切；然而当他们一旦入座打大赌注的牌局时，凡是他所打出的每一张牌，这两位官员都非常仔细地察看，对被他吃掉的牌，察看的就更加仔细认真了。第二天傍晚，乞乞科夫起驾到民政厅长家里应邀做客，这位长官居然穿着一件带有油污的家用长袍接待客人，况且宾客中间还有两位女眷，实在有点大不敬之嫌。接下来，乞乞科夫便逐一地拜访了对他发出邀请的政要人物，到副省长府上出席了晚会，在那儿又度过了一个愉快的夜晚；在包税商家里吃了一顿丰盛的午餐，接下来又与检察长在午餐时，对座共饮，出席了那里为他举办的家庭便宴，虽然说规模不大，但是美酒佳肴也相当讲究和排场；又应商会会长的盛情邀请，参加了专门为他准备的晨祷之后的茶会，尽管都是茶点小吃，但是与一席正规的午餐相比也毫不逊色。总而言之，近几天来，他没有一个小时自己闲暇度过的，回到旅店来，也只是为了睡睡觉歇歇脚而已。这位新来的客人似乎整日忙得无法分身，但是却都能潇洒自如地应付过去，充分显示出他在上流社会的交际场所，是一个经验丰富的交际能手。不管谈论什么话题，他似乎都是胸有成竹，口若悬河地大谈特谈一通，让在场的人一看，就知道他是一位满腹经纶，学识渊博的饱学之士：谁要是谈起养马场，他也谈养马场；要是谈到良种狗，他对此也能发表一番很有见地的高论，如果人们谈论起一桩税务诉讼案件，他立刻能接上话茬，他又能充分地表现出，他对诉讼之类的把戏和法院里玩弄的那套花招一点也不陌生，而且还能说出应对的办法和绝招；话题转到打台球时，他便说他打台球每次都能胜券在握，他仿佛有出奇制胜的法宝；当人们谈论修养身心、高尚品德或积德行善这类富有哲理而又严肃的问题时，他也能高谈阔论地谈上一番，说到激动之处，甚至眼含热泪，神态庄

① 按着俄罗斯的交往习惯，生人见面，因为关系疏远，相互都是以“您”相称，以示尊重；只有亲朋好友之间才以“你”相称，表示关系密切，不分彼此。

重,语调也颇为感人。人们说起酿制烧酒的问题,他也非常熟悉,俨然是一位行家里手;话题涉及到海关稽查和海关官员时,他也对他们了如指掌,品头评足地议论一番,好像他自己就是掌管这一行或者干过这方面的工作似的。但是,令人感到惊奇和值得注意的是,在谈论这些话题时,他伪装得异常巧妙,表现出一副博学多才,成熟稳健的样子,言谈举止恰到好处,说话的语调和语气高低适中恰如其分。总而言之,纵观这几天来他的言谈举止,不论从哪个方面来评价他,此人都是一个从善如流,疾恶如仇的正人君子。这座省城里的大小官员,对这位不速之客的光临,都感到有些受宠若惊,并且尚有些迎之不恭,招待不周的感觉。省长说他是一位诚实可信之人;检察长说他是一个精明能干的人;宪兵上校认为他是一个无所不知、学识渊博之人;民政厅长评价他是一个见多识广、博学多才之士;警察局长则说他是一个礼貌周全、和蔼可亲、值得敬重之人;警察局长的夫人与其丈夫的评价如出一辙,也说他最为亲切和蔼,最为可亲可敬。甚至连那个为人一向说话刻薄,很会说别人坏话的索巴凯维奇,表现也很反常:那天他从城里很晚才回到家里,在宽衣解带要就寝的时候,竟然对躺在身旁的那个骨瘦如柴的老婆说道:“亲爱的,今天出席了省长府上的晚会,午饭是在警察局长家吃的,结识了六品文官巴维尔·伊凡诺维奇·乞乞科夫。此人可非同一般,是一个特别讨人喜欢之人,和他交往真是令人开心!”老婆听了并不开心,只是“哼”了一声,同时还赏了他一脚。

如此一来,省城里的政要官员和各界头面人物对于这位新来客人的吹捧,对他名不符实地推崇备至的广为传播,以讹传讹,在很长时间里都误导了人们对他的真正了解。直到后来,我们这位绅士使出了诡秘的伎俩,而且干了一件令人匪夷所思的怪事,才暴露了他的本来面目,使全城上下的人才如梦方醒,才终于停止了对他的崇拜和赞扬。那么,他究竟干了一件什么样的怪事呢,我想读者诸君,随着本书故事的发展便会知道,也就是说便可以恍然大悟啦。

第二章

Мертвые души

这位新来的绅士来到这座省城已经一个多星期了，在这短短几天里，他到处奔走，接连不断地参加晚会，出席早晨茶点会、午宴和晚宴，虽然忙得不亦乐乎，但过得却非常愉快，非常开心。最后，他又决定到城外去走访，按照在省长家对几个地主的许诺，首先应邀去拜访地主玛尼洛夫和索巴凯维奇。或许，鼓动他这样做的，还有另外一件让他日思夜想的事情，甚至搅得他辗转不宁的更为重要的事情，不过暂时还不能泄露天机，希望读者诸君不必过于心急，只要耐着性子把这部小说读下去，到时候自然而然就会明白其中的奥妙，解开其中的谜团。这部小说虽然说不上是鸿篇巨制，但是篇幅确实很长，随着故事情节的展开，越是接近尾声的部分，场面也会越来越大，情节的发展也会越来越浩繁一些，但是我们这位绅士不可告人的神机妙算也就会暴露无遗，完全彻底地展现在读者诸君面前。

我们这位莫测高深的新客人已经吩咐了车夫谢里方，要他第二天凌晨把那辆读者已经熟悉的轻便四轮马车备好，侍仆彼得卢什卡奉命在旅店中留守，看管客房和主人的皮箱等什物。看来，向读者诸君介绍一下我们这位主人公的家奴，还是很有必要的。不言而喻，这两个人并不是什么值得读者关注的人物，即所谓无足轻重的二流或者甚至是三流人物。再说这部史诗式的小说中的主要线索的叙述和情节的发展，也不是以他们为转移的，只不过有时会偶尔地提及他们，那也只不过是轻描淡写地一带而过罢了。尽管是这样，作者还是致力于把书中所叙述的一切，把来龙去脉都交代得详尽细致，一清二楚，仅就这一点而论，虽然他是一个俄国人，但是他却很想像德国人那样仔细认真。不过，请读者诸君放心，他不会花去很多时间或占用很多篇幅，除了诸君对他们已经了解的情况之外，不会再节外生枝地描写其他别的什么东西了。正像读者诸君所了解的那样，彼得卢什卡穿着一件棕色的肥肥大大的常礼服，一看就知道是主人穿旧了而赏给他的；碰巧的是，他那副长相和他的身份倒也一般无二，脸上趴着一颗大鼻子，两片嘴唇厚厚的，论性情，他不是一个嘴大舌长的人，也就是说平时不大爱说闲话，就算是寡言少语吧。但是，此人却有一个令人意想不到的可贵的良好习惯，有一种高尚的求知欲，也就是非常喜欢读书，至于说到书的内容和难易程度，对他来说全都无所谓；因为不管是书中讲述主人公因坠入爱河而去疯狂冒险也好，还是塞给他一本粗浅的识字课本，或者是一本祈祷书也罢，他都会津津有味而又全神贯注地读起来，囫囵吞枣而不厌烦地啃下去。就是给他带来一本化学书，他也不会弃之一旁而不读。如此看来，令他感兴趣的，不是他所读之书的内容，而是读书这件事情的本身，或者说得更明白一些，而是读书这件事本身的过程，正像他自己所申明的，字母拼凑起总能组成的一个字，或者一个词，但是这个字或者这个词究竟表达的是什么意思，有时鬼才知道是什么玩意儿。我们这位老兄，总是喜欢躺着读书，也就是躺在门厅里像狗窝似的那张床上，床上垫的那个褥垫子本来就已很薄很硬，由于他总是躺在上面，让他给压得更薄更硬了，真成了一张薄饼了。他除了非常喜欢读书之外，还有两个不良的习惯，这也就构成了他这个人性格中另外的两个典型特征(或者说特殊的毛病)：一是睡觉和衣而卧，不是说穿着睡衣睡裤，而是说连那件常礼服都不脱，倒头便睡；二是他的身上总是有一股奇特的怪味，不是说他喷洒了或涂了什么化妆品而散发出来的气味，而是从他自己身上散发出来的气味，有点像卧室里的那种味道，所以不论在什么地方，只要他在那里的床铺上坐过或躺过，再加上他拿进去的外套和他常用的零星什物，你立刻就会闻到那种奇特的怪味，哪怕一间从来没有人居住过的房间，只要他在那儿一住过，就好像有人在这里住过十多年了一样，可见他身上的这种怪味有多么奇特和呛人了！乞乞科夫是一个嗅觉极其灵敏的人，爱挑剔的人，甚至有些爱吹毛求疵，也就是说是一个很难侍候的人。可是，当他早晨一醒来，本来想吸点新鲜空气，可是他那只嗅觉极其敏感的鼻子，闻到的却是彼得卢什卡身上那种奇特的怪味，于是心中很不悦，双眉一皱，摇摇头说道：“你这个家伙，活见鬼，是怎么搞的，身上又出臭汗了吧？你最好还是马上去洗洗澡！”彼得卢什卡听到之后，往往是避而不答，把他的话当作耳旁风，赶紧想方设法溜之大吉，随便找点什么事做而搪塞过去。或者拿起刷子走到挂在衣架上老爷的燕尾服前，胡乱地刷上几刷子，或者收拾收拾别的东西。这个家伙虽然没敢吭声，可是心里可没闲着，——或许，他心里嘀咕着：“你可真有本事，一句话翻来覆去地说来说去，不知有几百遍了，[①]你也不觉得心烦！”——一个家奴挨老爷训斥的时候，他心里究竟会想些什么，别人是无法得知的，也许只有上帝才会知道。好了，第一次介绍彼得卢什卡的情况，只能说这么多了，暂时告一

---

① 这句话原文是“四十遍”的意思，按照俄罗斯人的语言习惯，“四十”就是很多的意思，而不一定就是四十遍或四十次。

段落吧，请读者见谅！

马车夫谢里方嘛，则完全是另外一种性格的人……但是，在这里如此长篇累牍地向读者诸君讲述这些下等人，也确实不像话，作者心中非常不安，因为根据我多年来的所见所闻，读者诸位对下等人是不感兴趣的，当然也就不喜欢结识这些人物了！

至于谈到上等人，那就另当别论了，因为俄国人历来就有这个通病：他们喜欢攀高附贵，哪怕是比自己的官衔只高一等，也会玩命地去结交，去巴结。在他们眼里，能和伯爵或公爵之类的大人物只有点头之交，也比与其他任何人和亲朋好友的关系好得多了。如此看来，作者倒是很替本书中的主人公惴惴不安了，因为他只不过是一个六品文官而已。也许那些七品文官会来结识他，但是那些已经费了九牛二虎之力爬到将军级别的人，会跟他结识和交往吗？只有上帝才知道，也许是异想天开或白日做梦吧！糟糕的是，这些官衔高的大人物对他会投去鄙夷和厌弃的目光，如同对待那些在这些大人物面前卑躬屈膝而跪拜在地之人一样，或许更有甚者，他们会趾高气扬地走过去，如旁若无人或视而不见，那可就把作者置于手足无措而尴尬的境地了！尽管以上这两种情况都让人感到忧心和不安，我们还是得硬着头皮转回笔锋来继续介绍主人公的情况。乞乞科夫在头天晚上就吩咐了两个奴仆该做的事情，次日凌晨他起床很早，先去洗了个澡，用一块海绵打上肥皂，把全身上下——从头到脚彻底地擦洗了一遍。要是在平时，只有到了星期天他才会这样大清洗——恰巧这一天正好是星期天——接下来又把脸仔仔细细地刮了一遍，也就是说刮得干干净净，连一根毛都不剩，看上去就像平滑闪光的缎子一样，在此之后才穿上他那件紫红色带闪光花点的燕尾服，再披上一件熊皮外套。正要抬腿下楼的时候，旅店的侍仆赶紧跑过来，一会儿从右边，一会儿从左边搀扶着他走下楼梯，最后登上他那辆专用的轻便的四轮马车，总算启动大驾了。马车咕咕隆隆地穿过旅店的大门，行驶到大街上。一个迎面走来的神父，看到驶来的马车，赶紧脱帽致敬，几个穿着破衣烂衫的小孩，一拥而上伸出手来，哀求道："老爷，可怜可怜孤儿吧！"马车夫发现一个孩子正要爬上马车后面的脚踏板，挥起鞭子抽了一下，于是马车在石子路上颠颠簸簸地向前飞驰而去。令他感到高兴的是，已经看到远处有一根条纹的拦路杆，这乃是一个信号，说明这种苦不堪言的石子路和别的磨难很快就要过去了。不料，乞乞科夫的脑袋又被车身狠狠地撞了几下；之后，马车在乡间松软的土路上奔驰起来，我们的主人公在车上才略感平稳和舒适一些。按道理，马车一驶出城郊，作者就应该把笔锋转到大路两旁出现的荒芜而杂乱的景物之上，即举目可见的小荒丘啦，一片片荒草，一簇簇小杉树啦，一丛丛低矮的小松树啦，还有已经烧焦了的老松树枝干、野生的杜松，以及其他一些令人触目伤情的乱东西。一路之上，途经了几个疏疏落落的村庄，像一座座连绵不断的小山峦一样，迤迤逦逦地延伸下去。村子里家家户户的房舍，看起来就像一垛垛堆起来的劈柴，灰色的屋顶下方，雕刻着各式各样的木头饰物，形似一排排垂挂下来的绣花毛巾。大门口照例有几个披着光板羊皮袄的庄稼汉，坐在长凳上闲聊或四处张望，有的还哈欠连连。一些村妇从阁楼的窗户里，伸出一张张又胖又圆的大脸盘，胸部都束得紧紧的；下面的窗子里有一头小牛犊向外探头探脑的，或者有瞎眼睛的猪把鼻子伸出窗外。总而言之，凡是生在农村或者到这里来过的人，这一切景象都是司空见惯了的。马车跑出十四俄里之后，乞乞科夫猛然想起来，按照玛尼洛夫事先告知的，这儿就应该是他的田庄了。可是，已经跑了十五俄里路了，却还没有看到那处田庄在什么地方，多亏对面走来了两个庄稼汉，否则的话，也许他今天就要白跑一趟了。两个庄稼汉一听有人打听萨玛尼洛夫卡村，便摘下帽子以示敬意，其中那个留着山羊胡子的人，看起来比较机灵，便回答说：

"噢，可能是玛尼洛夫村吧，恐怕不是萨玛尼洛夫村吧？"

"啊，对了，正是玛尼洛夫村！"

"那就没错了，是玛尼洛夫村！往前再走一俄里，然后往右一拐就行了。"

"向右拐？"马车夫问道。

"对，是往右拐，"那个山羊胡子庄稼汉说道，"你就顺着这条路走，就能走到玛尼洛夫村，这儿根本就没有什么萨玛尼洛夫村，是的，从来就没有听说过这个叫萨玛尼洛夫的村子。走到那儿以后，你一看就知道了，在一个山丘的顶上有一座房屋，是用石头砌起来的二层楼。那座房舍就是老爷的宅第，也就是说老爷本人就住在那儿。那就是你要去的玛尼洛夫村，绝对没错儿，那里从来就没有什么萨玛尼洛夫的村子！真的，压根儿就没有过这个名字的村子。"

既然已经打听清楚了，他们就快马加鞭地驱车飞驰，直奔玛尼洛夫村而去。大约又走了四俄里，才看到那转弯的地方，拐过弯又踏上了一条通向那里的乡间土路，又继续往前走了一段路，大概又走了三四俄里，可是还是没有看到那座盖在山丘顶上的二层楼房。到了这个时候，乞乞科夫才如梦方醒，这才明白过来，如果有哪一位朋友邀请你去拜访他的村庄，他说有十五俄里的路程，那就等于说，这段路程至少要走三十多俄里。根据玛尼洛夫村所在的位置来看，实在来去不大方便，平时不会有很多人到这里来访问。那么，我们再看一看，这位老爷的宅第孤零零地坐落在一片开阔的高地上，也就是说，是坐落在一个山丘上，前后左右没有一点儿屏障，它可以挺身迎接四面八方的来风，而且还有一个绝好的优势，——可以居高临下地眺望和欣赏四周美丽的风光！山丘的斜坡上覆盖的草皮，都是精心修剪过的，形成一片令人赏心悦目的绿色草坪，并且按着英国的方式，环抱着两三个大花坛，花坛里面簇拥着紫丁香和金黄色的合欢；有的地方挺立着五六株白桦树，把细的叶子和稀疏的树梢举向蓝天。在两株白桦树搭起来的绿阴华盖下面，有一座凉亭，凉亭托着一个扁平的绿色圆顶，环抱着漆成浅蓝色的木头圆柱，上面还题写着："遐想亭"。再往下几步远的地方，有一个大池塘，水面上漂满了绿色的浮萍，不过，在俄国地主英国式的花园中，几乎都有这种池塘。在这个小山丘的脚下，和某处斜坡上，还纵横交错地盖了许多用圆木建成的农舍，清一色深灰色的，看上去好像是一大片风尘仆仆归来的人群挤在那里。我们的主人公不知何故，心血来潮地数了起来，一共数出来两百多幢，在这两百多个农舍之间，就连一棵小树苗都看不到，甚至也找不到一根绿草，更谈不上有什么乘凉避暑的绿阴了！环顾四周，举目可见的尽是那些搭建在农舍上的圆木。只是有两个农妇动作优美地撩起衣裙，把衣裙围在腰间，在没膝的池塘里小心翼翼蹚水徐行，为这死气沉沉的周边环境，增加了一点诗情画意，增添了一点生气。只见她们二人拉着一张拴在两根木杆上的破渔网，渔网里有两只龙虾在蹦跳，还有一条银光闪闪的鲈鱼在网上拼命地挣扎。看样子，两个农妇在打嘴仗，不知何故，居然像泼妇骂街一样地吵闹不休。眺望远处，有一片暗绿色的松树林子，也是孤孤单单地站在那里，显得既单调又乏味，没有一点儿翠绿盎然的气息。但是，天公还是很作美：天气既不是阳光灿烂，也不是阴云密布，而是整个天空呈现出一种迷迷蒙蒙的浅灰色，这种颜色恰像那些平日里不舞枪弄刀的，但每逢星期天便喝得醉醺醺的保安部队的士兵们身上穿的旧军装。为了使这幅乡村画面更欢跃多彩，还必须有一只公鸡预报变化无常的气候，它虽然因为风流韵事而争风吃醋，一番恶斗之后，鸡冠子被啄得血肉模糊，仍旧挺胸昂首地大声啼鸣着，甚至还拍打着毛光羽稀的翅膀，犹如摇着两个千疮百孔的破蒲扇。马车正朝着宅院大门驶过来，乞乞科夫已经看到玛尼洛夫站在楼前的台阶上，身穿一件绿色毛料常礼服，举起一只手屈伸着手背搭在眼睛上方，以便把驶来的马车看个清楚。随着马车越来越靠近台阶，他的两只眼睛越发闪射出欣然悦色的目光，整个面孔也笑逐颜开了。

"巴维尔·伊凡诺维奇！"当他看到乞乞科夫从马车里出来的时候，主人玛尼洛夫兴高采烈地呼叫起来，"您到底还是想起我们来啦！"

两个朋友欣喜若狂地相互亲吻了几下面颊，玛尼洛夫立即把客人请进他的客厅。趁他们要穿过门廊，走过前厅和餐厅这段短暂而又宝贵的时间，我们来尝试一下，能否简要地介绍一下这座宅第的主人。可是，说到这里，作者不得不实话实说，这类事情是很难如愿以偿的。假如塑造和描述一个性格鲜明和特点突出的人，就不会那么难；只要你拿起画笔随意在画布上涂抹几笔即可：一个具有一双乌黑闪亮的眼睛、眉毛倒竖、额头上布满皱纹、披着一件黑色或火红色斗篷的人物——这样一幅肖像就算完成了；但是，形象如我们眼前这位先生一样的芸芸众生的地主老爷们，要描绘和刻画起来那可是太难了，因为这些人物的长相都差不多，然而你再仔细观察一下，又会发现他们各自都有一些非常难以识别或者无法表达出来的特征，因而，你就要精力高度集中，或者说全神贯注、全力以赴，才会觉察出他们那些细微的，甚至难以区分开来的特征，总而言之，你必须具有久经磨炼和明察秋毫的敏锐目光去深入地探察和发掘他们的内心世界才行。

那么玛尼洛夫究竟是个什么样的人物，或者具有什么样性格的人呢，大概只有上帝才能说得清楚。在茫茫人海中，就有这么一种人，他们平平凡凡，说不上好，也不能说坏，正如俗语说的那样，既不是城里的鲍格丹，亦非乡下的谢里方。玛尼洛夫也许就属于这一类人吧。从仪表上看，他的相貌并不超群出众，但是却有着一张尚能讨人喜欢的面孔，尚有亲切可爱之处，不过，在这喜欢的味道里面，仿佛搅拌进去了过多的蜜糖；他在言谈举止方面，善于博取别人的欢心，接人待物时，表现出一副阿谀逢迎的样子，想方设法讨好对方，图个与人结交的好人缘。他总是笑眯眯的，很迷人，满头淡黄色的头发，有一双蔚蓝色的眼睛。同他交谈的时候，刚一开始，你会情不自禁地说："您是一位多么可亲可爱的人啊，是一位心地善良的大好人啊！"过一小会儿，你就什么话也不想说了，再过一小会儿，你心中就会想："鬼才知道他是个什么怪物！"如此这般，你就会设法远远地躲开他，如果真躲开，你就会感到心中烦闷而又厌倦无聊。他张口启齿，永远也不会说出一句令人心情激动或心悦诚服的话语，哪怕是冒出来一句傲慢自负的大话，说实在的，自我欣赏之心人皆有之，说出几句自我炫耀的话也是在所难免的，尤其当话题涉及他嗜好或心爱之物的时候，这种话往往会脱口而出。哪个人没有自己的爱好或心爱之物呢，此乃人之常情。例如，有的人酷爱饲养猎犬，有的人痴迷于音乐，自以为精通乐理，并能深刻领会其中妙不可言的精髓；再有的人自诩为品尝美味佳肴的美食家；第四种人爱争强好胜而又自不量力。总想扮演比自己高一些的角色，竭力挣扎要与命运抗争；第五种人胸无大志，但是虚荣心又极强，就连做梦都梦到跟御前侍从武官一起散步逍遥，并在朋友、熟人，甚至素不相识之人的面前大吹特吹一通;第六种人天生就是赌徒,那一双嗜赌成瘾的老手,一看到方块爱司或者二点,便会像鬼催的一样疯狂地去下赌注;第七种人则有个怪癖:挥着一双手总是跃跃欲试,总想找个地方整顿整顿秩序,以便显示一下自己的威风,只好在官职最低的驿站长或者马车夫面前折腾一番。总而言之,每个人都有与众不同的脾气秉性和个人爱好,然而玛尼洛夫却什么也没有。他平时在家里沉默寡言,整天坐在那里用沉思默想来打发时间,可是他究竟在想些什么,只有上帝才能知道。要说他是在考虑如何经营田产吧,那也是言不由衷,因为他几乎从来也不去田地里转一转或者看一看,对庄稼的长势、看护料理之事从不过问,任其自由生长。或者可以一言以蔽之:对于农事问题只当甩手掌柜的。管家要是和他说:"老爷,这些事这么办就好了。""好啊,就这么办吧。"他会不假思索地应声答道,而且差不多总是在抽着长杆烟斗,这种烟斗不离嘴的习惯还是在军队里服役期间养成的,那时大家一致认为他在军队里是一位最谦虚谨慎,最礼貌周全,最教养高雅的军官。"好吧,就这么办吧。"他又重复了一遍。如果有一个庄稼汉跑来向他请示,一边搔着后脑勺,一边说:"老爷,赏给我几天时间吧,我想去干点儿别的营生,好赚点儿钱来交人头税。""那就去吧。"他仍然嘴不离长烟斗地说,甚至根本就没有想过,这个庄稼汉居然会去喝酒,而且喝得烂醉如泥。有时忽然来了闲情逸致,站在门前的台阶上散散心,一会儿望一望院子,一会儿又看一看池塘,突发奇思妙想,便会欣欣然地嘀咕道:假如立刻动工在家门口修一条地下通道,或者在池塘上架设起来一座石桥该有多妙啊,在桥的两端还可以开些小店铺,让商贩们坐在店铺里,让农户们能买到所需要的日用百货,岂不更妙!越盘算越美,真的有点飘飘然了:那双眼睛就好像被糖水泡过一样那么甜蜜,脸上绽放出神采飞扬的表情。然而,这些美好的想法,只不过是他心血来潮的设想,说来说去,只不过是几句空话罢了。

如果读者诸位尚未烦躁的话,那就让我们去观赏一下玛尼洛夫的书房和居室里面的陈设吧。此公的书房里总是摆放着那么一本书,书签总是在第十四页上,可是这一页书他就阅读了两年之久。他的居室里面总是好像缺点什么美中不足的东西:客厅里倒是有一套漂亮的家具,上面都蒙着名贵的丝绸料子,这种丝绸布料的价格一定太贵了,要不为什么有两把椅子没蒙这种布料呢,只好用蒲席来将就。不过,在后来这几年里,每逢有客人来访,他总是用如下的几句话来提醒客人:"请您不要坐这两把椅子,没最后完工,暂时还不能用。"再到另外一个房间看看,里面空空如也,竟然连一件家具也没有,虽然刚结婚那些日子,他几乎每天都说:"宝贝儿,明天我就吩咐仆人,弄来几件家具,把这个房间好好地布置一下,就算是暂时对付一下也好。”每天傍晚，都要端出那只古色古香的青铜烛台摆到桌子上，烛台上装饰着希腊美惠三女神的雕像，并且还带有一个祖母色的漂亮托盘，然而令人感到很不协调的是，旁边却摆着一只用普通的铜制作的烛台，而且早就残缺不全，一条腿少了半截，向一边歪斜着，挂满脏兮兮的蜡油。令人遗憾的是，不论是男女主人，还是家中的仆人们，居然谁也没有发现这种不伦不类的现象，全都司空见惯，不以为然。

现在该介绍一下玛尼洛夫的妻子……他们可真算是一对夫唱妇随的佳偶，二人彼此心心相印，说得上是称心如意。别看他们缔结姻缘已经八年有余了，可是依然像情侣相恋一样，或新婚燕尔之时那么恩恩爱爱，平时还总是相互亲昵地喂对方一片苹果啦，一块糖啦，或一颗胡桃仁啦，同时还柔声细气而又情意绵绵地说道：“宝贝儿，快张开你的小嘴，我要亲手把这一小块直接放到你的嘴里去。”还有什么可说的，如此一来，那张小嘴自然就会娇美地张开了。每逢过生日的时候，都会各自精心地为对方准备一件意想不到的礼物，比如送一个用彩色鲜艳的小珠子串起来的牙签套儿等表示深情厚爱的小东西。两个人经常肩并肩地坐在长沙发上，谁也搞不清是什么原因，突然间兴致儿来了，丈夫匆忙地放下手中的长杆烟斗，妻子也急不可待地丢下手中的针线活儿，互相便紧紧地拥抱在一起，来了一个如饥似渴而又温情无限的长吻。究竟吻了多长时间呢，足可以让你从容不迫地吸完一枝小雪茄烟。毋庸置疑，他们真可以称得上夫唱妇随，幸福美满、爱笃情深的一对浪漫的夫妻。当然啦，在这个夫唱妇随而又和谐美满的家庭，除了那些浪漫的长吻和意想不到的生日礼物之外，不难看出还有许许多多其他要做的事情，不难发现还有许许多多其他亟待解决的问题。比如说，厨房里为什么一团乱糟，饭菜做得那么差劲儿？为什么贮藏室里什么东西都没有？为什么管家总爱贪便宜偷东西？为什么家中男仆人人都穿着邋邋遢遢，个个整天都醉醺醺的？为什么所有的下人都爱睡懒觉，睡醒的时候又不务正业，懒散放荡？不过，所有这些事情看起来仿佛都是些鸡毛蒜皮的卑微琐事，而那位玛尼洛夫太太可是受过正规而又良好的教育的。在俄罗斯谁人不知，哪个不晓，正规的良好的教育，只有在贵族女子寄宿学校才有幸接受得到。人所共知，在这种寄宿学校里只开设三门主课，这三门主课是培育贤惠淑女、杰出佳人，造就精明的家庭主妇之美德的基础的必修之课：一是法语课，这门功课是构建幸福的家庭生活所不可或缺的；二是钢琴课，是妻子为夫君弹奏一曲，可以使他得以愉快地度过闲暇时光；最后一门是家政课，是培养一个称职的家庭主妇不可缺少的必修课，比如为至亲至爱的人编织钱包或意想不到的生日礼物，等等。不过，为了适应当今社会发展的需要，在教学方法方面经常要作一些改进和变更,使之更加完善和完美。能够成功与否,基本要取决于各个学校校长有什么突出的才干和明智之举了。如此一来,在一些女子寄宿学校里,便在这三门主课安排的先后次序上大做文章了:有些学校把钢琴课放在最前面,其次是法语课,最后是家政课。也有的学校作如下的安排:首先安排的是能造就称职的家庭主妇杰出技能,也就是编织钱包或生日小礼物的本领;其次是法语课,最后才是钢琴课。诸位明公一看便知,这种所谓的教学方法的改进和变更,只不过是在课程的安排次序上变换了花样,只不过是换汤不换药的自欺欺人的花招而已,其效果和成就便可想而知了!因此,我们不妨再强调指出一点:我们这位玛尼洛夫太太……可是我不得不坦然告知,我最害怕谈论女士们,尤其是谈论如像玛尼洛夫太太这样一位出自名门闺秀的女士了。再说如果扯得太多了,不仅会离题太远了,也会使读者诸君厌烦。因此,我们还是应该书归正传,收回笔锋来继续介绍我们的两位主人公了。那就请接着往下看吧:看,我们这两位主人公已经在客厅门口站了好一会儿了,彼此正在上演温良恭谦让这幕繁文缛节之礼:也就是说谁都不肯先行一步进入客厅,正在彬彬有礼地互相谦让:

“哎呀,快别这样客气和劳神了,如此谦让我会心中不安的,还是您先请进吧!”乞乞科夫十分有风度地说道。

“不行,那怎么行呢,您可是贵客呀,巴维尔·伊凡诺维奇,还是您先请进吧!”玛尼洛夫一面说着,一面毕恭毕敬地指着门。

“您太客气了,您太费心劳神了,客随主便,还是您先请进吧!”乞乞科夫说道。

“那可万万使不得,请原谅,像您这样一位如此令人愉快,如此有教养的客人,怎么能走在我的后面呢,那岂不会惹人笑话!”

“哪里,哪里,承蒙抬爱,怎么敢说有教养呢?实在是受之有愧,还是您先请进吧!”

“哎呀,还是您先请进吧,何必这样过谦呢?”

“哪有这种道理,实在不敢当。”

“好了,好了,理应如此嘛!”玛尼洛夫笑眯眯地说道。

这场谦让的闹剧终于如此收场:两位朋友只好都侧着身子,彼此簇拥着步入客厅。

“请允许我向您引荐我的妻子,”玛尼洛夫说道,“亲爱的,这位就是巴维尔·伊凡诺维奇先生!”

经玛尼洛夫一介绍,乞乞科夫这才想起方才确实看到一位女士和玛尼洛夫一起站在门口,因为他只忙于互相谦让,鞠躬施礼时根本没有注意到她,她的模样还算说得过去,衣着和她的肤色也很相称。身上那件浅色丝绸长衫也很合体;如同玉笋般尖尖的小手急匆匆地把一件什么东西扔到桌子上,顺手抓起一块四角绣花的麻纱手帕。她本来坐在沙发上,赶快站起身来以示敬意。乞乞科夫立刻走上前去,欢快而有礼貌地亲吻了她的小手。玛尼洛夫太太也有些激动,甚至说话时有些字母发音不准,她说,乞乞科夫这位贵客的大驾光临,他们夫妻二人都非常高兴,并且感到万分荣幸,又说,她的丈夫没有一天不念叨他,不思念他。

"是啊,"玛尼洛夫赶紧插话说道,"她总是不停地问我说:'你那位朋友为什么还不来呀?'我便安慰她说:'亲爱的,别着急,再等一等,他会来的。'怎么样,你现在终于大驾光临了,您光临寒舍真是蓬荜生辉,使我们感到非常的荣幸,真是给我带来了极大的快乐……是五月的明媚阳光……是渴望已久的抚慰心灵的节日。"

经这夫妻二人如此一番天花乱坠地恭维和吹捧,乞乞科夫都感到有些尴尬了,便面带羞色地谦虚起来,赶紧回答道,他既没有显赫的家族姓氏,也没有令人垂涎的高级官衔。

"何必过谦呢?这些您应有尽有,"玛尼洛夫仍然笑眯眯地打断他的话说道,"这些您全都有,甚至还不止这些呢!"

"在您的心目中,我们这座省城怎么样?"玛尼洛夫太太娇滴滴地问道,"您在那儿过得开心吗?"

"那是一座很好的城市,非常出色的城市,"乞乞科夫答道,"我在那里过得很开心,我在那里拜访和结识的人,都是一些非常和蔼可亲和礼貌周全的人。"

"那么我们的省长大人呢,您觉得怎么样?"玛尼洛夫太太接着问道。

"可以说是一位最最值得尊敬的人,最最和蔼可亲的人,您意下如何?"玛尼洛夫补充道。

"这话说得太好了!"乞乞科夫立即答道,"他是一位最最值得尊敬的人。他不仅是一位忠于职守、克勤克俭的清官,而且还是一位高瞻远瞩、胸怀鹏程壮志的官员!但愿俄罗斯能多出一些像他一样的旷世奇才!"

"他处理任何事情都是那么轻松自如,或者说游刃有余吧,您是知道的,他在与人交往时,言谈举止总是那么礼貌周全,恰到好处。"玛尼洛夫洋洋得意地说道,甚至有些得意忘形,高兴得几乎把眼睛眯成了一条缝,就像一只被人抚弄着耳朵的公猫,就要打瞌睡了一般。

"省长的确是一位礼貌周全的人,令人感到愉快之人!"乞乞科夫接过话茬又说道,"最令人感到奇妙的是,他的手居然那么灵巧!要不是亲眼所见,这是我无论如何也难以想像得到的。他竟然精通各式各样家庭

针织和刺绣，奇哉！妙哉！他给我看了他亲手做的钱包，很少有哪一位太太能够绣得如此之精美！”

“还有那位副省长，据说是一位非常可亲可敬的人，您说呢？”玛尼洛夫又把眼睛略微眯起来，问道。

“是啊，他是一个非常非常值得尊敬的人。”乞乞科夫答道。

“那么，再请问，您觉得警察局长这个人怎么样？是个很让人喜欢的人吧，对吗？”

“非常让人喜欢，确实如此，而且是一个聪明能干又学识渊博的人！我同检察长和民政厅长一起在他家中玩过惠斯特牌，一直玩到金鸡报晓，他算得上一位非常值得尊敬的人。”

"那么,您对警察局长太太有什么高见?"玛尼洛夫太太又乘机问道,"听说是一位非常和蔼可亲的女人,是这么回事吧?"

"一点儿不错,她是我认识的最值得尊敬的众多女士中的一个。"乞乞科夫毫不迟疑地回答道。

接下来,他们又说到民政厅长啦,邮政局长啦,省城里所有官员,他们一个也没忘掉,全都评论了一番,结果省城里的官员们个个都是顶呱呱的人,每个官员都是最最值得尊敬之人。

"二位大概常年都是在乡下度过的吧?"此刻才轮到乞乞科夫主动提出一个有关朋友的家居生活的问题。

"大部分时间是在乡下,"玛尼洛夫答道,"不过,有时也进城转一转,走动走动,只是为了和那些有教养的人士见见面,聊聊天。您知道,如果一个人久居乡下,或者足不出村,会变得孤陋寡闻,会变得粗野无知的。"

"说得好,说得好。"乞乞科夫连声称赞道。

"当然,"玛尼洛夫继续说道,"如果四邻八舍有些好邻居,那就另当别论了。比如说,有那么一个知书达理或者学识丰富的邻居,你就多多少少可以跟他聊一聊接人待物的礼节,聊一聊高雅的风度,探讨探讨一门学科,了解了解科学的发展,让心灵受到震撼,让精神得到激励,从而能奋发向上……"说到这儿,他还想继续发挥下去,可是想到离题太远了,于是把手在空中挥了一挥,接着又说下去,"可惜的是根本就找不到这么一个好邻居啊,没办法呀,当然,在这乡下过着宁静的生活,不受世俗喧嚣的打扰,还是有很多令人愉快的欢乐的……没人可以谈心和交流,那就只能有时读一读《祖国之子》①啦。"

乞乞科夫颇有同感,完全支持他这种看法,而且还进一步补充发挥说,再没有什么比安闲自在地生活在乡下,离群索居,不受世俗喧嚣的打扰更好的了,还可随时随地欣赏大自然风光,偶尔随意地读读书,该是多么愉快和开心呀……

"但是,您可要知道,"玛尼洛夫又说道,"如果没有一个知心好友来分享您的喜怒哀乐,来与您同甘苦共患难,那总是……"

"啊,您说得很好,说得太对了!"乞乞科夫打断他的话说,"假如没有知心好友,那么,世上即使有唾手可得奇珍异宝,又有什么用呢!正像一位先哲的名言:'千金易得好友难求。'"

"您知道吧,巴维尔·伊凡诺维奇!"玛尼洛夫又说道,此时他脸上露

---

① 是一种刊物,于一八一二年创办,是在击败拿破仑,取得卫国战争胜利的大好形势下应运而生,但自一八二〇年起日趋反动。

出的那种甜蜜蜜的表情，好像是在蜜罐里泡过了一样，让人感到甜得呛人。这种表情恰像一个周旋于上流社会老奸巨猾的医生，为了取悦那些生了病的大人物，故意在难以入口的苦药里拼命加糖或蜂蜜，让他们高高兴兴地把药水或药片喝下去或吞下去。“如果有一个知心好友，那该多好啊，你就会感到精神上的喜悦和安慰……比如说此刻，天赐良机，幸运之神就给了我这样一位知心好友，我可以敞开心扉向您求教，让我有幸来倾听您的宏言高论……”

“不敢当，实在不敢当，怎么能算什么宏言高论呢？……我只是一个微不足道之人，何足道哉，何足道哉！”乞乞科夫回答道。

“哎呀呀！巴维尔·伊凡诺维奇，请允许我说一句肺腑之言，也就是掏心窝子的话：您所具备的那些高尚品质，哪怕能让我具有一部分，我会心甘情愿地奉献出一半家产！……”

“恰好相反，从我这方面来说，我倒认为这是最大的……”

如果不是仆人进来禀报午餐已经齐备的话，恐怕还不知道这一对好朋友相互披肝沥胆，袒露胸怀到何种程度。

“我最真挚地恳请您赏光，”玛尼洛夫说，“务必请您原谅，在我们这穷乡僻壤，实在无能为力为您摆设京城上流社会那种盛大的宴席来招待您，更是拿不出美味佳肴奉献给您品尝，我们只能为您捧上粗茶淡饭，只是按照俄国人的习惯，只能用菜汤来招待您啦，不过，这确确实实是我们的一片诚意。我最真挚地请您赏光。”

这时，他们又上演那幕互相谦让的闹剧，为谁该走在前面而争执老半天，实在谦让不过，最后乞乞科夫只好侧着身子先走入餐厅。

在餐厅里，已经有两个小男孩恭候在那里，这是玛尼洛夫的儿子，已经到了可以上桌就餐的年岁，但是还需坐高腿椅子。一个家庭教师站在他们的身旁，他面带微笑毕恭毕敬地鞠了一躬。女主人面对汤盘入座，客人被请到男女主人中间就座。仆人给两个孩子围好餐巾。

“多么可爱的孩子，”乞乞科夫望着两个孩子说道，“几岁了？”

“大的八岁了，小的昨天刚满六岁。”玛尼洛夫太太答道。

“费米斯托克留斯[①]！”玛尼洛夫转过头来向大儿子叫了一声，这个孩子正使劲儿把下巴颏从围着的餐巾里挣脱出来，因为仆人把餐巾一直围到他的下巴颏上。

乞乞科夫听到这个带有一点希腊味道的名字，情不自禁地扬了一下

---

① 古希腊一位统帅的名字叫忒米斯托克尤斯，由于拉丁语和俄语译音的转换，故俄语读成“费米斯托克留斯”。

眉毛,表现出疑惑不解的样子,——他没弄清楚玛尼洛夫为什么在名字的后面加上个"留斯"——但是面部表情立刻又恢复了原状。

"费米斯托克留斯,告诉我,法国哪座城市最漂亮?"玛尼洛夫问道。

这时,家庭教师马上聚精会神地紧盯着费米斯托克留斯的脸,仿佛要跳到孩子的脑袋里去,以便代他回答,可是,当他听到费米斯托克留斯回答出了"巴黎",这才松了一口气,放心地点了点头。

"那么我们国家哪座城市最漂亮呢?"玛尼洛夫又问道。

家庭教师立刻又聚精会神地专注着孩子。

"彼得堡。"费米斯托克留斯不假思索地答道。

"还有一座城市叫什么?"

"莫斯科。"费米斯托克留斯又流利地答道。

"好个聪明孩子,小宝贝,"听到这里,乞乞科夫连忙夸奖道,"真了不起,太棒了……"他立刻把脸转向玛尼洛夫,故作惊奇的样子,继续说道,"才几岁的孩子呀,就知道这么多的东西,真是神童! 作为知心朋友,我可要祝贺你们,这个孩子前途无量,必成大器!"

"啊,您还不了解他呢,"玛尼洛夫答道,"这个孩子的脑瓜太机灵了,可以说是聪明绝顶。那个小的嘛,亚尔基德①,脑子就有点笨,没那个大的那股机灵劲儿。那个大的,不论看到什么小动物和昆虫等,如一只小甲虫,一只瓢虫,他那两只小眼睛就会瞪得溜圆,滴溜溜地转起来;赶紧跟着跑过去,盯着它看个没够。我想让他将来干个外交方面的工作。"接着他又一次把脸转向大儿子问道:"费米斯托克留斯,你长大了愿意当公使吗?"

"愿意。"费米斯托克留斯很得意地回答说,嘴里一面嚼着面包,一面把头左摇右摆的,显得很神气。

这时候,站在后面的仆人给这个未来的公使擦了擦鼻子,多亏他擦得及时,否则那一大堆快要流出来的鼻涕就掉到汤盘里去了。在进餐的时候,两个朋友又谈起了宁静的乡下生活的种种乐趣;有时女主人也打断他们的谈话,发表一番她对省城剧院及其演员的看法。家庭教师则目不转睛地望着正在兴致勃勃聊天的主人和客人,当他看到他们会心地发笑时,他也立刻咧开大嘴,惟妙惟肖地跟着笑起来。他大概是一个知恩图报的人,想用这些笑脸来报答主人给他的不菲的待遇。然而,有一次他却板起面孔来,两只眼睛睁得圆圆的,生气地盯着坐在他对面的两个孩子,居然用餐具当当地敲起餐桌来。谁知道,他这一敲正敲在点子上,因为费米斯

---

① 古希腊神话中的英雄赫拉克斯的名字,也就是罗马神话中的赫丘利。

托克留斯正巧在弟弟的耳朵上咬了一口,弟弟亚尔基德疼得把眼睛狠狠地闭起来,把嘴咧得老大,正要号啕大哭一通。但是他欲哭又止,因为他心里明白,假如一号哭起来,就享受不着盘子里的美食了。于是,只好马上忍痛把咧着的嘴巴恢复原状,眼泪汪汪地啃着羊骨头,两个腮帮子让羊骨头弄得油光闪亮的。女主人时不时地转过脸去,对乞乞科夫说道:"您怎么什么也不吃呀,不要那么客气,您吃得太少啦。"乞乞科夫每次都很客气地回答道:"实在太感谢了,我真的吃饱了,推心置腹的交谈比所有的美味佳肴都更令人欢心和开胃呀。"

酒足饭饱之后,大家都离开了餐桌。玛尼洛夫流露出一副心欢神畅的样子,一只手轻柔地扶在客人的背上,正想就这样陪伴着他返回客厅。但是乞乞科夫却露出一副莫测高深的样子,声称他有一件重要的事情要和主人探讨。

"既然如此,那就请让我带您到我书房去吧。"玛尼洛夫说完,便把客人请进一个不大的房间里去。那个房间的窗户正对着一片郁郁苍苍的树林子。

"这就是我修身养性的禅堂陋室。"玛尼洛夫自谦地说道。

"好一个清静舒适的房间哪!"乞乞科夫把房间扫视了一下说道。

这间书房的确很清静舒适,墙壁被涂成令人赏心悦目的青灰色,陈设着四把椅子、一把圈椅和一张写字台;写字台上摆着一本书,第十四页上还夹着一枚书签,这本书我们曾在上文提到过,还有一些写过字的纸张。但是令人不解的是,写字台上还有许许多多的烟叶,成为桌子上最多的东西,而且摆放的方法也不一样:有的装在纸袋里,有的装在烟盒里,也有的干脆直接堆放在写字台上。再看两边的窗台上,也点缀着从烟斗里磕出来的烟灰,一小撮一小撮整整齐齐地排列着,看起来,主人是煞费苦心才摆得这样美观。不言而喻,玛尼洛夫先生找到消磨时间的好方法。

"请允许我武断地请您坐这把圈椅,"玛尼洛夫面带笑容地说道,"坐在这里您会感到舒服一些。"

"不必客气,我就坐椅子吧。"乞乞科夫自谦地说道。

"请原谅,我可不能从命,怎么能让您坐椅子呢?"玛尼洛夫依然微笑着说,"再说,我这把圈椅是专门为客人准备的,不论您愿意还是不愿意,请您一定要坐圈椅不可。"

乞乞科夫不好再辜负主人的盛情,尊敬不如从命,只好坐在圈椅里。

"请允许我为您敬烟。"

"不,谢谢,我从不吸烟,"乞乞科夫略显歉意地答道。

"为什么不吸烟呢?"玛尼洛夫有些遗憾地问道。

“大概是没有养成这样的习惯吧，据说吸烟会催人老，容易使人憔悴。”

“请允许我冒昧地纠正您的看法，这是一种偏见。根据我的经验，我甚至认为，吸烟要比闻鼻烟更有益于健康。过去我们团里曾有一位中尉，很精明能干，而且非常有教养，他整天都叼着烟斗，不但进餐的时候要吸，请允许说一句不太文雅的话，就是上厕所的时候也是如此，到其他的地方去就更甭提了。结果如何呢，他已经快到不惑之年了，感谢上帝，身体非常健壮，无病无灾的，结实极了。”

乞乞科夫回答说，确实有这种情况，大自然和大千世界中有很多神秘莫测的现象和事物，甚至就连那些通今博古、学富江海的大学问家也解释不清楚。

“可是，请允许我先向您请教一个问题……”乞乞科夫把话题一转说出了这么一句，听起来声音有点怪怪的，或者说不光是声音怪怪的，而且举止也显得怪怪的，不知为什么，他一句话还没说完，就神色不安地往四周看了看。玛尼洛夫好像受到传染，不知为什么也往四周看了看。“请问，您把最近一次的农奴普查花名册[①]交上去了吗？什么时候交上去的？”

“早就呈报上去了，或者说，我已经早就不记得了。”

“那么，从这次呈报以后，您这儿的农奴死了不少吧？”

“这我可说不上来；这种事嘛，最好问我的管家。喂，来人哪！去把管家叫来，本来，他今天就应该来见我。”

过一小会儿，管家就来了。此人大概有四十左右吧，脸刮得光光的，穿着一件常礼服。由此可见，日子过得不错，挺舒心的，因为他那张脸胖乎乎的，脸色有些发黄，一对小眼睛有点浮肿，看起来跟鸭绒被那种膨松劲儿差不多。这种迹象可以表明，他也跟其他地主老爷家中的管家一样，一步步地往上爬，逐渐发迹起来；他本来是一个普普通通的打杂的家奴，因为多少识一些字，能摇笔杆子记记账目，后来跟太太身边的一个宠婢结了婚，她是一个女奴，替女主人掌管家务，结婚以后由他取而代之，爬上了管家的宝座。既然当上了管家，便神气活现地折腾起来，跟所有的管家一样，想方设法拉关系，专门去结交那些富裕的农户，认干亲，拜把兄弟，而对那些穷的农户则为虎作伥，横征暴敛。过起了悠闲的日子，早晨八九点

---

① 是指沙皇俄国在未废除农奴制的时代，地主，也就是农奴主每隔七年至十年要向政府呈报一次拥有的农奴普查的花名册（即名单），政府则按此花名册征收人头税，只有男农奴纳税，人数在每次呈报的名单期间不变。

多钟才起来，等茶炊烧好以后再不慌不忙地品上几杯茶，好不自在！

“听我说，伙计！自从上次交上去农奴普查花名册至今，我们这儿死了多少个农奴？”玛尼洛夫问道。

“死了多少个，该怎么说呢？打那以后，死了的可真不少。”管家说道，但还没说完，便打了一个饱嗝，赶紧用盾牌似的大手把嘴捂上。

“是啊，说实话，我自己也是这样琢磨的，”玛尼洛夫接过话茬说下去，“就是说，死的可真够多的了！”说到这儿，他把脸转向乞乞科夫又重复说，“就是说，死的真够多的了。”

“既然如此，那么，死了多少呢？”乞乞科夫问道。

“是啊，究竟有多少呢？”玛尼洛夫跟着追问道。

“有多少，具体数目怎么说呢？因为不知道究竟死了多少，再说从来也没人统计过呀。”管家回答说。

“是的，确实如此，”玛尼洛夫转过脸来对乞乞科夫说道，“我估计不会少了，但是到底死了多少，那就很难搞清楚了。”

“那么，只好劳您大驾了，请把那些死去的农奴统计一下，”乞乞科夫说，“把所有死去的农奴按姓名列出一个详细的花名册来。”

“那好吧，把所有死去的都按姓名列出来。”玛尼洛夫说道。

管家听到主人吩咐之后，立即说了一声：“遵命！”就出去了。

“您要这份花名册，有何贵干呢？”玛尼洛夫在管家走了以后问道。

看得出来，这么一问，使客人有些为难起来；乞乞科夫的神情不仅有些紧张，甚至弄得面红耳赤。他之所以如此尴尬，也许是因为他要说的事情连他自己也感到不知怎样说才好。此公吞吞吐吐欲言又止的样子，让玛尼洛夫感到很奇怪。双方都犹豫了一会儿之后，玛尼洛夫终于听到一件非常离奇的怪事，可以说不管是谁，从来都没有听到过的滑天下之大稽的奇闻。

“您问我，我这样做是出于何种目的和原因吗？原因很简单，目的也很清楚：我想买一些农奴……”乞乞科夫说到这里，变得吞吞吐吐，有点再难于启齿往下说似的。

“可是，我愿闻其详，可否再向您请教一下，”玛尼洛夫说道，“您打算怎么个买法呢：是连人带地一起买，还是只改换这些农奴的领属权呢，也就是说，不包括土地在内呢？”

“不，我要买的，并不是您所说的那些农奴，”乞乞科夫声音有些不自然地说道，“我打算买那些死去了的……”

“什么？请您见谅……我的耳朵有点失聪，有点儿没听清楚，我觉得这句话令人有些费解……”

“我想买那些已经死去了的，但是在纳税花名册上还活着的农奴。”乞乞科夫只好明明白白地告知。

谁知道，玛尼洛夫听到以后，竟然失手把长杆烟斗啪哒一声掉在了地板上，弄得个瞠目结舌，几乎被惊呆了：嘴张得老大老大的，不知所措地呆了好一会儿时间，方才两个朋友还畅述友情，大谈人逢知己的种种快乐与幸福，此刻却都呆若木鸡地愣在那里，一动不动地坐在那里。彼此大眼瞪小眼地死盯着对方，活像古代对称地挂在镜子两旁相互对视的人物肖像。最后还是玛尼洛夫打破这尴尬的局面，他弯腰拾起了那只长杆烟斗，顺势借机看了看乞乞科夫面孔的表情，尽力想发现在他的嘴边是否掠过一丝笑意，想搞清楚他是不是在玩开心取乐的把戏；可是，却没有发现一点儿类似的迹象，恰好相反，他那张脸甚至比平时还要严肃，还要正重；后来，玛尼洛夫心里又嘀咕起来，这位客人是不是遭受了什么意外的打击或刺激，突然神经错乱发了疯，于是心中有些忐忑不安起来，再仔仔细细地把客人观察了一下；然而，客人双目炯炯有神，举止正常，神情自若，眼睛里更没有一点疯子眼睛里闪动着的那种骚动不安或粗野暴躁的目光。不论玛尼洛夫怎样苦苦地思索，绞尽脑汁也是枉然，始终没有想出应付这种局面的妙计良策，实在无奈，只好把嘴里残存的烟雾喷了出去，形成一缕淡淡青烟。最后还是乞乞科夫开了腔：

“因而，我很想知道，您能不能把那些农奴，事实上已经死了的，但在法律形式上仍然活着的，转让给我，也就是移交给我，或者遵照您认为合适的方式来办理呢？”

可是，玛尼洛夫却非常尴尬，让这位乞乞科夫先生搞得头昏脑涨，茫茫然不知所措，只好如痴如呆地望着他。

“我觉得，您似乎很为难吧？……”乞乞科夫问道。

“我？……不，我倒是不觉得为难，”玛尼洛夫说道，“我只是弄不明白……请您见谅，……是啊，我和您不一样，我不曾像您那样有幸得到命运的眷顾，有机会享受到极为优良的教育，因此，您的一切举止言谈，都显示出您的高尚品德和杰出的教养；再说我笨嘴拙舌的，又孤陋寡闻，说不出什么大道理，不像您有经天纬地之才，通今博古，具有好得不能再好的口才，张口闭口都是名言警句，都是令人佩服得五体投地的长篇大论，所以您刚才所说的这件事……恕我愚钝，里面究竟有什么常人难以领会的玄机，我一时还悟不出来其中奥妙……或许您这样说，只是为了表现一下自己丰富的学识和卓越超群的口才吧？”

“不是的，绝对不是的，”乞乞科夫立即说道，“我怎么敢在您的面前卖弄学识和口才呢？不是的，绝对不是！我上述的一番话，的的确确说的都是大实话，总而言之一句话，我指的就是那些已经死去了的农奴。”

玛尼洛夫真的完全被搞糊涂了，犹如堕入五里雾中，头昏脑涨的，真的不知如何是好，一时竟无言以对。他感觉到必须做点什么事儿来摆脱他所遇到的困境，最好能提出一个问题，可是提出什么样的问题呢，唉，只有鬼才知道。万般无奈，他又玩起了老把戏：用烟雾来结束这让人难堪的局面，不过这次烟雾不是用嘴吐出来的，而是从鼻孔里喷出来的。

“既然如此，如果对您来说没什么不方便或障碍的话，那就好了，上帝保佑，我们就可以签约了，也就是签订买卖合同啦。”乞乞科夫说道。

“什么，您说什么，签订买卖已经死了的农奴的合同？这不是有点太荒唐，太不可思议了吗？”

“噢，不，不是的！”乞乞科夫慌忙说道，“我们合同里面不能说他们已经死了，而是还活着的农奴，就像纳税花名册上实际登记的那样。我这个人有个习惯，不管干什么事情都要遵循民法，虽然由于这个原因，我在仕途上历经坎坷，遭受挫折，可是有什么办法呢，履行责任对我来说，是义不容辞的，是神圣不可侵犯的，至于说到法律，我在法律面前总是毫无异议地绝对服从。”

玛尼洛夫听了以后，觉得最后几句话很有道理，听起来很顺耳，让他心里很高兴，但是对这件事情本身的道理，还是没有琢磨透，总是感到有些费解；因此，还是不知怎样答话才好，只好又使出看家的本领：使劲儿地吸烟，由于用力过猛，弄得长杆烟斗咕噜咕噜地响起来，就像巴松管发出的声音。看着他那副怪样子，就好像要从烟斗里嘬出什么锦囊妙计来，以便帮他来解决这个谁都不曾遇到过的大难题。令人遗憾的是，什么妙计也没嘬出来，只听到长杆烟斗一个劲咕噜咕噜地响个不停。

“或许，您有什么难言之隐或疑虑吧？”乞乞科夫既焦急又羞怯地问道。

“啊，您说哪儿去了，我一点疑虑也没有。我要说的不是对您的人格或为人处事有什么不满或意见。请原谅，请允许我斗胆地问一句，还请多多赐教：这件事情，或者说更明确一些，这笔所谓的交易，会不会触犯民法条例和俄国现行的和未来的法律规定呢？”

说到这里，玛尼洛夫轻轻地把头晃动了几下，意味深长地把乞乞科夫的面孔端详了一番，并且满怀诚意地把自己那张冥思苦想的面孔展现给对方：紧闭着的双唇，紧锁的双眉都流露出一种深谋远虑的表情。这种表情恐怕在平庸之辈的脸上是看不到的，大概只有在智慧超群的国务大臣的脸上才能看到，当他在日理万机时，在思考某个极其重大或者非常难解决的问题时才会露出的这种表情。

但是，乞乞科夫回答得很明确，这种事务，或者说这种交易，绝对不会触犯民法条例和俄国现行和未来的法令。过了一会儿他又补充说，甚至国库也会得到收益，因为政府当局即可按法律征税。

"您真的认为如此吗？……"

"我认为，这是一件于公于私都有益处的好事情。"

"既然是一件有益处的好事，那就另当别论了，我也就没什么好说的了。"玛尼洛夫完全放心地说道。

"那我们现在就来商洽一下价格吧。"

"商洽什么价格？"玛尼洛夫刚一开口说道，又停了一下，"莫非您以为，要转让这些实际上已经死去了的农奴，我会收您的钱吗？您要是还有这种令人不可思议的想法，那么我可以坦率地告诉您，从我这个卖方来说，我甘心情愿把这些农奴无偿地转让给您，并且签订合同的费用干脆也由我来承担。"

如果哪一位历史学家挥笔来记述这一令人匪夷所思的事件时，倘若忽略了玛尼洛夫这一番坦诚的话在乞乞科夫心中激起无法抑制的狂喜，那么这位历史学家必定会受到强烈的谴责。不论乞乞科夫此时此刻如何的镇静和理智，他都难以控制住自己，险些像一只山羊似的蹦跳起来。众所周知，这种举动只有当一个人在极其兴奋而得意忘形的情况下才能表现出来。只见他坐在圈椅里突然间用力扭了一下身子，由于动作太剧烈了，结果把圈椅上坐垫蒙面的毛料给扯破了一条大口子。玛尼洛夫在一旁有点莫名其妙地看了他一眼。接下来这位客人激动不已而无比兴奋地说了许多千恩万谢的话语，甚至说得玛尼洛夫面红耳赤不知如何是好，连连摇头，一再声称不敢当，不敢当，直到最后也没找到恰如其分的话语来推辞，最后只好连续说了两遍：这没什么，千万不要这样过谦；这没什么，千万不要这样过谦，并且声明他之所以这样做，只是为了表明自己的一番真心诚意，以表明与朋友的心灵相通和对友谊的渴望，况且那些死去了的农奴，实际上是没有任何实际价值的废物。

"绝不是废物。"乞乞科夫紧紧握着他的手说道，并且长长地叹了一口气。恰似心中有一种百感交集的思潮在奔涌，大有向朋友一吐衷肠而后快的劲头。他终于像一个具有高超表演才能的演员一样，把积压在心里的全部情感以生动感人的表情吐露出如下一番话来："唉，假如您能够知道您的这种义举是多么高尚，该有多好啊，在您看来这些毫无价值的废物，对于一个无亲无故而又出身卑微的人来说，有多么宝贵又多么重要啊！您这是一种慷慨无私而高尚的义举！请允许我向您坦诚相告：我是一个历尽磨难的人，什么样的忧患和挫折没有经受过？就像狂风巨浪中的一叶孤帆……什么排挤迫害,没有遭受过?什么样的苦辣酸辛没有尝过!可是因为什么呢?因为我维护正义,因为我坚信真理,因为我从来都无愧于心,因为我心地善良,因为我曾无私地救助孤单无告的寡妇和无依无靠的孤儿!……”说到此处,他的眼睛里甚至挤出热泪,于是赶紧掏出手帕来佯装擦拭。

玛尼洛夫被深深地打动了,两个朋友彼此久久地紧握着手,两个人久久地凝视对方的眼睛,彼此都默然无语,眼睛里的泪水夺眶欲出。玛尼洛夫怎么也不想放开我们主人公的手,继续用力地握着,以至于我们的主人公感到受不了,但是又不知道如何才能把手抽出来,最后,总算把手巧妙地抽了回来,紧接着就对玛尼洛夫提议,最好还是先把买卖合同签好,并邀请他能亲自到城里去一趟更佳。随后拿起帽子,鞠躬致敬,准备告辞。

“怎么?您这就要走?”玛尼洛夫如梦方醒,大吃一惊地问道。

恰在此时,玛尼洛夫太太走进了书房。

“丽娜卡,”玛尼洛夫有些伤感地说道,“巴维尔·伊凡诺维奇就要和我们告别了!”

“那是因为我们招待不周,把巴维尔·伊凡诺维奇给得罪了!”玛尼洛夫夫人回答道。

“夫人!多心了,在这里,”乞乞科夫说道,“就在这个地方,”他把手按在心口窝上,“就是在我的心坎上,将永远铭记着与你们夫妻二人度过的愉快时光!并请相信要是能同你们共度朝夕,促膝谈心,该有多么幸福和快乐!哪怕不能住在一幢房子里,那至少也可以做一个随时可以拜访的近邻哪。”

“请听我一诉衷肠,巴维尔·伊凡诺维奇,”玛尼洛夫说道,听了乞乞科夫这一番话,真是心花怒放,“要是能有这样幸运的机缘,那我要感谢上苍的恩赐,我们便可以共度朝夕,促膝谈心,住在同一个屋顶下,或者坐在绿阴如盖的榆树下面探讨探讨哲学问题,研究研究学问,那该有多么好啊!或者说好极了!”

“啊!那可是过上天国乐园的生活啦!”乞乞科夫感叹了一声说道,“再见啦,夫人!”走上前去,吻了吻玛尼洛夫太太柔嫩的小手,又说道,“再见啦,我最敬爱的朋友!请别忘了我的请求!”

“噢,您尽管放心!”玛尼洛夫回答说,“我们此刻分手,不出两天就会再见面的。”

宾主一起再次来到餐厅。

“再见啦,小宝贝!”乞乞科夫看到亚尔基德和费米斯托克留斯便说道,两个孩子正在玩一个又缺胳膊又少鼻子的木制骠骑兵。“再见啦,我的乖孩子！请你们原谅，我没给你们带礼物来，说实话，来之前我真的不知道你们已经来到人世了，可是下次再来，我一定会给你带礼物来。一定给你带一把马刀来，喜欢马刀吗？”

“喜欢。”费米斯托克留斯答道。

“你呢，我给你带来一个战鼓，你想要战鼓吗？”他俯身向亚尔基德问道。

“想要。”亚尔基德怕羞地低下头来，发音不准地回答说。

“好吧，那我一定给你带来一个战鼓。带来一个特别响的战鼓，一敲起来，就会得儿噜咚……得儿噜咚……咚咚咚地响起来，怎么样，好听吗？再见啦，小宝贝，再见！”说到这儿，他在孩子的头上吻了一下，然后回过身来，对玛尼洛夫及其夫人轻松而愉快地一笑，人们往往用这种微笑向孩子的父母表示，孩子的心愿是何等的天真无邪，何等的幼稚单纯！

“巴维尔·伊凡诺维奇，您还是在寒舍留宿吧，真的不要客气！”主人和客人来到门口的台阶上时，玛尼洛夫真诚地挽留，说道，“您看看，满天乌云，大概要下雨吧。”

“不会的，就这么几朵云彩，没关系，请放心吧！”乞乞科夫答道。

“您认识去索巴凯维奇那儿的路吗？”

“我正想要请您指点呢。”

“请不要客气，好吧，让我来告诉您的车夫。”于是玛尼洛夫便把行车路线仔仔细细地给车夫讲了一遍，表现出一副和蔼可亲的样子，甚至对车夫还称呼为“您”。

车夫听过以后，知道了要去的路上一共有三个转弯处，头两个不要转，到了第三个转弯处再拐，便回答道：“一定遵照您的吩咐，请您尽管放心好了，大人！”于是乞乞科夫登上马车，马车启动以后，已经走出去了好远，他看到玛尼洛夫夫妇二人还久久地向他鞠躬致敬，并且还挥动着手帕为他送行。

玛尼洛夫在台阶上站了好长一会儿，一直目不转睛地望着那辆四轮轻便马车渐渐远去，直到完全看不到踪影，还不肯离开那里，嘴里仍旧叼着那只长杆烟斗。最后才若有所失地回到书房里，坐在椅子上陷入了沉思。想到自己只是给了客人一点点满足，乞乞科夫竟是如此地心花怒放，他也感到由衷的高兴和快乐。接下来，他的思绪又不知不觉地转移到别的事情上去了，最后居然海阔天空地神驰畅想起来，究竟云游到哪里去了呢？只有上帝才知道。他忘乎所以地畅想到，人逢知己该是一大幸事！有了这么好的朋友，真是不亦乐乎，今后必然会万事如意；又想到，若能与这样的好朋友在河畔上朝夕共处，畅谈共饮，岂不快哉，那可是天大的幸事！然后由他慷慨解囊在河上架起一座桥梁，再修建一幢大的住宅，其大无比，再在住宅旁建起一个又高又敞亮的瞭望塔，在塔上极目远眺，甚至可以看到莫斯科；到了日落西山，夜幕降临的时刻，可以在那里沐浴着阵阵清风饮茶，披着夕阳晚霞品酒，敞开心扉，畅谈种种轶闻趣事。接着又想到，他同乞乞科夫一起乘坐高贵而又豪华的轿式马车，去参加上流社会的社交活动，在那里，他们二人都风度翩翩，谈吐高雅，使所有的与会者皆为之倾倒和着迷；后来，不知是何人上奏了皇上，皇上得知了他们二人这段友谊的佳话，便降旨赐予他们将军级的官位。他还在畅想，想啊，想啊，到最后又想了些什么事情，其结局又如何，非但他自己无法搞清楚，就是上帝也无从知道！这时，乞乞科夫那个莫名其妙的奇怪请求，打断了他的神驰畅想。他一想到此事，心里就没谱，乱了方寸，甚至脑袋也乱哄哄的，变得愚钝了：他把此事的前前后后仔仔细细地想了一遍又一遍，琢磨来琢磨去，还是解释不清其中的奥妙。于是他一直痴痴呆呆地坐在那里，叼着烟斗，一个劲儿地喷云吐雾，一直坐到吃晚饭。

第三章

Мертвые души

读者诸君请看，我们的主人公乞乞科夫美滋滋地坐在他那辆轻便的四轮马车里，脸上洋溢着人逢喜事精神爽的那种表情，马车在标有里程的大道上向前奔驰着。我们从前一章里，已经得知他的爱好和志趣的主要目标是何物了，因此他很快就倾尽全部精力和心思为此事而到处奔波和钻营，想必读者也就见怪不怪了吧。他头脑中的种种奇思妙想和如意算盘，接连不断地显露在脸上，看来都使他乐不可支，因为他脸上时刻都浮现出心花怒放的微笑。他仿佛在美妙的幻想中飘飘欲仙了，却完全不曾注意他的马车夫一路之上的表现。这个蠢家伙由于在玛尼洛夫家受到下人们热情的款待，自鸣得意而飘飘然了，正在一本正经地教训那匹拉右边帮套的花斑马。这匹花斑马特别会耍奸使猾，总是装模作样地使劲儿拉车，可是真正竭尽全力拉车的却是中间那匹枣红色的辕马，以及拉左帮套浅栗色马（因为这匹马是从一位陪审员手里买的，故此得了个绰号叫陪审员），从这两匹马的眼神里，便可以看出它们因能为主人不遗余力的效力而感到欢乐。"耍奸使猾！再耍奸使猾，看我怎么收拾你！跟我玩这套把戏，看看咱们谁更高明！"谢里方越说越气，欠身挥起鞭子，在那匹耍奸偷懒的花斑马背上狠狠地抽了一下。"你得牢记自己的本分，要尽职尽责，你这个德国小气鬼！你看看，枣红马才称得上是一匹好马良驹，它总是那样尽职尽责，我心甘情愿多喂它一些饲料，因为干得好，就是讨人喜欢。陪审员也是一匹好马，也是一匹良驹，……喂，喂！你摇耳朵干吗！是不是不服气呀？你这个蠢东西！给我乖乖地听着，主人在训话呢！你这个懒骨头，你这个蠢东西，记住，我是绝对不容许你学坏的。看，你还磨蹭什么，走到哪儿去了！"说到这里，他又抽了花斑马一鞭子，接着又说道："喂，你这个不听话的畜生，你这个该死的拿破仑！"然后，他对三匹马大声吆喝起来："嗨，扬起蹄子，快快跑吧，我的好伙计！"一边喊着，一边在三匹马的身上各抽一鞭子，但是这一次没有使劲儿抽，因为这次不是惩罚，而是表示他对三匹马都很满意。经过这一番软硬兼施的训诫和抚慰之后，马车夫谢里方又对花斑马说道："你以为，你装模作样地偷懒，能骗过我的火眼金睛，那你可是大错特错了，你要想让人看得起你，尊重你，你就得老老实实的，千万不要使奸耍猾，玩什么骗人的鬼把戏。咱们用不着扯的太远，就说说我们今天去过的那位地主老爷家吧，男女主人和家里的仆人都是一些好人。如果碰上的是一个好人，我就很愿意跟他说说话，聊聊天；跟好人结识或交朋友，以心换心，成为莫逆之交；我就喜欢和他一起喝喝茶，吃吃点心，因为他是好人哪。好人总是有人缘，时时处处都会受人尊敬。你就说咱们的老爷吧，哪个人不尊敬他！喂，你给我老老实实地听着，因为他报效过国家，还是个身居六品的大官呢……多么了不起呀。”

谢里方一路之上就是这样嘟嘟囔囔地说个没完没了，而且越说越玄乎，越来越漫无边际，到最后只剩下空洞无物而抽象的疯言疯语了。假如乞乞科夫留心去听他的这番自言自语地嘟囔的话，那他就一定会听到很多有关他个人言行举止的详细情节和评价了；可是他却一直如痴如醉地想着自己的如意算盘和如何实施他的美梦了，根本无暇去听马车夫的疯话，直到空中传来一声惊雷，才把他从如醉如痴的状态中给惊醒过来。他赶紧往四周看了看，只见天空中乌云翻滚，尘土飞扬的驿道上凌空降下又密又大的雨点。接着又传来一声震耳欲聋的霹雳，仿佛就在身边和耳旁炸响，倾盆大雨骤然而至。最初雨点是倾斜着降下来的，从侧面噼噼啪啪地敲打着车篷，后来雨点又从另外一侧攻击过来，最后又改变了进攻方式，从空中垂直浇下来，就像擂大鼓一样地锤打着车篷的篷顶。雨水最后竟然飞溅到乞乞科夫的脸上，这样一来，他迫不得已地慌忙把皮帘子放下，并且拉紧，车帘上有两个小圆窗户，用来观赏道路两侧的景物和风光，此刻只顾躲雨，哪还有这份闲情逸致！他又急如星火地催促车夫，扬鞭打马尽快奔驰。谢里方嘟嘟囔囔正说得来劲，突然打断他的兴致，倒也满不在乎，这时他也明白过来，的确再耽误不得了，必须快点赶路了，于是立即从车座下拽出一件灰呢子破外套，胡乱地套到身上，抓起了马缰绳，扯着嗓门儿对三匹马吆喝了一声。那三匹马听了谢里方唠唠叨叨的斥责，感到既舒服又厌烦，反而更悠闲起来，不是扬蹄飞奔，而是拖着蹄子迈起四方步来了。然而，我们那位傻瓜车夫谢里方，居然忘掉了马车到底走过了几个路口，弄不清是第二个，还是第三个了。于是他便急中生智：还是好好地回忆一下吧，到底驶过几个路口，哎呀，大事不好，已经走过了好多个转弯处啦！因为俄罗斯人在关键时刻，总能机智善变，应付自如，从不乐意深思熟虑，便自作主张地在前面一个十字路口把车向右一拐，扯着嗓门吆喝了一声：“嗨，亲爱的伙伴们，加油跑吧！”于是三匹马扬起蹄子飞驰起来，根本不愿意再多想一想，这条路究竟通往什么地方。

雨还继续下着，看样子不会很快就停下来。路上的尘土很快就成了烂泥塘，三匹马用尽全力拉着车前进，非常艰难地前进。走啊，走啊，走了好长好长时间，仍然看不到索巴凯维奇村的影子，乞乞科夫心中十分焦急，按照玛尼洛夫介绍的情况，他估计早就该到了。他心急火燎地看了看四周，然而外面是一片漆黑，几乎伸出手来都看不到五个指头，太黑了！

“谢里方！”他实在忍不住了，把头伸出车外喊了一声。

“有什么吩咐，老爷？”

“你快好好看一看，能不能看到村子？”

“看不到啊，老爷，什么也看不到！”谢里方说完，一面挥起鞭子，一面哼起了小曲，哼哼呀呀地唱了起来，声调拉得好长好长的，真是歌不像歌，曲不像曲，而是扯着脖子随意地瞎喊乱叫。他唱的调里什么都有：包括全俄罗斯从南到北，从东到西所有的马车夫挥鞭催马所使的各种语言，戏弄的，叫骂的，表扬的，抚慰的，应有尽有；还有他自己胡编乱造，信口胡说和脱口而出的不伦不类的形容词儿。就这样哼啊唱啊地没完，最后居然把三匹马称作书记官了。

这时，乞乞科夫逐渐发觉马车走得有些不对头，不仅车身颠簸很厉害，而且前后左右摇晃起来，弄得他头晕脑涨。他这才发现马车已经不是走在大道上，而是走到不久前翻耕的大田里去了。大概谢里方早就察觉到，但是却没敢吭声，只好硬着头皮往前闯。

“这是怎么搞的，你这个骗子，你把车赶到什么地方去了？”乞乞科夫有些恼怒地说道。

“哎呀，老爷，有什么办法呢，这都是什么时候了，天黑得要命，连鞭子都看不见了！”谢里方的话音刚落，马车车身猛然间一歪斜，差点儿翻倒，乞乞科夫只好用两只手撑住、坐稳。这时他察觉出谢里方几乎已经喝得酩酊大醉。

“快停车，快停车，再不停就翻啦！”乞乞科夫向谢里方喊道，几乎要发火了。

“不会的，老爷，您尽管放心好了，我绝不会把车搞翻。”谢里方顺口说道，“把车搞翻了那可不是闹着玩儿的，您知道，我也是个老把式了，放心吧，不会翻车的。”说着说着，他想调转马头转个弯，转呀转呀，不料想，马车真的翻倒在地。只听乞乞科夫叽叽一声摔到泥里，几乎来了个嘴啃泥地趴在那儿。谢里方费了好大的力气，总算拉住了三匹马。还算幸运，这三匹马早就累得筋疲力尽，或许不拽也会自动停下来，否则后果可是不堪设想，还不知道会惹出什么大祸来呢！这一翻车，可真把谢里方吓傻了。他从驾驭台上爬下来，双手叉着腰呆呆地站在车前，再看看乞乞科夫老爷那副狼狈不堪的样子：正在烂泥里挣扎着，哼哼叽叽地想使劲儿爬起来。谢里方吓得不知说什么才好,过了一会,稍微缓过神来才冒出一句:“怪了,还真的翻了车!”

“你看看,你都醉成什么样子了!”乞乞科夫怒气冲冲地说道。

“这话可不对,老爷,我是绝对喝不醉的!我知道,喝醉酒可是件糟糕的事儿。我只是和一个朋友闲聊了一会儿,因为他是一个好人,跟好人聊一聊可没什么不好的。再说,我们只不过在一起吃了一点东西,吃了一点东西,也算不上什么丢人的事儿。跟好人一块儿吃点东西有什么可说的呢。”

“那么上次你喝醉了的时候,我跟你说什么来着?啊?忘了?你全都当成耳旁风了!”乞乞科夫说道,真是气得哭笑不得。

“没有,大人,我怎么敢忘记呢。我可是个守本分的人。我知道喝醉了可是不好。可是我只是跟个好友聊聊天,因为……”

“你真会强词夺理!你要是再胡搅蛮缠,看我怎样教训你,收拾你——非狠狠抽你一顿不可!我叫你给我明白明白,到底该怎么和好人聊天!”

“那还有什么好说的,只好随您的便啦,”谢里方无可奈何地说道,只好乖乖地等着老爷责罚了。“要是该打,您就用鞭子抽我一顿吧,我决不会喊冤叫屈。既然做错了事,就该受到惩罚,挨鞭子抽也是合情合理的,那就任凭老爷您发落了。确实该抽他一顿,谁让这个奴才不听话自个找打呢。谁都该守规矩。管他是哪个奴才,做错事就该受到惩罚,就该挨鞭子,干吗不狠抽他一顿呢?”

听了谢里方唠叨了这么半天,乞乞科夫反而搞得左右为难,正不知道如何发落他呢。也算这个家伙福星高照,好像命运之神对他格外降恩:远处传来一阵狗的吠叫声为他解了围,乞乞科夫一听犹如喜从天降,立刻吩咐谢里方策马飞驰。俄国的赶车老板儿的嗅觉可是非同一般,往往甚至比眼睛还好使。因而,有时他眯缝着眼睛,挥鞭打马全速前进,尽管把车弄得摇摇晃晃的,但是最后总能驾车到达目的地。当然,谢里方也有这种本事,他在瓢泼大雨之中凭着老车把式的丰富经验,在伸手不见五指的漆黑夜晚,居然把车径直地赶进村子里。直到马车辕杠撞到了栅栏上,到了无路可走的境地,他才把车停了下来。好像老天爷成心和他们作对似的,这时大雨依然像瓢泼桶浇一样地自天而降,乞乞科夫透过厚厚的雨幕水帘,隐隐约约地看到了形状如屋顶的东西。他喜出望外地吩咐谢里方去找那幢房舍的大门;假如在俄罗斯要是不用护院的恶狗替代看门人,假如不是护院恶狗发出惊天动地的吠叫声,报告乞乞科夫老爷大驾光临的话,谢里方要想找到大门,还不知道要折腾多久呢。一扇小窗子射出一道光亮,灯光穿过雨幕,仿佛一道发光的烟雾照在栅栏上,我们过路人才看到了那扇大门。谢里方疾步奔到大门口,举手敲了敲门,不过片刻,栅栏门被打开,钻出一个披着粗呢外套的人来。于是主仆二人听到了一个村妇嘶哑的问话声:

"谁在敲门呀? 干吗三更半夜的还这么吵人呢?"

"过路的,大妈,让我们借住一宿吧。"乞乞科夫应声答道。

"瞧你,真够冒失的,"老太婆说道,"也不看看啥时候了! 这儿可不是你们要找的大车店;要知道,这是一位女地主的宅院。"

"实在没办法了,大妈,我们迷了路,天都这么晚了,又下着大雨,总不能让我们在荒郊野外过夜吧。"

"是啊,天这么黑,我们来得真不是时候。"谢里方插上了这么一句。

"你给我住嘴,笨蛋!"乞乞科夫喝住了他。

"您是什么人?"老太太问道。

"是贵族,大妈。"

老太太一听"贵族"这个词儿,仿佛有点儿迟疑了。

"请稍等一会儿,我去向女主人禀报一下。"老太太说完转身回到屋里,大概过了两三分钟又走回来,手里还举着一盏灯。

大门打开了,另一扇窗户也露出了灯光。乞乞科夫的轻便马车驶进院子,停在了一幢又低又矮的小屋前,院子里黑乎乎的,根本无法把房子看得很清楚。窗子里亮起了灯光,勉强看到半边小屋,屋前有一片水洼,亮闪闪地反射出灯光。大雨依然倾盆而下,像敲鼓一样在小木屋顶上,发出噼噼啪啪的响声,雨水汇成溪流,哗哗啦啦地流进屋檐下的一个大木桶里。这时那群看家护院的狗全都吠叫起来,争先恐后各显其能地叫个没完:有一条狗样子极为凶恶,昂着头,扯着嗓子玩命地嚎叫着,好像邀功请赏一样,究竟会得到什么奖赏,大概只有上帝心中才有数;另一条狗也急急忙忙地跑来助战,哼哼叽叽地叫着,恰似教堂里诵经人发出的那种声音;有两条狗的吠叫声很清脆很响亮,和驿车奔跑起来铃铛所发出的那种响声一样,也许是小狗崽子跟着大狗合唱;最后,这一片嘈杂的吠叫声,被一个低沉而雄浑震耳的吼叫声给盖住了,不难猜出这是一条老狗,而且是一条强壮野性十足的公狗。因为它的叫声嘶哑,恰似教堂唱诗班里的男低音歌手的嗓门儿,当演唱进入高潮时,那些男高音歌手们都踮起脚尖引吭高歌 ,拼命地把声调拔高,其他歌手也都昂首引颈高歌,竭力要唱出自己的最高音,只有男高音,身子往下沉蹲了下来,几乎要坐到地板上,把胡子拉碴的下巴颏缩在领结里,拼尽全力地唱出低沉浑厚的歌声,以致震得玻璃发出共鸣。仅从这群看家护院的狗的大合唱,足可以想像得出来,这个村庄真够气派的;再看我们的主人公乞乞科夫简直成了一只落汤鸡,已经冻得全身发抖,只盼着能尽快地钻进被窝睡觉,除此之外再无别的想头。还没等马车停稳,他便急匆匆地跳上了台阶,身子摇晃一下,险些摔倒在地。这时又一个女人出现在门口的台阶上,与开门的那个老太婆相貌长得差不多,只是年纪小一些。她是出来迎接客人的,把乞乞科夫领进一个房间。乞乞科夫顺便把屋子扫视了两眼:屋子墙壁上贴着带条纹图案的墙纸,一看就知道贴的时间不短了,挂着几幅花鸟画,窗户之间挂着几块古色古香的小镜子,做工相当考究,越发显得玲珑小巧,深色的镜框上雕刻着卷曲的叶子和栩栩如生的花朵。每块镜子后面都插着随手可取的东西:或者是信札,或者是一副旧纸牌,甚至还吊着袜子;还有一只挂钟,刻度盘上画着几朵花……除了这些物件之外,乞乞科夫再也没有兴趣和精力去看屋中别的陈设了。他实在太困倦了,两只眼睛都黏糊糊的,就好像被什么人给涂上了蜂蜜一般。没过多久,女主人走了进来,是一位上了年纪的老妇人,可能因为太匆忙,头上还戴着睡帽,颈上围着一条法兰绒围巾。一看就知道,她必定是那种总是哭穷又想方设法敛财的小地主婆,她们个个都是极其吝啬的守财奴,爱财如命而又一毛不拔的铁公鸡。这些老太婆们总是哭诉收成不好,入不敷出,经营产业总是亏本,说话时还可怜兮兮地歪着脑袋,可是背地里却拼命地攒钱,把钱一点一点地塞到几只用花粗布做的钱袋里,分别藏到五斗柜的抽屉底下。一只钱袋里装的全是一卢布的银币,另一只装的全是半个卢布的银币,第三只装的全是二十五戈比的银币。表面上看起来,五斗柜里除了几件内衣、睡衣、几缕毛线,还有一件已经拆开的女式罩衫之外,再没有其他别的东西了。那件拆了的罩衫是打算改做连衣裙的,如果在烤节日甜饼和烙各种葱肉饼时,没加小心把一件旧的连衣裙给烧出洞,或者是日久天长穿破了,就拿那件拆开的罩衫来改做。但是,这位地主婆的衣裙既烧不坏,也不会穿破,因为她是一个省吃俭用非常爱惜东西的人。那么,已经拆了的罩衫暂时派不上用场,只好长期地躺在柜子里啦,只有等到有朝一日老太太快要离开人世之时,遵照她的遗嘱,和其他所有的破烂东西传给她堂姐或堂妹的女儿。

乞乞科夫很有礼貌地向女主人致歉,声称他突如其来的造访实在多有打扰。

“没关系,没关系,”女主人说,“谁会想到上帝居然会在这个时候差遣您到我们这儿来呢!天昏地暗的,又赶上这么大的暴雨……想必一路之上够辛苦的了,按道理应该吃点儿什么东西,可是这深更半夜的,实在无法为您效劳,还请多多见谅!”

就在这时，突然传来一阵很奇怪的嗞嗞声，打断了女主人的话语，把乞乞科夫吓了一大跳，这种声音听起来真吓人，令人毛发倒竖，好像这间屋子里到处都是蛇；可是客人抬头看了看，立刻就放心了，原来是墙上的挂钟在作怪，是它要报时打点发出的怪声。挂钟嗞嗞叫了一会之后，接着又发出沙哑的报时声，最后仿佛憋足了劲儿一样，当当地敲了两下，听起来就像有人用木头棍子敲打破陶罐似的，之后，钟摆又不慌不忙地左右摆动起来，发出滴答滴答的响声。

乞乞科夫向女主人道了谢，说他什么东西也不需要，请她什么都不必费心，又说除了在此借宿之外，再别无他求，只是想请教一下，他这是来到了什么地方，从这儿到地主索巴凯维奇的田庄远不远。老太婆回答说，她从来也没有听说过这个名字，这儿的四邻八舍没有这么一个地主。

“那您该知道玛尼洛夫这个人吧？”乞乞科夫问道。

“这个玛尼洛夫是个什么人？”

“是个地主，老妈妈。”

“没有，没有听说过，我不知道有这么个地主。”

“那么，请问你们这里都有哪些地主，都姓什么呢？”

“鲍勃罗夫、斯维宁、卡纳帕季耶夫、哈尔帕京、特列帕京和普列沙科夫。”

“他们都是大地主吗？”

“不，老爷，这里没有什么大地主，有的人家有二十个农奴，也有三十几个农奴的，有上百个农奴的人家可没有。”

乞乞科夫这才知道，他到了一个穷乡僻壤的地方。

“这个地方离省城有多远？”

“大概有六十来里吧。真抱歉，没有什么东西可招待您。老爷，想喝点茶吗？”

“谢谢您，老妈妈，除了一张床铺，什么都不必费心了。”

“说的是啊，走了这么远的路，是该好好休息一下了，那就请您在这儿，就睡在这个长沙发上吧，老爷。来呀，费季妮娅，快把羽绒被褥拿来，还有枕头和床单。老天爷呀，干吗给我们这样的坏天气：风雨交加，雷声响得都吓人，我只好在圣像前点上蜡烛，足足要点上一整夜。哎呀，我的老爷，你这是怎么弄的，像头猪一样，背上和腰上都是烂泥！这是在什么地方搞的这么脏啊！”

“这还要感谢上帝开恩，虽然弄了一身烂泥，没有把腰摔断就算运气不错啦。”

“圣徒啊，真是受苦受难了！要不要清洗一下或者擦擦背？”

“谢谢,谢谢了。请不必费心啦,只是有劳您吩咐女仆,把我的衣服刷干净,再烤干就可以了。”

“费季妮娅,你听到了吗?”女主人转过身来对女仆吩咐道,费季妮娅就是方才那端着灯在台阶上迎接客人的那个女人。她已经把羽毛褥子拿了进来,两只手在褥子两侧拍打着,为的是把羽毛拍松,没想到弄得满屋子飞着羽毛。“过一会儿,你把这位老爷的外衣和衬衣拿出去,先在火上烘干了,然后再好好搓一搓,把上面的泥巴都弄掉,就像咱们家老爷在世的时候那样搞。”

“是,太太!”费季妮娅一面答应,一面在羽毛褥子上铺了一条床单,又把枕头摆好。

“你看,老爷,床已经给你铺好了,”女主人说,“再见,老爷,晚安,祝你睡得好,对了,还要什么东西吗?大概你也有睡觉前让人给挠挠脚后跟的习惯吧?我家老爷在世的时候就有这么个习惯,睡前不给他挠挠脚后跟,无论如何他是睡不着的。”

可是,客人谢绝了女主人的美意。她刚一走,他立刻把衣服脱下来,然后把内外衣全都交给了女仆,费季妮娅向他道了一声晚安,便把这些湿漉漉的衣服抱走了。屋子里只剩下他一个人了。他十分满意地看了看床铺,只见床铺膨得老高老高的,要是再往高膨,恐怕要碰到天花板了。看起来,费季妮娅可是一个调理羽毛被子的高手。他踩着椅子爬上高高的床铺;他往床上一躺,羽毛褥子忽地往下一沉,差点儿沉到地板上,弄得羽毛从褥子缝里钻出来,飞得屋子里犄角旮旯到处都是。他吹灭了蜡烛,拿过一条印花布面的毯子盖到身上。全身裹着被子一蜷,就好像一个花形面包一样,立刻就进入梦乡了。第二天早晨,他好晚才起床,太阳老高老高了,都快照到屁股了。阳光透过窗户照进来,两只眼睛被照得金光四射。在墙壁上和天花板上睡了一整夜的苍蝇,现在全都精神抖擞地向他攻击过来:一只落到他的嘴唇上,另一只落在他的耳朵上,第三只在他的头顶上盘旋,打算落到他的眼睛上休息休息,谁知道它一不小心竟然落在他的鼻孔旁边。结果被睡在梦中的乞乞科夫给吸进鼻孔。搞得他狠狠地打了个喷嚏,硬是把这只苍蝇给喷了出来。直到这时,他终于从睡梦中醒了过来。他睁开眼睛把屋子环视了一番,这才发现那幅画上画的不全都是花鸟,中间还悬挂着一幅库图佐夫①的肖像,还有一幅一个老人的油画

① 库图佐夫(1745—1813),俄罗斯著名统帅,曾在一八一二年俄国卫国战争中击败拿破仑。

像,他身上穿着一件保罗·彼得罗维奇[1]时代人们穿的那种镶红边的制服。挂钟又发出咝咝的响声,紧接着敲了十下。一张女人的面孔伸进屋来,不知为什么立刻又缩了回去,因为乞乞科夫昨晚舒舒服服地睡上一觉,浑身上下脱得光光的。他觉得方才伸进的那张面孔有点眼熟,可是一下子没认出来,他认真地想了想,这个女人是谁呢?终于记起来了:此人正是女主人。他穿上衬衣,湿衣服全都烘干了,刷得干干净净的,叠得平平展展的,整齐地放在他的身旁。他穿好外衣,走过去照镜子,又打了一个惊天动地的大喷嚏。正巧有一只公火鸡走到窗前,窗户很低,离地面很近,公火鸡听到这声响声如雷的喷嚏吓了一大跳,立刻用它那种奇特的语言,冲着他叽里呱啦地说了一句,大概是说:"祝您健康!"乞乞科夫听了不仅没有感到开心,反而随口骂了它是"蠢货"。他信步走到窗前,开始观察起眼前的景色来。从窗户望出去,不大的院子仿佛成了养鸡场:在他目光所及的这个狭小的院落里,全都是各种各样的家禽和家畜。火鸡和母鸡多得数不胜数,一只公鸡在母鸡群中昂首阔步地走来走去,不时地摇摆着鸡冠子,歪着脑袋伫立在那儿,好似在谛听着什么动静;一头母猪带着一群小猪崽一齐上阵,对一堆垃圾展开攻击,母猪拱来拱去的,顺便把一只小鸡雏给吃掉了,它却满不在乎地继续啃着西瓜皮。在这个并不宽敞的院子里,或者说养鸡场里,只用一道木板栅栏围起来。栅栏外面是一大片菜园子,种着各种蔬菜:白菜、洋葱、土豆、甜菜及其他常见的蔬菜。园子里疏疏落落地栽种着苹果树,还有一些别的果树,果树上都罩着网子,是为了防止喜鹊和麻雀来啄食。这里的麻雀太多了,有时像几块大片乌云,铺天盖地斜着扑过来,一会飞到这儿,一会飞到那儿,有时还落在地上欢呼雀跃,还叽叽喳喳地叫个不停。正因为这样,园子里还竖起了几个稻草人,全都捆在长杆子上,伸展着两只长臂,样子怪吓人的,其中有一个头上居然戴着女主人的睡帽。菜园子后面是一片农舍,全都是清一色木头房屋,虽然排列很不规则,杂乱无章的,无法铺出一条笔直或整齐的街道,但在乞乞科夫眼里,自有他的高见。他从这些房屋上得到了启示:这里的居民都很富裕,一定都过着丰衣足食的日子,否则这些房屋不会维护得这么好:所有的屋顶上,那种破旧不堪的木板全都换成了新的,院落的大门没有一家是东倒西歪的。就连他正对面的几家的板棚子,也是搭盖得整整齐齐,里面全都停放着一辆备用大车,几乎全是崭新的,有的人家的板棚里还有两辆。"她的村庄还真不小呢!"他心里想到,于是决定赶紧去和女主人好好聊聊,好好拉拉关系,套套近乎。他马上行动起来,先

---

① 保罗·彼得罗维奇,即沙皇保罗一世(1745—1801)。

从女主人早晨曾探过头的那条门缝，往外面看了一眼，看到她坐在茶桌旁，便立即满面堆笑并带着一种欢快而又亲热的表情向她走了过去。

“早安，老爷，您睡得好吗？”女主人欠欠身说道。她的穿着比昨天夜里要考究多了，身着一种深色外衣，头上也没戴睡帽，但颈项上仍旧戴着围巾。

“谢谢，睡得很好，很好，”乞乞科夫说着，便在一把圈椅上坐下来。“您睡得好吗？大妈。昨晚多有打扰，很抱歉！”

“睡得很不好，老爷。”

“那是为什么呢？”

“老毛病了，我总是失眠，全身不舒服，不是腰疼，就是腿疼，从脚脖子往上，总是又酸又疼。”

“别着急，会好的，会好的，大妈，用不着过多地担心着急。”

“但愿如此，只有靠上帝保佑啦！我擦过猪油，也抹过松节油。给您在茶里还要加点什么？壶里有果汁。”

“很好，大妈，那就加点儿果汁吧。”

我想，读者诸君已经看出来了，乞乞科夫尽管满面笑容，并带着一种欢快而又亲热的表情，但是他的言谈举止，要比在玛尼洛夫家中随便多了，而且完全丢开了那一套虚假的繁文缛节，变得轻松随意了。应该说明一下，假如说我们俄罗斯人在某些方面和外国人相比还有点欠缺的话，那么在接人待物的本领和礼仪方面，外国人比我们可要差多了。我们俄罗斯人在接人待物方面是非常讲究礼仪的，而且有很多细微的差别和微妙之处，繁文缛节多得不得了，一个法国人或德国人就是让他学一辈子，恐怕他也搞不清楚，弄不明白，他更无法理解和掌握俄国人在礼仪方面的千差万别的特点和差别；外国人在同一个大富豪，或同街头的香烟小贩打交道时，使用的都是同一种语调和同样的言辞，尽管他们的内心中对大富豪仰慕之至和崇拜得五体投地。或者骨子里还想对他们表现出一副低声下气的奴才相，或献媚取宠，在我们俄罗斯可不是这样，这一切不仅表现在接人待物的态度和表情上，而且还要用各种不同的语气、声调及言辞表达出来。我们有些人真是聪明绝顶，高明之至，他们极其善于用不同的语调、不同的神态和不同的言辞进行精彩绝伦的表演。他们和一个拥有二百个农奴的地主讲话，跟与一个拥有三百个农奴的地主讲话时，神态、语气和言辞是完全不同的；和一个拥有三百个农奴的地主及和一个拥有五百个农奴的地主讲话时，又会完全不相同；在和一个拥有五百个农奴的地主及跟一个拥有八百个农奴的地主讲话时，更是完全不相同了。总而言之，哪怕拥有的农奴数目是一百万个，依此类推，简而言之，只要是拥有农奴的数量不同,他们说话的语气、神态和言辞必然都会表现出细微的差别。那我们就举个例子来说吧,但是不是在这里,而是在一个千里万里之遥的国度里,有那么一个衙门,假定衙门有那么一个长官,此刻他正屈驾坐在他的下属官员们之中,那就请你们看一看他那副官气十足的派头吧,准会把你吓得魂不附体!你哪里还敢张口说话,只有瞠目结舌地呆呆地站在那儿!他盛气凌人,飞扬跋扈,狂傲自负,总之他脸上所表现出的那种官气十足的样子,是任何人也无法与之较量的!请问我的明公,假如您大驾光临,正巧目睹此情此景,您该怎么办?你有何高见和绝招妙策?恐怕一时也会捉襟见肘,作者虽然愚不可及,但是我却奉告明公:您最好拿起画笔,惟妙惟肖地把他那副尊容画下来:那是普罗米修斯[①],一个地地道道或不折不扣的普罗米修斯!你看看他那副凶相,二目闪着犀利的凶光,神采飞扬,高视阔步,举止狂傲,活像一只凶猛的兀鹰!但是,只要他一走出自己的衙门,也就是说一离开他的独立王国,来到他的上司的衙门的时候,他就变成一只畏首畏尾的山鸡,走起路来步履匆忙,腋下夹着公文,低头弯腰,连口大气都不敢出,一副十足的奴才相!在交际场所和晚会上,如果出席的官员职位都比他低,那么他又像在自己的独立王国中一样,马上现了原形,又在扮演他的角色——普罗米修斯,飞扬跋扈,鼻孔朝天,狂傲得不可一世。但是,如果有谁比他官职高,哪怕只高那么一点点,他又会摇身一变,变成一副十足的奴才相,他的变形术大概连奥维德[②]描写变形术的想像和技巧,也会自愧弗如:他居然能变成一只苍蝇,甚至变得比苍蝇还要可卑和渺小,简直变成任人践踏的或令人鄙视的小沙粒!当你看到他时,仿佛不相信自己的眼睛,会脱口而出地说道:"胡说,这哪里是伊凡·彼得罗维奇呀!真正的伊凡·彼得罗维奇身材高大,神采非凡,可是眼前这个人个子又矮,长得又瘦,形象猥琐;再说真正的伊凡·彼得罗维奇说话声音洪亮,低沉粗犷,而且从来都不会嬉皮笑脸;可是眼前这个人鬼知道是怎么回事,说话像鸟叫一样,唧唧喳喳,声音尖尖的,并且在嬉皮笑脸地讨好别人。"可是你走近一点一看,不禁莫名其妙,原来真的是那位伊凡·彼得罗维奇!"哎呀呀,活见鬼,原来如此!"你会惊奇地……但是,还是不要离题太远了,还是书接上文,来看看我们书中的主人公吧,我们已经亲眼所见,乞乞科夫决定抛开繁文缛节,不再那么讲究客

---

① 普罗米修斯是希腊神话中的巨人、英雄,他神勇无比,敢与最高天神宙斯抗衡,从天上给人类盗取火种,虽然遭到宙斯惩罚,但宁死不屈,因此把他尊奉为人的尊严的化身。作者在此是反其意而用之:即飞扬跋扈、自命不凡、狂傲自负……

② 奥维德(公元前43—17),古罗马大诗人,著有《变形记》,其中讲述人可以变为树、花和野兽等。

套和礼仪,因而随意地拿起一只茶杯,自己动手往茶杯里加了一些果汁,然后大模大样地说道:

“大妈,您这个田庄不错呀。庄里有多少个农奴?”

“田庄里的农奴吗,我的大老爷,大概有八十多个吧,”女主人答道,并且又说,“可是年景很糟糕,就说去年吧,收成很不好,日子很不好过呀,只有请上帝保佑了。”

“可是这些庄稼汉,看样子倒是很健壮的,那些农舍也都很结实。请问您贵姓?我真是太粗心了……又是深更半夜……”

“我姓柯罗鲍奇卡,先夫在世时是十品文官。”

“不胜感谢之至,那么再请问您的名字和父称呢?”

“纳斯塔西娅·彼得罗芙娜。”

“纳斯塔西娅·彼得罗芙娜?一个多好的名字!我有个姨妈,也是我母亲的姊妹,名字也叫纳斯塔西娅·彼得罗芙娜。”

“那么请问您的名字怎样称呼?”女地主问道,“我想,您可能是一位税务官吧?”

“不,大妈,”乞乞科夫一笑置之地回答说,“我哪里是什么税务官,我只是为了点儿私事,出来这么走走转转。”

“噢,那您一定是来收购什么东西啦!说真的,倒是很可惜,我把蜂蜜全都卖给商贩了啦,给的价钱太低了,要是您早点儿来的话,准会把我的蜂蜜买了去,价钱也会公平合理。”

“我不会买您的蜂蜜。”

“那您是不是要买别的什么东西?难道说要买大麻?可是我这儿的大麻也没多少了,只有半普特①啦。”

“我也不买大麻,我要买的是另一种货物:请问,你这儿常有死去的农奴吗?”

“唉,老爷,已经足足死了十八个!”地主婆叹了一口气说,“死去的全是些精明能干的,个个都是干活的好手。虽然说,后来又添人进口,可是都是些光会吃饭不会干活的小毛孩子,又有什么用呢!可是税务官来了,就说:交吧,按人头交税。人都已经死了,还交什么人头税?可是还得按着活人的人头交税!上个星期,我家有个铁匠被烧死了,他的手艺可好了,钳工活也会做,而且做得也不错。”

“这么说你们这儿着过大火,大妈?”

“托上帝的洪福,要是我们这儿起大火那可就更糟了;是铁匠自己把

---

① 俄国以前用过的重量单位,一普特等于十六点三八公斤。

自己烧死的，老爷，鬼知道是怎么回事儿，他的肚子里不知怎么就着起火来了，可能酒灌的太多了，只见他身上蹿出一团小火苗，还是蓝色的，后来他浑身上下都起了火。全身都烧焦了，烧得乌黑乌黑的，就像一块木炭似的。他可是个手艺超群出众的铁匠！现在我出去办点事儿，或者散散心，连马车也坐不成了，因为没有人给打马掌啦，就连钉马掌也没有会钉的人了。”

“这全都是上帝安排的，大妈！”乞乞科夫既同情又惋惜地说道，“违背上帝的意志的话，可是不能随便乱说的，一句也说不得的呀……就请您把他们转让给我得了吧，纳斯塔西娅·彼得罗芙娜，好吗？”

“把谁转让给您哪，老爷？”

“就是那些死去了的农奴呗。”

“那么，怎么个转让法呢？”

“这还不简单，或者换个说法，就是说卖给我。我把他们买下来，当然要付给您钱啦。”

“究竟是怎么一回事儿？我实在没搞清楚，难道您要把他们从地下挖出来？”

乞乞科夫听来听去，认为老太婆说的有点太离谱了，根本没有搞清楚他的意图，看来必须把这件事儿跟她说个透彻、明白。于是他简单扼要地向老太婆作了如下的解释：转让或者购买，这只不过是书面上的事，在登记时，把这些死去的农奴写成活的就算完事了。

“那你要这些实际上死了的农奴干什么呢？”老太婆仍然大惑不解地问道。两只眼睛瞪得大大的。

“这就是我的事了，您就不必操心了。”

“你可要知道，他们可是真正地死去了！”

“那谁又说他们不是死了的呢？就是因为他们真正地死去了，您才吃亏蒙受损失呀，因为您仍然要给他们交人头税。那么，现在我把他们买过来，你就不用再为他们交税了，您该多省心哪。看，就是这么简单，您现在听清楚了吗？而且我还要付给您十五个卢布，怎么样，这回全明白了吧？既然如此，您何乐而不为呢？”

“不瞒您说，我真的还没弄明白。”女主人懵懵懂懂地说道，“说真的，我可是从来没有卖过死农奴。”

“谁说不是呢，您要是卖过，那才叫怪事呢，或许您认为，他们确实还有什么用处吧？”

“不，那倒不是，我可没这么想。他们能有什么用处呢？一点儿用处也没有啦。叫我难理解和搞不清楚的是，他们明明都死去了呀。”

“唉，这个该死的老婆娘，真是个死脑筋，灌铅的脑袋，一点也不开窍！”乞乞科夫心里诅咒道。

“请听我说，我的大妈。您仔细琢磨琢磨，农奴死都死了，可您还要按着活人为他交税，太不划算了，这样拖下去，会把您拖垮的……”

“哎呀，我的大老爷，您就别哪壶不开提哪壶啦！”地主婆说，“两个星期以前，我刚交了税，一百五十多个卢布呀。另外还得给那个税务官塞点儿好处费。”

“您看，怎么样，大妈，我说的没错儿吧。如今我只想告诉您，从现在起，以后您再也不用去讨好税务官了，因为将由我来替你交这些人头税，这件事儿和您没关系了，所有的官差、劳役和该交的税全都由我来承担。就连签订这笔交易的合同费，也由我来支付。说得这么明白，您总该清楚了吧？”

地主婆听了以后，真的动脑筋思考起来。她明白了，这件事对她来说，不仅不吃亏，而且还很有好处。但是，她还是有些莫名其妙，这种事以前不仅没有听说过，更是没有干过呀。想到这儿，心里还是七上八下地不踏实，甚至还有些害怕，怕只怕这个买主居心不良，说不准是来给她挖陷阱让她往里跳。千万不能上他的当。鬼知道他是从哪儿钻出来的，而且是在深更半夜钻出来的。

“怎么样，想好了吧，大妈，现在可以拍板成交了吧？”乞乞科夫问道。

“说实在的，老爷，我可是从来没有卖过死农奴。活农奴倒是卖过，两年前，我把两个女奴卖给了大司祭，每一个才收一个卢布。大司祭特别感谢我，这两个丫头心灵手巧，很能干活，连餐巾都是她们自己织的。”

“嗨，你还不明白，我们现在说的不是活着的。我的天老爷，我是要已经死了的，是死的！”

“说心里话，我可是头一次干这种事儿，我很怕吃亏上当，也许，老爷，你是在蒙我骗我吧，说不定他们……他们说不定能值很多钱吧。”

“您听我说，大妈……嗨，您这个人可真有意思！他们怎么会值很多钱呢？您要搞搞清楚，他们不过是一堆死人骨头，一堆烂骨头，懂吗？烂骨头怎么会值很多钱呢？这种东西根本就一钱不值！您随便拿一件什么没用的东西，比如说，拿一块烂抹布，一只破袜子，都要比他们值钱。烂抹布和破袜子还可以卖破烂换点钱，总还可以卖给造纸厂去造纸吧。可是这些死农奴呢？干什么都用不着，一点儿用处都没有。好，您自己说说看，到底能有什么用处？”

“是呀，您说的倒是大实话，他们确实一点用处都没有，可是让我心里七上八下不踏实的，也正好是这一点，因为他们的的确确是真死了的呀！”

“嗨，这个老不死的东西，真是个老顽固，榆木疙瘩脑袋，一点也不开窍！”乞乞科夫暗自诅咒，实在有点不耐烦了。“这个该死的老家伙，真是不可理喻，真是茅屎坑里的石头，又臭又硬，真难对付！急得我全身都直冒汗！”想到这儿，他的脑门儿上真的急出好多汗来，于是他赶紧掏出手帕擦起汗来了。其实，乞乞科夫着急生气又冒汗是没用的。有的时候就是这样，即使那种值得尊敬的人，身肩重任，身居高位的国务大员，实际上和这个死老太婆是一路货，同样顽固不化。一旦脑袋瓜子里冒出个什么主意来，就是用九头牛也拉不回来，用两只凶猛的老虎来吓他，也甭想让他改变主意。不管你费尽口舌，哪怕说得口干舌燥，摆出一大堆连小孩子都懂得的道理，他都会给你挡回来，就像把皮球打到墙上给你反弹回来一样。乞乞科夫擦掉脸上的汗，仍旧不甘心，打算想个迂回的妙计来开导开导她，也许会奏效吧。于是又大显身手试上一试。

“大妈，我的好大妈，”他说道，“您或者就不想弄明白我的话，或者故意装糊涂，拿些不着边际的话来跟我兜圈子……您可要想清楚，我真的要付给您钱的，那可是十五卢布的现钞呀。您听清楚了吗，这可是钱哪。这些钱，您在街上可是捡不到的呀。好了，您告诉我，您的蜂蜜卖多少钱？”

“十二个卢布一普特。”

“您这话说得可有点离谱了，大妈。价钱这么高您怎么能卖得出去呢。”

“天地良心，我真的卖了这个价钱。”

“但是您可要清楚，您卖的可是蜂蜜呀。您收集这么多蜂蜜，要花费好多时间，也许要用一年的时间吧，而且还要操那么多心，费那么多力，风吹日晒地到处奔波；不光是到外面去放蜂，要取蜂房时，您还得熏蜂，这还不算完事儿，冬天来了，您还要把蜂房放到地窖里，足足要喂养一冬。可是那些死农奴就是另外一码事了，他们跟我们就毫不相干了。也就是说，他们都死了，您用不着再为他们操什么心出什么力了，倒是给您减少很多麻烦。当然，他们死了，会给您经营和管理家业带来损失，可那也是没办法的事，这全都是上帝的安排呀。您的蜂蜜能卖到十二个卢布，真的很不错了，因为您操了那么多的心，费了那么多的力，辛辛苦苦地忙了一年，的确也很不容易。可是那些死去了的农奴呢。您既用不着操心，也用不着费力，能卖到钱那不等于白赚吗？况且价格不是十二个卢布，而是十五个卢布。再说给您的又不是银币，是清一色的蓝色的钞票。再好好想一想，算一算，这不等于天上掉馅饼的大好事吗，还有什么值得犹豫的呢，快点拿准主意吧！可别说，过了这个村，就没有这个店的，大便宜了。”乞乞科夫几乎费尽口舌，伤透了脑筋，给她讲了这么一大堆令人无法辩驳的道理之后，以为这个老太婆会心服口服了，这回一定会拿定主意跟他做这笔买卖了。

“说实在的，”地主婆回答说，“我一个寡妇来做这种生意，心里可没有一点谱，甭说没经验了，根本就没干过！最好还是让我再等几天，或许会有别的商人来，我也好问问他们，这个价钱到底公道不公道，您看好吗？”

“真可笑，真可笑，大妈！真是太可笑了！嗨，您也不想一想，您这是说的什么话呀！有哪个大傻瓜来买您的死农奴呢？退一万步说，真的会有人来买，他买这些死人去干什么呢？”

“那谁知道呢，没准在经管田产方面能用得上呗……”老太婆反驳说，说到这儿她又突然停住，不再说了，只是张大了嘴巴，又吃惊又心虚地看着他，看他怎样来回答。

“让死农奴来经管田产！真是天下奇闻，您这是胡扯些什么呀！难道让死人去给您看菜园子，夜里让他们的鬼魂来吓唬麻雀，还是怎么着？”

“啊，上帝保佑！您说得太吓人了！”老太婆慌忙接着说道，还在胸前画着十字。

“您还打算让他们干什么呢？咱们可要把话说清楚了，他们的烂骨头和坟包全都归您所有，这笔交易只是在书面上做文章，或者说只是在纸上做做样子，怎么样？起码您得给个痛快话呀，总得给个干干脆脆的答复吧。”

地主婆没有吭声，心里又嘀咕起来。

“您到底又在琢磨什么呢，纳斯塔西娅·彼得罗芙娜？”

“说心里话，我还是没拿准主意，真不知道该怎么办好；这么着吧，您最好还是买我的大麻吧。”

“什么大麻呀，得了吧，这件事儿和大麻有什么相干？我和您谈的完全是另外一桩买卖，您怎么非扯上大麻呢，干吗非得让我买大麻！大麻归大麻，等我们做好这笔生意，下次我再来买您的大麻。这样您该满意了吧，纳斯塔西娅·彼得罗芙娜？”

“说老实话，这笔生意太离奇了，我可是从来没有听说过，更是从来也没干过的呀！”

真是苦口婆心，说破了嘴，这个老太婆依然顽固不化，把个乞乞科夫气得忍无可忍，难压心中的怒火，于是操起一把椅子狠狠地摔到地板上，发出一声巨响，看来还难解心头之恨，便大吼一声：“真是活见鬼了！”

这个老太婆一听到“鬼”字，便吓得像筛糠一样，全身瑟瑟发抖。

“哎哟，求你发发慈悲，千万千万别再提到它啦！”她听得面色苍白地大声喊叫起来，“前天晚上，我做了一整夜的噩梦，就梦见了那个该死的东西（她无论如何也不敢亲口说这个‘鬼’字）。这事儿也怪我，那天就寝之前，我做了晚祷，不知为什么，又心血来潮地拿起纸牌卜卦，想测一下吉凶祸福，看来是得罪了上帝，所以派它来惩罚我。我梦见那个可恶的东西，样子可怕极了，头上的两只角比牛角还要长好多呢！”

“我倒是感到很奇怪,干吗不让您梦到一大群恶鬼呢。我只是出于一个基督徒的仁爱之心才买这些毫无用处的东西,不忍心看到一个可怜的寡妇走上倾家荡产的绝路上去,不忍心让她受苦受难……算了吧,就让你和你的田庄一块儿完蛋吧!……”

“哎呀,你怎么能这样恶毒呢,你怎么能这样诅咒人呢!”老太婆大惊失色地望着他说道。

“跟您讲话简直是对牛弹琴,真是不可理喻!让我说您什么好呢?让我直言不讳地说,您真像一条看家狗,虽然不会说粗鲁难听的话,自己不吃草,可是却又不让别的家畜吃。我本来打算从您手上购买一些各种各样的农产品,因为我也为公家经办一些专卖品……”显然他是信口开河,随便胡吹罢了,并没有经过认真思考就说出来了,但却出乎意料地打动了这个老太婆。

纳斯塔西娅·彼得罗芙娜一听,乞乞科夫还能经办公家的专卖产品,不禁喜上心头,至少以恳求的口气说道:

“你干吗发这么大的脾气呀!早知道你这么爱发火,我绝对不会跟您顶牛了,何必要惹您生气呢。”

“我有什么好发火的!都是些陈芝麻烂骨头的小事,我才不会为它们发脾气呢!”

“好了,好了,就照您说的办,我愿意以十五个卢布卖给您!可是我有个要求,您为公家采办物品时可得格外关照关照,我的老爷,要是采购黑麦面粉、荞麦面粉,或者是麦糁和各种家禽鲜肉什么的,可不要把我丢到脑袋后面去呀。”

“不会的,大妈,绝对不会忘了您的。”乞乞科夫一面说,一面用手帕擦着满头满脸的大汗,汗水像小河一样从脸上奔流而下。他向老太婆仔细打听了一番,问她在省城里是否有代理人或者熟人,以便代表她签订买卖合同,以及办理一切该办的事宜。

“当然有啦,大司祭基里尔就是一个,他的儿子在官府里供职。”老太婆说道。

乞乞科夫请她写一份给大司祭的委托书,为了避免一些不必要的麻烦,便自告奋勇由他来代笔。

“那可太好了,”老太婆柯罗鲍奇卡心中打着如意算盘,“最好乘他为公家采购物品的时候,让他把我的面粉和牲口买去。这回可得好好招待招待他了,昨天晚上还剩一些和好的面,我马上就去吩咐费季妮娅,让她烙几张饼;最好再做一个鸡蛋素馅饼,我家做的美味食品,味道好极了,再说也花不了多少时间。”女主人想到这儿就走了出去,以便去张罗烙馅饼的事,说不定她还会增加一些家中面包房和厨房做出的其他食品或菜肴呢。

乞乞科夫回到他昨晚过夜的客厅里,想要从他那只小红木匣子里拿出几张纸。客厅早就打扫和整理干净了,舒适漂亮的羽毛被褥和枕头等床上用品也收起来了,在沙发前又摆上了一张蒙着桌布的桌子。他把小木匣放到桌子上,坐下来稍事休息。这时才感觉到全身水淋淋的,就像被大雨浇透了一样,身上穿的衣服,就连袜子都湿透了。“看,这个该死的老太婆,真把我给折腾苦了!”他嘴里嘟囔着。休息一会之后,他便打开了那只精致的小木匣子。作者可以自信地说,有些读者的好奇心可非同一般,他们对这只小匣子的内部结构和所装的物品特别感兴趣。既然如此,就让我们来满足他们的好奇心吧,让他们大饱一下眼福吧!好,那就请诸君睁大了眼睛,观察一下小匣子的秘密吧:正中间是一只肥皂盒,肥皂盒后面是六七层的小格子,是为放剃须刀片而设置的。然后,还有两个四方形的格子,分别放着砂瓶和墨水瓶;两个方格之间设计了一个长槽,用来放鹅翎笔、火漆和一些长条用品;还设置了各式各样的格子,有的带盖子,有的却没盖子,里面存放一些比较短的东西,用来摆放拜客名片、送葬名片、戏票,以及其他留作纪念的小东西,上面一层是相当于抽屉一样,也有许多格子,可以整个拿开,下面放着一叠叠裁好的纸张。下面又有一个设计巧妙的小抽屉,专门用来藏钱的,位于小木匣的侧面,用钱时可以神不知鬼不觉地取钱或放钱。木匣的主人总是诡秘而又匆忙地抽出或推上,因此里面究竟有多少钱,那就不得而知了。再看,我们的主人公已经忙活起来啦,乞乞科夫削好了鹅翎笔,立即挥笔写委托书,这时女地主走了进来。

“你这只木匣子真是既精致又漂亮,老爷,”她说着,在他的身旁坐了下来,“我想是在莫斯科买的吧?”

“是在莫斯科买的。”乞乞科夫一面答话,一面继续写委托书。

“我一看就知道,那里的东西做得又好又漂亮。两年前,我妹妹在那儿给孩子们买的靴子,又暖和又耐穿,直到现在还没穿破呢。哎哟,你这儿还有这么多带国徽的公文纸呢!”她伸过头去往小木匣子里看了一眼,惊奇地说,“你的小匣子里,还有这么多公文纸,哪怕能送给我一张也好呀!我这儿就缺少这种纸;万一哪一天要给法院写呈文,没有这样的纸可就难办了。”

乞乞科夫向她解释说,这种纸不是她要的那一种公文纸,这种纸是用来起草合同的,而不是用来写具状呈文的。可是,为了不使她失望,乞乞科夫就送给了她一张。这种纸可是够贵的,一张就值一个卢布。他写好了委托书，请她在上面签了名，又想向她要一份死了的农奴的名单。令他感到惊奇不解的是，原来，这个地主婆从来也不留什么字据，也没设花名册，只凭她的记忆，几乎就能把所有人的名字背得滚瓜烂熟。乞乞科夫不得不佩服，好一个聪明的老太婆。既然如此，他就请她立刻把那些人的名字念一遍，他则亲自动笔记录下来。

有些农奴的名字，尤其是绰号，真是稀奇古怪，而且很长，使乞乞科夫有点惊奇。因此，每当他听到这样的名字时，都要先停顿一下，然后才把它们记下来。有个农奴的姓名是彼得·萨维里耶夫，绰号叫"不必敬重的洗衣盆"，乞乞科夫听了以后，竟然吃惊地叫道："这个人的名字太长了！"更可笑的是，一个农奴的名字后面还加了一个"牛屎饼子"的绰号，还有一个农奴的名字倒是很短，叫"轮子伊凡"。委托书快要写完的时候，他耸耸鼻子长长地吸了一口气，便闻到了一股油煎馅饼的味道，香气诱人，令他有点食欲大开的感觉。

"请尝尝吧，千万不要客气。"女主人殷勤地说道。

乞乞科夫转过头来一看，桌子上摆了那么多美味食品：小蘑菇、小馅饼、葡萄干烤饼、奶渣饼、油炸小面包、薄饼，以及各种配料做的烤饼：葱花的、罂粟籽的、酸乳的、胡瓜鱼的，真是品种齐全，应有尽有。

"再尝尝鸡蛋素馅饼！"女主人又让道。

乞乞科夫往前挪了挪，拿起鸡蛋素馅饼就吃，一口就咬掉了一大半，接着便连声称赞，再说这种馅饼也的确很好，美味可口。尤其是在和这个地主婆软硬兼施地折腾了好半天，倒真是有点饥肠辘辘了，有这样的美味来犒赏，自然更是食欲大振，于是便大吃大嚼起来。

"薄饼做的也不错，请再尝一点吧！"女主人再次殷勤劝餐。

乞乞科夫听罢也没谦让，一下子把三张薄饼卷在一起，在融化了的奶油里蘸了一下，张开大嘴就咬，连吞带咽地就吃下去了，然后用餐巾擦了嘴和双手，如此这般地连吃了三卷薄饼，饱餐之后，便请女主人吩咐下人为他备车。女主人纳斯塔西娅·彼得罗芙娜立即打发女仆费季妮娅去通知车夫，同时又吩咐她再拿些刚出锅的薄饼来。

"大妈，您府上的厨艺很精，做的薄饼太好吃了！"乞乞科夫又夸赞了一次，同时又拿起刚刚端来的热薄饼狼吞虎咽地吃起来。

"我们家的厨子做饼还是有两下子，尤其是薄饼更好吃，"女主人说，"可惜的是年景不好，面粉也差了一些，……话又说回来了，老爷，您干吗这么性急呢？"她看到乞乞科夫已经拿起帽子，又说道，"车还没备好呢。"

"马上就备好了，大妈，马上就备好。我的马车夫套起车来可麻利了，一会儿工夫就好了。"

“既然如此,那就请便吧。请别忘了到我这儿来收购东西呀。”

“不会的,不会的,尽管放心好了。”乞乞科夫一边说着,一边向门廊走去。

“您采购猪油吗?”女主人跟在他身后问道。

“为什么不采购呢?要买的,当然要买的,只是暂时不买,以后会买的。”

“我家里在圣诞节前后肯定会有猪油的。”

“会买的,会买的,放心好了,您这里的东西,我们都会买的,当然更要买猪油了。”

“也许,您还要鸡毛吧,在菲利波夫斋戒期①以前,我们家里还会有鸡毛的。”

“好,好吧。”乞乞科夫说道。

“您看,老爷,您的马车还没备好吧。”女主人说道,这时他们已经来到门口的台阶上。

“马车就会备好,马上就会备好的。只是还要请教您,到驿道该怎么走呢?”

“这可让我怎么说呢,”女主人说道,“光用嘴巴说很难说清楚,因为路上有很多岔路口;最好还是这样吧,我派一个丫头去给您带路吧,这条路她很熟,车夫的驾驶台上总能给她让个座吧。”

“能让出来座。”

“那我给您派个小丫头去引路。不过,您可要当心,可别把她给拐走了!我就上过当,有几个商人就把我的一个小丫头给拐走了。”

乞乞科夫向女主人发誓,绝对不会干这种事情,柯罗鲍奇卡这才放心,瞪着两只眼睛开始察看院子里的一切,仔仔细细地看了一遍。她看到管家从贮藏室里往外拿东西,只见她用手抱着一个装着蜂蜜的木桶,接着又看到一个农夫出现在大门口。看来,老太婆又把全部心思集中到家务的经管上去了。好了,我们还是不要在柯罗鲍奇卡身上做文章了,不管是柯罗鲍奇卡,还是玛尼洛夫太太,操劳家务,还是干与家务不相干的其他事,我们就算交待过了,不必再提了!

世界上的事情本来就是千奇百怪,千变万化的:本来是一件令人心花怒放的大喜事,有谁知道又会乐极生悲呢,突然之间会变成令人悲痛欲绝的伤心事呢?要是你在这里待久了,那只有上帝知道你会冒出什么想法

---

① 旧俄历十一月十四日开始为菲利波夫节,此后四十天,为菲利波夫斋戒期,这四十天中不宰杀鸡,亦不出售。

来。或许,你甚至会这样想:在人类天性日臻完善无穷无尽的阶梯上,女地主柯罗鲍奇卡所处的位置果真就是如此之低吗?她和那些身家百倍的姊妹之间真的有天壤之别吗?她们之间真的有一条不可逾越的鸿沟吗?她那些身家百倍的姊妹居住在令人望而生畏的贵族宅邸里,过着锦衣玉食的生活,室内金碧辉煌,陈设富丽堂皇,铁铸的楼梯香气缭绕,铜制器具闪闪发光,红木家具古色古香,铺着昂贵豪华的地毯。姊妹中一位高雅的女士或尊贵的太太,手里捧着一本尚未读完的书,哈欠连天,看样子,意欲云游梦乡,在等待着妙语连珠、风流倜傥或才思敏捷之士登门造访。待到风雅的群贤毕至之后,她便可以大展聪明才智,口若悬河地发表那些她倒背如流的陈词滥调。她的这些卖弄风雅的妙论高调像染上时髦症一样风靡一时,会在全城折腾一个多星期之久。诚然,她这些妙论高调绝不会谈及她自家的隐私和家中的风流韵事,也不论及她家田庄的经营状况与兴衰,虽然由于她不善经营管理,致使田庄陷入混乱,甚至濒临破产的境地。而是谈论到法国正在酝酿一次什么政治动乱,以及风行一时的天主教要表演出什么新的花样。算了,算了,赶快收笔,干吗要说这些不相干的东西呢?但是,在无所事事、悠闲自在、欢心畅快的时刻,究竟为何会自然而然地突然另一种奇异的光芒,凌空而至一闪即逝呢?你尚未来得及收起脸上的笑容,你周围的那些人依然如故,你却摇身一变,成为一个陌生之人,脸上已经闪耀着另外一种光彩……

"看,马车来了,马车来了!"乞乞科夫终于看到自己的马车正在飞驰而来,便高兴地喊了起来,"你这个蠢货,怎么搞的,干吗磨蹭了这么长时间?昨天喝醉了酒,到现在酒劲还没过吧?"

谢里方挨了训斥,一句话也没敢说。

"再见啦,大妈!怎么还没来呀,您说的那个小丫头呢?"

"喂,欠拉孟娅!"地主婆向站在旁边的一个小姑娘叫一声。这个小女孩大概有十一二岁,身穿一件家中自己染的花布裙子,光着两只脚,脚上和小腿上尽是泥浆,从远处看上去,还以为她穿着靴子呢。"你跟着去一趟吧,给这位老爷带路。"

车夫谢里方把小姑娘扶上了车夫驾驶台,她一只脚蹬在老爷用的踏板上,在踏板上留下了泥巴脚印。小姑娘爬上驾驶台之后,便在马车夫的身边坐了下来。于是,乞乞科夫也抬起一只脚踩到踏板上,由于他身体太重,把马车压得有点向右倾斜,他上了车坐正,车子平衡过来。他最后说道:

"啊,这下可好了!再见吧,大妈!"

三匹马扬蹄跑了起来。

谢里方一路之上都阴沉着面孔，而且老老实实驱车前行，每当他做了什么错事或者酒醉发昏之后，总是小心翼翼、认认真真地干事。把三匹马也洗刷得非常干净，个个都显得神采焕发。特别有一匹马的套具，长期以来一直破烂不堪，麻絮都从破皮革中钻出来了，这次也花了工夫，铺得很整齐很美观。一路之上专心地赶车，几乎一声不吭，只是挥挥鞭子，再也没对三匹马唠里唠叨地训话。虽然那匹懒惰的花斑马还是很愿意听到车夫那无休止的唠叨和并无恶意的规劝，但不知为什么此刻他却沉默寡言，手里只是懒洋洋地握着缰绳，只是把鞭子在马背上空虚张声势地摇晃几下，只是装模作样罢了。此刻车夫谢里方面色阴沉地坐在那里，嘴里只是一个劲儿地喊着令人乏味而又单调的吆喝声："看你，看你，你这个大傻帽！我让你偷懒，我让你偷懒！"——除了这一套经文以外，再也没别的了，真是烦人！甚至连枣红马和陪审员也很不高兴，因为一路上一直没听到他再兴冲冲地喊着"亲爱的"或者"伙计们"这些亲切的词儿了。这时，花斑马感到圆滚滚的地方又挨了几鞭子，有些疼痛难忍，又是不服气又是不满，"你看看，全都打肿了！"一边又把耳朵动了几下，"你可真行，专门挑怕疼的地方打！就算是动真格的，也不该这么狠哪！不是抽耳朵，就是抽肚子底下最怕疼的地方。"

"是在这个地方向右拐弯吗？"谢里方向坐在他身边的小女孩冷冰冰地问道，一边用鞭子指着一条黑油油的乡间土路，这条路蜿蜒在雨后变得更加碧绿而又生机盎然的田野之中。

"不，不，不对，到时候我会指给你看的。"小女孩回答道。

"现在该往哪儿拐呢？"马车又走出一段路程后，谢里方问道。

"往那边拐就行了。"小女孩回答说，一边用手指了指。

"嘿，你这毛丫头！"谢里方有点不耐烦地说道，"这是往右拐吗？连哪边是左，哪边是右都分不清！"

尽管天气很好，可是路上到处都是烂泥，马车走起来非常吃力，因为刚一上路，车轮子全沾满了黏糊糊的烂泥巴，就像裹了一层毛毡一样。再说这乡间土路上的烂泥黏得要命，仿佛糨糊一般，车轮子的烂泥越沾越多，滚动起来又重又黏，太难走了。正因为如此，天都快到中午了，马车还在乡间土路上磨蹭着。要不是有小姑娘带路，他们一定又要迷路，因为这里岔路口太多了，像蜘蛛网一般，伸向四面八方的小路多极了，又像被捉到麻袋的龙虾，倒出来以后，四处乱爬，八方乱闯。所以，要是谢里方单独走，不迷路那才怪了，尽管他没喝醉，也得把他绕迷糊了不可。又走了不大工夫，只见远处隐约看到一座黑乎乎的房屋，小姑娘伸手指了指那幢房子，说道：

“看，那边就是大路啦！”

“那幢房子是干什么用的？”谢里方问道。

“是个小饭馆。”小姑娘说道。

“好了，现在我们认识路啦，你可以自个走了，”谢里方仍然冷冰冰地说道，“你可以回去了。”

他把马车停了下来，扶着小女孩下了驾驶台，并且还嘟囔了一句：“唉，看看，你这双脚真够脏的！”

乞乞科夫倒是很客气，赏给小姑娘一个铜币，这孩子便兴高采烈地回家去了，能在车夫驾驶台上坐一会儿，这个小女孩就很满意了。

第四章

Мертвые души

马车走到小饭馆附近，乞乞科夫立即吩咐谢里方停车，一则是为了让马匹歇歇气，喂喂料；二来是他自己也想吃点东西，养一养神。相形之下，作者不得不承认，很欣赏这种人的好食欲和胃肠的好功能。对作者而言，混迹于彼得堡和莫斯科上流社会的那些大富翁和风流雅士们，倒是实在不值得一提的酒囊饭袋。他们整日里酒足饭饱之后，只会养尊处优，无所事事，一天到晚，脑袋里琢磨的就是吃吃喝喝。今天刚刚放下酒杯，油光光的嘴唇还没来得及擦干净，就又琢磨起明天再吃点什么美味佳肴，后天的午餐又该吃点什么山珍海味。而且在吃午餐之前，先得吞下一丸什么药不可。他们大口大口地吞食着牡蛎，细嚼慢咽地品尝着海螃蟹，吃遍了其他的奇珍异味，然后便到卡尔斯巴德[①]去游历，或者到高加索的避暑胜地去逍遥一番。不，不，作者才不羡慕这些酒囊饭袋呢！作者才不欣赏这些饱食终日的行尸走肉！可是那群中等绅士和先生们又如何呢？他们在一个驿站要了一份火腿，在下一个驿站又品尝了一份乳猪，到了第三个驿站再吃下一大块鲟鱼，或者吃上一份洋葱烤灌肠。然后，如果再有进餐的机会，他们随时可以若无其事在餐桌旁就座，又津津有味地吃喝起来，仿佛饥肠辘辘般的饿了好几天了。他们嚼着鱼肉煎包或者鲶鱼尾馅的烤饼，令人馋涎欲滴地喝着小块鲟鱼肉加牛奶的鲟鱼汤，嘴里还不断地发出咝咝声和咕噜声。那种狼吞虎咽的样子，真是让旁观者食欲大增。——这些老爷、先生们真是幸运儿，真该感谢上帝的恩宠，赏给了他们这样一副好肠胃，他们确实很令人羡慕！在彼得堡和莫斯科的那些大富翁和风流雅士们中间，不止一个人为了求得中等绅士和先生们这副好肠胃，不惜花费重金；有的为了达到此目的，甚至甘愿拿出家中的一半农奴和一半田庄，不管是典当过的还是没有典当过的，而且不管是按外国方式或者俄国方式改良过的田庄。然而令他们百思不解和伤心的是，尽管他们不惜花费巨资，尽管他们愿意以一半田庄作为代价，无论是改良过的或者没有改良过的，都无法购买或换取得到中等绅士和先生们那种天赐的好肠胃。

---

① 即现在捷克的卡罗维发利市，是久负盛名的温泉疗养胜地。

这座木头结构的小饭馆，看起来黑乎乎的，却勾起了乞乞科夫的食欲，令他毫不迟疑地走到它那狭窄，但是又殷勤好客的凉棚下面。这个凉棚看似很小，但其建筑工艺却独具匠心，支撑着敞棚的几根小木头圆柱子，做工不仅精湛，而且又独出心裁：刨得光滑如镜，上面还雕刻着各种饰物，就其整体架构来看，很像教堂里古色古香的烛台。小饭馆从外观上来看，很像俄国标准的农舍，只不过架构大了一些。窗户四周和屋檐下面，都是用新木料雕刻的各种精美图案，五颜六色，甚是醒目，在昏暗的墙壁的衬托下，显得更加突出而又鲜明耀眼，护墙板上还绘着各式各样的陶罐，里面还插满了鲜花翠枝，真可谓一幅意趣盎然诱人观赏的图画。

乞乞科夫举步登上狭窄的木头阶梯，只是向前跨了几步，便走进了宽敞的前门廊。尚未来得及止步，只听吱呾一响，一扇门已被打开，走出一个身穿印花布裙子的老太婆，人长得很富态，连忙说了一声："请进吧！"进屋之后，我们的主人公举目四望，他发现屋里面的一切似曾相识，所有的陈设都是在驿道两旁的饭馆里常见的东西，一点也不陌生。那就在这里向读者描述一下吧：有布满锈斑和霉点的茶炊，刨得又光又滑的松木板壁，墙角摆着一个三角柜，圣像前蓝红两色的彩带上悬挂着的描金瓷蛋；刚刚生过猫崽儿的母猫，一面能使人改变形体的魔幻镜——单从人的面部的变化来说吧，能把人照成四只眼的怪物，也能把人的面孔照成一张大饼的小丑，奇哉，怪哉，不管谁站在镜子面前，看到这一幅幅奇形怪状，真是哭笑不得！最后，还可以看到摆在圣像两侧的一束束香草和石榴花，花草早已干枯多时，谁要是好事儿或好奇，想去闻一闻香味的话，除了让你打上几个喷嚏之外，再也享受不到其他乐趣了。

"有乳猪吗？"乞乞科夫转过身来向站在身后的那个村妇问道。

"有。"村妇答道。

"是加洋姜和酸奶的吗？"

"是的。"

"那就端来一份吧！"

老太婆立刻转身出去拿餐具，稍过片刻，端来一只小盘，一块浆得很硬的餐巾，活像一块干树皮，可以直立着摆放。随后又拿来一把餐刀，薄得可以用来削笔，刀把是骨头的，也许因使用时间过长了已经发黄。还有一把老掉牙缺齿的餐叉，以及一个在桌子上无论如何也无法放稳的盐瓶。

我们的主人公按照自己的老习惯，立即与老太婆闲聊了起来，询问这家小饭馆是她自己开的，还是在这里给别人打工，小饭馆的效益如何，有几个孩子，儿子们是否和她住在一起。又问起大儿子是单身，还是娶妻生子了，儿媳妇长相怎样，嫁妆是不是很丰厚，或者干脆就没有，亲家为人如何，在举行婚礼的良辰吉日，是否因收到礼品的多寡而高兴或生气。总之，就像做户籍调查一样，打听得既详细又周全，没有放过一个细枝末节。当然，乞乞科夫询问这些情况，只不过是醉翁之意不在酒，很快就把问题转到他日思夜想的心事上来。恐怕作者不说，读者诸君也会猜想得到是什么事情啦。也就是说把话题立刻转移到当地或附近的地主身上，经过一番弦外有音意在言外的亲热交谈，结果他得知当地和周围地区居住着各种各样的地主：布洛欣、波奇塔耶夫、梅里诺伊，还有切普拉科夫上校和索巴凯维奇。[①]"啊，这么说你也认识索巴凯维奇啦？"乞乞科夫急切地问道。老太婆立即答道，她不仅认识索巴凯维奇，而且还认识玛尼洛夫，并且接着又说，玛尼洛夫要比索巴凯维奇花钱大方：玛尼洛夫来吃饭，立刻要一个清炖鸡，还要一盘牛犊肉，如果有羊肝的话，就再要一份羊肝，每一个菜只是品尝品尝就完了。可是索巴凯维奇只要一个菜，而且吃得碟干盘净，一点儿都不剩，有时还要求加菜，但是却不愿意多给一点钱。

乞乞科夫就这样一面聊着，一面大吃大嚼着，不大一会儿，犹如风卷残云一般，盘里的乳猪就剩下最后一小块了，正要全部下肚的时候，忽然传来了一阵马车驶近的辘辘声。他随即向窗外看了一眼，只见一辆由三匹膘肥体壮的高头大马，拉着的四轮轻便马车在小饭馆的门前停了下来。从马车上走下来两个男人，其中一人满头金黄色的头发，身材魁梧高大；另一个男人个子略微矮一些，头发乌黑乌黑的。金黄色头发的男人穿着一件蓝色轻骑兵短外衣，黑头发男人穿着一件花条纹束腰短上衣。此时，从远处又驶来一辆四轮轻便马车，不过车速很慢，而且车里根本没有坐人，由四匹长毛马驾着车，脖子上的套具已经破烂不堪，鞍具是用麻绳做的。金黄色头发的男人下了车，没有停留，立刻顺着扶梯走到屋子里去了。可是那个黑发男人仍旧站在马车旁边，似乎在马车上找什么东西，同时又跟仆人说着什么，又向随后而来的那辆马车招了招手。乞乞科夫听到他的声音，觉得有点耳熟。当他还在仔细打量黑色头发男人的时候，金黄色头发的男人已经找到了房门，并且推开门走了进来。此人身材高大，一张脸瘦瘦的，棱角很是分明，或者像人们常说的那样，有点瘦骨嶙峋，鼻子下面留着两撇火红色的小胡子。从他那张黝黑发黄的面孔便可以看得出来，此公一定跟烟的关系很密切，要不是久经沙场枪炮的硝烟的考验，就是一个长期吸烟喷云吐雾的宿将。他彬彬有礼向乞乞科夫鞠躬致意，乞乞科夫也以同样方式礼貌相待。也许过不了几分钟，他们二人就会像老熟人一般地亲切交谈起来，因为他们两个人一见如故，几乎同时表达出

① 以上这些姓氏，俄语的词根为：跳蚤、阅读、肥皂、鞍褥、狗，因此才有"各种各样"一说。

今日乘车出游的欢快心情，因为昨天那场暴雨扫荡了路上的漫天灰尘。正当二人谈得十分投机的时候，他那位黑头发旅伴风风火火地闯了进来。这是一个神采飘逸而又英俊潇洒的小伙子，中等身材，英武健壮，面颊圆润，白里透红，两排洁白如雪的牙齿，漆黑的络腮胡子。皮肤白嫩，似乎很富有弹性，全身都焕发着青春活力，真是令人赏心悦目！

"啊，哎呀呀！"一看到乞乞科夫，他便展开双臂，忽然惊叫起来，"真是太巧了，是什么风把你吹来的呀！"

乞乞科夫认出来是诺兹德廖夫，就是在检察长家里一起吃过午饭的那个年轻人，他知道此人是个自来熟。当时一见面就极力和乞乞科夫套近乎，不过几分钟就和我们的主人公"你我"相称起来，尽管乞乞科夫未曾主动和他交谈，也未曾流露出表示亲近的举动。

"你这是要去什么地方啊？"诺兹德廖夫问道，没等乞乞科夫答话，紧接着又说道："老兄，我刚从集市上过来。不过，你得先向我贺喜吧！看看，我这次输得一干二净！你相信吗，我这辈子还从来没有输得如此狼狈不堪。就连我的马车也给输掉了，没办法，我只好从当地人那儿雇了一辆马车回来！要是不相信，你就往窗子外面看一看！"说到这儿，他猛地把乞乞科夫使劲儿按了一下，差点儿按到窗框上。"你看看，那辆车破成什么德行啦！这几匹该死的马，费了好大劲儿，才把那辆破车拖到这儿来，我只好半路上坐我姐夫的车。"诺兹德廖夫说着，用手指了指他的同伙，"想必你们还不认识吧？这是我的妹夫米茹耶夫！就是今天上午，我还曾和他谈论过你呢。我对他说：'哎，你就等着瞧吧，说不准我们还会碰到乞乞科夫呢。'唉，老兄，可惜的是你没有亲眼看到我输得那副狼狈样子！你信不信，我不光是输掉了四匹膘肥体壮的大走马，而且还把随身带的东西也输光了。你看，连我的怀表和表链子也都输了……"乞乞科夫一听，还真留意地看了他一眼，他身上真的没有怀表和表链子了。他甚至觉得，诺兹德廖夫把络腮胡子也输掉了一些，好像他脸上右边的胡子比左边的胡子少了一些，不那么又浓又密了。"说实在的，当时我兜里要是有二十个卢布，"诺兹德廖夫接着说道，"就二十个卢布就足够了，我就把输了的全捞回来，真正的正人君子从不扯谎，此刻，我的钱夹里还装着三千卢布呢。"

"算了吧，不用说什么大话了！当时你就是这么说的，"金黄色头发男人回敬道，"当时我给了你五十卢布，结果怎么样，你一转眼就给输光了！"

"本来是不该输的！上帝作证，本来是不该输的！都怪我一时糊涂，否则，我真的不会输的。在加过双倍以后，我真不该在那个倒霉的七点上加码,要不是那一把,我准能把庄家赌本和赢的钱,全都给他划拉过来。”

“还吹个啥劲儿,还不是又输个精光!”金黄色头发男人不高兴地说道。

“没有全给划拉过来,那也是因为我加码加的不是时候哇。照你这么说,你认为你那个少校牌打得很高明啦!”

“不管他打得高明不高明,反正是他把你赢了。”

“算了吧,这有什么了不起的!”诺兹德廖夫不服气地说道,“你看我下回怎么收拾他,也让他输个精光。但是下一次得改换个打法,跟他玩玩双倍赌注比个高低;若是他敢打的话,我倒是要看一看,看看他究竟有多高明,看看他是一个什么样的赌场高手!我就是不信这个邪,我就是不服输!但是乞乞科夫老兄,赶集的头几天,我们在一起又吃又喝,又玩又闹,好不痛快!说实话,这个集市那番热闹劲儿,还真是非同一般哪!商贩们个个都说,还从来没有看到过这么多的人和这么繁华的集市呢,我从乡下运来的各种各样的货物,很快就全卖完了,价钱也卖得都不低。嗨,老兄,又吃又喝,又玩又闹,真是逛个不亦乐乎!就是此刻回想起来,还余兴未尽……见鬼去吧!可惜的是,你没能跟我一起同游同乐。你想想看,离城三俄里的地方,驻扎着一个龙骑兵团。你相信吗,那些军官呀,几乎全都到城里来了,不管到底有多少个军官,反正到城里来的就有四十多个;我们在一起喝起酒来,那才叫畅喝狂饮,老兄,喝得真叫痛快……有个骑兵大尉,叫波采鲁耶夫……是个很讨人喜欢的年轻人!他那两撇小胡子,真是漂亮极了,老兄,大概你从来没有见过!他把波尔多葡萄酒干脆叫清淡无味的饮料。因此,他在喝这种酒的时候,总是说:‘伙计,快拿几瓶“饮料”来!’那个中尉库普申尼科夫……哎呀,老兄,也是一个很讨人喜欢的!这个人呀,那才是一个不折不扣的饮酒大仙呢。我一直和他在一起。波诺马廖夫卖给我们的酒,那才叫货真价实的好酒!你可要记住,这个波诺马廖夫是个骗子,是个奸商,在他的铺子里,你什么都不能买,总是往酒里掺乱七八糟的东西,目的是加深酒的颜色。这个坏家伙,居然往酒里加紫檀染料,加烧焦了的软木塞,甚至有时把接骨粉也放进去。不过,他有一间专门用来存放好酒的小屋,如果他是从这间小屋里给你取来的陈酿,老兄,那你可算是登上了九天仙境了——可以真正地大饱口福了。我们喝的香槟酒呀,简直无法跟它相提并论,也就是说,差的太远了,相比之下,首长家的香槟酒也不值一提,那只不过是喀瓦斯![①] 你想想看,这可不是一般的克利欧牌香槟酒,而是一种特制的香槟酒,而且是存放了多年

---

① 俄罗斯人经常喝的一种清凉饮料,是用麦芽或面包屑酿制而成的,几乎家家都会做。

的佳酿，也就是说，是一种双料的克利欧。他还带来一瓶法国酒，牌子叫做：邦邦。是什么香味呢？噢，是玫瑰花的香味，总之，你喜欢它是什么香味，它就是什么香味。那才叫痛快，我们都喝得天旋地转！……在我们喝完之后，又有一位公爵大驾光临，他差人到酒店里去买香槟酒，把全城都跑遍了，结果是空手而归，一瓶也没有买到，全让这群军官给喝光了。你可能不大相信，我自个儿一顿饭就喝了十七瓶香槟酒！"

"唉，你别说大话了，十七瓶你可喝不了。"金黄色头发男人说道。

"我是一个正人君子，我从来不扯谎，也从来不说大话，我真的喝了十七瓶。"诺兹德廖夫争辩着说。

"你想说喝了多少，就算喝了多少，和我不相干，可是我告诉你，就算是十瓶，你也喝不了。"

"怎么，你说我喝不了，你敢打赌吗？"

"干吗要打赌呢？"

"不，要打，就把你从城里买来的那枝猎枪做赌注吧。"

"我才不赌呢！"

"好了，就赌一把，试试看嘛！"

"我才不试呢！"

"噢，对了，你不敢赌，你是怕一赌猎枪就输掉了，因为你已经输掉了一顶帽子。哎呀，乞乞科夫老兄，真是太遗憾了，当时你没有在场。我猜想，你如果碰到库普申尼科夫中尉，你们二人肯定会形影不离的，你也一定和他会难舍难分的，那该多么开心，那该多么开心呀！他这个人可不会像我们城里的检察长，也不会像省里那些守财奴，那些家伙就是花一个戈比，都会心疼得全身冒冷汗，打哆嗦，或者像摘肝揪肺一样地嗷嗷叫。这个中尉，老兄，要说起来打牌，那可是一个胆大包天的实干家。不论你想玩什么牌，还是拿出赌本来做庄家，他都会豪爽地答应你，他才不管三七二十一呢，你想怎么个玩法吧，他都会奉陪到底。唉，乞乞科夫，你这次没有到场可是实在不像话！仅从这一点来看，你这个人就有点不够朋友，你这个家伙太有点薄情寡义了！来，来，来，快亲我一下，我的心肝儿宝贝，你不知道我有多么喜欢你！你看看，米茹耶夫，我们俩人真的很有缘，没想到竟然在这里邂逅相逢，这就叫做有缘千里来相会！算了，也许我这是自作多情，我和他有什么相干，他和我又有什么相干？鬼知道他是从哪儿冒出来的，反正是冤家路窄，恰巧我也住在这儿……嘿，老兄，你可知道，我原来一共有多少辆马车，多着哩，现在可倒好，全都输光了。我玩了一会儿轮盘赌，赢了两罐发蜡，一只瓷茶碗，还有一把吉他；后来又赌了一把，结果又全输掉了，真是倒霉，上当加窝火，还白白搭上了六个卢布。你也许不了解他,库普申尼科夫中尉还是个风流浪子,拈花惹草的干将,见到漂亮女人就垂涎三尺!我和他一块儿,参加舞会之多,几乎场场必到。我们遇到了一个女人,打扮得花枝招展,衣裙上镶着各式各样带褶皱的花边,种类之多,无所不有,鬼知道这些东西叫什么玩意儿……于是,我心中暗自嘀咕:"见她的鬼去吧!"可是,这位库普申尼科夫呢,那可是个玩弄女人的狂蜂浪蝶,算得上是一个采花大盗。他挤在那个女人身边坐下,用法语叽里咕噜地说了一大堆献殷勤的话……信不信由你,就连村姑农妇他也会死缠硬泡。他还厚着脸皮把这种下流行径叫做:吃吃野味,尝尝鲜果。集市上还弄来了许多活蹦乱跳的鲜鱼和美味的咸鱼干。我买了一块咸鱼干,多亏当时兜里的钱还没全输光,我便灵机一动买了一块。那么,你现在打算去什么地方呢?"

"我要去拜访一个人。"乞乞科夫答道。

"算了吧,什么人啊,甭去了!干脆到我家去吧!"

"不,不能不去拜访他,我还有正经事要办呢。"

"得了吧,有什么大不了的事儿啊!你这个人真会瞎扯!你呀,真行,还跟我来这一套,奥波德尔道克·伊凡诺维奇![1]"

"真的,我真的有正经事情要办,而且是一件重要的事。"

"我敢打赌,你在扯谎!究竟要找谁,你就照直说吧。"

"我要去找索巴凯维奇。"

诺兹德廖夫听罢,却朗声哈哈大笑起来。他的笑声真可谓声震屋宇,十分洪亮悦耳,也只有那些风华正茂,英气勃发的小伙子才会发出这样的笑声;他们这种人物发笑的时候,是不拘小节或者不管什么礼仪的,嘴巴张得大大的,两排洁白如玉而又光滑闪亮的牙齿,全都一览无余地暴露出来,两个腮帮子也像跳舞一般地抖动着、颤动着,笑声之洪亮,真可谓震撼屋宇,就连隔着两道门,住在第三个房间的房客也会被从梦中惊醒,睡眼蒙眬地从床上跳起,吓得瞪大一双眼睛,惊魂未定地说道:"哎呀,他是在耍酒疯吧!"

"这有什么值得如此大声发笑的!"乞乞科夫说道,看来他对此公的大笑确实有些反感。

然而,诺兹德廖夫一听,笑得更加起劲儿了,一面上气不接下气地说道:

"哎哟,你可饶了我吧,我都要把肚皮笑破了!"

---

① 乞乞科夫的名字和父称为:巴维尔·伊凡诺维奇,诺兹德廖夫在这里把乞乞科夫的名字瞎胡叫,叫错了。

“根本就没什么好笑的，君子说话一诺千金嘛，我曾答应过人家。”乞乞科夫有些不耐烦地说道。

“你呀，可真有意思，不信，你到了他家就会知道了，那叫自讨没趣儿。这个人可是个不折不扣的小气鬼，吝啬得要死！你的脾气秉性我还不知道，你要是想在他那儿找一个豪爽的东家打打牌，再喝上一瓶什么邦邦牌香槟酒，老兄，那你可是错打了如意算盘，准会让你大失所望。我看还是算了吧，老兄，让那个索巴凯维奇见鬼去吧，还是到我家去吧！我用刚买的干咸鱼款待你，味道好极了！酒店老板波诺马廖夫，虽然是个诡计多端的老狐狸，但是他库房里的酒确实是陈酿上品。临分手的时候，还弯腰屈背地说：‘这种陈酿好酒可是特意为您存放的，您就是跑遍整个集市，就是翻个底朝天，也弄不到这样的酒中上品。’当然啰，他是个伪君子，是个奸商，是个专门会坑人的大骗子。我曾毫不留情地训斥过他：‘你和我们那个包税商都是一路货色，一丘之貉，都是天字一号的大骗子！’这只老狐狸真是个厚脸皮，听了我这番训斥，非但没生气，还摸着胡子跟你嬉皮笑脸地打哈哈呢！真是拿他没办法，我和库普申尼科夫仍旧每天还在他店里吃早点呢。哎呀，老兄，你看我忘记告诉你了，我有样东西你一定会爱不释手的，不过我得把丑话说在前面，你就是出一万个卢布，我也不会让给你的。喂，波尔菲里！”他走到窗户前，向他的仆人叫喊道。他的仆人应声走进屋来，一只手拿着一把小刀，另一只手拿着一块面包皮和一块干咸鱼脊背肉，这块干鱼肉是他乘着到马车里取东西时顺手切下来的。“喂，波尔菲里，”诺兹德廖夫又喊道，“你把那只小狗崽儿抱过来！这只狗崽子太好了！”他转过身来又对乞乞科夫说道：“是我偷来的，狗的主人说死说活也不卖。我答应用一匹栗色母马跟他换，就是我从赫沃斯蒂廖夫手里换来的那匹马……”但是，乞乞科夫从来没看到过那匹栗色母马，也从来没有看到过什么赫沃斯蒂廖夫。

“老爷，您想不想吃点儿东西？”这时老太婆走到诺兹德廖夫面前问道。

“不吃，什么都不想吃。哎哟，老兄，我们又吃又喝，又玩又闹，折腾得真痛快！那好吧，来一杯伏特加①吧。你这里都有什么样的伏特加？”

“有茴香味的。”老太婆回答道。

“好吧，那就来一杯茴香味的吧。”诺兹德廖夫说道。

“给我也来一杯吧！”金黄色头发的男人说道。

诺兹德廖夫又口若悬河地大发议论：

---

① 俄罗斯人最喜欢的烈性酒。

“在剧院里，有个女演员，那可是一个机灵鬼，唱起歌来就像一只金丝鸟，真让人着迷！那个中尉库普申尼科夫就坐在我的身旁，他对我说：‘你看看，老弟，能尝尝这又鲜又嫩的野味，那可是既开荤又开心！’到处都有戏台，全是临时搭起来的，大概有五十多座。费纳尔季的筋斗翻起来那才叫棒呢！就像风车一般地转起来，接连可以转四个小时，看的人眼花缭乱，头晕目眩！”说到这儿，诺兹德廖夫从老太婆手里接过酒杯，老太婆则深深鞠了一躬，以表谢意。“啊，快把它抱过来！”他看到波尔菲里抱着小狗走进屋来，便高声喊道。波尔菲里的穿着跟主人一模一样，也是一件做工精细的棉制服束腰短上衣，只是多了几块油渍。

“快抱过来，放到地板上就行了！”

波尔菲里遵从主人的吩咐，便把小狗崽儿放到地板上，小狗崽儿把四条小腿伸展开，便在地板上爬了起来，而且还一个劲儿东闻西闻的。

“你看，就是这只小狗崽儿！”诺兹德廖夫一边说着，一边用手抓住小狗的脊背往上一提，小狗崽子便可怜兮兮地惨叫起来。

“我怎么吩咐你的，你根本就没有按照我的话去做，全都当作耳旁风啦！”诺兹德廖夫转过脸来，气哼哼地对波尔菲里说道，一边仔细地察看狗崽子的肚皮，“你呀，你怎么就想不到好好给它梳理一下呢？”

“不，我给他梳过了。”

“那怎么还有跳蚤呢？”

“那我可就不知道啦，说不准，也许还是从马车里带出来的呢。”

“你瞎说些什么呀，你根本就没想要给它梳，还敢强词夺理！你这个蠢货，我想这些跳蚤准是从你身上招来的。乞乞科夫老兄，你快过来看看呀，这对小耳朵多好看，快来摸摸吧。”

“不必摸了，我一看就知道，这是一只良种狗！”乞乞科夫回答道。

“不，不，你还是摸摸它的耳朵吧，毛茸茸的，多好玩！”

乞乞科夫为了不驳他的面子，免得使他难堪，只好摸一摸狗崽的耳朵，迎合着他说：

“是啊，长大了一定是条良犬。”

“还有这个小鼻子，你感觉到了吗，冰凉冰凉的，再摸摸吧。”

乞乞科夫已经有点不耐烦，不想使他尴尬和不快，只好又摸摸狗崽子的鼻子，然后说道。

“嗅觉挺灵敏。”

“这是一条纯种的莫尔达什[1]猎犬，”诺兹德廖夫接着又说道，“说心

---

① 是一种四肢短小大脑袋的良种猎犬。

里话，我早就想搞来一条这种猎犬，天天想，月月想，想得我的肝都疼了！哎，波尔菲里，把它抱走吧！”

波尔菲里托着小狗崽的肚子，把它放进车里去。

“哎呀，乞乞科夫，现在无论如何你也得到我家去，离这儿没多远，最多不超过五里路，扬鞭打马，一会儿工夫就跑到了，绝不会耽误你去索巴凯维奇那儿，你可以从我家走再去找他。”

“这样也好，”乞乞科夫心中暗自盘算着，“先到诺兹德廖夫家去一趟也好，再说他哪一点又比别人差？他也是个地主，何况这几天他又输了好多钱，看来他这个人很能干，办起事来一定很爽快，我要办的事情，他也许会帮上大忙呢，说不准他还会拱手白送给我点什么呢，这岂不是意外的收获吗。如此看来，跟他跑一趟，也算不虚此行啊！”

“好吧，恭敬不如从命，盛情难却，我接受您的邀请，”乞乞科夫实在推辞不掉，只好说，“不过，我可有言在先，我一定不能在府上久留，我确实有急事要办，不能多耽搁，请您见谅！”

“嘿，宝贝，这才叫开心！这就好了，等一下，等一下，只凭你答应得如此爽快，得让我亲吻你一下。”说完，诺兹德廖夫便和乞乞科夫相互亲吻了一下。“太好了，这样我们三个人就一起走吧！”

“不必了，不必了，你还是让我走吧，”金黄色头发的男人说道，“恕我不能奉陪，我得回家了。”

“少啰嗦，少啰嗦，老兄，我可不会放你走！”

“说实话，我爱人会发脾气的，现在你可以搭乘这位先生的马车。”

“不行，绝对不行！你还是乖乖地跟我一起走吧！”

金黄色头发的男人是一个性格刚柔兼备的两面人：刚刚和他接触或打交道的话，以为他的性格很刚烈，也就是说有些倔强和固执。交谈时，你尚未开口说话呢，他就打算和你好好争辩一通，你的想法要是跟他不一致的话，不管正确与否，他都会和你对着干，绝对不会改变自己的看法来迎合你的意见和想法，无论如何也不会轻易放弃自己的观点。也就是说不会违心地把自己认为正确的说成是错误的，换句话说，绝对不会“指鹿为马”，尤其是会断然拒绝随着别人的指挥棒转，说得更明白一些：绝对不会随风倒；但是令人遗憾的是，结果却完全出乎意料，他竟然放弃自己的观点，而随着别人的指挥棒转了起来，而且这种转变或让步，充分暴露他性格中软弱的一面。总之，这样的人的这番表演，让人哭笑不得，能说他是变色龙吗，读者大概会说，作者如果真是这样评价他未免有些太武断了。那该怎么办呢，只能说他是一个性格既刚烈倔强又软弱柔顺的两面人吧。

“胡说八道！居然把夫妻之间的家庭琐事拿出来做挡箭牌，你也不脸红，也不怕当众出丑？太不像话了！”诺兹德廖夫粗鲁地说道，他是在听了他的妹夫（即金黄色头发的男人）搬出来拒绝他的理由之后，有些生气了，拿起帽子往他妹夫的脑袋上使劲一扣，意思是说：去不去他家就悉听尊便了！这样一来却给了金黄色头发的男人一个下马威，后者不再推托了，只好乖乖地跟着两个人往外走去。

“老爷，还没付酒钱呢……”老太婆说道。

“啊，好吧，好吧，大妈。喂，妹夫，你来结账吧。我身上可是连一个戈比也没有了。”

“该付多少钱!”妹夫问道。

“没几个钱,老爷,一共八十戈比。”

“你胡说,纯粹是胡说,给她五十戈比就足够了!”

“少给的太多了,老爷,一下子就少给了三十戈比。”老太婆假装委屈地说,不过,她接过钱以后,依然连声称谢,而且还非常殷勤地跑过去给他们开门,心中暗自高兴。事实上她并没吃亏,因为她把酒的价钱提高了三倍。

三个人都上了马车,分别在两辆车上坐好。两辆马车便并排同速地跑了起来。乞乞科夫坐的是自己的那辆四轮轻便马车,诺兹德廖夫和他妹夫坐的是他妹夫的马车。因此三个人虽然不是一辆马车,但还是可以随意聊天。诺兹德廖夫租的那辆快散架了的小四轮马车跟在后面,那四匹瘦骨嶙峋的驽马懒洋洋地拉着,总是落在后面,而且越走落得越远。波尔菲里抱着小狗就坐在这辆破车里。

作者已猜测到,读者诸君对乞乞科夫等三个老爷的谈话不会感兴趣,故此我们倒不如借这个机会来说一说诺兹德廖夫其人其事,说不准他在我们这部长篇小说中所扮演的并非是个微不足道的角色。

诺兹德廖夫的这张面孔,对于读者来说,已经不是那么陌生了。这种人的脸,也许人们在社会生活中司空见惯了,尽管他既不是你的亲朋好友,也不是只有点头之交的熟人。他们被人们称之为精明机智的小伙子,早在童年时代和在学校攻读学业的时候,他在展示个人才能和善于交际方面就已经是崭露头角的干将了。尽管有这样的好本事,还是常常在打架斗殴中成为败军之将,经常被打得丢盔解甲,狼狈不堪,头破血流,说来倒是很可怜的。在他们的脸上总是显露出坦率的、豪爽的表情,甚至还夹杂着粗野蛮干和胆大妄为的神情。这种人很容易交往,是极为典型的自来熟,只要一见面,还没说上两三句话,就和你像老熟人或者好朋友一样称兄道弟厮混起来。似乎相见恨晚,一下子就和你结下莫逆之交的友情,而且千秋万代不变。但是,令人疑惑不解的是,就在当晚欢庆好友结拜的宴会上,两个刚结交的好朋友却大打出手,上演了一幕反目成仇的闹剧。他们往往都是些嘴大舌长、爱胡说八道的牛皮大王,都是一些沉溺于吃喝玩乐的酒肉朋友或狐朋狗友,以及胆大妄为、争霸斗狠的亡命之徒。诺兹德廖夫差五岁就到了不惑之年,但是依旧像个十八九岁的愣头青一样,不知天高地厚,狂放不羁,沉溺酒色,以追逐和玩弄女性为快事。虽然娶妻成家,但是仍然放荡如旧,不改往日恶习,不久便把老婆气得痛不欲生命丧黄泉,抛下了两个苦命的孩子。诺兹德廖夫根本没一点儿舐犊之情,把一双子女视作累赘和包袱,扔给了一个长相还不错的小保姆来照料。他自己则游手好闲,无拘无束地到处游荡,反正在家里连一天也坐不住。他有一个比猎犬还灵敏的鼻子,可以嗅到方圆几十里以外的气味:哪儿有人潮涌动小贩叫卖的集会,商贾云集的交易会,或者欢歌狂舞,寻欢作乐的场所。而且转眼之间,他就像一个鬼魂一样游荡在那里,在铺着绿呢子的牌桌前争吵和打斗起来,不捅娄子不闹乱子他是誓不罢休的,因为同他争吵和打斗的那些家伙,和他完全是一丘之貉,也就是说,同样是一伙嗜赌如命的赌棍和狂徒。他们纠集在一起玩牌,根本不讲赌场规矩和道德的,我们从第一章中就已经了解到他们的伎俩和行径了。赌徒们个个心怀鬼胎,耍弄阴谋诡计,玩弄自以为高明的瞒天过海的花招和掩人耳目的锦囊妙计,孰不知,他们这样干只不过是自欺欺人和相互揭老底的丑恶表演,到头来只能是以打架斗殴而告终。于是一场丑剧便上演了:相互破口大骂,骂个狗血喷头,就连他们的祖宗八代也跟着倒霉;再不就是拳脚相加,打得乌烟瘴气,闹得天翻地覆;然后再看一看他们每个人的那副狼狈相:几乎个个鼻青脸肿,甚至头破血流,牙飞嘴裂,就连平时保养得十分漂亮的连鬓胡子,不是被揪掉一半,就是拽得稀稀拉拉,所剩无几,整个腮帮子也变得血肉模糊!但是,他们那圆鼓鼓的腮帮子生命力却极强,没过多长时间,连鬓胡子又像雨后的野草一样黑压压地钻出来,甚至比原来被揪掉的长得还浓密还漂亮。然而令人感到最好笑而又百思不得其解的是,没过多久,诺兹德廖夫跟他那些反目成仇和拳打脚踢过他的朋友们又相见了,又都握手言欢,重归于好,仿佛那场不愉快的恶斗根本就没有发生过,双方又都若无其事地坐在一起吃喝玩乐起来。唉,这又该怎么说呢?只能用贤哲们所说的至理名言来解释啦:他们都是些胸怀大度的仁人君子,芝麻小事又何足挂齿呢?!可是在我想来,这种见怪不怪的现象,大概只有在俄罗斯这样的礼仪之邦才会有吧?作者才疏学浅,不敢妄加评论,否则会触怒或得罪某些以贤达文明而自诩的大小人物,真的要惹来一些疯狗的狂吠,也颇为不美和麻烦!

仅就行为举止方面来说,诺兹德廖夫绝非一个安分守己的人。不管是什么样的集会,只要有他在场,就甭想平安无事啦,准会惹出麻烦或闹出乱子来:这个宝贝不是被宪兵架着两只胳膊推出大厅,就是被他的朋友万般无奈地把他赶了出去。即使不发生这种事情,那么也一定会闹出别人不可能闹出的风波来:不是在小酒馆里喝得醉醺醺的,大耍酒疯,傻笑、大笑和狂笑,没完没了地出丑;就在那里信口雌黄,胡言乱语,吹牛皮说大话,谎话连篇,结果不是被人当场揭穿,就是酒劲儿过后,自己也觉得实在是太出丑了,羞臊得无地自容,甚至连撞墙自残的心思都有了。不过,他的这一番表演和胡说八道不是针对任何人的,只不过是一种酒后失控的丑态和拙劣的表演罢了,并没有什么不可告人的目的。例如,他忽然向在场看热闹的人说,他有一匹天蓝色的或粉红色的宝马良驹,是人人欲求而又无法得到的神马,以及诸如此类连傻子都不会相信的弥天大谎,致使在场的人不欢而散,并且会异口同声地说道:“嗨,老兄,看来,你也不怕把牛皮吹破了!”

唉,人啊人,真是这大千世界中最奇怪而又最难理解的高级动物,作者这番感慨并非空穴来风!人世上居然还有这么一种人,他们非常热衷于诋毁自己的亲人,诽谤自己的莫逆之交,而且有时甚至散布欲把亲朋好友置于死地而后快的污言秽语,用心何其毒也!为什么会这样呢,有时甚至是无缘无故的。我们不妨举个例子说说吧,有的人,甚至已经爬上了高官显爵的宝座,仪表威严,举止文雅,胸前还佩戴着令人艳羡的星形勋章,见面时会和你十分友好地握手,同你谈论起一些发人深省和引人深思的问题,谈得喜笑颜开,热烈而亲切。谁知道,过不了几分钟的工夫,却又换了一副嘴脸,竟然当着你的面把你臭骂一通。言词之粗野,态度之蛮横,恐怕是你闻所未闻,见所未见的,甚至比驿站长之类的十四品官的言行有过之而无不及,根本就不像是一位德高望重胸前佩戴星形勋章的高官显爵,亦不像是一位举止高雅和谈吐平凡的达官贵人。当你遇到这种突如其来,或者一个正常人意想不到的尴尬局面时,你会怎么样?只好呆若木鸡一般地愣在那里,除了表示震惊之外,耸动一下肩膀,你又能如之奈何?诺兹德廖夫也有这么一种喜怒无常的怪脾气。哪个人同他越是关系密切,他就越是想方设法地诋毁他,无中生有地散布愚蠢而荒诞的谣言,搅黄人家的婚礼,断送人家的美满姻缘,给人家的生意使坏和拆台。而且压根儿就不承认自己是你的冤家对头,而是替你积德行善;相反,如果再有机会遇到你,他又恬不知耻地跟你套起近乎来,甚至会厚颜无耻地说:“你这个没心肝的家伙,干吗从来都不到我家来呀。”而从多方面来评论他,诺兹德廖夫又是个全才,也就是说,样样都在行,样样都能干,而且还是个热心肠,只是你提出什么要求,他都会有求必应。比如说,你提出来要去什么地方,他就会立即自告奋勇陪你一同前往,哪怕是翻山越岭蹚河过江,历尽千难万险,或者同你一起去闯荡你自己要干的事业。或者同你交换各种东西,你高兴换什么就换什么,比如交换猎犬啦,马啦,也就是说,你随便跟他交换什么都可以,但是他绝对不会为了谋利或者让你受骗上当蒙受损失。那他为什么要这样呢,只能说明他的性格变幻无常,喜欢猎奇而又不甘寂寞而已。如果他正好在集市上撞上一个傻瓜笨蛋,把钱让他连蒙带唬地骗个精光,他便立刻把赢来的钱挥霍一空,把他在商店里看中的东西,乱七八糟地买上一大堆:什么马具、熏香炉、保姆用的头巾、葡萄干、银质脸盆、荷兰麻布啦,还有精制面粉、烟叶、手枪、鲱鱼干、油画、磨刀石、陶罐、长筒皮靴、上釉的陶瓷餐具等等,直到把钱花光为止。别看东西买了这么一大堆,可是带回家去的东西却微乎其微。几乎在当天就在牌桌上拱手送给了别人,或者说当作赌资全部输给另一个走运的赌棍,有时甚至把自己随身带的东西和长杆烟斗、烟荷包及烟嘴都赔了进去。更有甚者,有时把他的四轮马车和马车夫也赔了进去。这时你再看他那副狼狈不堪的样子:穿着一件又瘦又短的常礼服或者一件不合体的短上衣,跑去求一个朋友,借乘他的马车灰溜溜地打道回府。读者诸公都看到了吧,这就是诺兹德廖夫其人其事!或许哪位高明人士会说,诺兹德廖夫的所作所为都是一些发了霉的陈芝麻烂谷子,不足为人们所称道,或许还有人会说,像诺兹德廖夫之类的人当今已经没有了。此话谬矣,而且有失公允。在这个世界上,如诺兹德廖夫及其同类之人,不仅在当今社会中短时间不会绝迹,而且还会继续生殖繁衍长期存在下去。这类人无时不在,无处不在,就是在我们之间也不乏其人,也许只是穿着不同罢了,这些人是用不同的穿着作为掩人耳目的障眼法。也的确有那么些愚蠢之人,轻率而不够慎重地思考,肤浅而不够深入地观察,错误地认为,一个人如果换上另一件衣服,就变成另一个人了,其实是上了更换行头障眼法的大当!

我们尚未评论完诺兹德廖夫及其同类之人,怎奈三辆马车已经驶到诺兹德廖夫家宅的台阶前,那也只好再看看这家主人上演的剧目了。显然,被邀请的客人乞乞科夫一看,主人家里根本就没有迎客和待客的准备。餐厅中央放着个大木头架子,两个家奴正站在架子上粉刷墙壁,一面干活,一面扯着脖子在唱歌,没完没了,真是烦人。地板上一片狼藉,到处都是溅下来或掉下来的白灰。诺兹德廖夫一看也慌了手脚,立即吩咐两个家奴,赶快把木头架子抬出去,随即又跑到另外一个房间去发威下令。客人们听到他在吩咐厨子准备饭菜;乞乞科夫早就饿了,肚子已经在咕咕叫,虽然想急于就座进餐,见到这种情况,心中猜想,五点钟之前,恐怕开不了饭。诺兹德廖夫把招待客人的事情安排妥当以后,便领着客人先到他的田庄里去大饱眼福。诺兹德廖夫把他村子里的东西,不厌其烦地向饿着肚子的客人展示了一遍,足足花了两个多小时的工夫,后来一看,再没有什么东西可以向客人炫耀了,田庄里的参观才算告一段落。

现在,我们再回过头来看看客人们究竟都参观了些什么东西。主人首先让他们参观了马厩,在那儿看到了两匹母马,一匹是带深色圆斑的灰马,另外一匹是浅栗色的,还有一匹公马,是枣红色的。这匹马并没有什么特别之处,但是诺兹德廖夫却对天发誓地说,这匹马是花一万卢布买来的。

“就这么一匹马要花一万卢布，我可不相信，”他的妹夫说道，“连一千卢布也不值。”

“老天作证，我确实花了一万卢布。”诺兹德廖夫争辩道。

“你可以随意赌咒发誓，随便说花了多少钱，我就是不信。”妹夫不服气地说道。

“你还是不信？那就让我们来打个赌吧！”诺兹德廖夫坚持着说道。

接下来，诺兹德廖夫又领着客人看了几个空马栏，这里原来也养了很多膘肥体壮的良种马。客人们在这个马厩倒是看到一只山羊，依据古老的迷信说法，人们认为一定要在马厩里养一只山羊。看样子，这只山羊和这三匹马相处得挺友好、挺和睦，要不它绝不会在马肚子下面钻过来钻过去的，而且显得轻松自在。后来诺兹德廖夫又领着客人去看一只狼崽子，用一条锁链锁在那儿。“这是一只狼崽子，”诺兹德廖夫介绍道，“我有意专门让它吃生肉，想把它驯养成一头不折不扣的凶猛的野兽！”他们又一起去参观了池塘，按诺兹德廖夫的说法，池塘里养着一种好大好大的鱼，要想把鱼从池塘打捞上来，没有两三个人一起用劲，恐怕是拖不上来的。可是，他的妹夫对他的话有点不大相信。诺兹德廖夫便赶紧转移了话题，说道，“我要带你去看看两只特别突出的狗：身强体壮，尤其是那四条腿很出奇，非同一般的结实，你看了以后，一定会连声赞叹！下巴颏儿尖尖的，实在罕见，像根针一样的尖！”于是客人们又跟着他来到一间盖得很好看的狗舍前，狗舍四周用木栅栏圈起一个很大的院落。几个人一起走进院子里，就看到了好大一群形形色色的狗，有长毛的猎犬，纯种短毛猎犬。狗的种类和毛色也是五花八门、五颜六色：有青灰色的，有黑色带白斑的，有白色带花斑的，有深褐色带花斑的，有大红色带花斑的，有黑耳朵的，有灰耳朵的……有些狗的名字也很有意思，不仅稀奇古怪，而且很多名字用的是动词命令式：“开枪呀”，“骂呀”，“逛去吧”，“着火啦”，“浪荡公子”，“见鬼去”，“拼命”，“放火烧”，“急性鬼”，“燕子”，“奖励”，“女监护人”等等。诺兹德廖夫兴冲冲地走到狗群中，就像一个慈父置身于子女中间。那群狗一见到主人来啦，马上把尾巴全都竖了起来，也就是被狗行家称之为“旗杆”尾巴，好多条狗都向客人扑了过来，仿佛是在热烈欢迎他们，并向他们亲切地打招呼。其中有十几条狗把身子直立起来，争先恐后地把前腿搭在诺兹德廖夫的肩上。那条名字叫“骂呀”的狗，对乞乞科夫也很亲热友好，直起身子伸出舌头舔了舔他的嘴唇。乞乞科夫不习惯这样，赶紧吐了一口唾沫。客人们也看到了那两条诺兹德廖夫引以自豪的狗，长得的确非常健壮，样子异常凶猛，看过以后确实让人惊叹。接下来,又去看了一条克米亚母狗,诺兹德廖夫简要介绍了一下,这条狗两年前还是一条非常漂亮的狗,但是现在两只眼睛都失明了,样子很可怜,病怏怏的,可能很快就会死掉啦。诺兹德廖夫一边讲着,还表现出十分惋惜的样子,客人们听罢,仔仔细细地看了看,发现这条母狗的眼睛真的全瞎了,看样子也真的活不长了。其后,主人又带着客人去参观水磨,但是这座水磨却无法转动,因为没有磨脐,上下两层磨盘不能安装在一起,也就没办法跟着轴心飞转起来。俄国乡下人把这种水磨叫做飞磨,并且给这种磨的磨脐起了个怪名字,叫"飞铁"。

"前面就是铁匠铺,没多远了!"诺兹德廖夫说道。

于是,他们又往前走了一段路,真的看到一个铁匠铺,他们便一起进去参观。

走出铁匠铺以后,诺兹德廖夫指着一片田野说道:"这儿的野兔多极了,真是数不胜数,几乎把地面全都给盖住了。只要我一伸手就可以抓到一只,也就是说伸出手来抓它的后腿,一逮就是一只,准没跑。"

"算了吧,你赤手空拳是抓不到野兔子的!"诺兹德廖夫的妹夫不相信地说道。

"就是抓住了嘛,我确实亲手抓到过!"诺兹德廖夫气哼哼地说道。然后转过身来对乞乞科夫说道:"现在我领你去看一看我的地界,到了那儿,我的地界就到头了。"

诺兹德廖夫带着客人穿过一片田野。田野上有好多土包,上面布满苔藓,当然无法穿行,几个人只好在休闲地和耙过的田地之间绕行。走到这里,乞乞科夫感到有些疲倦,但又不好驳主人的盛情,只能硬着头皮跟着走,更何况肚子早就饿得咕咕叫。他们走过的很多地方,因为地势太低,脚下都可以踩出水来。刚开始他们都小心翼翼地走着,怕一不小心踩到烂泥里,走着,走着,终于发现这样做根本于事无补,于是大步流星地往前闯,也不管脚下沾的烂泥了。就这样又走了好长一段路之后,他们终于看到了用木桩子和一条狭窄的壕沟构成的地界。

"这儿就是地界了!"诺兹德廖夫说道,"在我们站的这一边,就是我的领地,你们在这儿所看到的一切东西,全部归我所有。而那一边,你们看,这片深绿色的树林子,及树林子后面的一切,也都是属于我的。"

"喂,怪了,这片树林子啥时候成了你的了?"他的妹夫大惑不解地问道,"难道是你最近买过来的?据我所知,这片林子从前可不是你的。"

"对呀,我前些日子才把它买过来的。"诺兹德廖夫强辩地答道。

"那你究竟是什么时候买的,竟然会如此之快?"

"有什么快不快的!我是在两天前,对了,就是前天买过来的,见鬼啦，还是花大价钱买的。”

“前天？怎么可能呢，前天你不是在集市上吗？”

“看你这个人，真是死心眼，索弗朗！难道我在集市上就不能买了吗？是，不错，前天我是在集市上，但是这片树林子和这片地，就是在我不在家的时候，是我的管家买过来的。”

“好吧，好吧，就算是你的管家买的吧！”他的妹夫只好说了这么一句，但是他还是有些不相信，面对这么一个爱说大话又爱吹牛皮的人，又能怎么办呢，只好摇了摇头。

诺兹德廖夫把该炫耀的东西都一一展示过，只好打道回府了。大家沿着原路回去，或者说又得在那条泥泞的路上跋涉一番了。回到客厅以后，诺兹德廖夫又领着客人走进他的书房，可是这里根本就不像书房的样子，所谓的书房里既没有纸张和书籍，也没有笔墨，只看到墙上有一把马刀和两支猎枪挂在那里，两支猎枪的价钱分别是三百卢布和八百卢布。他的妹夫在书房里看了看，很不以为然地摇摇头。诺兹德廖夫根本无视妹夫的表情，又让客人去看他的土耳其匕首，其中有一把匕首上居然刻着标准的俄国人的名字：“名匠萨维里·西比利亚科”，也许是误刻上去的，但是明眼人一看便知是怎么回事，为了给主人保全面子，又何必当场揭穿呢！随后他又让客人欣赏一架手摇风琴，诺兹德廖夫兴冲冲在客人面前，亲自演奏起来，但客人没有搞清楚是什么曲子。刚开始听起来，琴声非常悠扬悦耳，不过乐曲到了一半的时候，不知出了什么毛病，因为本来演奏的是马祖卡舞曲，结尾却变调了，变成了歌曲《玛尔波罗出征》，而这支歌曲演奏到结尾时，却又突然变成了人人皆知的华尔兹舞曲。真的不知道是手摇风琴的质量太差了，还是演奏之人的水平太高了。更奇怪的是，诺兹德廖夫演奏已经结束，风琴里面有一根管子还在大声地响着，而且无论如何不愿意停下来，过了好长时间，依然在那儿吹奏着。接下来，诺兹德廖夫拿出一些烟斗来，供客人们欣赏。烟斗的制作材料和样式也是多种多样的：有木制的，有陶瓷的，有海泡石的；有使用过的，也有没有使用过的，有的还包着鹿皮，也有没包鹿皮的。这里面还有一只是带琥珀烟嘴的长杆烟斗，做工精美，样子也很漂亮，是他在不久之前打牌赢来的。还有一个对他来说具有特殊意义的烟荷包，据说是一位伯爵夫人亲手为他刺绣的。那是在某一次艳遇中得到的一件珍贵礼物，即在某地的一个驿站，偶然遇到一位年轻貌美的伯爵夫人，这位佳丽对他一见倾心，爱得死去活来，在依依惜别之际，便赠送给了他这件铭心刻骨的信物。每当他回忆起这一段艳遇时，仍然是神魂颠倒，怀着无限的留恋的甜蜜之情，或者用他自己的话说，他这位至今仍然念念不忘的情人，有一双玲珑小巧的玉足和一双犹如刚钻出土的新笋那样细嫩的十指尖尖的小手，再加上玉骨冰肌的躯体，简直就是仙女下凡。他这样想或者这样说，大概就是想说他这位美妙的情人，漂亮到了无以复加的程度，也就是说在他的心目中达到了尽善尽美的程度了。

他和客人在品尝了干咸鱼脊肉[①]之后，大约在五点钟左右，才就座进餐。从饭菜的色香味可以看得出来，在诺兹德廖夫家中，吃饭并不是一件很重要的事儿，之所以要吃饭，只不过是“例行公事”罢了，或者说只不过是履行家庭生活中必不可少的一道程序而已。因此诸公可以想像得出饭菜的水平和制作的厨艺了，因为饭菜的好与坏根本就没有多大关系：有的菜烧糊没啥了不起，反倒别具一种糊味；有的菜还半生不熟，可能吃起来更有益于健康。这样一来，厨子便可以大显神通了，他很善于随机应变，也就是说，厨房里有什么，他都可以随心所欲地给你做出“美味佳肴”来！比如说，他手边有一瓶胡椒粉，他就加上胡椒粉；如果有白菜，他就把白菜放入锅里；再顺手操起牛奶、火腿和豌豆什么的，也都放进去。总之，把一大堆该放的，或者不该放的，全都掺和在一起，再把火调到最佳状态，扒拉几下，再颠一颠，一道罕见的大杂烩便大功告成了，说到色香味嘛，那一定会好得不能再好了，够品尝者回味几个月到半年的啦！其实这也没什么好多评论的，每个人都有各自的志趣和爱好，正如前面所说的那样，诺兹德廖夫除了爱吹牛皮说大话，扯谎说假话脸都不红；嗜赌如命，在赌场上坑蒙拐骗，被打得头破血流都当作家常便饭；拈花惹草追逐女人，把老婆都气死了的诸多优秀品质之外，此君还有一大长处，就是爱喝酒，而且一喝必醉，一醉就要耍酒疯。不信？那就看一看今天在宴请乞乞科夫的餐桌上的表演吧！按照俄国人的饮食习惯，酒宴上的第一道菜应该是汤，但是今天汤还没端上来呢，他就给客人们斟上了一大杯味道浓烈的波尔多红葡萄酒，刚刚下肚之后，又敬上一杯高级的索特尔纳白葡萄酒，因为在普通的省城和县城里，是买不到这种白葡萄酒的。这杯酒的余香在口中尚未散尽呢，诺兹德廖夫又吩咐仆人取来一瓶马德拉牌葡萄酒，并且对客人宣称，就连元帅也不曾品尝过这种酒之上品。此话真的不假，这种马德拉酒，只要喝上一口，嘴里和嗓子里都像着火了一样。原来酒商和酒贩子们都把地主们的口味捉摸得一清二楚，便投其所好，就玩命地往马德拉葡萄酒里加罗姆酒，有时甚至丧心病狂地往里掺王水[②]，大概他们是想考验

---

① 按照俄罗斯人的风俗习惯，在正式用餐之前，先要吃一道甜点或其他小吃。

② 王水乃是一份浓硝酸和三份浓盐酸形成的混合液，具有强烈的氧化性和腐蚀性，对人体健康非常有害。

一下俄国人肠胃的健康程度吧。这还不算完,诺兹德廖夫又命令仆人再拿一瓶非常难以搞到的好酒。按他的高见,这种酒兼有布尔冈红酒和香槟酒之美味,品味极佳,堪称酒中上品。他极其热心而又殷勤备至地斟上两大杯,分列左右摆在餐桌上,一杯给他的妹夫,一杯给乞乞科夫。我们已经知道,乞乞科夫是个城府很深的机灵鬼,趁势用眼角瞟了一眼,发现诺兹德廖夫给他的杯子里加的酒并不多。于是他不得不多加小心,抓住主人眉飞色舞兴致勃勃大发议论的时机,或者给他妹夫斟酒和劝酒的机会,便把自己杯子里的酒倒到菜盘子里。各种好酒、名酒轮番登场以后,桌子上又摆上了一瓶花楸露酒,当然诺兹德廖夫照例又得发表一通品评的高论,他说,这种酒品尝起来有一股地道的奶油味,但是,让人感到莫名其妙的是,这种酒刚一入口,却散发出一种辛辣呛人的味道,或者只有劣质酒和凶得要命的杂醇味。最后,大概是最后了吧,如果作者没有记错的话,最后压轴的名酒叫做什么香液,或者谁也叫不出名字的酒,就连敬酒的主人也记不清了,第一次说了个大家都闻所未闻的名字,第二次又胡乱叫了另外一个名字。算了,何必那么较真呢,只记住它的味道很像香草酊剂就足够了!这顿别开生面的酒席终于吃完了,各种各样的名酒也都一一品尝过了,可是客人们依旧坐在桌旁,好似还有些恋恋不舍的样子,故而才不肯起身离座而去。啊,啊,想起来了,我们的主人公乞乞科夫还没找到机会吐露自己的心事。他虽然一直找不到机会开口,但他绝对不会当着诺兹德廖夫妹夫的面,来谈论自己心中谋划已久的那件重要事情,因为不管怎么说,这位妹夫毕竟是个局外人,而要商谈的那件大事,一定要找到一个或者等到一个机会,和诺兹德廖夫单独地友好地商谈才可以。这倒不是怕妹夫是一个心术不正的人,或者有意提防他别来破坏了这桩好事,因为此君酒足饭饱,坐在那里已经昏昏欲睡了。正当乞乞科夫有些焦急的时候,就连诺兹德廖夫的妹夫也感到自己已处于不太清醒的状态之中,于是便起身告辞,请主人不要执意挽留,但是看着他那副无精打采的样子,和说话都是有气无力的声调,倒也十分可怜,照俄国俗话所云:卡住马脖子硬往上戴笼头,真是费死劲了。

“什么,要走?不行,不行,我绝对不会放你走!”诺兹德廖夫口气强硬地说道。

“不,不,我的朋友,你就发发慈悲吧,”妹夫央求道,“你就不要强人所难啦。”

“屁话!屁话!什么叫强人所难?咱们马上摆好牌桌,玩上一局再说。”

“不,老兄,你就自个儿玩吧,恕我不能奉陪!我老婆会不高兴的。

再说我得赶紧回家向她说说集市上的情况，老兄，说真的，让她开心才对。不，我就此告别，你就发发善心，放我走吧！”

“算了吧，你的老婆，去她……你们俩在一起能干出来什么好事！”

“不，老兄，可不能瞎说，她可是一位谨守闺训、贤良忠实的好妻子！她对我关怀备至，百般呵护……请你相信，我真不知道怎么感谢她才好，一说起她那股温柔体贴的情意，我真的要流泪了。不，你就不要再挽留我了，我是一个忠厚老实的人，跟你说的也全都是大实话，我真的要走了，我向你保证，我是实心实意地在恳求你。”

“还是让他走吧，何必硬要挽留人家呢！”乞乞科夫悄悄地向诺兹德廖夫说道。他实在有些看不过去了，所以才出来打圆场，再说，他巴不得这位妹夫赶快走。

“这话倒也不错！”诺兹德廖夫说道，“我最恨这种黏黏糊糊没有一点男子汉大丈夫气概的人！没骨气的家伙！”诺兹德廖夫气哼哼地吼道：“滚吧，见你的鬼去吧，回家哄你老婆玩去吧，蠢鸟！①”

“不，不，老兄，你可不能出言不逊，用‘蠢鸟’这样的脏话来辱骂我！”妹夫有些不满地说道，“我这一生幸亏有了她，这是我的福气。说心里话，她温柔善良，她对我一往情深，是一位难得的好妻子……想起来，真是让我热泪直流。她一定会问我在集市上都看到什么啦，我得一五一十、详详细细向她说一说。说良心话，她真是一位难得的好妻子，非常非常可爱。”

“得了，得了，赶快滚，回去跟你的老婆胡诌八扯去吧！我可不愿意听你念的令人肉麻的娘们儿经！拿着，这是你的帽子！”

“不，老兄，你千万不要这么说她。可以坦率地说，你这么说她，也是对我的大不敬，她确实非常可爱！”

“好了，别再啰嗦了，赶快滚回到你老婆的安乐窝里去吧！”

“是的，老兄，我要走了，实在对不起，我不能奉陪你们了。我倒是很想留下来，但确实有自己的苦衷。请允许我再说一遍对不起，失陪了！”诺兹德廖夫的妹夫嘴里还不断地重复着那几句致歉的话，却不知不觉地已经坐到自己的四轮马车里了。马车早就驶出了大门，已经在空旷田野里飞奔向前了。从这般情景看来，有关集市上的详情细节，他的爱人恐怕也不会听到太多。

“真是一辆破车！”诺兹德廖夫站在窗前，余怒未消地望着远去的马车，说道，“你看他那辆马车算什么玩意儿！走起路来磨磨蹭蹭的，根本

① 极为粗鲁的骂人用语，专门用来污辱男人的骂人话。

就跑不起来！那匹拉边套的马倒真不赖，我早就想把它挖过来，可是他这个人哪，软硬不吃，怎么也和他谈不到一块儿。真是不知好歹的蠢鸟，一个不折不扣的蠢鸟！”

经过这番波折之后，主客二人一起走进客厅，仆人波尔菲里拿来了蜡烛。乞乞科夫这才发现，诺兹德廖夫手里拿着一副牌，这家伙真是神出鬼没，一眨眼的工夫不知从哪里搞来的。

“怎么样，老兄，”诺兹德廖夫说道，同时用手捏住牌两边儿，把牌弯了一弯，用手一挤，刷地一声跳出一张牌来。“喂，怎么样，消磨消磨时间吧，我拿出三百卢布坐庄！”

但是，乞乞科夫佯装没有听到他说些什么，只当他忽然想起来一件事儿似的，对他说道：

“啊，我差点儿给忘了，我有一件事情要恳求你帮忙。”

“啥事儿？”

“你得先答应我，一定帮我的忙。”

“究竟让我帮你做什么事儿呀？”

“喂，你得先答应我！”

“好吧，答应你。”

“好吧。”

“说话算数？”

“说话算数。”

“那我就直言相告了：你可能有许多死去的农奴吧，他们死了以后，你还没把他们的名字从纳税人口花名册中除名吧？”

“有，是有这么回事儿，你问这个干吗？”

“把他们转让给我吧，转到我的名下吧。”

“你要他们有什么用处呢？”

“有用处就是有用处嘛……至于干什么，那就是我的事啦，反正我有用处。”

“这么说，你准是在打什么坏主意，想要什么鬼花招。你老老实实地告诉我，你究竟想干什么？”

“我能打什么坏主意，又能要什么鬼花招，那不过是一堆一钱不值的废物，我能拿他们打什么坏主意呢？”

“既然是一堆一钱不值的废物，那你还要他们做什么呢？”

“哎呀，你这个人真是难缠，干吗那么好奇呢！随便什么破烂东西，你都想去摸一摸，闻一闻呀！”

“既然如此，那你为什么不如实说呢？”

“这种事儿你刨根问底的有啥意思呢？嗨，这件事儿是我一时头脑发热罢了。”

“那好吧，你不如实相告，我就不办了！”

“得了，你看，是你说话不算数吧；你自己明明答应过，现在就变卦了，你也太不讲信用了！”

“嗨，无论你怎么说，如果你不老老实实地告诉我，我是绝不会转让给你的！”

“我该如何跟他说才好呢?”乞乞科夫心里琢磨着,他略加思索后,终于对诺兹德廖夫说了“实话”:他需要那些死去了的农奴,是为了在社会上抬高自己的身份,混个好名声。又说他的家资太少,田庄也不大,暂时搞些借尸还魂的死农奴来壮壮门面,也显得光彩一些。

“你在扯谎,你在编瞎话!”诺兹德廖夫没等他说完,便抢着说,“你在说谎,你在编瞎话!”

乞乞科夫自己也发觉到,他这个瞎话编得太不高明,理由也无法让人信服。

“好吧,我就实话实说了吧,”他被逼无奈只好改口说道,“只是有一点相求,此事你一定要守口如瓶,千万不要宣扬出去。我准备结婚啦,可是你要知道,我未婚妻的父母却非常爱面子讲排场。这样一来麻烦可就大了:我们虽说已经订了婚,他们传过话来说,未来的乘龙快婿家里至少要有三百个农奴,可是我呢,只有一百五十个,还差一半呢。唉,怎么办呢,都把我急坏了,本来结婚是件大喜事儿,可是我无论如何也高兴不起来,后悔当初不该攀这门亲事,可是已经跟人家都订过婚了,悔婚那可是不道德的,非正人君子所为,我只能干着急,所以才想出这么个办法来,请你务必帮帮我这个忙,拉兄弟一把,好吗? ……”

“你还在扯谎! 还在编瞎话!”诺兹德廖夫大声吼叫起来。

“我这次说的话,”乞乞科夫说,“确实没有半点儿谎话。”他用左手掐住右手大拇指指尖的一点点,以表示没说谎话。

“我才不相信,你要是真的没说谎,我就把脑袋输给你!”

“你这叫说的什么话,你把我当成什么人啦! 真是天大的冤枉! 你干吗非得认定我在说谎呢?”

“什么叫天大的冤枉,我最了解你这种人:你是个不折不扣的大骗子! 请你不要介意,我是看在我们友谊的情分上,才对你这么直率! 假如我要是你的顶头上司,随意找棵树就把你吊死了。”

听到诺兹德廖夫这样一番话,乞乞科夫感到自己蒙受了奇耻大辱。他本来就是个爱虚荣讲面子的人,凡是听到有些粗鲁或者刺伤他的自尊心的话,他都会感到刺耳或者不舒服。甚至从来都不高兴别人对他过分地套近乎,尤其是不拘礼节地过分亲热。当然也有例外,如果对方是个位高权重的大人物,那可是另外一码事了。所以,他此时此刻真是气得不得了。

“我向上帝发誓,我真的要把你吊死,”诺兹德廖夫又一次说道,“我真诚坦率地跟你说,不是给你心里添堵,惹你不快,而是纯粹出于朋友的一片真心才如此跟你说。”

“说话做事总得讲个分寸，不能信口雌黄，”乞乞科夫威严不可侵犯地说，“如果你想显示显示说脏话的本事，并且引以为荣的话，那你最好去当大头兵好了，”然后想给自己找个台阶下，又说道：“要是不愿意白送给我，那就卖给我得了。”

“卖给你！我知道你是个什么货色，是个不折不扣的无赖！要买它们，你舍得出大价钱吗？甭想跟我耍滑头！”

“哎呀，你这个人真有两下子！你自己睁大眼睛看看！你以为它们是些什么东西，是金银珠宝，还是什么传世珍奇呀？”

“嘿，我说的没错吧，我早就把你看透了！”

“得了，得了，老兄，我真的没想到，你还是个犹太佬般的小气鬼！看你那股慷慨豪爽的劲头，你倒是应该把它们大大方方地送给我，分文不取才对。”

“好吧，为了向你证明，我不是一个斤斤计较的小气鬼，也不是认钱不认人的守财奴，我可以白送给你，一分钱也不要。但是，你要把我那匹公马买去，那些死农奴就算是你白赚的了。”

“得了吧，得了吧，我买你的公马有啥用？”乞乞科夫说，他万万没有料到，诺兹德廖夫居然会想出这一招。

“什么叫‘有啥用’，你可要听清楚了，当初我是花了一万卢布买来的，可是现在卖给你，我才要四千卢布，这还不划算？”

“可是我买这匹公马确实没用，我又没有养马场。”

“你好好听我说，你还没搞清楚我的意思：我现在只收你三千卢布，剩下的那一千卢布，以后再还给我。”

“算了，算了，我根本就没想买公马。”

“那好哇，我可以卖给你一匹母马，还可以加上一匹灰马，就是你在马厩里看到的那一匹，我一共只收你两千卢布。”

“我也不需要母马。”

“你可以去卖掉嘛，不管你到哪个集市去卖，一倒手，你准能赚上三倍的大价钱。”

“既然能卖到三倍的价钱，那你自己到集市上去卖岂不更好，那可干赚啊！”

“正因为我知道会赚钱，所以我才让你去赚呀。”

乞乞科夫对这番美意表示了谢意，同时非常干脆地回绝了诺兹德廖夫关于买马一事的纠缠，告诉他说：他什么马也不想买。管它是公马母马，还是什么颜色的马，统统都不买。

但是，诺兹德廖夫实在太难缠了，又死皮赖脸地让乞乞科夫买他的狗呀、手摇风琴呀、马车呀……真是个无赖。那就请读者再接着看那副嘴脸吧！

“好吧，既然不想买马，那就买几条狗吧，”诺兹德廖夫又说道，“我有一对很出色的狗，卖给你吧，保证让你一看到，准会惊恐万状，全身发抖！那是一种长毛猎犬。长着长长的胡子，脊背上的长毛都竖立着，真是怒发冲冠，就像一根根鬃毛，又硬又直地竖起来。腰身滚圆滚圆的，活像一个大肚酒桶，真叫人难以想像。四条小短腿又粗又壮，跑起来的时候和身子缩成一团，四只爪子根本就沾不着地，像闪电一般地飞驰而去！”

“我买狗干什么？我又不喜欢打猎。”

“可是，我倒希望你能养几条狗，养狗还是很有趣的。那就算了吧，既然连狗也不想买，那你就买我这架手摇风琴吧。这架风琴可是非同一般，可以说奇妙无比。我是个正派之人，从来都不说假话骗人，当初我买的时候，足足花了一千五百卢布，现在卖给你，给九百卢布就可以了。”

“可是，我买手摇风琴干什么呢？我又不是德国佬，背着它到处流浪，我更不想去沿街卖艺或者乞讨。”

“可是，先生，这你就大错特错了，这种手摇风琴，根本就不是德国人背的那种。这是管风琴；你再仔细看一看，这可是红木做的。现在我就带你去再好好看一遍！”诺兹德廖夫说到这儿，立即伸手拉住乞乞科夫的一只手，硬把他拉到另一个房间里去。乞乞科夫根本就不想去，可是不管他怎样发挥自己两只脚的功夫撑在地板上，而且一再声明，他已经知道那架手摇风琴是什么样的，但是还是经不住诺兹德廖夫的死拉硬拽，最终还是甘拜下风，只好硬着头皮跟着他去了，只好再去听这位厚脸皮的主人演奏一遍《玛尔波罗出征》的曲子。诺兹德廖夫接着又说道：

“如果你不想掏现钱来买，那我们就这么办吧：我把我这架手摇风琴和我那些已经死掉了的农奴全部都给你，那么你呢，就把你的马车换给我，不过，得再给我三百卢布。”

“你真行啊，那我坐什么车走呢？”

“别着急，我可以把另外一辆轻便马车给你呀，怎么样？现在我们就一起到车棚里去看看那辆车！如果嫌旧，你只要把它再好好油漆一下就行了，它就会变成一辆新的马车啦。”

“嗨，这个无赖是不是鬼迷心窍啦，没完没了地缠着你不放！”乞乞科夫被他缠得心烦意乱，心里暗自诅咒他，于是下定决心千方百计也要跟他彻底摊牌，让他的马车、手摇风琴、什么各种各样的狗，统统都见鬼去吧！管它什么腰圆腿壮行走如飞，管它圆得像大肚子酒桶，令人吃惊也好，令人毛骨悚然也好，全他妈见鬼去吧，我才不要他这些破烂东西呢！

“干脆这样吧，马车、手摇风琴，还有死农奴全都归你啦！”

“我不要。”乞乞科夫又说一次。

“那么，请问，你干吗不要呢？”

“不要就是不要！没什么干吗不干吗的，不要就是我不想要！”

“哎呀，你这个家伙，真是不知好歹，真是不可理喻！我算是看透你了，不能把你当作朋友来对待，跟你没有什么交情可讲。你这个家伙，真是不可理喻！真是个不知好歹的东西！……我算是看透你了，你是个表里不一和口蜜腹剑的家伙！”

“我怎么表里不一了？我又怎么口蜜腹剑了？难道非得让你当作大傻瓜来骗，来耍，你才高兴，你才称心吗？你自己好好琢磨琢磨吧，我干吗要买那些我根本不需要的东西呢！你为什么一定要逼着我买呢，我才不当这样的大傻瓜呢！”

“好了，好了，请不要再说了。说来说去，我算认清了你的真面目，你真是一个不知好歹又四六不分的家伙，是个忘恩负义的恶棍！那好吧，这些都不说了，我们现在来玩牌，好不好？我把我的死农奴作为赌注，我把它们全押上，还有那架手摇风琴也一起押上。”

“玩牌？想用打牌来解决问题，输赢难料，那不是等于撞大运吗？”乞乞科夫说到这儿，斜着眼睛瞟了一下诺兹德廖夫手里的纸牌。他似乎看出那副牌里有猫腻，也就是说要了鬼花招，连牌背后的花色都很可疑。

“为什么说是输赢难料呢？为什么说是撞大运呢？”诺兹德廖夫说道，“说什么输赢难料，说什么撞大运，都是屁话！只要你走红运，你就会赢到很多东西，你的财源就会滚滚而来，想要赢多少，就能赢多少！你看这张牌，这就是你的红运！”他边说，一边开始分牌来刺激乞乞科夫，企图引发他的赌瘾。“你看，这就是红运！你看这就是红运！你看，这手气太好了！唉，又是这个倒霉的九点！上一次，我就是栽到这个该死的九点上了，结果输了个精光！当时我就发觉，这个九点可把我坑苦了。我万般无奈，就把眼睛闭起来，心中暗想：‘你这个该死的家伙，如果你再坑我，就让鬼把你抓去！’”

正当诺兹德廖夫唾沫横飞大吹大擂的时候，波尔菲里端过来一瓶酒，可是乞乞科夫既拒绝了打牌，也拒绝了喝酒。

“你干吗不想打牌？”诺兹德廖夫有些神色不悦地问道。

“噢，因为我没有这种雅兴，再说，我坦率地告诉你，我从来就不喜欢打牌。”

“那你为什么不喜欢打牌？”

乞乞科夫耸了耸肩膀，又补充了一句：

"就是因为我不喜欢打牌。"

"你真是一个大笨蛋!"

"我有什么办法呢?这就要感谢造物主了!"

"真正是个蠢鸟!我原来认为你还算得上一个正人君子,可是谁知道你居然连最起码的接人待物的礼貌常识都不懂,更谈不上什么交友之道的规矩啦,和你这种人打交道,怎么可能像对待知心好友那样……心胸竟然如此狭窄,没有一点儿敢作敢为的大丈夫气概,虚情假意的,像个娘们儿似的,就会玩假的,和索巴凯维奇是一路货色,同样是个孬种!"

"你凭什么口出不逊,居然骂起我来?我不喜欢打牌有什么不对?难道就是弥天大罪吗?原来你是这么一个小肚鸡肠的人,不合你的心意就发火,不上你的圈套你就骂大街,真像个泼妇一样!和你这种人还有什么好商量的,说得干脆一点,我只买你的死农奴,卖不卖随你!跟你没有什么别的好啰嗦的了,别再设圈套来烦我,跟你说明白了吧,我不会上你当!"

"你想得倒美,我才不会卖给你呢!我本来打算白送给你,也就是分文不取,可是现在,见你的鬼去吧!你就用三个王国来换,我也绝对不会卖给你的!你就做梦去吧,你这个老奸巨猾的家伙,你这个投机取巧的大骗子!从现在开始,我再也不想和你打交道,我们的友情也就一刀两断。波尔菲里,你快去告诉马夫,不要再给他那几匹马喂燕麦了,给它们干草吃就算我格外开恩了!"

乞乞科夫无论如何也没想到,最后的结局竟会如此之尴尬,真是不欢而散!

"我再也不想看到你!"诺兹德廖夫气急败坏地说道。

虽然宾主二人吵翻了脸,闹个不欢而散,可是还是坐在一起吃了晚饭。看来,诺兹德廖夫显然是有意慢待客人,餐桌上再也没看到那些种类繁多味道奇怪的所谓名酒了,只有一瓶酒孤零零地摆在桌子上,美其名曰塞浦路斯出产的名酒,其实不过是一种被人们称之为酸不酸甜不甜的那种劣质酒罢了。吃过晚餐之后,诺兹德廖夫带着客人来到正房侧面的一间耳房,态度冷漠地告诉他,下榻之处就在这里了,并指着一张床说:

"委屈你了,你就在这儿将就吧!我根本不想说祝你晚安!"

诺兹德廖夫冷冰冰地说完便扬长而去。乞乞科夫一个人待在房间里,心中非常不快,暗自一个劲儿地懊恼和责骂自己,悔不该发神经,到诺兹德廖夫这个鬼地方来,闹了一肚子气,惹了一身骚,真是晦气,而且还白白地浪费这么多大好光阴!但是,令他更为气恼的是,自己干事儿竟像一个三岁的孩子那样草率,傻里吧叽地瞎说,竟然把自己要办的机密大事,完全泄露给了诺兹德廖夫。这个家伙可不是一个善良之辈,完全是一个反复无常的无义之徒,完全是一个不讲信义的市井无赖！万一他酒后耍酒疯、信口开河、胡说八道,把这件机密而又不光彩的事情当作茶余饭后的谈话资料,再添枝加叶地胡吹一通,谁知道他会编造出多少无中生有的谎言,散布出去多少不堪设想的流言蜚语……唉,糟糕透了,糟糕透了！“我真是一个天字一号的大傻瓜！”他蒙蒙眬眬地念叨着这一句话。他这一夜根本就无法入睡,一直在床上辗转反侧,足足地折腾了一夜,再加上那些令人讨厌的小虫子的叮咬,更使他烦躁不安。那些小虫子仿佛成心和他过不去,这儿咬一口,那儿叮一块儿,痒得他用十个指头去挠都忙活不过来,又疼又痒,真是苦不堪言！他又气又急又恨,嘴里狠狠地嘟囔着:“嗨,该死的讨厌鬼,祈祷上帝,让魔鬼把你们这些讨厌鬼和诺兹德廖夫统统抓走吧！”这一夜可把他折磨得惨极了,第二天早晨,天刚蒙蒙亮,他就赶紧爬了起来。起床之后的第一件事便是披上睡衣,蹬上靴子,匆匆忙忙地穿过院子,直奔马房而去,吩咐车夫谢里方赶紧套车。出了马房,打算原路返回,却在院子里碰上了诺兹德廖夫,这个家伙身上也穿着睡衣,嘴里仍然叼着那支长杆烟斗。

诺兹德廖夫好像把昨天争吵的事情全都忘到了脑后,像没事人一样亲切友好地问候了早安,并且十分关切地问他昨晚睡得如何,真是让乞乞科夫哭笑不得。

“好得不能再好了！”乞乞科夫用满腹怨气又带讽刺挖苦的口气答道。

“你猜我睡得怎么样？一夜没得安宁,老兄。”诺兹德廖夫说道,“尽他妈做梦了！刚睡下没多久,就梦见一大群脏里吧叽的虫子,整整爬了一夜,而且我的全身都爬满了,现在说起来都叫人恶心,全身起鸡毛疙瘩。再加上昨天一下午和晚上那么折腾,我嘴里那股气味让人难受极了,就好似有一个骑兵连在嘴里过夜一样。还梦到了好几个人手握皮鞭,把我狠狠地抽了一顿,就像真的一样,直到现在身上还隐隐作痛呢！那么,你来猜一猜,是哪个混蛋用鞭子抽我的？可能你想也不会想到,抽我的人原来是骑兵上尉波采鲁耶夫和那个兵痞子库普申尼科夫！”

“活该！”乞乞科夫幸灾乐祸地暗想,“要是他们真的能在光天化日之下,狠狠地抽你一顿,那才叫大快人心呢！有人来教训教训你,岂不快哉！”

“老天作证,真把我揍得太难受了,疼得惨极了！可是醒来一看:真他妈的活见鬼了,原来是什么东西在咬我,又痛又痒,我玩命地挠也不管事儿。一定是跳蚤那些吸血鬼干的好事,就像那些臭婊子一样折腾得你一夜不得安宁！好了，你回屋去穿衣服吧，我一会儿就去找你。不过，我一定要把那个混账管家狠狠地骂一通。”

乞乞科夫回到房间里，穿好衣服，洗漱完毕。又举步来到餐厅里，看到桌子上已经摆上茶具和一瓶罗姆酒。房间根本没有整理和打扫，昨天中饭和晚饭的杯盘依然狼藉一片地留在那儿，地板根本就没有清扫过，地上还有很多面包屑，桌布上的烟灰还原封未动，不曾有人擦拭过。诺兹德廖夫很快就走进了房间，身上仅穿了一件睡衣，里面也未穿什么内衣，袒胸露怀，胸脯子上长着一片又长又黑的胸毛。只见他一只手里拿着长杆烟斗，另一只手端着茶杯，一边走一边喝着。他这副敞胸露怀头发散乱的样子，倒是画家挥笔作画的好题材和好模特，因为有的画家根本就不喜欢理发店招牌上的绅士形象：即把头发梳得又光又亮还带着鬈儿，可能连苍蝇落到上面都要摔跟斗，或者留着溜光锃亮的平头。可以说这样的形象和现实生活中的一些人都是千人一面，根本激发不起画家的创作热情，相比之下，画家们当然更喜欢诺兹德廖夫这副模样。

“喂，怎么样，现在是不是想好了，”诺兹德廖夫沉默片刻开腔问道，“到底想不想通过打牌来赌死农奴？”

“我早就说过了，老兄，我不打牌；我不用打牌来赌，如果你想卖，我就出钱来买。”

“我不想做交易，如果那么干的话，就太不讲交情了，就太不够朋友了。我绝不会这样不明不白地赚钱。要是打牌来赌，那就是另外一码事儿了。好了，我们还是玩上一会儿吧！”

“我早就说过了，我不打牌。”

“那么，我们就来交换东西，怎么样？”

“交换东西我也不干。”

“好吧，那咱们就下棋吧，如果你赢了，那么我就把那些死农奴拱手相送。像这样的死农奴，我这儿多极了，按道理早就该把他们从纳税人花名册中除掉了。喂，波尔菲里，快把棋盘拿来。”

“你这是多此一举，拿来了我也不下。”

“下棋和打牌可不一样：下棋可没法撞大运，也做不了什么手脚，玩不了什么花样，下棋要靠真本领，如果棋艺不高明，你就甭想取胜。我甚至可以事先跟你说清楚，我根本就不会下棋，所以，你必须先让我几步。”

“那好吧。”乞乞科夫心中暗自盘算，“我就和他下上一盘吧！看他有多大本事，下棋，我还是有两下子的，再说，下这玩意儿，他也很难玩花样作弊。”

“好吧，说话算数，我就和你下一盘。”

“把死农奴作价一百卢布。”

“为什么？为什么要一百卢布，五十个卢布就足够了。”

“不行，五十个卢布算什么赌注呀？我还是要和你赌一百卢布，我情愿加上一条中等价格的狗崽子，或者一颗系在表链子上的金图章。”

“好吧，可是不准反悔。”乞乞科夫蛮有把握地说道。

“那你打算让我几步？”

“为什么要让？我一步也不让！”

“起码要让我两步。”

“不能让，我自己下得也不怎样。”

“得了，我们知道您，知道您下得不怎么样！”诺兹德廖夫说着，向前走了一步。

“我好长时间没有摸过棋子了！”乞乞科夫说道，也走了一步。

“我们知道您的棋下得不怎么样！”诺兹德廖夫一边说着，一边向前走了一步，同时用袖口把另外一枚棋子偷偷地向前带了一步。

“我好长时间没摸过棋子了！……哎，哎！老兄，这是怎么回事儿？你把它给我退回去！”乞乞科夫毫不客气地说道。

“把什么退回去？”

“棋子啊！”乞乞科夫说道，同时用眼睛盯着诺兹德廖夫，发现就在鼻子底下，对方的一枚棋子儿，正偷偷地向王城袭来；那这枚棋子是从什么地方来的呢？只有鬼才知道。“不行”，乞乞科夫从棋盘桌旁站了起来，大声说道，“这棋和你没办法下了！哪有这样下棋的？搞什么鬼，怎么一下子就走了三步！”

“谁说走了三步？这一步只不过没加小心走错了。我又不是有意的，那好，我把它退回来，退回原处，总该可以了吧？”

“那么，这另外一枚棋子是从什么地方钻出来的呀？”

“什么另外一枚？”

“就是这枚棋子，正向王城偷袭的这个！”

“这是怎么搞的，我可真的记不起来了！”

“不，老兄，我把我们走过的每一步棋全都算过了，每一步我都记得一清二楚。这是你方才偷偷摸摸放在这儿的。它应该在这儿才对！”

“你说什么呀，它怎么应该在这儿？”诺兹德廖夫还厚着脸皮说道，“老兄，我看你也太能造谣生事了！”

“不，老兄，我看你才最会造谣生事呢，只不过你造谣生事的本领太差了。”

“你把我看成什么人了？”诺兹德廖夫强词夺理地说道，“难道我会作弊骗人吗?"

"我并没把你看成什么人,只不过从此时此刻开始,我再不会和你下棋了!"

"我没作弊骗人,你不能冤枉我。再说你不能这样半截撂挑子,"诺兹德廖夫恼羞成怒地说道,"非得把这盘棋下完不可!"

"我就是不想下了,因为你下棋不老实,不讲棋德,这可不是一个正人君子所为。"

"不,你可不能瞎说,你怎么能说这种话呢!"

"不,老兄,你才是瞎说呢!"

"我没耍赖,我更没作弊。你也不能下到半道就不下了。怎么也得下完这一盘呀!"

"下不下是我自己的事情,你没有权利强迫我,你强迫我也不干。"乞乞科夫有理有据地驳斥诺兹德廖夫,并未跟他动怒。然后走到棋盘前,伸出手来把棋子搞乱。

这样一来,诺兹德廖夫感到太丢面子了,于是恼羞成怒,借机撒野,向乞乞科夫奔了过去,几乎撞上了他,乞乞科夫被逼得只好倒退了两步。

"我就是要强迫你下棋!你把棋子搞乱了也没什么关系,每一步棋我都记得很清楚。我们可以按着原样再把棋子摆好。"

"不,老兄,事情已经闹到这种程度,就算已经结束了,我再也不和你下了!"

"这么说,你真的不想下了?"

"我自己心里明白,怎么和你下?没法下。"

"不,你干脆痛痛快快地给我说清楚,你真的不想下了?"诺兹德廖夫蛮横无理地问道,又粗鲁地向前逼近了一步。

"就是不愿下了,怎么样?"乞乞科夫也不示弱地答道。与此同时,为了防止这个粗野蛮横的家伙偷袭或突然袭击,他不得不把两只手抬起护住脸部。因为主客二人的口角和争论已经发展到要大动干戈的地步。但是,读者都已经看得很清楚了,不是乞乞科夫要发动进攻,而是诺兹德廖夫那种凶相毕露的丑态,不只是能用酒后发疯可以解释得了的,简直像一条疯狗大发作一样,不仅仅是疯狂吠叫,而是要张口咬人了!

看来,乞乞科夫的心理准备和无可奈何的防范措施,还是非常及时和必要的,因为诺兹德廖夫真的发疯了,他已经抡起一只胳膊……否则,在这千钧一发之际,我们主人公那张胖乎乎而又讨人喜欢的脸上,一定会留下永远也洗刷不掉的耻辱的印迹了。说时迟那时快,我们的主人公乞乞科夫突然抬起手来,挡住了迎面而来的突然袭击,并且毫不迟疑地抓住了好斗的诺兹德廖夫的手，而且乘势把这条疯狗死死地抱住。

“波尔菲里、帕甫鲁什卡！”诺兹德廖夫疯狂地吼叫着，暴跳如雷地挣扎着。

乞乞科夫听到这声嘶力竭的号叫声，只好主动地松开双手，放开了诺兹德廖夫。也许读者会问，他为什么这么傻？难道是个胆小鬼？不，当时乞乞科夫还想保留一点绅士面子和风度，不想让下人看到这场恶作剧，或者确切一点说，是一场丢人现眼的丑剧。再说，他也感到自己实在力不从心，如果不放开诺兹德廖夫也是徒劳无益的，否则也许更要吃大亏。几乎就在同一时刻，两条大汉飞也似的闯进屋里，冲在前面的是波尔菲里，帕甫鲁什卡紧随其后。乞乞科夫一看有点傻眼了，跟这样体壮如牛的小伙子较真，动起手来是不会捞到什么便宜的，搞不好会惨得不可想像。

“你真的铁了心不想下完这盘棋吗？”诺兹德廖夫盛气凌人地问道，“你干脆利落地回答我！”声调和语气，真像是审问犯人一样。

“实在没办法和你下完这盘棋，再说也来不及了，”乞乞科夫一边说着，一边斜着眼睛向窗外瞟了一眼。他心中盘算着如何赶快脱身，说得粗鲁一点，就是赶紧逃走。因为他看到他的四轮轻便马车已经套好，此刻就停在那儿，一切都已准备就绪，谢里方似乎也看出了主人的意图，只要乞乞科夫一挥手，他立刻就会把马车驶到门口。然而，要想逃出这个房间势比登天还难，插翅也飞不出去，因为那两条大汉——可恶的家奴，像一对凶神恶煞一样守在房间门口。

“我再问你一遍，你真的不想下完这盘啰？”诺兹德廖夫仍像审问犯人似的问道。原来面红耳赤的面孔，此刻都气得变成紫茄子皮色了。

“如果你讲究棋德，像正人君子那样下，这盘棋我倒是可以奉陪到底的。可是，像现在这种下法，恕我无法奉陪。”乞乞科夫不卑不亢地答道。他一看屋子里这种架势，也不敢口气太强硬了，这叫好汉不吃眼前亏嘛，只好以退为进了。

“啊！你真的没法下啦，你这个狡猾的恶棍！你是看到这盘要输了，赢不了啦，因此你就说没法下啦，想要赖又不好明说，想一走了之！我警告你，想和我耍赖，没那么便宜！揍他，你们两个给我狠狠地揍他！”他转过身来，像疯狗一样地号叫起来，命令他的两个恶奴动手打人，同时他自己也操起那支樱桃木做的长杆烟斗，准备大打出手。乞乞科夫虽然思想上有所准备，但是绝对没料到形势会如此急转直下。直吓得全身发抖，脸色也骤变，像白纸一样的惨白，他本想说点什么来申辩一下，可是嘴唇在翕动，却发不出声来，嗓子好似被什么东西卡住了一般。

“揍他，狠狠揍他！”诺兹德廖夫继续号叫着，举着长杆烟斗向乞乞科夫冲了过来。他怒火冲天,大汗淋漓,犹如向一座坚不可摧的堡垒发起了猛攻一样。“狠狠地揍他!”他疯狂地吼叫着,就像一个胆大妄为好大喜功的中尉在发起总攻时,向全排士兵所发出的进攻命令:“弟兄们,冲啊!”一样。然而,这个中尉虽然作战勇敢而又不怕死,实际上他却是一个因胆大妄为鲁莽行事而出了名的人物。因而,上级专门给他下达了一道命令:警告他在战斗的关键时刻,一定要沉着冷静,千万不要头脑发热而蛮干。可是,这个中尉却没有把这道命令牢记在心,或者并没有时刻引以为戒。所以只要战斗一打响,他立刻就忘乎所以,头脑发热而蛮干起来。于是,苏沃洛夫元帅的身影立刻浮现在他的脑海,他发誓要在沙场上建立奇功,便不顾一切地冲了上去。口里大声地喊道:“弟兄们,冲啊!”义无反顾地冲了上去。孰不知,他这种疯狂蛮干的冲杀,却破坏了上级经过深思熟虑而策划的总攻计划,致使他的一排士兵在高耸云霄的要塞面前,遭到了无数支从坚不可摧的要塞里伸出的步枪的射击,全部命丧黄泉,一个个都做了鲁莽蛮干无谓的牺牲品。还有一颗颗子弹呼啸而来,顷刻就要击中这个中尉正在呼喊的喉咙。然而,如果把诺兹德廖夫比作那个胆大妄为而鲁莽蛮干的中尉的话,那么他此刻正要攻击的对象却不是那座坚不可摧的堡垒,恰恰相反,而是站在他面前的赤手空拳的乞乞科夫。我们这位主人公此刻正吓得魂不附体,全身瑟瑟发抖,可惜的是,地板上没有缝,否则他就钻进去了。在这危急万分和万般无奈的情况下,乞乞科夫只好抓住一把椅子作救命稻草,结果就连这把椅子也被两个恶奴夺走。现在又该如何呢?他只有闭上眼睛,硬着头皮,全身像筛糠一样地站在那儿,打算品尝一下诺兹德廖夫那根切尔克斯出产的长杆烟斗的滋味了,至于这场难逃的灾难的结果如何,只有上帝才会知道了。然而,吉人自有天相,在这危急万分的时刻,乞乞科夫居然得以脱险,保住了他的肩膀、腰肋和身上其他不辱斯文的部位免受皮肉之苦。真是喜从天降!忽然传来了一阵阵马蹄叩打地面的嘚嘚声和铃铛的丁当声,这真可谓之解危救难的福音!原来是一辆三套马的四轮马车飞也似的奔驰而来,停到了台阶前,此刻,甚至在房间里都可以清清楚楚地听到三匹马那粗重的喘息声,好像也看到了几匹马身上冒出来的腾腾热气。屋里所有的人都不约而同向窗外望去,只见从马车上跳下来一个人,只见此人鼻子底下蓄着两撇小胡子,上身穿着一件类似军装式样的短装。他在前厅里询问了几句什么,便立刻走进了客厅,这时乞乞科夫正被吓得半死,还未完全从惊恐万状和手足无措的状态中清醒过来。那副尊容真是可怜极了,活像一个大难临头的将死之人。

“请问诸公,哪位是诺兹德廖夫先生?”突然来访的不速之客问道。

他十分惊奇地看了看手握长杆烟斗的诺兹德廖夫，他仍旧像个凶神恶煞般地站在那儿，然后又看了看刚刚恢复常态的乞乞科夫。他感到有些莫名其妙的是，为什么这两位先生中，一个像粗野的猎人，另外一个恰如被射猎或要宰杀的猎物。

“先允许我请教一下，您在哪里高就？”诺兹德廖夫颇有礼貌地问道。

“鄙人是本县警察局长。”

“那么请问，您有何贵干？”

“我是奉命专程来通知您：有人控告了你，在您的案子审结之前，您要随时遵从法院的传讯。”

“纯粹是胡扯，我牵涉了什么案子？”诺兹德廖夫满不在乎地反问道。

“你卷入了一件无故伤人的案子，说得清楚一些，就是您酒后鞭打地主玛克西莫夫，使他人身遭受到侮辱。”

“您这是无中生有！我压根儿就没有看到过这个什么地主玛克西莫夫！”

“尊敬的先生，请允许我向您报告，我可是一名军官，您可以对您的仆人如此放肆，但是对我这样无理地说话，是绝对不可以的！您要听明白！”

乞乞科夫听到这里，不禁欣喜若狂，根本不想再听诺兹德廖夫如何狡辩，赶紧抓起帽子，像一条丧家之犬一样，偷偷地从警察局长身后溜了出来，急急忙忙地爬上了自己的马车，惊魂未定，还没来得及坐稳，便催促车夫谢里方打马飞奔。真如落荒逃走一般，马车便一溜烟地飞驰奔逃而去。

第五章

Мертвые души

我们的主人公，也就是乞乞科夫先生这次真的被吓得惊魂丧胆，虽然侥幸落荒逃走，像一条丧家之犬似的坐在马车里发疯地向前奔逃，诺兹德廖夫的村庄早已抛在身后，消失得无踪无影，早已被田野和起伏的山丘岗峦完全淹没了。但是乞乞科夫仍然心有余悸，不时地回头张望，那种提心吊胆、惊魂未定的样子，真是让人感到十分可笑！逃出来已经非常远了，可他仍然是一副做贼心虚的狼狈相，总是不断地回头张望，怕诺兹德廖夫派来人马追赶。他紧张得不住地喘着粗气，不时用手摸摸胸口，怀里仿佛揣着一只小兔子，一个劲儿怦怦直跳，又好似一只围在笼子里的鹌鹑在挣扎在跳动。"哎呀，你这个该死的恶棍！差点儿没把人吓死！"这时，他为了发泄心头之恨，把诺兹德廖夫狠狠地痛骂了一顿：诅咒他该遭天谴，总之一切涌上心头的恶毒的话语，甚至连不堪入耳的肮脏的骂人话都用上了。骂了一通又能怎么样呢？这就是俄国人的拙劣表现，更何况又是在怒火冲天的时候。再说，这件事可非同儿戏，或者说不是简单地开开玩笑。"可是，不管怎么说，"乞乞科夫左思右想地暗自庆幸，"还是老天垂怜，多亏警察局长来得凑巧，否则，说不定我这辈子就再也没福分看到上帝创造的这个花花世界啦！要是这次真的遭到不测命丧他乡，我就像河面上的一个小水泡一样，无声无息地从这个大千世界彻底消失了，我想用死农奴来振兴家业和光宗耀祖的大业也就无法实现了，也就彻底泡汤了，就不能给世人留下任何值得怀念的印迹，既不能给乞乞科夫家族留下传宗接代的子孙，也不能给子孙后代留下什么财产和令人艳羡的好名声啦！"由此看来，我们的主人公倒是非常关心和挂念他的子孙后代的。

"这叫什么老爷！可真是坏透了！"谢里方心中也愤愤不平地骂道，"我可从来没有见到过这样的老爷。看他干的那种缺德事儿，都不如乡下的蠢娘们儿，心眼那么坏，我真想朝他脸上啐一口唾沫！你可以不让人吃饱饭，可是你不能欺侮不会说话的牲口啊，干吗不给马吃燕麦呀！马就是爱吃燕麦，燕麦就是马的食粮，就像人要吃菜吃饭一样，要想让马长得壮，让它好好地干活，就得喂它们燕麦吃。燕麦才是它们的主要食粮！"

可能乞乞科夫那三匹马也是一肚子怨气，它们对诺兹德廖夫十分不满，不光是枣红马和那匹绰号叫陪审员的浅栗色马，就连那匹花斑马心里也都很郁闷不快。虽说谢里方给它们吃的不是很好的燕麦，而且每次给它们的槽里撒燕麦时，总要唠唠叨叨地先教训上一句："喂，吃吧，你这个坏家伙！"但是，甭管怎样，他喂的可是真正的燕麦呀，那可不是什么普普通通的干草。几匹马嚼起燕麦的时候，那味道可是香甜有味极了，有时它们淘起气来，还总是爱把自己的长嘴伸到同伴的马槽里去争食，又调皮又可爱。有时谢里方不在马房里，它们就闹得更欢，更起劲了。可是在诺兹德廖夫家就惨了，给吃的全是干草，这三匹马心里就想："干吗这个地主老爷的心胸那么狭窄呢，跟主人闹别扭，干吗拿我们出气呢？真是一个坏老爷！"三匹马想来想去也想不通，而且越想越生气，后来根本就不去想了，因为现在已经离开那个倒霉的老爷的田庄了，何必再理他呢！对，根本就不理他！何必再找气生呢！让那个臭老爷见鬼去吧！对，让他见鬼去吧！

但是，这些不满意而又牢骚的想法，刚刚发泄了没多一会儿，却突然被一个意想不到的麻烦事儿给打断了。原来是一辆六匹马驾驶的四轮轻便马车飞驰而来，骤然间向他们猛冲过来。三匹马和车夫谢里方一看要大难临头了，才从牢骚不满的郁闷状态中解脱出来，同时又听到坐在对方马车里的女士们刺耳的惊叫声，以及那辆马车的车夫粗野无理的斥骂声和威胁声："哎呀呀，你这个蠢货，你是瞎了眼了，还是耳朵聋了？难道你没看见六匹马的车驶过来！再说我的嗓子都要喊破了：叫你向右靠！向右靠！难道你是个聋子？你这个愣头青，你这个大笨蛋，是不是想找死啦！是耍酒疯，还是装傻！"谢里方明明知道是因为自己心中不快走神而造成的，但是还死不认账，这倒是表现出了俄国人不喜欢在别人面前公开承认错误的臭脾气。于是还厚着脸皮挺胸拔肚地装出一副威严不可侵犯的样子，强词夺理地说道："你是怎么搞的，玩命啊！你干吗把马车驾得这么快，横冲直撞地往前闯，这条路上就没有别人啦？还是把你的眼睛换酒喝了，还是发疯啦？"经过这一番争吵之后，谢里方赶忙收紧缰绳，使劲儿把马车向后倒退，想从对方的车辆的挽具上把自己的马车摘出来。可是，白白费了九牛二虎的劲儿，也没有办法摘开，因为两方的几匹马又缠又搅地弄到一起了。自己的花斑马非常好奇地在把它夹在中间的两个新朋友的身上嗅个没完。这时，坐在对方马车上的两位女士看到了这一幕景象，眼睛和整个面孔都表现出一种惊恐的神情。其中一位是上了年纪的太太，另外一位是正值豆蔻年华的姑娘，也就是说十六七岁左右，满头金发梳得光洁闪亮，使得她的脑袋显得小巧玲珑，越加秀美可爱。她那张椭圆形的脸庞圆乎乎的，犹如一只新鲜鸡蛋，晶莹透明，白中映射出来一种鲜艳浅淡的玫瑰色，显得更加俊俏娇艳。又好像一只刚刚生下来的鸡蛋，被管家婆小心翼翼地托在黝黑的手中，对着灿烂的阳光照射，变得更加瑰丽诱人，娇媚可爱。她那一双如玲珑宝玉的耳朵，在阳光的映照下，光洁透明，映现出一种令人心醉的绯红色。两片艳丽迷人的红唇一直张着，显然是由于惊吓所致；犹如两泓清泉的眼睛还挂着晶莹的泪珠，使得她更加楚楚动人，更加惹人怜爱和让人心驰神往。我们的主人公对这位俊俏的小妞目不转睛地看了好一会工夫，说得不够文雅一些，就是说两只眼睛都发直了，根本无暇去管两辆马车上的车夫的争吵了。

"你倒是往后退呀，快点儿把马分开呀，你这个冒冒失失的愣头青！"对方车上的马车夫气势汹汹地喊道。谢里方把缰绳向后勒一勒，对方的马车夫也拽了拽缰绳，这样，双方的马匹都相应地向后退了几步，但是瞬息之间它们又重新踏过挽索，又混到一起了。那匹花斑马却乘机取巧，在混乱之中去取悦它的新朋友，而且缠着它不愿离开。可是命运之神偏偏和它作对，不幸的是它自己的蹄子却陷进深深的车辙里，但令人感到奇怪的是，这个家伙竟然不想把蹄子拔出来，反而乘机把自己的长脸紧紧地搭到一位新朋友的脖子上，心中美滋滋的，起劲地在它的耳边低声嘀咕一些谈情说爱的话吧，但是由于它太心急了，求爱的话可能说得太露骨了，太愚蠢了，结果引起新朋友的反感和不耐烦，只好不住地摇头和晃动着耳朵。

然而，读者诸君也不必着急，他们的运气还不错，不至于半路抛锚走不了。在出事地点附近恰好有一个村庄，这种难解难分的混乱局面，恰好给村民们提供一个满足好奇心和大饱眼福的好时机，于是他们纷纷跑来看热闹。对于乡下的庄稼汉这种趋之若鹜的习惯，正如德国人喜欢报纸和俱乐部一样。因此，一会儿工夫无数的村民就把两辆马车团团围住，当然这种场面用万人空巷来形容不太合适，因为那是描写城市里的情况，在这里只能说村子里的家家户户仅仅剩下行动不便的老人和尚需大人照看的小孩了。缠在一起的车挽索终于解开了，那匹自作多情的花斑马的长脸在挨了几巴掌之后，也只好向后退了几步，总之，双方纠缠在一起的马匹最终被拉开了。可是对方车辆的马匹不知为什么却不愿意分开，可能是因为要离开新结交的朋友心中不快，或者是有意跟车夫闹别扭而在那里犯倔劲儿，因此无论马夫如何责骂和抽打，它们就像脚下生根一样地钉在那里，一动也不肯动。车夫的焦急，特别是那匹马惨遭痛打而又屹立不动的情景，引起了围观的庄稼汉的恻隐之心和乐善好助的好心肠，于是便一个个争先恐后地挤上前来出谋划策："安德留什卡，你快过去，把拉右边套的拉开，米佳伊大叔赶快去骑那匹辕马！喂，喂，米佳伊大叔，还等什么，快点骑上去吧！"这位米佳伊大叔留着火红色的大胡子，虽然是个大个子,但是太瘦了,没有足够的分量和劲头足以制服这匹马。他骑在辕马背上的那副形象简直让人笑破肚皮:活像一座乡村教堂上的尖塔式的钟楼,或者说得更准确一点,更像井台上用来吊水桶的吊钩。马车夫使劲挥鞭打马,可是这匹辕马依然一动不动地站在那儿,也就是说这个米佳伊大叔根本起不了作用。一看这种情景,几个好事儿的庄稼汉又喊着出主意:"等一下,别着急,米佳伊大叔,这回你去骑那匹边套马,让米尼亚伊大叔去骑辕马,也许能奏效!"米尼亚伊大叔是个身圆体壮的大汉,留着如烟似墨的大黑胡子,圈鼓鼓的大肚皮像一个其大无比的大茶炊,要是煮上蜜水香茶,足可以供应整个集市上的人取暖解渴。他应众人的推举高高兴兴地骑上了辕马,压得那匹辕马四蹄都有些支撑不住,肚皮差一点儿就挨到地面上了。"这回没问题了!"四周的村民们齐声喊道,"好,这回再狠狠地抽它几鞭,狠狠地抽!就抽那匹金黄色的马!这个坏东西最调皮捣蛋,又懒又倔,你看它那个犟劲儿,活像一只科拉莫拉大蚊子,[①]仍然懒洋洋地一动不动。"可是经过这一番折腾仍然不见成效,也就是说事情毫无一点儿进展。实在毫无办法,米佳伊大叔和米尼亚伊大叔灵机一动,两个大叔便一起骑到辕马身上去了,让安德留什卡改骑那匹边套马。马车夫实在看不下去了,又可能是心疼自己那匹辕马,便不客气地把两位大叔给轰走了。看来是误打误撞,车夫这次还真做对了。因为这些马匹太累了,全身大汗淋漓,热气腾腾,就好像经过长时间的奔跑一样,已经筋疲力尽,哪还有劲头拉车!让它们休息了一会儿之后,体力得到复原,不用再抽打,自动就拉着车跑了起来。如此说来,对马匹也要多加体谅,多加爱护,不能随心所欲地乱打乱抽。

在人们忙着调理那几匹马的时候,我们的主人公乞乞科夫倒是很清闲,或者说正中下怀。充分利用这段时间来大饱眼福了,他那双眼睛一直死死地盯住在路上邂逅相逢的那位美丽少女。他好几次想找个机会或者借口同这位少女搭话聊聊,可是老天偏偏不作美,一直不肯赏赐给他这个机缘。正在他不知所措的瞬息之间,女士们乘坐的马车已经一阵风似的飞走了。那颗玲珑娇美的小脑袋,艳丽迷人的俊俏面容,苗条纤细的身姿,像一道耀人眼目的闪电一样,突然一下子消失不见了,我们的乞乞科夫先生如痴如醉地愣在那里,大概是陷入了回忆这短暂相逢的如梦如幻的情景之中吧。此刻环顾四周,只剩下了伸向远方的驿道,轻便四轮马

---

① 科拉莫拉蚊子是一种体型又长又大的蚊子,动作缓慢,反应迟钝;有时飞进房间,单个地趴在墙上,人们走过去捏住它的腿,它叮在墙上仍然不动,或者如俗语所云,脑袋插到泥里一般地趴着不动。——作者原注。

车，以及读者已经非常熟的那三匹马、马车夫谢里方和主人公乞乞科夫，再举目眺望，是一片无边无际的田野，显得更加空旷的旷野荒郊。唉，人生在世，有很多事情和经历就是这么奇妙，甚至不可思议。不管他身处何种环境，不论是挣扎在常年奔忙劳碌、啼饥号寒、贫困交加的社会底层，还是在尔虞我诈、金屋玉室和枯燥乏味的上流社会中养尊处优，在他的人生旅途中，总会经历一次也许是他毕生不会再有的美妙诱人的奇遇。这种奇遇哪怕在他的一生只有那么一次，却在他整个人生旅途中激起一种从未有过的，或者不会再有的奇妙而又毕生难忘的情感。即不管我们身处何地，也不管我们在生活中有什么样的忧伤烦恼、灾难愁苦，总会有那么一天，在我们眼前闪现出一道令人无限欢欣灿烂的华光，正如一辆金碧辉煌的豪华马车配有镶金嵌宝的挽具，英姿健美的骏马，以及华光闪耀的玻璃窗子，会令人做梦也想不到地从一个荒僻贫穷的小村子驶过一样。在这个穷困的小村子里，村民们除了目睹过乡下的运货大车之外，从来还不知道世上还有其他样式的马车。所以在这辆豪华马车驶过之后，村民们依然目瞪口呆地愣在那里，也忘记了把帽子戴在头上，还痴呆地望着早就已经踪影不见的马车。我们上文说到的那位金发女郎，完全令人意想不到地出现在我们的主人公乞乞科夫先生面前，又完全令人意想不到地突然不见了，消失得无影无踪。假如这位美人遇到的不是乞乞科夫，而是一个风华正茂的年轻人，无论他是一名威风凛凛的骠骑兵，或者是一名风流倜傥的大学生，或者是一个初登人生大舞台的毛头小伙子，那么，我的上帝呀，他怎么会不猛然惊醒呢，埋藏和沉睡在心中的那种情感，怎么会不骚动起来，又怎么会不像火山爆发一样地迸发出来，和像决堤的洪水一样地倾泻出来呢！并且会发出连他自己也不相信的惊人的呼喊声呢?！他一定会久久地久久地站在那儿，像一座铜铸、石雕的塑像一样站在原地不动，心驰神往地凝望着那个芳姿丽影消失而去的远方，忘记了他自己要赶的路程，忘记了因耽误行程而会遭受到斥责和惩罚，忘记了自己肩负的公务和重任，忘记了自己，忘记了整个世界以及世界上所有的一切！

然而，我们的主人公乞乞科夫已经是一个到了不惑之年的中年人了，在坎坎坷坷人生旅途之上，早已磨炼出一种处事谨慎小心、圆滑老练而又沉着冷静的性格。尽管如此，这种失而不可复得的艳遇，确实也让他苦思冥想地费了好大一番工夫，毕竟不会陷入不可自拔的迷津的泥潭之中，因而也就没有心猿意马地想入非非。他的思考还比较切合他本人的实际，甚至可以说，在某种程度是有根有据，绝对没有一时头脑发昏而忘乎所以。总的来说，他还算是一个张弛有度而又老谋深算的非属正人君子的君子。“这个小妞真可爱！”乞乞科夫心中暗想，然后打开鼻烟壶闻一闻鼻烟聊以自慰。不过,同时又想道:“可是,重要的是,这个如出水芙蓉一般的妙龄少女,身上究意有什么迷人之处呢?她的迷人之处就在于,很明显,她刚刚走出校门,也就是说刚刚在女子寄宿学校或者某一座女子高等学校攻读完学业,她身上还没有沾染上令人厌恶的所谓的娘儿们的俗气和恶习,换句话说,尚没有市井小人圈子里那些娘儿们身上那种令人作呕的低俗的东西。她天真可爱、童心未泯,她的言行举止都是那么朴实纯真,没有半点儿虚情假意,想说什么就会脱口而出,想笑的时候就笑,决不会忸怩作态,发出令人神往的银铃般的笑声。在她这样豆蔻年华的妙龄时期,就像捏泥人一样,可塑性非常之大,既可以把她塑造成一个纯洁无瑕而又高雅贤良的淑女,也可以使她堕落成一个狡诈虚伪,为了钱财不惜出卖肉体的下流胚,或者成为不可救药的烟花柳巷的下流女人。完全有这种可能,如果在她人生的十字路口不加以正确的引导和指教,如今的社会现实,就会使她堕落成一个下流胚和荡妇,从而葬送了自己的美妙人生!我亲爱的读者诸公,有谁敢理直气壮地说,当今社会不是一个藏污纳垢、浊浪翻滚的大泥潭呢!如果你要不相信,如今你就把这个纯洁无瑕的小天使,交给那些俗不可耐的姑妈和家中愚蠢无知的女眷们去调教,那么过个一年半载你再来看她,保证她会彻里彻外地沾染上那些娘儿们身上的各种各样的恶习,她的行走坐卧、行为举止完全变成了另外一个人,就连她的生身之父也都感到陌生,或者根本就认不出她来啦。不知她从哪里学来的那种鼻孔朝天、狂妄自大和盛气凌人的骄气,装腔作势和忸怩作态的丑相:凡事都是照那套陈规旧律,与人交往和应酬时,都按照事先背得滚瓜烂熟的一套烦人的陈词滥调来应付,一天从早到晚绞尽脑汁地去揣摩,应该见到什么人说什么话,用什么样的语气才算恰当,说到什么程度才算合适;还要挖空心思地揣摩,见到生人时应该使用什么样的目光和眼神,也就是说见到地位和身份高低不同的人,要善于使用不同的目光。于是,她时时刻刻都提心吊胆,生怕说出不适宜的话语,更担心投出不当的目光。结果搞来搞去,把自己也弄得晕头转向,甚至不知所云,结果就信口开河,胡言乱语,久而久之,就养成了一种说假话说瞎话的恶习,一辈子都难以改掉,连鬼都不知道她怎么会变成如此不可救药的货色!”想到此处,乞乞科夫好长时间沉默不语,呻吟半晌,接着又继续想下去:“倒是应该了解了解这个美丽少女的身世,她是谁家的姑娘?是一个大家闺秀,还是一个小家碧玉?她父亲是个何许人物?是个身负众望、位高权重和家财万贯的地主呢,或者是一个曾经是位高权重的上流社会中的风云人物,在任期间曾积攒一大笔取之不完用之不尽的财产?但是却不是贪官污吏,而是一个奉公守法的社会名流?假如说,这位小姐或美貌佳人还有一份价值二十万卢布的嫁妆,那可真是一块叫人望眼欲穿垂涎三尺的天鹅肉啊！足以让一个安分守己的正人君子享受半辈子的清福,真可谓之艳福、财源双丰收啊!”乞乞科夫越想越沉溺在自己的痴心妄想之中,那二十万陪嫁的巨资,一直在他脑海中翻腾,放射出诱人的光芒,弄得他神思恍惚、心乱意躁。于是他开始责骂自己,悔不该在两辆马车搅在一起瞎折腾那么长的时间,为何没抓紧时机壮着胆子,去问问那辆马车的前导驭手或者马车夫,车里坐的两位女士,特别是那漂亮小妞究竟是哪一家的闺秀。然而,悔不该当初的烦躁情绪很快就被打断了,因为索巴凯维奇的村庄已经近在眼前,使得他不能不把他的思绪,完全集中到他心中日夜筹划的那件大事上去。

乞乞科夫从外观一看,就发觉索巴凯维奇的村庄很大:村庄的两侧有两片树林,一片是白桦林,一片是松树林,像两只翅膀在村庄的两侧伸展开来,从远处一看,就像展翅欲飞的样子,而且白桦林的颜色浅亮一些,松树林则呈深暗色,使这对明暗两只翅膀显得更有情趣和具有某种魔幻奇观的效力。村子中央耸立着一座带着阁楼的木造房舍,屋顶是红色的,墙壁是深灰色的,或者确切一点说是随意涂抹出来的一种颜色。一看便知这座房屋建造的来历,可能是为当年军屯人员以及德国移民建造的居所。从建筑风格上,明眼人一看便知,当年在建筑这幢房舍时建筑师和房屋主人的爱好发生过强烈的争执。建筑师颇为因循守旧,追求对称和审美的外观,而房屋的主人则只求方便实用的效果。这样一来,正如我们现在所亲眼目睹的,建筑师被迫砌死了为了对称在一面墙壁上的窗户,取而代之只留了一个小洞,或许只有阴暗的贮藏室才需要这样的通风口。山花墙[①]无论如何也不在整座房屋对称的中心,不管建筑师如何争辩都无法改变房主人的决定,主人非要撤去侧面的一根圆柱,如此一来,正面柱廊上的圆柱就不是原定的四根,而只剩下三根了。庭院四周的栅栏都很坚固,用的全是又粗又大的圆木。由此看来,这位地主非常看重建筑物的坚固耐用,为此的确也绞尽不少脑汁。再看马厩、粮仓、库房以及厨房用的建筑材料也是清一色沉重而又粗大的圆木,足可以经受百年风霜雨雪的侵袭和敲打。村里居民们的住房建造得非常讲究、有实用价值:没有花墙,也没有那些专门供人大饱眼福的华而不实的雕镂饰物和其他漂亮的花样,但是却建造得朴实大方、坚固结实、经久耐用,甚至连井台围栏也用的是结实耐用的橡木,这种质地坚硬的橡木一般专门用来做磨盘和船舰

---

① 这是西方建筑中的一种风格,建筑物正面的上方,有一个呈三角形的墙面,经常装饰着精美的雕刻,叫做“山花”。山花墙便由此得名。

的。总之,乞乞科夫在这里所看到的大小建筑物都非常经久耐用、坚固结实,而且格外笨重粗大。当乞乞科夫的马车行驶到台阶前时,他看到有两张面孔几乎同时伸出窗外:一张是女人的脸,像一条插到脖子上的黄瓜,瘦长瘦长的,头上还戴着包发帽;另一张是男人的面孔,圆圆的胖胖的,很像一个摩尔达维亚的大南瓜。在俄罗斯有些地方把这种南瓜叫做葫芦,人们一般用它来做有两根弦的巴拉莱卡琴,既美观又轻便,风流潇洒、机智活泼的小伙子正值二十啷当岁的春情勃发时期,通常用这种琴声来撩拨和吸引姑娘们。姑娘们则眉飞色舞地随着美妙的琴声翩翩起舞,像天鹅一样扭着她们那雪白雪白的颈项,露出令人心驰神往的牛奶般洁白的酥胸。小伙子们更是心花怒放,大显神通。吹着口哨,频频地飞着媚眼传情。于是,二弦琴那悠扬悦耳的叮咚声,欢快活泼的口哨声,再和着姑娘们那银铃般清脆的歌声及令人神魂颠倒的舞姿,便演出了一幕幕青春交响曲,好不欢乐迷人!那两张伸出窗外的面孔,刚一亮相就转瞬即逝。这时,一个男仆,身穿带蓝色立领灰色上衣,走上台阶来迎接客人,恭顺有礼地把乞乞科夫引进门廊。主人索巴凯维奇也亲自出迎,一见客人,吐字不甚流畅地说道:“请吧!”亲自在前引路,直奔客厅而去。

乞乞科夫向索巴凯维奇迅速地瞟了一下,这次刚一见面,发觉索巴凯维奇真是一只活灵活现的狗熊,只是身材不那么庞大。恰巧他又穿着一件跟熊皮颜色一般无二的燕尾服,袖子和裤腿又肥又长,两只大脚掌走起路来一歪一扭,还经常踩到别人的脚上。这一切让人看了,更觉得他是一只地地道道的狗熊了。他的脸色呈红铜色,和五戈比铜币颜色很相似。众所周知,人世间茫茫人海中,有许多人的面孔并不是那么精雕细刻出来的,造物主在塑造它们的时候,并没有花费那么多的精力和心思去精心打造和雕琢,并没使用锉刀、小钻之类的精巧工具,只是举起斧子粗制滥造地往下砍:一斧子砍下去就是造出一个鼻子,再砍一斧子就出来两片嘴唇,再用大钻头钻出两个洞来,就成了两只眼睛,也不刨光,也不打磨,只说了声:“活啦!”就把这个粗心大意制造出来的灵魂打发到人世红尘。索巴凯维奇那副尊容就是如此这般打造出来的,看样子颇为粗犷有力。全身各个部件却拼凑得很是怪异:他平时总爱弓身弯背,经常低着头,很少昂首挺胸,脖子似乎有些转动不灵,因此,在与客人交谈时,他很少用眼睛直视客人,却总是看着壁炉的一角,或者望着房门。宾主二人穿过客厅时,乞乞科夫又斜视了一下索巴凯维奇,心想:真是一只狗熊!一只不折不扣的狗熊!也许是老天有意捉弄人,他的名字居然也叫米哈伊尔[①],和

① 俄国人习惯把熊称呼为“米哈伊尔”或爱称“米沙”。

熊的名字完全一样。乞乞科夫已经领教过主人有踩别人脚的习惯，所以举步行走的时候特别小心谨慎，尽量让他在前面走。索巴凯维奇似乎发觉了自己的毛病，便立即问道："我没有使您感到不方便吧？"乞乞科夫对如此的关照，只有表示谢意，并说暂时尚未感到不方便。

宾主二人走进了客厅，索巴凯维奇指着一把圈椅，又对客人说了一声："请吧！"乞乞科夫入座后，举目看了看墙壁和挂在墙壁上的几幅画。画上的人物全都是神采非凡的英雄人物，尽皆是希腊统帅们的全身版画肖像：马弗罗柯尔达托，一身闪光耀眼的戎装，红色的裤子和制服，戴着一副眼镜；其次是米阿乌利和卡纳利①。以上三位英雄都是彪形大汉，都长着粗壮的大腿，留着罕见的又浓又密的胡髭，一个个威风凛凛，仪表堂堂，令人望而生畏。在这些英姿勃发的希腊统帅中间，却挂着一幅俄国名将巴格拉季翁的肖像，不知主人为何如此安排，把这位名将又瘦又长的肖像，镶在了一个又窄又小的镜框中，把一些小旗和大炮挤在了肖像的下方。紧挨着这位将军肖像又是一位希腊人，是闻名遐迩的巾帼英雄鲍贝琳娜②。她英姿飒爽，一条腿比如今天天沉醉于交际场所和舞会上的风流浪子们的腰还要粗壮。也许是因为索巴凯维奇自己长得健壮结实，所以他才如此喜欢用这些健壮结实的英雄人物来装点他的客厅。在鲍贝琳娜肖像旁的窗框上，挂着一只鸟笼子，一只黑色夹杂着白点的画眉鸟不时地向外张望，其长相也酷似索巴凯维奇。宾主二人沉默不语了一两分钟，只听咿呀一声，客厅门打开了，女主人走了进来。这位太太身材修长，头戴包发帽，帽带儿是缎子的，用土制颜料重染过。她举止庄重而大方，犹如一株棕榈树般地挺胸昂首。

"这是我的爱妻，费奥杜丽娅·伊凡诺芙娜！"索巴凯维奇向客人介绍道。

乞乞科夫走上前去，十分有礼貌地吻了吻她的手。费奥杜丽娅·伊凡诺芙娜把手背直接举到他的唇边，如此一来，他就有了机会发觉，她的手原来是用腌黄瓜的水洗过的。

"亲爱的，我来给你引荐一下，"索巴凯维奇接着说道，"这位就是巴维尔·伊凡诺维奇·乞乞科夫，我在省长和邮政局长二人府上有缘和他结识。"

费奥杜丽娅·伊凡诺芙娜随即让座，也说了一声："请吧！"犹如扮演女皇的女演员那样点头示意。然后，她就在长沙发上坐了下来，把披在身

① 以上三人均是希腊人反抗土耳其争取民族解放斗争(1821—1828)中的统帅。
② 反抗土耳其争取民族解放斗争中的希腊女英雄。

上的羊毛披肩略微整理一下，便安安静静地坐在那儿，甚至连眼睛也不眨一下，眉毛也不皱一下。

乞乞科夫再次举目看了看，再次看到了墙上挂着的卡纳利肖像，这位英雄粗壮的大腿，又浓又密的胡髭；再次看到了巾帼英雄鲍贝琳娜以及笼子里面的那只画眉鸟。

宾主三人都一言未发，足足沉默了达五分钟之久。客厅里只听到画眉鸟发出的笃笃声，它是在鸟笼子底部啄食谷粒。乞乞科夫把客厅里的一切陈设又环视了一遍，他看到这里的一切东西都非同一般的坚实粗笨，与这里的男主人都是那么奇异地相似。客厅的一角摆放着一张胡桃木制作的写字台，不仅宽大敦实笨重，样式很奇特，四条腿又短又粗，活像一只肥壮的狗熊站在那儿。除此之外，室内的桌子，高背圈椅及常见的几把椅子，都是那么又笨又重，看上去总是感到有些别扭，也就是说不那么顺眼。总而言之，屋里的每一样东西，每一把椅子似乎都在说："我也是索巴凯维奇！"或者说："我也很像索巴凯维奇！"

"我们那天在民政厅长伊凡·格里高利家里，曾经谈起过您，"乞乞科夫一看没有人打算先打破沉默，只好自己先开个头。"是在上个礼拜四，我们在那儿消磨了一个晚上，玩得都很愉快。"

"是啊，那天我恰好没去厅长家。"索巴凯维奇接着他的话碴说道。

"他这个人太好了！"

"您说的是哪一个人？"索巴凯维奇眼睛看着壁炉，问道。

"民政厅长啊。"

"嗯，这或许是您个人的感觉罢了。实际上，他只不过是个共济会[1]会员之流的人物，而且是人世间少有的蠢货。"

乞乞科夫无论如何也没料到索巴凯维奇竟然会如此粗鲁尖刻地评论民政厅长，真是突如其来，一下子有点儿手足无措，但是很快镇静如初，接着说道：

"当然，人非圣贤，孰能无过呢。可是，省长确实是一位杰出人物！"

"省长是位杰出人物？"

"是啊，莫非我说得不对吗？"

"对，是天字一号的强盗！"

"什么，省长是个强盗？"乞乞科夫问道，他无论如何也想不通，堂堂

---

① 共济会是十八世纪在欧洲各国建立的秘密宗教组织，宣扬自由思想，自我修身，友善团结精神。俄国共济会会员中有很多人是当时俄国秘密革命组织的成员，并且参加了一八二五年的十二月党人起义。因而，共济会会员就成了争取自由的危险分子或革命党人的同义语，在老百姓中，甚至成为一句骂人话。

的省长大人怎么可能是个强盗呢。“恕我直言,这一点,我是完完全全没有想到的。”他又接着说道,“不过,请允许我斗胆问一句,他的行为举止可是一点儿都不像是一个强盗,恰恰相反,他为人倒是很真诚很友善的。”说到这里,他甚至还举出首长亲自动手绣制荷包为例,来证明他对省长的评价,并且对省长那副和悦可敬的面孔大加赞赏。

“一副强盗面孔!”索巴凯维奇恶狠狠地说道,“只要你给他一把刀,然后让他到街上去,他一定会拦路抢劫或杀人,为了一个戈比就行凶,甚至杀人!他和副省长是一丘之貉,都是无恶不作的恶棍!”

“不可能,一定是他和这两个人彻底翻脸了,”乞乞科夫心中暗自琢磨,“我还是转移话题,和他说一说警察局长吧,看看他又怎么评论。也许警察局长和他是好朋友。”

“不过,要我来谈一谈他,”乞乞科夫说,“恕我直言不讳,和他的长官们相比,我倒非常喜欢警察局长这个人,他可算得上是一个正直开朗的好人,从脸上就可以看出他那股老实憨厚劲儿。”

“他是个大骗子!”索巴凯维奇十分冷漠地说道,“他出卖你,欺骗你,可是还要和你握手言欢,称兄道弟,请客吃饭时还和你碰杯饮酒,他们这伙人都是一路货色,全是骗子。省城里根本就没有一个正人君子,从上到下,从下到上,全是些尔虞我诈、勾心斗角的骗子。全是些出卖耶稣基督的大坏蛋。这些人之中只有一个是正派人,就是那位检察长。可是,要是实话实说,他也不怎么样,不比一头蠢驴强多少。”

听过这么几段对人物精彩绝伦的评价之后,虽然有些简短,但是句句都是那么尖酸刻薄,又句句都是那么粗野狂放,真是前所未闻。乞乞科夫倒是大饱耳福。同时也茅塞顿开,恍然大悟,无须再提其他官员了,同时又猛然间想起索巴凯维奇向来都不喜欢说别人的好话。也让乞乞科夫领略到了这只熊可不是一般的熊,而是一只长着满口毒牙,喜欢喷射毒液的疯熊。看来,今后同他打交道,多加小心才是。

“怎么样,亲爱的,我们还是去吃饭吧。”夫人对索巴凯维奇说道。

“请吧!”索巴凯维奇欣然同意,并且应声答道。

于是,男主人请客人走至已经摆上下酒菜的桌子前,照例毫不谦让地举起满满一杯伏特加酒一饮而尽,又随意地吃了点儿下酒菜。哪怕你走遍整个疆土广阔的俄罗斯,不管是在城市,还是在乡村,到处都是这种吃法,也就是说一杯酒下肚之后,再品尝一下各式各样腌制的美味,和令人食欲大振的佳肴。然后宾主三人神采自若地向餐厅走去,女主人出于礼貌,脚步轻快地走在最前面,恰像一只浮游在水面的母鹅,端庄大方,从容不迫。在一张餐桌上摆着四副餐具。宾主落座之后,很快又来了一位陌生的女士，坐到了第四把椅子上。从外表和穿着上来看，主人要是不介绍，你是很难说出她的确切身份的，弄不清她是一位太太呢，还是一位姑娘，是一个本家亲属呢，还是一个女管家，或者是一位来访的客人；只见她头上没戴包发帽，大约三十上下的年纪，披着一条花披肩，但身份尚不清楚。在这红尘滚滚、人际关系异常纷繁复杂的人世上，本来就有很多这种可有可无的可怜人。与其说实有其人，倒不如说她们是附着在人们身上的一个小小斑点或者污渍，而且与其真实身份毫无关系。她们老是坐在一个被指定的座位上，脑袋总是保持着同一种姿势，如泥塑木雕似的坐在那儿，人们险些把她们当作一个木偶或者一件摆设，甚至还误认为她们有生以来就不会说话。然而，她们一踏入女仆的房间，或者储藏室里，则完全判若两人，行为举止骤变。而且那张嘴说起话来，甭提有多么厉害了！至于她们的身份嘛，主人不介绍，你又何必那么认真呢？

多一事不如少一事，落得个清闲，岂不更好！

"亲爱的，今天的汤做得太好了！"索巴凯维奇喝了一口汤赞赏道，又从盘子里给自己弄来一大块馅饼。这种馅饼可是非常驰名的，往往都是和汤配在一起吃，看看它的用料，你也许就会知道该有多好吃了，再吃上几口，那种鲜美的味道就甭提了！它的外皮是一个整羊肚子，里面装的是荞麦粥、羊脑子和羊腿肉。"这么好吃的肉馅饼，"索巴凯维奇转过头来对乞乞科夫说道，"您在城里肯定是吃不到的，您在那儿，鬼知道他们会给你吃些什么东西！"

"不过，在省长府上做的饭菜也相当不错的呀。"乞乞科夫说道。

"可是，您知道那些饭菜是用什么东西做的吗？假如您了解到究竟是怎么回事，您就绝对不会去吃啦！"

"我怎么会知道是用些什么东西做的呢，关于这个问题，我不敢随便评论，不过，那些猪肉丸子和清蒸鱼味道好极了。"

"那不过只是您自己的感觉罢了。我最了解他们那些东西的来路，他们是在菜市场上捡来的东西。再加上那个专门骗人的厨子，胡说什么他是跟法国人学的厨艺。算了吧，全是骗人的鬼话！就是这个骗子，随便从什么地方弄来一只猫，扒了皮胡乱一折腾，就当作兔肉给端到餐桌上来了。"

"哎哟！你说的这些话太叫人恶心啦！"索巴凯维奇夫人忍不住说了一句。

"恶心什么呢，亲爱的，他们真就是这么做的，这可怪不得我，他们那几家全都是这么干的，不管什么乌七八糟的东西，能吃的或者不能吃的，全都拿出来招待客人。请原谅我说话狂傲，这些东西要是在我们家，早被女管家阿库尔卡扔到泔水缸或者垃圾桶里去了。可是他们怎么样呢？却拿这些脏东西来做汤！真的，您想想看，这样的汤能喝吗？味道能好吗？可是他们就这么干！"

"你总是在吃饭的时候，爱说这些让人恶心的话！"索巴凯维奇夫人听得有些不耐烦了，才说了这么一句。

"这又有什么不能说的呢？亲爱的，"索巴凯维奇接着又说道，"反正我们自己又不这么干，不过，我可得事先声明，我绝对不会吃这些乌七八糟的东西。就是把癞蛤蟆用糖裹起来，我也决不会吃它，我对吃牡蛎也不感兴趣，因为我一看它那个样子就心烦，我知道它像个啥玩意儿。请吃羊肉吧，"他接下来又对乞乞科夫说道，"这可是一道羊胸脯米饭，味道好极了！这可不是那些大人老爷们厨房里的那种羊肉丁泡米饭，跟我们的根本没法相比，再说他们用的也不是新鲜羊肉，是在菜市场买来放了四五天的！我就不相信那帮德国医生和法国医生那种混账理论，他们只会胡说八道，就会出些骗人的馊主意，要是让我碰上，我决不会放过他们，非绞死他们才解心头之恨！他们胡说什么要节制饮食，就是说要用饿肚皮的方法来治疗疾病！那些德国佬生来就瘦弱不堪，没有本事大饱口福，便又想方设法来折腾我们俄国人的肠胃，以为俄国人会相信他们的鬼话！不行啊，他们这种办法对我们来说是行不通的，他们只会胡思乱想，又只会胡说八道，完全是……"索巴凯维奇越说越气，好像又无可奈何地摇了摇头。"这些家伙就会高谈阔论，说来说去都是什么启蒙啊，文明啊，可是这种启蒙和文明——呸！要不是我们正在进餐，怕影响我们的食欲和倒胃，我就会说出有失体统的脏话来。我们家里可不会这样干，也不相信他们那套鬼话。我们家里要吃猪肉，就吃一头整猪，要吃羊肉，就吃一只全羊，要吃鹅肉，就吃一只整鹅！我吃饭只有两样菜就可以了，但是要吃得满意，吃得菜香味美，爱吃多少就吃多少。"索巴凯维奇说到这里，便以实际行动来证明自己的观点，立即拽过半个羊肋放在盘子里、大吃大嚼起来，真是狼吞虎咽，津津有味，一点儿都不剩，就连羊骨头也嘣得光光的，最后又把骨髓使劲儿嘬得一干二净。说到这里，我们对索巴凯维奇其人应该有了更进一步的了解，他不仅仅是外貌长得很像一头狗熊，性情和行走坐卧的神态也很像狗熊，再看到此君吃饭时那种狼吞虎咽的样子，那种贪婪粗野的样子，完完全全就是一头真正的狗熊！

"是啊，"乞乞科夫心中暗想，"这个家伙这张嘴真够能吃的了。"

"我们家里可不能像他们那样干，"索巴凯维奇用餐巾擦着手说，"我可不像普柳什金那个样子，甭看他家里有八百个农奴，可是日子过得却猪狗不如，可怜兮兮的，吃住还比不上我家的牲口呢！"

“这个普柳什金是个什么人物?”乞乞科夫紧接着问道。

“是个骗子,”索巴凯维奇答道,“一个不折不扣的吝啬鬼,真是世上少有的吝啬鬼。就是监狱里的囚徒日子过得也比他好,他真是个要钱不要命的守财奴,他只认钱,把家里的下人全都给饿死了。”

“真有这种事儿!”乞乞科夫听了正中下怀,便喜形于色地说道,“这么说,他家里的下人成批地死掉了,此话当真?”

“一点儿不假,像苍蝇一样成批成批地死掉了。”

“真的像苍蝇一样成批成批地死掉了?! 请允许我借问一下,他家离您这儿很远吗?”

“不远,只有五里路。”

“只有五里路!”乞乞科夫得意忘形地喊起来,甚至高兴得心都狂跳起来。“可是,出了您家大门,应该往哪边拐,往左还是往右?”

“请原谅,我劝您最好不要打听去这条老狗家的路!”索巴凯维奇颇为反感地说道,“不管您去什么下流的地方,都比去他家要好。”

“不,我只是随便打听一下,打听他家的住处,也不是想去他家,而只是想了解一下这里的路途情况。”乞乞科夫随机应变地答道。

吃过羊肋和谈论地主普柳什金之后,又端上来色美味香的奶渣饼,每一张饼都要比餐碟大得多。接下来又端上来一只火鸡,个头可真大,跟一头小牛犊差不多。鸡膛里装满了各种各样美味食品:鸡蛋呀,米饭呀,肝呀,还有一些说不出名字的食品。这也是这顿午餐的最后一道的美味佳肴了,一顿饭到此也就宣告结束了。当宾主从餐桌旁站起来的时候,乞乞科夫才感到酒足饭饱之后,体重可能足足增加了一普特。于是他们又重返客厅,看到几只碟子里已经摆好蜜饯,但是看不出来是用什么水果制作的,是梨还是李子,弄不清楚。反正宾主二人都不曾品尝一下。女主人见此光景,只好忙着把蜜饯放到别的盘子里去。乞乞科夫一看女主人暂时不在,便乘此机会想来谈谈自己心中筹划的大事,于是,把身子转过来对着索巴凯维奇。男主人此时正仰面朝天地躺在圈椅里,而且还不停地打着饱嗝,这是我们这位狗熊先生每次大吃大嚼之后,必然要上演的打嗝短剧:即每打一次饱嗝,他都要在胸前画一个十字,不知何故,嘴里哼哼呀呀,还一个劲儿地用手捂住嘴巴,看样子,好像有些不太舒服。当然,索巴凯维奇自己没说是什么原因,大概是不好意思吧,那就让我斗胆地来猜测一下吧:虽然此君有熊的食量,但是由于吃得过急、过猛又过多,就是真的狗熊这么猛吃、猛喝、猛造一顿,吃完了大概也不会太舒服吧,何况人乎!读者先生,如果说到这种程度你还没搞清原因,那就莫怪我说得不文雅了,很简单,或者说一句话:是撑的! 哎,您可不能责怪我,这样说的确对索巴凯维奇先生有些大不敬，那也怪不得我，是你一再追问，逼得我才说了实话。索巴凯维奇要是听到以后来找我发火，我可不是推卸责任，我可要让他找你去算账。不过，亲爱的读者，您也不要过于紧张，我可以告诉您一条锦囊妙计：您就让索巴凯维奇找他自己的夫人和乞乞科夫去兴师问罪吧，责骂这一男一女为什么在餐桌上不劝劝他，免得让这头熊撑得如此狼狈和难受。您看怎么样，我这个主意相当高明吧，这样一来我和您不是就完全解脱了吗？我想您会拍手称快地高呼：奇哉！妙哉！说到这儿，也该收笔了，还是回来看看乞乞科夫究竟要说些什么为好。方才说到乞乞科夫已经转过身来要对索巴凯维奇说话，此时只见他匆匆忙忙而又声音不大地说道：

“我有件事情很想和您谈一谈。”

乞乞科夫刚把话说完，还没等到索巴凯维奇张口回答，女主人端着一盘子东西回来了。

“还有一种蜜饯呢，请尝尝，”女主人说道，“蜜煮萝卜，很好吃！”

“好吧，谢谢，亲爱的，我们过一会儿再吃，”索巴凯维奇说道，“你这会儿先回自己的房间去吧，我同巴维尔·伊凡诺维奇要宽衣解带，稍微休息休息。”

女主人正打算吩咐仆人去取鸭绒褥子和枕头，但是索巴凯维奇却连忙说道：“不用拿了，我们在圈椅里随意休息一会儿就行了。”于是，女主人就回自己房间去了。

索巴凯维奇稍微欠了一下身子，打算听听客人要向他说些什么。

乞乞科夫刚一开始就海阔天空地讲起来，而没有采取单刀直入的办法说出自己要说的话，其实是在兜圈子。他先从俄罗斯帝国说起，把它的疆土辽阔大大地赞扬了一番。他说，就是古罗马这样的帝国的幅员也没有它那么辽阔，因此外国人才对俄罗斯那么赞赏和崇拜……索巴凯维奇低着头洗耳恭听。接下来，乞乞科夫又说道，俄罗斯帝国威名远震，在世界上享有无与伦比的盛誉，根据这个帝国现行的法律制度，凡是在纳税人口花名册中登记在册的农奴，尽管他们已经离开人世，但是，他们仍然算是缴纳人头税的在编农奴，在新的登记花名册下发之前，他们跟活着的农奴一样，也就是依旧活在人世上。这样一来，政府办事机构便可以免去大量繁杂琐碎而又劳而无功的修改工作，这样又可减轻本来就已经非常复杂的政府办事机构不必要的额外负担……索巴凯维奇一直低着头细心听着。乞乞科夫接着又说，虽然这种制度和措施是无可挑剔的，但是其结果还是给很多农奴主带来不必要的负担，因为根据这一制度的规定，他们仍然要为那些实际上已不在人世的农奴缴纳人头税，也就是说和他活着的时候毫无差别。乞乞科夫又满怀同情和胸怀大度地说，他本人对索巴凯维奇非常敬重，所以他甘心情愿为他来分担一部分这种的确是额外的沉重负担。在乞乞科夫发表这长篇大论的谈话之后，看得出来这个家伙很精明能干，很像是一个老谋深算的狐狸精，真可以说很有说话的本领，也就是说：滴水不漏，措辞十分谨慎，他尽量不说死农奴这个词儿，而是把他们说成实际上已经不在人世的农奴。

索巴凯维奇依旧低着头听着，一点也不动声色，甚至脸上的表情也毫无变化，听着乞乞科夫的长篇大论，不管他语调口气如何，一点反应都没有。就好像这是一具没有灵魂和没有知觉的躯壳，或者说他有灵魂，但是却没有在他的躯体内，而是出去到什么地方云游去了，浪迹天涯去了，或者是到一个人迹罕至的世外仙境打坐修行去了。恰如俄罗斯一个童话所说的那样：有那么一个长生不老的白胡子老头，把他自己的灵魂藏在一座高山的背后或山洞里，而且还用一种坚硬无比的东西把它紧紧地包裹起来，形成一个硬壳。因此，不论他的灵魂深处有什么想法和意念，都无法冲出包裹着它的那层厚厚的坚硬无比的硬壳，所以这个白胡子老头的表情也就没任何一点变化了。

"您有何高见？……"乞乞科夫说完，激动而又焦急地等待着对方答复。

"这么说，您是要买死农奴了？"索巴凯维奇直截了当地问道，根本没有一点惊奇的样子，犹如在谈粮食交易问题。

"是呀，"乞乞科夫立即答道，但是为了把话说得委婉一点，又赶快补上一句，"是那些已经不在人世了的。"

"多得是，怎么能没有呢……"索巴凯维奇顺口答道。

"既然有，那就好说了……您一定很愿意把他们甩掉，免得再为他们烦恼了吧？"

"好吧，我何乐而不为呢。"索巴凯维奇说道，略略抬起头来，并且已经看明白了，乞乞科夫这么干一定是有利可图。

"真是个机灵鬼。"乞乞科夫心中暗自琢磨道，"我只字未提，他就迫不及待说要卖了，狡猾的狐狸精！"无奈，只好开口问道：

"既然如此，也就无须吞吞吐吐了，那就说说价钱吧！……再说了，这样一些东西：……说起价钱来倒也让人有些难以启齿……"

"我也决不会向您漫天要价，每个农奴您就给一百卢布得了！"索巴凯维奇说道。

"一百卢布！"乞乞科夫情不自禁地惊叫了一声，张大了嘴巴，眼睛睁得大大地直视着索巴凯维奇，弄不清是自己听错了，还是对方舌头动转不

灵，愚笨地把数字搞混了。

“怎么样，莫非您认为我要的价钱太高了！”索巴凯维奇故意反问道，接着又问一句，“那么，您打算给多少钱呢？”

“我给多少钱！我们一定是搞错了，或者彼此没有搞清楚对方的意见，忘了我们谈的是什么东西。说句公平话，我觉得，每个农奴能卖八十戈比就不错了，这应该是最高的价格啦！”

“八十戈比？您这不是信口开河吗！”

“依我之见，只能出这个价钱，决不能再多了。”

“您要弄清楚，我可不是卖树皮鞋呀！”

“但是您自己心里也很清楚,您卖的也不是真正的人啊。”

“您当真地以为,您可以撞上一个大笨蛋吗?他会傻到这种程度,居然会把一个纳税的农奴只卖这么便宜吗?”

“我可要对不起啦,您干吗要把他们叫纳税的农奴呢?您明明知道,这些农奴早就不在人世了,已经死了,留下来的只不过是一个无影无形的名字罢了,既看不到,也摸不到的空名字!我呢,也就不再在这个问题上跟您计较了,我说一个一口价——一个半卢布,我决不再加价了。”

“您真不害臊!居然会出这么低的价钱。好了,何必把话说得这么绝呢,干脆就再说个实实在在的价钱吧!”

“实在不能多给了,米哈伊尔·谢苗诺维奇,老天作证,我说的可全都是实话,决不能再加价了。办不到的事情,说了也没用。”乞乞科夫虽然这么说了,可是又多给了半个卢布。

“您干吗这么会算计呢?”索巴凯维奇有些不耐烦地说道,“说句公道话,我要的价钱一点儿也不高!您要是碰上个小气鬼,您一定会上当受骗,只会卖给你一堆破烂废物,而不会卖给你农奴。可是我呢,决不会以次充好,决不会以假冒真,就像卖胡桃一样,个个都是经过精心挑选的:即使不是一个有手艺的人才,那他起码也是身体结实的壮劳力。您就留心好好看一看,比如说,专门会修车的米海耶夫吧,要做弹簧马车,他可是个行家里手,而且手艺精湛,可不是像莫斯科人做的那种活,瞎对付,胡折腾,跑上个把小时就完蛋了。他干的活又仔细又结实,包车皮也是他亲自动手,就连涂油漆也是自己来刷!”

乞乞科夫刚想接过话碴,告诉他米海耶夫虽然手艺好,做活儿又仔细认真,但是早就从人世上消失了;但是,索巴凯维奇说得刚好在兴头上,就如滔滔洪水,想堵也堵不住:

“再说说普罗勃卡·斯捷潘吧,那可是个出色的木匠!我敢拿脑袋打赌,您在什么地方也找不到这么好的强劳力了。他可算得上是个大力士了,要是比力气,没人能比得了!他要是到近卫军里混个差事,老天作证,准能混上个什么官当一当,再说他又是一个彪形大汉,足有三俄尺①高!”

乞乞科夫又要开口说话,想告诉他普罗勃卡已经从人世上消失了,但是索巴凯维奇好像得了话痨一样,或者叫多话症,口若悬河,说个没完没了,如果硬把他的话截住,又不太礼貌。乞乞科夫无可奈何,只好硬着头皮耐着性子听下去。

① 一俄尺等于零点九一米。

“还有个泥瓦匠米卢什金,那也是一个能工巧匠!无论是什么样的房舍,他都给砌上一个又好用又漂亮的炉灶!还有马克西姆·杰利亚特尼科夫,可是一个好得不能再好的鞋匠,他那做鞋的手艺甭说有多高明啦,那双手巧得很,做活又痛快又麻利,只要把锥子一拿到手,三下五除二,一双靴子就大功告成了,不管是样式,还是做工,保准呱呱叫,你要是不满意那才怪哩!别光看鞋子做得好,他还有一大长处:酒不沾唇,烟不过口。还得给您说一个大能人,那就是叶列梅·索罗柯普廖欣,他做生意的本事那可是大得很,所有的人都比不上他。他一个人单枪匹马去莫斯科跑买卖,谈生意,就光说代役租吧,每一次他就能交五百卢布,你说他要赚多少钱!您好好看一看,我要卖给您的农奴,个个都是好样的!普柳什金那个家伙能和我比吗?他会有什么好货色?再说,即使有的话,他也不会卖给您!”

“但是,还请多多见谅,”乞乞科夫实在忍无可忍了,只好截住索巴凯维奇。他对这位狗熊先生的高谈阔论,滔滔不绝的胡言乱语感到震惊——居然拿死人来当活人卖,这还不算,为了抬高价码,竟把死人吹得天花乱坠,他心中也极为不满——索巴凯维奇,你也太狡猾了!于是,他又说了一句:“可是,您所列举出来的农奴,可全都是死掉了的呀!您把他们一个又一个地夸奖了一遍又有什么用呢?他们就是有天大的本事不是也白搭吗,一点用处都没有了,因为他们都是死鬼了。俗话说得再好不过:让死人去守篱笆墙,活见鬼了!这不是自欺欺人吗?”

“对呀,当然啦,他们都是死了的人。”索巴凯维奇故作惊奇地说,就好像刚刚才恍然大悟,现在才想起来他所说的那些原来都是死了的,他又假装疯魔地加上一句:“可是,话得说回来:那些在花名册上是活着的人又有什么用呢?他们一个个没病没灾地活着能干什么呢?他们不过是一些活着的死人,能吃能喝,可是一个个啥也不会干!他们还能算是人吗?只能说他们是苍蝇,根本就不是人!”

“但是,他们毕竟是活着的呀,而您所说的那些人才是不存在的了,不过是您凭空想像出来的而已。”

“不,您这话说得不对,怎么能说是凭空想像出来的呢?我还是得和您说明白,像米海耶夫那样的彪形大汉,那样的大块头儿,您到什么地方都没法找到的!您说他的块头儿有多大吧,就连这间客厅的门,让他随便走进来,都很难办!不,您说得不对,不是凭空想像出来的!那可是世间少有的大力士,他那两只臂膀一叫劲,足有千钧之力,就是一匹好马也拉不动!我倒想向您请教请教,像这样的大力士,您到什么地方能够找到,唉?别去找了,根本就找不到!”索巴凯维奇说完这段话以后,就像着了魔一样,突然一转身,面对着墙上挂着的巴格拉季翁和科洛柯特罗尼的肖像,如痴如呆地站在那儿,好像要请他们来见证一下似的。这种场面,倒是很像正在热烈交谈的两个人之间常出现的那种情形:不知怎么回事儿,谈话双方中有一个人突然把目光从对方的脸上移开,而投向一个不相干的第三者,这个人只不过是偶然之间走进屋子里面来,跟他根本就素不相识。虽然他心里很清楚,这个素不相识之人既不会回答他任何问题,也不会发表任何看法,但是他依然把目光专注地投在这个人的身上,仿佛要请他来调解和化解分歧一般。那位素不相识的第三者被这突如其来的目光,弄得不知如何是好,不知应该怎样来回答他一无所知的事情,是随意应付几句什么好呢,还是礼貌周全地在那里稍稍停留一会儿,然后再不声不响地走开为好呢?

"不,要是高出两个卢布,那就恕我难以从命了。"乞乞科夫果断地答道。

"好吧,免得让您怪我漫天要价,也不要以为我跟您不讲交情,得了。一个农民就要您七十五个卢布吧,但是要给现钞,说实话,这也是看在我们俩之间友谊的情分上!"

"他这是在玩什么把戏,"乞乞科夫心中暗自嘀咕,"难道真的把我当成不识数的傻瓜了,真是个老狐狸!"于是接着说道:

"我真的感到有些莫名其妙:我们两个人仿佛是在演戏,或者说是在演一场闹剧,恕我愚钝,我真的无法为自己解释……您这个人实在是聪明绝顶了,久历江湖,智谋出众,才华出类拔萃啊。显然,您自己心中非常清楚,我们所谈的这笔交易完全是子虚乌有的东西,或者说穿了纯属买空卖空嘛,这些玩意儿值什么钱?哪个人会要呢?"

"哪个人会要?您不是就想要买吗?可见,您就很需要这些玩意儿嘛!"

索巴凯维奇这句话真厉害,正中客人的要害,等于打了他一闷棍,弄得乞乞科夫哑口无言,狼狈不堪!于是我们的主人公又故伎重演,装出一副可怜兮兮的样子,又把他在诺兹德廖夫面前编的那套瞎话搬了出来,胡说什么他要结婚,未婚妻的父母嫌他农奴数目太少,等等。企图博取索巴凯维奇的同情和施舍。有谁知这只狗熊比他还要狡猾,根本不买他的账!而是不留情面地打断了我们主人公的表演,并且直截了当地说道:

"我没有必要了解您的家庭状况如何,况且我这个人从来不掺和别人的家务事,这是您个人的私事,跟我毫不相干。您想要农奴,我也想卖给您,买不买,大主意由您自己拿。不过我只奉劝一句:如果现在您不买,以后您可要后悔的,再说,后悔药可是买不到的!"

“两个卢布。”乞乞科夫实在无奈，只好如此搪塞了。

“您这个人也太固执了，说句大不敬的话，真像王八咬人一样，咬住就不松口。或者如俗话所说的那样：喜鹊叫喳喳，就会一句话，干吗死咬住两个卢布不放呢！算啦，闲话不说，您就给一个又实在又公平的价钱吧！”

“哼！真他妈的活见鬼了！”乞乞科夫真是又急又气，心里狠狠地诅咒道，“这条癞皮狗，再给加半个卢布吧，让他买药吃！”咬咬牙说道：

“算啦，我再给多加半个卢布。”

“嘿，加的可真不少！既然如此，我也给您亮出最后的底牌：五十个卢布！说心里话，我明明知道我很吃亏，吃亏就吃亏吧，谁让我们是朋友呢！如此能干的庄稼汉，这么便宜的价格，您到什么地方也是买不到的！”

“吸血鬼！”乞乞科夫心中自言自语，然后气气哼哼地说道：“说句不好听的话，我们是在搞什么名堂呢……还真好像是在谈一笔正当的交易似的，讨价还价，真像那么一回事儿，说穿了，我们两个都是自欺欺人，我们两个都在做精彩的表演。算了，这又何必呢！但是，我在别人那里，不费吹灰之力，也就是说，没有费这么多口舌，一戈比不用花，就把他们弄到手了。再说，有很多人上赶着来找我，来求我，想方设法能尽快地把他们甩出去才高兴呢。只有大笨蛋才会死抱住这些玩意儿不放呢，干吗要白白为他们缴人头税呢？”

“但是，我必须提醒您一句，搞这种交易可是不合法的，是不让搞的，我是看在我们是好朋友情分上，才向您吐露知心话的。再说了，这种事情，要是我一时不慎说出来，或者别的人故意捅出去，今后要做这种交易那可就不那么方便，不那么容易了吧，还想签订什么合同，或者履行什么想捞油水的义务，可就没信用啦，到那时，恐怕只有鬼才相信呢！”

“这个坏蛋，你看他有多么歹毒，说话还带刺呢，真是笑里藏刀，真是一条毒蛇！”乞乞科夫心里想道，但是却佯装一副无所谓的样子，不动声色地说道：

“随便您怎么想，那是您的自由，不过，我买他们，决不像您所想像的那样，好像出于什么不可告人的目的，或者要利用他们赚大钱。我买他们只是因为一时心血来潮，想买他们满足一下好奇心而已。要是我给两个半卢布，您还不卖的话，那可就别怪我不讲礼貌了，再见吧！”

“这家伙还真是一头犟驴，真还犟不过他，看来，实在太难对付了！”索巴凯维奇也有些不耐烦地想道，但又不好发火，只好说道：“算啦，我就忍痛大甩卖吧，三十个卢布一个，您就买去得了！”

“不,不,我已经察觉出您是舍不得卖,那我也就不强人所难了,再见吧!”

“别急,别急,”索巴凯维奇说道,拉住乞乞科夫的手不肯放开,不知是有意还是无意地,在他的脚上使劲地踩了一脚。我们的主人公此时早已疏忽了,没留神让他踩个正着,真痛得他哇哇直叫,抬起被踩的那只脚直打转转。

“实在对不起!让您受委屈了,我真是太粗心了!务请多多原谅,请您坐下来休息一下吧,请,请不必介意!”说着说着,索巴凯维奇假惺惺地来搀扶乞乞科夫,让他在圈椅里坐下来。他这股殷勤劲儿,这种动作轻巧灵便的样子,恰像一头被驯服了的狗熊,不仅能在地上翻身打滚儿,而且还能按照驯养人的指令:“米沙,学学一个娘儿们是怎样洗蒸汽浴的。”或者“米沙,再学学小孩是怎么样偷豌豆的样子!”……于是,这头狗熊就会做出各种各样的怪相来,逗人开心取乐,甚至让人乐得前仰后合地捧腹大笑。

“算了吧!我这才是自寻烦恼,白白浪费时间和精力,何苦呢!对不起,恕我不再奉陪,再见,我要赶路去啦!”

“别忙,别忙,哪能说走就走呢?再坐一会儿,再坐一会儿!我正要给您说一句中听的话,保准您听了会心花怒放的!”说到此处,索巴凯维奇把身子凑近一些,在乞乞科夫耳边,就像要透露出一件机密大事一样,悄悄地说道:“四分之一的开价总该可以了吧?”

“多少?您是想要二十五卢布喽?不,不,绝对不行,就是四分之一的一四开我也不干,我一个戈比也不多给了。”

索巴凯维奇一看事情闹僵了,一时手足无措,不知说什么是好,只好暂时保持沉默了。乞乞科夫正中下怀,心中暗喜,也故意不再作声。两个人就这样僵了两三分钟。挂在墙上的鹰钩鼻巴格拉季翁虽然未张口说话,其实他也无法说话,只是幸灾乐祸地看着这场闹剧究竟如何收场。

“说个痛快话,您究竟要给多少钱?”索巴凯维奇再也忍不住了,于是急切地问道。

“两个半卢布。”

“哎哟哟,太可悲了,在您看来,一个人的灵魂居然和一个焖萝卜一样的便宜。还有什么可说的呢?您怎么也得给三个卢布才行!”

“我不买。”

“好吧,实在拗不过您,我只好甘拜下风了,只好如此了!我甘愿自己吃亏了。可是,我生就一副侠肝义胆的犟脾气:哪怕两肋插刀,只要能讨得朋友欢心就足够了。那好,我们还是履行一下手续为好,还是要按规矩办事才对。俗话说:朋友归朋友,规矩是规矩,免得以后出现不必要的麻烦。”

“应该如此，应该如此。”

“如此说来，我们还要到省城去一趟了。”

这件事儿就算谈妥了。两个人约好第二天进城去，把有关签订合同的事宜办好。乞乞科夫想要一份农奴的名单。索巴凯维奇答应立刻就办，马上走到写字台前，亲自动笔写出一份所有死去的农奴的名单，不仅列出了他们的姓名，而且还注明他们每个人所具备的特长。

乞乞科夫则站在一旁，因为暂时无事可做，便乘机仔细地观察和揣摩起眼前这头熊那个庞大的身躯来了。看着他那如同维亚特卡一样又宽又肥大的背部，以及他那双像人行道上的铁墩子一样粗壮的双腿，乞乞科夫不禁打心眼里发出由衷的感叹：“你真是造物主的宠儿啊！真是一点也不假，正如常言所说的那样：别看模样不太好，却是上帝亲手造！……你是天生就如此，是一头不折不扣的熊，还是活在穷乡僻壤，成年累月在田里奔波，发号施令；春秋四季挥舞着皮鞭打骂农奴，使你变得粗鲁和野蛮了，变成了一头野性十足的狗熊，变成了贪婪成性的野兽，变成了性情狂暴的吸血鬼，从而使你变成了人们所说的一个欲壑难填，贪心不足的吸血鬼那种人呢？或许会有人为你鸣不平，说这也是由于生活环境把你塑造成这样一个人。如果换个生活环境，你就会变成另一种乐善好施慷慨大方的一个高尚的人了。依我看，并非如此，哪怕让你接受合乎社会潮流的教育和培养，让你闯入上流社会，居住在人人向往的彼得堡，脱离开穷乡僻壤，你同样也不会有所改变，也不会成为一个有益于人民，有益于社会的高尚的人。正如前面所说，你这种人之所以如此，乃是本性使然，也就是你天生就是这样的人，正如俗话所说的：生就的骨头，长就的肉，改变不了啦！在当今俄国这种社会环境中，你不会脱胎换骨，你也不会洗心革面，是俄国现行的社会制度把你打造成这副样子，在你的骨子里，在你的灵魂中，你就是这种样子，有所不同的仅仅是：你现在能狼吞虎咽地把半个羊排配米饭吃得精精光，你又可以津津有味地把一个如食碟一般大小的油渣饼吞下去。如果居住在彼得堡呢，你也许只是吃掉几个肉丸子再加上点蘑菇就足矣。现在你只是在你的农奴中耀武扬威，对他们发号施令，让他们给你当牛作马为你卖命，让他们为你提供衣食住行，为什么？因为他们是你的私有财产，因为他们是你的会说话的牲畜。当然，你也非常狡猾，对他们软硬兼施，恩威并用，不会随意置他们于死地，因为他们才是你的衣食父母，表面上看起来你对他们还不错，因为他们是你赖以生存和作威作福的命根子，因此你也就不会愚蠢到断自己的命根子和断自己的财路的程度。可是，你要是混迹于彼得堡，爬入上流社会，再坐上一个高官要职的宝座，那可是不得了啦，你手里掌握着生杀大权，你便可以为所欲为了，你就更可以飞扬跋扈了！因为你手下尽皆是小公务员，尽皆是一些大小不等的官吏，他们虽然不是你的私有财产，可是凭借手中的权力，你便可以拼命地对他们敲诈勒索，即使把他们压榨死了，于你何干？因为他们不是你的私有财产，死了？死了有什么关系，不会给你造成什么损失。公务员死了，还会来新的，源源不断，多得是，根本用不着你去操心发愁！如果敲诈勒索公务员，盘剥压榨你的下属还不过瘾，还不能为你带来滚滚的财源，搂的、刮的、敲的钱财还不够多，甚至达到了欲壑难填、难饱私囊、贪得无厌的程度，你还可以找到一条发财之路：那就是再去盗用公款，劫掠国库！得，不管是你，还是其他别的什么人，一旦变成了一个贪得无厌的吸血鬼，变成了一个不择手段劫掠钱财的恶棍，变成了一个满口仁义道德的政治骗子，变成了一个道貌岸然危害国家和人民的大贪官，那他就是一个地地道道的披着人皮的野兽，他根本就不是一个真正的人了，是一个不折不扣的魔鬼！他还会有一点人性吗？他还会有一点人味吗？不，绝对不会有！话又说回来，在当今的社会上，这样的人还少吗？这也算是俄国的一大悲哀吧?！但是更可怕的是，这样具有豺狼本性的恶人，再懂得一点什么狗屁学问，奇谈怪论的学说，一旦披上合法的外衣，攫取更高的权力和地位，那就更加糟糕了，国家、民族、平民百姓就要更加倒霉了！想让他们发善心来治理国家，那就等于白日做梦！可是，就是这样一些狼心狗肺的家伙，还要冒充什么学者、专家，去欺压那些有真才实学的治国安邦的栋梁之才，在他们面前大逞淫威，还恬不知耻地对他们说：‘让你们看看我的真实本领吧！’于是乎，这些宝贝头脑一发热，异想天开地提出一项独出心裁的法令，来坑害本来就已经很可怜的黎民百姓，让他们在水深火热中叫苦连天……唉，老天哪，请你睁开眼睛吧，让这些鬼东西都死光了该有多好啊！……”

“名单全写好了。”索巴凯维奇转过身来说道。

“写好了？请拿给我看看吧！”乞乞科夫把名单很快地看了一遍。名单写得非常清楚，细致周详，使他暗暗称奇：每个农奴的专长、姓名、年龄，以及家庭状况，全都详尽地列了出来，而且在纸张的空白处还注明了喝不喝酒等不良习惯。总之，让人看了一目了然，清楚明白。

“那么好了，请付定金吧！”索巴凯维奇说道。

“干吗要付定金呢？到了省城以后，我会把全部钱款一次付清。”

“您知道，什么交易都要付定金的，这是规矩嘛。”索巴凯维奇反驳道。

“这倒有些难办了，我随身没有带那么多钱。对了，我这只有十个卢布。”

“十个卢布？未免太少了一点！起码也得五十个卢布！”

乞乞科夫又再一次声明没带那么多钱；但是老狐狸索巴凯维奇根本不信，并且一口咬定，他身上肯定不会只带十个卢布。这么一将军，乞乞科夫迫不得已，只好又掏出一张纸币来，说道：

“好吧，那就再给您十五卢布，加起来，一共二十五个卢布了。但是，您得给我开一张收据。”

“您要收据干什么？”

“这一点您可要清楚，有一张收据还是很有必要的。以防后患嘛。……嗨，如今是什么事儿都可能发生的。”

“既然如此，您就先把钱交来吧！”

“干吗要交钱？你看，钱不是就在我手里吗！您把收据一开好，我马上就交钱还不行吗？”

“这我可是要请教了，我凭什么要先写收据呢！我得先拿到钱才算数呀。”

见此情况，乞乞科夫只得先把钞票交给索巴凯维奇。索巴凯维奇接过钱以后，这才放心地走到桌子前，用左手捂住钱，用右手拿过一张小纸片，用笔在上面写道：今收到出售农奴定金帝国银行现钞，共贰拾伍卢布整。把收据写好以后，他又把二十五卢布票子重新检查了一遍。

“这张钞票太旧了！”索巴凯维奇拿起一张钞票说道，又对着阳光仔细地照了又照，又说道：“有点揉破了，不过也没多大关系，谁让我们是好朋友呢。”

“吝啬鬼，吝啬鬼！真是小气到家了！”乞乞科夫心中十分不耐烦地诅咒道，“真是一只狐狸精，太能算计了，太狡猾，太精了！”

“那女农奴呢，您想买吗？”

“不买，谢谢。”

“我不会多要钱的。我们既然是好朋友，一个女奴给一个卢布就行。”

“不，我买女农奴干什么呢？”

“算了，既然您不想买，我们没有必要再谈了。这叫各有所好，不必强求了。正如俗语说的：有人喜欢神父，有人喜欢神父的老婆。”

“不过，我还必须向您提出一个要求：这笔交易只是我们两个人之间的私事，务请不要外传，请君切记！”乞乞科夫告辞的时候说道。

“这一点请不要多虑，我们都是正人君子嘛，说话一定算数，干什么要让不相干的人知道此事呢。亲朋好友之间要讲诚信，彼此要坦诚相见，对友谊要信守不渝。再见吧！感谢您光临寒舍；我有请在先：请君何时得暇，务必再次光临，我们还可以举杯畅饮，促膝谈心，共享畅谈友情的美好时光，或许，我们还有机会相互提携和帮忙。”

“帮忙？得了吧，说的比唱的还好听，我可是领教过了！”乞乞科夫的屁股刚一坐上自己的四轮轻便马车，心中想道，“一个死鬼就敲诈了我两个半卢布，真他妈的够狠了！还说什么友谊呀，什么诚信呀，全是些他妈骗人的鬼话！真是一条不折不扣的毒蛇，口蜜腹剑的恶棍！贪婪成性的吸血鬼！以后再合作，去你妈的吧，老子今后才不会再来找你这个丧门星呢！”

乞乞科夫对索巴凯维奇的为人处事极为不满。这桩死农奴的交易使他伤透脑筋，仿佛受到多大的委屈和伤害似的，又好像被这头熊欺骗了或者咬了一口一样，恨得牙根直痒痒，不知怎样诅咒他才解心头之恨。无论怎么说，即使算不了什么亲朋好友，或者什么莫逆之交吧，毕竟在省长家里见过面，在警察局长家里也见过面，总还有点头之交，见面之谊吧，总还不能算是没有打过招呼完全陌生的人吧！他居然拿这些没人要的死鬼来赚钱，而且卖的价钱还那么贵，一点面子都不给，实在不像话，很不像话！真他妈是一个见钱眼开的吝啬鬼！他越想心里越别扭，总是感到很不舒服，总是觉得花那么多钱，实在不值得。在他那辆带折叠车篷的四轮轻便马车驶出那个吝啬鬼家院子的时候，他回头张望了一下，看到索巴凯维奇仍然站在台阶上，他猜想这头熊不是在依依不舍地给朋友送别，而是想看看他的马车究竟要去什么地方，这个吝啬鬼就认钱，哪有什么惜别之情啊！

“这个吝啬鬼，恶棍！你还站在那儿看什么？想监视我的去向？老子要去哪儿和你有什么关系，再说了，你管得着吗？老子愿意去哪儿，就去哪儿，你管得着吗？气死你个鬼东西！”乞乞科夫咬牙切齿地嘟囔着，仿佛这样心里才舒服一些似的。于是便吩咐马车夫谢里方往农奴居住区那边拐过去，故意这样往前走，就是不让索巴凯维奇看到马车要去什么地方，气死那头狗熊！他想顺便到普柳什金家里去看一看，因为索巴凯维奇曾经对他说过，普柳什金的农奴死掉的特别多，就像苍蝇一样一大批一大批地死去。但是，他又不想让索巴凯维奇那个吝啬鬼知道这回事。待到他的马车走出村口时，迎面走来了一个庄稼汉。看到这个人在半路上拾到一根又粗又大的圆木，很吃力地扛在肩上往家里走，就像一只蚂蚁一样竭尽全力地忙碌着。他赶紧向那个庄稼汉问路：

“喂，大胡子，请告诉我，要是不从老爷的宅院前面走，从这儿到普柳什金家去，该怎么个走法呢？”

庄稼汉被这个突如其来的发问，弄得不知如何回答是好。

“这么说，你不知道怎么走啦？”

“是的，老爷，真的不知道。”

“嗨，你真行！亏你都这么大的年纪了，满头白发！真没用，就连这个吝啬鬼普柳什金都没有听说过？就是那个专门不让家奴吃饱饭的坏

老爷。”

“啊，啊，是那个补丁老爷，对，就是他，那个补丁老爷！”庄稼汉大声说道。

这个庄稼汉真还是很机灵的，他在“补丁”这个词后面加上了一个恰到好处的词儿，不过这词儿是不能登大雅之堂的，特别是上流社会那些文雅之士是绝对不会用的，尽管他们的心里想的事情或者行动上干的事儿，比这个词儿要肮脏得多和下流得多，但是他们那张嘴是不会说出这样的词儿的，因为他们那张嘴要比这个词文明得多，干净得多，因此人们才说他们是文雅之士！世界往往就是这么奇怪，上流社会中就是有那么些人专门想些臭不可闻的肮脏事儿，干着见不得人的下流勾当，但是却满口冠冕堂皇地高谈阔论，用的全是些漂亮的词句，文雅的词句，好听的词句。这是怎么回事呢？这就叫做表面上冠冕堂皇，骨子里却是男盗女娼，这种表里不一的现象，不正是我们刚说过的那些"正人君子"所惯用的伎俩吗！既然这个庄稼汉用的词儿不文雅，不能登大雅之堂，特别是怕上流社会的文雅之士听了会得中耳炎，看到了会导致眼睛得眼病，甚至会失明，要是从他们的嘴里说出来，会得口疮，那我们只好在这儿把它省略了吧，免得触怒了某些人。其实这个庄稼汉在这儿用的这个词是最恰当不过了，大概也只有生活在底层的劳动者才会想出这样的绝妙好词，否则为什么那个庄稼汉早就不见踪影了。马车也在路上飞奔了好长时间，乞乞科夫还在马车里大笑不止，甚至拍手叫绝呢！说来这也是我们俄罗斯人的一大长处：他们说话遣词造句的本领之高超，他们在谈话中运用修辞手段之丰富多彩，他们谈笑声中的风趣和诙谐之高明，他们嬉笑怒骂之鲜明有力，他们在嘲笑和讽刺什么人时辛辣无比入木三分，恐怕在世界上是独一无二的，是首屈一指的，是无人可比的！因此，要是赐给某个人一个什么外号，或者说是一个雅号、绰号或者诨名，那么这个外号会陪伴你一生一世，甚至会世世代代地流传下去。不论你是登堂入室，步入上流社会，高官得坐，骏马得骑；不论你辞官归里，赋闲在家，不论你是官场得意，或者失意愁闷；也不论你在彼得堡闲居逍遥，或者远走他乡，浪迹天涯，或者蛰居蜗室闭门不出，这个外号、绰号、雅号或诨名，都像影子一样跟着你，追着你，甩不掉也丢不掉，时时处处都缠着你不放，这个外号就成了你的别名。自从你得到这个外号之后，也曾费尽心机想方设法，给自己这个外号，或者别名罩上一道光华四射的光环，或者蒙上一层掩人耳目的遮羞布，甚至花钱雇用一批摇笔杆的文人，翻遍历史的陈迹或故纸堆，编造一个荒诞离奇的典故来骗人，胡说什么这个外号或者别名出自某个古老望族，或某个王公贵族的家谱，也是枉费心机，也是无济于事的。因为你这个外号所表达的含义是极其明显的，是尽人皆知的，就像乌鸦放开嗓门聒噪一样，人们不用猜想，立刻就能听得出来，这是由什么窝巢里飞出的鸟了！一个恰当无比的外号，就像一个人脸上的胎记，怎么洗也是洗不掉的，就是用刀子刮也是刮不掉的！或者就像载入文件和史册一样的白纸黑字，想毁是毁不掉的。因为它已铭刻在人们的记忆中，口传心授广为流传，无论如何都磨灭不了的，你又能如何？只好敲着脑壳望天兴叹了！是啊，恕我冒昧地进一言："先生，不要再犯傻了，不要再绞尽脑汁挖空心思了，这个外号你是摆脱不了的，一生一世也甩不掉的；就是为它你愁白了头发，为它哀伤而死，它仍旧会在人世上传播，一代两代或世世代代都会流传下去！"这就是俄罗斯民间语言的一大特点和功绩！俄罗斯民间语言深深扎根于广大俄罗斯人民的心中，在俄罗斯广大人民的心灵中和睿智的头脑中汲取着丰富的营养，在俄罗斯母亲的语言的沃土中汲取精华和力量，所以它才如此鲜明、准确、丰富和有力。在俄罗斯幅员辽阔的领土上的民众中间，既没有出身于德意志的血统，没有芬兰血统，以及任何别的民族血统的外国人及其后裔，而完完全全是一些土生土长，无师自通地运用语言的奇才和大师，他们一个个都才思敏捷，用词灵巧，语言生动、机智、活泼，出口成章，妙语连珠，诙谐俏皮，因此在交谈和说笑时，不必像母鸡孵蛋那样长时间地绞尽脑汁、搜索枯肠，而是对答如流，应对自如，脱口而出，使你深受启发，茅塞顿开，一言既出，就把你整个人刻画得惟妙惟肖，就好似是发给你一张终身受用的身份证一样，并且日后无须再作什么补充和修改，因为身份证上已经标示出你的鼻子、嘴巴等五官和整个头部及全身是什么样的了！

正如在神圣而虔诚的俄罗斯的疆土上，星罗棋布地遍布着数之不尽的顶着圆形穹窿和背负着十字架的教堂和修道院一样，在全球广阔的大地上也生生不息地分布和繁衍着数之不清的种族、氏族和民族，他们各自聚集在一起，一代代地奔忙劳碌、繁衍生息，书写着本民族的历史、现在和未来。每一个民族都蕴藏着一种强大的生命力，心灵中都充满着无穷的创造力，精神上和性格上都有自己鲜明的特点，以及其他种种聪明才智。因此，他们都有各不相同的渊源和历史，都有各不相同的语言，都有各不相同的思维方式，都有各不相同的风俗习惯；他们无论表达任何一种事物，抒发任何一种思想，他们都会在语言中反映或流露出本民族在各个方面有别于其他民族的独特性。英国人在言谈中往往会流露出傲视其他民族的大不列颠民族唯我独尊的观点；法国人的语言爱追求时髦，却华而不实，虽然风靡一时，甚至席卷全球，恰像一个风流浪子在你眼前展示他的华丽服饰一样，一闪即逝，给人留下捕捉不到的浮光掠影。德意志人的语言则别出心裁地创造出一种自成一体的语言，充满了智慧和机智，但有时又过于深奥和艰涩，并不是每个人都能理解得了的。然而，世界上还没有哪一种语言可以和俄罗斯口头语相媲美，它准确精辟、活泼生动、辛辣尖锐、意味隽永，句句都发自肺腑，热情奔放，充满哲理，富有强大的生命力，听了以后使人热血沸腾，振聋发聩，发人深省，受益匪浅。

我作为一个俄罗斯人为之骄傲，为之欢呼！

第六章

在很久以前,也就是在我那童稚的少年时期,在我那飞逝而去并且永不复归的孩提时代,每当我乘车来到一个我从未到过的地方,我总是心花怒放和欢呼雀跃:不管是一个偏远的荒村,贫困的小镇,人烟稠密的小县城,或者某个富饶的田庄,一处大城市的郊区,我都会睁大一双好奇的眼睛,搜寻、探索和发现许许多多陌生而又新奇有趣的东西。任何一座别具一格的建筑物,任何一种具有显著特点的东西,都会吸引住我的目光,都会令我驻足不前、细心观赏,甚至流连忘返,让我心中感到新奇和惊叹。我站在城市街道上举目观望或放眼远眺,看到一座座格式单调或差别不大的高楼大厦,这是市政机关或办公用房,据说还是由著名建筑师的石垒砖砌的建筑物,窗户都装饰得很漂亮,像鹤立鸡群一样地矗立在平民百姓低矮的圆木结构的小平房中间;也看到了新建的和粉刷得一尘不染的雪白雪白的教堂,它还顶着一个用白铁皮包着的端端正正的圆形穹隆,还有熙熙攘攘的集市,以及从乡镇来到城里闲游闲荡的风流浪子,正在街道上和闹市区招摇过市——所有这一切都未逃出我那童稚好奇而又敏感锐利的眼睛。有时我也非常好奇地把头伸出马车篷子之外,兴致盎然地浏览着街道两旁的一切:未曾见到过的当时很时髦的款式新颖的常礼服呀,五金店里摆着的一箱一箱的钉子呀,杂货铺里的葡萄干呀,肥皂呀,还有远处一片黄澄澄的松香呀,一桶又一桶已经变硬的糖果呀(据说还是从莫斯科运来)。我还看到一个步兵军官寂寞无聊地在街上逍遥,不知是来自哪个省市,也不知道上帝把他打发到这座城市来干什么,大概是来展示一下自己的风采,或者到这里寻欢作乐寻找野味吧?谁知道呢,也许这位大兵军官老爷自己最清楚了。作者不需猜测,也没有必要猜测,管他呢,就让他随心所欲地去闲逛吧!还看到一辆二轮轻便马车从我的眼前飞驰而过,车上坐着一个身穿腰间打褶短外衣的商人。只见他行色匆匆,可能是来贩卖货物或洽谈生意吧,不过看样子做的是小本生意,否则也不会这般奔忙劳碌了。看到这一切,使我沉思遐想,更激发起我观察和了解俄罗斯平民大众的艰难困苦生活的愿望了。因此,只要有一个小县城里下级官员或公务员从我的眼前走过,我的思想便会活跃起来,并且展开丰富而生动的想像:他此刻要到什么地方去呢?是赶去参加一位朋友或故交的家庭晚会呢,还是直接回到家里,趁落日余晖,在自己家的台阶上清闲地坐上半个钟头,然后和母亲、妻子、小姨子以及全家人一起共进晚餐?或者按照俄罗斯人饮食习惯,先用过第一道菜,也就是喝完汤之后,便有一个颈戴铜币编串的项圈的女婢,或者是穿着又肥又厚短袄的男仆,拿来一只插在已经用过年深日久的土制烛台上的脂油蜡烛时,他们一家人在聊些什么呢?每当我乘车驶到某个地主的领地或田庄附近时,我总是十分好奇和饶有兴致地观望着那里一座又高又窄的木制钟楼,或者一座宽大的木制教堂,因为年代太久远太古老,木头颜色变深而显得阴郁而衰老,再遥望远处,透过一片翠绿欲滴的树林,隐隐约约看到地主家宅的红色屋顶和粉白色的烟囱,也使我感到很有趣。那时我便怀着焦急的心情,催促着车夫扬鞭打马,以便很快地驶过遮挡地主宅院的树木,让它们赶快闪开,让我快些看到宅院的全貌。嗬,在那个时代,这座庄园的外观还相当不错,并不显得俗气或过时。我还会根据它的外观,发挥我的想像力来猜想和推测这家的主人是一个什么样的地主老爷,是个大腹便便的胖子,还是一个满脸皱纹纵横的瘦子?他有几个孩子,都是儿子呢,还是都是女儿,或者足足有半个班的娘子军呢?如果真的有半打的姑娘,那么她们这六个闺中少女肯定爱嬉戏笑闹,还会发出银铃般清脆喜人的笑声,那个排行老末的小妹妹一定是主人的掌上明珠,而且一定是讨人喜欢的小美人吧?这半打娘子军是不是都有一双乌黑的眼睛?地主本人是否是一个和蔼可亲的慈父,或者是一个豁达欢快的乐天派,还是一个像九月底秋风扫落叶那样的多愁善感的阴郁之人?真要是这样一个人,他准会闭门不出,整天翻着日历打发时间,或整天张口闭口只知道谈论黑麦和小麦,只会使得年轻人感到索然无味和厌烦了。

如今,我已经过了而立之年,年华流逝,世事沧桑,岁月已把我那颗稚嫩纯洁而又天真无邪的心带走了。生活的磨砺,时光的淘洗,已经使我变得沉稳老练、冷静坚韧了。所以,如今不管我乘车驶到随便一个陌生的村落,都不会再激起童年时代的那种好奇心了,我都会无动于衷,或者不动声色地来去了。再也不会兴致盎然地去观望它那俗不可耐的外观,而且对它的一切都感到索然无味了;我当年那种对一切陌生的东西都感到新奇的热情已经冷却了,观察事物那种炽烈的目光也变得冷漠了,这里无论什么东西都让我烦闷,已经没有任何东西可以给我带来开心与欢乐。昔日那些令我心花怒放、手舞足蹈的那些东西,那些令我开心欢笑和激起我满腔热情滔滔不绝赞赏的东西,现在都离我而去,消逝得无影无踪,现在我对一切东西都保持沉默,完全不动声色,从不再鼓唇弄舌说三道四了,不再发表议论了，啊，我那逝去了的美妙的童稚年华！啊，我那消逝了的澎湃的热情！为什么一去永不复返了!? 为什么呀!?

乞乞科夫一路之上都在回味着遇到那个农夫那件滑稽可笑之事，暗自讥讽和嘲笑庄稼汉们给普柳什金起的那个诨名，或者说叫作外号。想着想着只顾发笑了，却没有察觉到，马车已经来到这个占地面积很大的村庄的中心了，村里遍布着农舍和街巷。不过，他很快就被马车剧烈的颠簸打断了思路，给震得清醒了。于是，他发现，嗬，原来这里的街道是用圆木铺设的，这倒是使他感到很新奇！这种路面就像钢琴的琴键一般，凹凸不平，忽高忽低，坐在车里，稍不注意，不是脑袋被撞个大包，或者前额被撞得青一块紫一块，再不然就是自己的牙齿咬痛了自己的舌头。城里的石子路面要比这里华而不实的路面强多了，起码坐在车里不会像发疟疾一样地颤抖个不停，更不会被撞得遍体鳞伤了。乞乞科夫环顾了一下四周，发现这里所有的木头建筑都已经非常陈旧破烂，衰朽不堪：每幢农舍上圆木的颜色都变得黑乎乎的，而且破旧不堪了；许多房顶都有像箭或枪打的破洞，千疮百孔，真和筛子没有什么差别；甚至有些房脊上只剩下了摇摇欲坠的马头形木雕，两侧的椽子像肋骨一样裸露在那里，样子十分凄凉刺眼。看得出来，可能是房子主人自己把屋顶上的板条和木板拆走了，或者挪作他用。他们的想法倒是很聪明，下雨天这种木屋根本避不了雨，晴天日丽又遮不了日晒风吹，跟娘儿们鬼混在这里又很不方便，既不避人又不防声，干脆不如找个什么地方都可以，反正小酒馆多的是，路旁或树林中就更可以随意逍遥了，总之，随便找个遮人眼目的地方就可以了。农舍的窗户上都没有玻璃，有的挂着一块破布，有的干脆塞一件粗呢子破大衣对付。屋檐下面带栏杆的小凉台已经破旧得很不像样子，栏杆都歪歪扭扭的，看上去很不顺眼，真让人想不通，俄国许多农舍干吗要搭这么个凉台，本来是想给房舍锦上添花，现在反倒成了惹人厌烦的累赘。再往农舍后面望去，有很多地方还有一排排高高大大的麦垛，可能是因为堆放的时间太长了，麦秆都变得黑乎乎的，就像烧坏了的旧砖坯一样。有的麦垛上都长出各种各样的杂草，旁边甚至还滋生出灌木丛，倒挂着蔓生植物。别看麦垛样子难看得要死，但是这么高大的麦垛，不用打听，肯定是地主老爷家里的。在麦垛和房舍后面，有两个乡村教堂并排傻站在那里发呆，在丽日骄阳的照射下显得更呆更傻。随着乞乞科夫马车忽左忽右的转弯，教堂好像捉迷藏一样，一会儿出现在马车的左侧，一会儿又跑到右侧，一会儿又调皮地躲了起来，消逝不见了。其中一座是木制的，大门紧闭，不再接待善男信女的参拜。另一座是砖砌的，浅黄色的墙壁上布满了纵横交错的裂隙和斑斑污迹，里面再也传不出来唱圣歌和作祈祷的声音了。走到这里，地主老爷的宅院已经隐隐约约地露出一点身影，暂时还看不到或看不清它的全貌，待到马车行驶到一片农舍的尽头，才看清它那犹抱琵琶半遮面的全部面孔。这里是一片开阔地，可能是菜园或白菜地，四周围绕着低矮的篱笆，有的地方已经残缺不全，或折断倾倒在地。这座宅院好像是一座古里古怪的城堡，从建筑结构的比例上看严重失调，也就是拉得太长了，猛然看上去，就像一名个子很高但头部和四肢又太小的残疾人，已经到了风烛残年，跌倒了躺在那里一样。它有些地方是低矮的平房，有些地方又是二层楼，有些地方屋顶已经破损得十分严重，而且因为年代久远颜色都发黑发暗，显示出一种老态龙钟和破败不堪的凄凉景象。屋顶上还伫立着两座遥遥相对的望楼，已经岌岌可危，就像两个病入膏肓的放哨之人站在那里，摇摇晃晃地硬撑着，不知什么时候一头栽下来就呜呼哀哉啦。昔日涂上的明光闪亮的油漆也变得斑斑驳驳的，甚至完全掉光了。房屋的墙壁有些地方也是千疮百孔，用来支撑房子的木架子和板条都已经裸露在外，就像叫花子和疯汉身上的衣服被扯破或磨破，露出青筋暴露的肋骨和身体其他不肯展示给人看的部分。为什么会如此狼狈呢？这完全是因为经受各种各样恶劣天气长年累月的折磨，以及风吹雨淋，秋天风云突变的天气的煎熬所造成的结果和杰作。房屋的窗户只有一两扇是开着的，其余的都是放下了百叶窗，有的甚至用木板钉死了，捂得严严的。那两扇开着的窗户也差不多是睁眼瞎，何况其中有一扇上贴满了三角形的蓝色糖纸，几乎把亮光全部拒之在户外。

在这座奇形怪状的城堡背后，是一个年代久远荒芜的大花园，占地面积很大，一直延伸到村子外面的田野上。再看一看花园里面，荒草丛生，灌木簇拥，一派凄凉寂寞的景象。尽管如此，仿佛唯有这座已经老掉牙的花园略微显得有点儿生气，唯有它那野性的荒芜才呈现出别具一格的情趣，别有一番诗情画意，如若不信，那就请你仔细观赏一下吧：那些无人料理和经管的树木，一年四季野生疯长，倒是生机盎然：无拘无束地繁衍着枝叶，把交错在一起的树梢高高举向天空，随风摇曳奇形怪状的华盖，犹如飘浮在蓝天之上的绿色彩云。一株高大挺拔的白桦树巍然矗立在树木和杂草的万绿丛中，犹如一名为这片大地站岗放哨的威武的卫士。虽然树冠被狂风骤雨或霹雷闪电拆掉，但它那粗壮的白色树干仍然傲然挺立在绿色云朵之上，像一根光滑圆润璀璨夺目的大理石圆柱。只是这根圆柱的顶部没有雕刻出桂冠式的装饰物，而在折断的地方有一突起一角的斜面，已然腐朽变黑，举目仰望，像是戴着一顶深色的帽子一样，或者又像一只苍鹰蹲在白色圆柱的顶部。这株白桦树干的下部，攀援和缠绕着一层又一层的蛇麻，这种植物长势非常迅猛，伸藤展蔓，粗暴无理扩张自己的长势，就像海底的海星伸出无数的触须，一路之上见到什么就缠什么。首先被缠绕的是低矮的接骨木树丛、花椒树丛和榛树丛，然后又顺着这整片树丛构成藩篱的顶部迤逦而过，最后再举起藤蔓爬上这株备受缠绕之苦的白桦树干之上。爬呀，缠呀，一直攀援到白桦树干的半腰。不知为什么它又从这里调头向下，大概是向上攀援太累了，想休息一下，或者为了扩大地盘，再从横向去扩展，于是蛇麻又从白桦树干半腰向下缠绕，又伸出藤蔓缠住其他树的枝梢，或者吊在半空中逍遥一番，把自己那些纤细的钩形叶瓣卷成一个又一个的小圆圈，在空中随着清风荡起秋千，好不轻闲自在！村庄里这片郁郁苍苍的密林，沐浴着明丽阳光显得更加青翠，有几处由于地形的原因，彼此脱离形成分叉，露出一片夹在它们中间阴沉沉的凹地，犹如野兽张开阴森可怕的大嘴。这片土地仿佛终年见不到阳光，在它那幽暗的深处，隐隐约约闪现出一条弯弯曲曲而又狭窄的小路，有一排东倒西歪的栏杆，路边还有一座随风欲倒岌岌可危的凉亭。一株久经沧桑老朽不堪的杨柳树的树干，上上下下布满了孔洞。杨柳树干的背后，有一丛银白色的灌木，它的枝叶全被野蛮的藤蔓缠绕着，被又高又密的荒草遮盖着，窒息着，使它枯萎衰亡了，枯萎的枝叶与缠绕的藤蔓纠结在一起，犹如乱蓬蓬的鬃毛在柳树背后随着风的吹拂瑟瑟地颤抖着。又好像是在偷偷地窥视着不远处生命力蓬勃旺盛的枫树，观赏着它那刚刚伸出来的娇嫩的新枝，正在向四面八方举出它那手掌般大小的翠绿的叶片。阳光正在调皮地嬉戏，不知从什么地方钻了进来，照在一张叶子上，顿时使它变得晶莹透明、一片火红，给昏昏暗暗的林中小路增添一道奇妙的光彩。在这座花园的尽头，紧挨着栅栏有几株修长挺拔的白杨树，比周围其他的树木更高，随风摇曳和颤抖的树梢捧着一个个硕大的乌鸦窝。有几株白杨树的树枝已被人折断了，但是有些树皮还连着没有完全掉下来，连同枝上的枯叶垂吊在那里，显得十分可怜。总而言之，这座花园里的蛮荒景色，倒也使人心欢神畅，虽然还夹杂着一点寂寞和哀伤的感觉，因为它毕竟是花园啊，甚至还有点为其主人的慵懒和管理不善，感到有些遗憾和羞愧。这里的景色，既不是大自然的得意杰作，也不是艺术家可以用笔墨描绘得出来的。只有当大自然和艺术家天作之合地形成一体，才能创造出一幅巧夺天工的精美的图画。也只有大自然用它那独特的鬼斧神工，对人类创作的不够成功的作品加以精雕细琢，才会创造出这样一部美妙绝伦的作品，即砍掉人工创作中不合理的、繁琐庞杂的和粗制滥造的东西，清除低俗的趣味和构思立意中明显的疏漏和破绽，改变创作中只追求人工雕琢和对仗工整的冷漠的创作风格，为其闭门造车的作品注入或引来一股可以发人深省、引人深思的灵感的暖流——只有这样，才会最后完成一部奇妙绝伦的杰作。

我们的主人公乞乞科夫乘着轻便马车转了一两个弯，最后总算抵达了这位地主老爷宅院的大门口。走至近前之后，他又举目观望，发觉比原来预想的还要凄凉。围墙和大门上木头均已腐朽不堪，全都布满了青苔。院内簇拥着一片几乎要倒塌的房屋：仆人住的下房、谷仓和地窖，把院子塞得满满当当。这些挤在一起的房屋左右两侧，都有一扇与别的院落相通的大门。这种景象在向突然来访的客人倾述：今不如昔了——当年这里是一派发达兴旺的景象，家业规模非常可观，产业经营红红火火，可是如今，却是门庭冷落，家业产业日见衰败，一切都变得死气沉沉，凄凉寂寞，没有半点蓬勃生气。大门前再也没有川流不息的车水马龙，再也看不到迎来送往出出入入的人群，再也听不到开门关门的咿呀声和人们奔忙劳碌、彼此打招呼及互相寒暄的嘈杂声！只有宅院的一扇大门是敞开着的，这是因为方才有一个庄稼汉赶着一辆大车进去了，车上装满货物，上面还盖着做工粗糙的蒲席。这个庄稼汉的出现仿佛是特意告诉人们，这里不是坟场，还有活人哪！看样子，这扇大门往常也是紧紧关着的，因为有一个大大的铁将军挂在铁门环上。又过了一会儿，乞乞科夫看到一幢小房的附近有一个人，正在那儿和赶着大车进来的那个庄稼汉吵架呢，两个人都怒容满面，不知为什么吵得很凶。但是乞乞科夫看了好长时间，却怎么也分辨不出来这个人究竟是男的还是女的。因为那个人身上穿的衣服是不男不女的，身上穿着女式的睡衣，头上戴着一顶乡下女人用的小圆帽，他从服装上断定此人是女的。但是听此人嗓音，却又很像男人，因为那个人的嗓门儿很大，又十分沙哑，于是，他想："噢，这个人是男的！"再仔细端详了一番，又否定是男人的看法，"噢，是个女人！"终于看清楚了。与此同时，那个女人也在仔细地端详他，在她眼里，家里有陌生的客人来访，可是一件稀奇的新鲜事儿。因此，她不仅仔细地端详了乞乞科夫，而且也仔细地端详了马车夫谢里方，就连那辆四轮轻便马车和三匹马，也仔仔细细地观察了一遍。从她腰间挂的一串钥匙，和她跟那个赶车的庄稼汉吵架那股凶劲儿，和她那些粗鲁的骂人话，我们的主人公最后认定，这个女人肯定是管家婆。

于是，乞乞科夫跨下了马车，向她打听，问道："喂，太妈，你们的老爷在家吗？……"

"没在家，"管家婆没等他问完，就抢着答道，可是过了不大一会儿，她又反问道："您找他干吗？"

"有急事儿要办！"

"请进屋吧！"管家婆说着转过身去。乞乞科夫看到她背后沾了好些面粉，长罩衣的下摆上有个大窟窿。

乞乞科夫走进宽敞的门厅，里面一片昏暗，就好像进了地窖，迎面吹来一股冷气。他穿过门厅，走进一间也是昏暗的房间里，只因门的下方有一条宽缝，从这里透进来了一道光线，才使屋内有了一点儿光亮。他推开了这扇门，终于看到了明亮的房间，但是眼前的一片混乱又叫他十分吃惊。好像这位地主家里正在刷洗地板，临时把全部家具都放到这里来啦，一张桌子上竟然放着一把断了腿的椅子，旁边是一个停了摆的座钟，钟摆上全是蜘蛛网。也是这儿，紧靠着墙根放着一个橱柜，里面摆着老式的银器，长颈的玻璃酒瓶，还有几件中国瓷器。一张镶嵌着螺钿的写字台，有好几处螺钿已经剥落，现在只剩下填过胶的浅黄色的槽痕。写字台上杂乱无章地堆放各式各样的什物：一叠写满了字的纸片，上面压着一块带有卵形把手的颜色发绿的大理石镇纸，一本红色书脊皮革封面的旧书，一只完全干瘪成核桃一样的柠檬，一段圈椅上掉下来的把手，还放着一杯不知名的饮料，里面漂着三只苍蝇，杯子上盖着一张信纸，一小块封信用的火漆，一块不知从何处捡来的破布，两支蘸过墨水的鹅翎笔，已经干得像是痨病鬼似的，一根完全变黄了的牙签，也许还是在拿破仑驱使法国人入侵莫斯科之前，主人曾经用它剔过牙。

墙上杂乱无章地挂着好些幅画，有的单个挂着，有的又几幅挤在一起：有一幅时间太久都发了黄的长条形版画，不知画的是哪一场战斗。画面上有一面巨大的战鼓，头戴三角形军帽的呐喊着的士兵，及在河水中挣扎狂奔的战马。这幅画镶在一个红木画框里，但没有安装玻璃，画框上装饰着青铜嵌线，四角还镶着青铜的环形花纹。在这幅画的旁边，挂着一幅已经黑乎乎的巨幅油画，几乎占据了半面墙，上面画着花卉、水果、一个切开的西瓜、一头野猪和一只倒悬着的野鸭子。在天花板的正中间挂着一盏枝形吊灯，上面罩着麻布套子，套子上落满了灰尘，看上去很像一只正在吐丝的蚕茧。靠墙角的地板上堆着一大堆破旧东西，可能不太雅观，不配放在桌子上。至于这堆东西到底是什么东西，我们就无从得知了，因为上面积的灰尘太厚了，不管是什么人，只要去碰一碰或者翻看一下，便会给你戴上手套了。这堆东西里有半截木锨和一只旧的皮靴跟露在外面，可以看得很清楚。如果不是桌子上那顶破旧睡帽提示你，你无论如何也不会相信这个房间里还住着活人呢。我们的主人公正起劲儿地观察房间里这些怪里怪气的陈设时，只听边门忽然咿呀一声打开了，在院子里曾经见过面的那个管家婆走了进来。但是，这次见面却使他大吃一惊，因为现在他才看清楚，要是说这位管家是女的，倒不如说是个男的，因为女管家从来都是不刮胡子的，而这个管家却刚好相反，却是刮胡子的，看样子只是不大常刮，所以整个下巴颏和腮帮子上都是钢针般的硬毛，黑压压的，犹如马厩里用来梳理马毛的铁箅子。乞乞科夫表露出一种疑惑不解的神情，不知这位女变男的管家会对他说些什么，于是就焦灼地等待着。那个男管家也在等待，看看这位不速之客会对他说些什么。乞乞科夫无论如何也没想到会遇到这种不知所措的局面，犹豫片刻，最后还是采取主动的策略，终于首先发问：

"老爷在哪儿？是不是在他自己的房间里？"

"主人就在这里呀。"这个管家毫不犹豫地答道。

"到底在哪儿呀？"乞乞科夫加重语气再次问道。

"怎么啦，莫非老兄眼神有问题，或者眼睛瞎了吧？"管家气哼哼地说道，"哼！站在您面前的人是谁呀？我就是主人呀！"

听到这句话以后，我们的主人公确实大吃一惊，不由自主地倒退了一步，目瞪口呆地看着眼前这个所谓的主人。乞乞科夫久涉江湖，真可谓博闻广见，什么样的人物没有见过？三教九流，达官贵人，市井小民，形形色色，五花八门的大小人物，他都领教过，甚至作者和读者诸君一生一世都没有机缘看到的人，乞乞科夫都看到过。但是，像站在眼前这样的地主老爷，他还是破天荒第一次要领教的人物。这位地主老爷的面孔和长相倒是没有什么与众不同的突出特点：跟我们日常随处可见的干瘦的老头的面孔没有什么显著的不同之处，只是他的下巴颏太长，又向前翘得很明显，所以，他每次要说话或要咳痰时，都要用手帕把下巴颏捂住，以免唾沫星子或痰落到上面。他那一对眼睛虽然不大，却还是很有神，在又长又翘起的两道浓眉下，叽里骨碌乱转，活像两只小老鼠从地洞里伸出尖尖的小脑袋，竖着两只小耳朵，晃动着胡须，鬼头鬼脑地窥视着，是不是有猫儿或者调皮的孩子待在什么地方等着逮它，并且提心吊胆地抽动着鼻子搜寻着，闻闻是否有向它提供预警的异味。再一看这位地主老爷那身穿着倒是很奇怪：不管你用什么方法，哪怕你绞尽脑汁，他那件长袍是用什么料子做的，也是瞎子点灯白费蜡，根本就猜不出来。袖子和衣襟都是油渍斑斑，而且磨得油光发亮，就像做皮靴用的高级柔软皮革，后背下摆原来是两片，如今却撕成了四片，棉絮也成团地钻出来。再看看他的脖子就更有意思了：不知他脖子上系的是什么玩意儿，也是让人难以猜测，不知是长筒袜子，是吊袜带，还是肚兜，不管怎么说，绝对不是领带。总之，乞乞科夫要是在教堂门口碰上他，仅凭他这副模样，准会大发善心，施舍给他一枚铜钱。因为我们都知道，乞乞科夫是个慷慨大方的人，心慈面软，要是看到穷困潦倒的人，总会忍痛割舍，随便丢给一个铜钱的。然而，此刻站在他面前的却不是一个叫花子，而是一个地主老爷呀。这个地主老爷拥有一千多个农奴,不信你就找一找,在省城这一带地区,还能不能找到第二个像他这样的地主。哪一家像他家贮藏着如此之多粮食,面粉和田里堆成小山一般的粮食垛,又有哪一家像他家的贮藏室、粮仓和干燥房里堆放如此之多的布匹、呢料、熟过和没熟过的羊皮、干鱼,以及种类繁多的蔬菜瓜果之类的副食品。要是你再到他的作坊大院里去转一转,准会看到那里堆放着各种各样用之不完的木料和他一辈子也用不上的器皿,你还以为自己是不是误入了莫斯科的木器商店或木器市场。这种地方是持家有方的丈母娘、婆婆和姑奶子们每日必逛之处,还有厨娘陪伴,在那里选购日常必用的器具。这里各式各样的木制器具应有尽有,堆积如山。白花花的一大片,令人眼花缭乱:有榫合的、旋制的,有手工雕刻的和编织的。种类和花样之繁多,令人目不暇接:有木桶、木盆、双耳木坛,有带盖的木罐、带嘴和不带嘴的木壶、圆形小口的木罐、柳条筐,妇女们放麻线、麻绳和其他女工用的什物的篮筐,还有用细白杨木条编的箩筐,桦树皮编的小圆盒,还有很多不论俄罗斯穷人和有钱的人都必用的种类繁多的器皿和器具。肯定有人会问,普柳什金要这么多的数之不尽用之不完的东西干什么用呢?这些东西就是即使他再有一处像这样大小的庄园,一辈子也是用不完的,但是,这位地主老爷却不是这么想,他总认为这些东西还不够,还太少了。既然有了这么大的庄园,这么多的东西他还不满足,那么为满足他那贪得无厌的欲望,他便想出来一个令大家都瞠目结舌的绝招:他就瞪圆了两只小眼睛,天天在村里到处乱转,不论是犄角旮旯,还是桥墩上下,屋前房后,凡是有什么东西让他看见,他都搜罗回来。哪怕是一只旧鞋底,一块娘儿们使过的脏布,一个小铁钉、陶瓷瓦片,他都像捡到了珍珠宝贝一样,全都捡回家去,放到乞乞科夫正在观赏的墙犄角的那个"万宝"堆里。村里的不管是大人小孩,看到他到处去捡破烂,都会说:"快看看,老渔翁又出去打鱼啦!"真的,不是开玩笑,凡是他走过的街道或屋前房后,就用不着再打扫了:有那么一次,一个军官老爷从这里经过,丢了一根马刺,一转眼马刺就跑到他的"万宝"堆里去了。如果哪个娘儿们一不小心,把水桶忘到了井台上,他也会马上把水桶拎回他的家。当然,要是哪个眼疾手快的庄稼汉当场揪住了他,他也脸不红心不跳,也不跟人家强词夺理地争吵,只是乖乖地把偷到的东西交出来。但是,这件偷到的东西一旦进入了他的破烂堆,那就糟糕了,再也要不回来了。他便会厚着脸皮跟人家指天誓日,硬说这件东西是他的。还会当着人家的面编瞎话,胡说什么:这件东西确确实实是他的,是他从某人某处那儿买来的,或者说是他家世世代代流传下来的。就是在自己家里,哪怕在地板上或者什么地方,只要看到什么,就捡什么:一小段火漆,一块碎纸片,已经坏了的鹅翎笔，他都像如获至宝一样，全都会捡起来，然后放到写字台上或者窗台上。

但是，当年他刚刚掌管家业的时候，可是一把治家理财的好手，是一个勤勤恳恳、治家有方的当家人！成家立业之后，生儿育女，日子过得红红火火，其乐融融。亲朋好友、左邻右舍经常到他家做客吃饭，或者向他求教治家理财之道，学习他克勤克俭和善于精打细算的好本事。那时，他的庄园里是一派繁荣兴旺的景象，事事都安排得井然有序：水磨、制毡机不停地转动，呢绒厂、木工车间、纺织作坊里整日热火朝天地工作。这位主人的足迹无处不在，他那双明察秋毫的眼睛无处不看到，时时处处都闪耀着他那锐利的目光。他就像一只辛劳忘我的蜘蛛，在它那张苦心营造的网上四处奔忙，八方奔波。他是个情感内向的人，脸上从未流露出过分激动的表情，但是他那双眼睛却射出智慧的光芒。那时，他也很喜欢和别人侃侃交谈，言谈话语中都吐露出治家之道的经验、为人处世的道理，因而客人都很喜欢和他促膝畅谈。女主人也是贤淑有加，善于娓娓倾谈，接人待物礼貌周全，而且殷勤好客，远近驰名。两个女儿虽然比不上城里的大家闺秀，但是行走坐卧都是彬彬有礼，长得俊俏可爱，很讨人喜欢，满头的金黄色头发闪闪发光，犹如刚刚绽放的玫瑰般的美丽诱人。一个活泼可爱的小儿子，调皮而不烦人，见到客人就要拥抱亲吻，而不管客人是否高兴。房间的窗户扇扇洞开，阁楼上住着一个家庭教师，是个法国佬，脸庞总是刮得光光的，还是一个射击能手。每次出去打猎绝不虚行，总会带回来一些野味：几只鹌鹑啦、野鸭啦，即使偶尔运气不好，也会带回来一些麻雀蛋，那时他便吩咐厨子给他做个煎雀蛋独自品尝，因为全家人都不喜欢吃这种特殊的野味。阁楼上还住着一位他的女同胞，是两位小姐的家庭教师。主人普柳什金到餐厅用餐时，总是穿着一件常礼服，衣服虽然穿旧了一点儿，但总是干净利索，肘弯处也没有破，全身上下找不到一个补丁。可惜的是，善良贤淑的女主人正当家业最兴旺之时，却不幸过早地离开人世。于是，便把她料理的那部分家务，一部分钥匙和家中各种琐碎的操心事，一并都压在普柳什金的身上了。普柳什金从此性情大变，像所有中年丧偶的人一样，变得脾气越来越暴躁、孤僻、多疑和吝啬。让他最操心和伤脑筋的是大女儿亚历山德拉·斯捷潘诺芙娜，也难怪他对她不放心，因为没过多长时间，亚历山德拉·斯捷潘诺芙娜就和一个过路的骑兵上尉私奔了，也不知道这个上尉究竟是哪一个骑兵团的，大概只有鬼才知道。因为她知道父亲对军人素来存有偏见，他认为所有的军官都是赌徒，拈花惹草的浪子，挥霍无度的败家子，总之没有一个好东西。因此，她不敢告诉父亲，就自作主张和这个来历不明的上尉在某处的乡村教堂不明不白地举行了婚礼。普柳什金得知长女外逃的消息之后,气急败坏咒骂了一通,但是却没花工夫或费心思去追赶和寻找。自从大女儿出走以后,家里就变得更加寂寞和冷清了。由于接连失去了两个亲人,除了心灵上经受沉重而痛苦的打击之外,普柳什金的性情也变得越来越坏,他那股吝啬劲儿也越来越明显和厉害了。家庭中不幸的变故,不顺心的事情也接踵而至,致使这么一个精明能干、治家有方的人,有些未老先衰了,他那一头像鬃毛一样的华发,也开始钻出了好些白发,好像吝啬和白发成了结伴而行的朋友,随着白发的增多,他也就变得更加吝啬了。两名法国家庭教师都被辞退了,因为儿子已经长大成人,到了该报效国家的年龄了。那位法国女教师也被他一怒之下给赶走了,因为大女儿亚历山德拉·斯捷潘诺芙娜被拐骗出走,她也扮演了不光彩的角色。本来儿子是遵照父亲的意愿,独自到省城去谋职,本想在政府机关里找到一份有名有实的差事,结果出乎父亲意料的是他却跑到一个什么兵团去了。在办理完入伍手续之后,因为需要钱买军装,这才写信告知父亲,并且说明要钱的原因。普柳什金接到信后火冒三丈,不仅没有给钱,反倒回信把儿子骂得狗血喷头。命运女神也太残忍了,竟然在他接连遭到不幸和打击之后,还把他那个唯一的亲人小女儿也给夺走了!这样一来,他身边再没有一个亲人陪伴他了,真正变成一个孤家寡人了,在家里出出进进,只身孑影,好不凄惨和可怜!从此以后,普柳什金便一个人身兼三种职务,或者说要扮演三个角色:这座巨大的庄园的主人,万贯家产的守护人,经营管理的总管。孤独寂寞的生活更使他脾气越来越古怪,而那个吝啬的鬼魂也就更像影子一样死死地追着他,缠着他,结果使普柳什金变成一个货真价实的吝啬鬼!大家都知道,吝啬的本性就是贪婪,它的表现则是一种独特的饥饿,犹如狼的胃口,吃得越多,胃口就越大,而且越吃越贪婪。人类那种乐善好施、博爱多情的美好品格,在他身上本来就不多,随着时光的流逝,如今在他的身上变得越来越少了,几乎荡然无存,人类渴望亲情友情的天性,在他这个老吝啬鬼身上也渐渐地消失殆尽。呜呼,普柳什金呀,普柳什金,你怎么好像变成了一条蹲在黑暗之处等待猎取食物的饿狼呢!悲哉!痛哉!

恰在此时,命运这个老虔婆真是好像成心跟普柳什金作对,儿子又非常不争气,仿佛有意向他证明他对军人的看法果然正确,儿子打牌把钱输得身无分文,又来信向他要钱。他简直气得灵魂出窍,无奈何只得像上次一样如法炮制,他以父亲的名义给他回了最后一封信,除了义正词严的教训和相劝之外,当然少不了他的拿手好戏——又把儿子骂个不亦乐乎。并且从此断绝和儿子往来,儿子是否活在人世,还是一命归西,他从不过问，就像不曾有过这个儿子一样，真是变得铁石心肠了！他家里的窗户也逐年一扇一扇地被关起来，最后只剩两扇开着，而且其中有一扇，正如读者所看到的那样，上面已经用三角形蓝色糖纸糊上了。如此一来，田庄的经营和管理变得越来越差，甚至濒临荒废、瘫痪的状态了，他那两只小眼睛真的变成鼠目寸光了，只是盯在他所捡回来的那摊破烂上了，或者注意收集和捡拾他房间里的碎纸片和用坏了的鹅翎笔。对那些找上门来收购农产品的客商们，越来越冷漠和无情了，在商品的价格方面也越来越苛刻，甚至达到了一个戈比都不肯让步的程度。买主们最初还耐着性子和他讨价还价，即使争得口干舌燥、面红耳赤，但他都是顽固到底，只坚持自己的无理要求，结果把买主都得罪光了，最后全都不再上门来收购了。因为他们逐渐看清他吝啬的嘴脸和贪婪的本性了，全都怒形于色地诅咒他：嘿，这个吝啬鬼根本就没有人性，简直就是个魔鬼！如此一来，干草和粮食都腐烂发霉了，庄稼垛和草垛也变成地地道道的粪堆了，如果在上面种上白菜，保证长得好。地下窖里的面粉都结成了块，比石头还要硬，要吃的话，非得用锤子来砸。再看一看那些呢料、麻布和人工织造的粗布，因为存放的时间太久又无人照料，只要一碰就化成灰尘到处飞扬。他家里总共有多少财物，究竟是些什么东西，都存放在什么地方，他已经忘到脑袋后面去了。只记得一些无关紧要的东西或鸡毛蒜皮的小事了，比如在他那个柜橱里，在什么地方有一瓶酒，瓶子里面还剩多少酒。当年他还亲手在瓶子上做了标记，那是怕别人把酒给偷喝了。此外，还记得用坏了的鹅翎笔或者一小段火漆放在什么地方啦。但是，令人百思不得其解的是，田庄里田产租税收入和物品的产量却一点也没有减少：农奴仍然要如数缴纳地租，女农奴仍然要交来那么多的胡桃，织布的女农奴仍然要织出那么多的麻布。然后，他仍旧把这些收上来的东西全都堆放到仓库里、贮藏室里，这些东西仍旧照样逐渐发霉烂掉，或被虫子蛀坏蛀空，就连普柳什金本人也变成一具腐烂和被蛀得空空的躯壳，而在人类这个大躯体上留下一个空洞。他的长女亚历山德拉·斯捷潘诺芙娜曾先后两次回家探望过他，身边还带着一个小儿子，看在父女亲情的分上，恳求父亲能否给她点什么东西。看来，她和那个骑兵上尉的婚后生活并不那么理想，常年过着东奔西走居无定所的军旅生活，婚前那种异想天开的美妙梦想破灭了。作为生身之父，普柳什金不计前嫌，还是宽恕了她，甚至还把放在桌上的一颗纽扣给小外孙玩了一会儿，可是，却没有给女儿一个戈比。亚历山德拉·斯捷潘诺芙娜第二次回来探望他的时候，给他带回来了两个外孙，并且还给他带了茶点、奶油、甜面包和一件新长袍，因为她看到父亲身上那件太破旧啦，不仅让她感到心中愧疚，而且也让她觉得很丢面子。普柳什金对两个外孙格外亲热，把他们兄弟两个抱起来，让他们分别坐在自己左右腿上。而且还跷起双脚用腿颠着他们玩，就好像骑在马上奔腾一样。他把女儿送来的面包和长袍收下了，可是却没有给女儿任何一点儿东西，就连第一次见面的两个外孙，他也没舍得给一点儿什么。亚历山德拉·斯捷潘诺芙娜便两手空空地离开了他，虽然感到很失望，面对这样一个吝啬无比的父亲又能如之奈何呢？只好含着热泪与他诀别，就此人生路上两茫茫。吝啬吞掉了他的父女亲情，吝啬吞掉了他的祖孙亲情，吝啬也快要把他的人性吞食殆尽了，吝啬把他彻头彻尾地变成了一个冷酷无情的冷血动物！

此刻，乞乞科夫面前就是如此这般的一个地主老爷！凭良心说，像他这种人在俄罗斯的确也是凤毛麟角，也就是说极为少有，因为俄罗斯人向来都是豪爽热情和真诚坦率的，而不喜欢贪财如命的小气鬼和吝啬鬼。如果把他和邻居那个地主相比较，那就更加让人感到惊奇了。离他家不远之处就是这个地主的家宅，这两个地主为人处世真是天壤之别。那位地主性情豪爽，专门喜欢摆阔显富，终日花天酒地，酒池肉林，寻欢作乐，正如俗语所说的，挥金如土，大手大脚。一个没有见过世面之人路过他的府邸，会突然停步不前，会望楼兴叹，心中疑惑莫解：是哪一位世袭的王公贵族忽然心血来潮屈尊降临到一群愚昧无知的小地主中间来啦：为什么在这偏远的荒村野地之间，突然会冒出一座辉煌耀眼的宫殿？那一栋栋白色大理石的楼堂馆驿是何等的气派，屋顶烟囱林立，瞭望台上风信旗随风飘动，四周簇拥着数之不尽的厢房和各式各样供客人下榻的馆驿。这座宫殿里应有尽有，戏院、舞厅中人潮涌动；花园里通宵达旦，灯火辉煌，铜管乐悠扬悦耳，大鼓咚咚震耳欲聋。高朋满座，贵宾如云，府邸前更是车水马龙，络绎不绝，大约有半个省的男女宾客聚集在这里，一个个都盛装艳服，心花怒放，在树下漫步倾谈，尽情地嬉闹游荡，欢声笑语不绝于耳。这时，在浓密苍翠的树林深处闪露出一根树枝，在人工灯光的照耀下，就像舞台布景似的，它原有的天然的翠绿颜色已不复存在。树枝的上方却很昏暗，越往上升就更加昏暗，更加阴森，再看它头顶上的夜空，它的黑影就越加阴森可怕，那些伸展到夜空的树梢，在高处一阵阵不高兴地摇动着树叶，仿佛是在对人工的浮华虚幻的灯光提出抗议：干吗一个劲儿地照耀着它们下部的躯体和根部，于是便拼命地把树冠的身影向黑黝黝的夜空躲去。尽管这种人工制造的光怪陆离的光芒给黑夜映射出浮华虚幻的景色，有些阴森恐怖，但是并没有让谁感到荒唐可笑或者胆战心惊。

普柳什金在那儿呆呆地站了好长一会儿时间，却始终一声未吭，而乞乞科夫只顾欣赏主人这副令人啼笑皆非的尊容，和他房间里出人意料的奇怪的情景了，一时还不知道如何来打破两人会见所出现的这种僵局。乞乞科夫思索片刻，但始终也想不出来该如何向他说明这次突然登门造访的原因，本想使用平时见面时常用的那些客套用语：久闻普柳什金德高望重，品格超众，因此觉得自己应该责无旁贷地来登门拜访，亲睹主人风采，以表仰慕之忱，但是忽然又想到，这些话语是会使主人听起来不太顺耳，而且确实是夸大其词了。于是他用眼睛的余光把房间的陈设扫了一下，觉得不如把“德高望重”和“品格超众”这类词语，换成“勤劳节俭”和“治家有方”更为合适，因此就把上述这番话改了一下，对普柳什金说道：久闻他勤劳节俭、治家有方，因此觉得自己应该责无旁贷地来登门拜访，亲睹主人风采，以表仰慕之忱。本来，要论乞乞科夫机灵善变、八面玲珑和顺人情说好话的本领，这样改换一下寒暄的词句，原本是不费吹灰之力的事儿，或者说如探囊取物般容易，可是今天这种情况太特殊，太反常了，时间又太仓促，所以只有用这些词语来应付一下也还说得过去，并未觉得有什么唐突或有失体面之处。当然，千里马还有失蹄的时候，何况人乎！

普柳什金听了这番话，只是不动声色地翕动一下嘴唇嘟囔了一声，因为满口无牙漏风，究竟说了些什么，几乎一点儿也没听清楚，但是大致的意思尚可猜测出来：“表示什么敬意呀，让你那一套见鬼去吧！”不过，在我们这个国家专门讲究殷勤好客之风和虚伪繁琐的迎送礼仪之盛，就连吝啬鬼也毫不例外，也不得不佯装好客的样子，因此，普柳什金又口齿比较清楚地说了一句：“您请坐吧！”

“我很久没接待客人啦，”普柳什金说道，“但是说句大实话，接待客人来访是件费力不讨好的事情，有时还要花时间陪吃陪喝，实在太不划算了！可是，现在就兴这一套，人们都喜欢互相拜访，迎来送往的瞎折腾，有什么好处？这种风气实在不怎么样，瞎耽误工夫，连料理家务管理田产的事儿都没时间弄啦……这还不算，还得给客人喂马添料，又赔时间，又白搭草料，烦死人了！我贪黑起早忙个脚朝天，把午饭都当早饭吃了，再说我的厨房又脏又小，坏得不成样子了，烟囱也全倒了，要是想生火做饭，没准会引起一场大火来。”

“原来如此！”乞乞科夫心里暗暗庆幸，“多亏我在索巴凯维奇家里饱餐了一顿，吃了奶渣饼，又吃了一大块羊排。”

“当然，有人还存心挖苦我，说什么走遍我整个田庄也找不到一把干草来，”普柳什金又说道，“这些人真是站着说话不腰疼，倒是不错，哪敢把干草囤积起来呀，就屁股大这么一块地，哪儿那么多干草啊？再说，那些庄稼汉都是些懒骨头，不爱干活还不算，还整天想泡在酒馆里……你就等着瞧好吧，到了晚年准得当叫花子！”

"但是,我怎么听人说,"乞乞科夫毕恭毕敬地说道,"您可是有一千多个农奴呀。"

"是谁说的这种混账话?老爷,要是真的有人这么瞎胡扯,您就该朝这个人的脸啐唾沫,那就再好不过了!这种人一定是个爱搬弄是非的家伙,说不定他是在拿您开心呢。胡说什么我有一千多个农奴,见他的鬼去吧!不信,您可以亲自去看一看,剩下的可是没多少啦!这三年多来,我可是够倒霉的了,该遭天杀的热病,接二连三夺走了我好大一批农奴啊!"

"果真如此!病死了很多吗?"乞乞科夫幸灾乐祸而又心中暗喜地大声问道。

"是啊,一点儿不假,病死的可真是够多的啦!"

"那么请问,到底死了多少?"

"八十个左右吧。"

"不止这些吧?"

"天地良心,老爷,我说的可是实话。"

"请允许我再问一声:这些死农奴,我想您是从上一次人口普查后算起的吗?"

"要真是这样就好了,我得对天磕头啦,"普柳什金有点惋惜地说道,"倒霉就倒霉在这儿,要是从您说的那个日期算,死了的农奴有一百二十个呢。"

"是真的吗?整整一百二十个?"乞乞科夫又大叫起来说,甚至大喜过望地连嘴都合不起来了。

"我都这么大的年岁了,老爷,怎么会骗您呢,我都六十多岁了!"普柳什金气哼哼地说道。听到乞乞科夫几乎欣喜若狂的喊声,他好像心里很不舒服。乞乞科夫发觉自己有些失态,对别人的不幸这样幸灾乐祸的表现,确实有些不太礼貌,于是又赶紧假惺惺地长叹一口气,并且说他对此深表惋惜和同情。

"表示同情有什么用,又不能当饭吃!"普柳什金语气僵硬地说道,"就说住在我们不远处那个上尉吧,鬼知道他是从什么地方钻出来的,硬说我们是亲戚,一个劲儿地跟我套近乎,一口一个'舅舅'地叫着,还亲了我的手呢。对我表示同情的时候,还咧开大嘴号哭起来,那个嗓门可真叫大,震得我的耳朵都嗡嗡直响,真难受,一张脸总是通红通红的,说得粗鲁点儿,就像猴屁股似的,说不定是整天玩命地灌酒灌的。他的钱一定是在当军官的时候给输光了,再不就是让哪个唱戏的骚娘儿们给骗走了,要么他干吗老是表示同情呢!"

乞乞科夫听了以后，忙不迭地进行解释，说他的同情和那个上尉的同情完全是两码事儿，根本就不能相提并论，而且一再声称，他的同情不是说空话，而是要用实际行动来证明的，接着，他便趁热打铁，不失时机地发起攻势，立刻单刀直入地向普柳什金保证，他乐于替普氏承担义务，也就是为凄惨死去的农奴交人头税。这个建议是普柳什金根本就没有想到的，他惊喜得把一双小眼睛瞪得溜圆，惊疑地看着乞乞科夫，好半天才如梦方醒地问道：

“老爷，您是不是在军队里当过军官？”

"没有，我没有在军队里干过，"乞乞科夫相当诡秘地答道，"我只做过文官。"

"文官?"普柳什金加重语气地问道，然后蠕动着嘴唇，就好像在品尝什么东西似的，"这是为什么呀? 您可要弄清楚，您这样做可是要吃亏的呀!"

"只要能让您开心，我就是吃亏也高兴啊。"

"哎呀，老爷，您可是我的大恩人啊!"普柳什金大喜过望地叫了起来，竟然有点得意忘形了，连一块鼻烟从鼻孔里钻出来都没有发觉，那条烟丝挂在鼻孔下方，就像一滴浓咖啡，又像一条深咖啡色的肉虫子趴在那儿，真是有伤大雅，太难看了! 而且长袍的下摆也撕开了，把有失体面的破衬裤也露了出来。"您这次可真为我这个可怜的老头子救苦救难啦! 哎呀，我的上帝呀! 哎呀，我的大善人呀! ……"普柳什金被感动得不知再说什么好了。可是，转眼之间，突然出现在那冷冰冰的脸上的那种欣喜若狂的快乐表情，又同样突然消失得无影无踪，就好像他那张面孔从未出现过笑容一样，接着又恢复了泥雕木塑的表情，而且还是以前那副愁肠百结的样子。他用手帕把脸擦了一下，然后把手帕攥成一团，在上嘴唇上来回来去地擦了起来。

"请允许我再问一句，您可不要见怪，这么说，您真的准备每年为他们交人头税了? 那么怎么个交法呢，是把钱交给我，还是直接上交给国家呢?"

"我想咱们最好这么办:我们双方签订一个买卖合同，就算我把他们买过来啦，只当他们还是活的，您就算把他们卖给我了。"

"是呀，签个买卖合同……"普柳什金说着，又有些犹豫不决，又开始咬起嘴唇来，"可是签合同，又得破费钱了。那些刀笔吏心肠可狠了! 过去花上半个卢布，再加上一袋面粉，事儿就办成了;如今可不成了，你得拉去一大车粮食，另外还得加上十个卢布，真是太贪心了! 我就是搞不清楚，那些神父干什么去了，怎么不过问过问呢，就是教训教训几句也好哇，不管怎么说，对上帝的话可是不能阳奉阴违呀。"

"可是，我看你对上帝的话准会阳奉阴违!"乞乞科夫心里嘀咕着，但是立刻又对普柳什金说，是因为他对普氏仰慕，因此甘心情愿支付签订合同这笔钱。

普柳什金听到乞乞科夫就连签订合同的开销都愿意支付，就毫不迟疑地断定，这个客人是个天字一号的大傻瓜，只是佯装当过文官，可是实际上是在军队里混过的，也是泡过女戏子的风流浪子。尽管他心里这么想，但无论如何还是掩饰不住自己的喜悦心情。所以，不光是祝愿这位贵客万事顺遂，事事如意，而且也祝愿他的子女也万事顺遂，事事如意，虽然没有问过他是否成家立业，娶妻生子。于是，他走到了窗前，用手敲了敲玻璃，扯着嗓门喊了一声："喂，普罗什卡！"很快就听到有人急急忙忙地跑进了门厅，在那儿折腾了好大工夫，似乎是在穿靴子。终于有人打开了门，普罗什卡走了进来。这是一个十二三岁的男孩子，穿着一双大人穿的靴子，走起路来那双大靴子总是往下掉。那么，普罗什卡干吗要穿这么不合脚的大靴子呢？噢，原来如此：普柳什金只给家里仆人准备了一双靴子，而且总是放在门厅里。他家就是这套规矩：不论家里有多少仆人，只要老爷一声呼唤，那个被叫进老爷房间里的仆人，平时都是光着脚干活，所以，一听叫他，他就光着脚板飞快地跑过整个院子，到了门厅以后才穿上那双靴子，这样才允许进入老爷的房间。等到走的时候，先退出老爷的房间，他还得在门厅里把靴子脱下来，放回原处，再光着脚走出去。如果到了深秋（那可就有好戏看了），尤其是凌晨，地上都是霜，甚至都结了一层薄冰；那个时候，如果你从窗户往外看一下的话，你准会看到院子里正在上演一幕绝佳的舞蹈：所有的奴仆都光着脚在院里跳舞呢！跳来跳去，一蹦三跳，或者双脚悬空地跳上跳下，动作之优美，跳跃之灵活，舞姿之矫健，就连最高级的舞蹈演员也会自愧弗如，甘拜下风的！普柳什金啊，普柳什金，看到这种场面，你就不痛心吗？你就不羞愧吗？你就这么恶心吗？你这个不折不扣的吸血鬼，你这个铁石心肠的魔鬼！

"老爷，您看看他那副德性！真是个蠢货！"普柳什金用手指着小男孩的脸，对乞乞科夫说道，"呆头呆脑的，傻得就像一根木头桩子，可是，只要你在哪儿放点什么东西，一转脸儿，他就给偷走了！说，叫你来干什么来着，你这个蠢货，你倒是说呀，叫你干什么呀？"说到这儿，他停了一会儿，普罗什卡也还是没说什么。"快去，快点把茶炉点着，喏，拿着这把钥匙，把它交给玛芙拉，让她到贮藏室去把面包干给我拿来：放在架子上的，就是亚历山德拉·斯捷潘诺芙娜带来的那个，拿来我要当茶点吃！……站住，你着急忙慌地要去哪儿？哎呀，傻子！真是个傻子！有鬼勾你的魂呀？……你先听我把话说清楚，面包干外面说不定发霉了，你就叫她用刀子把发霉的地方刮下来，千万不要把刮下的面包渣儿随便扔了，叫玛芙拉拿去喂鸡。蠢货，你给我听明白了，可不准你进贮藏室，要不然，我可不会放过你，你给我听明白了！我可要让你尝尝桦树条子的滋味！我知道你现在全身肉皮子发痒了，我狠狠抽你一顿，看看还痒不痒！你给我记住，你要是敢进贮藏室里，那就试试看吧，反正我会在窗户里盯着的。对他们这种人，不管叫他们干什么去，你都要看得紧一点儿，什么时候都不能粗心大意。"普柳什金把拖着一双大皮靴的普罗什卡打发走了以后，转过身来对乞乞科夫说了这番刻薄的话。说完之后，又疑神疑鬼地看了看乞乞科夫，心里还是七上八下有些犯嘀咕，对这种非同寻常的慷慨大方实在难以相信。心想:“鬼知道他是个什么人物,说不准和那些挥金如土的浪荡公子是一路货,是个爱摆阔的牛皮匠,把你吹得晕头转向,无非是跟你胡诌八扯地瞎侃一通,灌够了你的好茶,然后就抬起屁股溜之乎也!”于是,为了避免上当受骗,弄出来个竹篮子打水空欢喜一场,同时亦可旁敲侧击地再好好地探一探虚实,他又表示,能够尽快地签写合同,倒也是好事,免得空口说白话,到时候说话不算数,有书面文字为凭,心里才能踏实。又说,请乞乞科夫千万不要介意,因为如今人心难测呀!今天发誓赌咒,到了明天也许就翻脸不认账了。

乞乞科夫当即表示,这是他求之不得的好事,最好马上就签合同,只要普柳什金能提供一份所有死掉的农奴的名单就可以了。

这样一来,普柳什金心里才算踏实了。此刻,他好像在想要干一件什么事儿。果然不错,他伸手掏出了钥匙,走到了橱柜前,打开了柜门,在玻璃杯和茶具中间找了好一会儿,然后说道:“大概是找不到了,可是我记得很清楚,我把那瓶高级甜酒就放在这儿了,怎么就不见了呢?一定是有人偷着喝啦!家里这些人没一个好东西,全是贼!偷什么不好,干吗非得偷这瓶酒!”这时,乞乞科夫看到他手里拿着一个酒瓶子,瓶子上蒙着好厚一层灰尘,就像裹着一个毛线套子似的。“这瓶酒还是我妻子生前亲手酿制的呢,”普柳什金似乎有点动情地说道,“这个混账管家婆子,怎么随随便便把它丢在这儿就完事了呢,看,连瓶塞子都没塞上,太可恨了,这个臭娘儿们!快看,里面还有这么多小虫子,还掉进去了这么多乱七八糟的东西!不过,请您放心,我会把这些东西全弄出来的,请您稍等一小会儿。看看,现在里面什么脏东西也没有了,来,我请您喝一杯吧!”

可是,乞乞科夫连忙称谢,并且极力推辞,说他已经喝过酒,也吃过饭了。

“啊,既然您已经喝过了酒,吃过了饭,那我就不让您勉为其难了!”普柳什金一听,心中暗喜地说道:“是啊,是啊,上流社会的人士嘛,就是风度这么高雅,他绝不会走到哪儿吃到哪儿,美酒佳肴吃的太多了,不会轻易说饿的。不像那些街头混混,或者那些下三烂的家伙们,见到吃的就像狼一样,使劲儿往肚子里塞,吃起来不要命……就说那个上尉吧,到我这儿来刚一进门,就扯着脖子喊起来:‘大舅,快给弄点儿吃的吧,肚子都快饿扁了!’可是,我跟他毫不相干,打哪儿冒出来这么一个八竿子打不着的外甥呢,我根本就不是他的什么大舅,就像他根本就不是我的爷爷一样。一定是在自己家里饿肚皮了,跑到我这儿来混饭吃啦!噢,对了,您说想要一份那些懒鬼的名单来的?这事儿好办,凡是死了的,我早就特意地把他们全都记在一张纸上了,就是为了下次再普查人口时,一下子毫不费力地把他们从纳税农奴花名册上注销。”

说着，说着，普柳什金便戴上眼镜，在他的纸堆里翻腾起来。在打开一捆又一捆纸的时候，弄得满屋子尘土飞扬，犒赏了乞乞科夫鼻子一顿灰尘大筵席，搞得他直打喷嚏。折腾了好半天，最后还是找到了，原来是一张写满了字的小纸片，那些农奴的名字就像蚊虫一般密密麻麻地趴在纸片上。那里的姓氏可真是五花八门：帕拉莫诺夫、皮缅诺夫、潘捷列伊莫诺夫，甚至还有一个外号叫"老也走不到头"的格里高里。一共有一百二十多个。乞乞科夫一看有这么多的死农奴，压制不住心中的喜悦之情，不露声色地狡黠地笑了一下。于是，赶紧把名单小心谨慎地装进衣兜里，然后提醒了普柳什金一句，到签订合同时，切记要到省城走一趟。

"干吗要去省城？这可不太好办……我这个家怎么能丢下不管呢？我这些奴仆没一个好东西，不是贼，就是骗子，要是走一天，准会把我的家给偷光了，就连挂衣服的钉子也甭想剩下。"

"这么说，您就一个亲友或者熟人都没有了吗？"

"哪个人是我的亲友和熟人呢？我的熟人差不多都死了，就是还喘气的，也和我不再来往了。哎呀，老爷！我想起来了，有熟人，怎么没有呢！"普柳什金大声叫道，"民政厅厅长就和我挺熟的，过去常到我家来做客，怎么能说不熟呢？他可是我小学的同班同学哇，还一起爬篱笆墙呢！怎么能不熟呢？太熟了！是不是应该给他写封信呢？"

"太应该了！"

"怎么能不熟呢，熟得很！在小学念书的时候，我们还是同班好友呢。"

说到这里，在他那张木雕泥塑般冷漠无情的面孔上，突然闪过一道温情脉脉的光芒，然而这并不是从内心深处迸发出来的情感，而只不过是令人捉磨不透的某种感情一闪即逝，留下的一道苍白的掠影罢了，或者说是一种蒙骗人的假象，就像一个溺水之人在水中挣扎一样，突然出人意料地露出水面，使得聚集在岸上的人群高兴得欢呼雀跃一般；但是这些大喜过望的兄弟姐妹却空欢喜了一场，虽然他们从岸上抛出去救命的绳索，焦急地企盼着溺水者能再次浮出水面，哪怕是露出脊背或者是再也无力挣扎的手臂也好，但是却什么也没有看到。唉，真是流水无情啊，它在吞食了溺水者之后，周围的一切重又是一片死寂，那无情的流水也恢复了平静，包藏祸心的流水啊，变得更加凶险莫测了，更加可怕了。再看看普柳什金那张脸不正是如此吗，在他脸上倏忽一现的感情之光熄灭了之后，也变得更加呆滞，更加令人难以琢磨，也更加令人望之作呕和不屑一顾了！

"桌子上原来搁着半张白纸来的，"普柳什金说道，"怎么这会儿不见了呢，我这儿的下人没有一个好东西！"说着，说着，他再次在桌子上下找了起来，把所有能翻的地方全都找遍，就是没找到，最后大声地吼叫起来：

"玛芙拉！玛芙拉！"一个女仆应声，急急忙忙走了进来，手里还端着一个盘子，上面放着读者已经知道来历的面包干。于是，他们主仆二人就做了如下一段交谈：

"你这贼婆娘，你把纸弄到什么地方去了？"

"老天作证，老爷，我除了看到您蒙在酒杯上的那张小纸片而外，再也没看到有其他纸张。"

"我一看到你那贼溜溜的眼睛就看出来了，准是你偷走了。"

"我偷它干什么呢？纸对我来说一点用也没有，我又是个睁眼瞎。"

"你扯谎，你把纸送给了教堂那个勤杂工了，他还识几个大字，准是送给他了。"

"可是教堂里的勤杂工要是用纸的话，人家自己会搞到的。他才不会要您的破纸呢。"

"你不用嘴硬，你以为不说就没事了，不，有你倒大霉受大罪的时候！等到末日审判那一天，魔鬼会把烧红了的铁枷锁套在你的脖子上，你就等着吧，会把你枷得皮焦肉烂，叫你求生生不得，求死死不得；你就哭吧，你就叫吧，那才叫活受罪，比死了还难受呢，那时你就是后悔也来不及了！"

"您干吗这么恶毒地诅咒我呢，老爷！魔鬼为什么要折磨我？我是不做亏心事不怕鬼叫门！我压根就没看到那张破纸，更说不上什么偷了。要是说有什么别的不满意事儿还算罢了，这也是女人们避免不了的，可是还没有人瞎说我偷过东西呢，谁要这样说，就叫他烂舌头！"

"哎呀呀，您看她这张嘴多厉害，居然敢这么凶地跟老爷顶嘴！反了，真的反了！不管你嘴有多硬，终归是逃不出魔鬼的掌心的，他们一边惩罚你，狠狠折磨你，并且一边还会说：'你这个贼婆娘，你敢欺骗主人老爷，现在就让你尝尝说谎的滋味！'一边用烧红的铁枷锁来惩罚你。"

"可是我会大声地喊：'冤枉啊，老天作证，冤枉啊！我是清白的，我真的没偷……'看，那张纸就在桌子上呢，干吗呀，您老是不分青红皂白地冤枉好人！"

唉，普柳什金一看，一点儿不假，那半张纸果然在桌子上，他理屈词穷，多少有点尴尬，一下了愣住了，只好又咬了咬嘴唇，当着客人的面，真有点下不来台，于是，又使出惯用的看家本领——耍起了老爷威风，吼道：

"哼！你真是胆大包天，竟敢对老爷这样蛮横无理！你那张嘴真像刀子一样的厉害！竟敢和老爷顶嘴，你哪儿来的那么多话，我说一句，你敢顶回来十句！成何体统？实在太放肆了！要不是有客人在，看我怎么收拾你！赶快去拿火来，我要写封信！等等！我猜你准是去拿蜡烛，油蜡这种东西倒是好点着，可是一会儿就烧没了，纯粹是让人浪费钱，最好还是拿松明吧!”

亲爱的读者诸君,你们又看到了普柳什金一场精彩的表演,一定很过瘾吧?是啊,作者也和诸君有同感,不仅感到过瘾,而且感到可笑,更感到可悲!我在这里不禁要问一句,在俄罗斯像普柳什金这个吝啬鬼的种种精彩表演还少见吗?罕见吗?可笑吗?奇怪吗?可悲吗?这种人,这种事,在当今的俄罗斯一点也不少见,一点也不罕见,这才是当今的俄罗斯,这才是当今的俄罗斯人最大的悲哀!是啊,地主、农奴主,他们天生就是完美无瑕的,他们天生就是一贯正确的,他们对农奴在使用权力方面,他们在耍威风方面相比,可以说世界上其他各国和其他各个民族绝对没有俄罗斯的农奴主和地主们聪明,绝对没有他们这种人八面威风的胆略,也没有他们那么心狠手辣和歹毒无情!肯定会自叹弗如,望尘莫及!他们之所以敢如此胆大妄为,那是因为沙皇老子,农奴制为他们壮胆,为他们撑腰打气,这也就是他们横行无阻和横行无忌的尚方宝剑!所以一个小小的吝啬鬼普柳什金又算得了什么?只不过是那些大的恶魔中的一个小丑而已!然而,最大的悲哀是,时至今日还死抱住这具僵尸不放,还妄图把它当作滚滚时代洪流中救命的稻草,还在垂死地挣扎!作者之所以敢冒天下之大不韪,就是要唤醒人们的良知,而别无他求!

玛芙拉虽然差点儿蒙受不白之冤,背上偷纸贼的黑锅,但被老爷训斥了一顿,哪敢再放肆和再胆大包天呢?只好乖乖地捧着普柳什金老爷的圣旨,赶紧跑去拿松明了。普柳什金余怒未消,在圈椅上坐稳,伸手拿起一支鹅翎笔,把那半张纸翻过来调过去地折腾了好半天,心里琢磨着可不可以把它再裁成两半,想来想去,实在难以如愿,只好放弃这个可以节约的企图。于是,他就把鹅翎笔伸进墨水瓶中,蘸了一下墨水,但是有谁知道,墨水里的蓝色液体已经发霉变质了,表面上已经出现了一朵朵霉花,而且瓶子底还贮藏了很多苍蝇,蘸了墨水以后他就开始写起来。他把一个个字母写得如同乐谱中的音符一般,可能因为手抖得太厉害了,他竭力控制,否则鹅翎笔会在纸上自由地奔驰起来。于是,他拼命用力地把笔按在纸上,不让它颤抖,想方设法把字一行一行地缩小行距,把字一个一个地缩小间距,所以那些字都密密麻麻地挤在一起。尽管如此,字里行间还是留下很多空白之处,多可惜呀,这分明是在糟蹋纸张嘛,怎么能让他不心疼呢,这是造孽呀!

唉,有哪个人会相信,一个人居然会蜕变到如此卑琐,如此吝啬和如此丑陋之境地!果真会堕落成这个样子吗?这是真的吗?这是天方夜谭吧?是作者杜撰出来的吧?这是人的本性演变的必然结果吗?还是造物主有意造就出来这么一个怪物呢?不,读者诸君看了不舒服,作者也不例外，不仅有同感，而且还感到辛酸，感到悲哀！不幸的是，这一切都是千真万确的，仔细地想一想，倒也不足为奇了。试想在一个畸形的社会里，冒出几个这样畸形的怪物，自然也就不会有什么值得大惊小怪的了，乞乞科夫也好，诺兹德廖夫也好，索巴凯维奇也好，还有我们这一章里唱主角的吝啬鬼普柳什金更不能例外啰，因为他堪称这伙人物的杰出代表！所以这一切都是千真万确的，绝对没有半点虚假和杜撰。唉，这就是人生大舞台上必然会出现的角色，而且是这个大舞台上令人厌恶的角色中很少、很少的几个小角色的代表！千真万确，千真万确！是啊，一个人在几十年，甚至百八十年的漫长的旅程中，什么样千奇百怪的事情不会发生呢，那么人的自身也自然会有千奇百怪的变化了！这就是造物主在作弄人！一个人，当你今天还是一个英姿勃发的青春少年，对未来充满无穷的美梦与幻想，朝气蓬勃，热情似火，如果看到自己老之将至或风烛残年的画像，他一定会大惊失色，甚至惊恐万状，不仅仅是望而却步，甚至会拔腿就跑，逃之夭夭，也未可知。因为你看到的那个人已经满头白发，或者已经没有几根头发，牙齿也掉光了，两颊下陷，满脸爬着纵横的皱纹，双目失神，甚至昏昏欲睡的样子，你不会相信那就是你的尊容！因此，当你要告别朝气蓬勃、风华正茂的年代，要退出温情脉脉、柔情似水、令人多愁善感的年华，即将踏上严酷冷漠、热情之火快要熄灭，豪情壮志快要化为泡影的成年时代的旅程时，您可千万千万、切记，一定要把人的全部情感珍存在您的躯体内，铭刻在您的心灵中，万万不可遗失在旅途中，否则的话，您再也无法追寻！那时再捶胸顿足，哭天嚎地，为时晚矣！悔之晚矣！将要来临的晚年令人望之心惊胆战，阴森恐怖，它异常的冷酷无情而又极其吝啬贪婪，您从它那里是什么东西也讨不回来的，对您遗失的东西和懊悔，它也不会给予同情和抚慰！而那人生最后的归宿——坟墓比它倒显得仁慈些许，在墓碑上还会赏赐给您一行大字："某某人长眠在此地！"然而，在缺失人性的暮年人的面孔上，除了冰冷麻木之外，你们再也找不到一点可以令人欣慰的东西了。

"根据您的记忆，是否有哪位朋友要购买已经逃跑的农奴？"普柳什金边拆信，边问道。

"这么说，您大概还有逃跑的农奴啦？"乞乞科夫一听喜出望外地连忙问道。

"当然有了，要不然我干吗要问您呢。我的女婿曾帮我查找过，结果一无所获，据他说，全都无踪无影了。您知道，我的女婿虽然是个职业军人，骑马也是个高手，但是，让他去跟法院打交道，可就外行了……"

"一共逃了多少个呢？"

"大约有七十多个吧。"

"还真是不少!"

"老天作证,我说的是实情!唉,这几年,我这里每年都有农奴逃走。这些人全是些嘴馋贪吃的家伙,一个个都养成游手好闲、好吃懒做的坏习惯,可是,我自己有时还要饿肚皮……如果哪一个人要买这些家伙,不管出多少钱,我都愿意卖。请转告您的朋友,他要是能找回来十个,就能赚到好多钱啦。您可要清楚,一个名副其实纳税农奴可要值五百卢布呢。"

"不,不,这种买卖我们可不能随意向哪个朋友透露,"乞乞科夫心里暗想,接下来便假惺惺地对普柳什金表示同情的样子,对他胡扯了一通;瞎说什么这样的朋友根本就找不到,又说要办这种事情得花老鼻子的钱了,千万不要和法院打交道,不仅法律很烦人,而且要花好多好多的钱,何必自讨苦吃呢,离它越远越好,最高明的办法:根本就不要去理它!最后又表示,鉴于普柳什金处境如此艰难,他理应慷慨解囊,更不能坐视不管,打算出……但是因为钱数太少,确实难以启齿。

"那您究竟想出多少钱呢?"普柳什金赶紧问道,两只小眼睛闪射出贪婪的目光,和犹太佬丝毫不差,兴奋得两只手瑟瑟发抖。

"我看,一个农奴给二十五戈比吧。"

"您想怎么买呢,能付现款吗?"

"是呀,立刻就付现款。"

"但是,老爷,您看我穷得身无分文,您就慈悲为怀,就出四十戈比吧。"

"我最敬爱的先生,"乞乞科夫说道:"区区四十戈比何足挂齿,就是五百卢布我又何尝不该解囊相助呢!我也会高高兴兴地立即付款,因为我亲眼目睹了一位胸怀坦荡而又可亲可敬的长者,然而却由于乐善好施而使自己陷入穷困悲苦的境地。"

"天地良心,一点儿不错!天地良心,您说得一点儿不假!句句都说到我的心坎儿里去了!"普柳什金几乎感激涕零地说道,低下头,有些悔之太晚地伤感起来,"谁让我那么乐善好施呢,真是自作自受!"

"果然如此,我一下子就看出来,您是个高风亮节之人。但是,我们最好还是打开天窗说亮话,我本应该买一个农奴就大大方方地出五百个卢布,但是,我确实也很不宽裕,实在无能为力呀;那好吧,既然您开了口,每个农奴我就再多五个戈比,那么,每个农奴的价钱就是三十个戈比啦。"

"喂,老爷,您就好事做到底吧,就再多两个戈比吧。"

"好,君子一言驷马难追,我就再加两个戈比,再请问一句:您总共有多少个逃跑的农奴呢?您说过大概是七十个?"

“不，又仔细算了一下，一共是七十八个。”

“七十八，七十八，每个农奴卖三十个戈比，总共是……”我们的主人公脑瓜太机灵了，可能不到一秒钟就算出来了，而且脱口而出：“那就是二十四个卢布九十六戈比！”他随即让普柳什金写了一张收据，并如数支付给他。普柳什金用双手接了过来，如获至宝般地捧着走向写字台，犹如捧着一杯液体一样，小心翼翼地走着，生怕泼洒出来。走到写字台前，仔仔细细地又数又看，然后又仔细小心地把钱放到一个抽屉里。可能这些钱必定要藏到他咽气的时候为止，到那时村里的两名神父卡尔普和波里卡尔普，会护送他的遗体安葬入土；他的女儿和女婿，也许那个硬要把他认作大舅的上尉都会高兴得心花怒放。普柳什金把钱藏好之后，便坐到了圈椅上，似乎和客人再没有什么可谈的了。

“怎么，您准备走？”当他看到乞乞科夫的手动了一下，就赶紧问了这么一句，其实是想乘机下逐客令。但是乞乞科夫并没有要走的意思，只不过是伸手去掏手帕罢了。

普柳什金这么一问，倒是提醒了乞乞科夫，他一想的确没有必要再待在这儿了。

“是啊，我是该告辞了。”

“请喝杯茶吧。”

“不喝了，谢谢，等下次来再喝吧。”

“还是喝一杯吧，我已经打发人去烧茶。老实说，我压根儿就不喝茶，实在是喝不起，再说糖的价钱玩命地往上涨，普罗什卡！别烧茶炊了！再把面包送到玛芙拉那儿去，听到了没有？叫她放回原处。不，算了，你还是把它拿到这儿来，我自个送回去。再见啦，老爷，愿上帝降福给您，请您把这封信转交给厅长吧，让他仔细地看一看，他是我的老朋友嘛！怎么能说不是老朋友呢！我和他可是小学同班的好朋友啊！”

说完这番话之后，这个老怪物，这个贪婪的骨瘦如柴的老头子，把客人送到了大门口，普柳什金马上喊人把大门锁好，然后就到各个贮藏室去巡回视察去了。他要察看一下那些当值的奴才是否是在坚守岗位各司其职，是否拿着木锹定时敲击空木桶，以代替用铁板的敲击声来警示下人们好好干活。接着又走进厨房，佯装要尝试一下仆人们饭菜的味道如何，借机把稀粥和菜汤猛喝一通。乘机又把仆人挨个地痛骂上一番，不是骂他们干活不麻利，就是训斥他们好吃懒做，爱偷东西，无端地骂个够，最后才怒气冲冲地回到自己的房间。一个人待在屋子里无事可干。忽然又心血来潮，琢磨起来该如何感谢和报答乞乞科夫这种举世罕见的大恩大德了。“为了表示谢意，我把这块怀表送给他吧，”普柳什金心里嘀咕着，“这块表可非同一般:这是银壳的,样子又好看,比那种镀金或者青铜的一点儿也不差。虽然有的零件出毛病了,但他自个就可以修一下嘛。他的年岁还不大,佩戴上一块怀表,也好取得未婚妻的欢心!不,还是先不要给他,”他想了一会儿,又改变了主意,“倒不如等到我离开人世的时候,按照我的遗嘱再给他,这样他就会对我念念不忘了。”

但是,我们的主人公即使没戴怀表,他也高兴得心花怒放。真是天赐洪恩,这笔意想不到的交易,确确实实是他望眼欲穿的厚礼了。不论怎么说,这可不是一个小的数目,不仅有死掉的农奴,而且还有意外收获:还有逃跑的农奴,全都买到了,加起来总共二百多个!当然要感谢他自己的先见之明了,在马车还没到普柳什金家门口的时候,他就已经预感到,这次一定不会空手而归,果然不出所料,竟然捞到这么一大笔油水,简直让他肥腻得发晕——一下子买到这么一大批廉价的货物,这可是完全出乎意料哇!一路之上,他真有点得意忘形了,美滋滋地不知如何是好了,一会儿吹起口哨,一会儿又握起拳头放到嘴边,努动着嘴唇,鼓动着腮帮子,就像吹喇叭一样地使劲儿吹起来,最后索性唱起来了。大概因为他唱的歌子曲调过于悦耳,就连马车夫谢里方听着都感到莫名其妙,只好摇了摇头,说道:“听啊,我们老爷唱得太棒了!”马车驶到城门附近时,夜色已经很深了。一点点亮光及其映射出来的物体的影子,完全被夜色吞没了,道路两旁的景物也变得模糊不清了。带着彩色花纹的拦路杆横在路上,在夜色中也无法看清究竟是什么颜色了,眼睛上好似蒙上了一层黑纱,看到站岗的士兵胡子犹如长到了前额上,眼睛反倒长到了胡子下面,根本就看不到脸上有没有鼻子。直到车轮发出隆隆的响声,马车也像发疟疾般颤抖起来,我们的主人公才发觉到马车已经行驶在城里的石子路面上了。路灯还没有点亮,只有几处人家的窗户里映射出一点儿微弱的灯光,僻街小巷里传来了一阵阵吵骂声,人们欢声笑语的谈话声。这里城市的夜景也不例外,和其他一些大城市一样,一到了夜幕降临的时候,一群群大头兵、军官、马车夫和手艺人,像老鼠一样钻出洞穴到大街上来逍遥,在十字街头处更有一群裹着红披肩,光着脚板穿着皮鞋的夜间妖妇浪女,就像蝙蝠专门在夜里出来捕食猎物一样,游来荡去招徕顾客,别看她们打扮得犹如大家闺秀或小家碧玉的样子,却都是一些不劳而获的寄生虫或吸血鬼。乞乞科夫对这些人物根本不感兴趣,甚至也没去欣赏那些道貌岸然地握着手杖的小官吏们,他们可能是到郊区游乐尽兴归来吧。但是偶尔听到娘儿们喊叫声和咒骂声:“你胡说些什么,酒鬼!我根本就没让他占到便宜!”或者“你的手脚可要老实点儿,蠢货,别说老娘把警察叫来,把你弄到局子里去尝尝滋味!……”总而言之,传来的全是一些污言秽语,或者不堪入耳的下流话,如果让一个正充满美妙幻想的二十啷当岁青年听到了,一定会羞臊得大汗淋漓,吓得晕头转向,因为他刚走出戏院兴冲冲地往家走,眼前还浮现着西班牙的街巷,美妙的月夜,以及怀抱三弦琴、满头鬈发美丽的女郎的娇姿魅影;于是他便神驰畅想起来,什么样美妙的幻想,什么样神奇的美梦,没在他脑子里出现过和盘旋过呢? 于是,他神采飞扬,魂飞九霄云外,神驰天空圣殿,前去拜谒德国戏剧大师席勒,并与其促膝畅谈。正在得意之时,好似在他头顶上炸响了一个霹雷,把他从幻梦中惊醒,定神一听原来是传来的那些污言秽语和不堪入耳的下流话。清醒之后,他还是回到了红尘俗世的街道上,就在干草市场附近的一家小酒馆的旁边,尘世生活又在他的眼前上演着一幕幕令人厌恶的丑剧。

乞乞科夫坐着马车在城里的街道上走着,走着,马车突然剧烈地震颤了一下,随后又像落入黑洞洞的深谷一样,颠颠簸簸地驶进了旅店的院落里。彼得卢什卡赶紧跑来迎接阔别多日的主人,只见他一只手拽起常礼服的衣襟,因为他平时不习惯敞胸露怀,用另一只手搀扶着我们的主人公下车。旅店的一名伙计也跑来接待客人,手里举着一支蜡烛,肩上搭着一块餐巾。看到老爷回来了,彼得卢什卡是否感到高兴,那可就说不准了。但是,他在和谢里方挤眼交换眼色之后,平时一贯哭丧着的脸,顿时掠过一朵笑容,而变得欢快了一点儿。

"您出门游历的时间可不短了。"旅店伙计举着蜡烛为他照楼梯时说道。

"是啊,不短了,"乞乞科夫说道,举步登上楼梯时又说道:"你也好吧?"

"上帝赐福,挺好的,"伙计毕恭毕敬地答道,"昨天来了一个军官,看样子好像是个中尉,就住在十六号客房。"

"是个中尉?"

"说不准是个什么军官,只知道是从梁赞来的,马是枣红色的。"

"好,好,以后做事也要这样讨人欢心才对呀!"乞乞科夫说完,便走进自己的客房。穿过过道时,他清了清鼻子,对彼得卢什卡说道:"你怎么也该把窗户打开通通风嘛!"

"我打开过呀,"彼得卢什卡还睁着眼睛说瞎话,心里明明白白知道自己在扯谎。其实,乞乞科夫也知道他在扯谎,只是不想揭穿他,免得跟他费心劳神罢了。经过长途颠簸劳顿,他已经感到疲惫不堪了。只要了一份最简便的烤乳猪,狼吞虎咽地吃完,立即宽衣解带,上床倒头便睡,而且睡得又香又甜;此君睡觉的本事真是令人艳羡叫绝,和那些既不怕痔疮的折磨,也不怕跳蚤的骚扰,而且智力稍欠发达的幸运儿一样,才有福安享如此香甜之梦。

第七章

Мертвые души

一个长期漂泊在外和奔波在旅途上的游子，当他结束了漫长而孤独的旅程，返回家乡、投入亲人的怀抱的时候，他是何等的幸福啊！那时他也许会忘记在旅途上所遭受的凄风苦雨、风雪严寒、泥泞满道、灰尘漫天的磨难，以及单调乏味的马车铃声、修理马车引起的不快，和马车夫、铁匠，尤其是同睡眼蒙眬的驿站长等人无穷无尽的争吵，还有在和旅途上遇到的形形色色的恶棍打交道时，积压在心头的怨气之后，终于看到那些熟悉的屋顶和飞奔而来相迎的灯火，这时他才品尝和享受到返乡游子的快乐和幸福。特别是当他眼前出现了家中的房舍，听到了跑来相迎的家人的欢呼声，孩子们争先恐后奔来的喧闹声，和随之而来的柔声细语的抚慰声，以及热烈的狂吻把旅途中的一切磨难和愁苦，全都抛到了九霄云外，旅人啊，游子呀，此时你该是多么幸福啊！凡是有妻室儿女的旅人，归来置身于一家人的簇拥和呵护之中，他是何等的幸福啊！那么光棍汉又如何呢？他和在旅途上一样，依然是只身孑影，他该是多么可怜而又不幸啊！

一个只会唱赞歌，只会唱颂歌，只会歌功颂德的作家，才是当今时代的骄子，才是达官贵人心目中的宠儿，才是最高权力赏识的幸运儿！他竭力回避现实社会中生活在社会底层的微不足道的小人物，不屑于去描写他们的真实生活和苦难而悲惨的命运，他的眼睛只会时刻盯住盘踞在权力宝座上的大人物，只会盯住躺在财富高峰上作威作福的达官贵人，拼命接近和屈从权力、地位和财富的代表人物，认为他们便是品德高尚之人；他从每天的茫茫人海中层出不穷的形象的巨大漩涡中，挑选出为数不多的几个所谓的社会精英，用他的七弦琴弹奏出一成不变的所谓高雅而肉麻的颂歌，从来不曾屈尊降临到他的贫困、卑微同胞兄弟中去，不愿接触生活在社会底层的芸芸众生，始终迷醉于这些所谓的超凡脱俗、颐指气使的高贵人物之中，那么，可以说他是一个地地道道的权力、地位和财富的御用文人，他自己也为能成为权力、地位和财富的代言人而感到幸福，而感到志得意满、扬眉吐气。目光短浅之人，鼠目寸光之人，迷恋权力和财富之人羡慕他是一个幸运儿：他为最高权力的代表人物，他为财富的收敛者、搜刮者弹起七弦琴唱起颂歌,那才得心应手,淋漓尽致,一挥而就。同时,他也乘着权力、地位和财富代表人物煽起的劲风扶摇直上,漫步青云,昂首文坛,名扬四海。他用生花的妙笔涂抹出一层令人陶醉的彩云霓虹蒙蔽住人们的眼睛,掩盖住社会中的阴暗面和芸芸众生的苦难和哀愁,向人们展示出一幅虚幻的美好的生活图景,以满足人们追求光明美好人生的愿望。所有的被迷惑被蒙蔽之人都为他欢呼,为他喝彩,到处追逐着他,仰望着他,追随着他那被荣誉光环笼罩的豪华而又巍峨的车辆的后面狂奔。被蒙骗的人们仿佛堕入了失去理智的痴狂状态之中,吹捧他是尘世间最伟大的诗人和文豪,把他捧上九霄云外,视之为人世间的偶像,说他犹如大鹏展翅一样,可以扶摇直上,可以在九天云外俯视一切能振翼高飞的禽鸟。那些没有生活阅历只善于空想的年轻人,一听到他的名字,便热血沸腾,欢呼雀跃,甚至激动得全身痉挛,一双双明亮的天真无邪的眼睛都会涌出激动的泪水……他的才华是盖世无双的,没有任何一个人可与之媲美——他就是人们崇拜的偶像!他就是人间的神灵!

然而,世界上还有另一种作家,他们敢于揭示真理并为捍卫真理而奋斗,虽然才华横溢、文采非凡,但是却被视为时代的叛逆和文坛的异类;他们圆睁着一双睿智的眼睛,洞察人世间的一切,敢于大胆地揭露出每时每刻发生在我们周围的一切;那是被视为人世间的伟大诗人,超凡入圣的时代骄子,最高权力代表人物所赏识的幸运儿,达官贵人的宠儿所看不到的或者被他们掩盖和粉饰了的人世间存在着真实的一切。只有这些被视为时代叛逆的作家才敢于大胆地揭露和展示现实生活中一切令人毛骨悚然、可憎而又可怕的丑行,令人胆战心惊的在生活中随处可见的丑恶行径,令人无法解脱和自救的腐朽落后的生活琐事的罗网;他们敢于大胆揭露和展示在我们国土上随处可见的,在我们悲哀辛酸而又平庸乏味的人生道路上的冷漠无情,残酷倾轧和备受凌辱的人物的灵魂;他们敢于大无畏地为挣扎在社会最底层的小人物鸣冤叫屈,为他们呼吁真理、自由和平等,为他们呕心沥血地奋笔呼号以争取生存的权力!并且挥动他那支比利剑还要锋利的鹅翎笔突出而又鲜明刻画出来,暴露无遗地展示在光天化日之下,展示在黎民百姓的面前!然而,这些为真理而奋斗的作家的命运却是不幸的,他们的遭遇却是凄惨的,他们却被那些权力和财富的主宰者,被御用的评论家诬之为时代的叛逆和文坛上的异类,或者被视之为仇敌。而那些依附权力、地位和财富的出卖灵魂的评论家,会像一群疯狗一样群起而攻之,愚妄无知的小人也不可能为他鼓掌欢呼,也看不到人们感激的眼泪,那些已经麻木的心灵也不会被他的警世佳著而惊醒,更不会迸发出什么与作者相同的欢乐。尚属豆蔻年华的少女也不会为之感动而神魂颠倒，更不会像迷恋神明一样而飞奔过来投入他的怀抱。他的使命更不允许在他自己发出振聋发聩的呼号声中自我陶醉，更不能在自己的美好心灵和远大抱负所发出的美妙的音乐声中沾沾自喜或孤芳自赏。因此，他最后势必逃脱不掉最高权力和财富的御用工具的围剿和打击，首先是很难冲破所谓检查机关这道封锁线，它的一道封杀令，就会把他用心血、智慧和大无畏的勇气孕育和创造出来的作品扼杀在摇篮里，使它无法出版，因此也就无法跟世人见面。世人或者更明确地说，也就是读者，根本无法或者无缘读到作家用心血、智慧和大无畏的勇气凝结成的结晶。即使侥幸冲出了这道封锁线，那已经是被宰杀得伤痕累累，或者已经被篡改和歪曲得七零八落和面目皆非的东西啦，就像一个被折磨得遍体鳞伤全身是血的囚犯一样，被展示在世人面前；但是，还是应该庆幸，他毕竟还是经过九死一生的磨难冲出了牢笼，广大读者和平民百姓还是会从他的身上看到和发现很多闪光耀眼的智慧、勇气和真理。然而，你先不要高兴得太早，还是先不要过早地举杯庆贺，为什么？因为你还要去闯第二道封锁线，去闯第二道生死关！他还得被拉上欺世盗名的冷酷无情的当代法庭去接受审判！这个法庭又是什么货色呢？是由当代俄国文坛上的刽子手、御用文人和所谓的当代文学批评家所组成的，它的职能便是围剿、审判和屠宰他们称之为文坛上的异类作家，这个所谓的“当代法庭”便是他们诬之为时代叛逆的作家的监狱和刑场！他们就像一群嗜血成性的恶狼一样，早就潜伏在那里等着扑食猎物。他们把他们诬之为异类的作家和时代的叛逆及其作品，当作猎物一样来撕扯，来会餐，大吃大嚼以后，还要把真正的当代英雄和民族的精英（即他们诬之为异类作家和时代的叛逆）诬陷为亵渎人类和神明的作家，把他打翻在遭受到屈辱和践踏的泥沼里，践踏他美好的心灵，高尚的良知，采用各种卑鄙的手段和诡计来扑灭他心中的圣火和头脑中睿智的创作天才。这群猎犬潜伏在他的身边，绞杀他的创作权利，甚至剥夺他的人身自由，千方百计地对他进行迫害，使他永远处于被欺压和被凌辱的地位。这群猎犬还把他用心血浇灌出来的，用智慧创造出来的，用大无畏的勇敢精神孕育出来的作品——当代的文艺珍品，人类智慧的精华，闪耀真理光芒的传世杰作——污蔑为亵渎神明的低贱卑俗的破烂货！因为他们害怕他的作品中闪射出来的智慧的光芒、真理的光芒，因为这一道道真理的光芒，会像利剑一样戳穿他们的谎言；因为这一道道智慧的光芒，会像阳光一样把他们的卑鄙心灵，暴露在光天化日之下，使得他们心灵中肮脏的和发霉的东西无法藏身，他们丑恶的嘴脸便会暴露无遗，他们的阴谋诡计和卑劣的伎俩便无计可施和无法得逞。因此，他们便凶相毕露，赤膊上阵来围剿，来砍杀，因此才使出吃奶之力把他们诬之为文坛异类，时代叛逆的作家及其闪耀真理光芒的传世珍品，置之死地后快，这便是他们无所不用其极的罪恶目的！明眼人一看便知，这是他们人所共知的惯用伎俩，这也是他们图穷匕见的杀手锏，也是黔驴技穷的最后一招，除此之外，他们又能如之奈何呢?！然而，从古至今，历朝历代，不管俄罗斯，还是世界各国的统治阶级和代表人物，无论采用什么样的高压政策，无论使用什么样的卑鄙手段，都压制不住真理的呼声，都遮挡不了真理的光芒！俄罗斯的历史和文明，世界的历史和文明，就是在光明与黑暗，真理与谬误，前进与落后的较量与搏斗中向前迈进的，是任何人也阻挡不了的！尽管当代评论界和当代法庭闭目塞听、颠倒黑白，不肯承认可以反射和透视阳光的玻璃，和可以透视和显示仅凭人的眼睛无法看到和观察到微生物的存在和动态的玻璃，同样是珍奇无比的瑰宝；尽管当代评论界和当代法庭不承认，发掘和取自于社会底层小人物的卑贱生活的素材和画面，只要具有极其深刻的心灵感受，必然能够焕发出耀人眼目的奇异的光彩，并且经过作家的匠心独运和生花妙笔，是完全可以加工提高，升华为文学杰作和艺术珍品的；尽管当代评论界和当代法庭不承认，能激发人们高尚的心灵的觉醒和催人奋发向上的笑声，完全可以和高雅庄重的抒情媲美，而且毫不逊色；尽管他们不承认，健康向上的笑声和江湖小丑那种矫揉造作的丑态百出的低级庸俗的逗笑，是具有天壤之别的，是无法相提并论的！尽管当代评论界和当代法庭不仅不承认，被他们诬之为文坛异类和时代叛逆的作家的高尚的心灵，卓越的才华和他所创造出的文学杰作和艺术珍品，反而把这一切看作眼中钉肉中刺，反而仅凭他们的主观愿望和卑鄙的目的，向这位作家发起挞伐和围剿，欲将其置于死地而后快！他们梦想把这样的作家孤立起来，让他得不到同情，让他失去知音，让他的心灵和作品在社会上发不出共鸣，迫使他像一个无家可归的旅人一样，只身孑影，孤单无靠地在人生道路和创作道路上徘徊、踯躅，迫使他在艰辛的环境中，严酷的现实生活中挣扎、拼搏，让他尝尽贫穷孤独、病痛和苦难的酸辛！然而，他们的阴谋和罪恶目的是不会得逞的，他们的梦想是不会实现的，因为金子永远都是金子，把它投到炼狱中炼，它依然是金子；把它投掷或践踏到污泥里，它依然还是金子，依然会闪闪发光。这样的作家就和金子一样，暂时蒙尘是遮盖不住他的光芒的，这样的作家高尚的心灵是不会被摧垮的，他的坚强的意志和勇气是不会被摧垮的，他的人格的魅力和创作的天才是不会消逝的，他心中熊熊燃烧的圣火是扑不灭的，祖国和人民是不会忘记他的，俄罗斯的文学史上会有他的一席之地的！

然而，有一种神奇而伟大的力量在激励着我，催促着我，我必定还要和我的古怪的主人公们长久地携手并肩闯荡天涯,去纵览和经受波澜壮阔的人生大海的洗礼,去经历和体验世人所能听到的真正的幸福的欢笑声,去品尝和玩味世人看不到的,没有经受过的辛酸的眼泪的苦涩!至于灵感的狂涛巨澜什么时候才能从布满恐惧的阴云的头脑中,从才华横溢和华光闪耀的头脑中倾泻和奔涌出来,并且会转化成一种摧枯拉朽的强大威力,人们又将于什么时候能在惊悸不安的颤抖中聆听到另一种振聋发聩和发人深省的沉雷般巨响……恐怕还要经过漫长的期待。

快走吧!快走吧!不必蹙眉颦额,更无须忧愁伤感!还是让我们赶快投身于茫茫人海的现实生活中去吧,去倾听它那熙熙攘攘的人群不绝于耳的喧闹声和它那车水马龙飘荡的铃声,再去观赏一下我们的主人公乞乞科夫此刻在忙些什么吧。

乞乞科夫甜梦方醒,舒展了一下四肢,感到这一夜睡得又甜又香,他仰面朝天地在床上松弛了一会儿,喜形于色地把手指头啪地弹出响声,想起他现在已经是四百个农奴的领主了,不禁心花怒放。于是,在床上来了个鲤鱼打挺一跃而起,甚至没有顾得上照照镜子,欣赏一下自己那张脸。尽管他非常喜爱自己这张脸,而且他认为这张脸上最引人注目的地方是下巴颏,不管是哪一位亲朋好友来探望,特别是恰巧赶上他修面刮胡子的时候,他总是要乘机把自己的下巴颏赞赏上几句。"你看看,我的下巴颏够好看吧,长得圆乎乎的!"他总是十分得意地抚摸着下巴,说道。但是此刻既没有顾得上去欣赏自己的下巴,也没有去观赏一下自己那张面孔,而是一下床就忙着去穿他那双精制的山羊皮的靴子,这双靴子可是非同一般,上面绣着各种各样巧妙的花纹图案,在托尔若克城非常畅销,特别是由于俄罗斯人的慷慨豪爽,在购买的时候从来不斤斤计较地讨价还价,结果使这种货物更加炙手可热了。他穿上这种靴子之后,再效仿苏格兰人的样子,只穿上一件短衬衣,而且一改平时老成持重的举止,和中年人应有的体面和礼仪,居然在房间里手舞足蹈地蹦跳起来,还动作灵巧地用后脚跟踢了两下自己的屁股。然后便迅速地动手办理自己的大事了:立刻走到他那只小红木匣子前面,兴奋地搓了搓手,那种神采飞扬的表情,恰与一名出差办案的地方法官,应邀入座准备进餐时的样子极其相似,随即便从小匣子中取出几张公文纸来。他很想尽快地把各种手续办好,以免再耽误时日,俗话说:夜长梦多,谁知道会出现什么纰漏和麻烦呢。于是,他决定自己动手来起草合同,再抄写和誊写清楚,一举两得,不必花钱去请书记员。他对合同文本的格式再熟悉不过了,可以说是驾轻就熟,一挥而就,于是他用印刷体写好合同的日期:"一千八百××年×月×日。"接着又用手写体写上"敬呈者地主××",以及其他一切该写的内容。没用两个小时就把合同都写好了。随后又把农奴名单一一核查了一遍，也把农奴的名字复查了一下，结果发现，这些农奴都是地地道道的庄稼汉，他们做过工，种过田，也酗酒打过架，赶过车，欺骗过主人，但全都是一些种田干活的能手。看完名单之后，忽然有一种莫名其妙的情绪涌上他的心头，就连他自己也百思不得其解。他发现这些名单每一份都有各自的独到之处，因此，列入名单的农奴也各有自己独特的长处。原来女地主柯罗鲍奇卡所属的农奴，差不多每个人都有一个诨名和外号。普柳什金开的名单简单明了，很多都是只写农奴的名字和父称的缩写，即只写第一个字母，后面再加上两个圆点。索巴凯维奇开列的名单十分仔细和周详，真是令人赞叹叫绝：每个农奴品德的优劣全都一一详加注明，没有一点疏忽和遗漏。比如，对一个农奴的评语是这样写的"是个出色的木匠"，在另一个农奴的名字下方又注明"聪明认真，从不喝酒"。此外，还详细注明其父母双亲是何人，父母的品德又如何。只有在一个叫费道托夫的农奴的名字下方注明："其父为何人不详，其母为女奴卡皮托丽娜，性格温柔朴实，从不偷窃"。所有这些详情细节的注释给人一种栩栩如生的感觉；仿佛这些人还没有死去，仍然在干活一样。乞乞科夫盯着他们的姓名看了好长时间，不知天良发现，还是动了恻隐之心，深深地叹息了一声，说道："我的老天爷，没想到会有这么多，你们死的死，逃的逃，实在太可怜啦！死的成为屈死的冤魂，逃亡在外的，成了活着的孤魂野鬼！我的心肝宝贝，你们一生流血流汗干了多少事呀！你们受苦受难遭了多少罪呀！"说着，说着，一个农奴的名字引起他的注意，此人就是读者已经知道的萨维里耶夫·彼得·不必敬重的洗衣盆（诨号），原来是女地主柯罗鲍奇卡的农奴。乞乞科夫又忍不住地大声说道："哎呀，这个名字可够长的，竟然足足占了一行！你是个手艺人呢，还是一个普普通通的干农活的？是怎么丢的性命？是在小酒馆里醉死的，还是醉卧在马路上，被一辆路过载重大车给活活地轧死了？普罗帕卡·斯捷潘，出色的木匠，从不喝酒。啊，原来就是他呀，斯捷潘·普罗帕卡，就是那个力大无穷的家伙，要是到近卫军里去准能混得不错，也许会干出点名堂来！因为你是个大力士，只要腰里别上一把斧子，就能游遍俄罗斯的大小城市和乡镇，肩上搭着一双靴子，走到哪儿吃到哪儿。不过吃的倒也简单：每顿只吃两戈比的面包，四戈比干鱼。但是，你每次归来决不空手，口袋里总要装回上百个卢布，没准儿在粗麻布的裤子里还藏着一张二百卢布的纸币呢，或许把它塞在靴筒和靴底里。那么，你是在什么地方丢的性命的呢？要么你是为多赚点儿钱，玩命地去爬教堂的圆顶或十字架，结果一不留神从一根横梁上掉了下来。正巧，你身边站着那么一个米海伊大叔，他搔了搔后脑勺说道：

'唉,万尼亚,你这是干什么呀,不要命了!'可是,话刚说完,他便把绳子往自己腰上一系,代替你向圆顶爬上去。马克西姆·杰里亚特尼科夫,是个鞋匠,唉,你怎么是鞋匠啊!连民间俗话都拿你们开心:'鞋匠,鞋匠,醉个不像人样。'你也爱喝酒吗,伙计?我可知道你的底细,要是你高兴的话,我就把你的出身来历详详细细地讲一遍:你是跟一个德国佬学的手艺,他把你们这些个学徒全都集中在一起,管你们的吃住,但是这个德国佬可厉害得很,干活半点儿都不能马虎,稍有不慎或者偷懒,他就抡起皮带抽你们的后背。把你们一个个管得服服帖帖,绝对不准许你们上街去闲游闲荡。你倒是一向都规规矩矩,老老实实地学手艺和干活,人又很乖巧,简直成了德国师父的心肝儿宝贝,而不是把你当成学徒,德国师父和他的老婆在同行面前,对你总是赞不绝口,夸起来没完没了。但是,你刚一出师就夸下海口:'现在嘛,我自己要大干一场,自己开店当老板,我可不想学德国人那种没出息的样子,只知道小本经营赚小钱,我要赚大钱发大财!'如此这般,你便向主人交了一大笔代役租,自己独立开了一家鞋店,一下子接下来一大批订货,于是就热火朝天地干了起来。你由于赚钱心切,就不管三七二十一地胡折腾起来:也不知道从什么地方搞来了一批质量非常差劲儿的烂皮子,这笔买卖要是做成了,每双鞋子就能赚到翻倍的钱。可是,顾客穿上你做的靴子,不到两个星期就帮掉皮裂了,哪一个顾客不骂你,不诅咒你。你的鞋店一下子就信誉扫地,恶名在外,谁还来买你的东西?结果弄个臭名远扬,鞋店关门大吉!从此你就开始借酒浇愁,喝得醉醺醺地在街上闲游闲荡起来,嘴里还胡言乱语:'哎呀呀,如今的世道太坏了!俄国人活不了啦,都是德国佬搞的鬼'。这个怎么叫耶里扎维塔·沃罗别伊,这分明是个娘儿们的名字,怎么也混到名单里来了,哎呀真糟糕,这还真是个娘儿们!这个索巴凯维奇真不像话,弄个女的来冒名顶替,这个狗东西,跟我来斗心眼,以为我是个大傻瓜呀!"乞乞科夫说的一点儿也不假,这个农奴是货真价实的娘儿们,不知这个家伙玩的什么花招把她给塞进了名单,但是索巴凯维奇还真有两下子,这个偷梁换柱的花招耍得还很高明,他把名字的阴性词尾的字母 А 用硬音符号 Ъ 代替了。这样乍一看起来,还真的以为是个男人的名字。索巴凯维奇,索巴凯维奇呀,你以为你的花招天衣无缝呢!但是,你却骗不了我心明眼亮的乞乞科夫!于是,我们的主人公拿起笔来,毫不犹豫地把这个名字给勾去了。

"'总也走不到头儿的'格里高里!你又是个什么样的人物呢?你不是个专门赶车运货的车老板儿吗,自从搞上了一辆三匹马的席篷大车,就下决心常年漂泊在外,跟一伙商人走南闯北地闯码头赶集市去了吗?你是在旅途的半路上送的命,还是因为为了一个大兵的老婆争风吃醋被你伙伴给宰啦。要我说你干吗这么傻呢，就算是这个小娘儿们长得脸蛋儿圆乎乎的红扑扑的，那也不该为她搭上一条命啊。要不就是被一个出没在山林中的强盗给杀了。他看中了你那双皮手套和你那三匹健壮结实的矮脚马，或许是正躺在床上心猿意马，胡思乱想，忽然一时兴起跳下床来跑到小酒馆里猛灌一通，摇摇晃晃地掉进一个冰窟窿里去了，从此就在人世上消踪匿迹了？唉，俄罗斯人，俄罗斯人啊！他们向来都不想安安分分地过日子，向来都不想在亲人的呵护下乘鹤西归的！还有你们，我可爱的小伙计们，你们又是怎样混日子的呀？”这时，乞乞科夫又想对普柳什金那份逃亡的农奴，大发一通感慨了，他又说道：“你们虽然有幸还活在世上，可是你们又能找到什么好的出路呢？还不是和那些屈死的冤魂一样，哪怕你们长着一双日行千里的长腿，在当今的俄罗斯你们又能逃到哪儿去呢？还不是过着亡命天涯、东藏西躲的苦日子？或者过着生不如死的苦日子，在提心吊胆和暗无天日的深渊里挣扎？你们在普柳什金这个吝啬鬼家里是受不了他的打骂和折磨，才走上不归的逃亡之路呢？还是因为你们存心要出没在山林里，可以无拘无束和无法无天地拦路抢劫呢？现在日子究竟过得怎么样啊，是不是已经锒铛入狱，还是在为哪个新主人卖命呢？再看这几个，叫叶列梅伊·卡里亚金，流浪汉尼基塔，还有他的儿子流浪汉安东，这几个宝贝，你光从外号就可以猜得出来，是不安分守己的人，总爱东跑西颠的人，你说一有机会，他们不逃跑才怪呢！波波夫，是一个仆人，还能认识几个字，也能动笔写一写。我想你不敢舞刀弄棒去抢劫吧，而只能当一个偷盗主人财物而没丧尽天良的窃贼。可是你没有身份证啊，想逃走也没那么容易。结果怎么样，没多久就被警察局长给抓住了。在审问时，你还满不在乎地站在那儿对质。‘你是哪一个地主的仆人哪？’警察局长问道，并且出言不逊，骂了你一句非常非常难听的脏话。‘我在某某地主家里干活，’你毫无惧色地答道。‘你跑到这儿来干什么？’警察局长又问道。‘主人让我出来赚钱，好给他交代役租，’你伶牙俐齿地答道。‘那你的身份证在哪儿呢？’‘在我的主人那里，就是那个市民皮缅诺夫。’‘传皮缅诺夫！你就是皮缅诺夫吗？’‘是，我是皮缅诺夫。’‘他把他的身份证放到你那儿了吗？’‘不，没有这回事，我压根也没看到他什么身份证！’‘你干什么要扯谎？’警察局长问道，同时又加上一句骂人的脏话。‘对呀，’你又灵机一动地答道，‘我是没有交给他，那是因为那天我回去太晚了，所以就把身份证交给安季普·普罗霍罗夫代为保管了。’‘传打钟人！他把身份证交给过你保管吗？’‘没这么回事儿，我从来没有看到他的身份证！’‘你这个鬼东西，怎么又说假话！’警察局长又问道，随后又骂了一句极其难听的话以表示心中的不悦。‘你把身份证究竟弄到什么地方去了?''我原来确确实实有身份证,'你赶紧顺杆往上爬地回答道,'也许是在路上给丢到什么地方了。''那你为什么要偷士兵的军服?'警察局长气势汹汹地问道,然后又加了一句骂人挺狠的脏话,'还把神父家里装钱的小箱子也给偷走了呢?有这回事吧?''根本就没这么回事!'你理直气壮地答道,'我从来没干过偷东西这种丑事儿。''没偷?那怎么在你住的地方搜出了士兵穿的军装呢?''那我就不知道了,准是哪个人拿到我这儿的,再不就是有人故意栽赃陷害!''哎呀!你这个鬼东西,真是个铁嘴钢牙,死不承认,跟我耍无赖,没有你好果子吃的!'警察局长恶狠狠地说道,还两手叉着,摇头晃脑地装出一副威风不可一世的样子。又鬼哭狼嗥地吼道:'来人哪,给他砸上脚镣子,立刻给我送到监狱去!''随便您处置吧,长官大人,小民哪敢再说什么。'你仍然满不在乎地回答道。说完,你便从衣兜里掏出来鼻烟盒,和颜悦色而又殷勤地给两个给你上脚镣的残废士兵吸烟,还跟他们两个聊了几句,问他们是什么时候退伍的,都在什么地方打过仗,打的什么仗。这样跟他们搞好关系,在法院没有提审的那些日子里,你就在监狱里乖乖地等着吧,也许就不会有人来折腾你了。后来法院判决下来了:又把你从查列沃克沙伊斯克押送到某城的监狱。到了那里没多久,当地法院又下来批文;又把你押解至维谢冈斯克。你就这样从一个监狱到另一个监狱地旅游起来,而且每到一个新的地方,你还是那样满不在乎地看一看新住所的情况,还满有风趣地说道:'嗨,还是维谢冈斯克监狱不错,那里又干净清洁,地方又宽敞,就是打羊拐子都行,再说狱友也比别处多得多!'阿巴库姆·费罗夫!你这个家伙现在干什么呢!现在在什么地方游荡呢?是不是在伏尔加河上混日子呢?你小子就喜欢到处自由自在地东游西逛,这回称心了吧?去当纤夫了吧?……"说到此处,乞乞科夫不再唠叨什么了,好似又沉思起来。他在思索些什么呢?他是在想逃亡的农奴阿巴库姆·费多罗夫的遭遇,还是和每一个俄罗斯人一样,不论男女老少,官职大小,三教九流,也不论是家境富有和贫寒,只要一想起波涛汹涌的生活巨流,谁不向往自由快乐而又富裕逍遥的生活呢?谁不憎恨贫穷落后而又痛苦呻吟的生活呢?那么,费多罗夫你此刻到底在什么地方呢?或许他现在已经和某个商人议好工钱,在一个粮食码头上愉快地干活,尽情地欢闹呢。纤夫们成群结队地游荡在码头上,帽子上插着鲜花,身上佩戴着五颜六色的彩带,全都在和亲人、妻子或情人依依惜别。这些妻子和情人个个都是身材修长,姿容艳美的女人,颈上都戴着用钱币编织的项链,身上也飘着彩带。他们载歌载舞,环舞令人目不暇接,歌声欢快令人陶醉,整个广场沉醉在欢乐之中。与此同时,装卸工们正在奔忙劳碌地装船,叫喊声、叱骂声和吆喝声不绝于耳，一个个都用吊钩钩着十普特重的货物扛在背上，然后把豌豆和小麦哗哗地倒进又深又大的船舱里，另外一些人又在忙着搬运卸下来的一袋又一袋的燕麦和脱粒的粮食。再看一下远处一片场地上，一个个装粮食的麻袋像一颗颗炮弹似的，被摞成了一座金字塔，嗬，好大的一个露天粮仓！这座金字塔说不定在哪一天，又都会装进苏拉河上的货船，那时这支一眼望不到头的船队，便和春天的流水一起顺流而下驶向远方。到了粮食船启航的时候，纤夫们，就该你们大显身手了！你们一定会像尽情逍遥玩乐时候，使出一身的疯劲儿，不遗余力地拉纤，齐心协力共同去克服一路上的艰难险阻，挥汗如雨地跋涉，奔向前方，奔向远方！你们还会一边拉着纤绳，一边唱着那支像俄罗斯疆土一样辽阔无边奔流不息的歌曲。

"哎呀！怎么十二点啦！"乞乞科夫看了一下表，惊叫道，"我这是在干什么呀？磨蹭了这么长时间！还有正经事儿要干呢。我却在这儿瞎唠叨起来没完，后来又莫名其妙地胡思乱想起来那么一大堆事儿。真是糊涂到家了！"说完之后，赶紧脱掉那件苏格兰衬衫，换上一套欧洲流行的衣服，用皮带把自己那鼓起来肚皮扣得紧紧的，往身上洒了一些香水，拿过来一顶暖和的帽子，夹起那包已经准备好的公文，匆匆忙忙奔往民政厅去办理买卖合同啦。他如此匆忙地赶路，倒不是怕去晚了，因为他心中早就有底了，去得早晚都没关系，反正有民政厅长做靠山呢。既然和民政厅长是老熟人了，堂堂一个大厅长还不是可以随随便便地延长或缩短下属们的办公时间，恰像荷马笔下的万神之王宙斯一样，可以随心所欲地延长白昼或者提前垂下夜幕。这乃是他的惯用伎俩，他想要终止他所喜欢的英雄们的厮杀，或者想让他们酣畅淋漓地争斗下去时，便可以使用这一招了。乞乞科夫心中一直盘算着，最好还是尽快把此事办妥；一天不办妥，他心中便一天不踏实，心中总还是有些七上八下的，总还是怕出现什么纰漏或波折。心中总是在嘀咕：这些农奴现在还没有成为他的，或者说他现在还不是这些农奴的真正领主，他总担心到后来竹篮子打水一场空，白欢喜一场，还是尽快把合同办好，才能去掉这块心病。于是，披上一件咖啡色呢子面的熊皮大衣，满腹心事地匆匆忙忙赶路，还没有来得及走到大街上，就在一个胡同口转弯处和一位绅士撞在了一起。我们的主人公抬起头来一看，此人身上也穿着一件咖啡色呢子面熊皮大衣，脑袋上戴着一顶保暖的护耳皮帽子。还未来得及看清对方的面孔，就听到那位绅士一声惊呼，再仔细一看，原来是玛尼洛夫！"太巧了！太巧了！"两个人一面惊呼，一面紧紧地拥抱在一起，就在街上拥抱在一起长达五分钟之久。两个人亲吻得更是热烈有劲，结果双方的门牙都疼了足足有一整天。玛尼洛夫由于过分高兴，眉开眼笑，面孔上只能看到鼻子和张开的双唇，根本找不到眼睛在何处了。只见他伸出双手紧紧地握住乞乞科夫的一只手不放，握了整整有一刻多钟。乞乞科夫感到自己的手又烫又疼。玛尼洛夫为了表达对乞乞科夫的思慕之情，他用最优雅动听的词语，倾述他是如何心驰神往地飞奔到这里来，就是为了拥抱他日思夜想的巴维尔·伊凡诺维奇，并且一睹乞君的风采，最后还加上了一些只有在同一位高雅的女士翩翩起舞时，才会说的礼貌得体的恭维言辞。乞乞科夫则受宠若惊地张开嘴，正打算要说出尚未完全想好的感谢之词，玛尼洛夫却突然从皮大衣里面的兜里，掏出一卷用玫瑰色丝带系着的公文纸，只用两个指头拿着，姿势优雅地递给了我们的主人公。

“这是什么呀？”

“农奴名单呀。”

“哎呀！”乞乞科夫立即打开了纸卷，飞快地浏览了一遍，对工整而秀美的字迹感到非常惊奇，立刻连声赞赏，“根本不必再誊写了，而且还加上了漂亮的边框！字迹和边框都是这么精致，请问，这是出于谁的手笔呀？”

“是我妻子的手笔。”

“哎呀，我的老天爷！说心里话，真让我太过意不去了，实在太麻烦你们二位了。”

“说这话就太见外了！能为巴维尔·伊凡诺维奇效劳，是我们的荣幸，怎么能说什么麻烦呢。”

乞乞科夫一听更是非常感激，赶紧鞠躬致意。玛尼洛夫得知他是去民政厅办理签订合同的手续，立即表示愿意陪同他前往。于是，两个朋友手挽着手向民政厅走去。一路之上，凡是遇到陡的高坡、土岗，或者是台阶，玛尼洛夫总是搀扶着乞乞科夫，几乎是用手轻轻地托着他往上走，而且还满面笑容地对他说，无论如何，绝对不会让巴维尔·伊凡诺维奇摔着或碰着。这样一来，弄得乞乞科夫心中还真有些不安，不知如何感谢他才好，因为他很清楚自己身子可是不轻的。他们二人就如此相互关照着，最后来到了民政厅办公所在的广场。这是一座石垒砖砌的三层大楼，楼外上上下下都刷得雪白，白得直晃眼睛。如此装潢，大概是为了向人们显示，在这里供职的大小官员个个都清正廉洁，心灵都白璧无瑕。再展望一下广场上的其他建筑，跟这座三层楼比起来，无论规模和气势那就相差太远了。附近有一个岗亭，旁边站着一个全副武装的士兵；有两三个停放出租马车的木板棚子，还有几条长长木板钉的篱笆墙，上面还有用木炭和粉笔胡涂乱画的令人难以入目的下流话和图画。除此之外，在这个冷冷清清的，或者按照我们这儿人们说法，在这片美丽的广场上，就再也找不到什么引人注目的东西了。登上这座办公大楼的二层和三层，有时会从窗口里伸出来司法官吏本应清正廉明的脑袋瓜子。他们只不过像狼一样转动着眼睛寻找着猎物，结果飞快地把脑袋缩了回去，因为这座楼的狮子——长官突然驾临。上楼的时候，两个朋友好像竞赛一样，争先恐后地往前跑，因为乞乞科夫实在不好意思劳烦玛尼洛夫再来搀扶他，使劲向前冲去；那么玛尼洛夫极力避免乞乞科夫累着，也玩命地往前冲。最后当二人奔到楼上，走进黑暗而阴森的走廊时，都已经累得大汗淋漓，上气不接下气的喘做一团了。不管是走到哪条走廊里，也不管是哪一个房间里，他们所看到的全是一片狼藉或难以下脚的垃圾。在刚刚过去的那个时代，人们还没有意识到要把自己的生存环境整理得井然有序，清扫得干干净净。本来是脏乱不堪的地方，依旧原封未动地摆在那儿，并没有人想到把它来清扫一下，再为它装饰打扮一番，以悦人眼目或讨人喜欢。主宰这座楼房的司法女神，就是如此不修边幅，甚至披着长袍敞胸露怀地接待来访的客人。按道理说，本应把我们主人公所浏览的各个办公室，向读者诸君详加描述一番才是，怎奈作者对政府机关，特别是衙门办公重地向来望而生畏，更无胆量涉足参谒。哪怕有幸经过那些办公重地，哪怕那些办公室里金碧辉煌，令人眩晕，地板和写字台都光洁耀眼，也会敬畏而恭顺地垂首敛目，轻快地迈着脚步逃之夭夭，生怕惊动了哪位执掌生杀大权的高官显爵的大驾。因而，作者本人对那里的豪华气派，威严气势，至今尚一无所知，还请读者诸君宽宥和见谅为盼。我们的主人公乞乞科夫目之所及，看到的尽是数之不尽的公文纸，有满篇是字的和一字皆无的白纸；还看到一个个低垂的脑袋，又肥又宽的后脑勺。这里的穿着也是五花八门，有的穿着燕尾服，有的穿着各个省市流行款式的常礼服，甚至还有人穿着与众不同的浅灰色短上衣，格外引人注目。只见穿浅灰色短上衣的人，歪着脑袋，鼻子都快要碰到纸上了，正在飞快地抄写一份记录公文。大概是有关某人胜诉的田产记录，或者是因某地主败诉而被查抄，他霸占别人田产的记录。该地主平日里还是一个奉公守法而又飞扬跋扈的人，在候审期间无病无灾地终其不光彩的一生，虽然子孙满堂，却要在法院的监护下度日，也算是老天有眼。恶人自有恶报，这就叫天理昭彰嘛！这两位朋友在这里还可以听到几句简短话语，一个嗓子沙哑的人说道："费多谢伊·费多谢耶维奇，劳驾，请把三百六十八号卷宗递给我！""您总是这样粗心大意，不知又把公用的墨水瓶盖子放到哪儿去了！"有时又传来一声颇为严厉而傲慢的声音，一听便知道这一定是某一位长官斥责下级的话语："拿回去，重抄一遍，你给我当心一点儿，否则就把靴子脱下来，关你六天禁

闭，不准你吃东西！”你再悉耳恭听一下，这里的人都在挥着鹅翎笔写东西，那一片沙沙声颇为响亮，就好似几辆满载着枯枝干柴的大车穿越积满枯叶的树林子。

乞乞科夫和玛尼洛夫这俩好友走到第一张办公桌前，向正在那里办公的毛头小伙子问道：

“劳驾，请问办理签订合同手续在什么地方啊？”

“您要办理什么？”两个官员同时转过脸来问道。

“我要呈递一份申请。”

“您究竟买的是什么东西？”

“我想先搞清楚，契约科在什么地方，是在你们这儿，还是在别的什么地方?"

"那您得先说明白,您买的是什么东西,价钱是多少,这样我才能告诉您契约科在什么地方,否则是不能随随便便就告诉您的。"

乞乞科夫一听心里就明白了,这两个官员像所有的毛头孺子官员一样,纯属好奇,狗拿耗子多管闲事,无非是想乘机摆一摆谱,显示一下自己的威风而已。

"请您听我说,亲爱的先生,"乞乞科夫说,"这一点我非常清楚,凡是与签订买卖合同的有关事宜,不论以什么样的价格成交,都在同一个地方办理,所以,劳您大驾给我们指点一下,契约科在什么地方,如果您对这里情况尚不太清楚的话,我自然也就不会强人所难,就只好再去请教别人了。"

这两个毛头小伙子没有再啰嗦什么,其中一个不耐烦地伸出一个指头向屋角指了一下,只见那儿坐着一个干巴老头儿,正在翻动一堆公文,一一给它们登记编号。乞乞科夫和玛尼洛夫穿过一排办公桌,向老头儿的办公桌走了过去。老头儿正在聚精会神地办公。

"劳驾,请问,"乞乞科夫礼貌周全地鞠躬施礼,问道,"这里是契约科吗?"

老头儿抬头举目,不慌不忙地答道:

"不,这儿不是契约科。"

"那么请问,契约科在什么地方?"

"那还得去问伊凡·安东诺维奇去。"

"那么,伊凡·安东诺维奇在什么地方呢?"

老头儿便抬起手来指一指房间的另一角。乞乞科夫和玛尼洛夫就向那里走去。此时,伊凡·安东诺维奇已经用眼睛的余光看见他们二人,半侧过脸来又看了他们一眼,但是立即又聚精会神地抄写文件去了。

"劳驾,请问,"乞乞科夫仍旧很有礼貌地鞠躬施礼,问道,"这里是契约科吗?"

伊凡·安东诺维奇犹如没有听见一样,丝毫没有一点儿反应,仍然聚精会神地抄写文件。乞乞科夫突然发现,此人已经到了不惑之年,而不是那种举止轻浮,油腔滑调嘴上没把门的小伙子了。看样子,伊凡·安东诺维奇远远超过四十岁了。满头又浓又密的黑发,那张脸也很有意思:整张脸以鼻子为中轴线向前突起,总而言之,即人们通常称之为的"茶壶脸",其丑陋程度大概也算举世罕见了。

"打搅您了,这里是契约科吗?"乞乞科夫再次问道。

"是这儿!"伊凡·安东诺维奇回答完,把那张茶壶脸转了回去,又继续抄写文件去了。

“那就要多多麻烦您了,我有这么一件事情:我从本县几位地主那里买了一些农奴,只办理过户迁移,买卖合同都已经签好,就差办理手续了。”

“卖方都来了吗?”

“有几位来了,另外几位有委托人在此。”

“带申请书了吗?”

“申请书带来了。我希望……我必须尽快办完此事……请多多费心,比如说,今天就能够把此事办完吗?”

“噢,今天!今天可办不完!”伊凡·安东诺维奇答道,“还得进行调查核实,看看有没有手续不全或违法的地方。”

“可是,要说加快办完此事,恐怕也不是什么难事吧,也许伊凡·格里高里耶维奇厅长吩咐一声就可以了。他可是我的老朋友……”

“不过,这可不是伊凡·格里高里吩咐一声就可以办得了,还有别人呢。”伊凡·安东诺维奇冷冷地说道,同时把脸往下一沉。

乞乞科夫一听伊凡·安东诺维奇的话中有弦外之音,赶紧又说道:“去找别人,恐怕也不会慢待的,我也曾为国家效过力,做过官,知道办这些事儿的奥妙……”

“那好,就请您去找伊凡·格里高里耶维奇去吧,”伊凡·安东诺维奇说话的语气变得温和多了。“那就请他吩咐一声,让谁办理谁就遵命照办吧,这种事情我们是不敢说三道四的,再说,我们说了也不算数啊。”

乞乞科夫一看,心领神会,便从衣兜里掏出一张钞票,放到伊凡·安东诺维奇的鼻子下面。伊凡·安东诺维奇作出根本没看到这张钞票的样子,立刻用一本书把它盖在了下面。乞乞科夫还以为他真的没有看到钞票,本想向他指点一下。但是,伊凡·安东诺维奇抬头示意了一下,告知多谢美意了。

“那好吧,就让他领你们二位去见厅长吧!”伊凡·安东诺维奇说完,向站在旁边的一个最小的官员示意了一下,那位官员立刻走过来为我们的两位朋友效劳,领着他们向厅长办公室走去。一看就知道这位引路的官员是一个忠于职守的人,是一个廉洁奉公的法律圣殿的圣徒,因为他长期忘我地伏案工作,两只袖子的肘弯处已经被磨穿了,衬里布正从破洞向外张望呢。司法女神甚为开心,就赏了他一个倒数第一的大官——十四品文官。此刻,他就像维吉尔引导但丁[1]游地狱一样,领着我们的两位朋友来至厅长办公室。里面只摆着一把宽大的圈椅,桌上摆着一面警示官

---

① 但丁(1265—1321)意大利文艺复兴时代的大诗人。维吉尔系古罗马诗人。但丁在他的名著《神曲》中曾记述了他由维吉尔作向导游地狱的事。

员的法镜[1]和两大本厚书，厅长大人威严地端坐在圈椅里，俨然如希腊神话中的太阳神。一来到厅长大人的办公室门口，这个当代的维吉尔便非常的惶恐，全身瑟瑟发抖，无论如何也不敢走进厅长大人的圣殿，是啊，地狱里的使者怎么敢朝拜太阳神呢？只好转身溜走了。当他后背转向读者的时候，您便可以看到他身上的衣服像破蒲席一样，已经破得千疮百孔了，而且不知道从什么地方粘来一根鸡毛。乞乞科夫和玛尼洛夫走进了厅长办公室，发现室内不只是厅长一个人，索巴凯维奇也坐在他的身边，只不过方才整个身子全被那面警示法镜给挡住了。两位客人的突然来访引起一阵惊呼和欢乐，厅长大人的圈椅咕咚一声被推开了。索巴凯维奇也高兴得一跃而起，跳到警示法镜前，这时才把他的全身及长长的袖子，看得清清楚楚了。厅长兴奋得紧紧抱住乞乞科夫，于是办公室里便响起了一阵热烈亲吻的声音。彼此又亲热地吁寒问暖以及身体近况，原来两个人都有腰酸背痛的陈疾，经过这么一番折腾，反而变得轻松多了，这才如梦方醒，腰酸背痛乃因伏案时间过长所致。厅长和乞乞科夫寒暄之后，马上又向他表示祝贺，乞乞科夫一想，准是索巴凯维奇向厅长透露了有关他购买农奴的事情，刚一开始我们的主人公还有点困惑不安，特别是看到索巴凯维奇和玛尼洛夫都在这里，因为他本来和这两个人分别秘密谈成的交易。尽管是这样，他还是很从容地向厅长表示了谢意，接下来立刻转过身来，向索巴凯维奇问道：

“近来身体可好？”

“感谢上帝，我的身体很好。”索巴凯维奇答道。

他的身体确实很好，像头狗熊一样结实健壮，这样一位体形奇特的地主，就连伤风感冒、咳嗽也不会得的，比顽石还要坚硬结实。

“您的身板一直都非常硬朗，这是尽人皆知和远近闻名的，”厅长夸赞道，“您那位令尊大人生前也是一位身康体健的老人。”

“是啊，先父常常一个人独自出去猎熊。”索巴凯维奇说道。

“我认为，”厅长说道，“如果您和熊比试一番，大概准会制服它、把它打翻在地的。”

“不，我可对付不了，”索巴凯维奇回答道，“先父可比我劲儿大多了，”说到此处，他长叹了一口气，又说道，“不，如今的人可比不得从前了，就说我自己吧，现在过的叫什么日子呀！不过是混日子罢了……”

“您的生活过得够舒服的了，还有什么不满意的呢？”厅长说道。

---

① 沙皇时代俄国官衙中的陈设物，是一面饰着俄国国徽双头鹰的三棱镜，上面还有彼得大帝敕令文武百官奉公守法的谕旨，警示官员奉公守法的象征。

“不满意，不满意，”索巴凯维奇摇摇头说道，“那么您就来评论一下吧，伊凡·格里高里耶维奇，我是一个快五十岁的人了，还从来没尝过生病是什么滋味，哪怕是头疼脑热嗓子发炎也没有过，生个疖子长个疮也算有个小病小灾呀……嗨，就是过不上一回生病的瘾，这可不好，不是什么好兆头！早晚有一天一病不起就送命了。”话刚一说完，索巴凯维奇立刻就愁容满面郁郁不乐了。

“唉，他这个人可太奇怪了，”乞乞科夫和厅长不谋而合地同时想到，“真是个怪人，还有抱怨自己不生病的人！”

“哦，我这儿有一封信，别人托我转交给您。”乞乞科夫一边说着，一边从衣兜里把普柳什金的信掏了出来。

“是谁写给我的？”厅长问道，顺手把信打开，不禁大声喊起来：“啊，是普柳什金写来的。他能活到今天可算是奇迹。命该如此啊！想当年，他可是一个多么精明能干的人呀，也算是当地天字一号的大富翁了！可是，如今呢……”

“是条癞皮狗，”索巴凯维奇说道，“是个大骗子，心肠太狠了，把他手下的人全都给饿死了。”

“可以，可以，”厅长看完信连声说道，“我很高兴做这个代理人，您要什么时候办理手续都可以，是现在就办呢，还是等一等再说？”

“现在就办吧，”乞乞科夫兴高采烈地说道，“我今天就是专程来求您帮忙的，谢天谢地，能马上就办，那可是求之不得了！因为我想明天就走。我已经把合同与申请书全带来了。”

“这一切，我马上就叫人去办。不过有一点，我必须跟您说清楚，不管您有什么安排，我们可不会让您这么快就走。我担保合同手续今天一定会办好，但是您一定要留下来和我多盘桓几日才好。好了，好了，我此刻就叫人，让他们立刻就办。”话音刚落，厅长就打开了通往他的下属们的办公室的门。那个房间里被一个个忙着办公的小官吏挤得满满的，如果能把这间办公室叫作蜂房的话，那么那些小官吏正像蜜蜂一样，一刻不停地在每个蜂巢上辛辛苦苦地忙碌着。“伊凡·安东诺维奇在这儿吗？”

“在这儿。”那边有人答道。

“叫他到我这儿来！”

读者在前面已经知道了的那个茶壶脸伊凡·安东诺维奇很快就来了，只见他诚惶诚恐地给厅长鞠了一躬。

“伊凡·安东诺维奇，这是他们的买卖合同，拿出去给办好……”

“请您可别忘了，伊凡·格里高里耶维奇，”索巴凯维奇叮嘱道，“还要有证人，每一方至少得有两位。您最好现在就派人去把检察长找来，他是清闲自在的，现在准在家里闲着没事干。他倒是很会享清福，把所有的事情推给副检察长佐洛图哈去办，佐洛图哈是个头号的窃国大盗，贪污受贿无恶不作。还有那个卫生督办也不是个好东西，是个大赌棍，要是没有在牌桌上玩命，准会在家中逍遥呢。此外，附近还住着好多这种大闲人，比如，特鲁哈切夫斯基、贝古什金等都是一丘之貉，整天不务正业，全是些造粪机器，给社会添麻烦的毒瘤！”

“说得对，说得好！”厅长说完，立即派公务员去把这些人全都叫来。

“我还有一件事要劳驾您费心，”乞乞科夫恳切地请求道，“我和一位女地主也做成了一笔交易，请您务必派人去把她的代理人叫来。此人就是大司祭基里尔神父的儿子，他就在您的厅里当差。”

“这事儿好办，只是启齿之劳，我立刻就派人去找他！请君放心，这些事儿全由我来替您安排，保证会办得妥妥帖帖。不过，有一点我要提醒先生，我们既然是朋友，您就不必破费了。”说到此处，他立即指示伊凡·安东诺维奇去照办。茶壶脸本来不太愿意，但是又不敢违拗。足见这些买卖合同引起了厅长的兴趣，特别是当他看到这几笔交易加在一起将近十万卢布之巨，他就越发兴奋而高兴了。他兴高采烈地看着乞乞科夫的眼睛，一直看了好长一段儿时间，最后赞赏道：

“您真了不起呀！实在太高明了，佩服，佩服，巴维尔·伊凡诺维奇！如此说来，您把这些农奴全都买了！”

“是的，全都买了。”乞乞科夫毫不迟疑地答道。

“真是件大好事儿！您真是深谋远虑啊。”

“我自己也相信，这是我做得最为满意的事情了。无论怎么说，一个人如果最后还不能踏踏实实地干点儿事，为自己打下一个无后顾之忧的坚固的基础，还和年轻人一样只会高谈阔论自由主义的空想，像无头苍蝇一样瞎撞，怎么能立足于社会呢，又怎能确立自己人生的大目标，又怎样能施展自己的抱负呢！”这段话他说得极其冠冕堂皇，不仅为自己的荒唐行径披上了一块欺世盗名的遮羞布，还借机指桑骂槐地抨击了自由主义，也乘机抨击了年轻的一代人，发泄了对年轻人的满腹怨气。然而，必须明确指出的是，他说这番话时，也还不敢那么慷慨激昂，也不敢过于张狂，因为他还是做贼心虚，似乎自己心中不断嘀咕：“哎，得了吧，老兄，你这不是分明在扯谎骗人吗，而且是睁着眼睛说瞎话，骗得了谁呀！”令他更胆战心虚的是，他甚至不敢看索巴凯维奇和玛尼洛夫一眼，因为他知道这只狗熊那张嘴很是厉害，他一贯口上无德，很怕当场揭穿他的鬼把戏：“得啦，见鬼去吧，明明是个婊子，还要给自己涂脂抹粉，树碑立传，真他妈的不要脸，表面上装成一个仁人君子，其实是一个满肚子男盗女娼的伪君子。乞乞科夫,你别再演戏了,你这个骗子,你这个伪君子!"乞乞科夫想着想着,甚至急出一身汗。幸好他们俩人都很宽宏大度,没有什么异常反应,脸上也没露出什么使他无地自容的表情。看来,他的提心吊胆是虚惊一场:索巴凯维奇根本无动于衷,没动任何声色。而那位玛尼洛夫仍然表现出一副阿谀奉承,溜须拍马的样子,被乞乞科夫这番自吹自擂、冠冕堂皇的假话,弄得神魂颠倒,兴奋得摇头晃脑,五体投地,甚至到了令人恶心的癫狂地步,就好像一个迷恋音乐的人在听到一名女歌星的歌喉发出令人惊奇的高音,所表现出的那种心醉神迷的状态。这位女歌手的歌喉所发出的高音都能赛过小提琴,甚至连鸟儿的歌喉也发不出这种又尖又细的高音。

"喂,乞乞科夫先生,您为什么不向伊凡·格里高里耶维奇讲一讲。"索巴凯维奇实在忍不住了,说道,"您究竟买了一些多么奇妙的好东西呢;那么您哪,伊凡·格里高里耶维奇,您怎么也不问问,他做成一笔多好的买卖呀,他买的可都是能工巧匠啊!简直比金银珠宝还可贵。就连我那个出色的马车匠也卖给他了,我可是忍痛割爱呀!"

"您是怎么搞的,居然把米海耶夫也给卖了?"厅长说,"我可知道米海耶夫这个人,他的手艺可非同一般,他还给我修过一回车呢。可是,我可有点想不通,您怎么会把他给卖了呢?……啊,我想起来了,您不是告诉过我,说他已经死了……"

"谁说他死了,米海耶夫,"索巴凯维奇镇定自若地说道,"死了的那个是他的弟弟,而他本人活得可有精气神了,活蹦乱跳的,比从前还结实呢。前些日子才做完一辆四轮轻便马车,做工好极了,在莫斯科也没人能做出这么好的马车。说真的,就凭他那份出色的手艺,去侍候沙皇才不算屈才呢。"

"是啊,米海耶夫真是一个难得的手艺人了,"厅长说,"所以,我就搞不清楚,您怎么会忍痛割爱把他给卖了呢。"

"这样的好工匠,可不止米海耶夫一个人!还有好些个呢,比如:木工普罗勃卡斯捷潘,烧砖兼泥瓦匠卢什金,鞋匠捷利亚特尼科夫·马克西姆,个个都是好样的,全都放走了,全让我给卖了。"可是当厅长追问他,干吗把这些家里的干活好劳力,又是很难得的能工巧匠,全都给卖了呢。没想到,这个狗熊索巴凯维奇也很会做戏,故意装作追悔莫及的样子,把手一挥,说道:"唉,还说什么呢?全都怪我一时犯傻!也不知道怎么搞的,当时脑袋一热,说卖,就全都给卖了,也就是说,迷迷糊糊地就给卖了!"说着说着,又装作很心疼的样子,接着又说了一句:"唉,您看看我,头发都白了这么多,但是到现在一点也没有长见识,做事还是这么毛手毛脚的,真是傻透了!”

“可是,我还是想请教一下,巴维尔·伊凡诺维奇,”厅长又问了一句,“您干吗老买农奴,而不买土地呢?难道您想把他们迁移出去?”

“是想把他们迁移走。”

“噢,想迁移,那可就要另当别论啦。那么,请问要迁往何处呢?”

“迁往……迁往赫尔松省去。”

“啊,那儿可是土地肥沃物产丰富的好地方啊!”厅长说道,并且把那里繁茂的牧草盛赞了一番。接着又问道:

“再请问一下,您的田产耕地够用吗?”

“足够了,给刚买进来的这些农奴耕作是完全够用的了。”

“您那儿有河流吗?或者还是池塘?”

“既有河流,也有池塘,”乞乞科夫回答道。虽然不动声色地厚着脸皮说假话,但是心中还是很不踏实,总在提防着索巴凯维奇,因此说完这句话以后,偷偷地斜视一下这头狗熊。索巴凯维奇虽然表面上仍旧没有异样表情,但是我们的主人公却好似在他脸上看到一种嘲笑的表情,好似在说:“哼,你就闭着眼睛说瞎话吧!骗谁呀?什么有河流,什么有池塘,全是胡说,说不定,连土地也是编造出来的!”

正当这几个人聊得起劲儿的时候,证人们已经陆陆续续地来到。其中有读者已经认识的爱眨眼的检察长,卫生监督,还有特鲁哈切夫斯基,贝古什金之流,全是一些道貌岸然的酒囊饭袋,按索巴凯维奇的说法,都是一些造粪机器,尽是给社会制造麻烦的人。他们中间有好些人,乞乞科夫根本没有打过照面和素不相识之人,因为有些人就是民政厅的公职人员,是怕证人不够,临时把他们拉来充数的。不仅把大司祭基里尔的儿子找来了,而且把大司祭本人也请来了。每一个证人都在文件上签上了自己的名字,并把自己的出身、身份和官衔填写清楚,证人们的字体五花八门。有的人写的是花体字,有的人用的是斜体字,甚至有的人玩起字体颠倒的花样,有些字母看起来根本就不像俄文字母了。读者认识的那位茶壶脸伊凡·安东诺维奇办起事来还真叫痛快,立刻就把所有合同都编了号登记注册,然后归了档,为了在《枢密院公报》刊登启事,还收了百分之零点五的费用。厅长还亲自指令只收一半税款,至于另一半税款,那就要找替死鬼了,不知摊到哪一个申请人的头上。读者要是想知道,用的什么办法这么干的呢,那就不必问了,自有瞒天过海的妙计啦!因此,乞乞科夫这件事情办得如此之顺利,速度如此之快,花费的钱如此之少,真可谓太少见了。谁让乞乞科夫运气这么好呢,这就叫作“朝中有人好办事”嘛!

“真是吉人自有天相,大功告成了!”等到这件事情全都办妥之后,厅长十分高兴地对乞乞科夫说道,“现在只剩下摆酒庆贺了!”

“我早有此意,来拜会您之前我就想好了。”乞乞科夫顺人情说好话地说道,这个家伙真是个老谋深算的狐狸精!太会假戏真唱了,玩了一个顺水推舟的花招,搞了个皆大欢喜。只听他喜不自胜地说道:“主随客便,只要您定出具体时间,我当准时恭候各位大驾光临,尤其是能陪厅长大人同桌共饮,真乃三生有幸!能有这么多朋友欢聚一堂,实在是太难得了。再说有这么好的机会,我不请大家痛饮几杯,那就太不够朋友了!”

“不,不,您误会了。不是要您请,而是由我们来做东请您喝几杯,”厅长兴高采烈地说道,“这是我们应尽的东道主之谊嘛,这是我们应尽的义务和职责。既然您大驾光临鄙厅,您就是我们的贵客,哪有让客人请酒的道理,理所当然地应该由我们做东道主。诸位先生,是不是这么个道理呀?现在我们就这样说定了:凡是今天来的人,全部人马,立即开赴到警察局长的府上,他这个人可是个法力无边的魔法师:只要他略施一点魔法,到鱼肉市场,或者酒店里转悠一圈,丢上一个眼色,咱们要吃的、要喝的会应有尽有,到时候众位就放开肚皮大吃大喝一通吧。只是有一点务请诸君切记:东西虽然不花钱,肚皮可是自己的,千万不要撑破了。我这只是开句玩笑,望诸君见谅!喂,还有一件好事呢,一定不要忘记:我们还可以乘这个难得的聚会时机,大显身手地玩上几局惠斯特牌啊!”

既然厅长如此盛情邀请和安排,又有哪个人会推辞或拒绝呢?常言说得好,恭敬不如从命嘛,又有哪个人会坚持拒绝呢,那不就是太不识时务了吗!特别是一听到鱼市场,那些证人们更是馋涎欲滴、跃跃欲试了。所有在场之人立即起身穿上大衣、戴上便帽和皮帽子,公事也就算完事大吉了。当众人兴奋不已地穿过办公厅时,茶壶脸伊凡·安东诺维奇恭恭敬敬地鞠了一躬,并走到乞乞科夫身边悄悄地说道:

“您买农奴一下子就花了十万卢布,但是却只给为您效犬马之劳的人一张票子,才二十五卢布,实在有点儿不够意思吧?”

“唉,你是不知道哇,那是一些什么货色呀,”乞乞科夫听了不以为然地低声答道,“全是一些没有用的废物,根本是一些不值钱的东西!”

茶壶脸伊凡·安东诺维奇一听就清楚了,这位当事人可不是一个慷慨大方之人,甭想再多讨到一个戈比了。

“喂,老兄,您买普柳什金的一个农奴花多少钱?”索巴凯维奇在他的另一只耳朵边低声问道。

“请问,您干吗在名单里塞进一个沃罗别伊?有点儿不够意思吧?”乞乞科夫灵机一动,故意转移话题问道。

“哪有什么沃罗别伊?”索巴凯维奇假装糊涂地问道。

“就是那个女农奴,叫里萨维塔·沃罗别伊,您还把她的名字后面加上一个硬音符号 ъ,很巧妙啊,老兄!”

“哪儿有这回事儿,我可没往里加什么沃罗别伊。”索巴凯维奇再无法狡辩,借故转身溜走了,去找别的客人去了。

这一大群客人成群结队说说笑笑地来至警察局长的府邸。警察局长果然神通广大:他一看厅长领着大队人马前来,立刻心领神会,马上叫来一名分局局长。一看便知,这是一个警察局长的得力干将,聪明伶俐,言听计从,穿着一双喇叭口的大马靴,擦得贼亮贼亮的。只见警察局长低声向他吩咐两句,然后又问了一声:“明白了吗?”分局局长立刻心领神会,转身就遵命照办去了。

就在客人们在牌桌上大显身手争得正热火朝天的时候,在另外一个房间已经传来了扑鼻香味,一桌桌丰盛的酒席更是令人馋涎欲滴,美味佳肴应有尽有,都是普通老百姓难饱眼福,更是无缘大饱口福的美味食品:有市场少见的白鳇鱼、鲟鱼、桂鱼,专门特制的黑鱼子,新腌制的鱼子酱、鲱鱼、鲶鱼、奶酪、熏牛舌、干鱼脊肉,所有这些鱼类食品,全都是鱼市进贡和孝敬的。紧接着又端上来警察局长自家厨房里制作的特色美味:一张鱼头肉的大馅饼。肉馅是九普特重的大鲟鱼的鱼头上脆骨和鱼颊骨上的肉做成的,还有一种乳蘑馅饼,还有油煎饼,油炸丸子,奶油面片汤,蜜糖水果羹。

我们这位警察局长在省城里,也可算得上一位通天的人物,他是全城黎民百姓的父母官,得已安居乐业的大恩人,他要一跺脚哪个人不胆战心惊呢!他和老百姓的关系真可谓亲如一家,亲密无间了。他到各种店铺和市场,犹如到了自己家里的库房一样,需要什么东西不必伸手,而是让自己仆人跑来搬取,市场上的商贾也会着意孝敬。总而言之,他坐在局长的宝座上如鱼得水,好不美哉,快哉,他对自己的职务和权力的运用的熟练程度到了无以复加的地步。甚至很难分辨出来,是他天生就该坐在警察局长的宝座上,还是这个宝座是专门为他而设置的。由于他经办事情智慧超群,八面玲珑而又左右逢源,他的前任局长们都是望尘莫及的,因此他的收入不仅比他们高出一倍,而且他的人缘和口碑在全城也是首屈一指的。商贾富豪们都喜欢他,一致认为他平易近人、和蔼可亲;此话一点儿不假,他们争着让他做自己孩子的教父,并以此为荣;他也想方设法与他们攀亲结友,虽然有时向他们强取豪夺,但是手段之巧妙,却让他们无话可说,甚至心甘情愿;即使心怀不满,也是有苦难言,烂在肚子里,因为他们是自取其咎,嘴上还得天天给他念清官经。他确实平易近人,对人关怀备至：比如，碰面时亲切地拍拍肩膀，尚未开言先对你甜蜜地微笑；又要请你吃茶聊天啦，并表示愿意亲自登门在棋盘前对弈谈心，谈心和闲聊时又会吁寒问暖，对你关怀备至；或者又会问询你的生意是否顺利，有没有他需要帮忙、效劳之处等。如果他得知谁家孩子偶染风寒，他会马上为你出主意想办法医病，或者该服何种药物。总而言之，人们都会感觉到他是一个大好人，是一位难得的良朋益友。每当他乘车出巡，维护城里治安，整顿公共秩序之时，他都能利用这个好时机，与过往行人或店铺的主人热情地打招呼，或者随意地聊聊天，送上几句廉价的恭维话，"近来可好，米海伊奇！咱们什么时候得空，好好打一打果卡尔牌！""好呀，我一定奉陪，阿列克塞·伊凡诺维奇，"米海伊奇对他脱帽以示敬意，回答道："最好能找个时间，痛痛快快地较量一番。""喂，伊里亚·帕拉莫内奇老兄，到我家来坐一坐吧，观赏一下我那匹千里马，我想一定会比你那匹马跑得快，要是不服气，就把马套在赛车上，咱出来比上个高低胜败。"那个爱马如命的商人听了之后，朗声大笑，抚弄着大胡子说道："那我们就来比试比试吧，阿列克塞·伊凡诺维奇！"就连店铺的伙计们见到局长大人能如此地礼贤下士，也都佩服得纷纷脱帽致敬，彼此心照不宣地相视而笑，好像在说："我们的局长阿列克塞·伊凡诺维奇真是一个大好人哪！"总而言之，他和三教九流的平民百姓打交道真有一套，真正令人叫绝，因而博得人们的一致好评，正如商人们所说的："阿列克塞·伊凡诺维奇真是一个好局长，虽然爱勒索，占小便宜，但是他保准不会出卖你。"

警察局长看到丰盛的酒宴俱已经备齐，便提议客人们入座进餐，首先带头把牌放下，待到饭后再接着玩。客人们早就闻到美酒佳肴的香味，都已经感到有些饥肠辘辘，食欲大开了，因此全都起立向着传来香味的房间奔去。索巴凯维奇早就有点儿忍不住了，早就斜着眼睛向那里观望，从远处就盯上了放在边上的那一大盘子鲟鱼。客人们先干了一杯深绿橄榄色的伏特加酒，其美丽的颜色实堪与西伯利亚的绿色玉石媲美，人们都用这种玉石刻制图章。然后，便操起餐叉，从各个方向向餐桌拥来，各显神通，开始比起胃口消化和吞咽的速度，有的人猛吃起桂鱼，有的人又专吃奶酪，每个人都吃得津津有味，甩开了腮帮子，还嫌速度不快！索巴凯维奇对这些零碎小吃连看也不看，他早就胸有成竹，直接奔向那条大鲟鱼。乘着大家谈笑风生之际，他便把鲟鱼狼吞虎咽地塞进了肚皮。等到警察局长突然想起鲟鱼，便对大家提议道："诸位客人，让我们一起来品尝一下造物主赐给我们的美味吧！"当他举起餐叉正要和客人们一起品尝，不料造物主恩赐的美味已经不翼而飞，盘子里就剩下一条尾巴了。我们这位索巴凯维奇却装得若无其事一样。仿佛这条鱼的失踪和他毫无关系，又溜到另一张餐桌前去,又吞食了一条风干小鱼尖。这位先生吞了一大条鲟鱼,不想再吃什么,也不想再喝什么了,便坐在一把圈椅中眯着眼睛养神去了。撑得眼睛都好似睁不开了,只是有时眨巴眨巴眼睛。警察局长喝起酒来异常慷慨豪爽,一次又一次举杯祝酒,谁也弄不清他喝了多少杯。读者诸君请看,如此畅喝狂饮,首先是为了赫尔松的新地主的健康而频频举杯,其次是祝愿他新买的农奴能够顺利迁移。再其次就是为祝愿乞乞科夫将来能有一个如意佳偶而干杯。酒过三巡之后,我们的主人公不禁兴高采烈,脸上不时地展露出迷人的微笑。所有在场的人都纷纷走上前来敬酒,把他簇拥在中间,并且一致恳切而热情地劝说他,能在城里多逗留一段时间,哪怕大家再团聚两个星期也好。

"不能放您走,巴维尔·伊凡诺维奇!不管您做何打算,朋友们刚刚欢聚在一起,您一甩袖子就要扬长而去,也太对不起主人了吧!不行,无论如何,也要再和我们盘桓些日子!由我们来做月下老人,给您说上一门亲事。伊凡·格里高里耶维奇,咱们给他找个门当户对的佳偶贤妻好不好哇?"

"事业有成,再给他说一门亲事,这不是锦上添花吗,太应该找个太太了!"厅长更是积极地说道。"无论您怎么推辞,我们一定帮您把这件事情办成!老兄,既来之则安之,就不要再犹豫不决了,我们可不是随便说说,这种事情可不是说着玩的。"

"您说哪儿去了!我何苦要推辞呢,"乞乞科夫笑着说道,"结婚的事谈何容易,得先找到一位未婚妻呀。"

"您就放心好了,未婚妻会有的,就凭您仪表非凡的风度、气度,要找一个未婚妻有什么难的!万事俱备,只欠东风,只要您答应了,一切都会有的,您只要想要什么,就会有什么。"

"既然如此……"

"好啊,他答应不走了!"众人一片欢呼声,"万岁,乌拉!巴维尔·伊凡诺维奇!乌拉!"所有的人都拥到他面前,频频地举杯庆贺。"不行,不行,再干一杯!"有些好事之人说道,他只得从命又干了一杯。后来,又有人来缠住他不放,于是他又干了第三杯。几杯酒下肚以后,所有的人都高兴得手舞足蹈。厅长也变得更加可爱,更加欢快了,有好几次把乞乞科夫拥抱在怀里,非常热情而亲热地喊道,"你呀,我的心肝宝贝儿!我的小亲亲!"甚至还打起了响指,围着乞乞科夫跳起舞来,嘴里还哼着一支十分动听的民歌:《卡马林斯克的庄稼汉》。喝过香槟酒之后,又喝起了匈牙利的葡萄酒。这种酒干完,大家的情绪更加高涨,更加兴奋和快活了。早把打惠斯特牌的事儿忘到九霄云外去了,大家你争我抢地发表高论,一片叫喊声和欢闹声。一个个口若悬河地谈论起来,话题极为广泛,海阔天空地谈论着、争论着。谈论着政治,居然也谈了军事问题,还发表了很多自由思想,如果要是在平时,他们的子女要是谈谈这些东西,特别是自由思想,肯定会挨板子打或者皮鞭抽的。许多平时最忌讳的最难以解决的问题,在席上都得到了解决。

乞乞科夫破天荒第一次享受到这种欢乐,他甚至兴奋得腾云驾雾了,感到自己俨然成了赫尔松的知名地主,大谈特谈起各种各样的改良计划,大谈起什么土地三年轮作制啦,什么男女情侣如何心灵相通以达到美满幸福啦。欣喜若狂之余,还给索巴凯维奇朗诵起了维特写给夏绿蒂[①]的情诗。这位狗熊先生根本没有什么反应,只是坐在圈椅里发呆呢,大概是因为吃鲟鱼撑着了,只顾坐在那儿眨巴着眼睛,有点要昏昏欲睡的样子了。这时乞乞科夫感到,自己也有些忘乎所以,有些身不由己失态了,他很怕自己控制不住会发起酒疯。如果再不走的话恐怕会出丑的,因此请求主人为他派一辆车,于是搭乘检察长的轻便马车走了。检察长的马车夫是一个技艺高超的老把式,只用一只手驾车,另一只手搀扶着老爷。乞乞科夫乘着检察长的马车晕晕乎乎地回到了旅店,到了旅店之后,酒劲还没有过去,还管不住自己的舌头,又胡言乱语起来,胡诌八扯了一大堆。胡说什么一个金发女郎,圆圆的脸庞像玫瑰般漂亮,右边面颊上还有一个酒窝,好一个美妙佳人,这就是他的未婚妻;又说他已经是赫尔松的著名地主,拥有二百个农奴,而且家财万贯。甚至以农奴新领主的身份,命令马车夫谢里方到赫尔松田庄上去经办事情,要他把刚迁移过来的农奴按着名单清查一次。谢里方一声不响地听了好半天,根本就没有理会他,然后走出了房间,对彼得卢什卡发号施令:“去给老爷把衣服脱掉!”彼得卢什卡只得遵命照办,给乞乞科夫脱掉了靴子,差点儿把老爷和靴子一起拉到地板上。总算把皮靴拽了下来,又帮助老爷把衣服脱掉。乞乞科夫躺在床上折腾了一会儿,把床铺压得咯吱咯吱直叫,好像向他提抗议一般。全都给他扒完了,这时我们的主人公完全像一个赫尔松的知名地主一样,做起他的美梦来。这时,彼得卢什卡又把脱下来的裤子和那件紫红色带光点的燕尾服拿到走廊里,又把燕尾服挂在木头衣架上,用马鞭拍打起来,又用刷子刷了一阵,弄得走廊里尘土飞扬。彼得卢什卡在把衣服裤子取下来的时候,顺便往凉台下看了一眼,看到谢里方从马厩里走出来。两个人目光碰到了一起,彼此都心照不宣,立刻明白对方的心意:既然老爷在床上做美梦,我们干吗不上街去逛一逛呢。彼得卢什卡把老爷衣服送

---

① 维特和夏绿蒂乃是德国大诗人歌德的名著《少年维特之烦恼》中的男女主人公。

回房间里,转身出来走下楼梯,两个人就结伴出去了。谁也没提究竟要去什么地方,一路上说说笑笑很开心,只是闲扯一些毫不相干的事情。其实他们走的地方一点也不远:直接穿过大街,来到旅店对面的一座房子,跨进一道很矮的被烟熏得乌黑的玻璃门,走进一间像地窖一样黑乎乎的房间里。在一张张木头桌子旁边,坐着形形色色的人物,有的脸刮得光光的,有的留着大长胡子,有的穿着光板皮袄,有的只穿一件短袄,也有一两个穿粗呢子军大衣的。谢里方和彼得卢什卡在那儿都怎么鬼混的,也许只有上帝才会知道。他们在那儿待了一个多小时才出来,两个人还十分友好地手挽着手,却一言未发,相互关照着,免得让谁撞在什么东西或墙角上。回到旅店之后,仍旧手拉着手,相互搀扶着爬上了楼梯,到了二楼,跌跌撞撞地足足折腾了一刻多钟。进了房间,彼得卢什卡在自己那张低矮的小床前又磨蹭了一会儿,心里想着怎么个躺法才体面一些,后来只见他把身子一斜横着躺在床上,两条腿耷拉在地板上。谢里方也躺在这张小床上,把脑袋枕在彼得卢什卡的肚皮上,干脆忘记了他是不该睡在这里的,他该睡的地方即使不在马厩,也在仆人住的下房里。两个人全都睡着了,并且发出震耳欲聋的鼾声。老爷在另一个房间里与他们遥相呼应,也发出又尖又细十分刺耳的鼾声。除了鼾声以外,整个旅店里静悄悄的,完全都进入了酣梦,只有一个小窗口还射出灯光,从梁赞来的那个中尉就住在哪儿。这个人有个怪癖,就是非常喜欢靴子,虽然已经订做了四双,此刻正忙着试穿第五双。反反复复不知试了多少次,但是还是舍不得脱掉靴子去睡觉,因为这双靴子做得太精致了,因此仍旧抬起一只脚,仔仔细细地观赏着那做工熟练精巧,样式非常别致而又时髦的靴子后跟。

第八章

Мертвые души

乞乞科夫购买农奴之事,不久就成了街头巷尾茶余饭后谈论的话题。整个省城里人们都议论纷纷,出现了各种各样的议论和说法,对于购买的农奴迁移到异地他乡是否合适的问题,更是众说纷纭,其说不一。但在一些争论中,许多人提出的看法还是很有见地的。比如有人说:"当然啦,买主乞乞科夫这样做是明智的,是无可非议和争论的;南方各省的土地确实非常好,很肥沃,可是,要是缺水,甚至没有水,乞乞科夫的农奴可怎么过日子,怎么活呢?知道吗,那个地方连一条河流也没有哇。""没有水?这也不是什么了不起的大问题,斯捷潘·德米特里耶维奇,我最担心的是这样随意搬迁过去,倒是件让人心中没底儿的事情。这是件不言自明的事儿,那些庄稼汉可不都是老老实实干活的人,大多数都是懒汉、二混子,一旦到了新的地方,管理起来那可是难上加难了。刚刚到了一个人生地不熟的地方,照旧得去翻地种庄稼,可是他们一无所有,既没有房子,又没有地种,连一个院落都没有,这不等于漫山遍野放牲口吗,这些农奴不逃跑才怪呢!这是秃脑袋瓜子爬虱子,明摆着的事儿嘛,那些懒汉、二混子不脚底下摸油儿,溜之大吉才怪呢!又人生地不熟,你就是有天大的本事,也找不到,早就像一阵风一样,消失得无影无踪了。""不,您这话我可不信,阿列克塞·伊凡诺维奇,请允许我发表点儿看法,您硬说,乞乞科夫的农奴都会跑掉,我可不敢苟同。俄国人的生存能力极强,什么样的气候都难不倒他们,他们都会慢慢适应的,这一点可是最最主要的,这就叫作适者生存嘛,你就是把他们发配到堪察加半岛去,只要发给一双防寒手套,他们立刻会两手一拍,抡起大斧去砍伐木头,很快就会给自己建出木头房子来。""不过,伊凡·格里高里耶维奇,我要提醒您,您忽略了一个主要情况:您根本就没问清楚乞乞科夫买的是一些什么样的蠢货。您好好想一想,哪个地主会那么傻,会把自己的能干活的好农奴卖给别人呢。我敢拿脑袋来打赌,乞乞科夫的农奴可都不是什么好东西,不是惯盗和醉生梦死的酒鬼,就是游手好闲的懒汉,招惹是非的坏蛋。""不错,不错,对于这一点我并无异议,您说的一点儿也没夸大,谁也不会把能干活的好农奴卖出去的,乞乞科夫买的那些农奴全是没用的蠢货。不过,您也要想到,这里面却有着另一番含义,含义就在于:别看这些人现在不是什么好东西,一个个穷得丁当乱响,一个人要活下去,也会穷则思变,再加上受到好的管教和良好的社会风尚的影响,说不定到了一个新的地方,他们也会改恶从善,突然一下子变成勤劳能干的好人呢。这样的例子已经有不少了,不仅当今世界上屡见不鲜,就是历史上也大有人在啊!”“不可能,绝对不可能,您只不过是异想天开!”官办工厂督办斩钉截铁地提出否定意见,“您的愿望是好的,但这绝对是不可能的。请诸位想想看:乞乞科夫的农奴要面临着两个大敌,第一个大敌是小俄罗斯①,它的一些省份和农奴要迁移的地点非常近,哪个人不知道,那里的酒是可以随意买卖的。我敢向诸位断言,这些农奴到了那里,用不了两个星期,全都沾染喝酒的恶习,保准一个个都酒气熏天,烂醉如泥。第二个大敌就是好过流浪生活,这是他们在迁移过程中养成的坏习惯。所以,乞乞科夫每时每刻都得瞪着眼睛盯着他们,而且要严加管教,他们如果稍有一点儿越轨行动,就必须严厉地惩罚,而且还不能让别人代劳,事事都必须亲自过问和处理。该惩戒他们的时候,必须亲自挥手给他们一个大嘴巴,或者打上一个满脸花,然后再握紧拳头把他们劈头盖脸地狠揍一顿。”“那么请问,乞乞科夫干吗非得自己动手打人呢?他完全可以找一个管家替他代劳呀。”“对呀,这个主意的确不错,再说找个管家也不难,要找到一个好的可就不容易了!您可要知道,所有的管家都是狡猾多端的家伙,都会骗人!”“那能怪得了谁呢,管家之所以敢骗人,之所以能骗人,都怪主人太相信他们,对他们大撒手,不管不问。”“这话说得一点儿都不错,”好多人随声附和地说:“这就要求主人自己要有一些经营和管理产业的知识和经验,要有识别人的好坏的本领,他总还是可以选中一个好管家的。”可是工厂督办却说,要想找到一个好管家,除非肯出五千卢布以上的高价。民政厅长立刻提出不同看法,说只要出三千个卢布就能够找到一个好管家。可是,工厂督办又反驳道:“哪儿有那么好的事儿呀,您到什么地方去找呀,难道到自己的鼻孔里找!”厅长依然坚持自己的看法,说道:“这叫什么话?不是在鼻孔里,本县就有,我说的就是彼得·彼得罗维奇·萨莫伊洛夫;若让此人给乞乞科夫当管家,来管理那些农奴,那可是再合适不过的了!”许多热心人还都设身处地为乞乞科夫着想,要迁移这么一大批农奴的确有很大的困难,一想到这个问题,他们心中都很忐忑不安。一个个都替他担惊受怕,很担心乞乞科夫这些爱惹是生非的农奴,走在迁移的路上,说不准会捅出什么大娄子,甚至会发生什么暴动的。对于这一点,警察局长仿

① 沙皇俄国时期,一直把乌克兰贬称为小俄罗斯。

佛胸有成竹地说道,担心暴动纯属大惊小怪,县警察这一级执法机关,就是防止和弹压暴动的嘛。而且处理这种问题,警察不一定要亲自出马,只要把一顶代表他身份的制服帽子拿到那个地方一晃,就可以让这些不安分的农奴乖乖地到达迁移地点啦。于是,又有很多人帮助出谋划策,最好的办法就是要彻底地根除这些农奴的反叛情绪。对这个问题也是众说纷纭:其中有些人的意见是要采取严酷的办法进行镇压,就像出动军队一样,决不能手软,坚决果断地惩罚和打击。但是这种严厉的措施似乎有些过分,何必要这样大动干戈呢。另外一些人的意见是,应该采取温和的诱导策略,免得搞得物极必反,反而不好收拾。邮政局长却表示,乞乞科夫面临的一项义务是神圣的,按着他的说法,乞乞科夫可以以慈父的身份对他的农奴进行一种感化式的人性教育,并借此时机,把兰开斯特的教育法①大大地赞扬了一番。

总而言之,这件事情轰动了整个省城,人人都在议论此事,有些热心人对此事特别关注,甚至亲自登门向乞乞科夫本人献计献策,并当面向他提出一些建议和忠告。甚至自告奋勇愿意为他组织一支押送志愿队,帮助他把这批农奴顺利地押送到迁移的驻地。乞乞科夫对此非常感谢,并说必要时一定会采纳他们的建议和忠告。关于派遣押送队的问题,他毫不犹豫地表示了坚决拒绝。他态度诚恳、语气委婉地说,他所购买的农奴都是性情温顺和不会惹是生非的人,况且他们自己也有迁移到他乡谋生的想法,因此决不会发生暴乱或逃窜之事。

但是,有这么多人的关注并提出这么多的忠告、建议,却是对乞乞科夫巨大的鼓励和支持,这倒是他始料不及的,因此他感到非常满意,甚至乐不可支。最令他心花怒放和得意的莫过于城里的一种传言,说他是一个货真价实的百万富翁。我们在第一章中就已经得知,省城里的人本来就喜欢上了乞乞科夫,现在又听到这样的传言,就更加喜欢得没法说了。但是,平心而论,这些人全是一些老实忠厚之人,彼此之间都很亲切友好,彼此交往也完全像故旧好友般的随意。聊起天来也能推心置腹,坦诚相待,没有半点儿虚伪客套:"你好!伊里亚·伊里奇,我亲爱的朋友!""喂,老兄,安季帕托尔·萨哈里耶维奇!""伊凡·格里高里耶维奇,我的小亲亲,你也太会说谎了吧。"邮政局长的尊称叫伊凡·安德列耶维奇,但是人们在和他打交道时,总要加上一句德语:"施普列亨·济·德伊奇。②"总而言之,大家相互

① 兰开斯特(1778—1838),英国教育家,他创立了兰开斯特互教法,即教师只教授优秀学生,而优秀生则负责监督和管教其他学生。这种教育方法在俄国具有自由主义思想的人士中起过积极作用。

② 这句德语的意思是"您会说德语吗?"但是说快了,其发音与俄语的"安德列伊奇"很相近。

交往都像在家里或亲朋好友之间,相互都很亲切,很随便。在这些人之中,有很多人又都是很有学问的饱学之士,比如,民政厅长对茹柯夫斯基[①]的长诗《柳德米拉》就非常爱读,这首长诗还是刚发表不久的新作,其中有很多章节或段落他都朗诵得非常出色而动人心弦。尤其当他朗读到"松林已沉睡,山谷梦酣畅"和那个警示的词语"禁声!"的时候,竟那么引人入胜,犹如你真的看到了山谷酣睡的情景。为了表达得更加活灵活现,他此时便会把眼睛眯起来。邮电局长非常喜欢研究哲学,尤其是对杨格[②]的《夜思》和埃卡特豪森[③]《大自然解秘启示录》更加痴迷,甚至夜夜捧读和研究,并且还成段地摘录下来,至于究竟抄录了一些什么东西,那就不得而知了。可是,此公说话时好卖弄词藻,故作高雅,用其自己的话来说,爱用一些莫测高深的词语来修饰和装点自己的词句。然而,他用来修饰自己的词语的词汇大半是些无实际意义的虚词,例如:"您呀,我的先生,是这样的,您可知道,您明白吗,您可以想像一下,关于,相对而言,在某种程度上说,"等等,等等。这些词句他运用起来非常得心应手,可以弥补他谈话中的间断和不足,此外,他在谈话时还经常挤眉弄眼,借以增强对听话的人的吸引力和效果,如此一来,可以使其讽刺挖苦的词语变得更加刻毒和阴险。其他一些人也是颇有一点儿文化修养,也就是说都喝过一些墨水:有的人爱读卡拉姆津[④]的作品,有的人爱读《莫斯科公报》,有些人则饱食终日,根本就什么东西都不读。有些人则是腹内空空的大草包,通常被人们称之为目不识丁的大废物,要想让他干点什么事儿,如果不狠踢他一脚,他则什么事儿也不干。有的人又是出了名的懒鬼,只知道傻吃傻睡;一辈子饭来张口,衣来伸手的大老爷,真正的行尸走肉,什么事儿也指不上他,就是着火烧死人了,他还是无动于衷,也不会爬起来看看。大家都知道,他们每个人活得还很滋润,论五官相貌,一个个还都人模狗样的,既气派又有风度,倒是天生的福气,没有一个痨病鬼。但是,在老婆的闺房里本领却十分高强,把老婆哄得团团转,撒娇地把他们叫做:圆坛儿、胖墩儿、大肚蝈蝈、黑宝贝儿,或用法语叫:吉吉(小脖子)、茹茹(玩具娃娃)等等。但是,这些人也有一种特殊本领,好和别人套近乎,心地不坏,很讲义气,又殷勤好客,如果哪个人曾和他们同桌共

---

① 茹柯夫斯基(1783—1852),俄国著名诗人,俄国文坛旧浪漫主义的代表人物,普希金的老师,也做过皇太子的老师。

② 杨格(1683—1765),英国诗人。他创作的诗集《夜思》是一部感伤主义作品,十八世纪中叶在欧洲等地极其流行。

③ 埃卡特豪森(1752—1803),德国作家。其著作《大自然解秘启示录》是一部神秘主义作品。

④ 卡拉姆津(1766—1826),俄国著名作家、历史学家,是俄国伤感主义流派的代表人物。

饮,或者和他们打上一夜惠斯特牌,便可以成为称兄道弟的莫逆之交了。更何况乞乞科夫又是一个见风使舵和耍手腕的高手,精通讨人喜欢的秘诀和骗术,不费吹灰之力,便可以把这些傻瓜、笨蛋玩得团团转。他们真心诚意地迷上了他,缠上了他,甚至使他无法脱身而离开这座省城,他听到的只是一片挽留声:"噢,不能走,巴维尔·伊凡诺维奇,您就赏赏面子,再和我们多盘桓一个星期吧!"总而言之,正像俗话所说的那样:成了他们的心肝宝贝儿了!但是,要说起来乞乞科夫居然还走了桃花运,更是让人瞠目结舌,惊愕万分了!他在女人们的心目中真是一下子变得身价百倍,甚至到了令人难以置信的程度,成了女人们争相要与之结交的奇妙的男子汉大丈夫了!要问这究竟是为什么呢?怎样才能说清楚这个问题呢,恐怕就要花一些笔墨来说一说这些女士本身的详细情况了,介绍一下她们的社交圈子,更免不了得用浓墨重彩来鲜明地描写一下她们的内心世界了;可是,这样一来,确实令作者很难挥洒自如。其一,是因为作者对达官显宦的名门闺秀素来怀有无限钦敬的心情,使他没有勇气随意动笔;其二嘛……其二就更难以命笔挥洒了。N城的女士们不管是大家闺秀,还是小家碧玉……不,不行,我即使用尽全身解数,也是无能为力呀;我真的没有勇气运笔。在N城这些淑女佳人们身上,有一个最为引人注目的特点,那就是……真是奇怪,我这支笔不知为什么重得要死,就好像里面灌了铅一样。既然是这样,有关她们的性格问题,只好另请高明了。就请那些善于用浓墨重彩的人,善于使用斑斓多彩而又色彩鲜明的画笔之人去描写吧,而我们只好仅就其外貌和外在显露出来的特征来简要地说上几句吧。N城的女士们,仅就外貌而论,堪称是一些具有名门闺秀的高雅特征的淑女,从这方面来说,我们可以有十足把握把她们视之为所有其他女士们的典范。论及她们的举止风度,趣味之高雅,对礼仪和数不胜数的繁文缛节的循规蹈矩,特别是在一些细枝末节上都严加注意和遵守,都要追逐潮流,讲究时髦,与彼得堡和莫斯科的女士们相比,都是只有过之而无不及。她们的衣着和服饰也都是特别高雅和入时,特别是乘坐四轮车出门拜客时,招摇过市,也要追逐时髦,在车身后面的踏板上,总要站着一个身穿号衣佩带金色丝绦的听差。就说拜客的名片吧,也大有文章可作,即使是一张梅花小二或者方块的纸牌,只要按照名片的格式写上点什么,那么这一张纸片也就变成了一件很珍贵的东西了。顺便举个例子加以说明,有两位女士,原来是一对知心好友,甚至还沾亲带故,仅仅因为其中的一位没有珍重对方的名片,忘记了如约回拜,结果闹得不亦乐乎,翻脸断交。后来无论双方的丈夫和亲友如何苦口婆心地解劝,也无法打开两人之间的僵局。后来人们发现,世界上几乎没有任何事情是办不成的,唯独有一件事情很难办到，那就是因为在拜客走访的礼节问题上，一方疏忽怠慢而闹得断绝友情的两位女士无法重修旧好。这样一来，按本城上流社会人士的说法，这两位女士便从此视若陌路了。另外，在交际场所因为争排名和座次的问题，也时常发生吵闹和势不两立的闹剧，结果有时把两方的丈夫也牵扯进去，很想借机挺身而出来捍卫自己的骑士荣誉的愚蠢想法。他们之间之所以没有刀兵相见而发生决斗，仅仅因为他们都是身无缚鸡之力的文官。但是事情并未就此了结，这些文官却也有特殊的看家本领，便挥起口刀腹剑上阵了，利用一切场合、时机相互诋毁和恶毒中伤。我们大家都非常清楚，有时这种恶意诽谤和中伤比任何一种决斗更容易伤害他人。要论及道德风尚问题，N城的女士们向来都是洁身自好，严格自律的，她们对一切有伤风化的丑行恶德和诱惑行为一贯是嫉恶如仇的，如果有谁胆敢违拗她们的意志或者略微沾染上这种恶习，她们必然会群起而攻之，共讨之，共铲之。如果她们自己因为疏于自律，不幸而发生那种令人难以启齿的风流韵事，那也一定是神不知鬼不觉地偷偷进行的，表面上却装得和没事儿人一样，用掩耳盗铃的方法来自欺欺人，硬装贞洁烈女。如此一来，大家表面上都相安无事，脑袋上面同样还罩着所谓体面、高尚的光环。就连其丈夫本人也早有应付事情一旦败露的锦囊妙计，即使亲眼目睹或者亲耳听到这种流言蜚语，他也会不动声色地巧妙开脱："亲家母陪着亲家公，坐在一起聊家常，此乃人之常情。"这句谚语用得恰到好处。我们还须指出一点，N城的女士们和彼得堡的很多女士一样，在接人待物的措辞方面，也是非常小心谨慎而又恰当得体的。从来听不到她们说"我要擤鼻涕，我要擦汗，我要吐痰"之类粗俗字眼，而是要说成"我要使鼻子轻松一下，我要用一用手帕"。不管在什么情况下也决不会说"这个茶杯或者这个碟子有一股臭味"。甚至连含有暗示的话也不能说，而必须改成另一种说法"这只茶杯不太好用"，或者类似的用语。为了表现自己谈吐的清高儒雅，俄罗斯语言中几乎有一半的词汇抛掷不用了，因而不得不用法语来取而代之。但是，一旦说上了法语，那就另当别论了，那时即使比上面提到的更为粗俗难听的话语，用来讲话也都无所谓了，因为在她们眼里，法语就是比俄语高雅得多，即使是粗俗的字眼也变得高雅了，即使是难听刺耳的词句，也变得舒适顺耳了！就此停笔吧，有关N城女士们的奇闻轶事，只能发表这么多的粗知浅见了。然而，假若能深入地观察和了解一番，当然还能发现很多其他更有趣的东西。不过，我在此要奉献一句良言：切不可深入地窥探女性的内心世界，那是既危险又不道德的呀，搞不好，你会坠入无底深渊而无力自拔的呀！切记，切记！因此，我们只能就其表面做做文章就足矣，最好还是言归正传，接着讲我们主人公的其人其事吧。

不知是何缘故，直到目前为止，N城的女士们很少说起乞乞科夫，不过，对他在交际场所的言谈举止的潇洒风度，女士们还是给予充分肯定的；但是，自从风闻他是一个百万富翁之后，他身上的其他优秀品质也被一个接一个揭示出来。但是，话又得说回来，我们这些女士绝不是见钱眼开的势利小人；这种对乞乞科夫突然刮目相看的情况，并非出在百万富翁的本人身上，而是出在“百万富翁”这个词上。因为在“百万富翁”这个词儿的发音里面，除了令人联想到一个装得满满的大钱袋子之外，还让人产生一种望眼欲穿的巨大魔力，这种魔力不仅可以诱惑和刺激卑贱无耻之徒，也可以诱惑和刺激品德一般之人，也能诱惑和刺激品德端正的好人，总之，可以诱惑和刺激所有的人。百万富翁自有别人不具备的优势，他可以观察到一种毫无自私自利的卑贱。这是一种纯粹的卑贱，这是一种没有一点利欲熏心的卑贱：许多人心里十分清楚，从百万富翁那里谋求不到半点益处，而且也无权去谋求，只是出于好奇之心，非得要到他的面前敬献殷勤而已。所以，这种卑贱之人想方设法要钻到这位财神爷面前，毫无理由地献上一笑，脱帽致敬或鞠上一躬，或者听到有人要请这位财神爷人共进午餐，便厚着脸皮死磨硬泡地去混一餐。但是，无论如何也不能说，我们这些女士们堕落到这种自甘卑贱的地步。然而，在很多家的客厅里都十分公开地议论和品评着：乞乞科夫虽然说不上是一个最风流潇洒的美男子，却也算得上是一个响当当的男子汉大丈夫。体形恰到好处，胖瘦适中，稍胖或稍瘦一点，反而不美了。议论到此处，不知何故，对于体形瘦削的男人，有人还无意中说出了几句大不敬的话：说他们瘦得像牙签，三分像人七分像鬼，让人看了害怕，把他贬得一无是处。不知何故，N城的女士们突然对穿着打扮产生了奇特的兴趣，真可谓争奇斗妍，各种花样款式都纷纷出来招摇过市，令人目不暇接。于是乎，省城布料商店、百货商场里人如潮涌，柜台前更是摩肩接踵。水泄不通，恰好似专门开设的女子游园会，商场门口也变得车水马龙、络绎不绝，形成了一个抢购风潮。商人们瞪着惊喜的眼睛，便大显神通，把以前因价格太高而销售不出去的布料，也都搬上柜台，有谁知一下子就成了畅销的抢手货，一会儿便被抢购一空。还有一件新鲜事儿，在到教堂做祷告的时候，有一位女士穿着一件怪模怪样的连衣裙，其裙箍撑得大得惊人，几乎占了半个教堂。使得一个在场的警官只好出面干预，喝令平民百姓让路回避，也就是说让他们退到教堂门口去靠边站，免得不小心弄脏了这位贵夫人的新装。女士们这种异常的举动，也使得乞乞科夫本人，察觉到N城人对他异乎寻常的关注。有一次，他回到旅店自己的客房里，一进门便发现桌子上放着一封信，却不知道是何人写来的，又是何人送来的，他又无法问询清楚。旅店的侍仆说，送信者并没有说是什么人让他送来的。打开信一看，便知是一位女性的笔迹，第一句就开门见山，语气异常果断："不能再等了，我非得写信给你！"接下来就说到，人有同心，心有同理，两颗心之间存在着一种神秘的共鸣，在这句敞露心扉的话之后，便是一连串的圆点，差不多点了半行，接下去又倾述了几个奇妙而精彩的观点，虽非至理名言，却也没有谬误之处，为了让读者诸君也能一饱眼福，我们不妨摘录如下几句以尽职责："我们的生命是什么？是在悲苦的峡谷中承受煎熬。尘世是什么？是麻木不仁的人潮涌动。"信中接着又说道，如今她正泪如泉涌，泪水已经打湿了魂归天国的慈母的遗书，并告知这位慈母已经告别人世长达二十五年之久了。并用恳切的言词呼唤乞乞科夫能舍命相随，陪伴她一起去过世外桃源生活，以便永远脱离城市深宅大院的围困，到大自然的怀抱中去呼吸自由而又新鲜的空气。信的末尾甚至传来令人同情的绝望的哀怨之声，并用下列四行诗句作为收尾：

一双斑鸠哀声呼，
伴君拜祭吾寒墓，
悲啼泣血齐相告，
伊魂泪水淹遗骨。

最后一行诗似乎不合韵律，不过也无伤大雅，反正是很合乎写信人当时的心境。信的结尾处既没有落款，也没有署上姓或名，竟然连日期也未注明。只是在附言[1]中暗示了一句，说乞乞科夫准能猜测到发信人是谁，并且告知明天省长府上将有家庭舞会，写信人必将出席。

乞乞科夫对这封来历不明的信极为感兴趣。匿名信中有很多诱人之处，足以激发起他的好奇之心，于是他又把信仔细品读了一遍又一遍直至第三遍，最后，他自言自语地说道："如果能知道这封信出自哪个女士之手，那该多么刺激啊！"总而言之，这件事还不能一笑置之，还得认真对待。他把这件事儿反反复复地猜想和琢磨了一个多小时，最后不置可否地把双手一摆，摇头晃脑地说道："这封信写得倒是别出心裁啊！"后来，把这封信仔仔细细地折叠好，放进那只红木匣子里珍藏起来，和一份戏剧海报和一份婚礼请柬比邻相伴去了。那份婚礼请柬在那个地方足足躺了七年之久，既没有换过地方，也没有改变过姿态。过了没多久，真的有人

---

① 附言二字原文为拉丁字。

给他送来了一份请柬,邀请他出席省长府上的家庭舞会,在省城里这是司空见惯的事情;省长大人居于何处,那里就必定会举办舞会,否则的话,省长就甭想得到贵族们应有的尊敬、爱戴和支持啦。

此时此刻,乞乞科夫把所有与舞会无关的事情全都放下不管了,马上聚精会神地去准备出席舞会的事儿了。他之所以如此心急火燎,因为今天这舞会不比往常,令他倍感兴趣和惹人心猿意马的原因太多了。或许,自从造物主创造人类社会以来,尚无人在梳妆打扮上肯花这么长的时间,光是照镜子,观察和修理自己那张脸就整整折腾了一个多小时。他左扭右歪地在镜子里演示出多种多样的表情:一会儿鼻孔朝天,装作傲慢无礼的样子;一会儿装作彬彬有礼而面带微笑,一会儿又彬彬有礼而面无笑容;接下来又对着镜子连连鞠躬施礼,嘴里还叽里咕噜地说着什么,好像在冒充说法语,其实乞乞科夫对法语根本就一窍不通。这样折腾还不够,又对着镜子扮演出一连串献媚取宠和惊奇喜悦的丑相:扬扬眉、挤挤眼儿、撇撇嘴唇,甚至还吐吐舌头。总而言之,只有你一个人待在屋子里,又觉得自己长得很好看,洋洋自得又自我欣赏,并且坚信没有人从门缝往里窥视的时候,又有什么鬼样子不会做出来呢。他最后轻轻拍了一下自以为可以讨人喜欢的脸蛋儿,说道:“嘿,这张小白脸还挺迷人的嘛!”紧接着就忙着穿着打扮起来。在穿衣服的时候,他心里一直都是美滋滋的:不管是系背带,还是打领带,他的动作都很轻盈灵巧,接着又极其敏捷地并拢双脚做了一个鞠躬施礼的姿势,虽然他根本就不会跳舞,却做了一个弹跳的舞蹈动作。这一跳可不得了,差一点惹出祸端:把五斗橱险些碰倒,桌子上的一把刷子也被吓得掉在了地上。

我们的主人公在舞会上刚一现出身影,全场仿佛触电了一样,立刻轰动起来。所有在场之人都争先恐后地走过来欢迎他,有的人手里还拿着纸牌,有的人正在聊天,恰巧聊到最令人感兴趣的一句话:“这件事情应由下级地方法院作出答复……”说话人尚未来得及把话说完,丢下半截话,赶快向我们的主人公跑了过去,以表欢迎之热忱。“巴维尔·伊凡诺维奇!哎呀,我的上帝,原来是您哪,巴维尔·伊凡诺维奇!我最最可爱而又可亲的巴维尔·伊凡诺维奇!”民政厅长接着又肉麻地叫道,“我最尊敬的巴维尔·伊凡诺维奇!我的心肝宝贝儿,巴维尔·伊凡诺维奇!来,来,来,让我好好地亲吻您一下,我的亲爱的巴维尔·伊凡诺维奇!”乞乞科夫顿时感到,几乎一下子被好几个人拥抱到怀里。他还未来得及和民政厅长拥抱完,就已经被警察局长抢了过去拥抱,警察局长又把他递交给了卫生督察,卫生督察又把他传给了专卖商,专卖商又把他转交给了建筑师……甜腻腻的叫声,热烈的亲吻声,传来传去地拥抱,好不热闹,简直把乞乞科夫当成猴耍一样，闹得乌烟瘴气，让人看起来身上都直起鸡皮疙瘩，但是，我们的主人公居然没有晕头转向，心里还不知道怎么美才好了。唉，读者诸君，试想一下，大概傻瓜碰上骗子就会上演这么一幕闹剧吧！！这就叫作傻瓜甘心情愿上当受骗，活该！那么骗子呢？也不要得意忘形，也不要高兴得太早，原形毕露的时候已经为期不远了！也就是说，好戏还在后头呢！我们也不必过于着急，还是再回到省长府中的舞会上来吧。此时，只见几位女士围在省长身边，省长的一只手里拿着一张糖果彩票，另一只手抱着一只小狮子狗，一看到我们的主人公，便立即把彩票和小狮子狗一起丢到地板上，摔得那只小狗嗷嗷地叫了起来，声音有些凄惨和刺耳。总而言之，乞乞科夫的大驾光临，立刻使舞会掀起了一个欢乐的高潮和卷起了一股非同一般的喜悦的漩涡。每一个人都手舞足蹈，喜笑颜开，或者说，这种欢闹的神情或多或少，都在每张脸上反映了出来。这种欢快的神情往往可以在一些下级小官员们的脸上看到，那就是当他们的上司来巡视其所管辖下的地方时：刚一开始，他们倒是有些提心吊胆，可是后来看到上司大老爷对他们的政绩表示出满意的神情，并且还和他们开了几句玩笑，也就是说，还赏给了他们一张笑脸，和和气气或者谈笑风生地跟他们说了几句话。如此一来，簇拥在这位大人老爷身旁的亲信们也都松了一口气，也跟着傻呵呵地笑了起来；但是，那些站得比较远的官吏们，虽然没有听清楚这位大人老爷说了些什么，却也满心欢喜地跟着傻笑起来；甚至就连站在远远的门口的警察，也破天荒地笑了起来，这个家伙自从爬出娘胎以后就从来没有笑过，平时像个凶神恶煞一样，只知道对平民百姓挥舞拳头，可是此刻也没有敢违反永恒不变的反射规律，也跟着大小官吏一起傻笑起来，只不过他笑的那副样子，让人看了有些哭笑不得：就好像一个人闻了烈性鼻烟之后，要打喷嚏时候的那个鬼样子。说来也怪，在俄国这种现象却是见怪不怪的一种通病，俄国的一些青天大老爷就有这种魔法师一般的本领，不管在什么场合，只要他们板起面孔或者冷若冰霜地站在那里，或者坐在那里，他们的下属官员，喽啰亲信，当然平民百姓就更不要提了，谁敢发笑？哪个胆大妄为的人脸上敢露出笑容？为了不至于招惹祸灾，都得和青天大老爷们一样，板起面孔，哭丧着脸，哪怕今天晚上是洞房花烛夜，也千万笑不得，否则，你的脑袋都要丢了，你还入什么洞房啊！相反，如果我们的青天大老爷们心情愉快，谈笑风生，甚至还发出朗朗的笑声，那么他们的下属官员、喽啰亲信，当然也包括平民百姓在内，也都得跟着笑，哪怕明天要给你的亲娘老子送葬呢，你也得跟着笑，不笑？那还了得！不用青天大老爷们亲自下令或者发话，自然会有人大声申斥你："干吗哭丧着脸！你不要命了！"看，看看吧！我们的青天大老爷们的魔法威力有多大吧！或者，说得文雅一点，这就叫作“仰人鼻息”，即仰这些青天大老爷们的鼻息！接下来，再看看我们的主人公的表演吧，乞乞科夫忙得不亦乐乎：只见他不停地周旋，不停地和在场的人们寒暄，不停地向众人答礼致谢，不仅没有感到晕眩，反而感到浑身是劲儿，动作也非常灵巧；而且仍然没有忘记按着自己平时的习惯，稍微弯着点儿身子，而反倒使其神态显得更为潇洒大方，因此使在场的人无不为之神魂颠倒。女士们立刻蜂拥而至，把他簇拥在中间，形成一个以他为中心的彩色斑斓而又光彩夺目的大花环，他的周围还弥漫着这些女士身上散发出来的香风迷雾：这一位美人身上释放着玫瑰花香，另一位淑女身上又送来一阵阵早春芳草的馨香和紫罗兰扑鼻的香气，第三位佳丽身上又飘散着沁人心脾的木樨花的芳香。乞乞科夫仿佛堕入了万花丛中。馥郁的芬芳简直令他陶醉和沉迷。在服饰和打扮上，这些淑女佳丽也是各显其能，各展风采，各施所长：绫罗细绢，绸缎轻纱，应有尽有；但是颜色都很淡雅庄重，而且都是当时的流行色，也就是说很时髦，很入时；刚一上眼，似乎没有什么不同，但是仔细品味起来，又各有差别，足见这些女士的品味是何等的精细！各种纷繁的彩带和花束，犹如粉蝶一般在衣裙上翩翩飞舞，令人眼花缭乱，目不暇接，为了展示出这种纷繁零乱的魅力，聪明伶俐的女士们和技艺高超的服装师们不知花了多少心思。时髦的小帽趴在耳边上轻盈地颤动，似乎要展翅欲飞，仿佛向人们说：“看，我可要飞啦，可叹的是，我无法带着美人儿一起高飞！”一群娇妇靓女都紧束着腰身，把娇柔妩媚的身段一展无余，真是让人大饱眼福和欣喜惊叹。既然说到女士们的身段，那就十分有必要交待一下 N 城女士们束腰的秘诀：虽然她们体态多少显得富态了一点儿，但是由于她们束腰方法之奇妙，娴雅端庄之举止，因而，也就把肥胖掩饰得无影无踪了，一个个都成了苗条淑女、窈窕佳人。她们身上所穿戴的一切都是绞尽脑汁设计和挖空心思安排的；脖颈和肩膀裸露的程度都是按着社交界的常规，非常适中，一点儿也不能过分；每个人都根据自己的审美观点和信念来裸露自己的肌肤，也就是裸露到足以摧垮一个男人的抵御程度；而身体上最令男人感兴趣和垂涎的部位，则掩盖得极其巧妙而高雅；脖子上围着一条打结的缎带，犹如轻风一样飘拂着，或者缠上一条比名字叫做“飞吻”的酥糕还要轻飘的纱巾，再不然就从肩膀后面，从衣服里露出一圈别名称之为“令人销魂”的齿形花边，这种花边是用薄如蝉翼的麻纱做的，精美雅致。这种“令人销魂”的花边，正好把女性最有诱惑的部分，从前后两个方面掩盖起来，以防男人心猿意马或者想入非非，虽然不致令其废命，也足以使其骨软筋酥，魂销精断。女士们的手套也很有名堂，长手套只拉到臂弯之处，故意把衬弯以上最为性感的玉骨冰肌裸露在外，不少女士这一段玉骨冰肌之丰腴娇嫩，很动人心弦。有些女士略微保守一些，以致总想把羊羔皮的手套往上拉一些，却被拉破或撕裂了。总而言之，她们的每件东西上似乎都注明：不，这里不是外省，而是京城，而是巴黎！只是有时很奇怪，会突然钻出来一顶举世难寻的帽子，把整个脑袋裹得严严实实的，甚至还会钻出一根羽翎来，仿佛和孔雀毛一样，那是纯心与时尚作对，可以说是逆潮流而动的土老冒的作为。但是，说实话，这种现象也是无法遮掩的，毕竟是省城的原生特色，无论怎样煞费苦心，也是枉费心机，无论在什么地方都会出纰漏的。乞乞科夫在众多女士的围困中，心里还在琢磨："但是，究竟是哪一位女性写的信呢？"想到这里，他又抽动鼻子想再好好地闻一闻那迷人的芳香，说来也很凑巧，恰好有一排玉臂、五花八门的袖口、袖子，飘带末梢和芳香醉人的罗衫及衣裙从他鼻子尖上滑过。跳加洛普舞的人们像发疯一样从他的面前飞掠过去，男男女女热闹极了：邮政局长夫人、县警察局长、头戴蓝羽翎的女士，插白羽毛的女士、格鲁吉亚公爵契普海希利泽，一位从莫斯科来的官员，一位从彼得堡来的官员，法国绅士库库、别尔胡诺夫斯基、别列宾道夫斯基——所有在场的人全都动了起来，全都疯狂地跳了起来……

"哎呀！真热闹，真是全省的头面人物都倾巢而出啦！"乞乞科夫向后挪动了几步，说道。等到女士们都回到原来的位置，他又对女士们仔细观察起来，一心想从她们的面部表情和眼神中识别出来给他写信的那个女士来。可是却枉费心机，无论从面部表情，还是从顾盼的眼神来看，都没有发现任何确信无疑的线索，乞乞科夫仍然不死心，但又想不出什么出奇制胜的高招来。他观察来观察去，仿佛每个女士的脸上都有所暗示。流露出令人难以捉摸的微妙神情，唉，太微妙了！……"唉！"乞乞科夫暗暗地长叹了一声，心里想，"女人哪，女人就是这样一种尤物……"他想到这里，万般无奈地挥了一下手："真是没什么可说的了！要不然你就去试试看，去描绘描绘她们脸上掠过的各种神情和暗示，把那些依稀隐约的含义揭示一下，到头来，唉，你呀，一定什么也观察不出来，什么也说不清道不明！别的不说，就光说她们那双眼睛吧，就是两个神秘莫测的无底深渊和陷阱，一个不慎掉了进去，那就像石沉大海一样，就再也看不到踪影了，不管你用什么东西，就算是用钩子去钩，也甭想再把它钩回来。不信你还可以试一试，去描绘一下她们那光耀闪闪的秋波吧：有如两泓泉水般晶莹滑润的，有柔情如水的，也有像蜜一般甜腻腻的，嗨，那可是千变万化，究竟能有多少种，恐怕连上帝也说不清楚！有的是严厉的，犹似刀光剑影；有的是温柔的，娇柔温馨，令人骨软筋酥；有的又是甜蜜的，好像把你泡在了糖水里一样，不小心，就会被呛死；更有甚者，是懒洋洋的，软绵绵的，或者像人们常说的，是脉脉含情的，或者说不是脉脉含情的，比脉脉含情更有无穷魅力和诱惑的，那么叫它什么好呢？就说它是勾魂摄魄的吧，它能一下子就抓住你的心，它能一下子就迷住你的魂，就像提琴弓子一样，在你的心灵深处，不，确切地说，在你的心弦上拉来拉去，弄得你日夜魂不守舍，再想得到安宁？算了吧，休想！不，唉，再也找不出恰当的词汇来描绘她们，只好把她们称之为：红尘滚滚的人世中的红颜祸水啦！”

抱歉得很！从我们主人公的嘴里居然也吐出来不能登大雅之堂的词句来，大概是从市井小民那里听来的吧！但是，除此之外，又有何良策呢！在俄罗斯这块广阔无垠的领土之上，作家的地位只能是如此之卑微！不过，市井小民嘴里的话即使写进书中，也不应责怪作家，而只应责怪读者，首当其冲的是上流社会的读者。因为首先是他们从来不说一句像样的俄语，他们只要一张嘴就是法语、德语和英语，好像他们那张嘴叫外国给串了种，那种洋腔洋调真烦死人了。光说外国话也没有什么大不了的，可是又非要学那种洋腔洋调，真叫人浑身起鸡皮疙瘩，一说起来法语吧，非得鼻音那么重，小舌头不会颠也得动，搞得不伦不类；说起来英语吧，就像学鸟叫一样，甚至还要硬装出鸟叫的样子，居然还要嘲笑那些不会模仿鸟的怪相的人。但是，他们就是不喜欢讲俄语，把俄罗斯的气质丢得一干二净，以为扮成假洋鬼子才能提高他们的身价！又不得不昭示一下自己的爱国热忱，最多不过是在别墅里给自己建造一幢俄国式的小木屋，这能说明什么呢？说明他们的血液里还剩下那么一点点俄罗斯血统！上流社会的读者就是一些这号人物，尚有很多人玩命地效仿他们，而且以为自己也由此挤进了上流社会！更有甚者，他们对别人使用俄语却又要求的非常严苛！按照他们的要求，说话和写文章都要用最严格、最纯正、最高尚的语体才行。总而言之，非得把俄语加工到最纯正最完美的程度才可以用，而且会自动从九霄云外，直接落到他们的舌尖上，他们只要一张开嘴巴说出来就万事大吉啦。谁都知道，女人的心是猜测不透的；但是，必须提出，可敬的读者的心通常更让人猜测不透。

这样一来，乞乞科夫差点儿给弄得晕头转向了，他根本就猜测不出来是谁给他写的信了。但是，他仍然不甘心，打算再仔细观察一遍，最终发现，女士们所流露出的还是一种令人琢磨不透的神情，它可以让一颗尘缘未了的心蠢蠢欲动而产生幻想，同时又可以令它饱受甜蜜痛苦的折磨，最后他只能万般无奈地说道：“唉，没办法，无论如何也猜不出来了！”尽管如此，却也没有破坏他那欢快的心情。他依然轻松自如地和几位女士说上几句风雅的语言，一会儿又和另外几位女士寒暄起来，接着又迈着轻快的小碎步在女士们中间不停地周旋着，应酬着。那些已经不是风华正茂年龄的情场老手，或者说已经失去风流倜傥之风度的老色鬼，虽然穿着入时，还拖着一双高跟鞋，但还是玩命地在俏女靓妞中间周旋，脚步尚未表现出踉跄不稳，也就是还算轻快灵活，但是毕竟年龄不饶人啊，居然没有当众出丑，就算他相当有运气啦。你仔细观察一下，只见他潇洒自如地周旋了一会儿之后，两只脚后跟"咔"碰在一起才算停步站稳，在停步之前有一只脚还甩了一下，在地上划出一小撇，或者好似在地上点上一个逗号一样。女士们对他的表现还都非常满意，她们不仅在他身上观察到许多诱人之处，还在他的脸上看到了一种气宇轩昂而高傲的表情，甚至还显示出一副英雄人物的威武神态。大家都知道，女士们恰好对这一点最着迷。为了能得到他的青睐，这些女士已经开始争风吃醋，明争暗斗起来：有几位女士观察到乞乞科夫总是站在门口附近，便争先恐后地抢占门口旁边的一把椅子，由于其中一位女士侥幸抢占成功，差点儿演出一场争抢座位的闹剧来。许多本打算抢占这把椅子的女士心中都愤愤不平，暗暗诅咒那位捷足先登的女士是个不要脸皮，破坏礼仪的蠢婆娘。

乞乞科夫有点儿忘乎所以了，只想在女人们面前出风头，讨取她们的欢心，居然把最重要的礼仪都给忘到九霄云外：他首先应该向女主人——省长夫人请安问候。之所以出现这么大的纰漏，更确切一点说，是由于一群女士死死地缠住他不放，海阔天空地跟他闲扯起来，话里面带了很多隐晦难懂又寓意深长的东西，他虽然绞尽脑汁，也破解不出其真实的含义，结果急得脑袋上直冒汗。听到传来了省长夫人的声音，他才如大梦初醒，早就应该向女主人问候了，其实省长夫人在他面前已经站了好长一会儿。省长夫人神情高雅地摇了摇头，以多少有些亲切而又诙谐的口气说道："哟，巴维尔·伊凡诺维奇，原来是您啊，欢迎您的大驾光临！……"

读者诸君，请你们见谅了，我无法用我这支苍白无力的笔，把省长夫人这番话准确无误地重现出来。可以想像得出来，省长夫人一定会说几句格调优雅而又婉转动听的话语，实际上这些话，无非是我们上流社会的一些作家借以卖弄自己的知识和才华的好时机。他们是描写上流社会交际场所的绅士、浪荡公子和淑女、佳丽们谈话的高手，怎么会轻易放过这足可以炫耀自己在高雅风度方面知识渊博的好时机呢？总而言之，省长夫人那几句话与风流雅士和淑女佳丽交际时的话同出一辙："莫非说有人完全占领了您的心啦，莫非说您的心里就再没有一点儿位置，哪怕是留着一个小小的角落，可以来接纳被您无情地遗忘的人吗？"我们的主人公听到这几句话以后，羞得简直无地自容，立刻向省长夫人转过身去，红着脸正要开口答话。我们一猜便知，仅凭乞乞科夫老奸巨猾的经验和智能，

他回答的言辞决不会比时髦小说里的主人公们的言谈逊色，诸如兹沃斯基、林斯基、格列明斯基，以及形形色色的风流军官。但是，当他猛然一抬头，便呆若木鸡一般的愣住了，犹如被谁当头一棒给打懵了一样。

令乞乞科夫完全感到意外的是，站在他面前的并非省长夫人一个人，她还搀着一个豆蔻年华的妙龄少女。这位姑娘长得太漂亮了：犹如出水芙蓉般的鲜艳娇嫩，一头金色秀发，五官秀美端正，尖尖的下巴，一张讨人喜欢的鹅蛋形圆脸，这种脸型，是给艺术家千载难逢的标准模特来描画圣母像。在俄罗斯幅员辽阔的土地上，也是从古至今难寻难觅的脸型，因为在俄罗斯，所有的一切，不管什么东西，比如：山川河流，莽原森林，草原田野等，都以宽大粗犷而引以自豪，当然面孔啦，嘴唇啦、手脚啦，均无例外；这位玲珑纤巧的妙龄少女，正是那天从诺兹德廖夫家里仓皇出逃，在驿道上遇到的那位金发女郎。那天不知何故，也许是因仓皇出逃，马车夫因慌张而头脑发昏，或者是马匹狂奔慌不择路，致使两辆马车意想不到地撞在了一起，马匹和缰绳都搅在了一块儿，还多亏了米佳伊大叔和米尼雅伊大叔出面帮忙解围呢。乞乞科夫怎么也不会想到竟在这里又遇到了这位少女，所以才被惊呆，一时不知如何是好，居然说不出一句像样的话来；鬼知道他嘟嘟囔囔地说了些什么，不管怎么说，那些时髦小说里的主人公兹沃斯基、林斯基、格列明斯基之流都不会这么说，也不会如此出丑。

"您还没见到过我的女儿吧！"省长夫人指着女儿说道，"她刚从贵族女校毕业回家省亲。"

我们的主人公回答说，非常荣幸，曾经在一次巧遇中，他与小姐见过一面了。本来他还想再说些什么，可是哪一句话都没有表达清楚。省长夫人见此情景，只好又说了几句客套话，就挽着女儿走到大厅另一头，和别的客人寒暄去了。但是乞乞科夫仍然站在原地发愣，一动未动，那副神态，就像一个人兴高采烈地走在大街上，本来想好好逛一逛大街，饱览一下城市风光，可是突然停下了脚步，一动不动地站在那里，想起来什么东西忘记带了。此时此刻，这个人那副神态再呆傻不过了：他脸上那种逍遥自在的神情顿然消逝得无影无踪；他在极力回想究竟忘了什么东西：莫非是手帕？可是手帕分明就在衣兜里；要不就是钱？不，钱也在衣兜里；该带的东西都带在了身上，什么东西也没忘啊！但是，却有一个神秘的精灵不显身不露影在身边低声地嘀咕着，告诉他一定忘记带什么东西了。于是乎，他便若有所思地望着眼前川流不息的人群，飞驰的马车，望着从街上穿行而过的一队士兵头上的高筒帽，肩上扛的枪支，还有街对面一家店铺的招牌，却又好像什么东西也没看清楚。这个时候，乞乞科夫也恰恰如此，顿时变得和舞场上所发生的一切毫不相干的人。就在这时，周围的女士们又传来娇滴滴的问话声，接二连三地向他提出一大堆隐讳的问题，还有一些委婉的暗示："我们这些可怜的凡妇俗女能不能冒昧地向您求教，您在做什么好梦啊？""您向往的乐土在哪里呀？令您心迷神醉的乐园又在哪里？""是哪一个绝代佳人令您如此心驰神往而陷入甜蜜沉思的欢乐谷呢？您能否告知她的尊姓芳名？"但是，乞乞科夫对女士们所提的问题尽皆置若罔闻，仿佛根本就没有听到。女士们那些优雅动听的言辞犹如被狂风卷走了一般，没有引起任何一点儿反响。他甚至丝毫也不顾及交际场所的礼仪，居然抛下那些女士扬长而去，到大厅的另一头去寻找省长夫人及其女儿的身影。但是,女士们怎么会甘心被这样无礼的冷落呢?决不会就这样不动声色地放过他!她们每个人都暗中发誓,决不会就此善罢甘休,决心要使出能够迷惑男人的全身解数,把女人身上的一切魅力和魔力统统都演绎出来。不过,作者要在这里说上一句,我说有些女士,务请切记,我说的只是其中几位女士,而非全体。有那么几位女士有那么一个小小的引人注目之处:也就是说她们身上某个部位长得与众不同,长得特别好看,比如,前额呀,嘴巴呀,还是手臂呀,她们便以为,自己身上这个特别好看的部位,首先会引起别人的注目,并且所有的人都会众口一词地赞美起来,"快看,快看哪。她那颗希腊式的鼻子多漂亮啊!"或者说,"她的前额长得多么端正,多么动人啊!"如果有的女士肩膀长得圆润诱人,那么她必然会沾沾自喜,认为所有风华正茂的美男子都会为之心醉神迷,当她从其面前飘然走过时,他们必然会赞不绝口:"快看呀,这位女士的肩膀真是太漂亮了!"她则认为,他们绝对不会再去欣赏她的面庞啊,秀发啊,鼻子啊,前额啊,连看也不会看上一眼,即使随意看了一眼,根本不会放在心上。这些女士就是这么考虑的。每一位女士都暗暗下定决心,在跳舞的时候把自己全身的魔力都要展示出来,把自己身上最迷人之处完全彻底地演示出来。在跳华尔兹舞的时候,邮政局长夫人展示出一副倦怠迷人的样子,稍稍娇柔地歪着头,确实有些腾云驾雾飘然欲飞的架势。还有一位异常讨人喜欢的女士,她来参加舞会完全不是为了跳舞,用她自己的话说,右脚趾上长了一个豌豆大的鸡眼之类的东西,跳起舞来很不方便,因为她不得已才穿了一双软底绒鞋来,即使是这样,她仍旧忍不住,就穿着软底绒鞋下场跳了几圈,其目的就是不想让邮政局长夫人太势压群芳,太得意忘形了。

然而,虽然这些女士各展风采,各施所能,却丝毫未能吸引和打动乞乞科夫。他根本就没有去欣赏女士们欢快的舞步和旋转的身姿,一心只顾踮起脚尖,从人们头顶上四处张望,非要找到那位可爱的金发女郎不可。然后又把身子往下蹲一点儿,穿过人们的脊背和肩膀去探察。太好了,终于找到了!只见她和母亲坐在一处。在省长夫人头的上方,有一个裹着东方式的包头巾的脑袋,上面还插着一根羽毛,在傲慢地晃动着。乞乞科夫喜出望外,看样子好像要向一座堡垒发起冲锋一样,向着母女二人冲了过去;不知是他心中春情爆发,还是有人在背后推了他一把,只见他不顾一切地玩命奔了过去。把专卖商撞了一个大趔趄,险些摔倒在地,好不容易靠着一只脚才把身子站稳,要不然准会把一排人都给撞倒,那可要出大丑了!邮政局长也摇晃着身子倒退了一步,十分吃惊地看了他一眼,脸上还掠过一种含蓄的嘲笑的神情;但是,我们的主人公对这一切都置之不理,两只眼睛直勾勾地望着远处的金发女郎。只见她戴着长手套,正跃跃欲试在舞场欢快地跳上几圈,以展示自己那妙不可言的风采。此时,在一两米开外的地方,正有四对舞伴热情洋溢地跳着马祖卡舞,用靴跟轻松自如地敲打着地板。有一名上尉军官跳得最为起劲儿,手舞足蹈,如疯似魔地狂舞着,接连不断地变换着各种舞步,一般人就是在梦里也不会跳得如此轻松潇洒。乞乞科夫急不可耐地从跳马祖卡舞的人们身旁溜了过去,险些踩着人家的脚跟,单刀直入地闯到省长夫人和她女儿坐的地方。然而,闯到她们面前之后,反而变得胆怯和拘谨起来了,步子也零乱了,非但不像先前那样灵活潇洒,轻快自如,甚至显得步履蹒跚,总之,所有的动作都显得很别扭,很不自然。

在我们的主人公乞乞科夫心里,是不是又燃烧起了爱情的火焰?大概谁也说不清楚,就连他本人也未必能说得清楚。我们甚至难以想像,诸如我们主人公这类人物,也就是说不胖又不瘦的先生们,也不是青春年华的小伙子了,是否还会坠入情网,是否还有谈情说爱的激情和在情网里挣扎的能力。然而,无论怎么说,在他的身上出现了一种奇怪的感觉,反正连他自己也有种说不清道不明的感觉。按照他后来自己所说的,有那么几分钟的时间,他感到整个舞场里的嘈杂声,连同人们的谈话声和喧闹声,好似一下子退到远方的一个什么地方去了;提琴和各种钢管乐器也好似是在高山峻岭背后喧响,整个舞会好似笼罩着一种浓雾,就像画家随意在画布上涂抹的厚厚一层底色。在这片胡涂乱抹而又模糊朦胧的底色上,只有那位秀美动人的金发女郎艳丽的轮廓清晰而完整地显现出来:她那张鹅蛋形圆圆的脸庞,她那细如杨柳般的腰肢,刚从贵族女校毕业几个月的少女娇嫩的身姿,还有那件月白色连衣裙,如蚕翼般轻盈飘洒地裹着她那青春焕发而又娇美的肢体,清晰地描绘出全身各个部位美丽诱人的线条。再加上这件朴素无华的连衣裙,把她装饰得犹如一尊用象牙精心雕琢出来的塑像。真可谓一件举世罕见的珍宝。在这些浑浑噩噩的人群中,只有她一个人如玉骨冰肌的仙女,显得更加光彩照人,令人百看不厌。

这种情况足以证明,世界之大无奇不有,像乞乞科夫这号人物,在一生中也会有那么几分钟具有诗人的激情,但是,要说他们是"诗人",确实有点言过其实。只不过是乞乞科夫的自我感觉罢了,只是他一时感到自己身上充满了年轻人的青春活力,就好像成了一个强悍的骠骑兵了。他发现省长夫人和其女儿身边有一把椅子尚无人坐,他便飞身跑了过去,一屁股抢占了这个空位。便和这母女二人聊了起来,刚一开始不是那么自然,顺畅,过了一小会儿,他就不那么拘谨了,甚至可以说,又神气活现起来。可是……异常遗憾的是,十分有必要在这里说一下,不知是何缘故,凡是年龄过了不惑之年的人都有点老成持重，尤其是那些达官贵人，在和女士们交际或聊天的时候，总是显得有些笨嘴拙腮，不是言之无物，就是令人感到郁闷不快。在这方面可以大显身手的要算那些中尉了。他们在这方面可以说是能争惯战的行家老手啦，军衔比他们高的军人可就不怎么样了。那么这些中尉先生究竟有什么锦囊妙计呢，那可只有鬼才知道了。说来也很奇怪，这些中尉说起话来既没有什么哲理，也没有什么俏皮可笑之处，但是，那些年轻的女孩子听起来不是捧腹大笑，就是笑得前仰后合的。一个五品文官可就没有这两下子了，只有上帝知道他会啰嗦些什么：一张口便说起来什么俄罗斯是一个疆土辽阔的国家，再不就只会说些恭维的言辞，当然恭维话说起来也很俏皮，只是让人听起来醋味太浓，直叫人身上起鸡皮疙瘩；当然，有时也会说出一句两句略微有点儿风趣的话，可是他自己必定先笑起来，而且比那些听他说话的女士笑得更厉害。我在这里多说这么几句，其目的是让读者诸君了解，我们的主人公说起话来该是多么有趣吧，居然让那位金发女郎听得心烦意乱地打起哈欠来。但是，我们的乞乞科夫先生却一丁点儿也没发觉，仍旧口若悬河地讲个没完，讲了一件又一件他自己认为很有趣的故事，可是这些已经老掉牙的所谓的轶闻趣事不知讲了多少次，只是场合不同罢了。比如，在辛比尔斯克省，在索伏隆·伊凡诺维奇·贝斯佩奇内伊家中讲过，当时在座听他讲话的有主人的女儿阿杰拉伊达·索伏隆诺夫娜，和她的三位小姑姑：玛丽娅·加甫里洛芙娜、亚历山德拉·加甫里洛芙娜和阿杰里孟达·加甫里洛芙娜；在梁赞省的费奥多尔·费多罗维奇·别列克罗耶夫府上也讲过；又在奔萨省的费奥多尔·瓦西里耶维奇·波贝多诺斯内伊，以及他的弟弟彼得·瓦西里耶维奇家里讲过，当时这家主人的小姨子叶卡捷琳娜·米哈伊洛芙娜也在座，还有她的两位堂姐妹罗落·费多罗芙娜及艾米里娅·费多罗芙娜；还在维亚特卡省的彼得·瓦尔索诺费耶维奇家里讲过，当时在场的有他的儿媳妇的妹妹佩拉孟娅·叶果罗芙娜，和侄女索菲娅·罗斯季斯拉芙娜，以及两个同父异母的姊妹索菲娅·亚历山大罗芙娜，和马克拉图拉·亚历山大罗芙娜，也在座听了乞乞科夫这番内容一样的高论。

乞乞科夫今天在舞会上这种有违常规和社交礼仪的表现，理所当然地激起了全体在场的女士的不满。为了教训他一下，有一位女士故意紧贴他身边走过，为了报复他的无理行为，还有意地用宽大的裙箍撞了一下金发女郎，这还不够解气，她还把飘拂在肩头的披巾使劲儿往后一甩，披巾的一角恰好打在金发女郎的脸上。就在此时，另一位女士在他背后说出了一句十分刻薄的话，还伴随着紫罗兰的芳香气味向他飘来。我们且看看乞乞科夫有何反应,他或许是真的没有听到,或者故意装聋作哑,反正他对这一切都置之不理。无论怎么说,他这种轻视女士的态度确实太差劲儿了,因为女士们的异常反应和意见是不能不被珍视的,更何况是因为自己的举止失当而引起的。对于这一点他真的太疏忽大意了,尽管那是后来之事,但是悔恨已经为时已晚。

很多人的脸上都流露出愤愤不平的表情。无论从哪个方面来说,这种愤愤不平应该说是合情合理的。不论乞乞科夫在社交界里的名声有多响,不论他是一个百万富翁也罢,也不论他的神情有多么高傲,哪怕他脸上显示出多么威严的英雄气魄,但是,在和女士们交往的事情上有傲慢无理的举动,女士们是绝对不会轻易放过他的,迟早必然要受到惩罚的!表面上看来,仿佛女人在性格方面要比男人温柔,软弱,可是一旦她们发起怒来,会突然之间比男人变得更果断、更强硬,甚至胜过世界上所有的一切,也就是说横扫天下无敌手,必要时她们会以柔克刚,或者刚柔并用,哪个男人能不拜倒在她们的石榴裙下?乞乞科夫确实不是真心或有意的怠慢失礼的举止,却引起了女士们的普遍不满,甚至连那些因争风吃醋而争抢座位的女士们差点儿因此而大动干戈,也捐弃前嫌握手言和了。于是,她们特别留意乞乞科夫的一举一动,他随意说出几句干巴巴而又空调无味的话,在她们听来,也误认为是包藏祸心的讽刺与挖苦。活该他倒霉,恰巧一个年轻人写了一首打油诗,借以嘲弄和讽刺那些癫狂跳舞的先生和女士们。大家都十分清楚,这种事情在外省的舞会上是司空见惯的现象,丝毫不足为奇。在当天的舞会上可是成了一件了不得的大事,大家几乎是一致公认,这首诗的作者一定是乞乞科夫,当然也就把这种敢冒天下之大不韪的罪名栽到他的头上了。这样一来,对乞乞科夫不满的情绪越来越大,使得他几乎陷入群起而攻之的难堪局面,女士们竭尽全力地在各个角落里议论他,攻击他,诋毁他。更加不可理喻的是,她们还把满腔的怒气发泄到无辜的金发女郎身上,把她贬得一无是处,她反而成了被攻击的替罪羊和发泄怒气的出气筒。

说来乞乞科夫今天在舞会上真是太不走运了,一件事情不顺心还不算什么,又碰到一件更倒霉的事情,真是祸不单行啊!正当乞乞科夫给金发女郎大讲特讲不同历史时代的故事,甚至还想把古希腊哲学家狄奥根也大吹特吹一通时,诺兹德廖夫从最里面的一个房间里钻了出来。他是从小吃厅溜出来,还是从比打惠斯特牌更疯狂赌博的那间绿色小客厅里跳出来的,是他自动离开的,还是被别人硬赶出来的,我们都不得而知,反正对他来说,就是被赶出来的,也是家常便饭而无所谓之事。只见他红光满面,十分得意的样子,还用手使劲儿地拉着检察长的胳膊,看样子后者被生拉硬拖好一会儿了，因为检察长正可怜兮兮地紧皱着浓眉，不停地往四处张望，仿佛在求救似的，或者在考虑如何才能得以脱身。很明显可以看得出来，他很不喜欢这样被人硬拖着在舞场到处乱转，这种过于亲热的方式，实在令他太出丑了。诺兹德廖夫接连喝了两大杯茶，茶里肯定掺了烈性的罗姆酒，于是这位牛皮大王便借着酒劲儿胡诌八扯地说起谎话来。乞乞科夫从老远的地方就发现了他，仿佛见到瘟神一样，立刻下定决心赶紧逃走，万般无奈只得舍弃那个靠近金发女郎的座位。他心里很清楚，和诺兹德廖夫邂逅相逢一定会给他带来很大的麻烦。真是老天不作美，偏偏在这个时候，省长转过身来拖住了他，说碰到这位巴维尔·伊凡诺维奇分外高兴，并且非要请他来裁判一下，省长和两位女士在有关女人的爱情能否持久的争辩中正难解难分。真是恶魔缠身，恰在此时，诺兹德廖夫一眼就发现了他，于是，迈着大步直奔他闯了过来。

"少见哪，少见哪，原来是赫尔松的地主大驾在此，赫尔松的地主大驾在此啊，真是荣幸之至！"诺兹德廖夫扯着嗓门儿喊叫着，一边放声地狂笑着，直笑得两个腮帮子上的肉突突乱跳，而且面红耳赤，就像春天蔷薇花一样的红。"怎么样啊？死人的买卖做得还不错吧？省长大人，"他立刻朝着省长大呼小叫地说道，"省长大人，他在做死农奴的生意呢！我对天发誓，我说的可是千真万确的呀！你给我听着，乞乞科夫！你这个家伙，我看在朋友的分上，对你说句真心话，今天在场的都是你的朋友。另外，省长大人也在这里，当着这么多朋友的面，我不说假话，老天作证，我真的要把你吊死，一定要把你吊死！"

乞乞科夫一见到他就非常紧张，又听了这一番话以后，更是吓得不知如何是好，可是在众目睽睽之下，真是无处躲，无处藏，狼狈极了。

"省长大人，您相信吗，"诺兹德廖夫接着又说道，"这个不知羞耻的家伙那次竟然对我胡说什么：'把你的死农奴卖给我吧。'我一听这种荒唐事儿，差点儿把肚皮笑破了。我一来到这里，别人就告诉我，说他买农奴花了三百万卢布，还要把买的农奴迁到别处去，真是个挥金如土的大富翁啊！千万不要相信他那一套！买的是什么农奴，又怎么个迁法呀，他想从我手里买的可是不喘气的农奴，也就是死农奴！你给我听着，乞乞科夫，你这个畜生，你这个不折不扣的畜生，想骗谁呀？正好省长大人也在这里，我说的话有没有道理，检察长先生？"

但是，不管是检察长，还是乞乞科夫，以及省长大人，全都被搞得尴尬极了，全都手足无措，不知如何回答是好。诺兹德廖夫却一点也不在乎，似乎像是认真说的，又好像是耍酒疯似的胡说八道：

"喂，我的老兄，你，你……你干吗要买死农奴呢？你今天要不说实话，我决不会放你走。你给我听着，乞乞科夫，说老实话，你真是一点不害臊，你自己心里清楚，你到哪儿去找我这么好的朋友啊。省长大人也在这儿，我的话有没有道理，检察长先生？也许说出来您不相信，省长大人，我们两个人好得犹如一对同胞兄弟一般，好得不能再好了。不信，您就试一试看，我就站在这儿，您就问一问我：‘诺兹德廖夫！你要发誓，老实告诉我，你最喜欢哪一个：是你的亲爹，还是乞乞科夫？’——我会毫不犹豫地告诉您：‘当然是乞乞科夫。’天地良心，我不说半点假话……啊，乞乞科夫，我的心肝儿宝贝，让我来亲你一下。省长大人，也请您允许我亲他一下吧。好了，乞乞科夫，你就不要忸忸怩怩了，让我来亲一亲你脸上的细皮嫩肉吧！”诺兹德廖夫撅起嘴唇正要去亲乞乞科夫，却被乞乞科夫使劲儿推开了，让这个宝贝差点儿摔个四仰八叉。这样一来，人们都走开了，没人再听他胡言乱语。然而，有关买卖死农奴的那番话，是他扯着嗓门儿叫嚷出来的，而且还放声狂笑，因此，惊动了舞场里所有的人，就连待在大厅里最远的角落里的人都听得清清楚楚。这可是一条爆炸性新闻，所有的人都感到非常奇怪，几乎全都被惊得目瞪口呆，一个个都像木桩子似的傻站在哪儿，脸上还露出迷惑莫解的神情。这时，乞乞科夫却观察到，很多女士都幸灾乐祸地相互挤眉弄眼，脸上还露出一副刻毒讽刺的冷笑。也有几位女士脸上却露出一种模棱两可令人捉摸不透的神情，使得乞乞科夫更加难堪，甚至无地自容了。按道理说，诺兹德廖夫是个臭名远扬的牛皮匠和说谎专家，这是无人不知，无人不晓的。因而，从他那张臭嘴里喷出一些臭气熏天的胡言乱语，也不会出乎人们的所料，就当闻了一个臭屁而不了了之。然而，事情却没有这么简单，人啊，人都是些凡夫俗子，当然也就脱离不开凡尘俗物的纠缠：不管听到什么新鲜事儿，只要是新鲜事儿，不管这件事儿有多么低级无聊，有多么庸俗肉麻，但是只要是新鲜事，他就会乐此不疲地去传播，准会把它传播给另一个人去听，只是为了听上一句：“您看看，如今人们在传播多么离奇而又荒唐可笑的谣言啊！”而另外一个凡夫俗子也必然高高兴兴地竖起耳朵津津有味地去听，尽管听过以后，他也会说上一句：“是啊，这完全是胡说八道，是荒诞无稽的谣言，千万不要信以为真！”可是话音还未落，他马上又去打听第三个人，然后这一对凡夫俗子一起怒气冲天地发出一声感慨万端的惊呼：“实在太无聊了，怎么能传播荒诞无稽的谣言呢！”于是，这件新鲜事儿也就成了全城头版头条的新闻了，结果在大街小巷，茶余饭后，传得沸沸扬扬，闹得不亦乐乎！可是，等到尽人皆知，人人都听腻了，那些热衷传播所谓新闻的凡夫俗子，最后才会恍然大悟地惊叹道：“唉，人们真是吃饱了撑的，干吗要相信这种事儿呢？只有傻子才会去传播和议论！”

不言而喻，诺兹德廖夫掀起的这场风波，却把我们的主人公那番美滋滋的心情驱赶得无影无踪，令其心情非常郁闷不快。尽管一个傻瓜的话荒唐而又愚蠢之极，有时却能够使一个聪明之人变得晕头转向。乞乞科夫仿佛正是如此，心中别扭极了，真是闷闷不乐：犹如一个人穿着一双闪光发亮的新皮靴，正高视阔步地走在路上，不想一脚却踩到一个又脏又臭的泥坑里。总而言之，倒霉透顶了！他想舒缓一下自己的郁闷心情，尽力不去想这件事儿，想干点儿别的事儿开开心。于是，便坐下来打惠斯特牌解解闷，谁知道，手气差劲儿极了：居然有两次出错了牌，打出了对家的花色;还有一次就更莫名其妙了,第三家出的牌本来不该毙掉,他却忘记了那是自己的搭档,迷迷糊糊地就给毙掉了。把民政厅长也给搞糊涂了,大家都知道,乞乞科夫向来都是打牌高手,可以说是一个精通这门游戏奥妙的行家里手,怎么会接二连三地出错呢,竟然会把他的一张黑桃王牌给毙掉了。按着民政厅长自己的说法,他把这张牌看得像上帝一样重要的大救星,他把全部希望都赌到这张牌上了。乞乞科夫在牌桌上这番异常表现,使邮政局长、民政厅长,以及警察局长都十分诧异,三个人不约而同地和我们的主人公开起了玩笑,说他一定是堕入了爱河,又说他们知道巴维尔·伊凡诺维奇害了相思病,一定是什么人用爱神的箭把他射中了。遗憾的是,打牌也好,几个人开玩笑也罢,都没能使乞乞科夫的心情好转。无论他如何想装得轻松一些,或开句玩笑来加以掩饰,都是枉费心机。在围坐在晚饭餐桌旁时,所有在座的人都谈笑风生,情绪极佳,只有他仍旧闷闷不乐,想要硬装得愉快一些,但是,他还是愉快不起来,即使诺兹德廖夫也被赶走了。诺兹德廖夫这个家伙在舞会上出尽了洋相,丢尽了丑,这是女士们亲眼目睹的;在跳抖季利昂舞时,他居然坐在地板上耍死狗,并且动手去拉女士们衣裙的下摆。女士们都十分气愤,说他这种行为太下流了。于是就被轰了出去。吃晚餐的时候,气氛更是热闹非凡,面对着一盏盏照耀得如同白昼的烛台,一束束鲜花,种类繁多的糖果,品种多样的美酒,杯觥交错,人人都笑逐颜开,个个都心花怒放,无不兴高采烈。军官们,淑女佳丽们,身穿燕尾服的绅士们和先生们,全都变得非常友好和殷勤,甚至友好和殷勤到令人难以入目程度。男士们都不失时机地跳起来,飞奔过去争夺侍者手中的托盘,再争先恐后地到女士们面前去献殷勤。更有甚者,一位上校竟然拔出军刀,用刀尖挑起一碟调味汁敬献给一位女士。总之,真是殷勤备至,友好之极。务请读者诸君宽恕,我就不想多费笔墨了。到了老成持重之年的一些男人,都聚在一起口若悬河地争论着,一面天南海北地神聊着,一面又甩开腮帮子吞吃着鱼肉和牛排蘸芥末,乞乞科夫也坐在他们之中。要是往日,乞乞科夫早就积极主动地和他们争论起来,并且会滔滔不绝地发表自己的高见,因为他们所争论的内容,正是他历来感兴趣的问题。可是,今天他却一反常态,不仅没有跟他们去争论,而是坐在那里发呆。就像一个心神不宁而憔悴之人,又像一个经过长途跋涉、筋疲力尽归来的旅人一样,又如对周围的一切都视而不见听而不闻的聋哑之人,脑袋里好似一片空白,哪里还有心思和精力去争论和探讨问题呢。他自己也感到太无聊了,因此,晚餐尚未结束,他就提前告辞返回客店了,比往常回去的时间不知要早多少。

乞乞科夫很快就返回了旅店,此刻他就在读者诸君早就熟悉的那个房间里，也就是有一扇门被五屉柜挡着，屋里四面八方的角落里经常有蟑螂爬来爬去。我们的主人公仍然心神不宁，脑袋里也乱纷纷的，就好像坐在那把摇摇晃晃的圈椅上一般。他的精神萎靡不振，心里乱哄哄的，叫他憋闷得要死，总是有些若有所失的感觉。“搞什么舞会呀，是谁搞出来的这种鬼名堂，真是烦死人了！跳吧，你们就起劲儿地跳吧，让魔鬼全都把你们生吞活剥了才解气呢！”他无端地发起火来，仿佛看到什么东西都不顺眼，狠狠地诅咒起来：“哼，有什么可臭美的，有什么可高兴的，一个个都在发神经！省里粮食歉收，老百姓在闹饥荒，物价飞涨，可是你们这些没心肝儿的人，竟然无忧无虑地举办什么舞会！看看你们这些人，特别是娘们儿们：一个个打扮得花枝招展的，活像妖精！这一身花里胡哨的皮就得花上千个卢布，嘴里还嚷嚷：‘不算贵，挺便宜的！’但是，那挥霍掉的是钱，是劳动人民，更是农奴的血汗，也许更糟糕，是咱们那帮地主老爷、花花公子、贪官污吏搜刮来的昧心钱、黑心钱。大家心里都明白：你们为什么要贪污受贿，为什么心肠都变成了驴肝肺，为什么昧着良心干缺德事儿，还不就是为了向臭老婆献殷勤，给她买一条披巾，或者买几件价格昂贵的时髦的裙子，什么圆蓬裙，玩什么鬼花样！屁股后面膨起那么大个圆圈，有什么时髦的，有什么好看的，那纯粹就是裹尸布！对，不管它叫什么名字，就叫它是裹尸布好了！它裹的就是一个臭婆娘，它裹的就是一个行尸走肉！但是，为什么又要这样打扮呢？为什么又要这样慷慨大方地破费呢？为的就是堵住一个什么叫西多罗芙娜的臭婆娘的嘴，免得让她瞎嚷嚷邮政局长夫人的裙子比她的漂亮好看，为此一下子就挥霍上千个卢布。如今你们到处喊叫：‘舞会，舞会，悠哉，快哉，其乐无比！’依我看，舞会本来就是件很糟糕的事儿，根本就违反俄国的国情，也违反俄罗斯人的天性，谁知道它是什么鬼把戏：一个个男子汉大丈夫，忽然间像发疯似的跳起来没个完，还穿着一身黑衣服紧绷绷地裹在身上，人不人鬼不鬼的，撇着两条腿像死人诈尸了一样跳起来了。有的人怀里还搂着一个舞伴，那两条腿像山羊一样，忽左忽右地瞎蹦着，一边又和另外一个人聊着所谓的正经事儿，跳着令人眼花缭乱的花式舞步……全是猴子玩的那套鬼花样，真是猪鼻子插大葱硬充大象！法国人到了四十岁还和十岁的孩子一样，整天无忧无虑地瞎蹦瞎跳，我们也非得跟着人家发疯！……唉，说真格的……每次跳完舞回来之后，犹如干了什么亏心事一样，连想都不高兴再去想它。脑袋里面啥也没剩下，空空的，就好像和一个上流社会的绅士胡扯了一通，什么印象也没有留下来。那位绅士口若悬河，上至天文，下至地理，哲学与文学，不管什么东西，都吹上一通，甚至还从史书、经典著作中死记硬背地断章取义，讲得头头是道，吹的有声有色；但是，到了最后，你却没有得到半点儿有益的启示或收获，脑袋里照旧空空如也。并且到后来才发现，就是和一个普通的平民百姓和一般的商人聊聊天，也比跟这些金玉其外败絮其中的绅士的谈话要受益得多。因为平民百姓讲的是实实在在的生活经验，是你闭上眼睛就可以想像出来的现实生活中的苦辣酸甜，你睁开眼睛就可以看得到，伸出手就可以摸得到的活生生的东西。和一个商人谈话也是如此，虽然他谈的都是生意经，虽然他谈的都是成败得失的经商之道，可是都是他从经商过程中总结出来的实实在在的东西，是实践知识，是经验之谈。但是，你从舞会上能够得到什么有益的东西呢？即使有哪一位作家哪一天灵感骤至，才情大发，想挥动生花妙笔把舞会的整个场面如实地描绘出来，那又能如何呢？就算写进书中，又能改变什么呢？舞会依然会像现实生活中的那样，是荒谬虚妄的，是莫名其妙的。有谁能给它下个定义，它究竟是一种什么鬼把戏呢？谁敢说它是一种高尚行为，还是一种不道德的行为呢？鬼才知道它算做一种什么样的行为！你只得对它嗤之以鼻，然后把书丢到一边就算完事大吉了。”

请看，乞乞科夫把舞会骂得一无是处，可是，这里还隐藏着另一个原因，是因为他在舞会上丢了丑，栽了跟头，他心中的怒气、晦气无处发泄，便拿舞会做出气筒。因而，他怨恨的主要并不是舞会，而是怨恨他在舞会上丢丑、栽跟头这件事。是啊，正当他春风得意之时，却在大庭广众面前大出丑，而且还扮演了极不光彩的角色，把他一直引以为自豪的男子汉大丈夫的风采丢得一干二净，实在太丢人啦！但是，我们都知道，乞乞科夫毕竟是一个老谋深算之人，是一个闯荡江湖的老手，待到他略微冷静下来之后，又把舞会上之事前前后后地想了一遍，他发觉这一切都是捕风捉影而无关大局之事，流言蜚语都会被人看成是愚蠢的无稽之谈，而且要办的大事已经木已成舟，也就是说，他不用担心有人会来揭穿他的骗局，已经铁板钉钉，办妥了，于是他的心情也轻松了一些。但是，人就是这样一种怪物：他平日里最看不起的那些人，对他指责最多而且最严厉的那些人，甚至斥责他们无所事事、游手好闲，只知道追求穿着打扮；恰恰是这些人一旦反过来以其人之道还治其人之身的时候，他却气急败坏，火冒三丈，认为太有伤他的自尊心了，他甚至对他会恨之入骨。但是，在他把事情分析透彻之后，他发觉自己也不是一点儿责任没有，这时他就更加懊悔了。不过，他并不责怪自己，当然，他如此处理问题也是可以理解的。我们这些人都是凡夫俗子，都有一个弱点，那就是宽以律己，以自身的缺点和错误总能找出理由来解脱和宽容。而且还想方设法来发泄自己心中的怨气，找谁呢？当然，总是寻找自己的熟人或身边的人，把满腔的怒火或满腹怨气发泄在他的身上。比如仆人啦，恰巧走到身边来的下属人员啦，老婆啦;找不到活人来当出气筒,怎么办呢?那只好用眼前的桌椅当替罪羊了,于是顺手操起一把椅子,把它抛到远远的地方去,嘴里还恶狠狠骂道,让它见鬼去吧。把它抛到门外去,不是摔掉它的扶手,就是摔断它的靠背,让这个不喘气的无知觉的东西,也来领教领教主人大老爷火冒三丈大发脾气的威风。乞乞科夫毫不费力地就找到了这个人,把自己心中的不快和满腹怨气全都发泄在他的身上。这个人是谁呢,我不说,大家也会猜得到,这个人就是酒鬼和牛皮大王诺兹德廖夫。那么,我们的主人公在舞会上,为什么没有在大庭广众的面前,和当面羞辱他和揭他老底的诺兹德廖夫较量一番呢?那时,他的勇气哪儿去了呢?他的绅士风度和傲慢的风采又到哪儿去了呢?难道仅仅是因为怕有失绅士风度吗?不,不是,是他自己心中有鬼,真的一旦和诺兹德廖夫闹起来,恐怕他身上那张伪君子的画皮,会被诺兹德廖夫扒得净光,他的骗子的本来面目会在大庭广众的面前暴露无遗,他会更加出丑,更加无地自容。所以,那时他装出一副被人当面羞辱而不动肝火的胸怀坦荡的君子风度,以博取众人的同情,这也是他闯荡江湖练出来的老奸巨猾的本领。再说,自从他逃出诺兹德廖夫家之后,他就把诺兹德廖夫看成是他的一个惹不起的瘟神,再怎么受其羞辱,他也只好忍气吞声,就像老鼠见了猫一样,不仅没敢作声,甚至连个屁也没敢放!一心只想找个脱身的办法,躲得离他越远越好。因为他知道,诺兹德廖夫这个家伙是什么事都干得出来的,搞不好,也许会当众揍他一顿的。所以当时他才表现出那副可怜相,不明真相的人,当然还是把他看成正人君子啦。再者说,骗子要比酒鬼高明得多,这也正是乞乞科夫比那个愚蠢的说谎大王高明之处,或者像人们常说的那样:小不忍则乱大谋,这就叫做好汉不吃眼前亏嘛!现在待在旅店里,诺兹德廖夫又不在场,怎么骂都没关系,反正这个家伙也听不到,一个人在这里施展一下威风有什么不可以的?这才是乞乞科夫的英雄本色嘛!于是,他便对诺兹德廖夫展开咒骂的攻势:其凶狠程度,除了咬牙切齿、横眉立目之外,还捶胸顿足、唾沫横飞,和一个泼妇骂街相比,只有过之而无不及;其语言的污秽程度,也是人们闻所未闻,恰似一个久闯江湖、久历风波练就一身骂人本领的上尉,或者是戎马一生,只知道挥刀杀人的大老粗将军,咒骂一个圆滑老练专门会骗人的村长的马车夫时,使用的那些污秽不堪,甚至难以入耳的脏话。而且这位将军除了使用通用的骂人经典的语言之外,还使用很多令人毛发倒竖的超经典的新鲜的骂人用语,当然啦,这是他新发明的和具有专利权的词汇,因此,可以看出,这位将军不仅战功赫赫,而且在独创骂人词语方面也建立了很大的功勋。总而言之,乞乞科夫今天算是过足了咒骂之瘾,先是把诺兹德廖夫的列祖列宗骂了个狗血喷头,然后又把他这一姓氏或亲友的祖宗八代挨个诅咒和痛骂了一番。嗬，骂得好不过瘾，骂得好不痛快，从他一个人在客房里这番精彩的表演，我们可以更清楚这个伪君子的本领，可以更清楚这个骗子的英雄本色啦！

然而，乞乞科夫虽然骂得口干舌燥，虽然骂得筋疲力尽，似乎仍然余怒未消，坐在硬邦邦圈椅里，脑袋里像沸腾的开水，思潮翻滚，心神不宁，哪里还睡得着觉。于是他又接着咒骂诺兹德廖夫和他的祖宗八代。他面前那盏蜡烛大概也听烦了，烛光突突乱跳，忽明忽暗，大概是对乞乞科夫发泄不满吧，烛芯上就结出了乌黑的烛花，冒着黑烟，马上就要熄灭的样子，好像在警告乞乞科夫："你要是再骂，我干脆就要灭了你！在这儿逞什么英雄，干吗不去找诺兹德廖夫，指着他鼻子去骂，躲在屋子里骂街，是胆小鬼，懦夫，比诺兹德廖夫还卑鄙！"窗子外面漆黑的夜幕仿佛也听得不耐烦了，央求晨曦的曙光赶快把它拉开，免得这么闷气。晨曦便伸出闪光的手徐徐拉开夜幕，东方出现了鱼肚白，整个天空也逐渐变蓝，变得透明。远处传来了公鸡的啼鸣，此起彼伏地演奏着日出之前的交响曲。当整座城市在睡神的怀中甜睡的时候，或许还有一个人穿着粗呢子大衣踯躅在黑暗之中，或许这是一个身份不明的逃难者走投无路了，只好沿着一条（唉，别无他路可走啊！）被俄国亡命天涯之人跋涉出来的吉凶难卜的坎坷道路逃生，只身孑影好不可怜！

但是，恰在此时，在这座城市另一端，正有一件无足轻重的事情发生着，但它一定会给心情不佳的主人公的境遇带来不快和麻烦。也就是说，在省城一条偏远而僻静的街巷里，有一辆样子极为稀奇古怪的马车吱吱嘎嘎、丁当乱响地驶来。或者说，你一下子还无法给它起一个比较合适的名称来，因为这辆车既不像是一辆奔走在驿道上的四轮马车，又不像专门行驶在市内街道上的轻便马车，也不像是底盘上带弹簧的轻型马车，从外形上看，倒是很像一个马车轮子架着一个又圆又大的西瓜，在这个大西瓜的两侧有两扇车门，门上还隐约可见黄色的油漆，已经破旧不堪，门把手和门锁也都不能用了，只得用绳子勉勉强强地捆绑着。西瓜肚子里塞满了五花八门的印花布靠垫，有荷包形的，有扁平圆形的，有的就像枕头一样。此外，里面还塞满一袋又一袋长面包、圆面包、奶油面包、鸡蛋烤面包、带馅的面包，以及辫子形的面包。在这堆面包上面还放着鸡肉大馅饼和腌黄瓜拌肉馅的大馅饼。车子后面的脚踏板上坐着一个人，像是仆人的样子，穿着一件杂色的土布上衣，下巴颏下面有一绺花白的大胡子，一看那副模样，就知道是个听差式的人物。这个西瓜形的大怪物在城市另一端的街头上行驶着，车上的门锁和生锈的螺丝钉一路上还吱吱嘎嘎、丁零当啷地伴奏着，再加上车轮子发出的刺耳的声音，把睡梦中的岗警给惊醒了。只见他睡意蒙眬地举起长戟,大声地吆喝道:“干什么的?”但是,他却没看到一个人,只是远处传来了马车行驶的声音。这时又有一只小虫子来捣乱,他伸手在脖子上把它抓住,立即走到街灯下,用指甲把它处死了。后来又无事儿可干了,于是放下手中的长戟,按照自己的骑士风度又到梦中去巡游去了。马蹄子上的马掌已经磨光,因而走起路来,总是马失前蹄,看得出来,马匹对城里这种静悄悄的石子马路非常生熟,走起路来十分费劲儿。这辆笨重的西瓜形破马车走街串巷,转了一个又一个弯之后,又走过涅托蒂奇卡街的尼古拉教堂,终于拐进了一条昏昏暗暗的小巷,在大司祭太太家的大门口停了下来。从马车里钻出来一个村姑打扮的女仆,裹着头巾,穿着一件坎肩,攥着两只拳头,像擂鼓一般在大门上敲打起来,那副架势,恐怕男人也没有这么大的劲头儿。再看看那个穿杂色土布的听差就更有意思了,睡得像死猪一样,怎么喊也叫不醒,只好拽着两条腿从车上拖了下来。一群狗闯进来,直着脖子嚎叫起来。大门终于张开了大嘴,费了好大劲儿,才把这辆笨重的怪物吞了进去。马车总算驶进了摆着乱七八糟东西的小院里,里面堆放着一堆堆的劈柴,鸡笼子和各种式样的家禽笼子,使院子显得更小更挤了。这时从车里又走出来一位太太,她就是女地主柯罗鲍奇卡,十等文官的遗孀。那天,乞乞科夫从她家刚走不久,这个老太婆心中就七上八下地嘀咕起来,担心她受骗上当,接连三个夜晚都无法安枕睡觉,最后下定决心非要亲自到省城里走一趟,一定要打听清楚,如今死农奴的市价是多少,并且祈祷上帝保佑,千万不要让她吃亏上当,她总是疑心把自家的死农奴价钱卖得太低了。因此,不管三七二十一,便用没有挂马掌的马匹拉车进城了,至于她进城以后,到底又惹出什么新鲜事儿,不必由我来告诉诸位读者,你们从本城两个女士的一次聊天中就可以听明白了。不过,她们这次聊天……最好还是在下一章里再说吧。

第九章

Мертвые души

俄罗斯人一般都不在早晨会客或者出外拜客的，在N城也是如此。可是在女地主柯罗鲍奇卡来到省城的第二天，一大早，就有一位身穿时髦的花格呢子外衣的女士，匆匆忙忙地从一幢带阁楼和一排蓝色廊柱的橘黄色的木头房子的大门走了出来。她身边还带着一名男仆，他身上穿着一件叠领大衣，头上戴着一顶镶着金边的闪光发亮的圆顶礼帽。这位女士好似有什么急事，急匆匆地奔向停在门口的一辆马车，立刻登上脚踏板，轻盈如飞地钻进了带弹簧的马车。侍仆紧随其后关好车门，收起脚踏板，然后抓住车身后面的皮带，飞身站在踏板之上，向车夫大喊一声："走啦！"这位女士刚刚听到一件新鲜事儿，如获至宝，激动万分，便心急火燎地要去告诉给别人。她每分每秒都向车外张望，总嫌马车跑得太慢，跑了这么半天，才走了一半儿的路程，急得心里都快着火了。她感到，马车经过的这些房屋都比平时要长得多，就连那座窗户狭小的养老院刷得雪白的石头院墙，也没完没了在眼前晃动，好像没有尽头似的，真是叫人扫兴。她终于忍不住大声叫了起来："快点儿，再快点儿，安德留什卡！你今天怎么啦，干吗这么磨磨蹭蹭的，太慢了，真是急死人啦！"唉，总算到达目的地了。弹簧马车终于在一幢深灰色的木头平房前停了下来，房子的窗户上面雕刻着白色浮雕，窗户外面有高高的木头护栏。屋前有个不大的院落，隔着木栅栏可以看到，院子里还栽了几棵小树，由于常年受到城市灰尘的骚扰，都成了被灰尘包裹起来的灰白色了。窗台上还摆着几盆花，吊着一个鸟笼子，一只鹦鹉用嘴叼着圆环，在笼子里不停地摇来晃去。还有两只小狗自由自在地在阳光下打瞌睡。这幢房子的女主人，和来访的那位女士是一对知心好友。说到这里，真是让作者伤透了脑筋，不知如何称呼这两位女士才好，如果称呼不当，又得像从前那样，给自己招惹来意想不到的烦心事儿。无论你随便想出一个什么样的名字，或者杜撰出来一个名字，都是既靠不住，又是冒风险的，因为我们的国家太大了，人口又如此众多，同名同姓的人太多了，不知会从一个什么犄角旮旯里蹦出一个同名同姓的人，他一定会气得发昏，来找作者兴师问罪，说作者是别有用心，非说作者没安好心去秘密地察访过他，想探听出他究竟是个什么样的人，甚至连平时经常穿什么样的皮大衣，经常在一个叫阿尔加芬娜·伊凡诺芙娜的女士家里出出入入，爱吃什么样的食品，喜欢哪种口味等等。如果再称呼人家的官衔品级，那可要求上帝保佑了，那可就更有惹来杀身之祸或者其他倒霉的事情来。如今在俄罗斯，大小官吏和有点来历的各种身份的人脾气都特别大，搞不好会撞上一个火药筒，那就更危险了。别看他们平时都吃喝玩乐，寻花问柳，嗜酒如命，可是却不约而同地有一种高见，凡是书本里写出来的东西，不是搞人身攻击，就是败坏人家的名声，这已经成为俄罗斯的一种积习了。只要你敢说，在城里有那么一个愚蠢之人，这就构成了人身攻击啦。于是，不知从什么地方就会蹦出来一个道貌岸然的绅士，扯着脖子叫喊起来："你要弄清楚，我也是一个肉体凡胎的活人呀，那我也是一个傻瓜笨蛋啦！"总之，凭着他的绝顶聪明，会不打自招地说，那个愚蠢之人就是影射他，攻击他。因而，为了避免不必要的误会和麻烦，我们只好不提真名实姓了，给我们要讲述的人起一个代号来解决这个难题了，我们只好把客人前来拜会的那位女士，称作全面讨人喜欢的太太，既然在N城的人们也都这样称呼她，我们不妨给她起个雅号叫做"万人爱"，她获得这个雅号也是名副其实的，因为为了使自己变得人人都喜欢她，人人都爱她，她可是绞尽脑汁，花了不少的心思。毋庸讳言，她那张可爱而又亲切的画皮里，包藏着不少红颜祸水和可怕的计谋！并且，她有时也玩点小花招，她的每一句讨人喜欢的话语里，总会藏着一枝令人难以招架，或者难以躲闪的毒箭，当然啦，一定是用糖衣裹着的，或者像人们通常所说的那句话："口蜜腹剑。"作者为了爱护读者诸君，更是要千万小心，这位雅号叫做"万人爱"的女士可是惹不得的。如果有哪一位女士敢冒冒失失地混进上流社会中出一次风头，或者因为争风吃醋惹着了她，她马上会心怀忌妒和怨恨找你算账的，你要吃多少苦头，那只有鬼才知道啦，恐怕祈祷上帝也救不了你。但是，你要切记，她不是明目张胆地收拾你，而是披着省城里磨炼出来的上流社会极其高雅而又微妙的外衣来整你，会把你整得有冤无处诉，有苦无处吐，你虽然被整得苦不堪言，却还得为她的手段之高明暗暗叫好！她的一切举止都极其高雅，极其优美，此外，还以酷爱诗歌而著称，有时甚至迷醉到心驰神往的地步，装出一副娇媚十足歪着脑袋沉思的样子，因而，大家都公认，她确确实实是一位各个方面都讨人喜爱的佳丽，她荣膺"万人爱"这顶桂冠，果然名不虚传。另外那一位女士，就是刚才前来拜访的那位美人，虽然没有她所拜访的那位女主人有那么多的优点和长处，但是也是一位出类拔萃的佳人，因此，我们就把她称做：讨人喜欢的太太，我们也给她戴上一顶桂冠："万人迷"。客人的到来惊醒了在阳光下打瞌睡的两只小狗：浑身的长毛常常绊住自己的阿捷尔和长着四条细腿的公狗波普利。这两只小狗不约而同地卷起尾巴，吠叫着向客人扑了过去。此时，客人在前厅里，正打算要脱掉斗篷，刚刚露出她身上那件颜色和款式都很时髦的衣裙，脖子上还围着一条长长的狐狸皮围脖儿，她身上散发出茉莉花的芳香，立刻弥漫到整个前厅。这家女主人，也就是那位"万人爱"太太得知"万人迷"太太来访，便飞也似的跑到前厅来迎接客人。于是，这两位太太相互紧握着双手，亲热地接吻，都发出惊喜的尖叫声，恰像两个刚从学校毕业不久又邂逅相逢的女孩子一样。那时，双方的母亲还没有来得及告知这两个女孩子，一个女孩子的父亲比另一个女孩子的父亲的家境穷困一些，并且官职也小一些。这两位太太接吻的声音很响亮，弄得两条刚安静下来的小狗再次吠叫起来，使得女主人不得不用手帕抽打了一下。接着两位太太手牵着手走进了客厅，客厅当然漆成流行的天蓝色了，里面摆着一只长长的沙发，中间摆着一张椭圆形的大桌子，还有几扇装饰着常春藤的屏风。全身长着长毛的阿捷尔和细腿的波普利发出撒娇的声音，跟在她们身后也跑了进来。"到这儿来，到这儿来，我们就坐到这个角落里！"女主人一边说着，一边用手指着长沙发的一个角落请客人入座。又说道："来，给您个靠垫，这么坐舒服些！这么坐舒服些！"话还没说完，就把一个靠垫塞在了客人的背后。靠垫上有一个用毛线绣的骑士，鼻子是阶梯式的，一张四字海口，就像人们通常在十字布上绣的一模一样。女主人接着又说道：

"一看到是您来啦，我高兴极了！……我听到马车驶进院子的声音，心里就琢磨，这会是谁呢，谁会来得这么早。婢女巴拉莎说道：'一定是副省长的太太来啦！'我立刻就说道：'看，这个蠢货又来招人烦啦。'我本想让人快去把她拦住，就说我不在家……"

客人本来想开门见山谈正事儿，把听到的新鲜事儿告诉给女主人。可是这位女主人"万人爱"这时突然一声惊叫，把话题给岔开了。

"多好看的印花布啊，太漂亮啦！"女主人"万人爱"仔细端详着客人的衣裙，激动得喊了起来。

"是啊，是很漂亮。但是普拉科菲娅·费多罗芙娜却别有一番见解，她说格子再小一些，小花点不要咖啡色的，而是换成蔚蓝色的，那就更上眼，更好看啦。她说有人给她妹妹寄来一块布料，那才叫人喜欢呢。简直漂亮得无法形容。您就想想看吧：条纹再细一些，细到不能细了，细到只能凭想像才能看得出来，再配上蔚蓝色的底子，每隔一道条纹就有一排小圆圈和小圆点，圆圈圆点，圆圈圆点……总而言之，漂亮极了！可以毫不夸张地说，世界上再没有比这更好看的布料啦。"

"亲爱的，这未免有些太花里胡哨啦。"

“哎呀，看您说的，一点儿也不花里胡哨。”

“不，还是太花里胡哨啦！”

必须说清楚，女主人“万人爱”，在某种程度上有些倾向唯物论，遇事不是否定就是怀疑，对生活中的许多事物都喜欢批判或否定。

这时，女客人“万人迷”太太又解释说，这种花色一点也不花哨，而且突然叫了起来：

“对啦，您说怎么样，如今做衣服都不时兴打皱边了。”

“怎么不时兴打皱边了？”

“现在时兴要花边了。”

“哎呀，要花边有什么好看的呢？”

“如今就时髦要花边，到处都是花边：披肩上镶花边，袖口也要花边，大肩章上也要花边，裙子下摆也镶花边。到处都要花边。”

“索菲娅·伊凡诺芙娜，如果到处都要花边，那可就不好看了。”

“那才好看呢，安娜·格里高里耶芙娜，那才好看得无法形容。要缝成双道叠缝，上面的肩带要两条，宽宽的……噢，对啦，还有让您叫绝的呢，您一定会说……好啦，就让您叫绝吧，您就想想看吧，束胸喜欢要长的啦，到胸前收成尖尖的鸡心状，前身的衬片也破除常规——要完全鼓起来，整条裙子在你身子四周，也就是在腰部的地方都鼓起来，如同古时候的鲸骨裙一样，为了俏上加俏，再在后面塞上一些棉花，这么一打扮，您可就成了一个古典大美人儿啦！”

“唉，说老实话，这可太不像样子啦！”女主人“万人爱”不以为然地摇着头说道。

“我也有同感，是太不像样子啦！”女客人“万人迷”答道。

“不管您是如何想法，反正我绝对不会去学这种鬼样子。”

“这就叫人有同心，心有同理，我也是这么想的……说真的，谁也很难想像得到，这股时髦风会折腾到什么样子……闹得实在太出格了。我从妹妹那儿要来一个剪裁的样子，不过是凑热闹罢了。我的梅兰尼娅已经裁剪好啦。”

“啊，您已经有了一个剪裁样子啦？”女主人“万人爱”兴奋得叫了起来，足见她心里还是挺想赶赶时髦的，只是嘴上不说罢了。

“对呀，是妹妹给我送来的。”

“亲爱的，发发善心吧，把剪裁样子给我用用吧。”

“哎呀，我已经答应了普拉斯科菲娅·费多罗芙娜啦，等她用完了就拿给您。”

“等到普拉斯科菲娅·费多罗芙娜用完了，谁还想穿那种东西呢？

您这个人做事儿太没有分寸了，竟然把外人看得比自己人还重要。”

“可是您要知道，她也是我的表婶呀。”

“真会说，她是您哪门子的表婶呀，不过是您丈夫的一门亲戚罢了，和您有什么相干？……算了，索菲娅·伊凡诺芙娜，我压根儿就不想听，您根本就没有把我放在心上……看样子，您已经讨厌我啦，您是不是想断绝友谊之情啦。”

可怜的索菲娅·伊凡诺芙娜后悔自讨苦吃，弄得自己左右为难，不知如何是好。谁让你嘴上没有把门儿的，瞎胡说，才落得这么个好下场！她恨不得用针来刺一刺自己这条愚蠢的舌头。

“哎，顺便问一下，我们那位迷人的绅士近来怎么样啦?”女主人“万人爱”突然把话题转到我们的主人公的身上去了。

“哎呀，我的老天爷！我真是糊涂，在您这儿这么一坐，差点儿把正经事儿全给忘了！要不是您提醒我，就全给忘到脑袋后面去啦！安娜·格里高里耶芙娜，我是专门来告诉您一件新鲜事儿的，您猜猜是什么事儿?”说到这儿，这位客人激动得要死，连呼吸也急促了，憋了一肚子的话，好像一张嘴就要像洪水一样，波涛滚滚地倾泻出来。此时此刻，不管是谁想打断她的话，可不要怪她翻脸不认人，哪怕是她最最要好的朋友，也会被认为太不识时务，太残酷了。

“无论如何夸奖他，吹捧他，”女主人的口齿变得比平时更尖刻了，“我可用不着转弯抹角，就是当着他的面我也会这么说，他是一个卑鄙无耻的家伙，卑鄙，无耻，卑鄙，无耻。”

“但是，您先听我说，我有话要告诉您……”

“有人胡说八道，说他长得很漂亮，可是他一点儿也不漂亮，一点儿也不漂亮。他那个鼻子……太令人恶心啦。”

“请您等一下，请容许我告诉您一件事……我的宝贝，安娜·格里高里耶芙娜，请容许我讲给您听！这可是一个有趣的故事，您明白吗？是一个故事，是一个所谓非常奇妙的故事，”客人的表情几乎近于绝望，用恳求的声调说道。不妨在这里说明一下：两位太太在谈话中用了许多外语词句，有时居然整段话都用法语来表达。但是，尽管作者对法语使俄罗斯受益匪浅这一点素怀敬意，尽管我们的上流社会一贯都用法语来表达自己的思想感情——不容讳言，这是出于他们的爱国热忱——的这种值得赞扬的好风尚素怀敬意，尽管如此，作者出于俄罗斯人的尊严，不敢莽撞地把任何一种外语句子写进自己这部俄罗斯的史诗中去。因而，我们还是用祖国语言——俄语继续往下写吧。

“您要讲的是一个什么故事呢?”

"哎呀,我亲爱的安娜·格里高里耶芙娜,您要是能想像出来我来到府上之前的心情就好啦!您想像一下,今天一大早,大司祭的太太,也就是基里尔神父的太太,着急忙慌地来找我啦。您能想得到吗,我们那位贵客,我们那位风度翩翩的绅士,到底是个什么人物?"

"怎么,莫非说他对大司祭太太有什么越轨行为吗?"

"哎呀,安娜·格里高里耶芙娜,要是有什么越轨行为,倒也算不了什么。您仔细地听一听大司祭太太说了些什么吧。她说,女地主柯罗鲍奇卡跑来找她,提心吊胆,大惊失色,脸色煞白煞白的,和死人的脸没什么两样。她给我讲了一个惊险的故事,您听了以后就知道了,简直就是一篇惊险小说啦:在一个风雨交加而又漆黑的夜晚,已经到了深更半夜,家里的人全都进入梦乡了。忽然传来一阵急促的敲门声,砰砰砰像擂大鼓一样,真让人心惊肉跳,可怕极了,真是吓死人啦!又听到有人大声喊叫:'开门,快开门,再不开门,就把门砸碎了,可要往里冲啦!……'您要是听到了,您说可怕不可怕?都是那位迷人的绅士闹的鬼,您说这个家伙还会干什么好事呢?"

"柯罗鲍奇卡是个什么样的人,是不是又年轻又漂亮啊?"

"得了吧,漂亮什么呀,是个老太婆!"

"哎呀,这可就有点太离奇了!莫非说他迷上了这个老太婆啦。这么说,我们这些漂亮妞和风流太太们可真是饥不择食啦,怎么会被这么个荒唐的家伙弄得神魂颠倒呢?"

"不是这么回事,安娜·格里高里耶芙娜,您这是猴吃麻花——蛮拧,您完全搞错了。您只要想想看,他全副武装一下子就冲进屋里,就像索纳多尔·里纳尔狄尼[①]那个强盗一样,并且明目张胆地对老太婆柯罗鲍奇卡大声吼道:'快把死掉了的农奴全都卖给我!'老太婆有理有据地回答道:'我没法卖给你呀,因为他们全是死人啦。'可是他这个家伙却说:'不,他们没有死掉,至于他们是死人还是活人,这是我的事,跟你毫不相干!我说他们没有死,就是没有死,没有死!'他扯着脖子吼叫起来。总之一句话,他大吵大闹地折腾了起来,真是闹得天翻地覆,把全村的人都给折腾醒了,全都跑来看看发生什么事情。孩子哭,老婆叫,男人大声嚷嚷,哭声、喊声、叫声,混成一片,乱成了一锅粥!哎呀,太恐怖了,太恐怖了,太恐怖了[②]!……安娜·格里高里耶芙娜,您简直想像不出来,我听到她这番话以后真吓得魂不附体了。婢女玛什卡对我说道:'亲爱的

① 此人是个江洋大盗,是德国作家符尔皮乌斯(1762—1829)所著同名小说中的主人公。
② 恐怖,原文为法语。

夫人,您快照一照镜子吧,您的脸色太白了。’我就跟她说:‘我哪有心思照什么镜子啦,我要赶紧去把这件事儿告诉给安娜·格里高里耶芙娜。’于是,我当即就叫人去套车,马车夫安德留什卡问我要去什么地方,我就像个傻子一样呆呆地站在那儿,一句话也说不出来,两只眼睛死死地盯着他。我想,他当时一定以为我发疯了。哎呀,安娜·格里高里耶芙娜,您不会想像得出来我当时被吓得那副惊慌失措的样子,可惨了!”

“但是,这件事儿也太离奇,”女主人“万人爱”说道,“买这些死农奴究竟要干什么用呢?我想得脑袋瓜子都快裂了,可是就是弄不清楚。我这是第二次听到别人讲起死农奴的事儿啦,我丈夫非说诺兹德廖夫是瞎胡扯呢。我想这里面一定有什么鬼把戏。”

“但是,您仔细地替我想一想,安娜·格里高里耶芙娜,当我听到这件事儿的时候,我是一种什么样的心情吧。柯罗鲍奇卡说道:‘当时我真的吓昏了,我真的不知道该怎么办才好。他非逼着我在一张假合同上签了字,扔给我一张十五卢布的钞票。我是一个孤苦伶仃的寡妇,哪儿经历过这种事情,一点儿经验也没有,稀里糊涂的,什么都不清楚……’事情的经过就是这样!我当时真的给吓昏了,您如果能想像出我当时那副样子,那就再好不过了。”

“不管您是怎么样来评价这件事,这里面不光是死农奴的问题,其中一定有什么不可告人的东西。”

“说心里话,我和您有同感,”女客人“万人迷”十分惊奇地说道,甚至心急火燎地想搞清楚,这里面到底有什么不可告人的东西。为了引起对方的重视,竟然一字一顿地拉长声调地问道:

“那么,您认为这里面有什么不可告人的东西呢?”

“那您就先说说,这里面究竟是怎么回事呢?”

“您让我先说?……那我只能告诉您,说心里话,我都给吓得晕头转向了,还能想什么呢?”

“但是,我还是想知道,您对这件事到底是怎么想的?”

可是,这位来访的“万人迷”太太什么想法也没说出来。她依旧是那么心神不定,慌慌乱乱的样子,要她说出来什么发人深省或解难释惑的想法,简直比登天还难。如此看来,此刻,她比任何一个其他女人,都更需要朋友温柔的体贴和关怀,最好是能帮助她好好分析一下。

“那好吧,我来给您说说,买这些死农奴是怎么一回事儿吧,”女主人“万人爱”太太给她分析和推测了一番,来访的客人便竖起耳朵,把身子也稍微挪动了一下,聚精会神地听了起来。她的心情豁然开朗,虽然身子分量大了一些,但是此刻却变得轻飘飘的了,身子似乎离开了长沙发,恰似一片羽毛，只要轻轻一吹就能迎风飞舞了。

这位客人“万人迷”太太的心情恰如一位出去打猎的俄国老爷的心情一样。这位大老爷平生酷爱养犬和打猎，当他骑上高头大马威风凛凛地出去打猎，纵马急驰来到一块林中空地附近，恰巧发现一只被随从们惊动了的兔子连蹦带跳地从树林子里窜了出来，仓皇逃走，正好向他的马前跑过来。刹那间，他举着马鞭，连同胯下的骏马都屏住呼吸地静止在那里，就像一堆就要引火起爆的火药一样。他圆睁二目死死地盯着昏昏暗暗的前方，只等那只兔子跑过来，他立刻会纵马飞驰追上前去，紧追不舍，不管狂风暴雪肆虐，也不怕银白色的雪花纷纷飞舞，飞到他的嘴里、胡子上、眼睛里、眉毛上，他那顶海龙皮帽子已经变成一个大雪球，不捕猎到这只兔子决不罢休。

“死农奴……”女主人“万人爱”太太说道。

“快说呀，究竟是怎么回事儿？”客人催促着说，激动得坐都坐不住了。

“那些死农奴！……”

“哎呀，看在上帝的面子上，您就痛痛快快地说了吧！”

“什么死农奴呀，只不过是为了转移人们的视线，他只不过是虚晃一枪来掩人耳目，真正的目的是想拐走省长的女儿。”

这个结论可是出乎所有人的意料之外，这种极为精辟的分析，是任何人都无法想到的，无论从哪方面来说，都是个令人震惊万分的高见。客人“万人迷”太太听了这番话，犹如沉雷击顶，差点儿没激动得昏死过去，目瞪口呆地坐在那，面孔变得比纸还要白，这回真的被吓得昏昏然了。

“哎呀，我的天哪！怎么会这样呢？”她急得拍手打掌地叫了起来，“这可是我绝对没有想到的！”

“跟您说心里话吧，您刚一开口，我立刻就清楚是怎么回事了，我一下子就猜出来他芦葫里卖的什么药了！”主人“万人爱”太太回答道。

“您说说看，安娜·格里高里耶芙娜，这件事竟然闹成了这种样子，人们又该怎样来评论贵族女子学校呢？她算是一个什么天真无邪的女孩子，这回可是露馅了，原来是这种德行！”

“什么天真无邪，什么单纯可爱！我亲耳听到她说过一些不堪入耳的脏话，说心里话，就是去重复她那些话，我都怕弄脏了嘴！”

“唉，您知道，安娜·格里高里耶芙娜，看到她堕落到这种程度，实在太叫人伤心了。”

“可是，男人们却都被她玩得魂不附体，像一群苍蝇似的围着团团转，还嗡嗡直叫呢！说心里话，在我看来，她没有一点迷人的地方，只会扭扭捏捏的假正经啦，真是叫人浑身起鸡皮疙瘩！”

“哎呀，她太会装模作样啦，太会假正经啦！哎呀，我的上帝呀，她太会假正经！是谁调教出来的这种本事，说真的，我还从来没看到过有哪个女人像她这样假惺惺的！”

“亲爱的，您看她那副德行，就好像是用石膏塑造出来的，一点人色都没有，面孔煞白煞白的，活像一具僵尸！”

“哎呀，您可不要这么说，索菲娅·伊凡诺芙娜，她还涂脂抹粉呢，真是没脸皮！”

“哎呀，您说哪儿去了，安娜·格里高里耶芙娜，她脸上涂的全是扑粉，是扑粉，厚得都要掉渣了！”

“亲爱的，我曾坐在她身边，亲眼看到她脸上涂的胭脂足有手指头那么厚，就像涂到墙上的油漆，成片成片地往下掉。准是她妈妈教的，妈妈自己就是个老妖婆，女儿一定比她更会卖俏了，这就叫做一代更比一代妖气嘛！”

“得了，得了，您这话可说的不对头。我敢向您发誓，也敢和您赌咒，她根本就不涂胭脂。我可以和您打赌，要是她脸上有一点儿胭脂，哪怕是有一星半点胭脂，我心甘情愿输掉我的丈夫、孩子和全部财产！”

“哎呀，索菲娅·伊凡诺芙娜，您这说的是什么话呀！”主人“万人爱”太太把两手使劲一拍地说道。

“哎呀，安娜·格里高里耶芙娜，您这是怎么啦，您这个样子，真是叫我太吃惊了！”客人“万人迷”也把两手使劲儿一拍地说道。

读者诸君也许不会感到奇怪吧，这两位女士分明几乎在同一时间看到省长的女儿，但是两个人对她看法却大不一样。这就叫做世界之大无奇不有：同一件事物，一位女士看来是雪白雪白的，而另外一位女士看来，却是通红通红的，红得像越橘一样。

“好吧，我还可以举出一个例子，证明她的脸色是苍白的。”客人“万人迷”太太不服气地说道，“我记得很清楚，我当时就坐在玛尼洛夫旁边，我曾经对他说：‘您看看，她的脸色太苍白了！’我们的男人都是些糊涂虫，居然会迷上她！而我们那位会迷人的绅士……哎呀，我觉得他太让人讨厌啦！安娜·格里高里耶芙娜，您都难以想像我讨厌他到什么程度。”

“这就怪了，我们却有那么几位厚脸皮的太太和小姐，对他还真有点儿情意绵绵的。”

“请您说话注意点儿，不要含沙射影，莫非是在说我吗？安娜·格里高里耶芙娜？您可绝对不能这么随便乱说，绝对不能，绝对不能！”

“您干吗这么多心哪？我怎么会说您呢，仿佛除了您，就再没有其他人了似的。”

“绝对不能,绝对不能这么说,安娜·格里高里耶芙娜!请容许我声明一句,我可是一个自尊自爱之人。至于说到另外一些人嘛,那就很难说啦,别看她表面上装出一副威严不可侵犯的样子,谁知道她心里是怎么想的,也许是一肚子不正经的花花肠子!”

“哎呀,实在多有得罪,索菲娅·伊凡诺夫娜!请容许我对您说一句掏心窝子的话,我可是从来没干过这种不光彩的事情。但是,我不敢保证别人没干过,反正我是从来没干过什么丢人现眼的事情,请容许我再向您声明一次!”

“您干吗这么多心呢?大家都知道,那天在场的还有其他一些太太小姐嘛,甚至还有人争先恐后地去抢靠近门口的那把椅子,一心想靠他近一点儿。”

看样子,一场风波真有点儿一触即发了,可是万万没有想到的是,在女主人“万人爱”太太说完了这番话以后,两位太太却突然都沉默不语了,结果并没有闹出什么不愉快的事情来。这时,“万人爱”太太想起来了,还没有把时髦的衣服剪裁样子拿过来,而那位来访的客人“万人迷”太太还没有死心,挖空心思想继续打探女友新发现的详情细节。两个人还都各有所求,所以不能闹僵了,于是,很快又握手言和了。但是,就其本性而论,两位女士倒也不是专门给人落井下石之人。一般说来,她们还不是心肠歹毒之人,只不过是在聊天过程中,碰到适当时机,说两句旁敲侧击的话,来刺一刺对方,以满足个人小小的心愿,仅此而已。比如说,其中一位女士找个机会,说一句弦外有音的俏皮话,或者是一句一语双关的话,能刺一刺对方,这也是一种别有情趣的小把戏,似乎从中便可得到意外的收获,这也可以算得上一种小小的乐趣:好了,这一下让你吃不了得兜着走!好了,这就是说给她点颜色看看!不管是男人,还是女人,心里都会埋藏着各种不同的欲望和好奇心。

“但是,还有一个问题,我怎么想也弄不清楚,”客人“万人迷”太太说道,“乞乞科夫是个过路的外乡人,怎么居然敢这样胆大妄为呢?看样子不可能是单枪匹马地干,一定会有一个同伙在暗中帮助他。”

“您以为他没有同谋啊!”

“那么您来推测一下,谁会来帮他干呢?”

“哎呀,不用猜了,一定是诺兹德廖夫这个家伙。”

“怎么会是诺兹德廖夫呢?”

“怎么不会是他呢?要注意,这个家伙绝对能干得出来。您听说过吗,这家伙连他的亲爹都要卖掉,或者当作赌注,把他的老子给输掉。”

“哎呀呀，我的老天爷，今天我可是大丰收了，您给我讲了这么多的趣闻轶事！我无论如何也没想到，诺兹德廖夫也搅和到这件事儿里面了！”

“可是我早就推测出来啦。”

“说来也没什么可大惊小怪的，世界之大无奇不有，更何况诺兹德廖夫，本来就是一个酒鬼、赌棍。您还记得吧，乞乞科夫刚刚来到咱们省城时，又有谁能够想像得到，他会把我们的上流社会闹得地覆天翻呢？哎呀，安娜·格里高里耶芙娜，您怎么也想不到，我当时真的给吓傻了！多亏有您的关怀和友谊……否则，我真不知道如何是好了……唉，我给吓得魂儿都不附体了……我的婢女玛什卡对我说：‘亲爱的太太，您的脸色变得煞白煞白的啦，您快照照镜子看看吧！’我便对她说：‘玛什卡，我现在可是顾不上这个啦。’怎么也想不到是这么回事儿！诺兹德廖夫会是他的同伙，真让人难以理解！”

客人“万人迷”太太一心想探听出乞乞科夫要拐骗省长女儿这件事的详细情节，诸如拐骗的具体时间啦、方式啦等等，由此可知，她的好奇心和兴趣还真够大的。女主人“万人爱”太太被追问得没办法，只好实话实说，再多的情况她也一无所知。她倒还是个老实人，不善于添枝加叶地胡编，更不会扯谎骗人：推测倒是可以推测，但是和扯谎完全是两码事；就说推测吧，也不能完全捕风捉影，或者胡编乱造，也就是说心中要先有根据才行。假如她心中真的有了充分的根据，她会不遗余力地坚持自己的看法。假如哪位以口齿犀利和雄辩著称的律师想一展才华，不妨和她比试比试，恐怕也要甘拜下风啦。

谁知道这两位女士居然把心血来潮的推测当成了事实，并且完全信以为真了，这也没有什么可以大惊小怪的。我们这一行里有些人，一直标榜自己是聪明绝顶之人，而且他们不仅是这么想的，也是这么干的，也就是说认为自己的所作所为也是聪明绝顶的，我们的论文中的学术性论证就是一个明显的证明。我们有的学者开始一个专题论证时，完完全全像一个仰人鼻息唯命是从的小人，时时处处都小心翼翼，陈述自己的观点时胆战心惊，态度也是极其谦虚谨慎，根本不敢提出任何一个尖锐的、有独到见解的问题，只会提出一些无关痛痒的问题：这个国家的国名是不是由此而来？是不是和这个国家的某处名胜或者特产有着某种渊源？或者，在引用一份文献时，也会谦卑地问道：这份文献是不是属于另一个比较晚的时期或时代？或者，这个民族是否与另一个民族有一定的血缘关系和联系？于是便会立刻援引某些古代学者对某些问题的论证和观点，只要能从其中查找或发现一点暗示，或者只是他自己认为是某种暗示，于是乎，他犹如发现千古之谜的大学者一样，便趾高气扬、洋洋得意起来；便扬眉吐气地跟古代学者辩论起来,语调也变得肆无忌惮起来;居然向这些先哲们提出各种各样的质疑,甚至不揣冒昧地替这些先哲们来回答,完全忘记了自己当初提出的,只不过是没有充分论据而又十分幼稚和胆怯的假设;不管三七二十一地,便匆匆忙忙地到处宣扬:根据查考文献和我个人的反复论证,最初所提出的假设和推论是正确的,这个民族和我们论证的那个民族确实是属于同一渊源的民族,因此再探讨有关问题都应以这个问题作为依据!然后便登上讲坛大声地宣布他的结论。如此一来,一个新炮制出来的"真理"便不胫而走,在世界上沸沸扬扬地传播开来,并且还吸引来一大堆的吹捧者和崇拜者。

就在我们这两位太太费尽心思地推测一番,运用自己的聪明和机智,最终成功地破解这么一个错综复杂的难题时,检察长不声不响地走进了客厅。这位长官还是像平时一样把一张毫无表情的面孔拉得老长,倒竖着两道浓眉,不停地眨巴着一只眼睛。两位女士便你争我抢地把两人议论的那件事告诉了他,也就是把乞乞科夫深夜里闯入民宅强行购买死农奴啦,什么以购买死农奴做烟幕弹来掩人耳目啦,实际上蓄谋拐走省长的女儿啦等新闻,原原本本而又添枝加叶地述说了一遍。虽然她们讲得绘声绘色,分析和推测得头头是道,但是检察长还是给弄得糊里糊涂的,完全懵了,像个木桩似的呆呆站在那里,好长时间没有吭声,只是使劲儿地眨巴着左眼,只顾用手帕拍打着沾在胡子上的鼻烟。听来听去,听到最后也没听明白,想来想去也没弄清楚是怎么回事儿。两位女士根本顾不上管他了,像火燎屁股似的跑到城里去,分头传播小道消息,煽动人们对乞乞科夫的不满情绪。她们二人仅仅凭着三寸不烂之舌,只用了半个多钟头的时间,就在城里掀起一场轩然大波。全城上上下下都卷进了这场风波,人人都骚动不安起来,但是却没有一个人弄清楚了究竟是怎么一回事。女人们,特别是嘴大舌长的女人,就有这种煽风点火散布谣言的特殊本领,更何况是两个多少有点身份和来头的女人了,没有费多大劲儿就把整座城市搅了个地覆天翻,像刮了一阵狂风一样,全城人都被刮得晕头转向,特别是那些官员,更是头晕目眩,失魂落魄而不知如何是好。在刚刚听到这个消息的时候,就像一个正做着甜梦的小学生被比他早起来的同学用一种恶作剧作弄一样,也就是说往他的鼻孔里塞进一个名叫骠骑兵的小纸团,纸团里包着鼻烟。这个小学生在梦中猛吸了一口气,把包着的鼻烟全都吸进了鼻孔,惊醒之后猛然跳了起来,瞪着一双眼睛,傻里傻气地往四周张望,迷迷糊糊的,不知身在何处,他自己怎么啦,出了什么事儿。后来逐渐清醒过来,才看清楚有一道斜射阳光照亮了的墙壁,又发现几个同学躲在墙角偷偷发笑,这时才明白已经天光大亮了。窗外已是霞光万道，鸟儿鸣啭着歌喉奏起晨曲，树林早已从梦中醒来，一条小溪披着霞光织成的光彩夺目的彩衫，波光粼粼，闪射出万点金星，淙淙潺潺地唱着欢快的歌曲，从向它点头致意的芦苇丛中嬉闹着流向远方。一群孩子赤身露体地在小溪中嬉戏着，欢闹着，还不停地呼唤站在岸上的那个小傻瓜下水游耍，直到这时这个小学生才发觉自己的鼻孔里还藏着一个骠骑兵——小纸团。在这两个女人刚刚掀起这场风波的时候，全城的居民和大小官员们那副惶惶然的蠢相，恰似这个被捉弄的小学生的表情。人们都像一只被惊吓了的公山羊，瞪着一双小眼睛，傻愣愣地站在那儿发呆。他们脑袋里翻腾的就是死农奴、省长的女儿和乞乞科夫，而且非常奇妙地纠缠在一起，混杂在一起。后来略微清醒过来一些，才逐渐理出头绪，似乎才把死农奴、省长的女儿和乞乞科夫区分开来，不再完全搅和在一起了，但是，当他们解释不清到底是怎么回事时，又非常着急和生气起来。这些个死农奴到底是些什么玩意儿呢？为什么要买死农奴呢？这里面究竟有什么鬼名堂呢？干吗要买死农奴呢？哪个傻瓜会干这种蠢事儿呢？乞乞科夫究竟想干什么呢？他干吗要花这笔打水漂的钱呢？他怎么会成了个冤大头呢？那么他又从什么地方搞来这么多的闲钱呢？再说他买这些死农奴到底有什么用呢？省长女儿和购买死农奴又有什么瓜葛呢？既然乞乞科夫想密谋拐走省长的女儿，那他又干什么非要买死农奴呢？莫非说他要把这些死农奴作为礼物送给省长的女儿？这些事儿在城里越传越荒唐，越传越离奇，谁也弄不清到底是怎么一回事。你刚一转身的工夫，马上又会编出来一段令人瞠目结舌的新闻来，真是既无聊又荒唐，这算是一种什么风气呀……可是，话又说回来了，流言蜚语既然能像长了翅膀一样的流传开来，总归会有点儿什么原因吧！那么人们不禁要问，购买死农奴究竟有什么原因呢？大概一点原因也没有吧？看得出来，完全是捕风捉影，无事生非，胡言乱语，越传越离奇罢了！真他妈的活见鬼啦！

……总而言之，城里闹得沸沸扬扬，议论纷纷，街头巷尾，茶余饭后，平民百姓，大小官员，男男女女，甚至连孩子也跟着瞎嚷嚷起来。家家户户都在谈论着死农奴和省长的女儿，人人都在谈论死农奴和乞乞科夫，或者谈论乞乞科夫和省长的女儿。所有的人都东奔西走地传播谣言，所有的人都鼓起如簧之舌来参加这个大合唱，谁都不甘寂寞，真是一场混乱，好不热闹！在没掀起这场风波之前，这座省城一直是死气沉沉的，现在可倒好，像发了疯一样，不，确切地说，像刮起了一场大旋风，发生了一场大地震一样，就连藏在洞里的老鼠也纷纷爬出洞来。你不相信？那就睁大眼睛好好看一看吧：常年躲在家里的懒鬼也跑出家门了，他们一连几年穿着睡衣在家里挺尸，根本就是足不出户。还整天怨天尤人地发牢骚，不是

埋怨鞋匠把鞋子给他做小了，就是指责裁缝衣服裁得不合适，再不就是责骂马车夫是酒鬼，好吃懒做，现在也像老鼠一样纷纷从洞穴里钻了出来。所有那些早就同亲戚朋友断绝来往的人，正像俗话所说的那些只和睡神和床榻关系甜蜜之人①；还有那些从来都不出家门的人，也不参加吃请之

① 这是俄罗斯民间的惯用语，是从“睡觉”和“躺倒”两个动词演化而来的，就像大家都会用的成语“去拜访呼噜先生和睡神先生”，后者表示不管是以什么姿势睡觉，侧着睡也好，仰面朝天睡也好，只要往床上一躺，睡得就和猪一样，而且还发出震耳欲聋的鼾声，鼻子也尖叫着，还不停地吧嗒嘴，合奏出一支吓死人的睡眠小夜曲。

人，哪怕有人再三再四邀请去吃五百卢布一顿的鱼汤大餐，还有两三尺长的大鲟鱼，外加各式各样香酥可口的大馅饼，也绝对不会走出家门去赴宴，可是现在也都纷纷出动了。总之，现在人们才发现，N 城不仅面积相当大，而且人烟也很稠密，是一块人杰地灵的风水宝地。还出现了两个以前从来没有听说过的人，一个叫做西索伊·帕伏努季耶维奇，另外一个叫做麦克唐纳·卡尔洛维奇。在好些人家的客厅里，还游荡着一个瘦瘦的大高个子，一只胳膊还受过枪伤。此人高得出奇，也瘦得出奇，活像个吊死鬼，以前人们从来没有见到过他。光是在正街还不算，一些偏僻的小巷，也变得车水马龙了，各式各样的马车就像开展览会一样全都出来亮相了：有不少带篷马车，还有很多从来没有见到的敞篷马车，走起路来哐啷哐啷乱响的厢式马车，轮子吱嘎吱嘎叫的四轮马车，人喊、马嘶、轮子叫，形成了一场噪音大合奏，乱得一塌糊涂。

如果在其他的时间，其他的场合，这些传闻也就不足为奇了，或许没有人关注了。然而，在 N 城人们都已经习惯闭目塞听，已经好久好久没听到什么新闻了。甚至三四个月以来，可以供茶余饭后闲聊天的流言蜚语也没有出现过。大家都知道，能够及时地提供一些饶舌的话题，和及时运来粮食具有同样重要的意义。

在 N 省城中，在这场舆论的大风波中，不管是在居民中间，还是在大小官员中间，突然出现了两种完全相反的意见，与此同时自然也就形成了完全对立的两大派别：一派是男人，另一派是女人。男人派简直糊涂到家了，愚蠢至极，两只眼睛死死盯住死农奴不放。女人派则把全副精力都集中在拐骗省长女儿的问题之上。在这里应该对女士们赞扬一番，女士们思考问题条理清晰，周密细致，做起事来也比男人们仔细认真。不言而喻，作为女人此乃天性使然，这是与她们要成为贤妻良母和处理各种家务事的使命一样与生俱来的。经过她们精心的研究，缜密的分析和由表及里的高明推测，整个事件很快就有了确凿的线索和清晰的轮廓，来龙去脉、前因后果也都推敲得十分透彻。总之，勾画出来一幅完美无缺的图像。噢，原来如此，乞乞科夫和省长女儿一见倾心，俩人早就双双堕入了爱河，而且在这条爱河里畅游得十分愉快和开心，两人经常在花前月下幽会，省长府内的花园成了他们谈情说爱的乐园或天国了。其实，省长大人早就想把女儿许配给乞乞科夫，因为在他眼里，这个招摇撞骗的所谓绅士是个犹太大阔佬，钱多得数不胜数。可是天有不测风云，偏偏让乞乞科夫的前妻得知了这件风流韵事，一怒之下便给省长大人写了一封信。信的内容非常哀怨凄凉，读之催人泪下，述说了她是如何遭到恩断义绝的乞乞科夫遗弃的，由于幸福美满的婚姻的破裂，她被逼到悲痛欲绝的地步。那么N城的女士们是如何晓得乞乞科夫以前的婚姻状况，那就无从得知了。乞乞科夫看出女方父母双亲绝对不会把女儿嫁给她，于是就下定决心要把她拐骗到手，然后逃之夭夭。在另外一些女士的家中，关于拐骗的原因，又有了新的说法。根据她们得来的消息说，乞乞科夫根本就没有娶妻成家，但此人却是一个足智多谋、狡猾多端的人。为了把省长的女儿弄到手，他想出一条令人想不到的毒计：先在省长夫人身上打主意，结果这位夫人误中奸计而被他拖下水，在她被弄得神魂颠倒的时候，乞乞科夫却公开宣布要向她女儿求婚。这下可让这位贵夫人气急败坏，怎么能和女儿争风吃醋呢，这样不仅违犯教规，也犯下了亵渎神灵的大罪。再说由于自己的可耻行径，良心上受到谴责，于是，便毫不犹豫地拒绝了乞乞科夫的请求。但是，乞乞科夫却不肯善罢甘休，这才想出了要拐走省长女儿的计谋，狼子野心，何其毒也！

关于这件桃色新闻，传说纷纭，各种各样的流言蜚语不胫而走，版本之多真是令人瞠目结舌，而且还不断补充、修改和翻新，传播之广，速度之快，花样之多，不能不让人为之惊叹！不仅在上流社会的大雅之堂议论，而且在陋街小巷也成了热门话题。在俄罗斯有一种怪现象，生活在社会底层的穷苦百姓，对从上流社会传出的桃色新闻尤其感兴趣，尽管他们从来没有见到过乞乞科夫，更不知道他到底是个什么人物，但是一些小户人家对这件事情也都津津乐道，不仅添油加醋，添枝加叶，而且还加进很多新的情节和内容，越传越离奇，越传越离谱。情节变得越来越复杂，内容也越来越玄乎，故事梗概也越来越完整了。

终于有那么一天，各种版本的传言，都原原本本地一点不丢一点不落地让省长夫人听到了。作为出身于名门大户的闺秀，更何况又是全省黎民百姓的第一夫人，全省各阶层妇女效仿的贤妻良母，省长夫人听了这种令人不齿的丑闻，当然要气得死去活来，火冒三丈啦，真是感到蒙受了巨大的耻辱，这是她做梦也想不到的丑事。于是乎，这位非常有身份的女中魁首，便对自己长着一头金发的女儿施展了一下贤妻良母的威严。那位年仅十六岁的金发女郎被母亲叫去，严厉地教训了一番，对于年龄如此之小的女孩子，遇到这种事情，实在是太难堪了。省长夫人是软硬兼施：又是严厉盘问、追查、训斥、威胁，又是规劝、诱导，真是苦口婆心，费尽口舌，结果把这个尚属年幼无知的女孩子逼得泪如泉涌，号啕痛哭，被审问得莫名其妙，听来听去，也没搞清楚是怎么一回事。可是，府上的门卫却接到一道最严厉的命令：无论什么时间，也不管有什么理由，绝对不能让乞乞科夫踏进大门半步。

这些好生事端的女人把省长夫人弄得声名狼藉之后，又到男人派里去大做文章,煽风点火,唯恐天下乱得不够,用尽各种手段妄图把男人都笼络到自己这一边来。并且一再声称和断言,乞乞科夫买死农奴只不过是骗人的烟幕弹,借以混淆视听,转移人们的视线,然后再实施他想拐骗省长女儿的诡计。有些头脑简单的男人,听信谎言而误入圈套,投向了女人一派;结果遭到了许多男人的讥笑、讽刺和挖苦,骂他们和女人一样头发长见识短,是娘们儿的傀儡,是一些只会随着女人指挥棒转的软骨头。这一番斥责可是非同小可,谁都知道,这是对男子汉大丈夫最大的侮辱和蔑视。

但是,不论男人们如何戒备和防御,也不管他们如何奋力抵御,怎奈男人派没有女人派那么团结一致,观点明确,一致对外,抓住主攻方向不变。不知道是什么原因,他们思考问题和处理事情思想总是有些僵化,一点灵活性都没有,分析事情一点也不细致,粗糙得很,不严谨,不周密,不协调,不一致,一点儿都不高明,一脑袋糨糊,想不清楚,理不出头绪来,乱七八糟,糊里糊涂。总而言之,在各个方面都暴露出男人头脑简单,不善于思索,既不会由表及里的分析,也不会由里到外地推理,瞻前顾后地相互联系,粗枝大叶,马马虎虎,不善于以理服人;优柔寡断,自相矛盾,简单粗暴,生硬武断,既不会处理家庭事务,也不善于在各类人物之间周旋,办事缺乏恒心和意志力,对任何事物都抱着怀疑和否定的态度,胆小如鼠,又气壮如牛。他们说女人派里娘们儿传说的事情纯属流言蜚语,全是一些无稽之谈和胡说八道。他们一再坚持拐骗省长女儿之事,是骠骑兵常干的丑事,文职官员决不会干这种蠢事的,像乞乞科夫这样多谋善断的人,决不会干这种傻事的。又说娘们儿吃饱饭没事干,专搞一些捕风捉影无事生非的事情,头脑简单,嘴大舌长,听到什么就传什么,她们专会兴风作浪,争风吃醋,撒泼闹事,千万不要轻信她们,千万不要轻易上当。至于说到死农奴之事倒是个关键问题,但是里面究竟包藏什么祸心,究竟要搞什么名堂,他们自己也说不清楚。不过有一点却十分清楚,这里面肯定隐藏着不可告人的目的,一定不是什么光明正大的好事。也许是一座陷阱,是一种难以预料的灾难。他们为什么会这样想呢,我们立刻就会弄清楚:听说省里来了一位新任命的总督大人,不言而喻,这可是一件至关重要的大事,省里的大小官员人人胆战心惊,个个惶惶不可终日。因为他们要像过鬼门关一样,要接受一个又一个的审查、训斥、处分,谁知道会遇上什么样的倒霉事儿呢?再说,这也是俄罗斯官场上的通用规则,凡是新官上任都要点上三把火,都要给下属官员们在各种各样的公务上出点儿难题,找点儿麻烦,让他们知道这位新来的大老爷可不是好惹的,警告他们要小心一点儿为好!

省城里的大小官员都在想:"哎呀,这下可麻烦了,该如何是好呢?只要新来的总督大人一听到闹得满城风雨的流言蜚语,不仅荒唐至极,而且愚蠢透顶,肯定会大发雷霆!"卫生监督突然吓得半死,谁知道他心里想到了什么。他疑神疑鬼地嘀咕起来:坏了,坏了,要是总督大人怀疑那些死农奴是因患了流行性热病而死去就麻烦了,而且当时卫生部门没有采取任何有力措施,只是欺上瞒下,隐瞒事实真相,致使一大批一大批的病人死在医院和其他一些什么地方。他越想越怕,甚至胡乱猜疑,乞乞科夫莫不是总督大人亲自指派到N城来微服私访的官员吧。他立刻把自己这种吓人的想法悄悄地透露给了民政厅长。民政厅长听了,最初并不以为然,说他是庸人自扰,自己吓唬自己。可是过了一会儿,他自己也被吓得心惊肉跳,面无人色。他心中暗自琢磨起来:如果乞乞科夫买的那些农奴果真是死农奴呢?而且这笔交易是他亲自批准和帮助办理的手续,更何况他又是普柳什金的代理人,万一这件事让总督大人听到了,那可就糟糕了!幸运的是这件事他不曾大肆宣扬,仅仅告诉过一两个人。就是这一两个人,听了他的忧虑,也被吓得魂不附体。这种恐惧的心理比鼠疫传染得还要快,一转眼的工夫就扩散出去。结果大小官吏们,上上下下一片恐慌,人人提心吊胆,忽然间发觉自己仿佛是罪人一样,甚至把不曾有过的过错和罪过也都扯到自己身上。现在再一听到死农奴这个词儿就犯忌讳,令人全身打冷战,不知不觉地就联想到不久前发生的两起杀人案,而且把被害之人匆忙而草率地掩埋起来就算了事啦。

第一起人命案是索尔维切戈茨克折腾出来的。他们这些商人到N省城集市做买卖,因为交易比较成功,便请几个从乌斯季西索尔斯克来的几个同行一起饮酒同庆。那是一次俄罗斯和德意志合璧的宴会,既有俄罗斯的烈性酒,又有德意志式的清凉饮料、潘趣酒和各种香液等等。酒宴照例是以打架斗殴不欢而散。其结果是以索尔维切戈茨克的商人打死了乌斯季西索尔斯克的商人而告终。但是,打死人的一方伤势也不轻,腰间、肋下和肚皮上也是伤痕累累,足以说明被殴打致死的几个人并非酒囊饭袋,他们的拳头也是非常厉害的。打死人的一方,按照斗士们的说法,有一个商人的鼻子被砸烂了,鼻梁骨被打扁打碎了还不算,脸上还挂着不及半个指头长的鼻头。事后,参加斗殴的商人都去投案自首了,主动认罪,并声称酒后无德,并非蓄意伤人致死。据后来有人传说,这次杀人案之所以能草草了事,是因为凶手们在投案自首时,似乎每个人都向长官孝敬了四张一百卢布的钞票。这个案子就如此不了了之,虽然人们感到很蹊跷,但是稍微动动脑筋,也就不言自明了:有钱能使鬼推磨,花钱消灾嘛,还有什么想不通的呢!但是表面文章还是要做的:经过多方面的调查和侦讯而得出的结论是，乌斯季西索尔斯克的那几个年轻的商人并非被打致死，而是煤气中毒死于非命。因此，就把他们当成煤气中毒的死者而稀里糊涂地掩埋起来了事啦。

另一起案件也是在不久以前发生的，详细经过如下：费希瓦亚—斯佩西[1]村的官府农奴纠集了鲍罗夫卡村（又叫查吉拉伊洛瓦[2]村）的官府农奴把一个地方警官给宰了。这个警察是个陪审员，名字叫德罗比亚什金，是一条不折不扣的色狼。他无缘无故总到这两个村子去闲游闲逛，人们就像躲避瘟疫一样躲着他，人人都对他恨之入骨。这个家伙一见到村里的大姑娘小媳妇就两眼发直，迈不动步，良家妇女被他残害了不少，两个村子的居民没有一个人不想弄死他。这件案子到最后也没有审理清楚，当地农奴倒是在供词中直言不讳地供认，这个家伙就像一条发情的野狗一样放荡不羁，家家户户都防备着他。有一次他钻进一家农舍里，被一丝不挂地赶了出来。这样下流无耻的警官理应受到惩罚，但是两个村子的农奴如果真的参与这桩谋杀案，那么这种目无法纪的行为也是不合法的，他们也无法为自己辩护和开脱罪责。可是，案情确实也很离奇，这个混蛋警官的尸体是在大路上找到的，他身上的警服或者常礼服已被扯得稀巴烂，面容也被毁得无法辨认。这个案子经过各级地方法院反复审理，最后呈报到高级法院，法官们经过初审，判决内容大致如下：鉴于参与此案的人数众多，而直接谋杀者又无从查找，再说警官德罗比亚什金一贯欺压两村的村民，恶行昭著，咎由自取，其死亡乃乘坐雪橇回家途中，因中风所致。这起案件看来仿佛处理得很圆满，前因后果合情合理，可是，官员们不知何故现在又开始发现问题，认为目前盛传有关死农奴的问题，似乎与这个案子有瓜葛。

说来也是祸不单行，正值N城大小官员如坐针毡和热锅上蚂蚁一样度日如年之时，省长大人同时收到两份公文。一份公文通知说，根据有关供词和密报，有一个制造假钞的罪犯以多种化名潜逃在他们省中，指令他们务必立刻进行全面搜捕。另一份公文是邻省省长写来的一封公函，请求协助追捕和缉拿一名潜逃的强盗。公函中写道：如果在贵省境内发现形迹可疑，又不能出示任何证件和身份证者，务请协助拘留。这两份公文犹如两声晴天霹雳，使N城所有的官员都惊恐万状。把他们原来所做的结论和种种推测全部给搅得一塌糊涂。当然啦，谁也不会想到，公文中所谈之事跟乞乞科夫会有什么瓜葛或牵连。然而，他们各自都认真思考了

① 费西瓦亚——斯佩西，直译为：虱子的骄傲。
② 查吉拉伊洛瓦，直译为：好斗者。

一番之后，立刻都回想起来，直到目前为止，他们所有的人谁也不清楚，乞乞科夫到底是个何许人也。他自己虽然也曾谈过他的身世，但都闪烁其词，吞吞吐吐，含混不清。但是，他倒是不止一次地透露过，为了主持正义，维护真理，他在仕途上多次遭受过打击和挫折，可是这些话都说得含含糊糊，不太明确。他们又接着回忆他所说过的话，仿佛还记起，乞乞科夫还曾说过，还有很多仇人想方设法要干掉他。他们越想越感到可疑，越琢磨越感到可怕：看样子，他的处境非常危险，恐怕连性命都保不住了，看来，被通缉的罪犯一定是他啦，他一定干了一件什么犯罪的事情啦……那么，他到底是个什么人物呢？但是，他们又不相信他就是那个造假钞的罪犯，也不会是那个抢劫杀人的强盗，因为从他的长相和为人处世方面来看，都不像是一个恶人或者歹徒呀。那么，他到底是个什么人呢？

事已至此，这些官员才产生了这样的怀疑，才提出这样的问题，似乎晚了一些。按道理说，这样的问题，本应该在这部小说的第一章里，也就是说在乞乞科夫刚一来到N城就应该提出来。想来想去，大家一致认为，最好还是去调查调查，找那些向他出售死农奴的地主打听一下。起码也要搞明白：首先，这笔交易到底是一种什么样的买卖，这些死农奴究竟是些什么东西；其次，乞乞科夫从来没有说明过他搞这种交易的真正意图是什么，哪怕是无意之中透露出一点儿消息呢；再者，他是否向谁透露过他的真实身份，哪怕是无意之中涉及这个问题也好啊。当务之急，首先应该去问一问女地主柯罗鲍奇卡，可是从她那里了解到的有价值的情况并不多：那个蠢婆娘只是说，乞乞科夫曾付给她十五个卢布购买死农奴，还说要买她的鸡毛，并且向她保证，以后还要从她手里购买大批东西，还说他要替公家来采购猪油。从这种迹象看来，他一定是个骗子，因为柯罗鲍奇卡以前也碰到过这么一个人，声称又要买鸡毛，又要给公家收购猪油，可是，到了最后白欢喜一场，不仅什么也没买，还让大司祭的老婆上了一个大当，骗走了她一百多卢布。柯罗鲍奇卡接着又说了一大通，但是颠来倒去就是些车轱辘话，再也没有什么新鲜玩意儿。到此时为止，这些官员才醒悟过来，地主婆柯罗鲍奇卡是个地地道道的蠢婆娘。玛尼洛夫极力吹捧乞乞科夫，他说，他甘愿以自己的人格为巴维尔·乞乞科夫的人格担保，就像为自己的人格担保一样。又说，哪怕他能具有巴维尔·伊凡诺维奇的百分之一的高尚品德，即使让他舍弃他的全部财产都可以。接下来，他又把乞乞科夫的整个人品大吹特吹了一通，用词和语调让人听起来极尽献媚取宠之能事，顺便还把什么友谊和心有灵犀之类的思想，借题发挥地宣扬了一番，说到得意之处，甚至眉飞色舞地眯着眼睛笑起来。这种表情和这些言词足以表明他对乞乞科夫友谊的真情实意，但是对这些官员来说，没有任何一点儿实际价值。那只狗熊索巴凯维奇是一贯爱说别人坏话的一个人，这次却一反常态，也为乞乞科夫说了不少好话。他对乞乞科夫总的评价是，此人还算得上是一个正人君子，又说他卖给乞乞科夫的农奴个个都是精心挑选的，而且全是一些活蹦乱跳的能工巧匠。但是他却声明，他可无法为以后发生什么事情担保，比如说，农奴们在迁移过程中死于劳累过度，那可和我没有一点关系呀，要怪只能怪他命运不好。更何况世界上到处都流行热病，各种各样致人死亡的疾病也不少，甚至有的时候整个村庄的人都被疾病夺走了生命，这种事情是谁也担保不了的。

官员们急得无计可施，只好采取一种不太光明正大的方法，也是不得已而为之，也就是从侧面去做一些调查。于是他们就到乞乞科夫的下人那里去了解主人的情况，或者利用仆人之间的交往，去探听他们的老爷从前的生活状况及为人处世的详情细节。遗憾的是，也没有探听到什么新鲜而又有价值的东西。从彼得卢什卡那儿什么也没了解到，一问三不知，反倒被他身上和住的狗窝一样的住处的臭味呛得要死。车夫谢里方倒是说了两句，老爷从前做过官，曾经在海关上干过事，此外什么也不知道，也说不出来了。他们这些下人或奴仆差不多都有这么些怪习气，你要是想开门见山问他一件什么事儿，他什么正经话也答不出来，脑袋像一团乱麻一样，怎么也理不出个头绪来，或者东拉西扯地给你说出一大堆没有用的东西，你要是把他问烦了，他干脆用一个"不知道"就把你打发了。但是，你如果和他聊一聊别的事情，那他就会打开话匣子，咸的淡的扯起来没完，胡编乱造、道听途说的东西多极了，而且说得头头是道，有声有色，可是你想要了解的东西却一点儿也没有。这些官员费了很大周折，花了好些工夫，结果几乎是一无所获，不过倒也启发了他们，按照他们先前这种调查方法，要想了解到乞乞科夫的真实身份比登天还难，但是有一点他们心中是有数的：乞乞科夫这个人和他到N城的所作所为肯定是有不可告人的鬼把戏。最后他们决定，不能再像无头苍蝇一样瞎撞了，要仔仔细细地商量一下，确定下来一个行之有效的策略和措施，决心深入彻底地研究和分析一下乞乞科夫的问题，首先要弄清楚他究竟是个什么货色。如果他真是一个图谋不轨之徒或者是一个有前科的不法分子，就应该采取果断措施，立刻把他加以拘留和逮捕。反之，假如他是总督派来微服私访的官员，他们这些官员说不准会被拘留和逮捕起来也未可知。为了共商大计，彻底解决这个大难题，他们一致决定到警察局长家里去聚会，因为警察局长是全城百姓的父母官，又对全城的治安情况了如指掌，一定会想出来锦囊妙计的。

第十章

Мертвые души

N城的官员们都纷纷聚会到读者诸君已经认识的警察局长府中，他们来到全城百姓的父母官和大善人家里，心中才好像轻松了好多，也有了相互倾诉心中郁闷的好时机，并且相互都发现，由于近来的焦虑不安和恐惧操劳，睡不安枕和食不知味，每个人都消瘦了不少。说心里话，自从听到任命新总督的消息，接着又收到两份极为重要的公文，再加上弄得满城风雨的流言蜚语，更是弄得他们莫名其妙，烦事缠身不知如何是好，个个满面愁容，一脸憔悴不堪的样子，甚至好多人穿的燕尾服也明显地变肥变大了；个个都双目深陷，布满血丝，大肚皮也瘪了，身上的肥肉也不翼而飞了：民政厅长、卫生监督、检察长的体重都骤减了不少。就连那个谢苗·伊凡诺维奇，人们从来都不称呼他的姓氏，也毫不例外的变瘦了。这个家伙从前可是个乐天派，是个从来都不知道发愁的人，现在再也没有心思和劲头儿在女人们面前炫耀他手指上的宝石戒指了。但是，这里和全国各地一样，也有胆大心细、遇事沉着冷静之人，但是他们的数量少得可怜。在这些官员中，唯有邮政局长一个人，只有他一个人没有改变那副一贯镇定自若的样子，即使遇到目前这种人人自危的情况，他也始终没有失去常态，不慌不忙地说道："我们可领教过你们这些总督大人啦！你们总是要调来调去，就是调动上三四个人也没什么关系，亲爱的先生，反正我在邮政局长这个位子上，已经稳稳当当地坐了三十多年啦。"其他官员听了他这一番话，通常都会说："你当然没什么可担忧的啦，施普列亨·济·德伊奇，伊凡·安德列伊奇，你掌管的是邮政事务，只不过是收收发发邮件而已，一不高兴，你提前一个钟头把邮政局的大门一关，也许只是叫别人扑个空，再不然就玩点小花样，向一个在规定时间之外来取邮件的商人收取一点儿额外的罚款，或者把不该寄的邮件给寄走了。然而，玩这种小花招的人，却还可以标榜自己是忠于职守的清官大老爷。但是，我管的这一大摊子事情，每天都有那么一两个魔鬼在你的身边转悠，本来你不想沾他的边儿，可是他硬要来找你的麻烦，你说该怎么办？当然喽，你的家庭境况也不错呀，你只有一个儿子，多轻松啊。我可就不一样了，老兄啊，我的普拉斯菲娅·费多罗芙娜，得到了上帝的特别关照，每年都要给我们家添人进口，这次生下来一个毛丫头，下次又生下一个秃小子。我的老兄，要是换了你，恐怕说起话来就没那么轻松了。”这些官员说的话，差不多都是大同小异，至于说到能不能驱魔打鬼搞好自己的本职工作，那就要看他们自己的造化和运气了，那可就不是作者力所能及的事儿了。这些官员本来聚在一起想好好开会研究一下对策，但是很明显缺少一种必要的东西，也就是平民百姓常说的没有一个能拿大主意的人来主持会议。总而言之，不知道为什么，仿佛我们这个民族出世以来就不懂得如何开好代表会议似的，不论召开什么样的会议，从乡下的村民大会到五花八门的学术会议，以及其他一些各种名目的委员会，如果没有一个众望所归的权威人士来主持会议，那么不管是什么会议都会搞得一塌糊涂。究竟是为什么，甚至都很难说得清楚。看来，我们这个民族生来就是如此，只会搞吃喝玩乐那一套，比如开什么俱乐部啦，或者模仿德国佬开办露天游乐场及其他一些娱乐活动，只有为了搞这些活动召集的会议才能够开好。我们倒是有一股蛮劲儿，想干什么就雷厉风行地干起来。我们有时并没有经过仔细考虑或思考，只凭灵机一动，或者心血来潮，并没有深思熟虑，像一阵风似的大干特干起来，办起一批慈善协会呀，奖励协会呀，以及其他一些名目繁多的协会呀。初衷是好的，目的也是无可非议的，闹哄哄地折腾一阵子，结果呢，往往都是虎头蛇尾，没有一件事办得成功的。那么原因何在呢，大概是因为我们总是好大喜功，事情还没办得怎么样呢，只看重声势，而不注重实际效果，轰轰烈烈地刚刚搞起来，就以为大功告成，就自吹自擂地骄傲自满起来，结果只能是虎头蛇尾，半途而废。我们就以筹办慈善协会作为一个例子吧，目的和动机都是无可挑剔的，要救济穷困之人，想方设法筹集和募捐一大批钱和物，但是，还没开始做慈善事情呢，却先开起什么庆功会和表彰会来啦。于是，我们先匆匆忙忙地举办起盛大的宴会，把城里所有的达官贵人和社会名流都请来当食客。这么一折腾不要紧，把筹集和募捐来的款子，一下子就挥霍掉了一半，剩下一半的钱款也派上了用场：立刻先给慈善委员会租下一幢豪宅，不仅陈设齐全又十分讲究，而且还有取暖设备，另外还要雇上好几个人来负责巡逻和守卫大门。最后才想起来搞慈善义举，要救济穷人的款子只剩下五个半卢布，真他妈的活见鬼啦！唉，就是在分配这五个半卢布的捐款上又出现了分歧，协会的委员们又挖空心思来打这剩下来少得可怜的捐款的主意，每个人都想方设法地要把自己的亲朋好友塞进救济之列。然而，此刻官员们所召开的会议却完全是另一码事儿了，因为就N城的形势和官员们的处境而言，已经到了火烧眉毛的时候，要再不开这么个会议，也许就会酿成大祸，或者会使形势急转直下，到了不可收拾的地步；这次会议的议题与什么救济穷人或者其他局外人都是毫不相干的，而且直接涉及本城每个官员自己，同样涉及威胁着每一个人的一场灾难。既然如此，他们在会议上就该同心同德求大同存小异，同心协力地争取意见达到一致才对呀。然而，尽管形势如此严峻和紧迫，会议的结果仍然令人感到失望，甚至可以说鬼才知道与会的人都中了什么邪！来参加会议的人各怀鬼胎不算，每个人还都带来一个糨糊脑袋，结果会议刚一开起来，就各持己见，不仅争论不休，无法取得一致意见；更有甚者，有的人竟然莫名其妙地流露出一种优柔寡断，模棱两可，甚至还有一种暧昧不明的情绪，这种言谈举止真是让人难以理解。会议刚一开始，有一位官员就说道："没错，乞乞科夫就是那个制造假钞的罪犯。"话刚一出口，此公马上又改口说道："不，或许他没有制造假钞。"另外一个官员指天誓日地断言，乞乞科夫一定是总督派来私访的官员，可是话音刚落，又立即变调了："不过，这种事情也很难说，他的脑门儿上又没有写上标明他身份的字，只有鬼才知道他的来历。"关于说到他是一个乔装打扮而潜逃的强盗，与会者一致否定了这种猜测，并且都振振有词地说，乞乞科夫不仅相貌长得慈眉善目，而且行为举止也彬彬有礼，循规蹈矩，没有显露出一点粗野蛮横、凶神恶煞的样子，根本就不像一个歹徒或者恶棍。邮政局长已经好长时间没有说话了，似乎在沉思默想着什么问题，不知是因为灵感骤至智慧之门大开，还是其他什么原因，忽然间令人意想不到地大声喊叫起来：

"诸位先生，你们知道他是何人吗？"

由于他的突然发问，而且声音又是如此之大，大家除了惊愕之外，还好像受到某种震撼和启发，于是异口同声呼叫起来：

"他到底是谁呀？"

"诸位仁兄，他呀，不是别人，就是戈贝金大尉！"

大家立即又异口同声追问道："这个戈贝金大尉又是个什么人物呢？"

听到这样的问话，邮政局长马上反问道：

"如此说来，诸位真的不知道戈贝金大尉是个什么人物啦？"

在场的众位官员都心急火燎地追问道：

"你就别卖关子了，我们真的不知道戈贝金大尉是何许人物。"

"戈贝金大尉嘛，"邮政局长仿佛故意吊大家的胃口，不忙于直接回答大家的问题，慢条斯理地打开鼻烟匣。但是他有一个习惯，每次只把鼻烟匣打开一半，防止别人乘机把手指头伸进去抓烟。他是害怕别人的手指头不干净，因此每次在打开鼻烟匣准备吸烟的时候，总要对别人说："老兄，我们知道，您的指头也许摸过什么不干净的地方，可是鼻烟这种东西必须保持绝对干净。”

“至于这个戈贝金大尉嘛，”邮政局长在闻了一撮鼻烟之后，才说道，“可是，戈贝金大尉的故事相当有趣，如果哪位作家把它写成一部长篇小说，一定会引人入胜而被抢购一空的。”

与会的官员们立即都说，他们很喜欢听一听这个故事，或者像邮政局长所说的，既然作家都感到这是一部引人入胜的长篇小说素材，他们当然也乐于洗耳恭听了。于是，邮政局长便绘声绘色地讲了起来：

戈贝金大尉的故事

“在一八一二年[1]那场卫国战争之后，众位先生，请听我慢慢道来。”邮政局长就这样生动有趣地讲了起来，因为在座的不只是一个人，而是六位先生都在聚精会神地听。

“在一八一二年那场卫国战争之后，戈贝金大尉因为身负重伤，而和其他伤员一起被送回后方，戈贝金大尉在战场上丢掉了一只胳膊和一条腿，这是众位可想而知的，至于是在克拉斯诺耶[2]城附近，还是在莱比锡城下受的伤，那就说不准了。众位知道，那个时候，如何妥善处理伤员，我们国内还没有制定任何相应有效的措施。你们不难想像，关于筹措残废军人基金问题，当时根本没有提上日程，是在战后好长时间才建立起来的。鉴于这种情况，戈贝金大尉想到，他不找点什么工作干便无法生存，但是大家已经知道了，他只剩下一只胳膊和一条腿，要找工作确实很难。于是他只好返回家乡找父亲谋求生计，可是他父亲却对他说：‘我可没办法供你吃喝，我呀’诸位不难想像，‘就连我自己也很难吃饱肚子。’如此一来，我的先生们，我们这位从战场光荣负伤而归来的英雄，处于一筹莫展的境地，万般无奈，只好下决心进京去求助皇帝陛下，求求皇帝陛下格外开恩，救一救他这个可怜的伤残英雄。他梦想皇上为他颁发一道御旨：‘此人乃是一位爱国英雄，在祖国处于生死存亡的时刻，能够大义凛然地奔赴疆场，英勇杀敌，在战斗中出生入死而光荣负伤……’你们要知道，他就出发上路了，直奔首都彼得堡而去。一路之上

① 一八一二年战争，指俄国反击拿破仑入侵的卫国战争。

② 克拉斯诺耶是俄国的一座城市，位于斯摩棱斯科区，一八一二年十一月三日至六日，俄军在此地击败拿破仑的侵略军。

搭乘过各种马车，有官府的驿站马车，有拉货的大车，甚至徒步前进，可是他只有一条腿呀，甚至连滚带爬，餐风宿露，忍饥挨饿，总而言之，历尽了千辛万苦，总算活着到达了京城。

“到了京城！大家可想而知，像戈贝金这样一个残废军人，拖着一条腿，还少了一只胳膊，和一个叫花子根本没多大差别，居然也来到了京城，或者说是首都。这座城市可是世界上少有的名城啊！他突然一下子置身于一个花花世界之中，他像看万花筒一样，周围全是一些腰缠万贯的大富翁，车水马龙，全是些达官贵人，他虽然也自惭形秽，但是他来到这里，简直登上了天堂，进入了《一千零一夜》女主人公描绘的童话仙境。他犹如在梦中漫游一般，一会儿走上人声鼎沸的涅瓦大街，走走逛逛，一会儿又来到一条什么豌豆街，热闹极了。真他妈的活见鬼了，琳琅满目，或者说，目不暇接，看得两只眼睛都疼了！东瞧瞧，西看看，一会儿出现了一条丁当乱响的铸铁街，一会儿又出现了一个直冲云霄的又高又大的尖塔。再往远处一看，又出现了一座座神奇的桥梁，你们想想看，根本就没看到桥墩或架桥的柱子之类的东西，鬼知道是怎么修建起来的，就仿佛是拔地而起或者凌空飞越一般，让人看了目瞪口呆。

“总之，诸位先生，我们的首都彼得堡神奇非凡，奇妙无比，甚至比神话中的巴比伦古城还要美妙绝伦！大家完全可以想像得出来，戈贝金大尉只靠一条腿游来逛去，实在受不了啦，先找个住处歇歇脚。本打算租一套房间，但是首都的旅馆全都贵得出奇，真是吓死人：那些窗幔呀、卷帘呀，你们想像不出来有多么高贵和华丽，就连地毯也是从波斯进口的，走在上面，就等于把脚踩在金银珠宝上面！嘿，你随便在大街上走一走，转一转，耳朵里听到的尽是数之不尽的银卢布哗啦哗啦的响声，眼睛看到的也是成千上万的卢布钞票，鼻子里闻到的也是金银珠宝的气味！但是，我们这位戈贝金大尉呢，你们只要一想就会知道，他的衣袋里一共只有那么几十张面值不大的蓝色纸票子，所以，他只能找一家价格低廉的小客栈暂时住下来。一天一夜要花一个卢布，午饭要一份白菜汤和一份价格便宜的牛肉……戈贝金大尉一看，尽管如此节省，也不是长久之计，过不了多久，身上就会分文皆无啊。他只好四处打听，逢人就问，像他这种情况，应该到哪里去申诉和请求资助。有人便给他出主意，解决这类问题，首先要去找一个说话能算数的最高委员会，你们知道吗，也就是去找一个最有权威的衙门，衙门的主管是一位威风凛凛的将军大人。

“也许大家都知道，当时我们的皇上还在国外，俄国的军队还在巴黎，参战的全部人马也都没回国呢。我们这位戈贝金大尉天刚蒙蒙亮就起了床，用左手把脸刮了一遍，好不费劲啊，可是有什么办法呢，请理发师又得花钱啊；他穿上了旧军服，戴上那只木制假腿，你们可以想像出那副可怜相，就一瘸一拐地去拜见那位威风凛凛的将军去啦。他首先打听了这位将军大人的官邸在什么地方，然后一路走一路问，有人指给他滨海大街的一幢房子，也就是离皇宫没有多远。他找到以后，一看那幢房子和农民住的小木屋差不多，当然这只是从外面看到的样子。但是仔细一看，这里的玻璃窗可就不一样了，你们也许能想像得到，一块块大玻璃窗足有一丈①半高，因此，室内所有的陈设以及花瓶等，从外面可以看得非常清楚，看样子，就好像摆在屋子外面一样，仿佛站在街上一伸手就可以摸得到似的。再一看，墙上还挂着各式各样名贵的大理石雕刻，屋里还有各种各样的金属摆设。再仔细观赏一下那个门把手吧，做工精美，雕琢得漂亮极了。你要打算进门，首先得到杂货店去一趟，花一个铜板买一块肥皂，把你的手仔仔细细地洗上个十遍八遍之后，你才敢放心大胆去摸那个门把手。总之，这里的一切都闪光耀眼，富丽堂皇，从某种程度上来说，令人眼花缭乱，奇妙无比。就连看门的奴仆也显得八面威风，盛气凌人，往那儿一站，仿佛是个大元帅：手里拿着一根一端是圆形的镀金锤杖，犹如伯爵一样绷着面孔，活像一只肥头大耳全身滚圆的哈巴狗。就连他那好看的衣领也是上等细麻布做的，好不神气！

“……我们那位戈贝金大尉拖着那条木头假腿，一瘸一拐地费了好大劲儿才来到接待室，躲在一个墙角里，缩作一团，动也不敢动，生怕万一没注意，用胳膊肘把什么值钱的东西给碰倒摔碎了。你们想一想就知道啦，屋子里摆着一些英国货、印度货等等，还有一个镀金的大花瓶。不言自明，戈贝金大尉在墙角里站了好长时间，因为他来得太早了，将军大人或许刚刚起床，或许侍仆刚给他端来一个大银盆。你们可以想像得到，还有一大堆各式各样的梳洗用具和化妆品。

① 一俄丈等于二点一三四米。

"我们的戈贝金大尉足足等了四个钟头,终于有一名副官,或者是一个什么值班的官员走了进来,只听他大声地宣布:'将军大人马上就驾临!'这时,接待室已经挤满了上访的人,就像罐头里的鱼,一个挨一个地挤在那里。那些人可不像咱们这些不起眼的地方官员,全是一些四品或者五品的高级官员①,或者是上校,或者是肩上扛着金光闪闪的肩章,还带着像意大利通心粉般粗细的穗子,身上还佩带着金光耀眼的绦带,一看便知,这都是一些将军级的大人物啦。忽然间,你们可以想像得出来,接待室就好像刮过了一丝微风,树叶发出轻轻的几乎听不到的颤抖声,人们稍微有那么一点点骚动。房间里有几声'嘘,嘘'的声音,很明显这是警告大家要保持肃静,屋子里顿时变得鸦雀无声,静得简直连心跳声都可以听到。将军大人高视阔步地走了进来。嗨,你们可以想像得到,这位国家政界要人有多么威风啦!你再看看他脸上那种表情吧,也就是说,表现出一种和他高级官衔和重要职务相称的表情,你们明白吗,也就是表现出一种令人望而生畏、高不可攀的表情。那还用说,接待室里的人一个个都挺胸肃立,垂直双手,甚至全身还都有点儿打战,静静地等待着,从某种意义上来说,是等待着命运的判决。这位国家大人物,或者说,官廷大臣,向这些上访者挨个发问:'您来这里有什么事情?您有什么事情要申诉?您需要什么帮助?你为什么一定要找我?'这位将军大人,终于问到了我们的戈贝金大尉。戈贝金先生壮了壮胆儿对将军大人把参加卫国战争的事情简要述说了一下,最后说,'恳求大人体恤下情,在某种程度上,我为保卫祖国参战,险些丢了性命,流过好多血,在战斗中丢了一只胳膊和一条大腿,实在无法自主谋生,斗胆来朝见皇上,恳请他老人家对我能格外恩典,也好让我得以苟延残生。'将军大人一看,他说的果然句句是实话:一只空袖子吊在肩膀上,一条木头假腿,还拄着一根木棍子当手杖,顿生怜悯之心,便用亲切的语气对他说道:'好了,我都知道了,那么再过几天,您再来一趟听候佳音吧。'

"戈贝金大尉走出接待室,真是心花怒放:一是承蒙将军大人接见,而且语气和态度又是那么和蔼可亲;二是抚恤金,在某种程度上来说,有望得到解决啦。他暗自庆幸,果然不虚此行,

① 沙皇俄国时期,政府官员一律分为十四个品级,从一品至五品的官员为高级官员。

也许是老天有眼,垂怜他这个不幸之人!诸位应该体谅他此时此刻的心情。于是乎,他满怀喜悦的心情,一瘸一拐地走在人行道上,心里越想越高兴,顺路走进一家有名的大饭店帕尔金,要了一杯伏特加酒一饮而尽,又到当时很有名的伦敦饭店吃了一顿午饭,要了一个肉丸子加花菜芽,又吃了一只肚子塞满各种佐料和配菜的阉鸡,喝了一瓶葡萄酒。晚上又在戏院看了一场戏。总之,这一天他过得很愉快,你们明白了吧,大吃大喝逍遥自在地度过了这一天。他看完戏,高高兴兴地在人行道上走着,忽然看到一位身材修长的英国女郎从身边走了过去,那走路的姿态和白白嫩嫩的皮肤,你们想想看,恰似凫游在水面上的白天鹅。戈贝金大尉顿时心潮澎湃,心猿意马,浑身燥热起来,你们可想而知,他便拖着那条木头假腿一瘸一拐地追了上去,追着,追着,后来又想道:'唉,这又何必呢,等领到抚恤金以后再干这种勾当吧,再说我身上也没剩多少钱啦。'

"如此这般,这般如此,大约又过了三四天的时间,我们的戈贝金大尉又去求见那位将军大人,等啊,等啊,当然又等了好长时间,终于见到了这位青天大老爷。于是,他又向这位将军大人倾诉衷肠:'大人,我已经到了穷困潦倒的地步,但是我得吃饭住店,治病养伤,我是来恭请大人的吩咐,我该怎么办……'申诉的内容和以前大致相同,但是他却是以一名军官的身份来倾诉这番实情的。众位可能想像得到,将军大人一看到他就认出来了,于是便对他说道:'啊,原来是您哪,可是遗憾得很,我只能对您说,您的问题只有等到皇上返京以后才能解决,现在我个人实在无能为力,我也再无别的什么可以奉告了。待到皇上返京以后,我想肯定会制定和颁布有关战争中伤残人员的安置办法。但是,现在没有皇上的圣旨,说实在的,我是无权擅自处理的。'将军大人说完这番话之后,彬彬有礼地躬身施了一礼,诸位大概都很清楚,也就是说送客或者再见的意思。戈贝金大尉只好走出接待室,你们不难想像,他的心情坏透了,真可以说,是乘兴而来,败兴而归呀。他本来兴冲冲而来,原以为将军大人会对他说:'这是一笔抚恤金,拿去花吧,你是个好样的,去喝杯酒,找个地方去乐呵乐呵吧。'谁知道满心希望落了空,碰了一个大软钉子,只说让他耐心等着皇上回京,到底要等多长时间也没说清楚。唉,鬼知道皇上什么时候回来呀!别说心里有多么别扭啦,实在无奈,只好再拖着一条假腿走下台阶。那副模样真是太狼狈啦,恰似一条被厨子给浇了一身刷锅水的哈巴狗,夹着尾巴,耷拉着耳朵,全身无力地向前挪动着。刚刚走了没几步,他心里忽然琢磨起来:‘哎呀,这么办可不行,还让我再来一趟,我得跟他说说清楚,我已经到了弹尽粮绝的地步,只剩下一块面包啦。如果大人再不发发慈悲,说句不好听的话,我非得穷困潦倒被饿死不可。’

“于是,他又往回走,重新来到将军大人的官邸门前,看门人不耐烦地对他说:‘哎呀,不行,今天不接待了,明天再来吧。’第二天他又来了,得到的回答还是那几句话,看门人傲慢得要死,甚至连看都没有看他一眼,但是此时此刻,你们可要知道,他的衣兜里就剩一张蓝票子啦。往日他午餐时要吃一份白菜汤和便宜的牛肉,今天只好在小铺子里买了一条咸鱼或者一条咸黄瓜,再花上两个铜板买上几片面包来对付啦。这个可怜的人已经饥肠辘辘,越是填不饱肚子,胃口就越大,活像一条饿狼。他路过一家大餐馆,那里的厨师是个外国人,是一个性格开朗的法国佬,身上穿荷兰细麻衬衣,围着雪白雪白的围裙,正在做香辣调味汁和蘑菇托肉饼,总之,是在做一道很讲究的美味菜肴。这位饥饿的可怜虫看着看着,只馋得抓耳挠腮,恨不得一口把自个吞到肚子里去。当他路过涅瓦大街那一排米柳金美食店时,看到橱窗里有一条条肥嫩的鲑鱼、五卢布一颗的樱桃,还有大得出奇的大西瓜,个头大极了,足有一辆邮车那么大,看上去太吸引人了,大概是在等着哪个大富翁来买吧,或者哪个傻瓜肯出一百卢布把它买了去。总之,他在这里游来逛去的,每走一步,那些美味食品都让他迈不动脚步,让他的口水流得下巴颏上都湿淋淋的啦,而且肚子里面咕噜咕噜叫得更厉害了,可是左一次右一次,他听到的总是那么一句话:‘明天再来吧。’

“众位可想而知,他此时此刻的心情有多么烦躁和焦急吧:一方面,橱窗里的美食,什么鲑鱼啦,什么大西瓜啦,像魔鬼勾他的魂一样,只能让他饱饱眼福而已,想吃?见鬼去吧,钱在什么地方呢?另一方面,他听到的答复总是那句话:‘明天再来吧。’光是这么一句话顶个屁用,既不能吃,又不能用!可怜的戈贝金大尉越想越气,越气就越看,思前想后,实在忍耐不下去了。于是下定决心,你们听明白了吧,也就是说豁出去了。你们不让进?我就往里冲,管他三七二十一,非冲进去不可!但是光蛮干也不行啊,还是得动动脑筋,想想策略,于是他耐心地站在门口等着，瞪着眼睛盯着，看看还有什么人要进去求见。瞄准了时机，紧紧跟在一位将军的身后，你们听明白了吧，就这样，拖着一只假腿混进了接待室。那位将军大人像平时一样，按照惯例出来接待来访者，按着惯例挨着个询问：‘您来到这里有什么事呀？您来找我是为了什么呀？’等轮到戈贝金大尉时，还有些疑惑不解地问道：‘我不是已经对您说过了吗，您怎么又回来啦，您必须等候皇上的圣旨。’‘将军大人，恳求您发发善心吧，我呀，我实在没办法了，我现在已经饿肚皮啦……’‘那有什么办法呢！请原谅，我对您实在爱莫能助啊。您最好暂时还是自谋出路吧，还是自己想想办法摆脱目前的困境吧。’‘可是，我好心的大人哪，请您设身处地为我想一想，像我这样一个缺一只胳膊少一条腿的残疾人，又能想出什么办法呢？’将军大人又说道：‘可是，您也得仔细考虑一下，在某种意义上来说，您总不能让我掏腰包来救济您吧。我接待过好多伤病员，他们也有权提出同样的要求……还是耐着性子等待吧。等到皇上回来，我可以保证，到那个时候，皇上一定会发布命令，提出妥善的办法来安置伤病人员的，当然啦，一定不会不管您的。’‘但是，我的慈悲的大人，我真的没办法再等啦。’戈贝金大尉说道，不过说话的语气太生硬了一些，显然有些失礼啦。

“这样一来，大家可以想像一下，这位青天大老爷有点不高兴啦。说实在的，这事儿也不能全怪他，四周有那么多将军都在等着他接见，不知道有多少军国大事急着要处理，有的事情一分钟都耽误不得，否则，会闹出大乱子的。但是，就在这个紧要的时候，忽然钻出这么一个冒失鬼，死磨硬泡地缠着他不放，您说怎么能让人不心烦呢？‘请原谅，我的确没时间哪，还有比您的问题重要得多的大事情等着我去处理呢……’将军已经有些不耐烦地说道，但是口气还是很委婉的，很明显是提醒他知趣一些，赶紧离开吧。可是，我们这个戈贝金大尉却是一头犟牛，偏偏不知趣。有什么办法呢？他实在太饿了，咕噜咕噜直叫的肚皮逼着他这样做的呀！他硬着头皮壮着胆子说道：‘我的青天大老爷，今天，不管您怎么说，您要是不给我一个明确的答复，或者妥善解决的批示，我是绝对不会离开这儿的！’嗨，诸位可以想像一下，他竟敢用这种强硬的口气说话，真是胆大包天，是不是活得不耐烦啦！只要这位大人一变脸一发怒，只要他一声令下，可能你的小命都保不住啦，到那时谁也救不了你啦……别的不说，就说在我们这儿吧，假如有哪个下级官员胆敢用这种口气来和我们的上司说话，也该算得上太不礼貌了吧，也不会让他太自在了吧？但是，再看看那两位呢，相差得太悬殊了：一个是掌管国家要务的将军大人，一个却是那么不大点儿的大尉，也就是说，一个是家财万贯的国家重臣，一个是穷得要死的芝麻官！老实说，这位将军大人已经相当有涵养了，他没有再说什么，你们知道吗，只是抬起眼皮看了他一眼，就这么一眼，可就了不得啦，那就等于朝着你枪炮齐鸣，足可以把你吓得魂不附体啦。但是，你猜怎么着，这头犟驴，也就是戈贝金大尉居然没理这一套，仍旧站在那儿纹丝不动，就好像一根木桩一样站在那儿不动。'您这是怎么啦？'将军问道，足以说明，这是下的逐客令。但是，我们得说公道话，这位将军大人够宽容大度的啦，要是换了别的高官显爵，准会横眉立目一声怒吼，让你吃不了兜着走，会吓得几天几夜天旋地转找不着北，你就发昏去吧！但是，这位将军大人只是不动声色地说道：'那好吧，既然您觉得在这里花钱太多嫌贵，您又不能平心静气地等决定您命运的最终结果，那我只好下令用官费把您送走啦，把信使叫来！把他遣返原籍！'此时，信使已经等在门口了，你们可要知道，这个信使是个两米高的大力金刚，他那一双手简直大得出奇，天生就是用来整治马车夫的，总而言之，你们不难想像，完全像一个希腊神话中的大力士……只见他伸出一只大手，就像抓小鸡一样把戈贝金大尉揪了起来，一下子塞进马车里，信使也登车跟他一起走了。

"戈贝金大尉坐在马车里，心中暗想：'好哇，这样倒也不错，起码我可以省得花路费了，跟将军大人道一声谢才对哩。'就如此这般地坐着信使的马车上路啦。走哇，走哇，一路之上他心中嘀咕着，不难猜想，他在盘算着自己今后的出路：'好吧，既然将军大人吩咐我自想办法，自谋生计，那我就自谋生路！'

"但是，故事讲到这里也就差不多了，至于说倒是怎样把他遣送还乡的，还是把他送到别的什么地方去了，我就不必多说了，你们诸位也就不必追问了。总而言之，言而总之，关于这位戈贝金大尉的传说，你们知道吗，从此就被人们丢到脑袋后面去了，按照诗人的说法沉入忘川①啦。但是，先生们请注意，这个

① 取自古希腊神话，阴曹地府中有一条河名忘川，人死以后坠入忘川，便可以把人世上的一切忘得一干二净。

故事却给我们提供一条线索，可以作为一部长篇小说的引言啦，正如我们方才说过的那样，戈贝金大尉的故事早被人忘记了，谁也没管他的行踪和死活，或者说谁也不知道消失到什么地方去啦，但是，你们也可能会想到，没到两个月的时光，在梁赞省的深山密林中出现一伙歹徒，或者说是一伙拦路抢劫杀人越货的强盗，他们的首领不是别人，正是……”

“请您见谅，伊凡·安德列耶维奇，有一点令人百思不解，”警察局长忽然间有些唐突地打断邮政局长的话，突然问道，“明明是您自己说的，戈贝金大尉是个缺了一只胳膊和一条腿的残疾人，而乞乞科夫……”

邮政局长听了这番问话，失态地尖叫起来，并用手使劲地拍了一下自己的脑门儿，只好当着众人说自己是头蠢驴。他后悔自己太粗心啦，为何在一开始讲这个故事的时候忽略了这一点。他只好承认，“俄罗斯人总是事后才变成聪明人”这句谚语是一句至理名言。于是，话刚刚说完不到一分钟，他又厚着脸皮，巧言令色地为自己狡辩。他又强词夺理地说，在英国机械技术已经发展到极为完善的程度，据报刊所载，有一个人已经发明了一种机械化的木头假肢，只要按一下外表看不出来的弹簧按钮，就能让缺腿的人行走如飞，愿意到什么地方都可以，谁也追不上他，一下子就跑得无影无踪啦，只有上帝才知道他跑到什么地方去了。

说乞乞科夫就是戈贝金大尉这种高见，所有出席会议之人全都认为有些荒唐，并且全都说邮政局长讲得太离谱了。但是，在智力方面也不甘落后，在听了邮政局长信口开河而又巧妙的狡辩之后，倒也启发了他们的灵感和想像力，于是也都开动脑筋，胡思乱想地推测起来，真是各显神通，荒唐可笑地绞尽脑汁，开展起智力竞赛了，也就是说胡编乱造、奇思怪想地折腾起来。甚至有人提出极荒诞的假设：胡说什么乞乞科夫可能是拿破仑乔装改扮以后潜藏在这里，又胡说什么英国佬早就对有幅员辽阔的疆土的俄罗斯垂涎三尺了，甚至还炮制出几幅漫画，画的是一个俄国人正在和一个英国人谈判，英国人趾高气扬地站在那儿，手里牵着一条狗，这条狗便是拿破仑。英国佬傲慢地口出狂言：“你可小心点儿，如果不知好歹的话，可别怪我不客气——我就放狗咬你啦！”没准儿英国佬已经把拿破仑这条疯狗，从圣赫勒拿岛上释放出来啦，他如今已经潜入俄罗斯，表面上乔装改扮成乞乞科夫，其实却是拿破仑。

虽然这种荒诞不经的假设，听的人全都一点也不相信，但是他们却像着了魔一样琢磨起来，挖空心思为它寻找能够更令人确信不疑的根据。结果他们终于发现，假如乞乞科夫侧着身子站着的话，则酷似拿破仑的侧

身画像，他们越想越像。在一八一二年的俄法战争中，警察局长恰好在军队中服役并参加战斗，曾亲眼目睹过拿破仑本人。想来想去，他确实无法否认，拿破仑的身高和乞乞科夫差不多，再想到拿破仑的体形和乞乞科夫也极为相似，也就是说，两个人的体形都是既不是很胖，也不是太瘦。可能有些读者会说，所有这些推测和假设全是些胡说八道，根本就无法让人信以为真，作者和这些读者不谋而合，也有同感，也认为他们的推测和假设纯属胡说八道，不能信以为真。然而，令人遗憾和莫名其妙的是，所有这一切却毫不虚妄地发生了，更令人感到惊疑莫解的是，N 城乃是一座省城，并非一个坐落在偏远之地的乡村小镇，恰好相反，它距离两座京城——莫斯科和彼得堡都不远。但是,需要提醒大家注意的是,所有这一切是在取得卫国战争辉煌胜利之后,也就是说把法国侵略者打得屁滚尿流之后发生的。在这段庆贺胜利的时期中,我们的大小官员,地主,也就是农奴主,大小商人,店铺的老板,以及每一个识文断字甚至目不识丁的人,起码有八年多的时间,全都像注射了政治兴奋剂一样,张口闭口都谈论一些政治问题,人们每天都争先恐后地抢购和争读《莫斯科公报》和《祖国之子》,没买到的人也借来争相传阅,甚至传阅得都成了烂纸碎片,既阅读不成,也做什么都用不上了。人们碰面时,不是像以前总是问:"老兄,一普特燕麦要卖多少钱哪?昨天那场雪对庄稼有好处没有啊?"而是换了话题,问道:"报上有什么消息呀?是不是把流放到荒岛上的那个坏蛋拿破仑又给放走了?"这件事情最让商人们揪心啦,因为他们被一个所谓的先知的预言给蒙骗了。那个所谓的先知已经蹲过三年大牢,他穿着一双树皮鞋,身上穿着一件光板的皮袄,散发出一股生皮子的腥臭味,不知是从什么地方钻出来的。他到处游说和宣传,拿破仑就是《启示录》中所预言的那个反基督的邪教徒,虽然现在披枷带锁被囚禁在石头屋子里,在远隔重洋的一座荒岛上,但是有朝一日,这个家伙还会挣断枷锁和铁镣,跑出来再次危害世界。因为蛊惑人心,这个所谓的先知被投进大牢,但是他却达到了扰乱人心的目的,尤其是商人们惶惶不可终日,在好长好长的一段时间里,哪怕是在他们生意兴隆、财源茂盛的时候,他们到酒馆里喝茶或者谈生意的时候,心中总还是惴惴不安地谈论着这个反基督的邪教徒,当然指的是拿破仑啦。就连很多官吏、王公贵族和豪门大户也经常身不由己地,或者说鬼使神差地翻腾着这件事,显然是受了当时盛行一时的神秘主义的影响。他们在组成拿破仑姓氏的每一个字母里大做文章,认为其中掩藏着某种特殊的含义。有很多在拿破仑这个姓氏里还揭示出了《启示录》里的那组数字①。由此可以推断出来,这些智商高过了头的官员由此联想和推测,乞乞科夫就是化了装的拿破仑,便没有什么值得大惊小怪的啦。值得庆幸的是,他们这些糊涂虫很快就醒悟了过来,发现他们的想像力太荒诞离奇啦,智力测验搞得太过头了,他们所有的猜测、假设等等,完全就不是那么一回事儿。当然,他们谁也不会为此感到脸红的,因为他们历来都是这样浑浑噩噩地过日子,历来都认为自己是世界上最聪明之人呢!于是,这些蠢货又开动起脑筋,思来想去,左一

---

① 《圣经·新约全书》的《启示录》中,有一组神秘数字"666"代表一个反基督的邪教徒的姓氏。一八一二年拿破仑带兵入侵俄国时,一些教徒通过卜算,企图证明拿破仑就是《启示录》中所预言的那个邪教徒。

次右一次地议论来议论去,争论来争论去,最后想出来最明智的策略,于是一致决定,最佳的办法是去找诺兹德廖夫了解一下情况。因为是诺兹德廖夫最早揭露出死农奴这件事的,更何况他和乞乞科夫有过密切的交往,毋庸置疑,他肯定了解乞乞科夫的来历和底细。于是乎,一个个又精神抖擞起来,准备去找诺兹德廖夫,也许他会提供一些意想不到的新资料。

这些官员大老爷,以及其他一些所谓有声望和身份的上层人物,全是一些性情乖张之人:他们本来清清楚楚地了解,诺兹德廖夫是一个不折不扣的扯谎骗子,吹牛皮大王,他说的每一句话,他讲的芝麻绿豆的小事都完全不能相信。然而,他们这些所谓的聪明之人干吗非要去求助一个货真价实的骗子呢?这些官老爷行事就是如此乖张,真是让人百思不得其解!人啊,人真是个莫名其妙的怪物,他不信仰上帝,却偏偏相信鼻梁子发痒是必死无异的征兆。他对诗人的警世佳作连一眼都不看,哪怕他的诗篇格调清新高雅,思路清晰明朗,有如晴空一般高远,有如泉水一般明澈,字里行间充满着友善和谐,渗透着崇高的哲理,真是行行是启迪人们心灵智慧的果实,句句是哲人朴实心灵的结晶;却不可理喻地迷恋上一个疯癫之徒欺世盗名的胡编乱造,混淆黑白的谎言,哗众取宠的臆造,如获至宝一样捧读,而且还连声吹捧:“快看,这才是揭示心灵奥秘的至理名言!”这种人终生都不相信医学,对医生则嗤之以鼻,有了病折腾来折腾去,最后却去求巫问卜,去找一个只会嘟嘟囔囔念咒语和一个劲儿吐唾沫的巫婆,或者更可悲又可笑的是,居然自作聪明地弄些乱七八糟的东西混杂在一起,当作灵丹妙药熬成水来喝,真是自欺欺人。效果如何呢?只有上帝知道,吃不死,就算他白捡了一条命!当然了,这些官员老爷们的处境确实是很困难,万般无奈,才采取这种愚蠢的办法,在某种意义上,还是情有可原的,正如俗话所说的,一个泅水之人在生命岌岌可危之时,哪怕能抓住一根救命的稻草呢,他也会抓住不放的,这就叫做垂死挣扎嘛!尽管这根稻草只能漂起一只苍蝇,而他的体重足有四五普特重,但是在这生命危急的时刻,他已经完全失去理智,哪里还来得及去仔细考虑呢,因此只有死死地抓住这根稻草妄图救命了。我们这些官老爷为了解脱困境,只有抓住诺兹德廖夫作为救命稻草了。警察局长立即写了一张便笺,邀请这位牛皮大王诺兹德廖夫到他家来聚会一个晚上。马上有一名穿着喇叭口高筒皮靴,脸色红扑扑的年轻警官接过便笺,一只手按着佩剑,急匆匆地朝诺兹德廖夫的家中奔去。谁知道,此时诺兹德廖夫正在忙着一件重要事情,已经整整四天足不出户,闭门谢客,就连家里人也不得随意出入他所待之处,一日三餐,也是从一个小窗口把饭菜递进去。总而言之,经过这么一番折腾,诺兹德廖夫忙活瘦了,脸色变得又灰又青,两只眼睛布满了血丝。那么,他到底在搞什么名堂呢?原来他要从几百张纸牌中挑选出两副来,而且这副牌中的每一张都要有外人极难发现的特征,要像最亲密的朋友那样忠实可靠。这件事做起来要极其仔细认真,需要集中全部精力才能搞好,而且起码要用两个多星期的时间才能完成。在这段时间中,仆人波尔菲里也在完成一项特殊任务:即用一把特地准备的刷子给那条米兰种的小狗清洗肚脐眼,而且要用肥皂水给它洗澡,每天不得少于三次。由于诺兹德廖夫的封闭生活受到了打扰,他便火冒三丈大发雷霆,首先把送信的警官狠狠地斥骂了一番,把他给轰走了。可是,当他看了警察局长的便笺之后,马上又改变了主意,因为晚上在警察局长家中必有牌局,而且还有新手参加,这可是他大显身手耍弄诡计大捞一把再好不过的机会了。他心中暗喜,立刻锁上房门,顺手抓了一件衣服穿上,便直奔警察局长家中而去。

诺兹德廖夫到了警察局长府上之后,那几位官老爷自然首先要向他询问有关乞乞科夫的问题。但是,出乎他们意料的是,诺兹德廖夫所讲述的有关情况与他们的看法恰恰完全相反。从这个谎言专家嘴里吐露出来的资料、证据和推测来看,这些官员最近提出来的荒诞无稽的猜测全部被否定了。从这一点来看,诺兹德廖夫确实是一个胆大妄为之人,根本就不知道怀疑为何物,只要他想说什么,信口开河胡说一通就是事实,对这个吹牛皮大王来说,哪有怀疑、犹豫这么一说:这些官员的假设和推测多多少少有些犹豫未决,优柔寡断,胆怯心虚,诺兹德廖夫则表现出越加坚决果断,当机立断和胆大武断,因为对他这样一个无赖来说,他清楚地知道,反正吹牛皮不上税,说谎骗人也不犯法,只要厚着脸皮张嘴胡咧咧就可以了;更何况有这么多的官老爷都竖着耳朵听呢,而且还瞪着大眼睛听得津津有味,正是他诺兹德廖夫大显神通的好机会,何乐而不为呢,不把这些个蠢货吹得晕头转向决不收兵!于是,他便咧开大嘴,甩开腮帮子大吹大擂起来,对这些官老爷提出的问题逐一进行解答,真是有问必答,对答如流,就像决了口的堤坝,大有一泻千里之势,居然脸不红心不跳,口若悬河,语调流畅,而且又绘声绘色,要练就这种本事,恐怕你我一辈子也学不会。他谎称乞乞科夫光从他的手里就买走了价值数千卢布的死农奴,因为在他看来这是一笔干赚钱不赔本的买卖,只有傻瓜才不卖呢。当有人问到他,乞乞科夫是否是个密探或者总干一些探听什么秘密的勾当时,诺兹德廖夫回答非常干脆,一口咬定乞乞科夫就是一个货真价实的密探。还胡编乱造地说道,他和乞乞科夫在一所学校里读过书,乞乞科夫还是乳臭未干的中学生时,就经常干一些告密的缺德事儿,为此同学们都送给他一个外号叫奸细，也是因为干这种不光彩的事儿，同学们还把他狠狠地教训了一顿。当时，他诺兹德廖夫也义不容辞地对他大打出手，结果乞乞科夫被同学们打得鼻青脸肿，伤势不轻，只得在他的左右太阳穴上放上二百四十条水蛭(俗称蚂蟥)来吸血消肿。他原来是想说四十条水蛭，但不知为什么说走了嘴，竟然多说出来二百条。当有人问到，乞乞科夫是否制造过假钞，诺兹德廖夫毫不迟疑地回答说，乞乞科夫确确实实制造过假钞，顺便还讲了一件有趣的故事，以资证明乞乞科夫本来就是一个诡计多端的家伙。他说有那么一天，警方获悉乞乞科夫家里藏着二百万卢布的假钞票，立刻派人封锁他的住宅，还派兵把他家团团围住，每扇门前都有两个士兵把守起来。但是，乞乞科夫像变魔术一样，居然在一夜之间把二百万假钞票神出鬼没地全都换掉了，警察第二天打开封条一看，假钞票全都变成了真钞票。你说怪不怪，警察和官府都傻了眼，没敢动他一根毫毛。众位长官大人，你们说说看，乞乞科夫的本领有多大，真是神通广大呀！接着又有人问到，乞乞科夫是不是真的企图拐骗省长的女儿，他本人是否也参与了此事，是否真的想帮他的忙。诺兹德廖夫也顺口胡编起来，毫不避讳地说，确有此事：说他不仅参与了此事，而且还出了很大力，还说如果没有他的帮忙，乞乞科夫要想干成此事比登天还难。说到此处，他猛然间警醒过来，发现自己扯谎扯得太过火了，照这样胡扯下去，说不定会引火烧身，自己也要跟着倒霉的，但是他无论如何也管不住那条如弹簧般跳起来的舌头了。确实，要管住这条如簧的舌头真是很难，况且他脑袋里已经如波涛翻滚一样，涌现出来许许多多的详情细节，要让他来个急刹车不说出来，他怕憋出病来。于是，诺兹德廖夫便一不做二不休地全都说出来。他接着编造说，原定举行婚礼的那个教堂所在的村子，村名叫做特鲁赫马契夫卡，主持婚礼的神父是西多尔，并答应给他七十五卢布作为酬金。刚谈起来这件事的时候，西多尔神父无论如何也不干，诺兹德廖夫继续说道，要不是他威胁那个神父，否则，他要告发这个神父曾经为粮商米哈伊尔和他的姘头主持过婚礼，并且还答应把自己那辆四轮弹簧马车借给他们用，而且还在各个驿站为他们事先订好了备用的驿马，神父无奈只好点头答应了。这小子记忆力还真不错，说出了每个详情细节，还列举出了一个个马车夫的名字。最后，官员们又问起拿破仑的问题，可是他们刚一提出来就后悔了，干吗要提这件事呢，因为他们已经听出来了，诺兹德廖夫这个家伙除了胡说八道，谎言连篇之外，不仅没有说出一句让人信服的话，而且全是一些不负任何一点儿责任的瞎话和假话。这些官员本来就急得像热锅蚂蚁似的，听了诺兹德廖夫这么胡吹乱道一通，更是心烦意乱，只好长叹一口气，抛下他不管了，只有警察局长还不死心，以为耐着性子听一听,或许会捞到一点什么有用的资料或线索,结果仍然是一无所获,最后也只得无可奈何地挥了挥手,说道:"见他妈的鬼去吧!"结果这一伙蠢家伙只好认输:要想从公牛身上挤出牛奶来,那是异想天开,白日做梦!经过和诺兹德廖夫如此这般的周旋一番之后,这些自作聪明的官老爷的处境更艰难了,心情也更糟了,心中更加六神无主。既然没有打听到一点儿有关乞乞科夫身世和来历的真实情况,这件事情只好到此为止,不放手也得放手。由此可以看出,人是一个多么奇异而又复杂的怪物:当一件事只牵涉到别人,而与自己无关时,他是何等的睿智贤明,精明干练,他考虑问题时总是足智多谋,处理事务时也是井井有条,不慌不乱,卓有成效。每当他人在生活中陷入困境时,他总会眉头一皱计上心来,为他出主意想办法,提出摆脱困境行之有效的妙策良谋!人们都会异口同声地称赞:"真是一个足智多谋之人!多么刚毅果断的性格!"然而,这个足智多谋的人,一旦遇到飞来的横祸,也陷入困境时,就会方寸大乱,刚毅果断的性格便立刻魂飞天外,铮铮铁骨的男子汉大丈夫一下子却变成了一个胆小鬼,心灰意冷,手忙脚乱,变成一个只会哭天嚎地的可怜虫,变成一个只知道哭哭闹闹、无智无能的小孩子,或者干脆变成了诺兹德廖夫叫嚷的那种蠢货了。

不知是何缘故,所有这些议论、猜测和流言蜚语,居然给可怜的检察长精神上带来了令人意想不到的强烈刺激,给他的肉体带来了骇人听闻的巨大打击和伤害,致使他像沉雷轰顶般地一蹶不振,以致回到家中仍然神情恍惚,绞尽脑汁地苦思苦想,思来想去,想去思来,突然之间就莫名其妙地寿终正寝了。谁也不知道他是因中风而死掉的,还是得了其他绝症一下子就一命呜呼了。反正没人得知详情,只听说他坐在椅子上,突然啪的一声栽倒在地,仰面朝天地就魂归地府了。家人闻声飞奔而来,见此情景,只好捶胸顿足号叫起来:"哎呀,我的上帝!"于是,立即派人去请医生来给他放血①,可是已无回天之力了,也就是说无法让他起死回生了,这位可怜的检察长已经成了一具灵魂出窍的死尸了。直到此时此刻,看到此情此景,人们才非常悲哀地发现,死去的检察长在世时原来是有灵魂的,并非一具行尸走肉,只是因为他平时一向谦虚谨慎,对人冷漠无情,办事墨守成规,刻板而又不近人情,一直不曾把灵魂显露出来罢了。然而面目狰狞的死神确实是可怕而又冷酷无情的,不管它扑在平民百姓身上,还是扑到达官贵人身上,其结果都是一样的,都是非常可怕的,它不仅要勾走人的灵魂,而且还要扼杀人的生命。就说这位检察长吧,大约几个小时

① 俄国民间医治疑难杂症的一种流传已久的土法,有什么科学依据就不得而知了。

之前,反正不会超过一两天,还行走自如,还活蹦乱跳地参加活动,打惠斯特牌,还和其他官员一起议论和谈话,并且还在签署各类文件,还是扬着那两道浓眉,还是不停地眨巴着那只左眼。然而,现在却躺在停尸桌子上,只是那只左眼已经不再眨巴了,但奇怪的是,有一道眉毛还是微微扬起来,仿佛还带着疑问的神情。那么死者到底想问什么呢?难道是想问造物主为什么让他来到人世之上,或者是想问死神为什么又这样匆匆忙忙地把他抓走,是否是遵奉了上帝的旨意?我们这些肉体凡胎的普通人是无法解答的,也许只有上帝才知道吧。

事情竟然发展到如此严重的地步,这些官员的处境也更加艰难,更加尴尬了。然而,我的读者诸君会说:“此事是不是太荒诞离奇了!是不是太不合乎情理了!官员们虽然自作聪明,但也不至于愚蠢到如此地步,绞尽脑汁地编造出如此荒唐可笑又骇人听闻的故事和瞎话来吓唬自己的,更何况这种事情就连乳臭未干的小孩子都看得明明白白!”读者诸君甚至还会斥责作者有悖常理的凭空臆造,甚至还把那些可怜兮兮的官老爷称之为傻瓜,因为人们使用“傻瓜”这个词儿从来都是张口就来的,从来都是用不着深思熟虑的,从来都是慷慨大方廉价拍卖的,对于亲朋好友使用起来就更不吝啬了,即使一天里使用上二十次也不足为奇。如果一个人在各方面都表现得十全十美,倘若在某一方面表现得愚笨一些,或者说显得傻乎乎的,不如人意,人们就有足够的理由送给他“傻瓜”这顶桂冠啦,谁还会去管他哪几个方面的优秀品质和人格了,谁还会去管他曾经是一个十全十美的人啦。唉,这就是我们这些芸芸众生做人的准则,这就是我们芸芸众生为人处事的哲理。当然啦,读者诸君,作为旁观者,作为局外人,从自己身处的清幽雅静的高楼寓所俯首观望或冷静观察,对于下面所发生的一切事情,居高临下,自然一览无余,品头评足地发表一番高论,当然要容易得多啦,当然要公正得多啦,更何况又是旁观者,俗话说:“旁观者清嘛!”而身处下方之人所能看到的,所能观察得到的,只是发生在身边的事情,难免不出现一叶障目或一孔之见的错觉,更何况他们又是当局者,正如俗话所说的:“当事者迷嘛!”在人类进化和发展的历史进程中,从古至今的编年史中,也许有好多个世纪的纪事是毫无保留价值的,而应该删除或者大笔一挥把它们一笔勾销。在人类和世界发展的漫长进程中,的的确确发生过许许多多的迷失和错误,在当今的世界上甚至连幼稚无知的小孩子也不会再重蹈覆辙了。在人类为追求永恒真理的奋斗过程中,曾经走过许多弯路,跋涉过许多荒漠、沼泽、林莽,翻越过许多崎岖难行的崇山峻岭,甚至迷失在引人误入歧途的羊肠小道。殊不知,当时在他们的身边或眼前就有一条平坦而笔直的大道,沿着这条大道,就可以畅通无阻地向前迈进，直达人类所追求和向往的金碧辉煌的巍峨壮丽的圣殿！尽管这条大道比其他道路更宽广、更辽阔，清晨披着彩霞，白天沐浴着阳光，傍晚映衬落日余晖，夜晚则穿上用灯光霓虹织成的彩裳，但不幸的是，尽管这条光明大道近在咫尺，人们却与它擦肩而过，依旧迷失在深沉的黑暗之中，犹如盲人骑瞎马一样迂回曲折地前进。不知有过多少次，上天曾经在冥冥之中给过他们启示，昭示过正确的方向，但是他们却自作主张，迷失了正确的方向，甚至在晴空万里风和日丽的美妙时刻重又陷入举步维艰的境地，重又跋涉难以通行的沙漠莽原、崇山峻岭，而且自作聪明，相互争吵，互不服气，结果是越吵越糊涂，越糊涂就越迷失方向，最终只好跟着萤光鬼火踽踽前行，最后一直走到一个无底深渊的边儿上，这才大惊失色地彼此惊呼："快说说看，大路在哪里？出路在何方？"当然啦，这已经是历史陈迹啦，如今的一代人把这一切都看得很透彻，他们甚至会对人类祖先的失误感到惊诧莫解，会嘲笑人类祖先的愚昧无知，然而，他们却没有仔细研读和发现，这部编年史是用上天的圣火写成的，是我们人类祖先一代又一代人用血和泪写成的，是我们的人类祖先一代又一代人用宝贵的生命和神圣的梦想写成的！这部编年史中每一个字母都在厉声呐喊，字里行间处处都有一只神灵或先哲的手指指向如今的一代人，向他们发出严正的警告。然而，当今的一代人仍然在嘲笑我们的祖先，并且自负而又傲慢地重蹈先人的覆辙，接连不断地犯下一个又一个新的错误，同样也会遭到子孙后代的嘲笑、讥笑和耻笑！

乞乞科夫对省城近来所发生的这一连串事情竟然一无所知，完全被蒙在鼓里。这也怪不得别人，正当有关他的问题闹得沸沸扬扬、满城风雨的时候，命运仿佛和他作对一般，这些天来，他偶染微疾，得了轻微感冒，牙龈有些肿痛，喉咙有点发炎。由于地域不同，加之气候各异，这种感冒发烧及其相关的并发症，在我们的很多省份里还是非常猖獗的。乞乞科夫是个一贯贪生怕死之人，恳求上帝保佑，千万别让自己客死异乡，断了乞氏后代根苗，于是便下定决心足不出户，在客店养上几天。这几天里他耐着性子为自己调养和医治，每天不停地用泡着无花果的牛奶漱口，然后再把无花果当作治病良药吞到肚子里，同时又把一个装有甘菊和樟脑的小布袋敷到腮帮子上。为了打发时间和寂寞无聊，他把买来的死农奴的全部名单又仔细看了一遍，然后又详详细细地抄写了几份。为了消闲解闷，他又从小皮箱里找出来一本小说，书名大概叫做《拉瓦列尔侯爵夫人》[①]，一目十行从头读到尾。实在无事可干，闲得无聊，又把那只红木小

① 法国女作家龚利斯（1746—1830）所著的长篇小说，系感伤主义作品。

匣子里面的东西翻出来看了一遍，还把其中某些便笺和纸片重新又仔细地读了一遍。尽管如此不停地瞎忙活，他仍然感到时间过得很慢，心里仍旧感到烦躁不安，仍旧无法排遣寂寞无聊的感觉，他百思不得其解的是，究竟是怎么回事，本城的官员都在忙些什么呀，居然没有一个人前来探病问候。几天前就大不一样了。旅店门口几乎是车马络绎不绝，一会儿是检察长来啦，一会儿又是邮政局长来啦，要不就是民政厅长来拜望他了。他思来想去，无论如何也想不通，无可奈何，憋得在屋子里来回打转转，或者不耐烦地耸动着肩膀。大概是由于郁闷发急吧，转来转去地憋出了一身大汗，于是乎，感到身上轻松多啦，也就是说，微疾已去，病体大有好转，可以到户外去呼吸呼吸新鲜空气啦。此时心中真有说不出的高兴和快活，可以自由行动啦，太好了！于是，他毫不迟疑，立即精神抖擞地梳洗打扮起来。急忙打开化妆盒，取出刷子和肥皂，又往杯子里倒了一些热水，准备大动干戈，向胡子发起猛攻啦。老实说，早就该扫荡这些胡子啦，因为他用手摸了自己的下巴颏和腮帮子，又照了照镜子，忽然惊奇地感叹起来："哎呀，活见鬼啦，脸上怎么长出一片树林子啦！"老实说，说是树林子也未免有点夸张，要是说下巴颏和腮帮子上长出了黑压压的一片庄稼，倒是一点儿也不过分。把胡子扫荡得一干二净之后，便急急忙忙开始更衣，动作极为敏捷麻利，似乎是从睡裤里飞身跳出一样。穿戴整齐之后，又往身上洒了些香水，穿上一件防寒外套，免得再受风寒，又用围巾把腮帮子也围得严严实实的，这才举步走上大街。他走在街上，同每个卧病初愈的人一样，心里那种高兴劲儿就甭提了。他在街上轻松地走着，一路之上所看到的一切，似乎都在向他含笑致意，不管是街道两旁的房屋，还是那些匆忙赶路的庄稼汉，全都喜形于色，或者说是笑容满面。说实在的，那些庄稼汉都面色阴郁，他们哪里有心思笑呢？无处发泄心中的忧愁，有那么一个还打了他的同伴一个耳光。乞乞科夫首先想到的是去拜访省长，当然，原因不言自明。他一路上走着，脑袋里却像翻江倒海般思潮翻滚，但是却有一个美丽的金发女郎的娇姿丽影，总是在他的眼前晃动，无论如何也挥之不去。想着想着，这位豆蔻年华漂亮的小妞仿佛总是来招惹他，缠着他不放，于是他便开始心猿意马地胡思乱想起来，弄得他哭笑不得，最后只得把自己狠狠嘲骂了一通，总算来了个急刹车。他便怀着这种想入非非的鬼胎，满面春风地来到省长大人府邸的门前，得意洋洋地跨进门廊，正打算脱掉身上的皮大衣，看门人忽然走过来阻拦，并且出其不意地告知他，让他犹如当头挨了一闷棍一样大惊失色：

"上面吩咐不接待！"

"什么，你，你说什么？你可能没认出来是我吧？你再仔细看看我的脸!"乞乞科夫有些生气地对看门人说道。

"认得,我怎么会不认得呢,我又不是第一次见到您。"看门人理直气壮地答道,"上面就是这样吩咐的,就不让您一个人进去,其他人全都可以进去。"

"这就怪啦!为什么呀?究竟是为什么呢?"

"上面就是这样吩咐的,看来就得这么照办啦!"看门人又口气很硬地说道,马上又加了一句:"遵命照办!"说罢,就摆出一副盛气凌人的样子,挡在乞乞科夫的面前,一改往日那种帮助脱大衣,笑眯眯献殷勤的样子。他瞪圆了眼睛盯着乞乞科夫,心中似乎在想:"哼,你就别不知道好歹了!既然老爷、太太不准你进来,足见你这个家伙不是什么好货!"

"真是莫名其妙!"乞乞科夫心里感到十分别扭,只好先去拜访民政厅长。但是,民政厅长一看到他,立刻显得神色慌张,老半天说不出一句正经话来,吞吞吐吐地说了一些不着边际的废话,搞得主客二人都很尴尬。乞乞科夫从民政厅长家里出来以后,一路上冥思苦想,民政厅长为何神色那么慌张,他说那些话究竟是什么意思,思来想去,到头来还是没有想清楚。为了要弄清楚到底是怎么回事,他又硬着头皮去拜访另外几位官员,例如警察局长、副省长、邮政局长。但是,这些官员有的寻找托词给他吃了闭门羹,有的虽然接待了他,态度也是很反常,说话只是敷衍几句,含糊其辞,语无伦次,神色显得也很慌张,很拘束,弄得双方都很不自在。因此,乞乞科夫怀疑他们是患上了什么同样的病症,把他们都烧糊涂,脑袋大概都有些神志不清了。但是乞乞科夫还是不死心,接着又拜访了其他几个官员,妄图探听出真正的原因,结果是枉费心机,仍旧什么也没有探听出来,不管这些官员接待还是不接待,从结果上来看,可以说他是到处碰壁,把他弄得糊里糊涂,心烦意乱。他满腹心事,但又理不出个头绪来,像个无头苍蝇似的在城里瞎转悠起来,确实很难判断是他自己神志不清,还是这些官老爷丧智发疯啦,弄不清今天所发生的事情是一场虚妄的梦境,还是他碰到了比梦还要无法解释的离奇的事情。他在街上闲游闲荡,天色已经很黑了,才返回旅店,心想,这一天过得太晦气了,这才叫做:乘兴而去,败兴而归!为了消愁解闷儿,他吩咐侍仆端上茶来。他一直坐在那里发呆,陷入枉费心机的苦思冥想之中,怎么也想不通为什么会碰到这种奇怪的遭遇,他正要给自己倒茶,房门突然哐啷一下子被打开了,随之诺兹德廖夫像幽魂一样的闯了进来,这是怎么也没有想到的。

"俗话说得妙:'访友何惧路遥远!'"诺兹德廖夫一边摘帽子一边说道,"我正好从这儿路过,一看屋子里还有灯光。嗨,我心想,你一定还没有睡,我就进来了。啊,太好了,你正在喝茶,很高兴陪你喝几杯。今天中午吃得太饱啦，胡乱吃了一大堆，肚子里已经开锅了，正好口渴，喝上两杯，也许就不那么难受了。你快叫人给我装上烟斗，你的烟斗呢，放在哪儿了？”

“我从来就不吸烟。”乞乞科夫不太高兴地答道。

“别说瞎话啦，好像你以为我不知道你是个烟鬼呀，喂，来人！你的仆人叫什么名字来着？喂，瓦赫拉梅伊，快来装烟斗！”

“他不叫瓦赫拉梅伊，而是叫彼得卢什卡。”

“怎么搞的！你以前用的仆人明明就叫瓦赫拉梅伊嘛。”

“我压根儿就没有什么叫瓦赫拉梅伊的仆人。”

“噢，是我搞错了，瓦赫拉梅伊是杰列宾的仆人。你可知道，杰列宾这家伙真是好运气，他的姑妈和儿子大吵大闹了一场，老太太骂儿子没出息，弄了个女奴当老婆。他姑妈一气之下，就把家中所有的财产都过继给了杰列宾。我心里想要是每个人都有这么一个姑妈，那该多走运哪！唉，我说老兄，你是怎么搞的，干吗总是躲着大家呀，成了待嫁的大姑娘了，大门不出二门不迈的？当然啰，我知道，你有的时候爱抠抠学问，喜欢读读书（这就怪了，诺兹德廖夫凭什么一口咬定，我们的主人公爱抠抠学问，又喜欢读读书，说实话，我们可不知道，至于乞乞科夫本人大概也不知道吧）。哎呀，乞乞科夫老兄，如果你也在那儿就好了……真的，你那颗善讽刺爱挖苦的脑袋瓜子又可以增添好多丰富的材料啦（乞乞科夫又怎么善讽刺会挖苦这件事儿，我们也是一无所知）。老兄，你再想像一下，有一天我们在商人利哈乔夫家里打牌，那才叫人笑破肚皮呢！别列平杰夫当时和我当对家，他说：‘看，如果乞乞科夫在这儿，他们两个搭档就好了！……’（不得不再说一句，乞乞科夫根本就不认识这个叫什么别列平杰夫的人）。老兄，不过，说真格的，你那次对我的态度真是太不像话啦，你大概还记得吧，就是我们两个人下棋那次，一看我要赢定了……没错，老兄，你可是跟我耍赖皮。你大概也知道，我就是这么一个人，鬼才知道，我那天可是够有涵养啦，居然没有对你发脾气。前些日子，我和民政厅长……噢，对啦！我就打算告诉你，现在城里所有的人都在算计着你呢，他们都说你制造假钞，还都一个劲儿地缠着我问来问去的。朋友遇到麻烦事儿，我自然要拔刀相助了，我为你打保票，说了一大堆好话。我对他们说，我们在学校是同窗好友，我还认识你的老子，我如此这般说了一大通，把他们给唬得一愣一愣的，全都晕头转向啦！”

“说我制造假钞票？”乞乞科夫大声地喊道，一下子从椅子上跳了起来。

“那你干吗要吓唬他们呢？”诺兹德廖夫抢着说道，“真是他妈的活见鬼啦，你把他们都给吓疯了，一会儿说你是强盗，一会儿又说你是密探……检察长的胆子也太小了，竟然给吓死啦，明天要为他举行葬礼，你一定会去参加吧？说句心里话，其实他们是害怕新上任的总督，担心为了你的事儿而惹出什么麻烦来。那么我对新总督的看法是：如果他趾高气扬，眼睛朝天摆起官老爷的架子来，那么，他就很难对付得了这伙贵族，贵族们讲究亲切友好，殷勤待客，你说是不是？当然啦，他可以待在自己的办公室里，一个舞会也不举办，也不参加社交活动，这不是等于把自己孤立起来，他这样会产生什么结果呢？要搞清楚，他要是真的这么干，对他可是一点好处也没有。但是，你呀，乞乞科夫，你还真有本事，竟然胆大包天，打起了冒险的鬼主意。"

"打起什么冒险的鬼主意？"乞乞科夫惊恐不安地问道。

"嘿，别装糊涂啦，就是要拐骗省长的女儿嘛，说实话，我早就料到你的鬼主意啦，我对天发誓，我绝对不说假话，我早就觉察出来啦！在省长家的舞会上，我刚看到你们两个在一起，哼，当时我心里就想，乞乞科夫这小子准是心怀鬼胎，也就是说你没安好心……说实在的，你的审美观点真是不怎么样，我可没看出这个小妞有什么讨人喜欢之处……但是，有那么一个姑娘，是毕库索夫的外甥女，那才算得上是一个漂亮妞儿呢！怎么说好呢，不光是长得漂亮无比，她身上还有一种叫你骨软筋酥的劲头儿！"

"得了，你这是说的什么话，你在瞎说些什么呀！我干吗要拐骗省长的千金小姐呢？纯粹是胡说八道！"乞乞科夫气得圆睁二目地说道。

"哼，得了吧，老兄，你这个人真会玩心眼儿，还装什么假正经！我跟你说句实话，我今天就是专门儿为这件事来找你的，咱们当着真人不说假话，有什么事儿你只管吩咐吧，我心甘情愿为你当个马前卒，咱们就这样说定了，举办婚礼之事全都包在我身上，我帮你捧着新娘的花冠，马车以及备用马匹由我全权负责，不过，你首先要答应我一个条件：你得借给我三千个卢布，我有急用，老兄，我都快急死了！"

在牛皮大王诺兹德廖夫信口开河胡言乱语这段时间里，乞乞科夫左一次右一次使劲儿揉着自己的眼睛，尽力想弄清楚，诺兹德廖夫所说的这些话，是不是在梦里听到的。什么制造假钞呀，什么拐骗省长的女儿呀，什么检察长之死是由他引起的呀，还有什么新任总督的光临呀——这一件件一桩桩特大的新闻，把他吓得心惊肉跳，提心吊胆；要不是诺兹德廖夫在这儿，强打精神，故作镇静，否则他非吓瘫了或者吓尿裤子不可。他暗自思忖："哎呀，既然情况已经发展到如此严重的程度，看来此处是个是非之地不宜再待下去了，必须马上脱身才对。"

乞乞科夫机智巧妙地把诺兹德廖夫给糊弄走了。立即把马车夫谢里方叫了进来,吩咐他赶快把马车准备好,以便明天刚一亮天就出发,争取在六点钟出城,再三嘱咐他一定要把车辆、马匹仔细检查检查,给车轮子把油上好,等等。谢里方嘴上答应得挺好:"您放心好了,巴维尔·伊凡诺维奇!"但是却站在门口一动未动。乞乞科夫又立刻吩咐彼得卢什卡把皮箱从床铺下面拉了出来,一看箱子上面蒙着一层厚厚的灰尘;接下来主仆二人一起忙着收拾行李,根本就顾不上仔细分类啦,顺手抓起袜子,洗过的没洗过的衬衣、内裤、鞋楦子、日历等等,一股脑地全都塞到皮箱里面。他决心要在当晚把所有的东西全都整理好,以便明天早晨准时上路,免得因为耽误时间而节外生枝或惹出什么麻烦事来。谢里方在门口站了两三分钟,终于磨磨蹭蹭地走出房间,这个家伙两条腿就像有千斤重一样。磨磨蹭蹭半步一停地走着,仿佛是一个一百多岁老人一样迈不动步子,要多慢就有多慢,慢慢腾腾地顺着楼梯往下走,那双湿漉漉又肥又大的靴子在楼梯上留下一个个脚印,一面走着一面还用手一个劲儿地挠着后脑勺,他不停地挠着后脑勺是什么意思呢?总的来说,人们挠后脑勺是表达什么意思呢?是不是表示心中很懊恼或者借此发泄心中的不满呢?谢里方挠后脑勺大概也是这个意思吧,原因是他明天和同行兄弟们有个约会,这个人穿着一件很脏的光板皮袄,腰里系着一条很宽的皮带,他们约好到一家公营的小酒馆去喝两杯。没想到主人这么心急火燎地就要走,他们两个人的计划就泡汤了。或许他来到这里以后又结交了一个情人吧?或许可以忙里偷闲,在黄昏时刻,或夜幕降临以后,站在旅店大门口去大饱眼福,去观赏穿着红色衫衣的小伙子给仆人们弹奏六弦琴,听听奔忙劳碌一天的居民百姓娓娓动听地拉家常。或许他的相好的也在他的身边,他还可以乘机握握或捏捏她那白嫩嫩的小手。可是现在他不得不舍弃这一切,大概心里不是滋味而又舍不得吧?否则,就是不愿意离开他那个暖暖和和的床铺,每天晚上睡在下人的厨房里,紧挨着火炉,盖着皮袄,睡得又甜又香。再有,他也舍不得香喷喷的白菜汤和城里那松软可口的大馅饼?当然啦,也许他更不愿意去冒着大风大雨和大雪,有时甚至是饥寒交迫,在泥泞中跋涉,在崎岖的旅途上要遭受多少奔忙劳碌之苦啊?又有谁那么傻,非得愿意去受这份苦?那只有上帝才知道,这些傻瓜心里是怎么想的,我们可是琢磨不透!谢里方心中十分明白,待在省城里多舒服啊!可是要走了,所以他才要挠后脑勺。当然,俄国人挠后脑勺还有多种多样的含义的。

第十一章

Мертвые души

但是,到了第二天一看,哪一件事情都没有像乞乞科夫前一天晚上安排和设想的那么顺利。首先,他没有按着设想的时间醒来,这让他心里很不痛快,也就是说这是第一件不痛快的事儿。他急急忙忙地从床上爬起来,立即派人去看看马车是否套好了,出行的一切都准备好了没有。可是仆人回来禀报说,马车尚未套好,并且什么东西也没有准备妥当,这是第二件使他不痛快的事儿。他立刻火冒三丈,恨不得把我们的老朋友狠狠地教训教训,用鞭子或者拳头好好地犒赏谢里方一通。乞乞科夫心急火燎地等着谢里方来见他,看看这个家伙怎么样来辩解自己的过错。没多大工夫,谢里方就来见他了。乞乞科夫听了马车夫的解释之后,真的差点儿没气昏过去。下面就让我们来听一听,当主人老爷万分火急要赶路时,仆人通常用什么样的花言巧语来对付主人的吧:

"但是,老爷,巴维尔·伊凡诺维奇,您再着急也没用啊,马匹还没有钉马掌呢。"

"嘿,嘿,你这头蠢猪!你这个笨蛋!你早些时候干什么去了?莫非说你还没有闲散够吗?连这么点时间都没有吗?"

"啊,时间倒是有……但是,巴维尔·伊凡诺维奇,还有车轮子也不能用了,轮箍也该换新的了。因为这个时候路很不好走,到处都布满坑坑洼洼,没有一个地方是平坦的……假如您不反对我禀报的话,那我就多说点儿:马车的前半部分都快散架了,榫头都不灵了,不是松了,就是丢了,看样子,连两站路都走不了啦。"

"你这个恶棍!"乞乞科夫气急败坏地大声骂道,并且挥起双手向谢里方奔了过去。谢里方吓得要死,赶紧后退几步,躲开了老爷的手掌,要不是躲得快,还真要挨上大耳光呢。

"你这个恶棍,是不是存心要害死我?你说,你是不是要杀死我?你这个强盗,你是不是想在路上把我给干掉?你这个该死的蠢猪,你这个全身冒邪气的魔鬼!你说呀,你倒是说呀,你整整在这里闲游闲荡了三个星期,你怎么一声不吭呢,你这个混账东西!现在要上路了,你才想起来,你这不是成心捣乱吗?现在要用车了,马上就要出发上路了,你真会挑时候，早不说，非得在这个时候放出这些臭屁来，你这不是成心和我过不去吗？你这不是成心给我下绊子使坏吗？你说呀，你倒是说呀。你早干什么去了？难道你早就知道了，是吗？你给我老老实实地交待清楚！"

"是的。我早就知道。"谢里方吓得低下了脑袋，自知理亏，吞吞吐吐地答道。

"哎呀，既然知道，那你干吗不早说呢？真是气死我啦！"

谢里方无言以对，只好装哑巴了。但是，从他那耷拉脑袋一声不敢吭的可怜相看得出来，他好像有些悔之晚矣，在心中嘀咕："是啊，这事儿可真是鬼迷心窍了，分明早就知道，干吗不早点儿告诉老爷呢！"

"既然如此，你现在马上去把铁匠找来，让他务必在两个钟头之内把该修的都给我修好！你听明白了没有？务必在两个钟头内修好；这件事儿你再办不好，我是不会放过你的，我非要把你整得老老实实的！可别怪我不客气啦！"我们的主人公确实气得忍无可忍了，才说了如此一番严厉而又尖刻的话语。

谢里方乖乖地听完老爷的教训之后，正转过身来要去执行老爷的命令，但是停住了脚步，转过身来又说道：

"真该死，我还有一件事儿要向老爷禀报。老爷，我看那匹花斑马实在没用了，不如把它卖掉得了，巴维尔·伊凡诺维奇，因为这匹马奸懒馋滑，实在太坏了，留着它一点儿用也没有，说不定它会招灾惹祸的。老天在上，巴维尔·伊凡诺维奇，我说的可是句句是实话。"

"太好了！我马上就到集市上把它卖掉！"

"说实话，巴维尔·伊凡诺维奇，这匹马看样子挺英俊的，实际上是一匹奸懒馋滑的坏家伙，正如大伙常说的：'是个绣花枕头，中看不中用。'我从来还没有看到过比它还坏……"

"笨蛋！我什么时候想卖它，我就去卖掉，用你操什么心！还不给我把嘴闭上，不要再啰嗦了！不过，你要记住，如果你不能立即把铁匠给我叫来，两个钟头之内不把马车全给我修好，那就怪不得我啦，非狠狠捶你一顿……不把你揍个鼻青脸肿才怪，让你自己也认不出自个的模样来！快去吧！还不给我快滚！"

谢里方没想到又碰了一鼻子灰，只好灰溜溜地退了出去。

乞乞科夫的心情坏透了，气急败坏地使劲儿把马刀摔到地板上。他一直带着这把马刀在旅途上走南闯北，以便在万不得已的时候用来防身，也可以用来吓唬吓唬心生歹念的恶棍。找来的几个铁匠看到他急着要上路，便想乘机多敲诈他一些钱，乞乞科夫费尽口舌，和他们争论了一刻多钟，才把价钱谈好。众所周知，这些铁匠照例是一些见利忘义的恶棍，专门会乘人之危，拼命地多要工钱，甚至比平时要翻上四五倍。尽管乞乞科夫大发雷霆，咒骂他们是骗子、恶棍、歹徒，拦路抢劫的强盗，甚至还搬出末日审判来恐吓他们，诅咒他们会遭报应的，但是铁匠们丝毫都不肯压低价格，最后还是乞乞科夫让了步。这还不算气人，他们干起活来尽量磨洋工，更是把你气得发昏，明明讲好了两个小时内完工，可是他们却磨蹭了五个半小时。乞乞科夫干着急又有什么用呢，最后只得忍气吞声地耐着性子等着。在修车这段时间里，乞乞科夫算是尝够了每个出门的旅客那种焦躁的心情：箱子已经整理好，房间里只剩下几条破麻绳、废纸和一堆乱七八糟的破东西。也就是说万事俱备，只差修好马车这股东风了！既然还不能上路出发，只有耐心地等待吧，可是乞乞科夫偏偏又静不下心来，起先急得像热锅上的蚂蚁团团乱转，后来一想，光是着急也不是办法，只好横下心来站在窗前观望街上的来往行人消磨时间。他看到街上的行人一个个倒是很清闲自在，不慌不忙地迈着方步，谈笑风生地走着，偶尔还举目张望，看到他那副焦躁不安的样子，还露出一种愚蠢好奇的表情，接着又慢悠悠地走自己的路，惹得这个无法动身上路的旅客更加心烦意乱。此时此刻，周围的一切，他不论看到什么东西，哪怕是窗户对面的店铺，还是街对面楼房里的老太婆的身影——她不时地在挂着半截破窗帘的窗户前来回走动，总之，凡是目光所及的一切人或物，都令他烦躁，但是他又不想离开窗口。他久久地站在那儿不动，总感到有些若有所失似的，忽而神思迷乱，忽而痴痴呆呆地观望着有生命和无生命的一切东西。忽然有一只苍蝇飞了过来，翅膀发出嗡嗡的响声，不停地在玻璃上撞来撞去，也惹得他很生气，一怒之下把它拍死了。但是，无论什么事情都会有个终结，盼得两眼发酸的时刻终于到了：一切准备就绪，马车的前半部修得结结实实的啦，车轮子也已经换上了新的轮箍，马匹也都饮足了水，扬蹄摆尾地等着驾车上路啦。那几个贪心的铁匠拿到工钱当面数清楚之后，说了一声祝他一路平安就走了。马车也套好了，还往车厢里塞进去两个刚出炉的热面包，谢里方也往驾车台旁挂的口袋里塞了一些东西。我们的主人公如释重负一样，举步登上马车，大驾就要启动了，一个旅店伙计来送行，他仍然穿着那件线呢常礼服，一个劲儿地挥手道别。旅店中的其他伙计、仆役，也有一些在此住店的仆役和马车夫等，也都跑来凑热闹，想观赏一下别家老爷出发时的排场。总而言之，闹闹哄哄地折腾了一番之后，这辆一般都是光棍汉们乘坐的轻便马车启动了，终于驶出了旅店的大门。当然，我们的读者都很熟悉这辆马车，并且已经看腻了，因为它在省城里的街道上来来去去跑了二十几天啦。

“啊，终于可以脱身啦！感谢老天的保佑！”乞乞科夫心中暗喜地想道，并且在自己胸前画了一个十字。谢里方挥鞭打马，彼得卢什卡刚上路时是站在脚踏板上，这时挤在谢里方身旁坐下来。这时我们的主人公把身子稍微挪动了一下，以便在格鲁吉亚产的毛毯上坐得更舒服一些，除了在自己背后塞上了一个皮靠垫，又把两个热乎乎的辫子形面包抱在怀里。马车随着行进速度的加快，上下颠簸和左右摇晃得厉害起来，当然是石子路搞的恶作剧啦，大家都知道，石子路是具有这种搞恶作剧的才能的。这时乞乞科夫的心情是比较矛盾和复杂的：一方面，他希望坐着马车尽快逃离这块是非之地，仿佛这样他精神上无形的压力才会减轻；另一方面，当他看到街道两旁房屋、墙壁、街巷和篱笆墙，所有这些景物都那么飞快地向后移动，不能说他没有些许的留恋之情。因为很难断定，这一辈子，要看命运的安排了，是否还能有机缘再看到这里的一切。当马车刚刚弯进一条后街的时候，却遇到了一队非常长的送葬队伍，几乎把整条街都给堵住了，乞乞科夫的马车不得已只好停下来。我们的主人公把头伸出车外，吩咐彼得卢什卡去打听打听，这是在给什么人送葬。彼得卢什卡遵命打听清楚，回来禀告主人，长长队列是在给检察长送葬。乞乞科夫听了以后，心中感到很不舒服，甚至有些酸楚，赶紧躲到车厢角落里，先用皮帘子遮住自己，后来干脆放下窗帘。马车停下来之后，谢里方和彼得卢什卡虔诚地摘下帽子以表敬意，仔细地观望着送葬队列，看看他们都是些什么人物，服装打扮怎样，是乘车呢，骑马呢，还是步行，还细心地计算着人数，数数看马匹，坐车和徒步走的人各是多少。心里还记着，老爷曾吩咐，不要和熟人打招呼，自己也不要让他们认出来。乞乞科夫在吩咐他们两人之后，自己却透过皮帘子上的玻璃窗一声不响地张望着：全城的大小官员全部倾巢出动，全都摘掉了帽子，恭恭敬敬地跟在灵车后面走着。这时他心里七上八下的，既担心又害怕，唯恐有人会认出他那辆轻便马车。然而这些官员一个个各有心事，根本没有这份闲心东张西望，更没有像往常送殡的人那样：一边走着一边闲聊着五花八门的轶闻趣事，生活琐事和社会见闻，只是默默无语地移动着脚步。他们此时都在绞尽脑汁地思虑着与自己的前途和命运有关的事情：反复猜想和推测着，新任总督到底是个什么样的人，他将如何主持和办理公务，又将如何对待他们这些下属人员。紧跟在这些徒步前行的官员之后，便是一辆又一辆的轿式马车，车里坐的便是头戴黑色丧帽的女士们，看架势大概都是官员、名流的女眷；观察她们的口形，嘴唇张合的频率，面部表情和舞动的手势，便可以猜测出她们正在眉飞色舞地谈论着什么；也许正在议论着新任总督大驾光临之事，猜测他到任之后将会举办什么样的舞会，或者为她们磨破嘴皮子还谈不够的千变万化的花边和刺绣伤脑筋。轿式马车队伍过了以后，紧跟着又走过几辆空空的马车，到此，送殡队伍总算过完了。我们的主人公可以吩咐车夫扬鞭催马前进了。乞乞科夫立刻把皮窗帘拉开，不胜哀伤地发出一声长叹，感慨万千地说道："唉，这位检察长啊！本来活得自由自在的，可是突然一下子就死去啦！这回报纸又得发布一条新闻啦，又要大作官样文章地张扬一番：'惊闻某公仙逝噩耗，不胜衷伤痛悼，因某公生前为国之名门望族，本城之名流表率，为人谦恭，爱民如子。家庭美满，父子爱深，伉俪情笃，今竟驾鹤西归，实属其属员及阖城百姓黎庶之不幸也'，而且还会刊载一大堆令人肉麻的颂词赞语，最后拉出不幸之人为其陪葬，胡说什么全城孤儿遗孀为其捶胸顿足，号啕泣血，泪如泉涌为其送别。然而，如果冷静思考一番，其实不难发现，这位青天大老爷除了那两道浓眉之外，再无令人可怀恋之处。"说到此处，我们的主人公立刻吩咐谢里方快马加鞭驱车快跑，与此同时，心中又暗自思量："但是，遇到送葬倒也不是什么坏事，人们都说：逢凶化吉，更何况俗语云：'遇上出殡，准交好运。'换言之：'遇到送葬，财运兴旺。'"

片刻时间，乞乞科夫的专用马车已经奔驰在一些人烟稀少而冷清的街巷里了。路旁闪过一排排长长的木栅栏，这就告诉我们的主人公，马车已经跑到城市的郊区啦。此刻，石子路已经甩在身后了，拦路杆和城市尽皆被抛得远远的了，街道两旁再也没有什么可以引人注目的东西了，乞乞科夫的专车已经畅通无阻地在平坦的驿道上飞驰向前了。驿道两旁映入眼帘的又是那些令人感到乏味的东西：路标啦、驿站啦、水井啦、运货大车、灰头土面的村庄等。穿村过庄又可以看到另一番景象：轻烟缭绕的茶炊，匆忙走路的农妇，还看到一个满脸大胡子的客店老板，像个机灵鬼一样抱着一捆燕麦跑了出来。还看到一个风尘仆仆长途跋涉的旅人，他已经步行了八百余俄里，脚上穿着一双破得不像样的树皮鞋，仍然步履艰难地赶路。还路过一座刚刚建成不久的小镇，粗制滥造，质量很差，街道两旁全是些用木头搭建起来的店铺，店铺里全是一些盛面粉的圆木桶、树皮鞋、辫子形面包以及其他日用百货，零七八碎的东西应有尽有。道旁还堆放着一些油彩斑驳的拦路杆、正在修修补补的桥梁。极目远眺，驿道两旁都是无边无际的田野，来往奔驰的地主老爷的马车，一个大兵骑着一匹高头大马走了过来，马身上还驮着一只装满霰弹的箱子，绿色的箱子上还标示出"某某炮兵连"的醒目字迹。田野上交替闪过绿油油的庄稼，快成熟的黄澄澄的田亩，以及刚刚翻耕过的黑色的田地。有时远方还传来悠扬悦耳的歌声，披着雾霭的丛林若隐若现，教堂的钟声也渐渐消失在远方，一群又一群乌鸦像苍蝇般在空中盘旋，无边无际的原野，幽深浩淼的天空……

俄罗斯啊，俄罗斯，我看到了你，我从这遥远的殊乡异域[1]看到了你！我在魂牵梦萦的思乡之梦中看到了你！我在闭目的沉思遐想中、神游故国家园的向往中看到了你！我的俄罗斯啊，我的祖国，我的故国家园，我看到了你！

我看到了你是何等的贫穷落后，你是何等的杂乱无章，到处都是一派荒芜凄凉的景象，你的一切并不能使人赏心悦目，也不能引人入胜而使人产生惊心动魄的激情；你没有巧夺天工美轮美奂的艺术精品来描摹、表现和烘托，使我们的大自然风光更加争奇斗妍，更加美妙绝伦；你的城市里，既没有在悬崖绝顶上建造起来耸入云霄巍峨壮观、辉煌耀眼的宫殿，没有欢腾嬉闹、水花四溅的飞泉瀑布，在美妙如画的树林和爬满建筑物的常春藤之间飞流直下，没有怪石嶙峋、拔地而起、直上青天的巉岩绝壁可供人举目仰望；也没有缠满葡萄藤和常春藤，以及数之不尽的野蔷薇装点的一道道拱门，又从何谈起穿越一道道拱门可以极目远眺，依稀可见的遮天蔽日、雄伟壮观、连绵起伏、逶迤不绝的崇山峻岭呢！你的疆土是那样的广阔无垠、平坦无障、空旷荒芜；在你那一望无际的大平原上，疏疏落落散布着一些矮小的城镇，犹如天空中的小星星散落在地上，既没有高楼大厦可以引人注目，也没有繁华的都市可以令人着迷，一切都是那么平平淡淡，一切都是那么无光无彩。俄罗斯啊，俄罗斯！然而，冥冥之中，却有一股不可抗拒的神奇的力量在吸引着我，使我对你心驰神往，魂牵梦萦！为什么我的耳边总是回荡着飞扬在你那辽阔胸膛上的忧郁的歌声？而且是令我痛彻肺腑和珠泪滚滚。这歌声到底蕴含着一股什么样神奇而又招魂的力量？是什么东西在声声呼唤，在啼泣号啕，在时时刻刻地刺痛着我的心？是什么样的旋律在灼烫地亲吻着我，震撼着我的心灵，在我的灵魂深处激昂高歌，缠绵不歇？俄罗斯啊，俄罗斯！你到底要赋予我什么样的使命？你我之间究竟有着一种什么样的不可言传的神秘联系？你为什么要这样凝视着我？为什么你的一切都瞩望着我，而且充满了期望？俄罗斯啊，俄罗斯！你到底有什么吩咐要对我倾诉？……当我心中充满困惑，茫然不知所措地如痴如呆地站在那里的时候，我的头顶上已经阴云密布，已经电闪雷鸣，预示着投掷灾难的暴风雨即将逞凶发狂，面对着你广阔无垠的疆土，我的祖国啊，我惊呆了，我彷徨了，我只好默然无语，我忍着剧痛，竭尽全力曾经想要扑灭和熄灭我心中烈焰飞腾的圣火！不，这烈焰飞腾的圣火已经喷薄欲出，它是扑不灭的！俄罗斯啊，俄罗斯！为了你，为了

---

① 果戈理此时正旅居国外，他于一八三六年至一八四一年旅居国外，先后到过瑞士、意大利、法兰西等国。《死魂灵》第一卷便是在国外完成的。

我自己，也为了我自己的理想，我甘愿在这团圣火中使我的灵魂升华，我甘愿在这团可以焚烧一切邪恶和不平的圣火之中，和你一起，和我的祖国一起得到永生！俄罗斯啊，俄罗斯！你这纵横无边，一望无际的疆土将给予我什么样启迪和感召？你是不是想告诉我，只有在你这博大的胸怀之中，只有偎依在你的身边，才会产生经天纬地的思想和激发起波澜壮阔的激情，因为你自身就是纵横无边，一望无际的！是不是只有偎依在你的胸怀之中，得到你的呵护，才会成为一个勇士，因为你拥有令勇士纵情驰骋、建功立业的广阔天地？恰在此时，你伸开臂膀以气势恢弘的威力把我拥抱在博大壮阔的胸怀之中，以令人无比震撼的威力把你的雄姿丽影深深地镌刻在我的心灵之中。我的双目被一种神奇的魔力照得通明：啊！俄罗斯啊，俄罗斯！你是一片多么辉煌灿烂、神奇美妙的疆土啊！你是一片必将震惊全世界而又令人瞩目神往的人间胜境啊！……

“快勒住马，快勒住，你这个蠢货！”乞乞科夫向车夫谢里方大声喊道。

“混蛋，我一刀捅死你！”迎面飞驰而来的马车上大胡子信使喝骂道，他的胡子足有一尺长，“你眼睛瞎了，没看见这是官车吗？你这个该死的鬼东西！”眨眼之间，三驾马的邮车发着隆隆的响声，卷起漫天尘土，像鬼魂一样飞驰而去。

旅途啊，旅途！这么一个普普通通的词汇，却包含着多么丰富多彩而又无比神奇的诱惑啊！它可以令你思潮翻滚，浮想联翩！旅途本身就是美妙而神奇的：在一个秋高气爽、风和日丽，落叶像蝴蝶和小鸟一样在树丛间飞舞盘旋，空气中已略带寒意……马车飞快地奔驰，你会情不自禁地把风衣或外套裹紧一些，把帽子拉到耳边，把身子往车厢的角落里挪动挪动，坐得更舒适一些！最后过了一会儿，一股股暖流流遍全身，驱走了身上最后的寒意，四肢便可以暖融融地舒展开了。马儿竖鬃扬蹄地飞奔着……甜蜜的睡神悄悄地拉着你进入梦乡，眼皮也只好向睡神投降，渐渐地合了起来，恍恍惚惚地听到有人在唱《茫茫的雪》这首民歌。嘚嘚的马蹄声和辚辚的车轮声，像催眠曲一样伴着你入梦，结果你自己也发出鼾声，演奏出一支交响曲。要是有别的旅客坐在你身边，你那震耳欲聋的鼾声，使他只好躲到另一个角落里去。一觉醒来，鼾声也停止了演奏，一看马车已经过去了五站路。抬头一看，明月当空，马车正行驶在一座陌生的城市的街道上，道路两旁有几座木制的古老的教堂，影影绰绰的圆形穹顶和黑黝黝的尖端在向后移动。还看到一幢幢黑魆魆的木屋，墙壁都刷得雪白雪白的，天空倾洒着皎洁的月光：墙壁上、石子路面上、建筑物上仿佛都披着一块块雪白的纱巾。黑漆漆的阴影纵横交错而又横砍斜劈地把它们切成各种图案,皎洁的月光倾泻到屋顶上,闪耀着金属般的光辉。街道上没有一个人走动,家家户户都在鼾声中做着甜梦。只有那么一户人家的窗户间隙闪射出一缕微弱的灯光,大概是市井小民在赶制皮靴,或是面包师在连夜烘烤面包。不过,这和赶夜路的旅人又有什么关系呢?还是来欣赏欣赏这明月清辉下美妙的夜色吧!领略一下造物主神奇的威力吧!上帝恩赐给人间多么美妙而又迷人的月夜啊!空气是透明的,天空是湛蓝的,仰目眺望,多么清幽,多么深远。在幽深莫测的月空是如此广阔无垠,和谐而又明澈!……但是,清凉月夜的微风阵阵吹来,吹拂得你心宁神静,睡神又乘机抚摸着你的双眼,眼皮打起架来,渐渐也罢兵休战,你便在朦朦胧胧中投入睡神的怀抱,并且又为它唱鼾声之曲。你身旁的旅伴多么委屈而又可怜哪:既要躲开你沉重身体挤压之苦,又得耐着性子听着你那如雷的鼾声,躲在角落里辗转折腾,气得肚子像青蛙一样的鼓了起来,久久无法进入梦乡。生气之余,他又不得不羡慕你,能睡得那么香甜,那么悠闲,那么幸福之人哪!你又睡醒了,你眼前闪过的又是一片片田野,一片片荒原,到处都是一望无际的旷野,一切又都无遮无盖地出现在你的视野之中。一个又一个带着数字的路标从你眼前飞了过去。天空中出现了鱼肚白,预示着黎明就要降临了,寒气浓重的天空渐渐泛白发亮,天边捧出一条光灿灿的朝霞。晨风阵阵,变得凛冽刺骨了,你只得把防寒的大衣紧紧地裹在身上!……本来阵阵寒风可以使你神清气爽,但是寂寞的旅途使你乏味,你百无聊赖,只得又求助于睡神,于是,它又兴高采烈地把你拥抱在怀中,你又甜蜜地睡去!马车猛然地震颤和颠簸一下,你再一次惊醒。睁开眼睛一看,金光万道的太阳已经高高地挂在天上。"当心!当心!"有人在大声惊呼,一辆大车从陡坡上直冲下来,好险哪!陡坡下面是一道宽宽的水坝,依傍着一个澄澈碧清的大水塘,犹如一面巨大铜镜仰天而卧,反射出太阳的万道霞光。陡坡上有一座小村庄,一幢幢鳞次栉比;村中有一座小教堂,教堂上的十字架像一颗孤星似的在空中闪耀发光,有几个庄稼汉正忙里偷闲拉着家常。一路颠簸之后,肚子里的胃将军和肠将军打起仗来啦,发出咕噜咕噜的叫阵声……天哪!漫长的旅途,遥远的旅途,奔波不完的旅途,就像我们的人生一样,人生就是一条永远奔波不完跋涉不完的旅途,只要你活在人世之上,你就得永不停止地奔波跋涉,直到生命的终结!这条漫长而遥远的旅途充满多少艰难险阻,同时又充满了多少美妙的诱惑与向往!

俄罗斯啊,俄罗斯!有多少次,我犹如泅水之人,濒临灭顶之灾身陷绝境,我一次又一次向你呼救,你每一次都慷慨地伸出手来,拯救了我,把我紧紧地搂抱在你胸怀之中!你激发我产生过多少奇妙的灵感,启迪我构思出多少诗情画意的幻想，又赏赐给我多少神奇的难以磨灭的印象啊！……但是，我们的朋友在旅途之上心中所产生的亦非全是胡思乱想。那么，现在就让我们启开他的心扉，探视一下，他究竟在琢磨些什么，又有些什么感想。最初，他根本没有顾得上想什么别的事情，只是一个劲儿回头张望，想看一看他的专用马车是否真的逃出城外。当他终于看到，他得以脱身的N城早已被甩在身后不见踪影了，什么铁匠铺啊，磨坊啊，以及城市郊区一般应该有的景物，全都不见了，就连石砌教堂雪白的尖顶或圆顶也在地平线上消逝不见了。此时，他才把注意力完全集中到旅途上来，他才举起双目环顾四周，N城的一切，仿佛早已从他的记忆中消失的无影无踪了，在他的思想意识中，仿佛是很久很久的童年时代，所经过的某一座城市啦。走着，走着，他对旅途上的一切景物也都没有丝毫兴趣了，于是眼睛半睁半闭地进入了瞌睡状态，有气无力地把头靠在皮垫子上。恕我坦率直言，作者为此颇感欣慰，他终于得到了一个好机会，可以好好地把我们的主人公略加详细地介绍一番啦。因为在此之前，正如读者诸君所耳闻目睹的那样，不断的应酬各种人物和麻烦琐事，什么牛皮大王诺兹德廖夫啦，什么舞会啦，什么嘴大舌长的女人啦，还有弄得满城风雨的流言蜚语啦，最后还有一大堆说不清道不明的鸡毛蒜皮的琐事，都惹得他心烦意躁、心神不宁。按理说呢，那些鸡毛蒜皮的滥事只有把它们写进小说里，才显得不足道哉，无足轻重。但是，一旦它们在社会上耳听口传大肆宣扬，闹得街传巷议、满城风雨的时候，人们却把它们当成天大的事情啦。但是，我们还是把这些茶前饭后的闲言碎语暂且不表了，返回来谈正题吧。

读者诸君对我们所物色的主人公是否满意，作者心中似乎还没底。淑女佳丽们绝对不会对他着迷或垂青，这是毫无异议的啦，因为淑女佳丽们所喜欢的主人公应该是一个完美无缺的人，假如在精神气质方面或者在相貌仪表方面，哪怕有那么一点点缺陷，那就玩完啦！无论作者把他的灵魂深处揭示得多么深刻，无论把他的外貌刻画得如何淋漓尽致，甚至比镜子反映出来的还要逼真，淑女佳丽们对他依旧会嗤之以鼻，得不到她们半点儿青睐。我们的主人公乞乞科夫已经到了不惑之年，体形开始膨胀，也就是说人到中年开始发福了，这对他来说是极为不利的。仅就身体发福这一点，无论在任何情况下，淑女佳丽们就会看不上眼，这可是我们主人公致命的弱点，很多淑女佳丽一看他那副尊容，立刻就会把屁股一扭转过身去，并且还会对他夸赞上一句："呸，像头肥猪！"作者对这些情况心中清楚得很，尽管如此这般，作者还是不能找一个品德兼优、形神兼备的人来充当这部小说的主人公。但是……或许就在这部小说里，读者诸君将会听到某种迄今为止,尚未奏响的激越飞扬的可以令人振聋发聩的旋律,会迸发出俄罗斯无比珍贵的精神财富。或许在这部长篇巨著中,会有一位身肩天赐使命去开创宏图伟业的顶天立地的大丈夫登上历史的舞台,或者有一位旷古难寻的绝代佳人登场,这位绝代佳人具备女性心灵的全部美德,富有高尚的情操与崇高献身精神的俄罗斯女性。和这两位俄罗斯精英的男女主人公相比,其他种族品德高尚而出类拔萃的人物也会自愧弗如,恰似书卷语体和植根于人们心灵中的活生生的语言相比,显得呆板而又死气沉沉!俄罗斯的神思豪情一旦被激发起来……读者一定会发现,其他民族天性中那些浮光掠影转瞬即逝的东西,却在斯拉夫民族的天性中留下深深的烙印……但是,无须把将来要发生的事情现在就说出来。再说,作者早已过了少不更事之年,经过了严厉的内心自省和扪心自问地独立思考,决不能再像毛头小伙子那样轻率张狂,否则就太有失体面啦。无论做什么事情都应该有个轻重缓急和张弛有序,人物登场也要选择好合适的时间和场合,而不能随心所欲,任意胡来!但是,品德高尚、形神皆优的人物最终未被选为这本小说的主人公。然而,作者倒是可以敬告读者诸君,没有选中这么出类拔萃的杰出人物是什么原因。那是因为作者非常体谅、同情,甚至可怜出类拔萃的杰出人物的苦衷,确实应该让这类人物好好地休养生息一下啦,这是因为他们太受宠爱啦,已经成为人们口头上哗众取宠的玩物和猎取名利的工具啦。因为人们已经把出类拔萃的杰出人物,当成了称心如意的坐骑,随便哪一位作家都可以骑上这匹如意的骏马,驰骋文坛或者去闯荡江湖,可以任意用鞭子,或者顺手操起其他别的东西来抽打他,来驱使、折磨他,结果这匹如意的骏马——也就是出类拔萃的杰出人物,被折磨得形销骨立、皮松毛稀,什么出类拔萃啊,什么杰出啊,什么品德高尚啊,全都被挤压得无影无踪了。人们之所以假惺惺地来宠爱这些出类拔萃的杰出人物,只不过是为了把他们变成哗众取宠的玩物和猎取名利的工具,因为人们只是拉大旗做虎皮,不管达到没达到目的,最后都要把他们一脚踢开,这些出类拔萃的人物都是真正可怜的牺牲品,声声呼唤他们出场的人,正是最不尊重他们的人,正是折磨和迫害他们的恶棍。既然出类拔萃的人物被折磨得如此可怜,我们确实不忍心再让他们登场,不,或者说,按道理也该换换班啦。那么我们就让卑鄙小人来登场吧,我们就该骑着他们继续赶路才对。好,就是这个主意,我们就把这个卑鄙小人骑在胯下,或者套在车上让他登场吧!或者把话说得更清楚明了一些,就让他来做我们这部小说的主人公吧,我们的主人公是谁,以及他的姓氏和名字,想必读者诸君已经熟得不能再熟啦!

我们的主人公的出身至今尚是个谜,还没有任何人搞清他的底细,但是有一点大家都非常清楚,他既不是哪位王公贵族的后裔,亦非名门世家的后辈子孙。听说他的父母双亲是什么贵族,但到底是世袭的还是他自己通过门路取得的封号,那就只有去问上帝啦。他的长相既不像爹,也不像娘,至少一个本家是这样说的,因为他出生时,她正好在场。这个本家是一个长着两条短腿的矮子,人们通常把这类女人叫做"水鸭子",她把孩子抱起来一看,就大呼小叫地说道:"哎呀,一点儿都不像我原来想像的那个长相!我认为他长得会像他的姥姥,要是像姥姥就好啦。没想到他长得谁都不像,正如俗语所说的那样,既不像亲爹,也不像亲娘,却像一个过路的少年郎!"唉,他刚一出世,就遇到了一股阴森森的寒流,就好像透过冰封雪冻的一扇小窗户看到的一个阴沉沉的寒气逼人的世界:他在孩提时代,既没有一个朋友,也没有一个伙伴,好不冷清,好不凄凉!一间又窄又小的屋子,就像一个罐头盒子,不管春夏秋冬窗子都关得紧紧的。父亲常年病魔缠身,总是披着一件有羊皮里子的大褂,光着脚拖着一双用绒线编的鞋,整天在屋子里打转转,不停地长吁短叹,愁眉苦脸地咳嗽,不时往墙角里垫了沙子的痰盂里吐痰。孩子就像钉在板凳上一样,握着一支鹅翎笔,不停地写呀,写呀,手指头和嘴唇都弄上了墨水。面前总是摆着一张习字描模纸,上面还印着:"不说谎话,尊敬师长,修身养性。"屋子里昼夜不断地回荡着拖鞋哒啦哒啦的响声,烦死人啦,再加上功课总是那么枯燥乏味,孩子便在字母上多加一个小钩或者小尾巴。那时立刻就会响起再熟悉不过而又严厉的斥责声:"又在捣鬼啦!"紧接着便从背后伸过一只手来,用长长的手指或指甲,把他的耳朵拧得或掐得像猫咬火烤般的疼痛。这种难以忍受的委屈和苦楚一直陪伴着他长大,这便是铭刻在他记忆中童年时期的凄惨经历。但是,时至今日,在他的脑海之中只留下了模糊不清的印象啦。然而,在他生活的旅途中这一切都出现了迅速的改变。在春光明媚的日子里,暖融融的阳光刚刚拥抱了大地,河水则从冰盔雪甲中解脱出来,开始自由奔放地泛滥起来。艳阳高照的一天,父亲带着儿子,乘坐一辆四轮货车出门了,车前驾着一匹褐色黄斑的小马,马贩子用行话把它叫做"喜鹊"。马车夫长得又矮又瘦,而且还驼背,这是乞乞科夫的父亲所拥有的唯一的一名农奴,他承担了家中所有的杂务,也就是说,既是奴隶,又是总管。这匹瘦小的喜鹊拉着一辆破车,走起来很费劲儿,速度又慢,他们在路上差不多折腾了将近两天的时间,半道上住了一夜,然后乘摆渡过了河,吃了一些冷馅饼和烤羊肉,一直磨蹭到第三天早晨才进了城。城里的另一番情景,展现在小乞乞科夫的眼前,繁华的街道和闹市,使他眼花缭乱,惊奇和兴奋得半天说不出话来,只是张大了嘴巴发呆。后来,喜鹊拖着破车子掉进了一个水洼,费了好大劲儿拉出来之

后，又拐进了狭窄的胡同，胡同就像一道平缓的斜坡，到处都是水洼和烂泥坑。驼背车夫狠狠地挥鞭抽马，主人也吆喝着帮忙助阵，喜鹊使劲儿蹬着四蹄在水坑中挣扎，终于从水坑里把车拖了出来。总算到了旅途的终点；马车摇摇晃晃驶进了一个不大的院落，小院坐落在一个低坡上，院子里有一幢破破烂烂的小房，屋前有两株开花的苹果树，屋后是一片小花园兼菜地。花园里除了四株花楸树和接骨木，还有一间小木屋躲在园子的尽头，屋顶铺着旧木板，有一扇小窗子，由于光线不好而开着。他们的一个本家老太婆便是这里的主人，她虽然到了风烛残年，健康状况也不十分好，但是每天清晨还能挣扎着到集市上去买菜，回来之后便坐在茶炊旁烤袜子。老太婆用手抚弄着孩子的面颊，看着他那胖乎乎的样子，很讨人喜欢。如此这般，小乞乞科夫便住在了老太婆的家里，每天到市立中学去攻读学业。他父亲只在这里住了一个晚上，第二天就打道回府了。临行前父亲并没流眼泪，只给了他一枚五十戈比的硬币，当作零花钱或买零嘴吃，而更重要的是对小乞乞科夫做了一番至理名言的训诫："你要记住，巴甫卢沙[①]，要用心念书，不要调皮和贪玩，最最重要的是要讨得老师和学校里头头们的欢心，哪怕学习成绩差一点，哪怕上帝没有赋予你出众的才华，你照样会八面玲珑，你就会受到提拔，你就会比别人吃得开，你就会飞黄腾达，崭露头角，你就会时来运转。不要和同学们打交道，他们是不会给你出好主意的，也不会教你干正经事儿的。假如一定要结交朋友的话，也一定选那些高门大户或者有权有势人家的孩子，日后一旦有什么事儿的话，这些人一定会关照你的。一定要记住，不能随便花钱请客，不能为别人慷慨解囊，真要有事吃吃喝喝，也要叫别人掏腰包。最最重要的是，一个戈比也不能乱花，要把钱一点儿一点儿地攒起来。一定要记住，在这个世界上，钱是万能的，钱比什么东西都有用。钱是什么？钱就是你的亲爹亲娘，钱就是你的命，它能够决定你的前途和命运。人生在世，只有钱最靠得住！什么同学啦，什么朋友啦，统统都靠不住，一旦遇上什么倒霉事儿，他们会第一个让你吃亏上当，第一个出卖你。但是，不论你遇上什么倒霉事儿，可是钱却不会出卖你。总之，有钱在手，万事不愁。俗话云：有钱能使鬼推磨，有了钱就没有办不成的事儿，有了钱就没有什么攻克不了的难关。"这位老爷子在训诫完儿子之后，就和儿子分手告别，坐上那辆破马车慢吞吞地回家去了。这是他们父子最后一次分别，从此之后，小乞乞科夫和父亲就阴阳隔世两茫茫了。然而，父亲那番至理名言，也可以说是他父亲生前最后的一次谆谆告诫和意味深长的嘱咐，就永远难以磨灭地镌刻在他的心中，甚至成了他一生为人处世的座右铭。

第二天一早，巴甫卢沙就背着书包上学去了。他对哪一门功课都没有什么特殊的兴趣，但他也有他的长处：学习特别刻苦，而且很讲卫生。但是，在解决日常生活中遇到的实际问题方面，他却显得高人一筹，足智多谋。他立刻就领悟出为人处世的诀窍，显得异常聪明和狡猾。在和同学打交道时，确实表现得出类拔萃，同学们都心甘情愿地请他吃吃喝喝

① 巴甫卢沙是乞乞科夫的名字巴维尔的爱称。乞乞科夫是他的姓氏。

喝，或者送给他一些礼物。可是他从来都吃白食，从来一个戈比不花，更不要说回请和馈赠啦，而且把同学们赠送的礼物都精心地收藏起来，然后再等到合适的时机卖给他们。他虽然年纪尚很幼小，但却知道节俭，甚至有些吝啬，很能约束自己，从不乱花一个戈比。他父亲给他的零用钱，他不仅一个戈比都没有花掉，而且不到一年的时间，他就设法自己赚钱捞外快了，显示出他具有非同一般的经营才干。比如说，他用蜡捏制成一只灰雀，再涂上油彩，卖的价钱还不低呢。后来有一段时间里，他又搞起其他的投机活动，那就是：在市场上买一些好吃的东西带回学校，上课的时候，专门坐在家里有钱的同学身边。只要一看到哪一个学生听课打不起精神，露出肚皮饿了的样子，他便佯装无意之中把姜饼或者小圆面包掉出来的样子，等到引逗得对方饥肠辘辘，便根据他的饥饿程度讨要好价钱。这小子的鬼点子多极了：他捉一只小老鼠，把它放到一个小木笼子里，足足花了两个月的课余时间，训练它做出各种动作。最后，居然把这只小老鼠训练得可以根据他的指令做各种动作：后腿直立行走、卧倒、打滚、起立等讨人笑破肚皮的动作。结果拿出来给同学们演示，卖了一个相当高的价钱。如此一来，他很快就攒够了五个卢布，装在一个布袋子里面，然后把它缝死，再用另一只布口袋来攒钱。在对待老师的态度方面，他表现得毕恭毕敬、言听必从，更是无人可及。在教室里，他比所有的学生都坐得笔直端正。这里需要先说明一下，这位老师是个老古板，他对课堂纪律要求得非常严格，喜欢那些又乖又听话的学生，而对那些聪明而又好捣蛋的学生，则恨之入骨，他认为这些学生是故意和他作对或有意嘲弄他。只要他发现哪个学生有点儿调皮捣蛋，在课堂上稍微动一动身子，或者无意之中皱一皱眉头，他便立刻大动肝火，想方设法来整他，把他赶出教室，而且从今以后他就不会有好日子过了，他总得遭到老师的斥骂和惩罚。“小子，我就要好好地整整你，我看你还敢不敢鼻孔朝天、妄自尊大！”老师又骂道，“我对你可是一清二楚，连你自己都没有我对你了解得那么透彻，你就给我把身子挺直了乖乖地跪着吧！我叫你知道知道挨饿的难受劲儿！”就这样，这个可怜的孩子就在那里跪了一天一夜，肚子饿得咕噜咕噜直叫，把膝盖都跪破了，但是却不知道为什么挨罚。“什么叫才能？什么叫天赋？全是胡说八道，”老师经常这样恶狠狠地说，“我只看重学生的品德，哪怕一个学生功课学得一塌糊涂，只要他为人处世非常好，我就给他的功课打满分；反之，如果一个学生为人处世很糟糕，我就送给他一个大鸭蛋，哪怕他聪明绝顶，功课名列前茅！”这些话便是这位教师的口头禅，而事实上，他不仅是这么说的，也是这样干的。另外，他对克雷洛夫恨之入骨，因为克雷洛夫曾在寓言《歌手》里面说过：“喝酒也无妨，但该懂本行。”[①]这位先生还时常自吹自擂地讲述起他原先曾经教过书的那所学校的课堂纪律:他讲课时,课堂上肃静极了,甚至连苍蝇飞过的声音都能听得到,整整两个学期,在教室里没有一个学生敢咳嗽一声,打喷嚏或者擤过一次鼻子,不到下课的时候,谁也不知道教室里是否有学生。而且每次讲到这种情况时,他都非常洋洋得意,甚至高兴得满面春风。乞乞科夫茅塞顿开,对这位教师爷的这番高论宏谈心领神会,也弄清楚他所说的品德究竟是怎么一码事儿啦,所以便竭尽全力投其所好,想方设法在这位教师爷面前卖乖取宠。在课堂上,他坐得笔直笔直的,不论坐在背后的同学怎样作弄他,掐他或拧他,他既不眨眼睛,也不动一下眉毛。只要下课铃声一响,他便飞快地奔上前去,总是第一个抢过老师的帽子(这位教师爷平时喜欢戴一顶护耳棉帽子),毕恭毕敬地捧给老师。在完成这件功德课之后,他又飞身跑出教室,又巧设机遇能在路上碰到这位教师爷,至少有好几次,而且每次都恭恭敬敬地脱帽敬礼。嘿,老天不负有心人,长此以往,真收到了功德圆满的效果。在学校里读书这几年里,虽然书读得不怎么样,可是却得到这位教师爷的格外赏识,毕业时各门功课成绩居然全部优秀,除了拿到毕业证书而外,还得到一份烫金字的“品德兼优”的奖状。他走出校门踏上社会时,已经成长为一个仪表堂堂的小伙子了,下巴颏总是刮得光光的。正要大展宏图之时,传来了噩耗,他的老子撒手人寰,不幸离开了人世。给他留下的全部遗产只有四件破得千疮百孔的毛线衣,两件吊羊皮里子的旧常礼服,还有一点儿为数不多的现款。由此可知,他父亲生前的座右铭就是多攒钱,可是他自己却几乎是两手空空,一辈子也没有攒下什么钱。乞乞科夫毫不留恋地把破旧的宅院和屁股大的一点儿田产卖掉了,一共卖了一千个卢布。然后又把他父亲唯一的农奴驼背马车夫一家迁到城里,准备在城里居住下来,自己再去找一份工作。也是在这个时候,特别赏识他的那位教师爷,也就是只看重学生品德和课堂肃静,而不管学生聪明才智的那位老师,也可以说是乞乞科夫的恩师,被解雇撵出校门啦。具体原因不详,只听说是由于冥顽不灵,愚不可及,或者是由于其他什么过错。他的恩师从此便一蹶不振,过起了整天借酒消愁愁更愁的日子,最后竟喝得穷困潦倒。日子过得十分贫困而又可怜,他贫病交加,只身孑影,孤苦无告,蜷缩在一间冰冷的破屋子里,根本无人呵护或救援。后来,也就是这位教师爷视若仇敌的那些学生,那些他总视为聪明而调皮的,睿智而狂傲自大的学生,得知他的悲惨现状时,立刻东奔西走为他筹集了一笔现款,有的学生甚至还典当和变卖了自己常用的

---

① 引自俄罗斯寓言大师、作家克雷洛夫(1769—1844)的寓言《歌手》。

物品。唯有巴甫卢沙·乞乞科夫声称自己生活困难一再哭穷，只掏出一枚五戈比的银币来报答他的恩师。同学们一看，个个气得要死，当面把钱摔给他，并气愤地骂道："哼，你这个守财奴！"这位可怜的教师爷听到和看到学生们为他筹款捐款，被感动得老泪横流、放声痛哭。"我已经到了风烛残年，很快就要去见上帝了，上帝还让我悲恸一场，"他有气无力地说道。而对乞乞科夫对他那种冷漠无情的态度，他感慨万千地发出一声伤心的哀叹，并且说道："唉，巴甫卢沙呀，巴甫卢沙，你们看一看，他竟然变化得如此之快，和念书时判若两人！原来是那样一个恭顺善良、品德兼优的孩子，向来老实淳朴，一向听话，性情多么温和啊！我被他蒙骗了，他把我骗得好狠……"

然而，也不能就此说我们的主人公本性就是个铁石心肠之人，没有人性，没有心肝；也绝不能断言，他的感情已经麻木，冷酷到一点儿同情心和怜悯之心尽皆丧失；还不能说他已经完全一点人性也没有了，他也可以勉为其难地捐助一点，但是他有他的准则，捐助一点儿是可以的，但是绝对不能动用他已经积攒起来的那笔钱，绝对半个戈比也不能动用！总而言之，他牢牢记住父亲的训诫："一定要学会省吃俭用和攒钱，"把它当作了金科玉律，时时刻刻都不忘记。但是，他不光是为了攒钱而攒钱，金钱还没完全腐蚀他的灵魂，还没有变成控制他的灵魂的魔鬼，也就是尚未钱迷心窍。他是朝思暮想，有朝一日过上有钱在手，过上万事不愁的好日子，他要享尽人间的荣华富贵，过上衣来伸手饭来张口的富裕生活，出门有轻车骏马，住上有高楼大厦的宅院，穿的是绫罗绸缎，吃的是佳肴美味、珍馐盛宴。这就是他日思夜想的美梦。为了能使这样的美梦成为现实，甘心情愿生活节俭、节衣缩食，而把钱一个戈比一个戈比积攒起来，因此才不管别人忍饥挨饿，受苦受罪。每次他看到那些大富翁出门是轻车骏马，富丽堂皇的车厢和挽具，从他身旁飞驰而过的时候，他立刻止步张望，痴痴呆呆地宛如木雕泥塑般定在那里。一直看得眼睛发直、双腿酸痛，这才惊醒过来，并且愤愤不平地说道："有什么了不起呀！当年这个家伙只不过是一个受人支使和吆喝的下人，发型也是下人的发型，有什么可神气的！"每次看到王公贵族和富翁大亨那样挥金如土的豪华的生活方式，他总是神不知鬼不觉地产生一种羡慕和追求的欲望。他走出校门踏入社会之后，甚至一刻也未敢停留，立即东奔西走，想方设法先去谋差事找工作。那个年头，想谋个好差事或顺心的工作，没有后门和靠山真是比登天还难！尽管持有"品学兼优"的毕业证书，顶个屁用！费了九牛二虎之力，才在省税务局里谋到一份混饭吃的差事，一年的薪水只有三四十个卢布。但是，他还是下定决心大干一番，勤勤恳恳地工作，用自己的最大努力去克服困难,扫清障碍。于是,他在工作中表现出艰苦奋斗,节衣缩食,克己奉公的精神。每天都是早起晚睡,把整个身心都投入到工作中,废寝忘食地工作,不是抄写文件,就是整理文书。为了节省时间,下班也不回家,晚上就以办公桌为床,有时与看门人一块儿进餐。不管工作多么辛苦劳累,却始终都能严格约束自己:仪表整齐洁净,衣着得体大方,接人待物表现得也很随和大度,总是笑容满面,举止显得很高雅,风度飘逸而不狂傲,总之,一切都很讨人喜欢。

这里尚需说明一下,税务官员几乎都以蛮横骄傲,面目凶狠,形象可憎而著称于世。更有甚者,有的面孔好似烤坏了的面包:前额和下巴颏东扭西歪,上嘴唇还鼓起来一个大脓包,有的地方还直往外流坏水。试看这副尊容:丑陋难看,令人恶心。他们总以为自己高人一等,对待平民百姓犹如凶神恶煞一般,说起话来言辞粗鲁,口气蛮横,就好像上门要债的恶棍一样,那副架势就像要动手打人一样。他们对酒神倒是崇拜得五体投地,充分暴露出斯拉夫民族骨子里至今尚残存着神教观念。有的时候先灌足了烈性酒才闯来点个卯应付差事,弄得办公室里浊气难闻、酒气熏天,让人闻之作呕。与这些酒囊饭袋的官员相比,乞乞科夫却独树一帜,像草鸡群中的凤凰,惹人注目,引人赞赏。和这些丑八怪相比,他可算是一个英俊潇洒的美男子啦,接人待物也是一个彬彬有礼的谦谦君子,而且一滴烈酒也不喝。总之,他行走坐卧,处事待人都严以律己,但是他的仕途之路仍旧十分艰辛。他的顶头上司是一个老顽固的科长,为人古板刁钻,就像一个不食人间烟火的冷血动物,整天把脸拉得老长,犹如出生以来就不曾笑过。对任何人都是冷冰冰的,连一句客套话都不会说,如果问一声好,就像割他身上的肉一样。不论在什么地方,在街上、在家里、在工作单位,都是那副德行,像一尊木雕泥塑,一年到头,都是那么一副模样。他从来都不喝酒,更谈不上耍酒疯啦,更没有人见到过他酒后失德,胡言乱语或纵声傻笑,或者像那些歹徒借着酒劲儿胡作非为,放荡地寻欢作乐啦。是啊,在他的言行中从来没有这些恶行劣迹,但是,在他的心里和头脑中却找不到一点带感情色彩的东西:不管是凶恶歹毒的,行善积德的,还是善行义举的,全都没有,正因为这样,也许这个不食人间烟火的老怪物就更加让人不寒而栗啦。至于说到他那张石雕木塑的脸上,除了一成不变的冷冰冰的表情之外,五官倒也没有一点儿错位,也就是说长得倒很端正,轮廓分明,线条匀称,没有什么可挑剔的地方。令人遗憾的是,也就是美中不足吧,这张面孔是地地道道的"群众观点"的脸,说得粗鲁一些,就是长了一脸大麻子,显得本来是一张清秀的面孔,被弄得坑坑洼洼凹凸不平啦。按着民间传说,是魔鬼有意作弄他:半夜的时候,跑到他脸上去辗豌豆,结果赏给他一张与众不同的麻脸。

如此看来,要想取悦这样的人物,并和他搞好关系,或者要讨得他的赏识,等于和魔鬼打交道,实在是常人无法办得到的。但是,我们这位乞乞科夫却知难而进,非要把这块难啃的骨头啃下来不可。于是,他又故伎重演,把在学校里攻克那位教师爷的那套本领全部施展出来,而且在某些方面有所发挥和提高。最初只在一些鸡毛蒜皮的小事上来取悦这位古板的老科长,例如,精心观察老科长平时如何削他的鹅翎笔,于是就如法炮制,削好几支放在那里,待到老科长要用的时候,便及时送到他的手上;天天替老科长整理书案,掸扫烟丝、灰尘,或擦干净,还准备了一块新的抹布,专供老科长擦拭墨水瓶。还瞄了老科长那顶举世难寻的旧帽子挂的地方,在下班之前,准时取过来递到他的手里。假如看到老科长的后背在什么地方蹭上了白灰,也赶紧跑过去为他拍打或者擦干净。但是,乞乞科夫所做的这一切,全是瞎子点灯白费蜡,这位铁石心肠的老科长根本像没看到一样,也就是说根本就不领他的情。但是,乞乞科夫仍然不死心,他不相信,凭着他的攻心战术,区区一个小科长都攻不下来。后来他又下了一番苦功,终于把老科长的家庭住址,家中生活情况,摸得一清二楚,知道他家里有个女儿尚未出嫁,在家空守闺房,而且还了解到这位姑娘也是一个大麻脸。于是,乞乞科夫便眉头一皱,想出来一条锦囊妙计,从他女儿身上下手,再次展开攻心之战。打探清楚了她星期天都到哪个教堂去做祈祷,每逢星期天,他便穿得齐齐楚楚,套上浆得平平整整的坎肩,也到那座教堂里去,而且每次都要站在麻脸姑娘的对面,寻找任何一个可能的机会,向她献殷勤。这一条妙计简直太灵了:铁石心肠的老科长终于被感动,主动邀请乞乞科夫到他家里去做客喝茶啦!没用多长时间,同事们还都蒙在鼓里,事情发展得非常神速,乞乞科夫居然搬到老科长家里去住了,他们这才恍然大悟。乞乞科夫接下来便趁热打铁,继续实施他的攻心战术:既然住在老科长的家里,家里家外的事情全由他一个承担:成了他家的好劳力和一个不可或缺的智囊人物和总管啦,帮助他料理家中一切事物,连买柴米油盐之事全都包在他的身上了。对待那个麻脸姑娘更是殷勤备至,珍爱无比,就像对待未婚妻一般无二,而且嘴上像抹蜜一样把老科长叫爸爸,还甜腻腻地吻他的手。税务局里的人们都争先恐后地打赌猜想,二月底的大斋节之前乞乞科夫就要当新郎倌啦,麻脸姑娘也可以在洞房花烛之夜成就日思夜想的美事啦。铁石心肠的老科长揣着一颗被乞乞科夫融化了的心,披挂上阵,亲自出马为他的乘龙快婿到处去游说,并在上司面前为他求情,果然没过多长时间,乞乞科夫就补了一个肥缺,自己也坐上了科长的宝座。当上科长以后,对老科长的态度就来了一个一百八十度的大转弯，因为他巴结和讨好老科长的目的已经达到了：第一天就把自己的衣物和箱子偷偷送回自己的家中，第二天就搬出了老科长的家。此后，再也不认老科长这个爸爸，也不再吻他那像爪子一样的手了。但是，每次遇到老科长，还佯装非常热情的样子，紧紧握住他的手并一再邀请老科长到他家中去做客；向来不动声色和对人冷酷无情的老科长再也压抑不住心中的激愤情绪，每次与乞乞科夫相遇和受到奚落之后，也不得不摇头叹气，后悔地自我责备："我太傻了，太傻了，精明了一辈子，想不到被这个龟孙子给骗了！"

乞乞科夫终于如愿以偿，闯过了仕途之路上的第一道难关。他心想，此后便可以飞黄腾达，步步高升了。此时，他摇身一变，成了一个举足轻重的人物啦。其实，乞乞科夫早就具备在当今世界上谋生或闯荡江湖的本领：能言善辩，投机取巧，见风使舵，狡诈多端，欲达到自己的目的，不择手段。凭借自幼就谋练出来的一身好功夫，时隔不久，他又捞到手一个肥缺，并且在这个职位上大显神通。提醒大家注意的是，当时正雷厉风行地惩治贪污受贿之罪，大小官员无不胆战心惊，谨小慎微，严格自律。乞乞科夫并没有把这种严峻形势放在心上，又开始施展他投机取巧、狡诈多端的本领，把不利的因素，转化为自己捞取外快的因素，充分展示出俄罗斯式的创造本领，也就是说只有遇到压力时才能发挥出来的那种异乎寻常的创造力。于是，乞乞科夫摩拳擦掌地顶风上阵啦：凡是有人来找他申请批文，按着不成文的规矩，把手伸进衣兜里时，也就是说去掏霍万斯基公爵签名的介绍信[①]（这是当时俄国老百姓人人都知道的一种行贿的把戏）时，乞乞科夫马上按住对方的手，并且满面春风地说道："何必如此，何必如此，您这是干什么……何必呢，何必呢，这是我们应尽的义务，也是我们应尽的职责，不给酬劳，我们也应该做好的！请留下您的家庭住址，用不着您自己亲自跑，办好后，一定会给您直接送到府上去。"来办事的人听到这番温存的话语之后，被骗得晕头转向，心中有说不出的高兴，真是乐开了花，在回家的途中，心中还暗自庆幸："真是运气，真的遇到了清正廉洁的正人君子啦，可惜的是，如今这样的人真是太少了，真是难得的大好人哪！简直就是一颗价值连城的钻石啊！"然而，申请批文的人在家里傻乎乎等起来，等了一天、两天——并没有见到批文送到他家里来，等到了第三天，还是外甥打灯笼照"舅"没有送来。于是他又自己去税务局看看究竟是怎么回事。一问才知道，批文之事根本就没有办理呢，他只好又去

① 这是当时俄国老百姓对贿赂的一种讥讽叫法。霍万斯基公爵是当时俄罗斯帝国银行的总裁，卢布纸币上皆印有他的签名。

找那位价值连城的钻石。“啊,实在抱歉得很,”乞乞科夫佯装热情地握住他的双手,礼貌周全地说道,“我们这几天简直忙得四脚朝天,我自惭分身乏术,实在太对不起啦!但是明天一定设法给您办好,保证明天办好,您就放心好啦!”他说这番话的时候,语气十分动听,态度也异常真诚。假如由于一时不慎而失言,透露出一点儿索贿的意图,他也会马上加以解释,极力掩饰真正的目的。但是申请人回到家中,又白白等了三天,批文仍旧没有送到家里来。于是,他心中琢磨起来:“得啦,这里面一定又要什么鬼把戏吧?”他又一打听,才算茅塞顿开,别人都给他出主意,务必要给书记员塞点好处费才成。“嗨,这有什么了不起的呢?我本来就打算给好处费的,二十五戈比,五十戈比,都没关系。”“不,二十五戈比那可太少了,起码要给每个人二十五个卢布。”“什么,你说什么,要给每个书记员二十五个卢布?”申请人一听惊叫起来。“你干吗要这样大呼小叫的呢?没什么可奇怪的。”出主意的人回答他说,“这不是秃脑袋上的虱子明摆着吗,书记员每个人只能留下二十五戈比,其余的全都得敬献给上司大老爷。”死脑筋的申请人气得只拍自己的脑袋瓜,把现行的办事规矩,严禁和追查受贿的法令,以及官员们的蛇蝎心肠和官场上弄虚作假的时弊,全都狗血喷头地咒骂了一通。“从前嘛,不管怎么样,你还知道该怎么个塞法,给带长字那些混蛋塞上十个卢布,就万事大吉了——事情就办妥了。但是现在呢,现在得每个人塞上二十五个卢布,还得折腾你一个星期,才能摸透他的心思。高唱什么廉洁奉公,公正无私,统统见他妈的鬼去吧!”申请人的一番咒骂当然都是大实话啦。然而,如今却有些人声嘶力竭地粉饰太平,胡说什么,如今没有受贿的官员啦,凡是带长字号的公职人员全都是最最克己奉公的青天大老爷啦,都是最最廉正无私的父母官啦,只有秘书和书记员之类的小人物才是见钱眼开的骗子、恶棍。

乞乞科夫这小子可真走运,没过多长时间,他又捞到一个好差事,真可谓官运亨通,这样一来,他又可以在一片更加广阔的舞台上,施展他的一身绝技和骗人的鬼把戏啦。成立了一个建筑委员会,专门负责一个政府大厦的建筑工程,投入了巨额的资金。乞乞科夫使出浑身解数,又在这个委员会中谋取到一个美差,并且成为委员会中叱咤风云的重要人物。于是,委员会立刻走马上任,投入了紧张的工作之中。委员们为建筑大厦忙得团团转,一直搞了六年之久,但是,不知道是天灾还是人祸,或者是建筑材料出了问题,反正这座政府大厦,在打下地基之后,整个工程再也进行不下去啦。但是,在城里的其他一些地方,这些委员都为自己建起了一座座豪宅,大概这些地方的天时和地利都要好得多。委员们一个个都把自己养肥了,不仅过上了富裕美满的生活,而且一个个都娶妻生子啦。到了此时此刻,乞乞科夫感到时机有些成熟了,开始稍稍有些放纵自己,对于禁欲生活和苦行僧式的清规戒律也略有开禁之势。也就是到了这种地步,他对长期以来一直坚持的守斋的生活方式有些厌倦,多少也有了一些改变。由此足以证明,形形色色的歪风邪气和世上红尘滚滚的奢华享乐对他并非一点儿诱惑没有,只不过他在风华正茂的火热年华有一种很强的自我约束能力,和处于这个时期的其他人相比,他更善于克制自己,仅就这一点而论,没有任何人可以和他相提并论。这时他也开始尝试一下物质享乐:为自己雇用一个厨艺相当不错的厨师,还购买了几件荷兰红麻纱衬衣。同时,还给自己置办了全省尚无人穿过的上等呢料,而且从那个时候起,他就特别爱穿咖啡色和紫红色带闪光点的外套啦。他此时出门也以车代步了,买了两匹英俊的高头大马和一辆相当漂亮的马车,有时出行还亲自驾车,驾车的技术也练得相当出色,可以拉着一根缰绳,让拉边套的那匹马原地兜圈子。也开始奢华享受,经常买一种价格昂贵的香皂来享用,想把自己的皮肤养得光滑柔润,他还……

但是,正当乞乞科夫春风得意之时,突然一位新的上司走马上任了,赶走了原来那个尸位素餐的官员。新到任的上司是一位令人望而生畏的军人,对贪污受贿和营私舞弊者视若死敌,走马上任的第二天,便给委员会的官员们点了第一把火,要全面核查建设资金的账目,这一把火还是真厉害,把那些官员烧得焦头烂额。这位上司办事雷厉风行,他发现账目问题很大,漏洞百出,一笔笔资金不翼而飞,同时也发现这些官员私人的豪华住宅。于是,对这些官员进行了调查。这些官员没有一个洁身自好的,全都被撤职查办,私人豪宅也全都没收充公,改作各种慈善机构和世袭士兵学校用房。一枕黄粱美梦顿时化为泡影。乞乞科夫苦心经营多年,损失和下场更为凄惨,虽然他长着一张可以取悦他人的面孔,但是新上任的上司却不买他的账,对他十分厌恶,究竟是什么原因,谁也弄不清楚。上司对他这种厌恶和反感甚至是毫无缘由的,总之上司就是看着他不顺眼,就是烦他,甚至到了憎恨的程度。这位铁面无私的新上司办事一点也不讲情面,下属官员一个个都对其唯唯诺诺、敬而远之。但是,他是行伍出身的大老粗,因此对文官所玩弄的那一套阴谋诡计和花花点子根本就摸不清是怎么回事,更搞不明白他们心里的鬼把戏了。因此过了没多长时间,被另外一批官员佯装廉洁和会耍手腕的狡诈伎俩所迷惑,竟然博得他的欢心。于是这位过惯戎马生涯的将军,一下子就落入这伙阴险之徒的陷阱之中,他甚至还洋洋得意,认为自己总算任用了一批出类拔萃的人才,而且还经常大言不惭地自诩自己有洞察人心和识别真假的才能。这伙官员对他的脾气秉性全都了如指掌,无论干任何事情都投其所好,他便把这伙人视为忠臣良将,并委以严查贪污受贿和歪风邪气的重任。这伙人当然受宠若惊了,于是全都披挂上马到处横冲直撞,一时间搞得鸡飞狗跳,闹得乌烟瘴气。他们到处去围剿贪污受贿和扫荡歪风邪气,不放过任何一个浑水摸鱼和捞取外快的机会,发现一点蛛丝马迹,便猛追猛打,恰似一个渔夫手举渔叉去追捕一条又肥又美的大白鳇的那种劲头。这么一番大折腾,真是战果辉煌,没用多长时间,这批干将每个人就把成千上万的卢布揣入囊中。事已至此,已经被撤职的那批官员中,有许多人已经改过自新,又被重新起用了。但是,乞乞科夫使尽浑身解数,无论如何也被排除在外。哪怕他绞尽脑汁,耍尽手段,哪怕用大把霍万斯基公爵的介绍信买通了将军的秘书长为他周旋求情,哪怕这位秘书长是将军的大红人和智囊人物,凡事将军都言听计从,可是在重新起用乞乞科夫这件事情上,秘书长却束手无策。这位将军大人有个怪癖,一旦他对某人某事形成一种观念,那么这种观念就像一颗钉子一样钉在脑袋里,想要让他改变这种观念比登天还要难,机智超人的秘书长只能尽力而为了,只能把乞乞科夫有那段劣迹的履历给销毁了。能够这样已经实属不易啦,那还是这位秘书长凭着三寸不烂之舌在将军面前美言的结果,他还在将军面前巧言令色地编造了乞乞科夫一家妻儿老小凄惨的遭遇,触动了将军的恻隐之心,才使这位将军未下绝情。其实,我们大家都知道,乞乞科夫是孤家寡人,哪里有什么妻儿老小啊。

"嗨,这又有什么了不起呢?"乞乞科夫说,"我只不过是看风使舵,一时不慎翻了船,何必诅咒命运怨天尤人呢!哭天抹泪也没用,还不如跌倒了再爬起来,重打鼓另开张,下定决心再从头做起干一番事业。"于是乞乞科夫又重整旗鼓,再次忍辱负重,在各个方面都像过去一样严格地约束自己和节制自己,尽管他曾春风得意地度过一段舒心快意而又富裕的生活。他琢磨要想重新崭露头角,必须迁到另一座城市去,在那里再大显身手,决心在仕途之路的阶梯上继续往上爬。你说他痴心妄想也好,你说他野心不死也好,但是他心中有一个信条,老天不负有心人,只要坚持往上爬,总会有出头之日的!然而,不知是何缘故,大概是命运故意作弄他吧,刚开始一切都很不顺利。在为期不长的时间里,他迫不得已地更换两三个工作单位,因为那些职务不仅低贱而且卑污下流。大家都知道,乞乞科夫可不是一个等闲之辈,曾经一度闯荡上流社会,也算是一个不肯屈就人下的体面人物啦。不言自明,刚刚踏上社会这个大舞台,他不得不混迹于社会底层,然而他自命不凡,心高气傲,一心向往坐在宽大敞亮的办公室里,喜欢坐在漆得闪闪发光的写字台旁办公,并且喜欢把办公室的一切都弄得清幽高雅。他从来都不放纵自己,从来不说粗鲁的话,哪怕是一个不文雅的词儿，都不会从他的嘴里说出来。当然，假如有人在他面前说出有损他的官衔和身份的话语，他都视为是大不敬，他都视为奇耻大辱。作者自信，我要是简要地介绍一下此公生活中的小事和行为举止的话，读者诸君一定会额手称快的：他两天一定更换一次内衣，到了盛夏时节必得天天换，因为任何一点点难闻的气味他都闻不得。因此，每当彼得卢什卡来给他脱靴子和脱衣服的时候，他都在鼻孔里塞上一朵干丁香花。在很多场合中，他的神经甚至比那些大家闺秀还要敏感和娇气。因此，当他落难不得不再次沦落到下层社会，在那些酒气熏天、粗野下流的人群中去混日子，真比蹲大牢还难受，尽管他怎样为自己打气鼓劲，但在这种落难的逆境时日里，他还是消瘦了不少，甚至面色也苍白发乌，也难看了。在落难之前，他本来已经有点发福了，就像读者诸君最初见到的那副体形适中而体面的样子，而且经常在镜子里欣赏自己，同时心中还做着美梦：讨到一个年轻貌美的妻子，漂亮的婴儿房间，并且随着美梦的畅想，脸上还露出得意的笑容。但是现在呢，他有一次无奈中照了一照镜子，禁不住惊叫起来："唉，我的圣母娘娘啊，我怎么变得如此难看了！"此后很长一些日子里，他再也不敢照镜子。但是，我们的主人公却咬紧牙关地忍受着，默默地承受所有的煎熬和磨难，最后总算又熬到了出头之日，在海关里又钻营到了一份职务。

其实，这份职务他已经梦想多时了，早就为它下了一番苦功啦。他早就发现海关官员们可非同一般官员，他们近水楼台先得月，很容易就可以搞到外国货，把什么进口瓷器呀，什么荷兰麻纱呀，送给亲朋好友，干亲姐妹，而且还可以借机大发洋财。他早就多次大发感慨地说道："那才是令人朝思暮想的好地方，边境就近在眼前，来来往往全是一些腰缠万贯的上等人，精制的荷兰麻纱、衬衣唾手可得，什么样的好东西不费吹灰之力都可以搞到！"还该说明一下，此时他还梦寐以求地想弄到一种法国特别的香皂，据说它可以使皮肤白嫩圆润，使面孔光鲜耀眼。至于说到这种香皂的品牌，只有鬼才知道。不知道品牌也没关系，根据他的推测，这种东西在边境上绝对能弄到手。总而言之，他垂涎已久的海关梦想已经成真啦，过去他钻进建筑委员会，又捞到那么多的油水，当时已经心满意足了。但是，和海关相比，在他的心目中真是天壤之别了：海关是拾金搂银的天堂，是鹤舞鹰翔的圣地，建筑委员会只不过是暂时栖身的巢穴，是草鸡的窝，是山雀的巢。反正他是王八吃秤砣铁了心啦，哪怕是拼上个死活，也一定要闯进海关去大干一番，如今他的美梦真的实现了，当然那种美梦成真的心情无法用言语表达啦。钻进海关之后，他又立刻故伎重演，又使出全身的解数，以比往常更高昂的热情，风风火火而又不遗余力地大干特干了起来。看来,他倒是鬼使神差应该在海关大显身手的一块真材实料啦。像他这样脑瓜灵活、目光敏锐、工作干练的海关官员不但少有,并且连听也没有听到过。大约不到一个月的时间,他就把海关的业务全都搞得熟练到家了,对其中的奥妙之处,更是样样精通,无论大小难题,只要到了他的手里都能迎刃而解。检查货物时,甚至不用过磅,也无需用尺子丈量,只要他一过目,就能看出一捆呢料和布料有多少尺;只要用手掂量掂量,马上就能说出包裹重量是多少。至于缉查走私物品,他就更有特殊本领啦,就连他的同事们都非常佩服,说他的嗅觉比狗鼻子还灵。他异常耐心地搜查每一颗纽扣,而且态度极其冷静镇定,客客气气,礼貌周全,令全体在场的人无不惊奇赞叹。有时被搜查的人恼羞成怒,气得暴跳如雷,甚至要挥起拳头,给他那张讨人喜欢的脸上留下几朵花;他依然面无惧色,镇定自若,很有礼貌地说道:“能否再帮一下忙,请您再转一下身子?”或者说道:“太太,能不能麻烦您一下,请您到隔壁的房间去一下,我们海关一位官员的夫人想在那儿跟您聊几句。”或者说:“实在对不起,请允许我用小刀把您的大衣衬里略微拆开一条小缝啦。”话尚未说完,便从大衣里拽出一条条披肩或围巾,动作十分从容和冷静,犹如从自己衣橱中取东西一样。就连他的上司都啧啧赞赏,说他比魔鬼还要机灵,简直非同常人,什么马车轮子呀,辕杆呀,马耳朵呀,无论什么东西都逃不过他的眼睛,就连任何一位作家都根本想不到的地方,只有海关官员才有权伸手触摸的隐秘之处,乞乞科夫也从不放过。如此一来,弄得那些过境的旅客十分可怜和狼狈,过境之后好长时间还惊魂未定,全身大汗淋漓,一边忙着擦汗,一边又在胸前画着十字,而且不停地长吁短叹说道:“活见鬼啦,活见鬼啦!”旅客们那种狼狈不堪的样子,恰似一个被教师惩罚过的小学生一样,被教师唤入禁闭室,原来以为教师只是要训斥他一番,出其不意却被痛打一顿。在为期不长的一段时间里,走私分子全都惊魂丧胆,被乞乞科夫截断了生财之路。而对沦落在波兰的犹太人来说,更把他视做凶神恶煞,给他们带来不祥和断绝生路的灾星。

乞乞科夫记取了前车之鉴的教训,此时尚能严格约束和控制自己,仍旧能严守清正廉洁的信条,绝对不会被小恩小惠所收买,几乎做到了让别人难以理解的程度。我们不妨举个海关内部的例子来加以说明:有时海关没收和扣留一些不是很昂贵的零散物品,为了避免麻烦就没有登记入册上缴充公,海关官员就名正言顺地私分了,但是他一样东西都不曾要过,从来没有借此机会捞过外快。他办事一贯如此严肃认真,如此严格地奉公守法,如此清正廉洁,当然海关内外的人都非常赞赏,最后上司也发现他这样一个杰出的人才。上司当然要给他加官晋级并委以重任,此时的他真可谓万事亨通，事事如意，他又顺势向上司提出了一个缉私方案，若能正确实施，可望让走私分子全部落网，而且还请求上司授权由他亲自指挥来实施这个方案。这个请求果然如愿以偿，上司立刻调拨给他一支侦缉队，不仅由他指挥，而且还授予他可以进行各种搜查而不受限制的大权。这正是令他朝思暮想而求之不得的大展雄才的大好时机啦。当时正好有一个胆大包天活动十分猖獗的走私集团，组织极其严密，这桩铤而走险的走私活动，光是利润就能赚到好几百万卢布。有关这个走私集团的情况，乞乞科夫不仅早就知道详情，而且已经胸有成竹，因此当这个集团派人来收买他的时候，他当时就使了一个放长线钓大鱼的花招，非常冷淡地回答道："时机还未到。"此时他已经掌握可以呼风唤雨的大权啦，真是利令智昏，他便急不可待地立刻通知那个集团："时机到了。"他的如意算盘打得非常精细，真可谓天衣无缝。他仔细一盘算，在海关任职的头一年里，他就可以捞到比过去不顾死活玩命地干了二十年还要多的钞票。那么他过去为什么拒绝这个走私集团的拉拢和收买呢？是因为他那个时候只不过是一个无名小卒，即使到了分红的时候，他也不会捞到多少，但是现在……可是今非昔比了。现在他已经大权在握，可以呼风唤雨了，可以随便提出加码的条件啦。为了顺利达到他精心策划的目的，也为了万一事情败露也可以抓一个垫背的，这小子的狼子野心何其毒也！于是他的一位同事，当然是一位官员啦，也被他拉上了贼船。可叹的是，这位官员已经满头飞霜，却未保住晚节，在金钱面前打了败仗。对方所提的条件一拍即合，走私集团便有恃无恐地开始行动起来。活动一开始就旗开得胜，想必读者诸君不会忘记，传得沸沸扬扬的利用西班牙绵羊走私花边的故事吧。那些绵羊都披了一层假羊皮越过国境，假羊皮下面夹带着大量的布拉邦特花边①，价值达数百万卢布之巨。走私分子自以为神不知鬼不觉无人可以识破和揭穿。这件走私大案就是乞乞科夫在海关任职那段时间发生的。如果没有乞乞科夫和走私集团内外勾结，世界上再精明的犹太人也不敢冒这么大的风险。利用绵羊走私竟然越过国境三四次之多，上了贼船的两个官员各自捞到四十万卢布的不义之财。听说乞乞科夫还多捞了十多万卢布，也可说是他一个人就捞到五十多万之巨，当然是因为他不仅贼胆包天，而且也狡诈多端。

可能是老天存心要整治这两个贪心不足的家伙，两个贼船上的同伙竟然闹起了矛盾，否则他们捞的钱不知会翻上多少倍呢。两个见利忘义之徒贪心不足，被不义之财迷住了心窍，或者不客气地说，是为了钱而丧

① 布拉邦特是比利时的一个省名，该省以产名贵花边而著称于世。

智发狂，大概是由于分赃不均而大吵大闹了起来。有一天，两个人正谈得兴高采烈，大概因为当时两个人都有点醉醺醺的了，酒后无德。乞乞科夫首先失言，把他的同伙，也就是那位双鬓爬霜的官员叫做神父的儿子，那位官员的父亲确实是神父，但不知为什么恼羞成怒，当时就骂了乞乞科夫一句非常尖刻而又难听的话，他是这么说的："不，你这完全是胡编乱造，我乃是堂堂正正的五品大员，不是什么神父的儿子。你才是神父的龟儿子呢！……"说完之后，他还觉得难消胸中的怒气，就有意拱火，故意气恼乞乞科夫，又骂了一句："你他妈的算个什么东西！……"虽然他把乞乞科夫骂了个狗血喷头，但是他感到还是不够解恨，于是就偷偷地去告发乞乞科夫。但是，有人说他们闹翻了除了分赃不均之外，恐怕还另有原因：那就是他们二人早就心存芥蒂，是为了一个颇有姿色的风骚女人而争风吃醋，按海关官员们的说法是一个肥美鲜嫩的骚货。又有人说，乞乞科夫的那个同伙还雇用了一伙人，打算在夜深人静的时候，把我们的主人公拉进一条小胡同里狠狠地打上一顿。但是又有人说，他们两个人都受骗上当了，那个臭娘儿们跟一个叫沙姆列夫的上尉风流去啦，一起逃之夭夭了。此事究竟是真是假，究竟是怎么一码事，那就不得而知了，当然，我们也没有必要和闲工夫操这份心啦，若是哪位读者有兴趣的话，最好自己去开动脑筋想像吧，我们也不会反对。我们还是言归正传吧，最要命的问题是，私自勾结走私集团的勾当东窗事发，阴谋败露。五品文官搬起石头砸了自己的脚，虽然他把乞乞科夫整垮了，他自己也难逃受害的下场。两个上了贼船的官员，双双被押上法庭受审，全部家产被查封，收归国有。正当两个人大发横财忘乎所以的时刻，忽然一声晴天霹雳降落在他们头上。等到他们犹如煤气中毒而又清醒过来之后，才发现自己闯下了弥天大祸。五等文官从此一蹶不振，按照俄罗斯人的习惯，从此便过上了借酒浇愁愁更愁的穷困潦倒的苦日子。六品文官乞乞科夫凭狡猾多端的本领又逃过了这一劫。尽管办案的官员嗅觉非常灵敏，但是要斗过老奸巨猾的乞乞科夫还略差一筹，他还是早有准备，把钱藏匿起来一部分。我们都知道，他是一个久闯江湖，老谋深算，又会见风使舵之人。凭着一条能说会道的三寸不烂之舌，再使出全身的瞒天过海的本领，好话说尽，又是溜须拍马，又是恭维奉承，但是他这招从来不曾失手过，再加上他有时又装出一副凄恻感人的表情，有时又用金钱开路。总而言之，经过他如此这般的悲剧喜剧兼用的精彩表演，他的罪责就被削去一大半，结果没有像他的同伙的下场那么悲惨，逃脱了身败名裂和刑事惩罚，只是受到了革职查办。家中的财物自然被查抄一空，各种各样的外国货当然也保不住了，这些东西全被其他有兴趣的人弄走了。他要尽阴谋诡计藏匿起来的一万多卢布却没有查抄到，还多亏这小子有先见之明，以备不时之用，否则也就成了一无所有的穷光蛋了。此外，他还有二十多件价格昂贵的荷兰细麻纱衬衣，一辆后来我们多次见到的专用马车，也就是那种专供单身汉乘坐底盘带弹簧的轻便马车，还有两个家奴，也就是马车夫谢里方和侍仆兼听差的彼得卢什卡。还有，海关官员们手下留情，还给他留下了五六块法国特制香皂，如果他有闲心的话，还可用它们保养光滑滋润的面孔。看吧，曾经春风得意一时的乞乞科夫，就剩下这么一点儿家底儿啦。总而言之，言而总之，我们的主人公再次落入悲惨的境地！好不可怜哪，乞乞科夫再次遭受到罪有应得的严重打击！平心而论，说句公道话，这也是他咎由自取！这也就是他一再恬不知耻地宣称，胡说什么他为了维护正义，捍卫真理和主持公道而在仕途上屡遭挫败和打击的原因，以自诩清高，实际上是打肿脸充胖子，为自己贴金而已，他哪知道天下还有羞耻二字！

按道理说，乞乞科夫经过了在税务局的马失前蹄、建筑委员会的阴沟里翻船和海关的贼船落网，经过在这么几次惊涛骇浪中的沉浮，在仕途暴风雨中的磨难和在生活汪洋大海中的泅渡，虽然不能说是遍体鳞伤，也算是劫后余生吧。按道理来说，他就该幡然悔悟，老老实实地过日子，拿着他耍尽阴谋诡计藏匿下来的一万多卢布远走他乡，找个偏远僻静的小县城隐居藏身，从此安安心心地过上俭朴的平民生活，穿上一件印花布的长袍，坐在又低又矮的小窗子前，优哉游哉地打发懒散的时日；或者到了星期天为那些在街上吵架骂街的庄稼汉排解纠纷，评判是非，或者百无聊赖闲得难受，到鸡笼子旁边去遛遛腿脚，再亲手摸一摸打算用来吊鸡汤的母鸡肥瘦如何。就这样来享受享受无忧无虑的生活中的情趣，过一过平静安然的生活，虽然是默默无闻，但是在某种意义上来说，却可以陶冶一下性情，对他这样一个一心往上爬，一心想出人头地，一心想飞黄腾达的人也许会很有意义。在平和的心情中度过余生或安享晚年，对于一般人来说也是一种幸福，当然对他来说也不例外啦。然而，乞乞科夫毕竟是乞乞科夫，他却没有这样做，或者说几经波折和磨难，他依然野心不止，贼心不死。我们可以不偏不倚地为他说句公道话，他的性格倒是很顽强的，那股向上爬或想出人头地的劲头儿却一直未减，一直没有灰心丧气，或者略有收敛但是却不自暴自弃。若是换了其他人，经历过这么多挫折和磨难，如果不被搞垮，一蹶不振或爬不起来了，起码也会冷静思考一番，不再想入非非，平静下来只求平平稳稳地安身立命啦。然而，乞乞科夫却未能平心静气地反思一下，仍旧不思悔改，身上那股邪气依然很盛，身上那股邪火依然很旺，也就是说，不到碰得头破血流，或者说不见棺材不落泪的地步，恐怕还醒悟不过来，他还想东山再起，死灰复燃地大干一场。因此，他感到很痛苦难过，满肚子的委屈和不平，甚至抱怨世道不公，抱怨命运有意和他作对，诅咒世道险恶，咒骂人心卑劣。总之，他是满腹牢骚，满心怨恨，就是从来不反躬自省，就是从来不扪心自问，这大概就是注定他是个悲剧人物，无法实现自己的野心和一心想飞黄腾达的梦想的根本原因啦。但是，你还不得不佩服他所表现的那种罕见的忍耐和韬晦的精神；与之相比，德国人的那种迟缓、呆滞的忍耐精神就差得太远了，那是因为他们的血液循环也是迟缓呆滞，而没有奔腾活跃的气势。乞乞科夫则相反，他的血在剧烈地奔腾着，血管里总有一种狂躁的不安分在冲撞着，倾泻着，必须有强大的理智和坚强的毅力，才能对其加以牢固的控制。他也曾认真地推敲过和反省过，他的推敲和反省不能说是完全不合理的："为什么命运总是捉弄我？为什么灾难和不幸总要缠着我？如今身居高位之人，谁会错失良机不利用职权牟取私利呢？人人都在营私舞弊，人人都在贪污受贿，又有谁是真正清正廉洁，一尘不染的国家公仆呢？我怎么啦？我既没杀人，也没放火，更没图财害命！我从来没有做过伤天害理坑害平民百姓的事儿，我既没有劫掠过孤儿寡母，也没有害得谁倾家荡产沦为乞丐。我只不过是吃了点富翁大亨们挥霍的残羹剩饭，我只不过在任何人都可以捞好处的地方也捞一点儿罢了；要是我不捞，别人也会去捞。为什么别人比我捞的要多得多，却未伤着一根毫毛，却可以悠闲自在享清福呢？为什么我每次都这么倒霉呢？为什么命运对我这么不公平呢？如今我算个什么人物呢？我还能干些什么呢？我还有什么颜面去见那家业兴旺、阖家欢乐的人呢？明明知道自己是一个无用之人，白在人世上走了一趟，我又怎么能不感到神魂不安呢？我又怎么不感到愧对子孙后代而受到良心的谴责呢？将来，我的子女又会如何看待我呢？他们一定会说：'看看，我们的老爹，真是一个窝囊废！一点儿家产也没给我们留下！'"

故事讲到这儿，大家早就知道了，乞乞科夫对于子孙后代总是很牵肠挂肚的，脑袋里想的，心里琢磨的，甚至行走坐卧都念念不忘的，全都和这件事儿有关。对于乞乞科夫来说，这可是一件令他伤透脑筋的大事儿！是啊，不止是乞乞科夫有这么一大块心病，很多人也都和他一样。假若不是"将来子女会如何看待我"这个问题，不知为什么无缘无故地钻到脑袋里面来，有的人大概就不会那么贪心不足，或者就不会到处去伸手捞钱啦。可是如今，本来早就成家立业的一家之主，却像一只爱偷嘴的馋猫一样，一边斜着眼睛，偷偷地观察着主人是不是在暗中监视着它，一边匆匆忙忙地把身边的东西偷了就走：黄油啊，蜡烛啊，猪油啊，不管是什么东西，只要有机可乘，连金丝雀也抓走。总而言之，碰到什么就偷什么，只要顺手，一样也不会放过。我们的主人公又是抱怨，又是诅咒，甚至说到伤心处还泪流满面，但是，他脑袋里想入非非、东山再起的欲望和野心从未减弱或打消，脑袋里一直在重新筹划着一个如意算盘，只差还没想出一个万全之策去实施。在此之前，他只好忍辱含垢地缩头端肩，不敢再扬眉吐气，也不敢再高视阔步地表现出自己的高雅风度了，只好重新过一种心灵上和生活上都苦熬苦挣的日子啦。在物质生活上，尽量过节衣缩食的清苦日子；在精神生活方面，又不得不从奢华体面的上流社会，重新坠落到卑污的下层人生活圈子中去。但是，他一直野心未死，现在只不过是忍耐韬晦，只是等待时机，一旦时来运转，他一定会重振雄风，大显身手，再干一番出人头地的事业来。那么此刻该怎么办呢？总得寻找一个向上爬的台阶呀，哪怕滚着爬着在污泥中向上爬也在所不惜，于是他迫不得已干起了代理人这个行当。在我们这个号称横跨欧亚两洲的大帝国里，代理人这个行当的社会地位还是很低的，很卑微的，时时处处都被人们呼来唤去，像奴仆一样任人驱使，到处吃白眼，到处受气，不仅受那些小小的公务人员的气，而且就是那些委托人也不把他们放在眼里。他们只能忍气吞声地在委托人的前厅里耐心地等着，除了点头哈腰赔笑脸之外，还要忍受申斥谩骂以及各种各样的侮辱。然而，一贯自命不凡的乞乞科夫只得认命啦，再让人看不起，为了实现心中的如意算盘，他全都置之不理啦，或者说这是背水一战了，无论如何也要干了。真是天无绝人之路，有一次有人委托他办一件事正好启发了他的灵感，给他指出了一条卧薪尝胆的新路。事情是这样的：有人委托他把几百农奴抵押给赈济局①，让他尽力给办妥当啦。委托人的田庄已经到了彻底破产的境地，之所以如此，是由于大批牲畜死于疫病，诡计多端的管家中饱私囊，庄稼连年荒芜歉收，瘟疫猖獗，精明能干的农奴贫病交加大量死亡；当然啦，最主要的原因，是地主老爷一味追求享乐，对田产疏于管理或根本就撒手不管，醉心于在莫斯科追求时髦装修宅第，几乎把全部家产挥霍一空，弄得囊空如洗，连穿衣吃饭都对付不下去了。说得难听一点儿，他已经到了山穷水尽的地步，只好孤注一掷，才决定把剩下的田庄和几百名农奴都抵押出去。在那个年代，这种事儿还是闻所未闻的稀奇之事，把田庄和农奴抵押给国家还是有些提心吊胆和后怕的。正因为如此，乞乞科夫作为代理人，首要的任务就是要使出全身本领去疏通关系，打通门路，要去买通所有的办事人员。大家都知道，不疏通关系想弄到一张证明，或者是证明抄件，那是绝对办不到，也就是说："没门儿！"那怎么办呢？这是得用金钱开路，最不济的，也要给每

① 沙俄帝国于十九世纪初叶由政府设立的孤儿院和养老院的管理机构，附设有贷款银行，贵族或地主可将其农奴或土地抵押给它，以申请贷款。

个人塞上一瓶马德拉葡萄酒，如此这般，乞乞科夫疏通了关系，打通了门路，并且向经办人员详细地把情况说明清楚：那就是这些农奴已经有一半儿死去了，还请经办人高抬贵手，免得以后惹来什么麻烦……

“那这些农奴在纳税人花名册上没有注销吧？”书记员问道。

“没有注销。”乞乞科夫答道。

“既然还都在册，您还有什么担心的呢？”书记员说道，“死一口嘛滚一口，种地干活是好手，活人死人都赚钱，花名册上名都有。”

如此看来，书记员还能出口成章作打油诗呢。这时，我们的主人公也茅塞顿开，真是眉头一皱，计上心来，忽然想出来一个绝妙的生财之道。“哎呀，我这个人真是太死心眼儿啦，”他喃喃自语地说道，“这可真是踏破铁鞋无觅处，得来全不费工夫，生财之道这不就摆在眼前吗？若是我想办法把那些死农奴按花名册全都买下来，那可就太妙了，要是赶在新的纳税农奴花名册发下来之前，做成这笔交易，那可就要大赚特赚一笔啦。比如说，我买上一千个死农奴，然后赶紧出手，抵押给赈济局，一个农奴就可干赚二百个卢布，那么一千个就可以赚上它二十万卢布！妙哉！妙哉！真乃天助我也！如今正是大好时机，前一段时间，就发生过一场瘟疫，听说死了一大批农奴，真是谢天谢地呀！那些地主老爷整天就知道出入赌局，纵酒豪赌，吃喝玩乐，挥金如土，醉生梦死，纷纷都跑到彼得堡去混吃等死了。一拍屁股就跑了，丢下田庄不管，任其荒芜，随意找几个骗子、蠢货来瞎糊弄。结果是年年歉收，地租也年年减少，就连每年缴纳人头税的钱都支付不了。乘此大好时机，我去和他们做死农奴的交易，就等于为他们承担人头税，他们一定会乐得合不拢嘴地把死农奴卖给我。说不准还会碰上自以为聪明的傻瓜笨蛋，为了甩包袱，还会倒贴给我一些钱呢！不过，这种事情说起来容易，做起来就不一定那么容易啦，需要好好动脑想办法，搞不好会捅出娄子来，或者惹出麻烦来，又要倒霉栽跟头了。但是，凭我这一身本事，又闯过大风大浪，已经见过那么多的世面，一定会想出万全之策，尽量做到万无一失。闯，要大胆地去闯！不闯怎么会干出一番事业来呢！只有敢想，敢闯，才会出人头地，才会崭露头角。还有一个极为有利的条件，干这种事情是别人绞尽脑汁打破头也想不出来的，他们也不敢这样想，也不敢这样干，这是破天荒第一次，也只有我乞乞科夫敢这样，敢去这样干，我也相信只有我乞乞科夫才有本事干这种事情！可是还有一个伤脑筋的问题，手中没有田产，既没有办法买进农奴，更没有办法把他们抵押出去。但是，我乞乞科夫可以想个迂回的办法，就说我要把这些农奴迁移到外地去。如今，在塔夫里达及赫尔松两省闲置的土地多得很，谁有本事去垦荒，土地就归谁所有。我就说，把买到手的农奴全都迁到那里去，这可是出奇制胜的绝招啊！好，就是这个主意，把他们统统迁到赫尔松去！就让他们在那里平平安安地过日子！要说到办理迁移手续嘛，可以名正言顺地通过各级法院合法地办理。假如他们想核查一下农奴，好吧，有什么不可以的呢？我自然不会回避或拒绝。必要的时候，我还可以展示一下警察局长亲自签名的证明。至于村子的名称嘛，可以叫乞乞科夫村，或者就用我的教名，叫巴维尔村。好了，不用多想啦，除了我乞乞科夫，在俄国还有谁会想得出来这样的绝妙主意呢？又有谁敢干这从古至今就没有人干的事情呢？恐怕连鬼也不敢。只有我乞乞科夫才敢干这惊天动地的大事！"如此这般，我们的主人公就在自己那个从来不肯安分的脑袋里，谋划出这么一个天衣无缝而又神奇古怪的故事情节来。正因为如此，虽然我尚不知道，读者诸君是否会感谢他，反正作者对他深怀感激之情，而且这种感激之情很难诉诸语言。因为无论怎么说，如果不是乞乞科夫脑袋里谋划出这么一个天衣无缝的绝招来，那么这部情节离奇的长篇小说，便没有机缘呈现在读者诸君面前啦！

我们的主人公乞乞科夫按着俄国人的风俗习惯，在胸前画了一个十字为自己祈福之后，便按着自己所谋划出来的绝招开始大胆行动起来。他佯装出游去选择定居地，并且编造出一些掩人耳目的理由，犹如一个曾翻船落网的囚徒一样，逃过劫难，隐居韬晦了一段时间之后，又开始在人世的阶梯上挣扎着往上爬行了。他首先在我国好多省份去漫游了一番，当然是到那些疫情严重，连年歉收，农奴大批死亡的地方啦，或者是那些田庄破产民不聊生的地方。或者说是去那些容易购买到农奴，而且价格又便宜的地方啦。他办事历来谨小慎微，计划周全，从不鲁莽行事地去随意找哪一个地主，而是专门儿寻找那些可以被他利用的人，也就是那些与他臭味相投，性情粗鲁又缺心眼之人，最重要是谈起生意来慷慨豪爽而又不计较蝇头小利之人，或者说是一些不必多磨嘴皮子就可以谈成交易之人。他采取的策略总是设法先和他们拉关系，谈交情，讲友谊，取得他们的好感，主要的目的是，尽量靠笼络感情办事，而不是单刀直入地掏钱买死农奴。所以，如果读者诸君对本书中陆续登场的人物都不大满意的话，那么他们不应该责怪作者，那是因为这是乞乞科夫本人造成的。因为找谁或不找谁，完全由他自己做主，作者是无权干涉的，他要去什么地方就去什么地方，我们不仅不能加以阻拦，而且还要跟着走。如果有人指责我们，说什么人物和性格的描述过于苍白无力，行为也有些卑琐，那我们只好如实回答，任何一件事情或者一个故事，总要有个开头嘛，总要有个发展过程，随着故事情节的慢慢展开，才能观察到它的全貌和错综复杂的过程嘛，想要一目了然那是不可能的。不论你到哪一座城市去，即使是到了京城,刚一开始进入视野的城市郊区的景色,总是有些杂乱无章,一切都显得苍白灰暗,或者是单调枯燥。首先看到的是接连不断的大大小小的厂房,全被烟熏得乌黑乌黑的,接下来才能看到一幢幢六层的楼房,商店,五光十色的招牌,宽阔的街道,城里随处可以看到钟楼、圆柱、雕像、尖塔,这时你才逐渐体察到城市特有的那种喧闹和繁华的景象:车水马龙,人声鼎沸,色彩缤纷的服饰和势如潮涌的人群;纵目四望,便可以饱览俄罗斯人民用智慧和双手所创造出来的宏伟而又奇妙的景观。

乞乞科夫头几笔买卖死农奴的交易,读者诸君已经看到了全过程。但是,接下来乞乞科夫如何继续表演下去,我们的主人公又将取得哪些辉煌的成就或遭受到哪些重大的挫折,他将如何去克服一些更大的困难,他将如何跨越一道道障碍,高大的人物形象如何映入我们的眼帘,这部情节浩繁的长篇小说随着主人公这根神秘杠杆的驱动将如何发展下去,小说所囊括的全貌将如何进一步展开和扩大而变得波澜壮阔,小说的抒情色彩怎样变得更加庄严而富有诗意,读者诸君将在这部小说的后面章节中饱览到这一切。此刻我们所看到的,或者所观赏到的,正在旅途中奔驰的那辆通常是光棍汉乘坐的那种轻便的四轮马车,车里面坐着一位中年绅士,听差是彼得卢什卡,马车夫是谢里方,全体人员仍然是这个三人组合;驾车拉套的仍然是那三匹高头大马:大家早就熟悉的外号叫做陪审员的边套马,一贯耍奸使滑的花斑马,以及另外一匹拉帮套的马,嘿,真凑巧,也是三匹马组合。从急急忙忙赶路的样子可以看出,三人组合和三匹马组合的旅程还不短呢。说到这里,我们的主人公身世的来龙去脉,他的脾气秉性,以及他的宦海沉浮,仕途波折,他的安身立命的哲学,还有自幼练就的一身专门想向上爬,想崭露头角的本领,我们都十分了解了,只能一言以蔽之,他就是这么一个人物!但是,读者诸君尚不非常满意,或许有的人会要求给他做出一个简单而又明确的结论:仅就道德品质而论,他到底是个什么人物?不言而喻,谁也不会说他是一个品德高尚之人,更无人会承认他是一个解危扶困、治国安邦的英雄。那么,他到底是一个什么样的人物呢?说他是一个见利忘义、图财害命的卑鄙无耻的恶棍吗?看来,也不能这样简单粗暴地给他戴上这顶荆冠,何必如此冷酷无情地苛求于人呢?如今,在俄罗斯仿佛卑鄙无耻的恶棍已经绝迹了,因此才会有这样物阜年丰的开明盛世,因此才会有这样人杰地灵、安居乐业和歌功颂德的大帝国。如今,在我们这个大帝国中,有的全是一些安分守己、唯命是从和心地善良之人,讨人喜欢之人,或者我们可以把他们称之为逆来顺受、从不惹是生非的顺民吧!假如尚能找到那种厚颜无耻,甘愿遭到千夫指、万人骂的无赖之徒,数量也是微乎其微那么两三个人吧,而且就连这两三个无耻之徒似乎也在洗心革面、痛改前非，因为如今他们也在口若悬河地大谈特谈什么美德啦，什么善行啦，真是善哉！幸哉！如此说来，对我们的主人公乞乞科夫最公正的称呼应该是：图财谋利的商人，一心想飞黄腾达不肯安分守己的人。众所周知，追名逐利是人世上的万恶的根源，也可以说人生在世的万恶之首，正是由于追名逐利，人们才会铤而走险地去干那种被上流社会称之为见不得阳光的肮脏勾当。当然，在这种典型人物的身上确实有令人憎恶的东西，读者在生命的旅途中或许会与这种人物不期而遇，或许会和他称兄道弟成为朋友，交往密切，一起愉快地消磨时光，但是，如果得知这种人物是某一部戏剧或长诗的主人公，这位读者立刻就会对他敬而远之啦。但是，某些聪明之人，不仅不会嫌弃这种典型人物，反而会用探索的目光去观察他，琢磨他，找出造就这种典型人物的基本原因。一个人身上的一切全都可能发生迅速的变化：转眼之间，人的心中就会滋生出来一条恶毒的蛀虫，把人身上的优良品质蛀蚀干净。既然负有建树奇勋伟业使命的人，有时不仅仅会迸发出蓬勃豪迈的激情，而且也会伴生出一种追逐个人私利的卑劣的欲望，而忘却身上背负着的伟大而神圣的使命，甚至本末倒置，把个人的微不足道的私利看成伟大而神圣的东西。人的欲望是没有休止的，犹如大海中的泥沙多得数之不尽。虽然这些欲望彼此各有差异，不管是美好的还是卑污的，最初人还可以用意志加以节制，可是到了后来，逐渐成为主宰人的一切行动的恶魔了。有些人凭借自己的坚强意志，义无反顾地肩负起伟大而神圣的使命，克制住其他一切卑微的欲望，这种人才称得上是幸福之人。这种幸福的感觉会使他心旷神怡，随着时间的推移，这种心旷神怡的心情会不断地陶冶他的情操，使之逐渐地登临自己心灵所向往的伟大而又高尚的圣境。但是，有些欲望是不以人的意志和意愿为转移的。这些欲望是人与生俱来的，也就是天生就有的，因此，人就无能为力去摆脱它们和战胜它们。它们是上帝旨意制造的产物，它们蕴含着一种永恒的召唤和魔力，而且人在一生中永远受着它的驱使。人世间的智慧的较量和成就宏图伟业的竞争尽皆由它们来实现：无论它们幻化的形象是什么样子，不管它们幻化成一个愁苦多难的景象，还是化作一个给人世间带来欢乐与光明的天使的形象，它们的使命却是共同的，都是要在人世间播撒下世人所未曾享受过的幸福。在我们的主人公乞乞科夫的身上，就潜藏着一种他个人难以遏制的欲望，它时时刻刻都在鼓动着他，驱使着他，或许，在他梦寐以求的冷酷无情、尔虞我诈的生活中，就埋下了一颗不幸的种子，注定要使他走向毁灭，最后只能在上帝的智慧面前屈膝投降，接受命运的惩罚。那么，人们不禁要问，为什么一定让乞乞科夫这样一个人物成为这部即将问世的长篇小说的主人公呢？现在还是有些百思不得其解。

但是，如果人们对我们的主人公不感兴趣，或者不满意，那倒也罢了，作者并不会为此事感到心情郁闷，或者耿耿于怀。但是，令作者感到心情沉重的是，他的心中有一个难以挣脱的信念，也就是说，作者只要笔锋一转，换一种写法，读者就会对同一个主人公，对同一个乞乞科夫感到高兴和满意。假如作者不去深入地探察乞乞科夫内心的秘密，不去搅动和揭露那些沉积在他内心深处怕见阳光的最丑陋的沉渣和肮脏的思想，而只是把他刻画成他在N城居民心目中的那种彬彬有礼的形象，像他在玛尼洛夫以及原来他在N城官员心目中的那种风度高雅的形象，那么读者和所有的人必定会对我们的主人公，也就是对乞乞科夫满意了，必定会对他另眼相看，会把他当成一个讨人喜欢的人物，同时也就解除作者的心病啦。这样一来，不管是对乞乞科夫的行走坐卧、接人待物的外貌，不管是他的内心所表现出来的整体形象，就无需去着力塑造，也无需绞尽脑汁地把这个人物刻画得跃然纸上，或者生动而真实地展现在读者面前啦。如此一来，人们在读完这部小说之后，内心中会平静如水，激不起一点儿令人激动不安的波澜，并且又可以若无其事地坐到俄罗斯人都心驰神往的牌桌前，去消磨大好的时光啦。确实如此，我的心地善良的读者诸君，你们不喜欢看到一个人被揭穿得赤裸裸地暴露在光天化日之下的那副可怜相。你们会脱口而出地说道："看这些玩意儿干吗呀？这又何必呢？莫非说我们是傻子，就没看到生活中有那么多卑鄙无耻的勾当，那么多愚蠢肮脏的现象吗？我们平时看到的令人心痛的苦难和不幸已经够多啦，已经司空见惯了，心已经麻木了，何必再让我们来看这些东西呢？你最好还是给我们写些美好的令人轻松愉快的东西吧。你最好还是让我无忧无虑地逍遥逍遥吧，让我们把那些苦难和不幸都忘掉吧！"一个地主对管家说："唉，你呀，伙计，何必要跟我说田庄搞得一塌糊涂呢？嗨，这种事儿，你不说我也知道。莫非说你就没有别的事情可说了吗？你最好还是让我忘掉这些烦心事儿吧。别在我面前提这种事，我反倒会活得滋润些，无忧无虑地过日子，该有多么幸福啊！"本来有一笔好大数目的款项可以用来整顿和治理田庄的，却拿去随便挥霍，用到花天酒地追欢逐乐去了，别人是借酒浇愁，可是我们的地主老爷却大把花钱去消愁解闷，逍遥快乐去啦。他本来不是一个傻瓜笨蛋，脑瓜本来是很聪明的。如果能好好地发挥一下他的聪明才智，或许可以大发财源，可是他却整天除了快乐逍遥，再不就是昏昏大睡地打发时光。结果是拍卖的榔头一响，田庄一下子就成了别人的了，从此，这位地主老爷只好沦为叫花子，到衣不遮体食不果腹的日子里去浪荡逍遥啦，甚至堕落为一个痞子或无赖，去干那些见不得人的下流勾当。如果从前看到自己的这副尊容,肯定会胆战心惊痛不欲生的。

更有甚者,那帮喊破了嗓子要安邦定国的仁人志士,也会乘机跳出来向作者发难,这帮所谓的爱国人士躲在自己家里过着优哉游哉的日子,干着和他们口里喊的完全背道而驰的勾当,说什么爱国,喊什么定国安邦,见他们的鬼去吧!整天只知道捞钱和攒钱,专门儿干一些损公肥私和损人利己的罪恶行径。但是,只要他们发觉某一件事有损国家尊严,比如说,出版一本什么书,书中有时说了几句揭穿歌功颂德的谎言的真情实话,刺到某些人的痛处,他们就会气急败坏地暴跳如雷,从四面八方发出毒箭向作者发起围剿,就像蜘蛛发现粘到网上的苍蝇一样,还会声嘶力竭地嚎叫起来:"把这种事儿宣扬出去有什么好处?何必非把这种事儿公之于世呢?须知,书中所描写的这些事儿,毕竟都是咱们自己家的事儿啊,俗话说,家丑不可外扬嘛,你这么干居心何在?这分明是出丑吗,外国人看了会怎样评论呢?难道听到别人揭你疮疤的话或者揭老底儿的坏话,你心里会痛快吗?难道会有人不为干这种蠢事儿痛心吗?难道非得让别人知道我们不爱国吗?"

平心而论,说老实话,作者对这些莫名其妙的兴师问罪,对这些莫测高深堂而皇之的指责,特别是提到外国人会怎么看的问题,我真的不知道该如何回答为好。那么就让我来讲个故事作为回答吧:在俄罗斯一个非常遥远荒凉的地方,居住着父子二人。其中一个是父亲,也就是一家之主,名字叫基法·莫吉耶维奇,是一个性情平和、无所事事之人。常年里懒散度日,从来不管家务事。整天迷醉于一个个奇思妙想,用他自己的话来说,就是研究哲学问题。心里一直在冥思苦想,在屋子里迈着方步转来转去,喃喃自语地说:"就以野兽为例吧,它生下来的时候是赤条条的,可是为啥是赤条条的呢?为什么和飞禽出生不一样呢?为什么不是从蛋里钻出来的呢?说实在的,大自然真是千奇百怪,玄妙难解。你对它钻研得越深,你就陷得越深,对它就更加感到难以理解。"基法·莫吉耶维奇就一直如此地苦思冥想着。但是,他们家里的麻烦事儿并不在这里。另一个家庭成员,也就是他的宝贝儿子,名字叫莫吉·基法耶维奇,他被称为俄罗斯的大力士。在他父亲痴迷于野兽出生的奥秘的问题时,这个已经长成二十岁宽肩阔背的小伙子也突发奇想,想展示一下自己浑身使不完的好功夫。无论做什么事情,只会鲁莽蛮干,有使不完的牛劲儿。不论碰到什么人出手都很重,不是把人家的胳膊扭伤,再不就把别人搞得鼻青脸肿,或者弄个满脸开花。不管是家里还是街坊四邻,都把他看成凶神恶煞,从使唤丫头到看家狗,只要一看到他,全都拔腿就跑。甚至连自己睡的那张床,也被他砸得稀巴烂,莫吉·基法耶维奇就是这么一个鲁莽之人。但是说句公道话,他倒是一个好人,心眼并不坏,主要问题并不在这里,主要是惹来一大堆麻烦事:不管是自己家里的仆人,还是四邻八舍的仆人,一个接一个地跑来找他的老子告状诉苦:“您发发善心吧,基法·莫吉耶维奇老爷,您的宝贝儿子莫吉·基法耶维奇也太不像话啦,闹得街坊邻居鸡犬不宁,搞得大家实在受不了啦,你家少爷,真成了人见人怕的瘟神啦!”这位父亲老大人听了人家诉苦之后,往往都是不动声色地回答道:“是啊,是太调皮啦,太调皮啦,可是又能怎么办呢,狠狠地打他一顿吧,恐怕为时已晚,他已经长大成人,显然这种办法是使不得的,况且这么一来,别人该指责我对自己的儿子太不讲骨肉亲情啦;他这个人可怪着哩,脸皮特别薄,很爱面子,只要当着外人斥责他一顿,他倒是会老实一些,但是如此一来,家丑就得传扬出去,那可就不好办了!结果会闹得满城风雨,往后人们都会骂他是个逆子,是个不懂人事儿的畜生啦。说实在的,那时人们会怎么想又怎么说呢?难道我就不心疼自己的亲生骨肉?难道我就不是他的亲爹了吗?说句实话,我整天钻研哲学问题,难免有时忽视了管教他,这么说,难道我就不是他的生身之父啦!不,我是他的亲爹!我是他的亲爹!见他们的鬼去吧,有哪个人敢说我不是他的老子!再怎么说,他也是我的心肝宝贝儿!”基法·莫吉耶维奇越说情绪越激动,甚至捶胸顿足。“哪怕他真的背上了不懂人事儿的牲畜的骂名,这个骂名也绝对不是我说出的,也绝对不是我败坏了他的名声,我才不会去干这种出卖自己儿子的蠢事呢!”他如此这般地倾诉了一通父子亲情之后,就让他的儿子莫吉·基法耶维奇继续去释放浑身使不完的蛮劲儿,而他自己又一头钻进自己的哲学研究中去啦。有那么一天,忽然灵感骤至,心血来潮地给自己提出一个新的课题:“嗨,假如大象也是在蛋里孵化出来的,那么,蛋壳必定又厚实又坚硬,恐怕用炮弹也轰击不破呀,恐怕就要发明一种新式炮弹啦。”从此之后,这父子二人相安无事,一直在我国一个遥远的地方过着平静而安宁的日子,直到现在,也就是在我们这部长篇小说即将接近尾声的时候,才从窗口里露了一下面,好像是在张望什么东西。他们是在张望什么呢?其目的,只不过是给那几位情绪激愤的爱国志士一个谦恭的答复而已。那几位爱国志士不到必要的时候,是不会随意公开亮相的,因为他们正在潜心地研究损公肥私的哲学窍门儿,或者忙着从他们心爱的祖国的国库里,盗取公款来实现他们发财致富的黄粱美梦呢。他们一个个都装扮成正人君子,骨子里却是男盗女娼。他们的处世哲学就是:如何掩人耳目,瞒天过海,也就是绝对不会不做坏事,而是干了坏事如何堵住别人的嘴,千万不要把他们的丑行劣迹宣扬出去。读者诸君,这就是他们惯用的掩耳盗铃的鬼把戏!

那么,请问,他们又为什么要气势汹汹地来向作者发难呢?他们这样做的目的,是醉翁之意不在酒。他们跳出来表演,真正的目的并不在于他们的爱国主义和爱国激情,这样做只不过是虚晃一枪而已,不可告人的目的还深藏未露呢。何必扭扭捏捏的,遮遮掩掩的呢?诸位明公已经看出来了吧,除了作者,还有哪个人敢承担起直言不讳地说出真情实话的神圣职责呢?你们不敢深入地去探索和观察,你们更惧怕别人用火眼金睛去洞察社会上的丑恶现象和大胆地揭露社会上所有阴暗的东西,并把它们暴露在光天化日之下。你们对一切事物只是不负责任地看上一眼,像蜻蜓点水一样做做表面文章,以达到自欺欺人的目的,以达到掩人耳目和堵别人的嘴的目的。你们甚至真的想把乞乞科夫嘲弄一通,说不准你们还会把作者夸耀一番:"不过,他还真有眼力,抓的东西还挺准,可见他是一个爽快乐观之人!"说完这一番话之后,你们会倍感自豪和骄傲,而且脸上会流露出自鸣得意的笑容,接着又找补了一句:"应该承认,在外省的一些城市里,确实有一些令人非常可笑的人物,甚至是一些令人感到莫名其妙的怪人,而且是一些货真价实的卑鄙无耻之徒!"但是,你们中间可曾有哪一个人像基督徒一样的谦恭,不是在众目睽睽之下,而是在夜半更深或者个人独处的时候扪心自问,发自内心深处地给自己提出一个严肃而又尖刻的问题:"在我自己的身上是不是有些东西也和乞乞科夫一样呢?"是的,不会有人反躬自问的!恰在此时,有一个熟人从他身边走过,是一个中等官衔之人,那么他马上就会捅一捅站在他附近的人,而且差一点没笑出声来,对他说道:"快看,快看,这个人就是乞乞科夫,没错儿,走过去的那个人准是乞乞科夫!"而且完全不顾自己的身份年龄和应有的礼仪,像个调皮的孩子一样,紧紧跟在那位官员的屁股后面,以冷嘲热讽的口气喊道:"乞乞科夫!乞乞科夫!乞乞科夫!"

但是,由于我说话的声音太大了,把我们的主人公给吵醒了。本来我们在聊他的身世的时候,他一直在做着甜梦呢。也许在梦中也会听到,有人左一次右一次地大声提到他的大名。他可是一个鼠肚鸡肠之人,听到有人背地里指名道姓议论他,他会像一只癞蛤蟆一样,把肚子气得鼓鼓的。对于读者诸君来说,乞乞科夫生气与否,是无关紧要的。但是,对于作者来说,那可就非同小可了,无论怎么说,作者是不能和自己的主人公闹僵了的,万一真的得罪了他,那他们两个人就无法携手同行啦,因为还有很长一段路尚未走完呢,这部长篇小说尚有两大部分没动笔呢,要是他真的一气之下甩袖子不干了,这部书又该如何完成呢?还是要继续跟乞乞科夫合作,因此,这可就不是一件无关大局的小事情啦。

“哎呀,你这是在搞什么名堂!”乞乞科夫气呼呼地向谢里方喊道,“你这是怎么搞的吗?”

“什么怎么搞的?”谢里方不慌不忙地反问道。

“什么怎么搞的?你这个蠢货!你这是在怎么赶车呀?少啰嗦,把车赶得快一点!”

说真格的,谢里方早就魂游梦乡啦,只是在半睡眠的状态中偶尔抖一抖缰绳,催一催三匹马。其实,这几匹马也是在梦中旅游呢。就甭说彼得卢什卡了,他精神得连帽子也丢了,也不知道是在什么地被风给刮走了。此刻他正睡得挺舒服的,身子向后仰歪着,把头枕在乞乞科夫的膝盖上,因此,我们的主人公实在无计可施,只得不留情面地敲敲他的脑壳。谢里方刚刚醒过神来,气气囔囔地在花斑马身上狠狠地抽了几鞭子,又拿倒霉的花斑马做出气筒啦。花斑马这个贱货,挨了几鞭子之后,这才加快脚步跑了起来。接着,谢里方又朝三匹马虚晃着鞭子,并且尖声尖气地犹如唱歌似的喊了一嗓子:“别害怕哟!”三匹马都使足了劲,四蹄腾空地拉着轻便的四轮马车,像风吹羽毛似的飞驰而去。这时谢里方来劲儿啦,精神抖擞地挥舞着鞭子,又大声吆喝着:“嘚!嘚!嘚!”他的身子在驾车台上有节奏地上下颠簸着。因为一路上布满了起伏的冈峦,轻便的四轮马车也随着地势的高低,不停地上上下下地颠簸着。乞乞科夫此时的心情才算彻底轻松啦,他庆幸自己终于逃出了N城这个是非之地,脸上也浮现出洋洋得意的微笑,身子倚在皮靠垫上随着车子上下轻轻地颠簸着。再说啦,他一贯就喜欢马车跑得快,心中还真有说不出的高兴。又有哪一个俄国人不喜欢乘着轻车快马飞驰呢!俄国人总是一心渴求着魂迷神醉,渴求着纵酒发狂,渴求着追欢逐乐,有时还喜欢说上一句粗话:“统统都他妈的见鬼去吧!”显而易见,怀着这种心态的俄国人又怎么能不喜欢乘着轻车快马飞驰呢?有哪个人不喜欢驱车飞驰,去享受享受那种令人又振奋又奇妙的感觉呢?犹如一种神秘而奇妙的力量把你托在它的羽翼上,于是你就飞向前去,周围的一切也都跟着飞起来:里程碑在向后飞去,商人们驾着篷车迎面飞来,驿道两侧黑黝黝的枞树和松树也在向后飞驰。树林里传来的伐木声和乌鸦啼叫声也在耳畔飞过,整条驿道也在飞,它飞快地在身后飞向远方,不知究竟要飞向何处。周围的一切都在飞驰着,还没等你看清它们的形体外貌,就全都消逝不见啦,也可能在你的心中依稀留下一点儿恐惧之感。你举首仰望天空,唯有那薄薄的云朵,以及那弯爱和我们捉迷藏的新月,却是静止不动的。啊,神奇的三驾马车!像鸟儿飞翔的三驾车!是什么人突发奇思妙想发明了你?大概,只有头脑睿智的勇于创造的民族用灵巧的双手才能把你制造出来,只有在这景色壮丽和横跨世界两大洲的国土上，在这一望无际的平坦的大地上，你才有用武之地：随意驰骋，随意飞驰。一路之上数着里程碑，一定会让你头昏眼花、数不胜数。看样子，你并不是一种结构精巧的交通工具，你全身所有的部件没用一颗铁铸的螺丝钉，你只是雅罗斯拉夫地区的一个心灵手巧的农夫的杰作，他只用一把斧子和一把凿子，没用多长时间就制作出来了。赶车之人满脸大胡子，没有穿什么德国制的长筒皮靴，戴着一副手扪子（无指手套），屁股底下随便塞上一块什么东西当坐垫，但是只要他把身子一挺，挥起鞭子来，还悠然自得地唱起小曲，马儿立刻就会像旋风般的飞奔起来。车轮飞快地转动起来，就像一个巨大的闪光的银盘，在大路上飞轮滚滚向前飞驰吗，只有在道路不平之处才偶尔地颠簸一下，吓得行路之人停下脚步，并且大声地惊叫起来！马车继续向前飞驰着，飞驰着！……从远处眺望，不知是何物驾着滚滚的尘雾，腾空而起。

俄罗斯啊，俄罗斯！你不是也是在全速地向前飞驰，就像一辆以神奇速度向前飞驰的三驾马车，谁都望尘莫及吗？在你飞驰而过的大道上，扬起遮天蔽日的烟尘，桥梁也发出惊天动地的轰鸣，所有的一切都被你超越，并且被你远远地抛在身后。路遇的旁观者被这上帝所创造的奇观惊呆止步，望天兴叹地高呼："难道这是从天而降的闪电？这种令人不可思议的神奇速度昭示着什么呢？在这些前所未见的骏马体内潜藏着一种怎样神奇威猛的力量呢？啊，骏马呀，骏马，神奇的骏马！难道你猎猎的鬃毛能呼风唤雨？难道你全身的血管都像灵敏的耳朵一样全有听觉？你们凭着上天赋予的灵性，一听到来自上天熟悉的歌声，便立即挺起青铜般的胸膛，伸腰展背，四蹄腾空，像飞箭一样乘风奔驰，在上帝的启迪和感召之下，永不停息地向前飞驰！"……俄罗斯啊，俄罗斯，你究竟要飞向哪里？请你答复我，没有回答。只听到美妙悦耳的车铃声，只听到空气的呼啸声，三驾马车乘着一阵狂风飞驰而去。大地上所有的景物都纷纷退到它的身后，其他国家和民族全都闪身退避，给她让出路来，并且以一种惊奇的目光瞩望着她。

第二卷①

Мертвые души

① 本卷是在一八五二年果戈理逝世之后，由其作品的发行人舍维廖夫在清理作家的遗物时发现的草稿整理发表的。

第一章

Мертвые души

为啥非要从我国穷乡僻壤的地方来物色人物呢？为啥非要一个劲儿地来揭示我们的贫困落后和我们生活中令人哀伤的不完美的东西呢？但是，这也是没有办法的事情，此乃作者的脾气秉性使然，而且是因为作者自身就存在不完美之处，是因为作者的才智贫乏，又没有一支可以歌功颂德的生花妙笔。因此只好去描写我们的贫困落后，只好去描写我们生活中令人哀伤和不如意的东西；因此只好从我国穷乡僻壤和边远的地方来物色人物。正因为如此，我们就来到了一个荒凉偏僻的地方。

这里是一个非常荒凉的穷乡僻壤，是一个非常遥远而偏僻的角落啊！

这里峰峦起伏，逶迤连绵，犹如一道无休无止的高大宏伟的城墙拔地而起，上面筑有数之不尽的雉堞和炮口枪眼，逶迤跌宕超越千里之遥。跌宕起伏的峰峦是何等的巍峨壮观，高耸云天，屹立在无边无际的平原之上，有些地方由于剧烈的断裂和崩塌，而形成淡黄色的悬崖绝壁，上面布满了被雨水溪流冲刷而成的一条条波痕浪迹；有些地方又出现青翠碧绿而秀美的小丘，小丘上覆盖着从砍伐过的树墩上萌发出来的嫩枝幼芽，好似披着翠绿的斗篷。有的地方又有逃过刀斧劫难的森林，枝叶繁茂，郁郁葱葱。有时一条小河偎依着山脚一路欢歌地流过，沿着河床蜿蜒曲折地嬉戏、撒欢，河水有时淘气地越过河床爬上河岸，毫无顾忌地闯进草地、牧场，在那儿迂迴曲折地欢闹一番之后，披着阳光为它织成的闪闪发光的霓虹彩裳，欢歌狂舞地躲进了桦树、白杨和赤杨丛生的怀抱，然后又载歌载舞地奔窜出来。一路之上有一座座小桥、磨坊和堤坝夹道欢迎和欢送，它们犹如驻足在每一个转弯之处迎送着这条小河，并且一直追随着它，真有点儿依依不舍的样子。

就在这一片又一片峰峦叠翠的山地里，有那么一处断崖绝壁，披挂着枝叶繁茂、苍翠欲滴的锦袍。这里由于地势险峻，环抱着一个得天独厚的植物王国，南方北国的各种奇花异草、珍贵稀有的林木，经过人工的培育和栽植，全都汇聚到这座天然的百花园中。橡树、槭树、山梨树、枫树、樱桃树和荆棘、金雀花，以及被蛇麻缠绕攀爬的花楸树，有时它们互相共生，互相依存，从下方一直沿着山坡往上爬。举目仰望上方，即在山顶部，可以看到一座地主老爷宅院层层红色的屋顶。农夫们居住的木屋便躲在地主宅院的背后,有时只能看到屋脊和木雕的马头。看样子,老爷宅院的房舍气势还不小,不仅有雕花的凉台,还有呈半圆形又宽又大窗子的顶楼,这些建筑物尽皆掩映在枝叶繁茂的绿树丛中,形成一幅令人赏心悦目的风景画。在这一片举着华盖的森林和红色屋顶之上,又耸立着一座古老的教堂,它高高地擎着五个金碧辉煌的圆顶。在五个圆顶的上方都竖立着熠熠闪光的镂金十字架,而且是用雕镂的金光闪耀的金索牢牢地固定在那里。因而,若是从远处举目仰望,金光闪闪的圆顶和金十字架,犹如腾空而起直上云霄,或者又如诺亚方舟悬浮在高空一般。一条水碧浪白的小河吻着岩壁的基底流过,树冠、屋顶和教堂啊,全都倒映在河中,随着河水的荡漾在涟漪中摇曳着。年代久远的空心柳树成排地站在岸边,有的完全置身于水中,一缕缕低垂的枝叶,像美丽的少女长发一边轻抚着水面,一边观赏着水中的倒影和奇观,又好似要捞取水草和碧绿的浮萍。

这里的景色确实引人入胜,美不胜收。然而,如果从老爷的屋顶上极目远眺,居高临下地观赏这一望无际的平原沃野,观赏这天幕想要拥抱大地的边陲,该是何等的让人心潮澎湃,何等的让人流连忘返啊!任何一位远方来客和浏览美景的游人,只要登上高高的凉台远望,一定会被眼前的美景惊呆,甚至会欢呼雀跃,大声地赞叹:“上帝啊,多么辽阔!多么幽远哪!怎能不令人心旷神怡!”广阔无垠的肥田沃野仰卧在你的眼前:首先映入眼帘的是环抱着一片片小树林和一座座水磨的草地和牧场,在其后面是六条带状的郁郁苍苍的树林,恰似一条条绿色的飘带;在树林后面,透过起初有些烟雾缭绕的空气,可以看到一片片黄沙、土地。越过黄沙、土地,又是一片片树林,因为距离遥远,呈现出一片蓝色,犹如海水一般,又好似向远方弥漫散去的雾霭。间隔着又出现了黄沙、土地,只是颜色浅了一些,仍旧呈现出淡黄色。再往远处眺望,在天幕与大地拥抱的远方,出现了一道蜿蜒起伏的白垩山岭,即使在太阳偷懒的阴天里,白垩依然泛着白色的光芒,似乎得到一缕永不黯淡和永不熄灭的阳光的眷顾和照耀。在这耀眼的白色光芒的映照下,白垩山麓的下方有些地方烟雾腾腾,呈现出一些瓦蓝色的斑点。在更远的地方,隐隐约约地看到一些村落,如果不借助其他的瞭望工具,或者不缩短观察的距离,只靠人的一双眼睛,那是无法看清楚的。但是,根据光芒闪烁的教堂圆顶,可以推断出来,那些村落的规模一定很大,人烟一定也很稠密,很兴盛。此时,这里的一切都沉寂在万籁无声的静谧之中,甚至忽略了小鸟在这寂寥的空间里的婉转啼鸣,哪怕它在耳边回荡或消失,也无法打破这深沉的寂静。总而言之,任何一位远方来客和浏览美景的游人,只要登上高高的凉台远眺,一定会被眼前的美景惊呆。而且在远眺了两个钟头之后,甚至会欢呼雀跃,高声赞叹:"上帝啊,真是造物主的鬼斧神工!多么辽阔!多么幽远!怎能不令人心旷神怡啊!"

通过上面的描述,读者诸君已经知道了,这座山庄不仅景色优美,风景宜人,而且地势亦非常险要。真像一处"一夫当关,万夫莫开"的要塞;更为奇妙之处,山庄正面根本就没有直接到达的通道,哪怕有千军万马,也只能望山兴叹,无法从正面攻克,要想进入山庄,马车只能迂回前进,绕道而行。这儿,环顾四面八方,尽是一株株枝叶繁茂的大橡树,它们举着遮天蔽日的华盖,恰似构造成一座迷宫。假如你是远方的来客,它们又好似站在那里殷勤备至地向你表示欢迎,并且它们向两旁伸展出粗枝阔叶,仿佛想要拥抱你的手臂一样,如果有微风的话,它们还会向你倾吐着迎接客人的温柔絮语,并且把你一直护送到你要拜访的目的地,也就是我们先前从背后眺望到屋顶的那座府第。此刻整座府第的正面和全貌已经展现在你眼前,它的左方是一排排错落有致的农舍,屋顶耸立着精工木雕的屋脊和扬眉吐气的马头,右边则是擎着五个金光闪烁的圆顶的教堂。人世间如此幽静秀丽的世外桃源究竟属于哪一位幸运儿呢?隐居在这座山庄里的究竟是一位什么样的人物呢?山庄的主人到底是谁呢?

这座山庄的主人是特列玛拉罕斯克县的一位地主,他的名字和姓氏是:安德烈·伊凡诺维奇·坚杰特尼科夫,一个而立之年刚过三岁的年轻幸运儿,而且还是一个尚未娶妻成家的光棍汉。

那么这位年轻的地主到底是何许人也,他的脾气秉性又如何呢?或者说有什么特点呢?

当然啦,要想了解这些情况,读者诸君只能向他的四邻八舍去打听啦。他的一位邻居是个退役的校级军官,赋闲在家无事可干,专靠一条三寸不烂之舌混日子,而且是个老奸巨猾之人,如今像他这种人已经为数不多了。他对这座庄园的主人的评价倒是言简意赅:"是个地地道道的牲口!"另一位邻居是位将军,住的不算太远,在距离这座山庄十里开外的一个地方。这位将军的评语是:"这个人年岁不算大,人也还算聪明,就是清高自负,妄自尊大;否则的话,我倒是可以扶持他一下,因为我在彼得堡还是有熟门旧路的,还是可以……"将军欲言又止,没有再说下去。县警察局长的话就更耐人寻味啦,他说:"要说他嘛,真是一言难尽,我明天正要去找他催缴税款呢!我找到他田庄上庄稼汉一问,他们的老爷为人处事如何,人家却支支吾吾,避而不答,似乎有难言之隐。可见此公的人缘和口碑不怎么好。"

根据打听到的情况,说句公道话:不能说他是一个十全十美的好人,但也不能说他是一个不可救药的坏人,他只不过是一个不思进取,得过且过的庸人。人世上既然有那么多庸庸碌碌,游手好闲,混吃等死之辈,为什么坚杰特尼科夫就不能逍遥自在,无所事事地混日子呢?我们无须说得更多,只要观察一下他每天的生活日程,读者诸君就可以断定他是一个什么样的人啦,就可以知道他的生活与他所处的美丽的大自然还算有点协调。

每天早晨,太阳都快把他的屁股晒焦了,他才懒洋洋地爬起来,但并不是立刻下床,而是不慌不忙地揉着眼睛。不幸的是两只眼睛比豌豆大不了多少,所以揉起来费劲,花的时间就很长。在这段时间里,仆人米哈伊洛一直手里端着脸盆,拿着毛巾站在他的卧室门口。这个可怜的仆人足足等了一两个钟头,实在无奈,就到厨房里去转一圈,等到回来一看,老爷仍然在揉那双小眼睛,尚未起身下床。最后终于起动大驾,下了床,洗过脸,披上睡袍,然后走进客厅。喝了茶、咖啡、可可,牛奶嘛,要喝刚刚挤的鲜牛奶,这些东西他只是喝上一两口就算完事。弄得到处都是面包屑,吃早点时还烟斗不离口,满地都是烟灰。喝早茶,吃早点又消磨掉两个钟头,然后再端起一杯凉茶,悠闲自得地走到窗户前,再往院子里观看几乎每天都要演的恶作剧——仆人们唇枪舌剑,或者不堪入耳的争吵和骂街:

首先上演的是侍仆大胡子格里高里,他是餐厅里的餐具主管,无端地在那里找碴骂街,指着管家婆别尔菲里耶芙娜大声叫骂:

"你这个黑心肝的臭婆娘,一钱不值的贱货,赶快闭上你的臭嘴,没人要的臭娘们儿!"

"我就是不吃你这一套,你这个不要脸的东西!"管家婆别尔菲里耶芙娜也毫不怯阵地大骂起来,而且还做出一个极其污辱人的手势。这种动作,只有那些极其粗野的娘们儿才能做得出来。

"你不要在这儿耍威风,有本事,你去找总管耍耍威风。你不就是一个管仓库的小鬼儿嘛!"格里高里气得鼻子都歪了,暴跳如雷地吼叫着。

"总管怎么啦,你别拿他来吓唬我,你们两个是一路货,都是三只手。"管家婆越骂越有劲儿,声音也越高,"你们两个勾结起来干坏事儿,别以为老爷不知道,老爷就在这儿,他全都知道了。"

"老爷在什么地方?"

"你看,老爷就坐在窗前,他什么都看到了。"

这场嘴皮子大战尚未收场,一个家奴的孩子又拼命地哭嚎起来,不知何故他的妈妈打了他一个大嘴巴。紧接着一条细腿狗也刺耳地狂吠起来,来参与这场叫骂哭嚎的大合唱。原来是厨子从厨房里胡乱泼出一锅开水,正好浇在这个倒霉鬼身上。总而言之,院子里鬼哭狼嚎地闹得不亦乐乎，实在让人无法忍受。但是，你别说这位老爷还真有耐性，他把这出恶作剧还真看得津津有味，也就是说，看也看了，听也听了，但是他却置之不理。除非闹到翻天覆地的程度，让他实在是忍不下去了，甚至连看热闹的心思也没有了，他才叫人去传达他的吩咐，让吵闹的人把声音压低一些……

他把一上午的时间就这么打发了，再过一两个小时要吃午饭了，这位地主老爷才悠闲自在地走进书房，好像才想起来要干一点正经事儿啦。干什么呢？据说他要撰写一部巨著，是一部什么样的巨著呢？听说要囊括俄罗斯各个方面的问题：诸如民情啦，政治啦，宗教啦，还有哲学方面的问题，总之，要搞出一部包罗万象的大杂烩，当然是洋洋百万言不在话下啦！其主要的宗旨是：要纵观俄罗斯的历史和未来，要解决突飞猛进的时代向这个大帝国提出的各种各样的难题，以及明确地描画出俄罗斯的伟大未来，及其应该承担的历史使命。呜呼呀，实在是一部了不得的巨著，虽然不敢武断地说它是一部空前绝后的伟大著作，起码敢说是一部空前的鸿篇巨制。但是令人不能不感到遗憾的是，这一切还处于在头脑里胡思乱想的阶段，根本谈不上什么构思和篇章结构。大作尚未写出一个字来，但是鹅翎笔却被咬破了，还在纸上胡乱涂抹几张草图，然后又把这些东西丢到一边，信手操起一本书，一直看到吃午饭，不，就是吃午饭时依然手不释卷。什么汤啊，调味汁啊，煎肉饼啊，只是随便吃上几口，因而，有好几道热菜都凉了，还有好几道菜根本就一口没吃。饭后更是自在了，一边喝着咖啡，一边抽着烟斗，自己一个人在那儿下跳棋。至于说到吃晚饭这段时间，他又做了什么事，那就不知道了，似乎什么事儿也没有做。

这个三十三岁的地主老爷就是如此打发时光，或者说就是这样混日子。在这个世界上他只身孑影，整天懒懒散散，整天穿着睡袍，不系领带，足不出户，仰在靠背椅上，无精打采地闲坐。真是懒得不能再懒了，连走路都不想走，更不用说外出散步和旅游了，甚至连打开窗子给屋子通通风，换一换新鲜空气，都不想站起来。这座山庄得天独厚的天然美景，使每一个来访的客人都流连忘返，心迷神醉，但是对于这位年纪轻轻的主人来说，好像根本就不存在似的。

这种懒惰成性的人是与生俱来的惰性呢，还是后天形成的呢，还是可悲的社会环境塑造出来的呢？要回答这个严肃的问题，并非三言两语可以说清楚的，最好还是了解一下安德烈·伊凡诺维奇的童年时代和他所接受的教育吧。

在他的童年时代，好似一切都为他长大成人，铺设了一条可以成就一番事业的平坦大道。他自幼就是一个聪慧机智、伶俐可爱的孩子，平时喜欢沉思默想,只是过于孤僻和执拗,这对于一个孩子来说,显得似乎有些不大正常啦。十二岁的时候,他进了一所很不错的学校,因为校长是一位非同寻常的人物。校长亚历山大·彼得罗维奇是一位资质超群的教育家,在教育界享有很高的声誉,年轻的学子们也都很崇拜他。他具有一种洞察人的心灵和本性的特殊才能,非常熟悉俄罗斯人的天性!特别可贵之处是,他对孩子们的心理活动了如指掌,体察得非常透彻,他善于谆谆教导,循循善诱,知道该用什么样的语言和孩子们谈心和交流。因此,那些顽皮的孩子在做了错事之后,都愿意自动到他那里去承认错误和聆听他的教诲。不仅如此,孩子们受到他严厉的批评之后,并没有垂头丧气或心怀不满,而是心服口服,神清气爽,勇气倍增,下决心痛改前非。他们时刻牢记着校长的教诲:"你摔倒了,没关系,在哪儿跌倒了,就在哪儿爬起来,站稳了,大踏步地向前迈进,前进!永不停步!"这些话成为孩子们改正缺点的一股强大的动力,成为鼓舞他们前进的巨大动力,这股动力时刻在感召他们前进。校长对孩子们从来不讲什么空空洞洞的道德修养,而是经常教导他们说:"我要求你们要有一个聪明的头脑,丰富的智慧,而不再要求其他别的什么东西啦。哪个孩子想成为一个有智慧的人,要求上进的人,他就没有闲工夫去淘气,去胡折腾啦,那么,淘气和不守规则的现象也就没有了。"的确,淘气和不守规矩的现象就没有了,学生个个都奋发向上,自然也就会受到同学们的尊重和喜欢啦。有的快成年的学生,可是头脑却迟钝得要死,不得不忍受那些学习成绩好的年岁比较小的学生给他们起的外号,并且忍气吞声,不敢去报复和招惹他们。有些人很看不惯,开始说三道四:"这可怎么了得,这些学生虽然很聪明,长大必定会成为狂妄自大、目无尊长的人。"校长却说:"不,这并不过分,一个没有才能的学生,我是不会让他再浪费时间的,他们学习一年就足矣。至于那些有才智的学生,我会为他们开小灶,多增加一学期的课程。"确实如此,那些资质高的学生都进了他办的高级班。对这些孩子调皮捣蛋的行为,他从来不加以压制,而是循循善诱,因为他发现这些孩子精神素质里潜藏着今后大展宏图的萌芽,按照他的理论,他发现这一点是极有益处的。正如一位高明的医生,看到病人突发某种原因不明的症状或出现斑疹,他并不急于用药去消除这些症状,而是要仔细观察,以便确诊病人的病症,然后才对症下药或采取正确的医治措施。

学生们都非常崇敬和喜爱这位校长,甚至超过他们对自己父母的信任和依恋。啊,甚至到了激情勃发的疯狂年龄,他们心中燃起疯狂的迷恋的火一般的激情,也没有对校长那种崇敬和喜爱的心情那么炽烈。甚至对他一辈子都心怀感激之情,对他的教诲之恩永远念念不忘,每逢这位良师益友的诞辰之日，哪怕他早已魂归天国，这些学子都会眼含热泪地举起酒杯，为他祈祷，追悼亡魂。他只言片语的激励都能使学生的心灵为之震撼，为之欢乐，都能激发起他们奋发向上，渴望崭露头角的雄心壮志。对资质不高的学生，他并不勉强拖住他们，只为他们准备一套短期的课程。但是，对那些资质高的、有才能的学生，这位校长却给他们开小灶，成倍地增加学业。还开了一个最高级的班，那是专门为那些资质非常高，学习成绩特别优异的学生开设的，这个班完全有别于其他学校的高年级或高级班。只有在这个班里，他才要求学生达到一种更高的水平：即要求学生不仅要有一种高超的智慧，还要具有一种高尚的品格和做人的准则，能够做到不嘲笑他人，又能够承受他人讥讽的宽容大度，能够原谅和宽恕愚蠢之人的愚蠢言行。任何时候都要保持心平气和，绝不因小事而激动发怒，始终要有自制的能力，而且无论在什么情况下，不要有复仇的心理，绝对不能以怨报怨。做任何事情都要胸怀坦荡，要以大局为重，不能逞匹夫之勇，或者图一时之快，造成因小失大的不良后果。总之，凡是能把人造就成一个意志力坚强又明达事理的男子汉大丈夫的方法，凡是能把学生培养成有益于国家和民族的智勇双全的栋梁之才的教学方法，他都在这个高级班里加以运用和实践，而且他自己也身体力行，和学生们一起不断地试验，不断地总结，不断地提高。啊，这位校长既非常精通培养人才这门科学，又非常精通人生这门科学！

在他这所学校里教员不多，大部分课程都由他自己亲自执教。他在讲课的时候，从来不卖弄那些晦涩难懂的术语，也不发表哗众取宠、华而不实、空洞无物的论点和观点，而是善于用精辟的语言、言简意赅地揭示和阐明学科的精髓。因此，即使年岁很小的学生都能听得懂，心领神会所学的学科对他的成长和知识积累，以及今后的人生道路是必不可少的。他并不是把每个学科不加选择地灌输给学生，而是精选出那些有益于或者对于造就学生成为国家栋梁的必不可少的内容。因此，他讲课的内容大部分都是有关青年人的前途和命运所必需的。而且他又能异常巧妙的引导学生在人生旅途上施展自己的全部才能，做一些有益于国家有益于人民的事情，成就一番事业。因此，学生虽然是坐在课堂上听他讲课，但是思想和心灵都已经心驰神往，为国家为民族效力和服务去了。他在课堂上或者平时和学生谈心，从来不用花言巧语来蒙骗他们，从来不许愿不说假话，从来不把学生的人生旅途描绘成前途似锦，或者一帆风顺。而是实事求是地提示或告诫他们，将来走向社会他们将遇到的种种困难和挫折，种种考验和诱惑，种种苦恼和彷徨，丝毫不加以掩饰，全都给他们讲解清楚，以及遇到这些不如意的情况时，应该采取的对策和战而胜之的方法。他犹如一位久经宦海沉浮，久历仕途坎坷的人一样，以丰富的阅历和经验，现身说法一样地告诫学生，光有崇高理想和远大抱负是不够的，还要有坚定的信念和百折不挠的意志。他的教学活动和言传身教的教学方法真的取得了神奇的效果，学生们都有一种奋发向上的强烈的荣誉感，或者是从这位杰出的教育家的目光里汲取了战胜一切困难的决心和动力。凡是进入这个高级班的学生，就有一种勇往直前的力量，平时都有意识地寻找困难和障碍，渴望从事一些克服困难，战胜挫折的活动，以充分展示自己的信心和力量。这种奋发向上的荣誉感，这种敢于迎难而上的信心和力量，正是俄国人天性中所蕴藏和千方百计要展示出来的神奇的力量，它永远昭示着人们：前进！奋勇前进！从这个班毕业的学生，人数虽然不多，但都是经过磨砺和考验的栋梁之材。他们走出校门，踏入社会，在担任公职之后，哪怕是在人人羡慕，人人垂涎，人人竞争的工作岗位上，都能够坐得稳站得牢，能够经受得住各种考验。有许多比他们头脑聪明之人，却因为一些鸡毛蒜皮的小事及个人的得失，或在工作中遭受一点儿挫败，受到一些委屈，便垂头丧气，灰心失意，放弃自己应尽的职责和义务，丧失理智而荒唐堕落，甚至走上贪污犯罪的道路，以致葬送了自己的前途和一生。但是，这些从亚历山大·彼得罗维奇这位教育家的高级班毕业的学生，却能克服和战胜一切困难、挫折，拒绝一切诱惑，在茫茫的人生大海中经受起任何大风大浪，永远脚踏实地、屹立不动，因为他们牢记这位恩师的教诲，无论是对人、对人生都有超乎一般人的卓识远见，为人处世精明睿智，兢兢业业，勤奋忘我地工作，忠于自己的职守，甚至成为众人的表率，能够感召和影响那些想要图谋不轨或者贪污堕落之人。

我们这位年轻的地主安德烈·伊凡诺维奇，当年也是怀着一颗渴望荣誉的心，渴望接受这位杰出的教育家的熏陶和教诲，踏进了这个高级班。但是命运偏偏和他作对，这位他最为崇拜的杰出的教育家，却不幸与世长辞。他心中的偶像突然逝世，对他不能不说是一个沉重的打击。他感到非常失落，第一次品尝到人生道路上的重大挫折！从此，学校里的一切都发生了翻天覆地的变化：一个名叫费奥多尔·伊凡诺维奇的人走马上任，接替了他日思夜想的老校长的职务。这位新校长一心爱做表面文章，只追求学校的表面秩序，采取的治学和教学方法与老校长正好南辕北辙，向孩子们提出一些不切实际的要求，扼杀孩子们自由奔放，洒脱开朗的天性，他认为这是孩子们不服管教的野蛮行径。好像成心和前任老校长唱反调，一上任就宣布，对他来说学生的聪明才智和优秀的学习成绩毫无意义。他只注重学生的品行，只要品行好，就是优秀学生，根本不管他们的学习成绩，即使是个脑袋愚蠢的笨蛋，都没有什么关系。但是，令他感到遗憾和伤脑筋的是没收到他预想的效果,学校风气反而越来越坏。学生们表面上唯唯诺诺,似乎很听话,很守纪律,有谁知道他们背地里瞎折腾起来,一到下课时间或者夜里,就偷偷地瞎胡闹起来,饮酒作乐,恣意放肆,甚至闹到不可收拾的地步。

在授课方式和教学方法方面,他也自作聪明,完全废除老校长那一套卓有成效的方法。独出心裁地请来一批新教员,他们倒是有新思想,评论事物的新观点。但是,讲起课来枯燥无味,让学生听起来晦涩难懂,只知道向学生们灌输大量新的学术术语和新名词,只会卖弄严密的逻辑性,只会照本宣科,而不讲求实际效果。结果讲起课来,死气沉沉,弄得学生糊里糊涂。本来就是僵硬死板的学科,经他们这么一讲,更散发出一股令孩子们厌烦的腐朽气味啦。总而言之,学校里的一切全都弄得一塌糊涂,本末倒置了。最令人伤脑筋的事情是,学生们对师长和校方当局,完全失去了信任,不再尊重和崇敬他们了。更有甚者,学生们开始讥笑任课教师和班主任,对这位新上任的校长更是大不敬,称呼他时,不再使用名字加父称的尊称——费奥多尔·伊凡诺维奇,而是直呼其名——费奥多尔,或者干脆叫他的小名或卑称——菲季卡,而且还给他起了"小面包"等一大堆外号。如此一来,学生们完全失去了稚气可爱的天性,变成不服管教的放浪鬼,野孩子。两年来,学校变得面目全非,闹出了很多学校里本来不该发生的荒唐事儿,学校却不思改进治学方法,反而处罚了很多学生或者把他们逐出校门。

这位年轻的地主安德烈·伊凡诺维奇当年是一个性格文静的学生,他并没有和那些学生去夜饮和胡闹。尽管学校里所谓纪律严明,但是这些学生却和一个放荡的女人一起纵酒胡闹,而且就在新校长住所的窗口对面。他们还放肆地亵渎神灵,嘲弄宗教,成心和新校长要求常去教堂做礼拜对着干。而教堂里又来了一个新的神父,是个冥顽不灵的蠢货。安德烈·伊凡诺维奇虽然没有跟他们一起去鬼混和胡闹,当初他有远大的抱负,就连在梦中,也自以为是天之骄子,但是,他的上进心和荣誉感却受到了伤害,无法实施和实现自己的雄心壮志。如此一来,他变得消沉了,垂头丧气了。唉,上进心和荣誉感远不如不激发起来呢!这时,他虽然坐在课堂上听课,但是心里一直怀念那位已经不在人世的恩师,那位令他崇敬的老校长。这位老校长讲课从来不像现在年轻教员那么激昂慷慨,从来不卖弄学识,从来不哗众取宠,却把课讲得引人入胜,活泼生动,而且清楚明白。安德烈·伊凡诺维奇当年学习的课程有好多门:有医学、化学、哲学,甚至还学法学、政治学导论和人类通史。光是人类通史这一门课的内容就十分庞杂,教师在三年的时间里,只能够讲完绪论和某些德国城市发展的概况。但是，只有上帝才知道，他学了这么多，在他的记忆中只留下了模模糊糊和支离破碎的印象。多亏他天资颖悟，才觉察出这样的教学方法有问题，不大对劲，但是老师究竟应该如何教法才对头，他又如何学才会有成效，他也是百思不得其解。因此，促使他更加怀念那位杰出的教育家老校长啦，可是对亚历山大·彼得罗维奇的怀念愈甚，他就愈加感到惆怅和忧伤，以致无法解脱。

但是，青春年华毕竟是幸福的，因为他有施展抱负的光辉未来。随着时间的推移，毕业的日期渐渐临近，他那颗一直渴望奋发向上的心也剧烈地跳动起来。他鼓励自己说："现在是刚要踏上人生道路的起点，现在只是踏上人生旅程的准备阶段，等到踏上为国效劳的工作岗位，那才是人生道路的起点，那时才能施展自己的抱负和建功立业。"因此，毕业之后，他没有返乡去观赏使所有宾客都流连忘返和赞不绝口的家园美景，也没有到父母墓前去祭吊，而是像一切胸怀大志、急于施展抱负的年轻人一样，风风火火地投入了彼得堡的怀抱。不言而喻，彼得堡是俄国激情澎湃的年轻人向往和施展抱负的圣地，他们全都满怀热切的希望，从四面八方来到这座京都，以便谋求一份得意的差事，一展自己的雄才大略，崭露头角，加官晋爵，或者纯粹是为了见见世面，或者为了学到一些今后闯荡江湖必备的立身处世的花招和诡计。但是，一心想施展才华和抱负的安德烈·伊凡诺维奇到达彼得堡之后，却遭到了他的叔父的当头棒喝。这位四品文官奥努普里·伊凡诺维奇，立即规劝侄儿，先不要想入非非，郑重其事地告诫他，要想踏上仕途之路，至关重要是能写出一手漂亮的字迹，要侄儿必须好好练习书法，否则难以入仕。

安德烈·伊凡诺维奇听从了叔叔的规劝，练习了一段时间的书法之后，依靠叔叔的人情关系，费了好大一番周折，总算在某一个司里谋到了一份抄写公文的差事。从此便开始走上人生旅途的生涯。当他第一次走进宽敞明亮的大厅时，一看里面是镶木地板，摆着一张锃亮发光的大办公桌，（就好似在这里召开御前会议一样，国家最高级的栋梁之臣在此聚会，一起商讨国家主要大事一般）他看到这里有许多穿着时髦的书记官。正坐在桌前奋笔疾书，鹅翎笔在纸上发出一片沙沙的响声。他被安置在一张办公桌前，上司立刻令他誊抄一份公文。这是一份无足轻重的公文，即为了三个卢布的些许小事，公文往来竟达半年之久。要他抄写这样一份公文，他的自尊心仿佛受到了很大的伤害，他心中立刻产生了一种异常不舒服的感觉，就好像自己由于过失，而被从高级班给降至初级班一样。而坐在他周围的那些先生，也像一群小学生一样，除了装腔作势假装办公的姿势之外，有的人还在偷偷摸摸地看荒诞的翻译小说。他们把小说夹在正在处理的公文中间,表面上专心致志在办公,可是一旦上司走过来,他们就像做贼一样,吓得浑身发抖。如此这般,他觉得这里的一切都很别扭,脑袋里便浮现出学生时代的美好年华,即使任职前那段时光也比现在所从事的职务要美好得多,然而,这美好的年华和时光都一去不复返了!他不由自主地怀念起攻读学业那段高尚而有意义的生活,怀念起他一直崇敬的老校长亚历山大·彼得罗维奇,想着想着,不禁泪如雨下,险些失声痛哭,心中有一种难以言传的郁闷和不快。他忽然感到头昏目眩,感到办公室在旋转,办公桌在旋转,书记官们也在旋转,办公室里的一切都乱作一团。刹那间,他眼前一阵发黑,几乎要摔倒在地上。“不,这还得了,”当他竭力镇静下来之后,心中想道,“我才刚刚开始工作,哪怕这种工作再渺小而又毫无意义,我都必须干下去。”他只好咬紧牙关,抖擞精神,下定决心像其他人一样忠于职守。

但是,花花绿绿的大千世界,哪里会找不到欢乐呢?彼得堡从外表上来看,这座城市显得寒气逼人,严峻可怕,可是在这里还是可以找到乐趣的。虽然街道上是零下三十度的严寒在逞凶扬威,北国孕育出来的暴风雪这个女魔头在肆意猖狂,它塑造了一个银白色的世界,人行道、屋顶、大地到处都是白雪皑皑,在人的眼睫毛上、胡须上、大衣领子上和牲畜毛茸茸的身上,都涂抹上了一层银白色。然而,就在这暴风雪恣意横行的晚上,只要你举目观望,你便可以看到,从四层楼上的一个窗口中放射出一道殷切问候的灯光。在一间温暖适意的房间里,燃着几支普通的硬脂蜡烛,茶炉咝咝地沸腾着,几个莫逆之交推心置腹地聊着天,或者朗诵某位著名的俄罗斯诗人灵感勃发的传世之作(感谢上帝的恩典,这样富有灵感的诗人在俄罗斯到处皆有)。年轻人满怀着崇高的激情,一颗纯真的心在激烈地跳动着,如此澎湃火热的激情,即使在南国烈日炎炎的盛夏也是不会有的。

没过多长时间,安德烈·伊凡诺维奇就习惯了自己所担任的工作,只不过此时他把公务看得没有像最初所想像的那样重要了,不再把它看成是自己的主要事业和奋斗目标了,而是把它当成某种次要的东西了。公务对于他来说,只不过是用来消磨一天的主要时光,他更加珍视每一天的业余时间。他那位四品文官的叔叔对侄儿的看法也有了一些改变,认为只要他如此踏踏实实地干下去,今后必定能成就一番事业,但是,谁料想侄儿偏偏在这个时候又捅出了娄子。在安德烈·伊凡诺维奇的许多朋友中间,有两个自视清高而又不得施展抱负之人。这两个人性情乖僻,十分骄躁,和周围的人和事显得有些格格不入,他们不能容忍一切不合理的现象。他们用心良苦,并无恶意,可是行为却有些乖张,从来不严格管束自己,而对别人则狭隘偏执,要求过甚,丝毫不肯宽容。这两位朋友对一切事物都言辞激烈,嫉恶如仇,这对安德烈·伊凡诺维奇潜移默化产生了巨大的影响,使得他对外界事物也极易受到刺激,容易激怒和发火,甚至有些神经质。这使得他对以前根本不屑一顾的生活琐事或细枝末节,现在都过于挑剔和计较了。他的顶头上司,也就是那间富丽堂皇办公厅里的科长,费奥多尔·费多罗维奇·列尼津,不知何故,突然令他讨厌起来。对这位科长的一切举止言行,看起来都很不顺眼,甚至专门在他身上挑毛病,结果发现他有很多的毛病和缺点。他发现这位科长在和上司交谈的时候,完全是一副献媚取宠的奴才相,那种甜得令人感到恶心的表情,令他恨之入骨。相反,他在和下属谈话时,或者下属向他请示什么的时候,他却换成了另一副嘴脸,扬眉吐气,傲慢无礼。他认为这个科长和所有一时得势的小人一样,沾染上了官场上那种媚上欺下的卑劣行为和庸俗透顶的作风。他还发现,这位科长还处心积虑地打击报复,在节日里不曾给他送礼,或者没有亲自登门祝贺之人,他甚至到门房的登录名册上去查找,发现没有来过之人,他就会给他们穿小鞋。总而言之,安德烈·伊凡诺维奇对他的科长极为不满和厌恶,甚至达到一种不可理喻的程度。他好似鬼魂附体了一般,想方设法要给他制造点儿麻烦或不快,同时自己心中暗暗地感到高兴,终于找到了一个可以发泄心中不满的机会。有一次他和这个科长激烈地争吵了起来,不仅粗暴地顶撞了科长,而且还说出一些大不敬的话。结果这位科长气急败坏地宣称,如果不向上司赔礼道歉,就会把他开除公职,或者是自己提出辞呈。安德烈·伊凡诺维奇毫不迟疑地提出了辞呈。他那位四品文官的叔叔,听到这个消息之后,慌忙跑来,苦口婆心地规劝他:

"看在救世主基督的分上,何必这么意气用事呢?安德烈,你要头脑冷静一些,这样做太不值得了!只因为对上司不满意,就辞职不干啦,实在太不值得了,这样干会影响你今后的大好前程的!向他赔赔礼道道歉,又有什么了不起的呢!你最好还是冷静下来,仔细地想一想吧!假如每个人都计较这么一些鸡毛蒜皮的小事,衙门里的差事就没人肯干啦。你怎么啦?干吗火气这么大呢?不要再执拗蛮干啦!快改一改你的傲慢自负的脾气吧,快去向你的科长解释解释,赔个礼,道个歉,现在为时还不算晚,尚有挽回的余地!"

"问题并不在于去赔礼或保住工作,我的好叔叔,"安德烈·伊凡诺维奇答曰,"我给他去赔礼道歉,对我来说没有什么难的,更何况这是我的过错:他是我的顶头上司,我不该那样粗暴地顶撞他。但是,问题在于,即使我辞去公职,我仍然可以为国效力。您应该知道,我的田庄里有三百多个农奴,由于经营管理不善,弄得一塌糊涂,我那个管家是个不折不扣的蠢货。即使我不干这份抄抄写写的工作,完全可以另找一个人来干,绝对不会给国家造成什么大的损失。但是,如果三百多个农奴缴不上赋税,给国家造成的损失和麻烦可就大啦。您要知道,我是个地主,就要做个名副其实的地主,不能光有个名分而不干实事儿。因此,我就该尽心尽力地去经营和管理我的田庄,我要爱护我的农奴,我要改善他们的生存条件。如果我能为国家培养出三百个身强力壮,不酗酒闹事,又精明能干的强劳力,又能奉公守法的好奴隶,那贡献该有多大呀!我们就比一比看,我所做的贡献,难道不是比那个叫列尼津的科长所干的那点儿屁事大得多吗?"

听了侄儿这番高谈阔论之后,四品文官一下子惊得目瞪口呆,哑口无言,他完全没有料到侄儿会说出这么一大套奇妙的理论。一时很难辩驳,略加思索之后,又开始从另一个角度规劝起来:

"但是,无论怎么说……无论怎么说,你总不该在乡下葬送自己的一生吧!长年累月地跟那些乡巴佬和没教养的农奴混在一起,岂不是浪费了你的大好青春,埋没了你的聪明才智吗?这样做对你会有什么好处呢?但是在彼得堡,你无论走到哪里,就是逛大街,总会遇到一位将军,一位公爵,或者其他的达官贵人。这里到处都是宽阔的街道,繁华的商店,现代的建筑,随时随地都可以让你增长见识,开阔眼界。到了夜晚,更是热闹非凡,煤气灯照耀得如同白昼,就像置身于工业发达的欧洲一样。但是到了乡下,你能看到什么呢?除了农田、庄稼汉,就是傻乎乎的村妇。何必要自讨苦吃呢?何必非要在偏远蛮荒的农村葬送自己的一生呢?"

这位古板的四品文官一贯循规蹈矩,虽然费尽了口舌,说的话似乎也很有道理,但是对侄儿的规劝根本没有收到任何效果。安德烈·伊凡诺维奇还是一意孤行,坚决要返回自己的田庄。繁华而喧闹的彼得堡,枯燥无味的衙门生活,以及上流社会和官场的腐败风气,已经使他感到厌恶。他逐渐感到,乡村才是他自由自在的栖身之地。在那里,他可以汲取深刻的思想,那里是他施展自己才华和实现自己远大抱负唯一的广阔天地。他已经下定了回乡的决心,并为此做了充分的准备,甚至还搜集了很多有关农业和经营管理的最新著作,种类之多,品种之全,可见他返乡之举并非一时心血来潮。总之,在叔侄二人这番谈话之后,大概过了两个星期,安德烈·伊凡诺维奇真的启程返乡了。此刻,他已经来到了离他的田庄不远的地方啦,就要投入他愉快地度过童年的家乡故土的怀抱,就要回到他那座每一个来访的客人都赞叹不已的美丽家园了!他的心剧烈地跳动起来,早已经有些陌生的,甚至已经完全忘记的往事,又都浮现在他的眼前。因此,此刻他犹如一个初次来访的客人一样,被眼前这些奇异的美景惊呆了,并且赞叹不已。他一路之上贪婪地欣赏着秀美如画的景色。这时,大路沿着一条峡谷,仿佛一下子钻进了一大片苍郁繁茂的密林深处。他举目环顾,不管是高处还是低处,全都耸立着一株株三个人才能合抱的参天大树,树龄已达三百年之久,有老橡树、冷杉、榆树,还有比白杨还要高的黑杨,枝叶和树冠都交错在一起,形成遮天蔽日的绿阴。他不由自主地问道:“这是哪一家的林木?”立刻有人不假思索地回答道:“是坚杰特尼科夫家的。”又走了不大工夫,马车便驶出了树林,穿过了牧场,经过一处处白杨林和新老柳树丛,已经看到远处连绵起伏的苍翠山峦。沿着曲曲弯弯的道路继续驱车前进,分别在几处经过一座座木桥,但是都是跨过同一条河流,一会在河流的左岸行驶,一会又在河流的右岸向前奔驰。他再一次发问:“这里是哪一家的牧场和河滩草地?”听到的答复仍然是:“坚杰特尼科夫家的。”后来,马车又缓缓地向山顶爬去,路过一大片平坦的山中高地。这时再俯首下望,山脚下一边是尚未收割的小麦、黑麦和大麦,另一边则是刚才路过的那些地方,只不过它们已经处于山下啦,此时犹如登高远眺一般,完全展现在眼前啦。继续驱车前进,眼前是一片芳草绿茵,道路两旁是参天蔽日的大树,伸枝展叶,翠绿欲滴。那些装饰有马头的农家木制小屋和地主老爷府邸的红色屋顶,以及一座老式教堂,已经映入眼帘。此情此景,此时此刻,他那颗激烈跳动的心,不用再询问,已经知道就要走进这阔别已久的家园了。他不由得思潮翻滚,情不自禁地高声喊道:“啊,事到如今,我真是一个傻到家了的蠢货!老天恩赐我做这座人间天堂的主人,眼前就是我主宰自己命运的世外桃源,我却非要跋涉到千里之外的地方去,给人家当奴才,看别人的脸色,听别人的吆喝,去干那种下贱的抄录和誊写文件的差事!我刻苦攻读,接受教育,受过文明的熏陶,掌握大量的知识,难道还治理不了我这片祖传的庄园,难道还改变不了这偏僻山区的面貌吗?我要做一个名副其实、奋发有为的地主,把司法管理和治安集于一身来实现我的远大抱负,但是我却糊里糊涂地把这样一项重要的管理工作托付给了一个愚蠢无知的管家!我自己却要跑到千里之外去,给那些从来就不认识,根本就不知道他们脾气和秉性的人当奴才,去干那种连傻瓜笨蛋都能干得了的抄录差事。我这不是在糟蹋自己吗?我这不是放着老爷不做,而甘愿给人家去干下贱事情的奴才吗?再说,我身在千里之外,又怎么对自己的庄园进行管理呢?这种纯属异想天开、纸上谈兵的管理又能取得什么样的成效呢?我甚至都没有到祖传的田庄亲自走一走,亲自观察一下,又怎么能进行有效的管理呢,因此,只能干出来很多脱离实际而又荒诞无稽的蠢事儿来!”

与此同时，另外一种热烈欢闹的场面在迎接他的到来。整个田庄的男男女女听说老爷大驾归来，全都穿着节日的盛装，聚集在他的府邸台阶的前面。妇女们都披着和戴着五颜六色的披巾和头巾，有的还戴上了逢年过节才戴的花样繁多的帽子。男人们穿上粗呢子外套，留着各种各样的胡子，颜色也是各不相同。总之，不管是男人，还是女人，都穿得很体面，都打扮得很漂亮。男女村民个个热情洋溢地把老爷簇拥在人群之中，周围响起了一片欢呼声："我们的大恩人哪！总算想起我们来啦，总算把你给盼回来啦！……"农妇们一边擦着眼泪，一边说道："老爷，亲爱的，你可是我们的亲人哪！"站得比较远，或者站在后面的人，为了一睹这位年轻的主人的风采，都使劲地往前挤，你拥我挤，差点儿争吵起来。那些七老八十的老爷爷、老奶奶，更是异常激动，当这些老人回忆起小主人的曾祖父和祖父的时候，竟然情不自禁地痛哭流涕起来。安德烈·伊凡诺维奇也被这种热烈而又真诚感人的场面打动了，也情不自禁地流下了热泪，心如潮涌，百感交集地想道："这是何等的深情厚谊啊！他们是多么爱戴我呀！这是为什么呢？可是我呢！——我从来就没有和他们见过面，我从来就没有关心过他们呀！多么善良之人啊！于是，他心中暗暗发誓，下定决心和你们有福同享，有难同当！我要倾尽我的全部心血和财力，帮助你们过上无忧无虑的幸福生活，这是你们本来就应该得到的，这是上帝本来就应该施给你们的好日子，因为上帝是不会亏待善良之人的！我再次发誓：我绝对不会辜负你们对我的深情厚谊，我一定竭尽全力做一个为你们缔造美好生活的主人！"

安德烈·伊凡诺维奇为了实现自己的誓言，以便以实际行动来兑现自己的诺言，真的亲自动手来管理和经营自己的田庄了。他把原来的管家辞退了，他发现这个家伙根本不配当管家，不仅愚蠢透顶，而且还不干正经事儿，专门儿会欺下瞒上，耍尽一切花招蒙骗主人，绞尽脑汁欺压善良的庄稼汉，总之，是一个头上长疮脚下流脓的恶棍，甚至比一般混账管家还要坏上几倍。平日里的一些鸡毛蒜皮的小事儿，他都记得清清楚楚，比如，农妇们交了多少只母鸡和鸡蛋，多少纱线和麻布，他都记得一清二楚，可是对于田庄的管理，农田的播种和收割，却是完全不懂，尽是随心所欲地瞎胡搞。更有甚者，由于他干的亏心事太多，平时又作威作福，得罪的人太多了，因此他总是提心吊胆的，生怕庄稼汉哪一天把他给宰了。安德烈·伊凡诺维奇亲眼目睹和听到一些有关管家的传闻，便毫不犹豫地赶走了这个恶棍，亲自选派了一个精明能干而又称职的人来当管家。这位年轻的地主老爷大刀阔斧地进行了一番整顿，把家务琐事交给下人去干，自己集中全副精力抓田庄治理和农田管理，采取新的措施，减轻劳役，减少农奴为主人干活的天数,给他们留出更多的时间为自己干活和管理家务。刚一开始,他的信心也很足,劲头也很大,凡属经营管理方面的事情,他都事必躬亲,经常到田间地头去察看,经常出现在打谷场上,谷物干燥房和磨坊里,每逢驳船和平底船在渡口装船和启航时,他都要亲临现场。他想,这样一来,田庄里一定会出现新气象。

可是,有谁知,情况却不像他想像的那么美妙。刚一开始,那些耍奸使猾的懒汉,心中的确有点儿打鼓,一个个都慌了神儿,急得抓耳挠腮。读者诸君,你们可不要小瞧了俄国的庄稼汉,他们个个都是机灵鬼。特别是安德烈·伊凡诺维奇田庄里的庄稼汉,原来那个混账管家对他们撒手不管,都养成奸懒馋猾的坏毛病。他们嘴上还说着风凉话:"快看,我们的老爷腿脚还真勤快呀!"可是很快就想出来对付老爷的花招。尽管老爷千方百计要治理好田庄,并且一心想把很多事情都由自己来包办,但是,到底该怎么办,究竟从哪里下手去干,他心中还没有底,还没有找到一套行之有效的办法或窍门儿。说话只是空洞的理论,或者是纸上谈兵,却收不到实效,他对庄稼汉从不板着面孔发号施令,庄稼汉把他的话当作耳旁风,甚至阳奉阴违。结果,老爷和庄稼汉总是不能协调一致,各吹各的喇叭,总是唱不出一个调来,虽然说不是完全不理解,但是总是不能心往一处想,劲儿往一处使。安德烈·伊凡诺维奇逐渐察觉出来,地主老爷农田里的庄稼总是不如农奴们田里的庄稼长得好。播种早,可是发芽却很晚,而且给他干活的庄稼汉也很卖力气,这是他亲眼所见,为此还犒赏他们每个人一杯伏特加酒喝。再看一看农奴们田里的庄稼,不仅长势好,而且黑麦早就抽穗了,燕麦已经熟透了,黍子也都分蘖了。但是他自己的农田里,庄稼才开始拔节长杆,谷穗子还没灌浆,能不能结籽还说不准。总之,这位老爷此时才察觉出来,农奴们在跟他耍花招,虽然他给了他们很多的好处和实惠,可是他们却不思报答。他心中有些不悦,本来想斥责他们一通,但是庄稼汉们却油嘴滑舌地哄骗他说:"老爷呀,这话是怎么说的,您对我们如此关照,我们怎么会不关心老爷的收成呢?再说,您也亲眼看见,不管是耕地,还是播种,我们都是很卖力气的呀,为此您还赏给我们伏特加喝来着。"这位地主老爷被哄骗得哑口无言,只得转移话题:"那么,为什么我地里的庄稼长得那么不好呢?"庄稼汉继续骗他说:"那只有天知道了!也许是地里生虫子了,把麦子根儿都给嗑坏了。您再看看这个鬼天气,自从播种以后就没下过一滴雨。"老爷一听就更糊涂了,他的地里根本就没生虫子,再说这雨下得也邪门儿,怎么老天爷也偏心,光往庄稼汉的地里下,他的地里怎么一滴也不下呢?更让他伤脑筋的是,那些娘儿们也是很难缠。她们三天打鱼两天晒网,编造各种理由不下地干活,而且还不断地抱怨劳役太重了。他真的感到莫名其妙啦！他明明给她们减轻了很多劳役，不仅给她们取消了各种各样的征收项目，不让她们再缴纳麻布、浆果、蘑菇和胡桃，而且把其他劳务也减去了一半儿。他想这样一来，这些娘儿们就可以腾出工夫来料理家务了，侍候丈夫穿得整齐一些，还可以多种一些蔬菜，改善一下家庭生活。结果呢？完全不是那码事儿！这些个臭婆娘反倒变成懒鬼啦！整天游手好闲，不是嘴大舌长地搬弄是非，就是扯着嗓门吵嘴，打架，搞得丈夫们苦不堪言。丈夫们都纷纷跑来向他诉苦告状："老爷，求您发发善心，把那个疯婆娘管教管教吧！她简直成了一个混世魔王啦！简直让她折腾得实在受不了啦！"

安德烈·伊凡诺维奇几次下决心要给这些娘儿们一点厉害看看，严厉地整治整治她们，但是究竟怎么整治法呢？再说清官难断家务事啊！那些娘儿们也来找他诉苦，有的还故意装成病病快快的，就像个痨病鬼似的，哭哭闹闹的；披头散发，穿得破破烂烂，连叫花子都不如，身上穿着脏得一塌糊涂的破烂布头，叫人看了差点儿呕吐出来。弄得这位年轻的地主老爷不知所措，只好说："走开吧，走开吧，只要你别让我再看见就行啦，你愿怎么折腾就怎么折腾吧！"好歹总算把这个疯疯癫癫的娘儿们打发走，可是一转眼，他就看到，这个病快快的疯婆娘一出大门，就和一个女邻居大打出手地干了起来，听说仅仅是为一根胡萝卜就打起架来，打架那种劲头儿真像一只母老虎，就算来一个膀大腰圆的庄稼汉，也不一定打得过她。

他本来还想创办一所农奴子弟学校，让这些孩子受受教育，也许会改变一下农奴们愚昧无知的状况，结果一片好心却惹来一大堆烦心事，那些孩子及其父母根本就不懂得念书的重要意义，那些孩子根本就没有上学念书的时间，男孩子还不到十岁，父母就让他们下田干活了，只好在劳动中去瞎胡混了。老子都目不识丁，孩子也是没文化的傻瓜笨蛋！这位好心的地主老爷虽然心急如焚，可是大人孩子都不听他的，结果弄得他心灰意冷，后悔不该多此一举！

安德烈·伊凡诺维奇本来是怀着雄心壮志返回自己的田庄，想实现自己的远大抱负，好好地干一番事业，可是回来以后，他所经历的很多事情，在要断明是非时，他在学校所学的那些法律上的精辟原理和细则，根本就派不上用场。这一方不说真话，那一方又谎话连篇，你就是有天大的本事也解决不了实际问题。这时，他才发现人与人之间交往的普通常识，要比精辟的法律原理和细则及大部头的哲学著作更有实用价值。他也逐步发现，自己身上的确也有某种不完美之处，也说是有某些缺点，但是到底有哪些不足之处，他自己尚不得而知，谁知道呢，大概只有求助于上帝啦。结果形成了一种司空见惯的现象:农奴们不理解老爷在想什么,想做什么,反过来,老爷也不理解农奴们的所作所为;结果形成了农奴们成了占不住理的一方,老爷也没有占住理。搞到了这种尴尬的局面,使得老爷那股火热的激情烟消云散,心灰意冷。他虽然还到田里去监督庄稼汉们的劳作,可是心却到别处去云游了。根本没心思去看庄稼汉们如何挥舞着大镰刀割草,根本不关心堆起来的干草垛和禾垛是否整齐有序,也听不到割草的刷刷声。眼睛一直望着远方,但却不是察看远方是不是有人在干活,而是心不在焉地东张西望,再不就是目不转睛地看着那条曲曲弯弯的小河;河边上正有一只红嘴红腿鸬鹚高视阔步地走来走去,因为河边上一个人也没有,所以这只水鸟才如此清闲自在逍遥。他看到这只鸬鹚正在追逐着一条鱼,把这条鱼捉到之后,横着叼在嘴里,仿佛还没拿定主意,是一口把鱼吞下去呢,还是继续叼着戏弄它。又往小河的远处望着,那里有一只白色的鸬鹚也在捕鱼,但是却没有捉到,正在那儿窥视着它嘴里衔着的那条鱼。过了一会儿,他又眯起眼睛,仰面对着万里长空,使劲儿张大鼻孔,尽情地呼吸着田野里芬芳馥郁的气息,悉心倾听着百鸟的啼鸣婉转。此时,无论是天上,还是地下,鸟儿都竞放歌喉,四面八方的鸟啼汇集成了一曲神奇而又和谐的大合唱,美妙无比的交响曲,真是让人心迷神醉。鹌鹑在黑麦田里时断时续地鸣叫着,秧鸡在草丛中紧一阵慢一阵地打着鸣,一群红雀在空中飞来飞去地盘旋着,发出唧唧喳喳、咕噜咕噜的欢叫声;一只水鹬展翅凌空,发出一声声啼鸣,一只云雀在空中上下盘旋飞舞,发出呖呖的尖叫,一群仙鹤排列成人字形从高空飞过,发出一声声长唳,恰似铜号般的嘹亮悦耳。整个寥廓的长空中回荡着动人心弦的交响曲,又从远方的天际传来连绵不绝的回声。造物主啊,在这远离都市的喧闹,在这远离交通干道的穷乡僻壤,在这世外桃源的村落里,自然景色是何等奇妙无比啊,仿佛世外仙境和尘世生活融为一体啦!真是美不胜收啊!真是令人心旷神怡啊!

然而,就是这样令人百看不厌的奇妙无比的自然景色,也让安德烈·伊凡诺维奇感到厌烦,感到索然无味。很快就不再到农田亲自观察或监工啦,什么田庄的治理呀,管理呀,什么农妇之间纠纷呀,什么犯了过错的农奴呀,全都撒手不管了。平日里大门不出,二门不迈,索性做起悠闲自在的寓公来啦,就连管家有事要禀报,他也拒不接见啦。原来倒是有两位邻居常来做客,一起海阔天空地聊天,现在他不仅不愿意接待,甚至干脆把客人拒之于门外。这两位邻居,一位是退伍的骑兵中尉,是个喷云吐雾的烟鬼,整天嘴不离烟斗,烟斗不离嘴,脸都被烟熏黄了,全身散发着一股烟味;另一位是一名退伍的校官,曾在封锁舰上为国效力,此人擅长舌战,对什么问题都可以口若悬河地发表一通议论。但是,如今他也开始不欢迎这两位邻居了。不知何故,总是觉得和他们聊天太乏味,嫌他们的言谈太肤浅。对他们那种欧洲人的谈话方式,太过于坦率随便,又喜欢拍打谈话对象膝盖的动作,以及他们那种轻狂放肆的举止,说话时狂妄卑俗的腔调,他看起来不顺眼,听起来也感到很不顺耳了,总感到他们既没有教养,也没一点儿令人可敬的风度,简直像两个鲁莽的江湖豪客。因此,下定决心跟他们割袍断交,从此不再来往,并且采用了极其粗野无礼的方式。说来此事的发生颇有些荒唐,有那么一天,那位退伍的校官瓦尔瓦尔·尼古拉耶维奇·维什涅波克罗莫夫前来拜望他,他一听便气不打一处来,立刻叫人去回话,就说主人不在家,把来访的客人拒之门外。为什么会这样做呢?大概是他嫌此人专门儿会翻动三寸不烂之舌,总爱海阔天空地谈论天下大事,口若悬河地空谈,专门儿会卖弄刚在欧洲大陆兴起的新思想;更不想听他纸上谈兵的议论什么政治啊、哲学啊、文学啊、伦理道德啊,以及英国的财政状况等等。因此一怒之下(其实他早就想来这一招啦)便把客人拒之于门外,既然不想接待他也就罢了,谁知他又到窗口去招摇了一下,结果来访客人从外面看到了他,宾主二人的目光恰好撞在了一起。客人顿然火冒三丈,便恶狠狠地骂了一句:"不识抬举的畜生!"主人纯心这样干,当然也就毫不客气地回敬了一句粗野的骂人话。从此,两人算是割袍断义,不再往来啦。以后,再没有什么人来拜访做客了。真正做起了闭门不出的寓公来了,刚一开始倒也觉得清闲自在,清心寡欲,专心致志地构思他那部关于俄国过去、现状和未来的巨著来啦,那么这部巨著构思的究竟如何啦,读者诸君已经知道了。他就如此孤孤单单地混日子,寝无定时,食无定点,生活毫无一点的规律,既不是昏睡不醒,也不是傻吃暴饮。幸好脑袋还没完全糊涂,有时还很清醒,有时在翻阅邮差送来的报纸书刊时,猛然从报纸上看到老同学的名字,有的已经在仕途上大展宏图,扶摇直上,身居要职,有的在科学教育和人类进步事业中大显身手,做出了不平凡的业绩,他的心中不免会涌起一股无法言表的惆怅与忧伤。情不自禁地对自己的庸庸碌碌,一事无成而感到羞愧和懊恼,开始憎厌起自己的生活毫无意义了。于是,又开始怀念起奋发有为的学生时代,尤其当他想到那位令他终生崇敬和爱戴的老校长,亚历山大·彼得罗维奇的音容笑貌,栩栩如生地浮现在眼前,他的谆谆教诲又在耳边回响……不禁眼泪夺眶而出,像决了堤的河水飞流直下,甚至放声痛哭起来,几乎一整天都痛哭不止。

这放声痛哭预示着什么呢?他干吗如此伤心呢?是不是他那颗患了抑郁症的心灵妄图来倾诉自己染此痼疾的病因呢?这个染疾的病因,是否是因为在他的内心中已经初步形成了一种高尚的渴望,想要展示自己才能和抱负的美好愿望,尚未来得及施展出来就夭折了呢?或者说,是由于他自幼就未经历过挫折和失败的磨炼,缺少和各种艰难险阻作斗争的经验,尚不具备战胜困难那种百折不回崇高的精神境界和横扫一切艰难险阻的坚强毅力?他还不善于在挫折和失败的逆境中汲取和总结经验和教训,使自己变得更加坚强和有力。也许是因为内心中的丰富情感和追求伟大理想的抱负,就像一块铸铁虽然经过烈火的熔炼,但却未经过千锤百炼而变成坚硬无比的真钢。因此,他现在还不具备不屈不挠的坚韧无比的精神素质。毫无疑问,对他的成长和人生道路来说,那位杰出的教育家,那位他一直念念不忘的恩师过早的辞世,对他的打击和损失太大啦,可以说是他一生中最大的遗憾和不幸了!可以武断地说,如今,在这个人流滚滚的俗世红尘之中,除了这位老校长,再没有任何一个人可以扶持他、提携他,再没有任何一个人能够给他鼓励和力量,让他去战胜他所遇的挫折和困难,去克服他的意志薄弱和软弱性,让他重振雄风继续向着他以前所向往的目标前进。再没有任何一个人能够向他的心灵发出振聋发聩和振奋人心的呼喊:前进!如今,每个有良知的俄罗斯人,不管他身在何处,也不管他身居何种职务,不管他出身的高低贵贱,也不管他此时属于哪个阶层,都在渴望聆听这种发人深省、催人奋进的呼喊!

这个人是谁呢?他能用我们俄罗斯人自己的心灵和血肉熔铸出来的祖国语言,向我们发出这种发人深省和催人奋进的呼喊:前进!这个人又在哪里呢?他洞悉我们天资禀赋的巨大威力,我们的全部特点和全部深度,只要他振臂高呼一声,就能产生出无穷的威力,就能指挥和率领我们奔向光明的未来,去追求高尚的生活,这个人到底在哪里呢?心灵高尚和知恩必报的俄罗斯人,将会怎样把热泪化为实际行动,将会怎么把对他深沉的崇敬化为无穷的动力去报答他啊!但是,岁月流逝,俄罗斯人企盼了一代又一代,上帝却始终没能为我们造就和恩赐这样一位能够发出惊天动地,摧枯拉朽的号召的伟人。俄罗斯至今仍然像一个不懂时势的毛头小伙子,整天沉醉在慵懒之中,整天在丧失理智的大梦中昏睡……

然而,正当安德烈·伊凡诺维奇意志消沉,整天孤独度日,百无聊赖的时刻,突然发生一件事情,几乎把他从迷茫状态中唤醒,几乎使他消沉的意志振奋起来。这件事仿佛是个爱情故事,可是不知为什么竟然成了一枕黄粱美梦。在与安德烈·伊凡诺维奇的田庄相距十几里路的邻村,有一位赋闲在家的将军住在那里。我们在上文中已经得知,这位将军对地主坚杰特尼科夫的态度不怎么友好,对他的评价也比较差。此人很看重自己的身份,放不下自己将军的架子,但是却是一位慷慨好客之人,很高兴附近的地主、乡绅们登门拜访，来向他表示敬意，而他自己却从来不去回拜人家。他说起话来声音沙哑，嗓门儿很大，平时喜欢读书，是个脾气很怪的人。他有个独生女儿，视若掌上明珠，名字叫乌琳卡；又因自幼丧母，将军军务繁忙，很少有时间照看和教育她，但是对她却是极其宠爱、娇惯，结果使她形成一种非常罕见的古怪脾气，性情骄纵豪爽；所以要说她是一位贤淑文静的大家闺秀或千金小姐，倒不如说她是一位神话中的侠骨柔肠的仙女；像这样一位人世间罕见的形神俱美的佳丽，只有在梦幻中才能见到，而且一个人一旦在梦幻中见到这样的绝代佳人，便永远萦回在他的脑海中，便永远浮现在他的眼前，将会一生一世永志不忘。那么这个美妙无比的靓丽幻影，对他来说是个昭示幸福的福星呢，还是预示灾难的恶魔呢？全都无所谓，现实生活中的一切，对他来说永远都不复存在了，他只伴着这个美妙无比的靓丽幻影生存了。

前面说过，乌琳卡是在一种无忧无虑和无拘无束的环境中成长起来的，是由一个英国女教师给作的启蒙教育。这位女教师不仅不懂俄语，连半句俄语也不会说，但却是一个思想开放、性情温柔而又有教养的女士，由于她的言传身教，使得乌琳卡受到了一种奇特的教育，她的性情异常天真活泼，她的脾气阴晴莫测，就像生活本身变幻无常一样。她的姿容很美，比一般的佳丽还要漂亮，比普通的才女更有才华；她的身姿比古典美人更加亭亭玉立，惹人喜爱。谁也说不准她到底是位东方美女，还是西方佳丽，像她这样具有一张艳美诱人的脸型和娇姿丽影的女性，大概只能在古希腊或古罗马的神话中或传世的艺术珍品中才能发现。她又是一个侠骨柔肠、侠肝义胆之人。如果有人发现，她那张秀美的脸庞上，突然双眉紧皱，发起火来，白皙的前额上出现愤怒的皱纹，或者看到她和老父亲激烈地争辩起来，仿佛是目无尊长，必然会以为她是一个爱使性子而又蛮不讲理之人。其实非也，那必定是因为她听到了一件什么不公平的事情，或是什么人受屈含冤而引起她的这番举动。她从来不无理取闹，她从来不为个人的得失而发火，从来不为个人的私事而吵闹；她敢作敢为又敢作敢当，从来不为自己的言行而狡辩。只要她发现她所憎厌之人遭到不幸，她心中的怒火立刻就烟消云散，憎恶之感也立刻雪化冰消。不管是什么人穷困潦倒，只要开口或伸手请求她施舍或帮助，她就会毫不犹豫地把自己的钱包扔给他，根本不管里面装了多少钱。并且从不计这样做的结果，是否会遭人嚼舌或非议，是明智之举，还是举止失当。她身上总是洋溢着一股奔放不羁，侠骨柔肠的激情和活力，她身上总是奔腾着一股侠肝义胆的豪情。她说话一诺千金，掷地有声，敢作敢为，说话时，好像她身上所表露的一切，诸如表情、神态、手势和说话的声调，都在追随着自己的思想飞驰，连衣裙的皱褶也随着她的思想飞驰，甚至包括她本人在内，仿佛也追随着她自己的话语一起飞舞起来一般。她胸怀坦荡，无论在任何人面前都敢袒露心扉，从来不遮遮掩掩，更没有什么不可告人的歪思邪念。当她想表露自己的想法时，没有任何力量可以让她沉默不语。她走起路来英姿飒爽，潇洒大方，可以说是一种鹤立鸡群的高视阔步，是那样的优雅和迷人，具有一种独特的魅力，令人望而生畏，所有的人都会情不自禁地为她让路，以示敬意。相形之下，心怀歹意之人看到了她，都会感到窘迫不安，甚至慌乱得目瞪口呆；最为狂傲无忌之人看到了她，也会变得老实驯服，谨慎小心，不再狂傲蛮横了；那些能言善辩，口若悬河之人的舌头也变得麻木呆笨，不知所措，张口结舌而无话可说。而那些性情腼腆，心地善良的羞怯之人，一旦有幸和她交谈起来，却感到非常轻松愉快，谈笑风生，甚至会产生一种奇特的感觉。从说第一句话，就感到与她似曾相识，在一个猛然间回忆不起来的地方，或者某一个时刻，曾经与她见过面，她的娇姿丽影仍然清晰留在记忆之中；仿佛是在遥远的童稚时代，是在一个令人快乐的黄昏时刻，是在家乡故居的一幢老房子里，是在和一群童年时代的小朋友在一起心花怒放嬉戏的时候。并且感到自从那个欢乐的时刻以后，在人生漫长的旅途之中，到了长大成人的不惑之年，觉得生活变得枯燥寂寞了。

安德烈·伊凡诺维奇自从看到了乌琳卡小姐一面之后，他自己也感到莫名其妙，在他的心中所产生的那种感觉，和我们前面所说的最后一段所产生的情况一般无二。他和这位小姐见了第一面之后，就有一种似曾相识的感觉，而且感到这个人就是他有生以来梦寐以求的心上人。与她的结识给他的心灵注入了一种完全新鲜而奇特的感情，似乎唤醒了他心中本来就有，但却一直沉睡的一种给人以快乐和幸福的奇妙感情；现在，这种感情似乎已经复活了，而且时时刻刻都在激荡着他的心怀，并且顷刻之间，就把他那种只身孑影寂寞无聊的生活给照亮了，一种全新的幸福的生活在向他招手。他仿佛变成了另外一个人，彻底改变了自己足不出户隐居的生活方式，不仅起居有规律了，而且还经常到自己那美丽如画的山庄去散步消遣，在大自然的怀抱中去陶冶自己的情操，更为可喜的是，还经常去拜望邻村的那位将军。

刚开始和将军交往时，将军对坚杰特尼科夫还是很欢迎的，招待得也很热情周到。但是，两个人都有各自的古怪脾气，交往和谈话总是无法融洽，彼此总是难以推心置腹，坦诚相见。几乎每次谈话都不能互谅互让，彼此宽容，总是彼此互不相让，总是争得面红耳赤，不欢而散。我们已经说过这两个人脾气都很古怪，个性都很强。尤其是这位将军大人自视甚高,谈话和做事容不得别人持不同的意见,或者是据理驳斥;而坚杰特尼科夫别看年岁不大,但是却是脾气很大之人,个性极强,心胸不够宽阔之人,得容人之处又不能容人之人。当然啦,看在将军的女儿乌琳卡的面子上,他在很多事情上还是一忍再忍,原谅和迁就这位将军。因此,两人相处,虽然说并不是非常融洽和亲密,但表面上还能维持一个和睦共处的局面。有谁知命运偏偏与坚杰特尼科夫作对,将军家里来了两位身份很高的女亲戚,使他们二人的关系破裂,并且陷入了彼此互不来往和绝交的程度。这两位女贵客来头都不小,一位是伯爵夫人鲍尔迪列娃,是个老寡妇,另一位是公爵小姐尤齐亚金娜,是个老处女。两个人都是告老还乡的前朝宫廷女官,虽然说已经远离宫廷生活,但仍然算得上是官场和上流社会的宿将,交际圈子依然十分可观,和王公贵族与达官显爵仍然有千丝万缕的联系,并非一般退休离职或家居赋闲的无名小辈。因此,这位将军仍把她们尊为贵宾,在她们面前总还是有些低三下四、曲意奉承的举止。这两位贵宾的大驾一光临,坚杰特尼科夫立刻察觉到,将军对他的态度不仅仅是冷淡,而且是极不礼貌地怠慢他,把他看成一个呼来唤去唯命是从的下人一样。居然用一种极其轻蔑的口气和他说话,甚至称呼他为"伙计","小老弟","听我说",或者干脆用"你"来称呼他。坚杰特尼科夫仿佛受了奇耻大辱,实在忍无可忍,气愤已极,面红耳赤,但是他还是强压满腔的怒火,硬着头皮,用礼貌得体的语调回敬将军,仿佛每个字都是从牙缝里挤出来的:

"承蒙将军大人的抬爱,不胜感激之至。既然您用表示亲密无间的'你'来称呼我,使我受宠若惊,甚感荣幸之至,我当然不能却之不恭啦,那么也请容许我用'你'来尊称您了,这就叫做'来而不往非礼也'。但是,请饶恕我的愚笨,我们二人之间的年龄相差如此之大,如此亲昵地相称,大概有失体统和礼仪吧。"

这位将军大人遭到了这一番奚落之后,等于碰了一个大软钉子,又不好发火,弄得他十分尴尬。他自感理屈词穷,尽管绞尽脑汁,一时却想不出适当的话语作答,只好词不达意地狡辩:"我使用这个'你'来称呼,并非是长辈对晚辈来使用的那种含义,况且长辈对晚辈用'你'来称呼,并不一定是表示轻视或者不恭敬之意。"(对自己的将军头衔,他倒是没有拿出来做挡箭牌)

经过这样一番波折,两个人便成了陌路之人,从此断绝了交往。刚刚激发起来的爱情火花,转瞬之间就熄灭了。爱情的霓彩在安德烈·伊凡诺维奇的眼前,就像闪电一样一闪即逝,因此眼前显得更加昏暗了。于是,这位年轻的地主又重新堕入了本章开头时所看到的那种毫无半点生气的迷雾之中。穿着睡袍，整日昏睡，足不出户，无所事事。屋子里又脏又乱，一塌糊涂，东西随意乱丢乱放，门窗又紧闭起来。地板刷子躺在垃圾堆中，盘踞在屋子的中央。裤子被扔到客厅里，背带也变得污渍斑斑，丢在了沙发前面一张十分考究的桌子上，犹如款待客人的美味佳肴。总而言之，他就是如此浑浑噩噩地混日子，无精打采，百无聊赖，不仅家中奴仆不再尊重他，甚至连家中喂养的公鸡也胆大包天地来欺侮他，来啄他。为了消磨时间，他拿起鹅翎笔在纸上乱画起来，画出来一些多角形的奶渣饼、小房子、农舍，或者是拉货的大车、三套马车等。一连几个小时，他就这样画呀，画呀，画到忘情时，鹅翎笔会自动地画起来，下意识地勾画出来一张娇艳无比的面孔，面部的表情清晰可辨，一双水灵灵的大眼睛，闪动着无限的深情，额头上还垂下来一绺鬈发，显得更加美丽动人。画着，画着，坚杰特尼科夫非常惊奇地发现，纸上呈现出来一幅美女的肖像，这是任何一位高明的画家也画不出来的。于是，他变得更加抑郁忧伤，更加多愁善感了，根本不相信这凡尘浊世中会有什么真正的幸福，仿佛把人世上的一切都看透了，因此，变得消极厌世，对什么东西都冷漠无情，没有一点儿生活的乐趣，得过且过了。

安德烈·伊凡诺维奇·坚杰特尼科夫恰如一具行尸走肉般地混日子，可是，有那么一天，他和平时一样，手握烟斗倚在窗前，忽然发现院子里一片忙乱，家奴们四处奔走，但是却没有看到每天都要上演的打架骂街的闹剧，也没有听到管家格里高里和管库房的女仆别尔菲里耶芙娜的吵骂声，却看到厨房里的小伙计和擦地板的女仆，风风火火地跑去开大门。大门口立刻出现三匹骏马，在他看来，和凯旋门上雕塑或描画出来的马匹一般无二：一匹马向右方昂着头，一匹马向左方昂着头，夹在中间那匹马则向上昂着头。在三匹马的身后是驾驭台，上面坐着马车夫和一个听差。那个听差穿着一件又肥又大的常礼服，腰间系着一条擦鼻子用的大手帕。马车里端坐着一位绅士，头上戴着一顶便帽，披着一件大斗篷，脖子上围着一条像彩虹一样绚丽的围巾。当马车在台阶前调过头来停下的时候，他才发现，这是一辆带弹簧的轻便马车。从车里走出来一位神宇轩昂的绅士，动作敏捷而轻盈地登上了台阶，展示出了一种军人的风采。

安德烈·伊凡诺维奇·坚杰特尼科夫骤然紧张起来，心中七上八下的，他误以为这位突如其来的不速之客是一位政府官员。他为何会有这样的想法呢，这就必须说明一下，他在年轻时代曾经卷入过一桩很不光彩的案子中。当时骠骑兵兵团中有两个骠骑兵，两个人都很爱钻研哲学问题，并且还读了许多不合法的出版物，一个是还没有毕业的美学专业学生，另一个是输得分文皆无的赌棍，在一个江湖骗子如簧之舌的煽动之下,谋划成立一个所谓的慈善协会。这个骗子也是一个出了名的赌棍,而且嗜酒如命,还是一个共济会会员,老奸巨猾,能言善辩,出任这个协会的会长。协会鼓吹的宗旨是,要给西从泰晤士河沿岸,东到堪察加半岛的芸芸众生缔造永恒的幸福生活。但是,协会需要有一大笔活动经费,要求每个会员都要慷慨解囊,大力捐助,捐款多多益善。经过一番鼓动和诱骗,结果募集到了一大笔数量惊人的巨款。但是这笔巨款都用到什么地方去了呢,只有那个江湖骗子会长一个人知道。坚杰特尼科夫是被两个朋友生拉硬拽加入这个协会的,这两个朋友本来倒是心地善良,为人正派之人,但是总感到自己生不逢时,无缘在社会上展示自己的才华,空怀一颗为科学、为教育、为人类造福的雄心,竟然沉溺于借酒浇愁的境遇之中,结果变成了不折不扣的酒鬼。坚杰特尼科夫很快就察觉到不大对头,就断绝了和这些人的交往。但是,协会已经卷入了对贵族来说很不光彩的活动,对其他人来说有失体面的事情中去了,居然连警察局都出面干预了……坚杰特尼科夫一看事情不妙,虽然急流勇退,和那些人断绝了来往,但是总还是算做一块心病,心中总是觉得有些不安,此刻猛然看到身份不明的不速之客来访,有些惊慌之感,自然也在情理之中。

但是,当他看到客人礼貌周全地向他鞠躬致敬,同时神情比较活泼欢快,把头略微地偏向一侧,表示出十分友好的样子,他的惊慌之感顿时消失得无影无踪。客人简明扼要地向主人说明了突然造访的原因。声称,他为了丰富自己的阅历和知识,为了欣赏祖国的大好河山和极其美好的大自然风光,他在俄罗斯各地已经游历很久了。又说他对我们国家悠久的历史,俄罗斯人许多美好的民风民俗,土地肥美,物产丰富等数之不尽的美好事物,更是让他心驰神往,如果有幸能亲临其境,对他来说乃是一种巨大的精神享受和幸福。又当着主人的面,把他的山庄大吹大擂地夸耀一通,说他途经此地时,仿佛误入仙境,山庄美丽的景色,险要的地势,秀丽的地理环境,令他如痴如醉,当然要能一睹为快,该是他求之不得的好机会;更何况,要不是春汛泛滥,道路难行,又加之长途跋涉,致使马车损坏严重,无法继续前行,否则他无论如何也不敢如此唐突地来打扰山庄主人的。然而,即使马车不出毛病,他也会登门拜访,当面向山庄主人表达他的敬意和对这块桃源仙境的仰慕之情。

这位不速之客说完这番话,然后温文尔雅地鞠了一躬,同时并拢双腿,轻轻地碰响了一下靴后跟。他脚上穿着一双光鲜闪亮的半高筒皮靴,样式相当美观大方,还带着一排闪光的珠母小扣子。别看他腹部隆起,体态丰满,看上去略显笨拙,但行动起来却相当灵活,像皮球一样富有弹跳力,略一纵身向后退了一步。

安德烈·伊凡诺维奇心情平静下来之后，略一思索，猜想这位客人一定是一位博学多才、孜孜不倦的学者，献身于科学研究的教授。不言而喻，他不辞劳苦地在俄罗斯各地周游和考察，或许是为了采集动植物标本和搜集一些化石。因此，他不假思索地慨然许诺，愿意在各个方面不遗余力地给予大力协助。并且请这位学者不必客气和拘礼，就像在自己家里一样，可以任意吩咐山庄里的工匠、车匠和铁匠为他修车。又说，如果客人不嫌弃的话，可以在山庄住下来，随便住多久都可以。接着，山庄主人又殷勤而真诚地请客人在一把宽大的伏尔泰式扶手椅上落座，并且准备悉心求教，聆听他一些有关自然科学方面精辟的论断。

但是，这位貌似教授的客人所谈到的问题，大部分都是他自己本人内心世界所经历的事情。他谈到自己时运不佳，把自己在仕途上闯荡所遭受到的挫折，比喻成浪卷涛涌的大海上的一叶孤舟，时时处处都遭受到命运无常的暴风雨的驱赶，遭受到背信弃义的狂涛恶浪的磨难，并且险些舟毁人亡。他又讲到仕途坎坷，久历风险，不得已才一次又一次地变换职务和职位；又说他一贯为伸张正义、维护真理而多次遭受到打击和迫害，由于树敌过多，甚至多次遭到歹人的暗算而幸免于难。当然，他还讲了很多给自己脸上贴金的故事，经他这一番口若悬河的自吹自擂，使这位长期足不出户，对外面世界孤陋寡闻的坚杰特尼科夫深受感动；他认为这位不速之客果然非同凡响，是个久闯仕途的老将，阅历丰富，知多见广的人物。客人在滔滔不绝地讲到尾声时，忽然伸手掏出一块雪白雪白的麻纱手帕，主人正在猜想客人此举是何故，猛然间听到一声沉雷，原来是客人擤鼻子发出的巨响，这是安德烈·伊凡诺维奇有生以来还没有领略过的奇怪声音。有时在乐队里会有一支不谐音的喇叭，在吹奏时，会忽然爆发出这种极不协调的噪音，好像不是在乐队里演奏，而是在你的耳朵里轰鸣一样。在这座死一般沉寂的庄园里，在庄主的房间里发出这样一声巨响，整个屋宇都回荡着这样一声怪响的回声，忽然又飘来芳香扑鼻的香水味道，那是客人在抖动雪白的麻纱手帕时散放出来的。

想必读者诸君已经猜想出来，这位不速之客不是我们的陌生之人，而是我们那位可敬的主人公巴维尔·伊凡诺维奇·乞乞科夫，虽然他好长时间没有出场亮相了，但是大家还都很关心他的行踪和近况的。猛一照面，显得有点苍老，有点风尘仆仆和长途奔波疲惫的样子，这足以证明，他这段时间过得并非逍遥自在，称心如意，恐怕又遇到了什么麻烦的事情。就说他身上穿的那件曾经很漂亮的常礼服吧，色彩也不那么鲜艳了；再看看那辆马车、挽具也都快散架子不顶用了；几匹马也显得很疲劳，不是那么欢蹦乱跳了；马车夫和听差也有点见老了。看样子，他的经济状况似乎也有些每况愈下，不那么宽裕了。但是，他所表现出来的神态、表情和礼仪却和以前一模一样，只不过举止言谈比从前更加讨人喜欢了。他坐在扶手椅上的姿势更加讲究了，把一条腿灵巧地放在另一条腿的后面；说话更讲究语调，措辞也更加谨慎，举止更加稳重，神态更加潇洒适度，总之，在各方面都很讲究节制和把握分寸了。他的衣领和胸衣仍然一尘不染，像雪一样的白，虽然经过长途跋涉，旅途劳顿，礼服上却没有一点儿尘土，即使马上有人邀请他前去赴宴，也不必再重新整装打扮。面颊和下巴颏仿佛刚刚刮过，溜光闪亮，只有双目失明的人，对他这张圆润光洁的面孔，才会视而不见和无动于衷。

仿佛这位客人的大驾光临，给这座死气沉沉而又昏暗的宅第带来了阳光和生气。原来有一半的房屋都荒废而无人居住和管理，百叶窗都被钉死了，此时门窗都大敞四开，屋子里被阳光照亮，重见光明，阴暗和霉味全被赶走了。客人的行李用品也都搬了进来，几间宽敞明亮的房间里一切都安排有序：用做卧室的房间里，也放好了夜里梳洗所必备的各种用品和用具，用做书房的房间……但是，还是得先说明一下为好，这个书房里一共摆了三张桌子。一张是作为写字台，摆放在长沙发的前面；另一张桌子摆在两扇窗子之间，专门用来打牌的；第三张桌子是三角形的，摆放在墙角。墙角两边各有一扇门，一扇是通往卧室的，另一扇是通向一间不住人的大厅。从前这里摆放一些残旧的家具，已经有一年多的时间无人光顾这里了，现在清理出来用作前厅。从客人的皮箱里所取出来的衣服，全都摆放在墙角那张三角形的桌子上。这些衣物是：一条与燕尾服配套的裤子、一条灰色的裤子，仿佛还有一条尚未穿过的新裤子；两件天鹅绒坎肩，还有两件缎子面的燕尾服。这些衣物都叠得很整齐，一件一件地摞放着，形成一个小金字塔，最上面还盖上了一块丝绸手帕。在另一个墙角里，即在房门和窗户之间，整整齐齐地摆放着几双靴子，一字排开：一双刚穿不久，一双还没有穿过的新靴子，这两双全都是高筒皮靴；还有一双擦得闪光发亮的矮腰靴子。几双靴子上面也盖上了丝绸手帕，不仔细看，根本看不出来那是几双靴子。在两扇窗子之间的那张桌子上，摆放上客人那只做工精细的小木匣子；在写字台上放着一瓶香水、一本日历，两本只有下卷的小说。几件干净的内衣全都放进了五屉橱，这是卧室原来就有的衣橱。把换下来要洗的内衣，卷成一捆塞到了床下面，可随时交给洗衣妇去洗。那只已经空了的皮箱，也被塞在了床底下。用来在旅途上吓唬小偷的马刀，此刻也被挂在离床铺不远的墙上。书房和卧室都收拾得一尘不染，东西也都摆放得整整齐齐，屋子里既没碎纸片，也没有一点儿垃圾，甚至连一根羽毛也看不到。屋子里面的空气也变得清新怡人了，洋溢着一种一个男人身强体健,精力充沛的气息,很是讨人欢欣的味道,那是由于住在这里的房客良好的生活习惯所致,他不仅经常沐浴,每逢星期天都要用海绵擦洗身子,而且经常更换内衣。听差彼得卢什卡原来想赖在前厅里,但是按照规矩只得住到厨房里去,因此这里也闻不到他身上那股子怪味了。

客人刚住下来的头几天,主人安得烈·伊凡诺维奇心中还有些不安,生怕客人影响和束缚了他散漫的生活习惯,害怕打乱了他自己认为极其舒适的作息时间和生活方式。事实证明,他的担心和顾虑完全是没有必要的。我们的主人公乞乞科夫是一个极其灵活之人,对各种环境都具有一种非常强的适应能力。他对庄园主人那种与世无争淡泊名利的处世哲学极为欣赏,赞不绝口,并且声称这种悠闲自得的生活方式,可以使人尽享清福而延年益寿。对于主人的离群索居,他也极其赞赏,声称这样可以使人头脑里孕育出伟大的思想,使主人听起来甚是舒心悦耳。在参观了主人的藏书之后,除了对藏书本身赞美一通之外,又说图书可以开启人的心灵,美化人生,欣赏和阅读书籍可以使人生活过得更有意义,更加充实,这也是珍惜时光和生命的最好方法。他说的话虽然不是长篇大论,而是少而精,可以称得上句句都是至理名言。在行为举止方面,也表现出比从前更加礼貌周全,适度得体了。在主人闲暇之时,他适时来访;当主人不想再交谈时,他又准时告退。从来不追问主人何以如此,决不随意打扰主人,或使之尴尬不快。主人要下跳棋,他就心甘情愿地奉陪,当主人沉默不语的时候,他也不再开口说话。当主人叼着烟斗喷云吐雾时,乞乞科夫虽然历来都不吸烟,却想出一套巧妙的方法来自行消遣和迎合主人的嗜好,比方说,从衣兜里掏出一个小巧而精制的乌银鼻烟盒,用左手轻轻夹住鼻烟盒的斜角两端,再用右手的一个指头拨动它飞快地旋转起来,就像地球仪围绕着轴心转动一样。或者一边轻快地吹着口哨,一边用指头有节奏地敲打着鼻烟盒。总而言之,他从来不无故去惊扰主人。"这是我这么多年来头一次遇到一个可以和我和睦相处之人。"坚杰特尼科夫自言自语地说道,"如此有修养之人在我们这里实在太少了。在我们这里聪明之人,心地善良之人,有识之人倒是不少,但是,像这样一个性格随和之人,总是安详镇静之人,能够给人带来快乐之人,能够和睦相处而不争吵之人,在我们这里太难遇到了!他是我所遇到的性情最好的人,可以与之推心置腹地相处,并且是令人心悦诚服的第一个人!"这便是坚杰特尼科夫对这位客人的评价。

那么乞乞科夫呢,他很心满意足,庆幸自己能够遇到这样一个淡泊名利而又与世无争的人,求之不得愿意在他的府上与之多相处些日子。对于自己那种吉卜赛人到处漂泊的生活已经十分厌倦和不耐烦了。能够有机会在这样一个景色如画、风光优美的山庄里,住上些时日,哪怕只有一个月也好,早晚欣赏一下这里仙境般的大自然风光,不仅对于自己的身心,而且对于医治自己的痔疮都是非常有益处的。

这也是天赐良机,要找到这样一个世外桃源实在太难得了,哪怕是短期的修身养性也罢,再也找不到比这里更适宜于疗养的地方啦。风雪严寒这个老妖婆再也无法施展淫威了,春姑娘打扮得花枝招展地来临了,她欢乐起舞,给大自然带来了蓬勃的生机。农村的曲径小路上也披上绿色的新装,刚刚钻出泥土的青草就像绿宝石一样向着阳光微笑,一簇簇鹅黄色的蒲公英也在吐芽伸叶,银莲花羞羞怯怯地展示着淡紫透着粉红色的娇美面容。沼泽上面盘旋着一群又一群的蚊虫和昆虫,一只水蜘蛛在窥视和追捕着它们;各种各样的鸟类也从四面八方飞来,在干枯的芦苇中寻找栖息之地。大地上的万物也都从寒冬的大梦中苏醒过来,大地披上了充满生机的绿装,森林和牧场也都竞相媲美地吐着新枝绿叶。放眼四顾,到处是一派生机蓬勃的景象:空气清新宜人,百鸟鸣啭着歌喉,万物也都随着唱起节日的赞歌,好一派欢乐气氛!春天,春天啊,把这块远离繁华而嘈杂的都市变成了人间天堂,山庄里的人们都跳起了欢乐的轮舞。美妙的歌声回荡在万里长空,人们仿佛是在举办生日宴会和婚礼的庆典和喜宴。

乞乞科夫经常在田野中散步,在树林中逍遥,这里到处都是观赏大自然美景的广阔天地。他有时信步登上平坦的山冈,从那里纵览脚下的溪流、山谷,山谷里残存着冰雪融化后形成的一片又一片的雪水,望上去好似一个又一个大小不等的湖泊,还未来得及换上翠绿新装的树木,还有些睡意蒙胧,看上去好像矗立在水中的一个个岛屿。他有时也走进树林中去寻幽探密,那些林木的树冠上都捧着一个个又重又大的鸟巢,那里是乌鸦盘踞聒噪的地方,它们展翅腾飞或者盘旋在林木上方,真有些遮天蔽日之势。顺着没有泥泞的地方可以直达渡口,那里的第一批货船正准备启航,载满了豌豆、大麦和小麦;河水奔泻而下,涛飞浪卷,发出惊天动地的响声,水磨的轮子飞快地旋转着。他也观赏了春耕繁忙的景象,刚刚被翻耕过的土地,给翠绿的原野系上一条黑色的腰带;看到庄稼汉忙碌而又熟练地播种,用手有节奏地敲打着胸前背着的筛子状的播种箱。让种子均匀而准确地播撒到田垄上。

乞乞科夫把凡是能遛的地方都遛过了,把凡是能观赏的地方也都观赏过了。他不厌其烦地和总管、庄稼汉和磨坊工人交谈和聊天,了解了田庄的管理和经营情况,了解了近年来的收成如何,今年收成的展望情况,以及粮食的出售价格,农户们每年都饲养些什么样的牲畜,在什么地方买卖,平时都喂些什么样的饲料。总而言之,该问的都问过了,也了解得一清二楚。当然啦，他问这些东西，醉翁之意不在酒啦，真正的目的和意图是想知道这座山庄里有多少死农奴。当他听到这里的死农奴并没有几个，心中多少有些失望，因为他没办法做他要做的买卖了。但是，当他看到这么大的一座山庄，这么大的一片产业，让坚杰特尼科夫糟蹋成这个样子：庄稼汉们懒惰成性，偷盗成风，酗酒成瘾，管理不善，经营不利，连年歉收，入不敷出，坐吃山空，他确实感到非常惋惜，心中也很生气，不由自主地暗暗骂道："这个坚杰特尼科夫真是个不成器的傻瓜笨蛋！是个不折不扣的败家子！把这么大的一片得天独厚的祖业，糟蹋成这个样子，实在是该死！要是用心管理，经营得好，每年足足可以有五万卢布的收入！"

乞乞科夫越想越气，在田庄里散步的时候，也经常有些顾影自怜，凭着自己的天资和聪明劲儿，竟然混到今天这种地步，心中不免有些悲哀和不服气。不止一次地暗暗下定决心，有朝一日时来运转，把自己要办的大事办成，手里攒足了钱，他一定置办这么一块风水宝地，也就是说，有朝一日自己一定要成为这样一片得天独厚的庄园的主人，不仅自己可以安居乐业，而且还可以造福乞乞科夫家族的子孙后代。每逢想到这桩如意美梦时，他的身边仿佛就有了一位如花似玉的美妙佳人陪伴着他，帮助他操持家务，而且对他会百般温柔和呵护，他便可以逍遥自在地度日，出色地经营和管理自己的庄园，成为闻名遐迩的贤明地主或庄园主。当然啦，他这位娇妻最好能出身于一个商贾之家，或娘家是一个家境富有的名门大户，如果她能像大家闺秀那样，再懂得音乐或通晓音律，那自然再好不过啦！既然是沉思遐想，当然也会想到他的子孙后代啦，乞乞科夫一直把这个问题看得很重。他想如果能子孙满堂，儿孙绕膝，这样一来，乞乞科夫家族的香烟便可以世世代代绵延不绝地繁衍下去。想着想着，在迷茫之中，眼前便出现了一个欢蹦乱跳的小儿子在绕膝玩耍，还有一个美丽的小女儿偎依在身边，不，或者是一群儿子或一群女儿围绕在自己的身边，说说笑笑，让他尽享天伦之乐。如此一来，让亲朋好友，让所有的人都知道，乞乞科夫，不，是巴维尔·伊凡诺维奇·乞乞科夫，不仅来到过人世，而且还轰轰烈烈地干出了一番大事业；子孙满堂，家大业大，虽然说未能名标青史，但也绝对不能枉来人世一场，像一个幽灵或者是幻影那样像过眼云烟一样地消逝不见了。如此这般啦，这般如此，我乞乞科夫既不愧对我的俄罗斯祖国，也无愧于乞乞科夫的列祖列宗！不仅如此，他还异想天开地畅想，如果能把自己的官衔品级再提高一些该有多好啊。比如说，能爬上四品文官的宝座，那可就非同一般啦，四品官员就算是国家大员了，就可以受到人们的顶礼膜拜了，就可以有享受不尽的荣华富贵啦，到那时谁不尊敬，谁又敢不尊敬！……当一个人闲来无事到处游逛的时候，他的头脑也像决堤的河水一样涛飞浪卷,思想也随之神驰妄想,这样的确有时可以摆脱掉眼前百无聊赖的处境和烦躁不安的心情。即使他心知肚明,这一切只不过是空想、幻想和胡思乱想,根本无法实现,永远也不会成为现实的时候,他仍然感到志得意满,因为他武断地认为,换了别人,不仅不敢这样畅想,根本就没有这样异想天开的本领和胆识!

乞乞科夫的车夫谢里方和仆人彼得卢什卡,也都迷恋上了这座山庄。他们也和他们的主人一样,在这里住得很逍遥自在。彼得卢什卡刚来没有几天,就和餐厅里掌管餐具的侍仆格里高里成了莫逆之交,尽管两个人刚见面时都有些相互欺生,傲慢得不得了,相互瞧不起。彼得卢什卡在格里高里面前玩命地吹牛皮说大话,吹嘘他到过全国各地很多有名的城市,还到过俄罗斯的老京都莫斯科。而格里高里马上骄傲地说他到过新的京都彼得堡,并且在那里住了好长时间,一下子就把彼得卢什卡弄傻眼了,因为他从来还没有去过彼得堡。但是,他却不甘心一个回合就被打败,又想以他去过那些地方路途之遥远来镇住格里高里,但是,没想到格里高里并不示弱,立刻说出一个非常非常遥远的地名来,而且无论在什么样的地图上也查找不到的,或者说根本就没有的一个地方,还一再强调这个地方距这里足足有三万里之遥。这样一来,彼得卢什卡又被格里高里这一招出奇制胜地给击败了,他的牛皮被捅破了,像皮球一样泄了气,只好傻愣在那儿,让在场的仆役们哈哈大笑地嘲弄了一番。但是,说来也很奇怪,正如俗话所说的"不打不相识",两个人居然成了莫逆之交。两个人又找到了一个喝酒谈心的好去处,有个大家称之为秃头大伯的皮匠,在村头开了一家小酒馆,名字叫"鲨鱼"。这两个人便从早到晚整天泡在那里,或者按照民间的说法,成了这家酒馆里的常客。

马车夫谢里方则另有一番情趣。在这座山庄里,每到太阳落山,红日西沉的时候,歌声便到处飞扬,神采焕发的男男女女便跳起春天的轮舞,环形的人群忽散忽合,煞是欢快活泼,优美动人。尤其是那些身材修长像白杨一样健美的姑娘们(这样漂亮的姑娘在别的地方很难看得到的),令他百看不厌,有时甚至心猿意马,想入非非。看啊,看啊,目不转睛地傻站在那儿,一连就是几个小时,几乎把眼睛都看直了。这些女孩子一个个都长得那么漂亮,很难分出来哪一个长得更美丽一些:个个都有洁白如雪的酥胸,洁白如雪的玉颈,都有一双水灵的大眼睛,脉脉含情,摄人魂魄,走起路来挺胸昂首,犹如孔雀般的优美庄重,身后拖着一条齐腰长的大辫子。看着,看着,他也情不自禁地加入跳舞队列,当他握着姑娘们那雪白的小手时,一颗心好像泡在蜜罐那么甜,如醉如痴地在轮舞圈子里时紧时慢地移动着舞步,或者和其他小伙子们一块儿排起一堵人墙,向姑娘们的队伍围拢过去；姑娘们也不示弱，一边儿唱着优美动听的歌曲，一边儿勇敢地迎着小伙子们围拢过来，同时笑声朗朗地高声唱道："老爷呀，老爷，快让我们看看新郎倌！"当夕阳落山，晚霞收起最后一抹光辉，夜幕渐渐地垂落下来，那欢快悦耳的歌声一直飞到河的对岸，又从河对岸飘送回来震荡着夜空的回声。此时此刻，谢里方好像若有所失一样，身心仍旧迷醉在早已不见人影的轮舞之中。从此，不知过了多久，不论是在梦中，还是醒着的时候，不论在早晨起床以后，还是在夕阳余晖散尽的时刻，他总还是有些神思恍惚，总是觉得仍旧握着一双又白又嫩的小手，和姑娘们如醉如痴地跳着轮舞，脸上不由自主地浮现出甜蜜的微笑，心里总是美滋滋的。有时还会自嘲地低声说道："唉，姑娘们，干吗总是缠着我不放！"

人同此心，马同此理。就连乞乞科夫那三匹马也都迷上了这个新的居所。不管是驾车的辕马，还是那匹拉边套的陪审员，还是谢里方一贯看着不顺眼的花斑马，全都觉得在坚杰特尼科夫的山庄里，日子过得很舒心很愉快，因为在这里吃的全是上等燕麦，马厩建得也很讲究、舒适：每一匹马都有自己单独的槽头，虽然都是相互隔开的，但是彼此相互都看得见。因此，如果其中任何一匹马，即使最靠边儿的，一时兴起，忽然扬头嘶鸣起来，别的单栏中的马匹也立刻发出呼应，形成了一曲嘶鸣的大合唱。

总而言之，乞乞科夫主仆三人，再加上三匹马，在这里都过得很轻松，很快活，就像在自己家里一样。但是，乞乞科夫为什么一直未提购买死农奴的事情，这岂不是一件咄咄怪事！巴维尔·伊凡诺维奇之所以这么千里迢迢到处奔波，不就是为了收购死农奴吗？这么说，他是不是洗手不干改弦更张了呢？不，他的原订计划并没有改动，只不过在这件事情上不那么急于求成，或者说不那么莽撞行事了，而是变得相当慎重，相当稳健了。如今，即使有机会碰上一个地地道道的蠢货，他也会思之再三，而不会轻易就开口谈及此事。无论怎么说，坚杰特尼科夫毕竟还是读过不少书的，还是通达事理的，遇到什么问题都要动脑筋思考思考的，总要弄清什么原因，是何缘故，总要解释清楚，弄清来龙去脉。乞乞科夫心想："不，这个人可不是个头脑简单的人，不能莽撞行事，再好好琢磨琢磨，是不是该从别的问题上找个突破口呢？"于是，他便有意识地和山庄里的仆人们聊大天，海阔天空地同他们闲谈，果然功夫不负有心人，他从仆人那里得知，老爷从前经常去拜访邻村的一位将军，并了解到这位将军有一位掌上明珠，老爷对那位小姐很有好感，小姐对老爷也称心……但是，后来不知何故，老爷和将军中断了友谊，彼此不再往来了。乞乞科夫本人也发现，安德烈·伊凡诺维奇总是喜欢用铅笔或鹅翎笔，在纸上一个劲儿画起来没完，总是画着一个女郎的头像，不管画多少个，只是大同小异罢了。

有那么一天,吃过午饭后不久,乞乞科夫同平时一样,用一个手指头拨弄乌银鼻烟盒旋转,开口对庄园主人说道:

"安德烈·伊凡诺维奇,您的家里一切都应有尽有,遗憾的是,只是缺少一个人。"

"缺少什么人?"山庄主人问道,一边抽着烟斗。

"缺少一位如意夫人。"乞乞科夫答道。

安德烈·伊凡诺维奇以沉默代替了答话,因而两个人都没再吭声,这次谈话也就不了了之。

乞乞科夫并没有因此而感到尴尬,他只好另找时机。他乘吃饭前闲聊的时刻,在二人海阔天空聊得正开心的时刻,他突然又说道:

"说真格的,安德烈·伊凡诺维奇,您真该找一位如意夫人啦。"

坚杰特尼科夫仍然没有接这个话茬儿,不是避而不答,根本就是沉默不语,似乎这个话题使他感到不那么愉快。

乞乞科夫仍旧没有因此而感到尴尬。但是他依然不死心,非要弄个水落石出不可。他又找了个机会,那是在晚饭之后,他是这样说的:

"不管从哪个方面说,从您目前的情况来看,我反复思考过,不管怎么说,您也应该有一位如意夫人来陪伴了。否则的话,您这样只身孑影地生活,迟早会患上忧郁症的。"

这一次,也许是由于乞乞科夫的话更有说服力,或者说"以诚动人,金石为开";还是由于这一天坚杰特尼科夫心情格外开朗,愿意敞开心扉,坦诚地向他倾吐内心的秘密。总而言之,他长长地叹息了一声,仰起头来喷出一口浓烟,然后感慨万端地说道:

"巴维尔·伊凡诺维奇,人生在世,不管干什么事情,都要靠运气,而运气又是不能强求,要靠上帝的安排。"接着他就一五一十地把他那昙花一现的爱情故事讲述了一遍,以及他是如何与这位将军结识,后来又是如何跟他闹翻而又断绝来往的详情细节说了一遍。

乞乞科夫真是洗耳恭听,一语不漏地听完了整个经过。当他听到最后,仅仅只是为了个"你"字而闹翻了脸,产生了如此严重的误会,确实感到非常惊奇。他目不转睛地仔细观察着坚杰特尼科夫,大约有一两分钟,对眼前这个人还一时琢磨不定:他是一个不折不扣的大傻瓜呢,还是因为一时糊涂而干了这么一件蠢事呢?思之再三,最后终于说道:

"安德烈·伊凡诺维奇呀!您真是太多心了,怎么能这样想呢?"他紧紧地握住这个年轻人的双手,坦诚而又十分关切地开导他说,"这又算得了什么侮辱或蔑视呢?在'你'这个称呼中哪有什么侮辱或蔑视的含义呢?"

“是的，我承认这个称呼本身并不含有侮辱或蔑视的含义。”坚杰特尼科夫说道，“但是问题不在于这个称呼的自身，而是在于说话人当时的口气。他的口气是侮辱和蔑视人的，这时这个‘你’就意味着：‘你要记住，你只是一个不值得尊重的小人物，当初之所以接待你，那是因为当时尚没有更有地位的人可接待罢了；如今尤齐娅金娜公爵小姐大驾光临了，你自己就该知趣，找个地方靠边儿站去吧！’这就是他当时说话的真正含义！”安德烈·伊凡诺维奇一向性情比较温和，但是说出上述这番话时，两只眼睛却闪耀着愤愤不平的光芒，字里行间和声调里都显露出蒙受侮辱和遭到蔑视后所产生的那种异常不满的情绪。

“但是，就算他有这种意思，又有什么关系呢？”乞乞科夫说道。

“又有什么关系！莫非说，您是让我在他干出这种不礼貌的事情以后，还让我厚着脸皮继续去拜会他吗？”

“但是，他这算干出什么事情啦？这又能算上什么事情呢？只不过是一件微不足道的小事嘛！您又何必小题大做呢？”乞乞科夫不以为然地回答道。

“怎么能说是微不足道的小事呢？”坚杰特尼科夫似乎很不理解地问道。

“这可能是这位将军作为一个军人的一种习惯，而不是什么不礼貌的事情；他们在部队里都如此称呼习惯了。更何况他是一位为国家驰骋沙场建立过功勋之人，是国家的一位栋梁之才，是一位德高望重之人，如此称呼一下别人，又有什么不可以呢？”

“这完全是另外一码事，”坚杰特尼科夫仍然在狡辩，“如果他是一位地位低下而又年迈花甲，贫病交加的老人倒也没什么，如果他不是一个恃强凌弱的将军大老爷，是一个以势压人的人，我倒是可以接受他对我用‘你’来称呼，甚至我会对他很敬重。”

“这个家伙真是一头犟驴，一个不折不扣的傻瓜！”乞乞科夫心中想道，“他可以容许一个贫病交加的老头子这样称呼他，却不能谅解一位将军如此称呼他，岂非怪事！”

“好了，好了，”乞乞科夫据理力争地驳斥他说道，“就算他不礼貌，就算他侮辱了您，可是您也回敬了他，两个人也算是扯平了，您也没有损失什么呀。但是，就因为这么一点鸡毛蒜皮的小事而耿耿于怀，不顾往日的友谊而断绝往来，恕我冒昧而直言不讳，这样做实在有失体统了吧？这不是因小失大而误了自己的终身大事吗？既然选定了自己的意中之人，就是有千难万险，也不应该放弃啊，而是应该坚定不移地去追求个人的幸福，不惜一切代价去完成和解决自己的终身大事啊，对于任何一个人来说，这都应该算是一件最重要不过的大事啦！何必意气用事呢？无须去计较别人的态度和看法，只要自己问心无愧，谁愿嚼舌头，就让他去嚼好了！如今，人总是爱妄自尊大，总是爱挑别人的毛病，就是您走遍全世界，也找不到一个能够正确评价自己，而又能正确对待别人的正人君子，这样公正而贤明之人，仿佛在人世间已经绝迹了！”

坚杰特尼科夫这头犟驴听了这番坦诚直率的金石良言之后，心中疙瘩仍未解开，甚至对乞乞科夫这番话还感到有些莫名其妙，他心想：“乞乞科夫这个人可真够怪的，干吗要狗咬耗子多管闲事，何苦操这份心呢？”

“这个坚杰特尼科夫真是一头地地道道的犟驴，世界上居然有这样的古怪之人！”乞乞科夫也有些困惑不解地想道，于是他又说道：

“安德烈·伊凡诺维奇！请允许我像亲兄弟一般和您说几句贴心的话。以我看，您真是一位太憨直太可爱的人了，只不过太缺少人情世故方面的知识罢了，我很赞赏您这种刚直不阿的性格，但是对您处理此事的态度却不敢恭维。请允许我不揣冒昧，为解决此事充当一个和事佬帮助你们二位调解一下吧。我前去拜访一次这位将军大人吧，向他当面解释一下，就说从您这方面来讲纯属误会，加之又年轻，缺乏处世经验。”

“不，我绝不向他卑躬屈膝或者曲意逢迎！”坚杰特尼科夫仿佛蒙受了不白之冤而坚决拒绝了，并且说道，“我也绝不会拜托您去干这种苦差事！”

“我和您一样，平生从来不会向任何人卑躬屈膝或者曲意逢迎！”乞乞科夫听到他如此说法，也感到蒙受了耻辱，立刻言之有理地说道，“我作为一个通达事理而又忠于友谊之人，为了解开朋友的心结，我可以赴汤蹈火在所不辞，更何况是为了一件有利于当事人双方的好事，就算前去登门赔礼道歉，也不算有失什么人格，我当然是义不容辞啦，至于说到什么卑躬屈膝或曲意逢迎就是置我于死地，也难以从命！……实在对不起，安德烈·伊凡诺维奇，我完全是出于对朋友的赤诚，我完全是出于一番好意，万万没想到，您竟然如此曲解我的一片苦心，实在令人伤心！”乞乞科夫十分威严而庄重地说出这番话，真是字字句句掷地有声。

“请您多多原谅，巴维尔·伊凡诺维奇，确实是我的过错！”坚杰特尼科夫听罢，深感内疚，紧紧地握住乞乞科夫的两只手，甚表歉意地说道，“我绝对没有对您大不敬的意思，我知道您这是对我的关怀，是对我的体贴和善意，这种对朋友的赤诚，该是多么可贵啊！我向您发誓，我真是这么想的！我感谢您的一片好心。但是，我们最好还是不要再谈这件事吧，而且今后我们永远不要再提起此事啦。”

“既然如此，我还是得到将军府上去拜访一下。”

“去干什么呢？”坚杰特尼科夫大感不解地脱口问道，两只眼睛紧盯着乞乞科夫。

“当然是去表示敬意啦。”乞乞科夫答道。

“乞乞科夫这个人真是个怪家伙!”坚杰特尼科夫心里想道。

“坚杰特尼科夫这个人真是个怪家伙!”乞乞科夫也是如此想法。

“安德烈·伊凡诺维奇,请您行个方便,我那辆轻便马车尚未完全修好,请您允许我借用一下您的马车。我打算明天上午十点左右就去拜访这位将军,我想尽快去向他表示敬意,会更好一些。”

“您又何必这样客气,还说什么请求呢?您就是这里的主人,可以全权地使用和支配这里的一切,至于马车嘛,更不在话下,您可以随意挑选和使用!”

两个人的谈话到此为止,彼此道了晚安,便各自回房安歇了,难免对对方的古怪脾气揣摩了一番,并且相互都不买账,都有些不以为然。

但是,到了第二天上午,坚杰特尼科夫的举止却发生了翻天覆地的变化,简直令人难以置信!第二天早晨,当他吩咐下人给乞乞科夫备好马车,看到乞乞科夫穿着崭新的燕尾服,系着洁白如雪的领带,里面套着洁白如雪的坎肩,并且以军人英武的姿态轻捷地登上马车,向着将军大人的府邸疾驰而去以后。坚杰特尼科夫忽然非常激动不安起来,这种感觉是他久违了的,似乎已经有些陌生啦。时光流逝,屈指算来,时间可是够长的啦,他的头脑仿佛生了锈发了霉,思想也有些迟钝了,好似昏睡不醒一般。此刻头脑里却思潮翻滚,思想也全都活跃起来,变得有些焦灼不安起来,所有的情感在像雷电般兴奋起来的神经的刺激之下,苏醒了过来,顿时百感交集,如同决堤的洪水波涛翻涌地激荡奔腾起来,突然一下子把这个沉湎在无忧无虑慵懒怠惰中的懒汉冲击醒了,让他睁大一双尚有些睡意蒙眬的眼睛,观赏一下周围的世界,周围的一切。他真的激动兴奋起来,真的焦灼不安起来,像一头困兽一样急得在屋子里团团乱转,一会儿坐到沙发上,一会儿又奔到窗前,一会儿又抓起一本书,一会儿又想思索点儿什么,可是又什么都想不起来,总觉得头脑里空空如也。他绞尽脑汁地想啊,想啊,却什么也想不起来!于是,他又改变了主意,干脆什么也不去想,可是偏偏又无法如愿。一些杂乱无章的念头,模糊不清的记忆,一些时断时续的想法,一些有头无尾或有尾无头的印象,像波涛翻滚的潮水从四面八方涌来,全都汇集到他的脑海中来。“今天的心情太奇妙啦!”他心中想道。想着,想着,他走到了窗前,眺望着那条穿越橡树林的大道,看到树林尽头马车扬起的尘土还在空中飘荡。他的心和思想仿佛也随飘荡的尘土而去了。但是敬请亲爱的读者原谅,让我们先告别山庄的主人坚杰特尼科夫,还是去追寻乞乞科夫的行踪吧。

第二章

乞乞科夫乘上山庄主人坚杰特尼科夫的马车，三匹骏马扬蹄飞奔，一路上风驰电掣地急驶，十多里的路程仅仅用了半个多小时。马车首先穿越了一片橡树林，紧接着又驶过一片穿着绿衣翠裳的田野，道路两旁是刚刚翻耕过的农田，后来又沿着山麓飞驶，远方那一幅幅秀丽的景色接连不断地从眼前闪过。马车最后踏上一条宽阔的林阴大道，林阴道两侧是遮天蔽日的菩提树，枝头上绽放着翠绿的新芽和嫩叶，乞乞科夫便来到将军田庄的中心腹地。从这里沿着菩提树的林阴道向左一转弯，又走上了白杨树的林阴道，修长挺拔的白杨擎着一个个椭圆形的树冠，树干的下方都有一个小小的方形篱笆保护着。马车在一扇镂空雕花的铸铁大门前停了下来，透过这扇大门迎面便是将军的府邸，富丽堂皇的雕花的山花墙，以及支撑山花墙的八根带有科林斯建筑风格①的大圆柱。这里到处都飘荡着油漆味，油漆把这里一切建筑物都装点着焕然一新，根本就看不出一点点陈旧的样子。庭院里收拾得一尘不染，就像刚刚铺过的镶木地板一样。乞乞科夫神态优雅而又礼貌周全地下了马车，随即打发仆人向将军禀报他这位不速之客的来访，立刻有人引路，把他直接请进了将军的书房。

一位气宇轩昂的老人在书房里接待了他，乞乞科夫一看到这位神采奕奕、仪态非凡的将军，心中顿生仰慕和崇敬之情。只见这位将军身穿一件质地昂贵的绛紫色缎子面便袍。这位戎马一生的老人相貌威严英武，目光如炬而坦诚直率，唇髭和两鬓俱已落霜飞雪，短短的头发犹如一根根钢针，颈短肉厚，后颈有一道明显的褶痕，即民间称之为三重肉脖子。总之，他这副英武俊杰的姿态，和已经被悬挂起来的一八一二年的名将和统帅们②的画像一般无二。这位贝特里谢夫将军和我们这些凡夫俗子一样，身上有很多令人羡慕和敬佩的美德，同时也有不少令人不满和讨厌的缺点。如同每个俄罗斯人一样，美德和缺点集于一身，别有一番情趣地糅合在一起，只是有时不够那么协调，有些杂乱。他在祖国和人民处于生死

---

① 乃是一种古希腊的建筑风格。

② 指一八一二年卫国战争驱逐拿破仑的战斗中立下过赫赫战功的统帅和将军们。

存亡的关键时刻,能慷慨赴死、勇猛无敌、豁达大度、聪明机智,但平时处理军旅政务时,又表现得独断专行、自私虚荣、傲慢无理、耿直任性,特别是解甲归田之后,赋闲在家,逍遥度日、养尊处优、无所事事,随之便产生出,非圣贤之人所具备的一些毛病和缺点,最为明显的是心胸变得有些狭窄,甚至计较一些无关紧要的小事。他很看不起那些在仕途之上左右逢源、官运亨通的人,或凭计谋耍手段,比他升迁快的人;每当谈论起这些人物的时候,他都会嗤之以鼻或者说上几句尖酸刻薄之话,以泄胸中的怨气。最令他耿耿于怀,心头郁闷的是,他过去在官场上的一位同僚。他断定此人不管是在智力方面,还是在才干方面,特别是在政绩和战功方面,根本无法和自己相提并论,然而却春风得意,步步高升,不仅官阶在他之上,而且居然爬上了统辖两个省的总督大人的宝座。命运好像故意和他作对,故意捉弄他,这位总督大人还兼管他所属的田庄所坐落的那些省份,这样一来,他似乎就成了这个幸运儿治下的黎民百姓啦。为了倾泄心中的郁闷和不愿甘居此人之下的不满情绪,千方百计地寻找机会来中伤这位总督大人,抨击他所颁发的每一项政令,指责他所采取的每一项措施和行动,总之,把他说得一无是处,骂得体无完肤,贬得一文不值。这位贝特里谢夫将军虽然是位刚直不阿的人,心地也很善良,但是总爱嘲弄和挖苦别人;虽然一再宣扬一个人要有高尚的教养,却往往都背后挂镜子,照着别人却照不着自己。他总是喜欢炫耀自己的才华,喜欢在聪明才智方面超过别人,喜欢别人恭维他博学多才,喜欢别人奉承他战功赫赫;不喜欢或者看不惯那些学识比他更丰富更有才华的人,虽然说不上是嫉妒,却打心眼里不怎么服气,至于说到戎马生涯,行军作战,他也认为自己比任何人都高明。总之,他就是这么一个有点怪脾气的倔老头,在别人看来,和他威严英武的仪表,和他身居高位的身份有点不大相称。虽然说他所受的教育是外国式的,但却舍弃不掉俄国官老爷的架子,或者说还是很迷恋和崇尚俄国上流社会贵族老爷那一套摆谱的把戏。既然在他身上有这么多完全冲突和迥然不同的美德和不足之处,必然会在为人处世和在上流社会的交际场上表露出来,恐怕也是树敌不少,因此在官场上必定会遇到很多不顺心、不愉快的事情,否则为什么精力如此充沛,身体如此硬朗,就告老还乡,隐居山林了呢?当然,时至今日他仍然未能躬身自省,更没有一点儿责怪自己的意思,仍没有表现出一种豁达大度,宽以待人的仁人君子的风度,反而把自己的不如意和退隐,归咎在自己的不知其名不解其事的政敌身上。归隐山林之后,他仍然保持着昔日威严英武的仪表和风采。不论身着常礼服、燕尾服,或者是穿上便袍也好,依旧是精神矍铄,神采奕奕,依旧是一副叱咤风云的大将军模样。从接人待物的言谈声调和举止气度，全部都显示出一种高贵的威严，颐指气使的威风，令一些地方大小官员即使不从内心产生一种肃然起敬的感觉的话，起码也能令其望而生畏和胆战心惊。

乞乞科夫初见这位将军大人，心中这种感觉是兼而有之：既对他肃然起敬，同时又有望而生畏的感觉。他立刻弯腰俯首，毕恭毕敬地说道：

“久慕将军大人的威仪，久仰将军如雷贯耳的英名，鄙人今天专程来拜望大人。能有幸当面向驰骋疆场，为拯救祖国而立下赫赫战功的名将表示敬意，亲聆将军大人的教诲，此乃是在下责无旁贷的义务和荣幸之至的乐事。”

看来，这位将军大人对乞乞科夫这番进见之词，听起来十分悦耳和开心，于是极为亲切和善地点了点头，说道：

“非常高兴认识您。请坐，请坐吧，请问您在何处高就？”

“回将军大人，”乞乞科夫一面在一把扶手椅上落座，却不是一下子坐到椅子中央，而是用一只手握住椅子的扶手，侧着身子坐在扶手椅的边上，一面恭而敬之地回答道：“我初涉仕途是从税务局开始，后来因故又在地方法院、建设委员会和海关等不同部门任过职。不怕大人见笑，我的仕途历尽坎坷，恰似汪洋大海险风恶浪中的一叶孤舟，历尽磨难。可以毫不夸张地说，我在孩提时期就历经磨难，是在经历磨难的生活中忍耐而长大成人的，长大成人之后踏上仕途，也时时处处都要忍耐，简而言之，我的人生之路就是在忍耐中走过的。因为主持正义、捍卫真理，树敌过多，险些遭到政敌的暗算而死于非命，我所遭受到的磨难，简直无法用语言和笔墨可以形容得了。如今，我已经到了不惑之年，很快就要成为花甲之人了，不求建功立业，大展宏图，只求一处安静之地栖身，安度晚年，略慰余生。此刻我正寄居在大人近邻的庄上……”

“住在哪一位邻居家呀？”

“住在坚杰特尼科夫的田庄，将军大人。”

将军听了心中有些不悦，但只是皱了皱双眉。

“将军大人，他对自己不礼貌的行为深表愧疚，非常后悔没有向您表示应有的敬意。”

“敬意？因何表示敬意呀？”

“当然是对将军大人的赫赫战功和为祖国建立的功勋啦！他愧悔得不知如何是好。他深怀愧疚之情地说道：‘我深感遗憾，不能为将军略尽绵薄之力……因为我确实极为崇敬为拯救祖国而立过赫赫战功的统帅和名将的呀。’请允许我进一言，您宰相肚子里能行舟，大人不记小人过，您就……”

“好啦，好啦，他干吗说这些呢？说心里话，我并没有生他的气！”将军宽容大度地说道，“其实，我打心眼里就很喜欢他，器重他，并且相信他日后必定会成就一番事业。”

“将军大人，您说的确实是金玉良言：他日后必定会成就一番事业；他不仅能言健谈，而且才思敏捷，智慧超群。”

“但是，他写的不过是一些言之无物的无聊东西，我记得似乎是些什么无足轻重的诗歌吧？”

“不，将军大人，非也，不是什么无聊的东西……他写的确实是很有价值的东西……是一部历史，将军大人。”

“是历史？记述什么的历史？”

“这部历史……”乞乞科夫说到这里停顿了一下，不知是由于他面前坐着的是一位将军，还是要对这部历史的意义更加强调一下，或者想提请将军要特别注意，于是接着说道，“是一部将军传记，将军大人。”

“是一部将军传记？是写哪一些将军的呢？”

“是一部概括性的，将军大人，就是从总体上来叙述，将军大人，也可以说是我国的一部名将记录。”

说来说去，乞乞科夫真有些不知所云，语无伦次地胡扯一通，险些不能自圆其说，真想抽自己一个耳光，心中暗想：“我的上帝呀，我这是在瞎说些什么呀！”

“请见谅，我没弄清楚……究竟是一部什么样的历史呢，是一个时代的历史呢，还是某些将军个人的传记呢？比如说，是记述所有的将军呢，还是仅仅记述一八一二年卫国战争中参战的将军呢？”

“正如您所说的，将军大人，是记述一八一二年参加卫国战争诸位将军的。”说到此处，乞乞科夫心中暗想：“别再问我了，就是打死我，我也不知道他到底要写什么呀！”

“既然如此，那么他为什么不找我呢？我完全可以为他提供一些有价值的信息和素材呀。”

“他没有勇气来拜见您哪，将军大人。”

“真是无聊！就为那么一句无足轻重的话，就没有勇气来见我。他何必把这件小事放在心上呢？再说，我根本就不是没有气量的人！我可不会计较这种小事的，说不准我还会亲自去拜访他呢！”

“那他可是承受不起的，他自己会来负荆请罪的。”乞乞科夫说完这句话，心中不免有些暗喜，又抖擞起精神，心中想道：“真是瞎猫碰上了死老鼠，我真是误打误撞，信口胡说什么将军传，没想到编得恰到好处，正好说到将军心里去啦，真乃天助我也！”

此时，书斋里忽然传来了衣裙窸窸窣窣的声音。雕花书柜的桃木门被打开了，门背后走出来一位美貌佳人，一只小巧的玉手握着门的黄铜把手。假如在一个幽暗昏黑的房间里，悬挂着一幅透明的美人儿肖像，从背后被强烈的灯光照亮的话，那它也无法与这位光彩四射的女郎的娇姿丽影相媲美。由于这位女郎的突然降临，使整个房间顿然光芒四射，辉煌耀眼，仿佛是一位光明天使驾着祥光彩云降临到房间里一样，无论是天花板和房间四壁尽皆熠熠生辉，仿佛使将军的整个书斋都笑容绽放，喜气洋洋。在她刚一现身的瞬间，乞乞科夫简直都有些眩晕啦，一刹那都没弄清楚，这位美妙佳人是来自上天仙境，还是来自凡尘俗世，使他眼前一亮，光彩夺目。如此俊秀、高雅而又洁净的面容，除了古代精彩绝伦玉石雕刻的艺术杰作可以稍稍比拟之外，在红尘滚滚的凡尘浊世中是无法寻觅得到的。她身姿的挺拔、健秀，恰似一株向上生长的白杨，和周围的一切相比，犹如一只挺胸昂首的仙鹤立于鸡群之中。其实，这只是乞乞科夫的一种错觉而已。她的身材并没有那么高。恐怕这要感谢造物主的恩赐啦，是他把这位美貌佳人的玉体各个部分造就得如此匀称，无论是秀发、弯眉、耳、鼻、眼、口及四肢都搭配得和谐完美，否则怎么会产生令人惊诧的奇异效果呢?！再看她身上的穿着打扮，也是那样朴素大方，端庄秀雅：一件色彩并非鲜艳的连衣裙穿在她的身上，却显得那么合体，那么入时，那么高雅，就连衣裙上的皱褶也像行云流水那么自然，那么飘逸，那么秀美，有一种用语言都无法形容的超凡脱俗的风韵。她这身衣着大概是普天下剪裁方面的能工巧匠，经过细心琢磨共同设计和剪裁而特别制作出来的。那些所谓穿着入时的大家闺秀，那些追逐时髦的小家碧玉，以及打扮得花枝招展的那些妖婆浪妞在她面前，一定会感到自愧弗如，甚至羞于见人或者逃之夭夭。如果有哪一位天才的雕刻家或艺术家，把她雕塑成大理石塑像，或者挥舞画笔画出一幅肖像，肯定会成为艺术精品。乞乞科夫在坚杰特尼科夫那里，就已经听到过这位美丽少女的一些情况，并且不止一次地看到过这位庄园主所画过的头像，但是当见到这位美女时，头像和她本人还是有天壤之别的，因此他竟然惊诧得头晕目眩。待到他定下神儿来以后，才察觉到，这位天使般的美女尚有一点美中不足，多少令人遗憾的是，乌琳卡过于纤巧娇弱了，若能再健美、丰满一点，那该是美上加美、锦上添花啦。

“好，好，我来向您介绍一下，这是我的女儿，一个任性的姑娘！”将军指着乌琳卡对乞乞科夫说道，“只是您尚未告诉我您的大名和父称呢。”

“将军大人，像我这样一个既无功名又无业绩的小人物，怎么敢随意在您的面前说起我的名字和父称呢?①”乞乞科夫故作自谦地说道。

---

① 根据俄国人姓氏名称的使用习惯，名字和父称连用是属于一种尊称。

“您又何必如此谦虚呢，总还是要告知为好……”

“将军大人，鄙人名字叫巴维尔，父称是伊凡诺维奇，”乞乞科夫以军人的姿态，毕恭毕敬地鞠躬施礼，并且灵巧地向后退了一步，以示对将军的敬意。

“乌琳卡！”将军侧转身子对女儿说道，“巴维尔·伊凡诺维奇方才跟我说了一件非常有趣的事情。我们的邻居坚杰特尼科夫根本不像我们想像的那个样子，他并不是一个无知而愚蠢的人。他正在从事着一件很重要的大事：他正忙着为参加过一八一二年卫国战争的将领们写传记呢。”

乌琳卡听到父亲说完，脸上立刻露出十分不高兴的表情，并且情绪异常激动而急促地说道：

“但是，又有哪个人说他是一个无知而愚蠢的人啦？只有那个您所信任的维施涅波克罗莫夫上校才会这么胡说八道。可是这个上校又是一个什么人物呢？是一个不折不扣的卑鄙下流的小人。但是，我就弄不明白，我的父亲大人，你干吗那么信任他呢，还把他当成一个正人君子，我真是想不通！”

“你干吗要说上校是一个卑鄙下流的小人呢？说他有点俗气，这倒是不假。”将军说道。

“他何止是俗气，说他卑鄙下流，厚颜无耻一点儿都不为过，他就是一个可憎又可恶的小人！”乌琳卡马上气愤地说道，“你想想看，我的父亲大人，又有什么人能对自己的同胞兄弟那么狠，欺侮他们，污辱他们，这还不算，还把自己的亲生姐妹赶出家门，莫非像这样残害自己亲人的家伙，还不算卑鄙无耻的小人吗？！”

“但是，那只不过是传闻，是道听途说罢了。”

“这就叫作无风不起浪，谁会无缘无故地冤枉他呢。我的父亲大人，你的心太善良了，对人一贯正直厚道，待人一贯公正无私。可是，我就是弄不清楚，你干吗不辨好人和坏人呢，干吗要接待这么一个卑鄙下流的小人呢？你和他根本就不是一路人！他算个什么东西！难道就因为他会甜言蜜语奉承你，你就待他为座上客？”

“您看见了吧？我这个宝贝女儿就是这么一个心直口快的人，她和我总是争论不休。那你说我该怎么办呢，我的心肝宝贝儿？闭门谢客，不接待他，或者把他赶走？”将军看看乞乞科夫又对女儿说道。

“即使不闭门谢客，或者把他赶走，起码也要把他当作一个不受欢迎的人，更不该把这种人奉为上宾。”

乞乞科夫认为有必要抓住这个机会，发表一下自己的高论和显示一下自己的口才了。

“尊贵的小姐,您这话说得有些欠妥,”乞乞科夫眉开眼笑地对乌琳卡说道,“遵照基督教的教义和圣经里的故事,我们倒是应该喜欢这种人,这也是教育和感化他呀。”

接着他又转过脸面对着将军,狡猾而又调皮地微笑着说道:

“将军大人,不知您是否听到过,有过这么一种说法:‘请在我们衣冠不整,看着不顺眼的时候来喜欢我们吧,因为我们打扮得风风光光的时候所有的人都喜欢。’”

“没有听说过,仿佛从来没有听说过。”

“这是一则既有趣而又意味深长的笑话,”乞乞科夫仍然狡猾而又调皮地微笑着说道:“在古科佐夫斯基公爵的庄园里,将军大人,想必您一定知道或者耳闻过这位公爵吧……”

“不,我不知道,也不曾耳闻过。”

“在这公爵的庄园里,将军大人,有一个管家是个德国佬,年岁倒是不大。由于送新兵或经办其他事情,他经常有机会进城,不言自明,他也经常到法官们那里去花钱买路子啦,”说到这里,乞乞科夫故作姿态地眯起一只眼睛,扮成法官们受贿时那种得意的神情和丑态。“如此一来,法官们自然也很喜欢这个年轻的德国佬啦,有时也请他吃吃喝喝。有一次,在推杯换盏或举杯畅饮的时候,这个德国佬说道:‘怎么样,什么时候有机会,请诸公大驾光临,到公爵庄园来找我,我必当摆宴为诸公接风洗尘。’法官们立刻慨然应允:‘好吧,我们一定会去的。’没过多久,这些法官就来到特列赫麦季耶夫伯爵的领地,要在那里调查一桩案子,将军大人,我想您必定会知道这位伯爵吧?”

“不,我不知道这个人。”

“说实在的,这帮家伙根本没调查什么案子,而是一头扎进了伯爵庄园的管家家里,这个管家是个老头子。他们在这个管家家里赌了起来,打牌一直打了三天三夜。这个老管家自然要伺候牌局啦,茶炊一直烧着,潘趣酒也一直不离口。这个老管家确实支持不住了,也确实烦得不得了了,忽然灵机一动,想出来一个办法好把他们打发走,于是说道:‘诸位,你们大概是忘了吧?公爵庄园的管家在等候你们大驾光临呢,就是那个德国人,住的很近,离这里没多远,你们诸位倒是该去一趟。’‘这话不错。正好顺便去一趟,’法官们醉醺醺地说道,这时他们都喝得东倒西歪了。胡子也没刮,脸也没洗,两个眼珠子都通红通红的,一个个熬得人不人,鬼不鬼的样子,衣冠不整地就爬上了马车,直奔那个德国佬的家里去了。不过,将军大人,还得先说明一下,年轻的德国管家正在欢度新婚蜜月,新娘刚从贵族女子学校毕业没多久,年轻貌美,文弱娇嫩(乞乞科夫做出一副文弱娇嫩的样子）。新婚燕尔的一对新人正坐在家喝茶，共度良宵美景，突然屋门被撞开，闯进来一帮醉鬼，也就是那些个法官。”

“可以想像得出来，这种场面一定非常精彩！”将军笑呵呵地说道。

“德国管家被吓得要死，赶紧问道：‘你们要干什么？’醉鬼们说道：‘呸，你居然敢这样接待我们！’说到这里，他们突然翻了脸……‘我们是奉公办案！庄园里酿了多少酒？快把账本拿出来！’管家一时慌了手脚，忙着去找账本。‘喂，快去找人来做证！’不容分说，稀里糊涂地就把管家五花大绑，带回了城里。这个德国人就这样含冤下狱，蹲了一年半的大牢，您说上哪儿讲理去呀！”

“看，这叫什么事呀，简直是无法无天！”将军说道。

乌琳卡听罢，气得直拍手。

“这位文弱的妻子为了救出丈夫，到处奔走呼号，真是呼天天不应，哭地地不语！”乞乞科夫接着说道，“但是，一个没见过世面的文弱女子，又能干些什么呢？可能是老天可怜她，多亏遇上了好心人，帮她出了一个花钱消灾的办法。又能有什么好办法呢？夫妻二人为了免受牢狱之苦，只好拿出两千个卢布，并且答应再请这些法官大吃一通。法官们总算高抬贵手，管家总算逃过了大牢之灾。在酒宴上，法官们吃得酒足饭饱，心花怒放，这才对那个德国管家说了实话：‘你这个家伙也太不识时务啦，你居然那样对待我们，难道就不感到羞愧吗？你总爱看到我们穿得整齐漂亮，风风光光，脸也刮得干干净净，穿着燕尾服，好不神气，好不威风，对吗？不，不，这可不够意思，就是我们衣冠不整，样子难看的时候也来喜欢我们吧，那才叫真正的朋友；因为我们衣冠楚楚，神气活现的时候，人们都会奉承我们，喜欢我们，那是不足为奇的！’”

将军听完，居然朗声大笑起来，乌琳卡却气得面色发青，痛苦地呻吟不止。

“我真搞不清楚，我的父亲大人，听到这种丑闻，你居然还能笑得出来！”乌琳卡像连珠炮一样说完这番话，只气得二目圆睁，双眉倒竖，俊俏的面庞上显露出一副令人望而生畏的怒容。“这种行径也太卑鄙无耻了，这些下流无耻的法官，要是我有权力的话，一定要严厉地惩治他们，一定要……”

“我的乖女儿，我绝对没有为他们辩护的意思，”将军和颜悦色地对乌琳卡说道，“这件事确实让人感到可笑，又有什么办法呢？是怎么说的啦：‘在我们衣冠整齐，样子好看的时候，也来喜欢我们吧……’”

“不，将军大人，是在我们衣冠不整，样子难看的时候。”乞乞科夫为将军更正了一下。

“是在我们衣冠不整样子难看的时候,也来喜欢我们吧。哈,哈,哈!”

将军朗声大笑,竟然笑得前仰后合。从前曾佩戴过带流苏的大肩章的双肩激烈地抖动起来,犹如此刻还佩戴着大肩章一样。

乞乞科夫实在忍不住,也跟着将军笑了起来,但是却很有节制。出于对将军大人和乌琳卡小姐的尊重,没敢放肆大笑,只是装腔作势,随声附和地嘿,嘿,嘿几个感叹词而已。但是,却憋得全身直颤抖,双肩也没有抖动起来,因为他从来不曾戴过大肩章嘛。

“不难想像,那些喝得醉醺醺的法官们那副样子太可笑了!”将军仍旧笑声不止地说道。

“真的,将军大人,不管怎么说,三天三夜连轴转地赌,就像斋戒一样,准会熬得没人样了,一个个像蓬头垢面的鬼一样!”乞乞科夫哧哧地笑着说道。

乌琳卡气哼哼地在扶手椅上坐了下来,无奈地用手蒙住她那双美丽动人的眼睛,好似在埋怨没人理解她的义愤,怒气冲冲地说道:

“我真不明白这件事有什么可笑的,我倒是感到非常气恼。”

令人困惑的是,同样一件事居然在在场的三个人中间引起完全不同的反应。有人只是觉得那个傻里吧叽的德国人滑稽可笑,另一个人感到那些厚颜无耻的法官太拙劣太卑鄙,第三个人因为这种无耻而恶劣的行径没有受到惩罚而感到气愤和哀伤。如果真有第四个人在场的话,他一定会认真思考一下,为什么同样一个笑话会令一些人感到荒唐可笑,而又让另外一些人感到义愤气恼。那些灵魂发霉、恶行昭著而又卑鄙无耻的小人,居然也厚颜无耻地乞求别人喜欢他们,这到底意味着什么呢?这难道是出于动物的本能,还是他们的灵魂在罪恶昭彰而又不可救药的卑鄙欲望的重负之下,发出的微弱的呼喊声?虽然他们的心灵已经变得麻木,被不可救药的罪恶变成铁石,但有时还会从内心深处发出可怜的呼救声:“兄弟,快来救救我吧!”如果真有第四个人在场的话,大概也会对他的兄弟灵魂堕落到已经奄奄一息而发出的呼救声感到痛彻肺腑。

“我才不管这一套呢,”乌琳卡把手从眼睛上拿开,仍然生气地说道,“总之,我对这件事情很气愤。”

“我的乖女儿,千万别生我们两人的气呀,”将军说道,“这件事我们可是没有一点过错。快消消气吧,来亲我一下吧,快回自己房间去休息一会儿,我要去更衣吃饭了。”将军说着转身向乞乞科夫说道,“您就在我们这里吃午饭吧?”

"只要将军大人方便,恭敬不如从命……"

"不必客气啦,粗茶淡饭总还是有的,就在这里一起就餐吧!"

乞乞科夫颇有礼貌和风度地鞠躬施礼,等他直起身子以后,乌琳卡已经走了,他连背影都没有看到。一个满脸大胡子的侍仆站在将军面前,他身材又高又大,一只手端着银盆,另一只手提一把水壶。

"请见谅,我就当着您的面换衣服啦,"将军一边说着,一边脱下便袍,挽起衬衣的袖子,露出粗壮有力的胳膊。

"您何必这么客气,将军大人,您不仅可以当着我的面更衣,而且要做什么都悉听尊便。"乞乞科夫有些献媚取宠地说道。

将军洗脸的时候,鼻子和嘴呼噜呼噜地直响,弄得水哗啦哗啦地四溅,水珠带着肥皂泡沫弄得满地都是,恰似鸭子洗澡一般。

"那句话是怎么说来着?"将军一边仔仔细细地擦着自己肥胖的脖子,一边问道,"在我们衣冠楚楚神气活现的时候来喜欢我们吧,对吧?"

"不,是在我们衣冠不整样子难看的时候来喜欢我们吧,将军大人。"

"噢,对啦,请在我们衣冠不整样子难看的时候来喜欢我们吧,因为我们衣冠楚楚神气活现的时候,人人都喜欢我们,奉承我们。这句话说得太妙了!"

此时,乞乞科夫的心情极其舒畅,突然心血来潮,灵机一动,何不乘此良机干自己的大事呢?他心里盘算:"将军是个乐天派,是个心地善良之人,那我干吗不试上一试呢?"当他看到那个身材高大的侍仆端着银盆退出去之后,突然提高嗓门儿大声喊道:

"将军大人!因为您老人家有一颗仁爱之心,对所有的人都如此关怀备至,我有一件十分重要的事情向您禀告,想聆听一下您的教诲。"

"是什么事情啊?"

"这件事情很可笑,可我却感到很难为情,如果大人……"

"究竟是什么事情啊?"

"是这么回事儿,将军大人!"乞乞科夫向四周扫视了一遍,看到屋子里已经没有别人,于是便开始他心中琢磨已久的话题:"将军大人,我有一个到了耄耋之年的伯父,体弱多病。他有三百个农奴,还有两千……而且,我是他唯一的继承人,再无别的亲人啦,由于他年岁太大,身体又不好,已经无法经营和管理自己的田庄,但是又不想把田庄交给我管理。他还提出一个奇怪的理由和一个令人哭笑不得的前提条件,他说:'我一点也不了解我这侄子人品如何,害怕他是个败家子儿,弄不好会把我弄得倾家荡产。除非他能向我证明他是一个能发家致富的人。让他自己艰苦奋斗,等他有了三百个农奴的时候,我才会把我的全部家产和三百个农奴移交给他。'"

"他这是怎么啦？这不是成了一个老糊涂虫了吗？"将军颇感同情地问道。

"老糊涂也罢，精明能干也罢，反正他总是怕自己吃亏。但是，这件事可关系到我的命运啊，将军大人。我伯父身边有个女管家，这个女人有一大帮孩子。我是担心，搞不好，我伯父会稀里糊涂被女管家给骗了，把全部家产都给了他们。"

"我想这个老头儿真是糊涂到家啦，看样子，真有这种可能。"将军说道，"可是，我没弄清楚，我在这件事情上，又能给您帮什么忙呢？"将军说完，有些困惑不解地看着乞乞科夫。

"我倒是想出来一个好主意：将军大人，如果您真同情我的处境，就请帮我一个大忙，也就是说把您田庄上已经死了的农奴，但是还没有注销户口的，都转到我的名下。我们仍然当他们是活着的农奴，并且签订好正式的不动产交易合同。到那时，我就可以拿着这份合同去给我伯父看，他必定会相信，就会毫不犹豫地把全部家产交到我的手里啦。"

将军听了这番话以后，突然朗声大笑起来，这是一般人发不出的响亮的笑声，也是一般人从来没有听到过的如此动人心魄的笑声。将军的衣服尚未穿完，就笑得忍不住栽倒在扶手椅里。笑得头往后仰，险些喘不过气来。把全家的人都给惊动了。侍仆慌忙地跑了进来，乌琳卡也提心吊胆地飞奔到将军身边，既担心又困惑不解地问道：

"父亲，这是怎么回事儿呀？"

但是，将军这口气憋了好长一会儿，一时说不出话来，后来缓过气来才说道：

"没什么事儿，我的孩子，真的什么事儿也没有。我们马上就来吃饭，放心吧，回你自己房间去吧。没事儿，放心吧！哈，哈，哈！"

因为将军一哈哈大笑起来，就激动得喘不过气来，因此就暂时停了下来。停下来一会儿以后，又哈哈大笑起来。如此又笑又停地折腾了好几次，每次一笑起来，那响声便震荡着将军府邸的整个屋宇。如此一来，乞乞科夫心中倒是觉得有些不安了。

最后等到这位将军的朗声大笑停歇的时间稍微长了一些，才又接着说道：

"嘿，老弟，请原谅我的不恭，你居然想出这么一个鬼花招，居然想出来拿死人去哄骗老头子。哈，哈，哈！你这位可怜的伯父，可真的要当一个头号的大傻瓜了！哈，哈，哈！"

将军的侍仆不放心地守候在他的身边，不安地站在那里，被弄得目瞪口呆。这么一来，乞乞科夫也有些狼狈不堪，他只好说道：

“将军大人,我这也是被逼得无奈才想出来的呀。”

“请原谅。老弟,真是笑死人啦！不过,我倒是想看一看,你是如何拿着买卖死农奴的合同去骗过你伯父这一幕滑稽戏,我倒是很愿意出个天大的代价,给五十万卢布,怎么样？那么,你跟我说一说,你的伯父到底是个什么样的人？是不是老得不像样子了？有多大年岁了？”

“已经到了耄耋之年,也就是八十多岁了。但是,这件事千万可别传扬出去,我是想……”乞乞科夫话外有音地看着将军,并且斜睨了侍仆一眼。

“伙计,你先出去一下,过一会儿再进来。”将军对身边的侍仆说道。大胡子侍仆便遵命退了出去。

“的确,将军大人,……说到底,这也不是一件什么光彩的事情,将军大人,我不想弄得尽人皆知,最好还是保密……”

“这一点我明白,你就放心好了。真是个老糊涂虫！大概只有八十多岁的人才会有这样愚蠢透顶的想法！那么他的身体状况怎么样？精神头怎么样？应该还算挺结实的吧,因为身边不是还有个管家婆吗？”

“结实什么呀！已经行将就木了,老的都没有人样了,将军大人！”

“好一个大傻瓜！他真是老糊涂了吧？”

“真是一个地地道道的大傻瓜,将军大人。说句大不敬的话,他还是一个不折不扣的疯子！”

“那么,他是否还能常出门走走,或者出入交际场所,他自己还能走动吗？”

“走路倒是勉强能走,但是太费劲儿了。”

“好一个老糊涂虫！那么,身子骨还硬朗吗？牙还没掉光吧？”

“总共还有两颗牙啦,将军大人。”

“真是一头蠢驴！老弟,我这么说,你不要生气……虽然他是你的伯父,但是你不得不承认他是一头蠢驴。”

“他确实是一头蠢驴,将军大人。他虽然是我的亲伯父,但是他的所作所为,又让我不得不承认这一点,我的心里也确实很不好受,可是又能怎么样呢？”

读者诸君,我们大家都很清楚,乞乞科夫这是在光天化日之下,编造出来的弥天大谎,实际上他根本就没有什么伯父。他难过什么？只不过是在玩猫哭老鼠的把戏罢了！

“如此说来,将军大人,如肯垂怜的话,就请把死农奴卖给我……”

“你是说让我把死农奴转让给你,对吗？为了奖励你想出来这么一个绝妙的主意,我不仅可以把死农奴,连同他们的土地房屋全都卖给你!而且你就连墓地一起都买去吧!哈,哈,哈,哈!这个糊涂老头子啊,这个傻老头子!哈,哈,哈,哈!这回可要上大当了!哈,哈,哈,哈!……"

将军那爽朗而又洪亮的笑声,又在整个将军的府邸的屋宇间回荡起来。

※※※※

附录　原编者留言:

这一章缺少结尾部分。在《死魂灵》第二卷于一八五五年第一版问世的时候,编者曾有如下一个附言:"此处遗漏了以下的情节,即贝特里谢夫将军后来与坚杰特尼科夫重归于好;将军府邸的盛大午宴,以及他们二人有关一八一二年卫国战争的谈话;乌琳卡小姐和坚杰特尼科夫的订婚仪式,乌琳卡的祈祷以及她在母亲墓前的哀伤哭泣;这对未婚的恋人在花园里的娓娓倾谈。乞乞科夫接受贝特里谢夫的重托:向将军的亲朋好友通报其爱女乌琳卡订婚的喜讯。此时乞乞科夫正在驶往将军的亲戚科施卡廖夫上校府中去通报喜讯的途中。"①

① 这一段原编者的留言,在原文中是作为一个注释刊印在页下,译者突发奇想:不如改成现在这种附录方式更好一些,因为有的粗心的读者往往不太重视文中的注释。译者此举只不过为了提请读者注意,否则会错过了解这段美满婚姻的良机,岂不遗憾。

第三章

Мертвые души

“不,我绝对不能这样打发时日啦,”乞乞科夫心中百感交集,自言自语地说道,此时他又乘车飞驰在一望无际的原野和寥廓的天空之间了。“不,我绝对不能这样无所作为地混日子啦。只求上帝保佑,老天垂怜,让我能够顺利地完成日思夜想的大事,一旦大功告成,我便能成为一个货真价实的富豪,家财万贯,奴仆成群,一呼百应。我一定要过上一种逍遥自在的生活,要有出色的厨师,要有高大的宅第,宽敞的宅院,一切东西都取之不尽,用之不绝,把产业经营得井井有条,不但要过上富裕的日子,而且每年都有盈余,决不能坐吃山空,家业要年年兴旺,多积蓄一些钱财留给子孙后代。祈祷上帝能恩赐给我一个贤惠的娇妻,让她为我能多生育一些子女,让我子孙满堂,儿孙绕膝,让我能尽享天伦之乐……”他越想越美,几乎陶醉在美梦之中。想着想着,突然大喊一声:

“哎呀,怎么搞的?你这蠢货!”

谢里方和彼得卢什卡听到斥责之声,不约而同地从驭台上回头张望。

“你这是要把车赶到什么地方去呀?”乞乞科夫气哼哼地问道。

“完全是遵照您的吩咐赶的呀,巴维尔·伊凡诺维奇,这不正往科施卡廖夫上校的庄园走吗?”谢里方有些不高兴地答道。

“你把路打听清楚了吗?”

“巴维尔·伊凡诺维奇,这您可是亲眼所见,我一直都在忙着套车,忙得不可开交,没抽出工夫去问……我只看到了将军的马夫,我想彼得卢什卡保准问过马车夫。”

“你真是个蠢货!我早就吩咐过你,彼得卢什卡根本就靠不住,这个家伙是个木头桩子,怎么能指望他呢!”

“这也不是什么伤脑筋的事,这条路本来就不难走嘛!”彼得卢什卡有点不服气地斜视了主人一眼,说道,“只要下了山,照直往前走就行了,再没别的什么路啦。”

“得了!你除了只知灌酒以外,还知道干什么!你什么都不知道,我看你这会儿酒劲儿还没有醒过来呢!你可真了不起,真是好样的!怎么样,够神气呀,可以把外国佬都吓跑了吧?”乞乞科夫训斥完彼得卢什卡以后，还满意地摸了摸自己的下巴颏，心中琢磨道："不管怎么说，有教养的上等人和鲁莽无知的仆人之间，无论在相貌上，还是在行为举止方面，都是有天壤之别呀！"

彼得卢什卡发现主人今天的气有些不顺，而且是专门儿冲着他来的，他也就没敢再说什么，只是使劲地揉了揉鼻子。他本来还想回敬主人一句，说他根本滴酒未沾，却没敢说出来。

"赶这辆马车跑起来可真够舒服的啊。"谢里方转过身来对乞乞科夫说道。

"你说什么？"

"我说的是，您坐上这辆带弹簧的轻便四轮马车，要舒服多啦，比起您自己那辆可舒服多啦——一点儿也不颠簸。"

"快点儿赶吧，快点儿赶吧！不用跟我唠叨这些啦。"

谢里方朝马肚子上抽了一鞭子，又对彼得卢什卡说道：

"喂，听说科施卡廖夫老爷对奴仆和庄稼汉们的穿着很在意，都让他们像德国人一样穿着打扮。从远处一看，分不清他们是俄国人还是德国人，走起路来也像德国人那样，迈着仙鹤的步子，高视阔步的。农妇们也戴着德国式的风帽，不像我们俄国女人通常戴的那种包头巾，像大饼似的，也不带盾形装饰物，你知道吗，他田庄里的农妇戴的那种帽子叫做风帽，也就是德国式的风帽。"

"那好啊，最好也把你打扮成德国人一样，然后再戴上一顶德国式风帽，那才叫漂亮呢！"彼得卢什卡在嘲弄谢里方，说完还嘿嘿地一笑，但是这一笑却使他那本来就不悦目的一张脸，显得更加难看了！因而他那副尊容根本不像是在笑，确切点儿说，倒是像一个患了伤风感冒的人，鼻子堵塞，想打喷嚏又打不出来，却又总想打喷嚏的那副怪样子。

乞乞科夫坐在车里仰起头来看了看他那张脸，想看一看他这副怪样子究竟如何，于是便说道："太好看啦！还自以为是美男子呢！"话说到这里，还真得说清楚，巴维尔·伊凡诺维奇还一本正经地以为，彼得卢什卡很欣赏自己的容貌，其实这是大错而特错，彼得卢什卡向来都不关心他那张脸，甚至有时忘掉了还有一张脸。

"真该死，要是当时想到这个问题有多好啊，巴维尔·伊凡诺维奇，"谢里方转过头来对主人说道，"您当时应该和安德烈·伊凡诺维奇说一下，让他给您另一匹马来换掉这匹花斑马。他这个人很慷慨仗义，对您又很敬佩，只要您一提出来，他是不会不答应的。这匹花斑马呀，实在不好用，奸懒馋滑不干事儿。"

"得了，快赶路吧，别啰嗦啦！"乞乞科夫假装不耐烦地说道，其实他心中在想："是这么回事，可是我当时怎么没想到呢。"

这时，这辆轻便四轮马车，装着柔韧的弹簧，飞也似的向前奔驰着，尽管乡间道路不平，有些地方高高低低，凹凸不平，但是这辆马车却一直走得很快很平稳。下坡的时候略有点颠簸，若是不注意，根本觉察不出来。顺坡下了山以后，又沿着一片片牧场和弯曲的河滩奔驰着，沿途越过了一座座磨坊，穿过几道木桥时，发出轻轻的辚辚声，然后又在松软的低洼的河滩上行走，车身略微有一点摇晃，却不觉得颠簸。一路上再没碰到一个山冈或土堆，走这样的路，坐这样的马车，对于旅人来说，那可算是一种享受！举目远眺，远方有一片沙地时隐时现。马车不停地飞驰着，一簇又一簇的柳树，又细又高的赤杨，以及银色的白杨树丛，飞快地从他们身边掠过，树枝不时地抽打着坐在车夫座上的谢里方和彼得卢什卡。彼得卢什卡的帽子不止一次地被挂掉，使得他一次又一次地跳下车来去捡帽子，嘴里还不干不净地骂大街，责怪栽树人或树的主人太愚蠢，干吗把树栽植这么密，连枝叶也不好好修剪一下，但就不肯把自己的帽子系牢，或者用手把它按住，却一心想这是最后一次挂掉他的帽子，不会再让他跳上跳下地捡帽子了。马车继续往前走，树木也越来越密，除了前面出现的几种树以外，又增加了白桦树，有时还有枞树。树根和树干周围长满茂密的花草，有蓝色的鸢尾花和野生的黄色郁金香。越往密林深处走，渐渐变得昏暗了，眼前变得一片漆黑，犹如夜幕已经降临。继续往前走，突然又看到斑斑驳驳的阳光，犹如光闪闪的镜子在四周一闪一亮的。再往前，树木变得稀疏一些了，阳光也越来越多，树林里的昏暗也被赶走了。这时，眼前出现一个大湖，湖面有四里多宽，水面波平如镜，湖对岸出现了一个村庄，沿着湖分布着用灰色的圆木建造的农舍。湖面上传来一阵阵的吆喝声和喧闹声，举目一望，有二十几条大汉站在湖水里，正齐心协力地往对岸拖着一张又宽又大的渔网。他们在齐腰深的湖水中拼战着，有的地方深到肩部，还有的地方只看到人的脑袋在水面上晃动。突然出现了精彩而又滑稽的一幕：一个像大气球一样的人，全身上下圆滚滚的，看样子可能横竖尺寸差不多，像个特大的大西瓜，又像一个大圆桶，不知何故，和鱼一起被拖到渔网里。幸亏他长得圆滚滚，活像大气球，无论如何在水中也沉不下去，即使在他背上骑上两个人，也无法让他在水中沉下去，他在渔网里挣扎着，扯着嗓子在喊叫："杰尼斯，你这个愣头青，快松手，让柯兹玛来拉，柯兹玛你倒快点拉杰尼斯那一头啊！快，快，大福马快到小福马那边去拉，别使那么大的劲，你们这样干会把渔网挂破的！"

只见他气急败坏地吼叫着，又喊着让人拉网，又喊着让别人救他，可是又怕把渔网挂破，把鱼放跑。所以除了水中的二十几条大汉挣扎拉网和救人，岸上还站着几个人，往水里扔下好几条绳索使劲来拖他。

“这个像大圆球的人，一定是老爷，就是那个科施卡廖夫上校。”谢里方胸有成竹地向乞乞科夫说道。

“何以见得，你怎么就知道是他呢？”

“因为他有一身圆滚滚的肉，而且又白又嫩，再看他那副架势和派头，准是这里的老爷。”

这时，清清楚楚地传来那些拖网的人的呼喊声了。那个像大圆球的人，也就是那位老爷仍然气急败坏地吼叫着：

“快点儿递过去，快点儿递过去，丹尼斯，你快点递给库齐马！库齐马，你快点儿拉住丹尼斯的绳子！大福马，使劲儿拉，快往小福马那边儿拉！从右边走过去，从左边走过去！你们这两个大笨蛋！把我给裹到网里去了！钩住我啦，该死的，真他妈的蠢货，钩住我的肚皮啦，听到没有？真是笨死啦！”

站在右边拖网的人都停了下来，因为真的把老爷给裹到渔网里去啦。他们谁想到会出这种事情呢？

“快看，彼得卢什卡，那位老爷真的成了网中的大鱼了！”谢里方说道。

这位圆滚滚的老爷正在渔网里玩命地挣扎，设法要从网中挣脱出来。没摘好又弄个仰面朝天，没成想又被裹到网里去。又想快点从网中出来，可是又担心把渔网弄破，只好同网中的鱼一起轻轻游了起来，又指挥奴仆们把他用一根绳子捆住。周围的人只好遵命把他拴住，然后把绳子的一头扔到岸上去。站在岸上的二十几个打鱼的人立即抓住绳子，小心翼翼地往岸边拉。胖老爷被拖到了水浅的地方，便趁势脚踩湖底站了起来，但是身子还被罩在网里。恰似盛夏时节，秀女们戴着网眼纱手套的冰肌玉臂，举起来一只手在眼睛上方打着凉篷，以便遮挡强烈的阳光，而另一只手遮挡着下半身，犹如梅迪启①所收藏的维纳斯沐浴后的娇姿丽影。

就在此时，他抬起头来向岸上看了一看，望到一辆轿式马车向大坝驶来，马车里面坐着一位绅士。他向客人点了点头以示欢迎，乞乞科夫立即摘下帽子并在马车里欠身施礼，以表示敬意。

“您用过午饭了吗？”这位老爷手里提着刚刚捉到的一条鱼走上岸来，大声问道。

“还没用过。”乞乞科夫一面答道，一面摘下便帽躬身施礼。

“太好啦，那您就感谢上天的恩赐吧。小福马，快把鲟鱼拿出来给客

① 罗伦佐·梅迪启(1449—1492)，佛罗伦萨的僭主。

人看看。特里什加,你这个傻小子,快点放下渔网,"胖老爷大声喊道,"快去帮一把手,把鲟鱼从大木盆里抬出来。柯兹玛,你别站在那儿发愣啊,快去帮帮忙啊!"

两个打鱼的壮汉一起使劲儿,把一条又大又怪的鱼从大木盆里抬了起来。

"快看,这可是一条特大号的鱼啦,河里居然有这么大的鱼!"这位胖老爷得意洋洋地喊道,"请到我家去坐一坐吧。马车夫,一直往前走,穿过菜园子就到了。大福马,你还不跑去带路,把栅栏门打开,我随后就到!"

"真是一条罕见的大鱼!谢谢啦,恭敬不如从命!"乞乞科夫彬彬有礼地回答道。

高个子大福马迈开两条大长腿,跑到轿式马车的前面,赤身露体的,就穿了一件内衣。马车穿过整个村子,家家户户门前都挂着渔网和鱼篓子,大大小小不等,各式各样的都有。一看便知,这里的庄户人家都是以打鱼为生。后来,大福马从一家菜园子里打开栅栏门,于是,马车穿过一个又一个的菜园子,来到离广场很近的一座木制教堂的附近。走过教堂背后不太远的地方,便可以看到宅院的屋顶了。

"这位科施卡廖夫上校还真有点怪。"乞乞科夫心中暗想。

"喂,我也赶到啦!"车旁有人呼喊了一声。乞乞科夫连忙回过头去一看,那位老爷已经乘车来到了他的车旁。只见他穿戴整齐:穿着一件草绿色的粗呢常礼服,黄色的裤子,没有系领带,好一派风流倜傥的样子!他侧身坐在一辆轻便的赛车上,一个人几乎把整个车子占满了。乞乞科夫刚想对他说点什么,可是一转眼他就消逝得无影无踪了。轻便赛车又出现在把鱼拖出来的那个地方,胖老爷又大声呼喊道:"快点把那条大狗鱼和七条鲫鱼送到厨子那里去。把那条鲟鱼抬过来,我要把它放到车上单独拉走。"接着又听他喊道:"大福马和小福马,库齐马和杰尼斯,全都过来!"当乞乞科夫驱车来到台阶前时,令他惊异万分的是,那位胖老爷已经站在台阶上,并且展开双臂把乞乞科夫紧紧地拥抱住。他怎么会回来得如此神速,真是令人匪夷所思。宾主二人按着俄罗斯人的古老风俗:彼此交叉亲吻了三次,看来,这位老爷是谨守老礼的人物。

"请允许我代表将军大人向您转达他的问候。"乞乞科夫说道。

"哪一位将军大人?"

"就是您那位亲戚,亚历山大·季米特里耶维奇将军。"

"亚历山大·季米特里耶维奇,是谁呀?"

"就是贝特里谢夫将军呀。"乞乞科夫有些困惑不解地回答道。

"我从来就不认识这位将军呀。"

乞乞科夫更感到惊诧了……

"这是怎么一回事呢?……那么我希望,我起码有幸在和科施卡廖夫上校交谈吧?"

"不,请您千万不要误会,鄙人乃是彼得·彼得罗维奇·别杜赫,即姓氏是别杜赫,名字叫彼得,父称是彼得罗维奇。"胖主人回答得一清二楚。

乞乞科夫一听,被弄得不知所措。

"都是你们这两个蠢货干的好事!"乞乞科夫转过身来对谢里方和彼得卢什卡责问道。那两个蠢东西也都哑口无言,一个坐在驭台上,一个站在车门旁边,张大了眼睛在那里发呆。"这是怎么搞的?你们这一对蠢东西!已经向你们说得清清楚楚,是到科施卡廖夫上校庄园去……可是你们偏偏给搞错了,这一位是彼得·彼得罗维奇·别杜赫……"

"有什么好抱怨的?其实他们俩做了一件好事,这就叫做'有缘千里来相会'嘛!"彼得·彼得罗维奇高兴地说道,"我不仅不责怪你们,而且还要犒赏你们:赏给你们每个人一杯伏特加酒,还有一张肉馅饼,快卸车吧,然后到下房里去歇着吧。"

"实在难为情,"乞乞科夫面带愧色地说道,"没想到会弄出这么一个差错来……"

"谈什么差错,"彼得·彼得罗维奇·别杜赫兴高采烈地说道,"千万不要介意,应该说这是巧遇,既然如此,就请您赏光和我们共进午餐吧,不必再说什么差错不差错的,误会不误会的啦。现在就请吧。"说着,别杜赫就挽着乞乞科夫的手臂,并肩一起走到屋子里。

从里屋走出两个小伙子来迎接他们。两个人都穿着夏季常礼服,细高挑的身材,真好像是两根柳树条儿,个子比他们的父亲别杜赫高出足有一俄尺。[①]

"这是我的两个儿子,正在上中学,回家过暑假来了。尼古拉沙[②],你在这里陪陪客人;阿列克萨沙[③],你跟我来。"

主人刚说完话,又不见人影了。

乞乞科夫同尼古拉沙闲聊了起来。这个小伙子很能说,根据他的言谈,将来不会有多大出息。刚说上没几句,他就告诉乞乞科夫说,他所在

---

① 俄国长度单位,一俄尺等于零点七一米。
② 尼古拉的爱称。
③ 阿列克赛的爱称。

的那所中学里，老师的课教得不怎么样，如果家里能给老师多送些礼物，就会得到老师的格外关照；又说城里驻扎着一支英格尔曼兰骠骑兵团，骑兵大尉特维茨基的坐骑要比上校的那匹马好多了，而中尉伏兹叶姆采夫的骑术比这位大尉要高明多了，还说什么在外省中学里读书没有什么意思，他们兄弟二人都想去彼得堡念书，在外省读书真是太亏啦……

"我知道，"乞乞科夫心想，"说来说去，一心想去彼得堡学那些乌七八糟的东西，又能学到什么好东西……"

"请告诉我，您父亲的田庄经营得不错吧？"乞乞科夫问道，想转换一下话题。

"抵押出去啦，"没想到是别杜赫替儿子回答道，他又回到了客厅里，"真的，已经抵押出去了。"

乞乞科夫听到这里，大失所望，无可奈何地啜啜嘴唇。心想："真是不妙，要不了多长时间，也许连一处田庄都没有了。看来，最好是早点打主意才对。"

"干吗要把田庄抵押出去呢，何必出此下策呢？"乞乞科夫佯装一副不胜惋惜的样子说道。

"未必是下策，现在大家都这么干，"别杜赫不以为然地说道，"我干吗要落在别人后面呢？这么干，自有其可取之处，未必不好，更何况，我在这里住得也不耐烦啦，很想到莫斯科去过几天悠闲的日子。两个儿子也一再催促我，一心想到京都去念书。"

"傻瓜，傻瓜！"乞乞科夫心里想道，"到头来，准得把全部家业挥霍一空，把两个孩子也会教育成浪荡成性的败家子。这个田庄有多好，既体面又风光，只要看上一眼，就会一目了然，庄稼汉的日子过得很不错，他们自己的日子就更不用说了，多舒服，多富裕，多自在逍遥！真是活见鬼，到京都去有什么好处？在大饭店和大戏院里，能够受到什么教育，还不是掉进魔窟里！真是个不折不扣的大傻瓜，住在自己的庄园里何其快乐，何其幸福！"

"但是，我推测得出来，您此刻心里在想什么。"别杜赫说道。

"那么，请问我在想什么呢？"乞乞科夫有些尴尬的反问道。

"您心里在想：'傻瓜，这个别杜赫是个不折不扣的大傻瓜！嘴里说请人吃饭，但是直到现在还没有把饭菜摆出来。'会让您吃得酒足饭饱的，不必着急，老兄。用不了短发姑娘梳辫子的那么一会儿，饭菜就齐备啦。"

"爸爸！普拉东·米哈雷奇来了！"阿列克萨沙望着窗外说道。

"他骑着一匹枣红马，"尼古拉沙走近窗口，躬身一望，说道。"阿列克萨沙,你看一看,他那匹马比我们的灰马要好一些吧?"

"那倒不见得,我们那匹马只是走起路来不那么英俊罢了。"

"普拉东·米哈雷奇,是什么人哪?"乞乞科夫向阿列克萨沙发问。

"是我们的一位邻居,普拉东·米哈雷奇·普拉东诺夫,是一个相当不错的人,一个很能干的人。"别杜赫抢着回答说。

这时,普拉东诺夫本人已经走进客厅。这是一个身材匀称的美男子,一头闪光发亮的金发,鬈成满头的小圈圈,有一双漂亮的大眼睛。紧跟在他身后的是一条凶恶可怕的狮子狗,名字叫亚尔布,脖子上的铜项圈还发出丁丁当当的响声。

"吃过午饭了吗?"别杜赫问道。

"吃过了。"客人答道。

"这是什么意思,您是专程来嘲弄我的吧!"别杜赫不高兴地说道。"既然吃过午饭,又赶在饭口上,还来我这里干什么呢?"

"彼得·彼得罗维奇,会让您满意的,"客人微笑着说道,"我真的什么也没吃过,根本就没有胃口。"

"真是遗憾,您要是看到我们捕到的那条大鱼,该有多开心哪!一条好大好大的鲟鱼,是自投罗网的!还有一大堆鲫鱼,活蹦乱跳的,新鲜极了!"

"听您这么一说,我更觉得心烦意乱。请问,您为什么总是这么开心?"

"干吗要闷闷不乐呢?干吗不开心呢?"主人说道。

"什么叫干吗闷闷不乐呢?心里总是苦闷嘛!"

"那是因为您吃得太少。您最好还是美餐一顿,看看会怎么样。什么'苦闷'呀,都是人们最近才制造出来的新词儿。从前,根本就没有哪个人苦闷过。"

"得了,别胡吹了!似乎您从来都没有苦闷过?"

"真的,从来都没有过!我从来就不知道什么是苦闷,而且也没闲工夫觉得什么苦闷。早晨刚一睁开眼睛,厨师就跑来啦,等候吩咐午餐该做些什么美味佳肴,紧接着就去喝早茶。还没来得及休息一下,总管又跑来请示,然后就忙着去捕鱼,打完鱼又忙着吃午饭。吃过午饭,还未来得及好好睡个午觉,厨师又来啦,请示晚饭吃些什么。吃过晚饭,厨师又来请示明天中午吃些什么。您看一看吧,哪儿有时间发愁和烦闷呢。"

在别杜赫和客人交谈这么长的时间里,乞乞科夫一直目不转睛地盯着这位客人。

这位普拉东·米哈雷奇·普拉东诺夫长得太漂亮了:身材不胖不瘦,

恰到好处，个子不高不矮，就像画中的那些俊美的男子一样，脸色白润透红，细嫩光滑，犹如处女般的纯洁娇美，令人叹为观止。无论是情欲的骚动，悲哀忧伤的冲击，还是激动不安的情绪，都不曾在他那张童贞的面孔上遗留下一条皱纹，但是也没有给这张面孔增加一点蓬勃的生气和活力。虽然他有时强颜欢笑，故作的讥讽也未能使它变得生机焕发，这张面孔始终笼罩在睡眼惺忪的阴云之下。

"说心里话，我也有困惑不解的时候，"乞乞科夫说道，"请允许我发表一点看法，我真的弄不清楚，就凭您这样一位相貌堂堂的男子，怎么会感到苦闷呢！当然毋庸讳言，产生苦闷的心情会有某些难以言表的原因，诸如，经济拮据啦，或者遭到一些愚妄小人的非议和暗算啦，那倒是另外一码事。不齿的卑鄙之徒有时也许还会对您下毒手而幸灾乐祸呢……"

"我可以坦率地告诉您，"普拉东诺夫抢着说道，"您所说的这种种情况，我根本就没有遇到过。说心里话，有时我倒是真想使生活变得更刺激更生动一些，不妨享受一下心情激烈波动和惊恐不安的刺激。好，这么说吧，哪怕有人故意制造事端来找麻烦，或者无事生非让我发火和生气，可惜的是，都没有！就是苦闷，平白无故的苦闷。"

"那么请问，是不是因为您嫌土地太少、田庄太小，或者是田庄里农奴不够用呢？"

"根本就不是这么回事儿，我和兄长总共拥有一万俄亩①的土地，农奴也有一千多个。"

"噢，田产如此之多，家业如此兴旺，还有什么可苦闷的呢？这就让人太费解了！是因为经营不善，收成不佳，男性农奴死于瘟疫的太多了么？"

"完全不是这么回事，田庄里的一切都安排得井然有序，年年五谷丰登，人畜兴旺。我的兄长可是一个极其会管理善经营的好当家人。"

"既然诸事顺遂，万事如意，那还有什么可苦闷的呢？真是令人想不通！"乞乞科夫说道，不知其所以然地耸了耸肩膀。

"好啦，好啦，那就让我们开心地吃喝一顿来赶走苦闷吧！"主人彼得·彼得罗维奇说道，"阿列克萨沙，快到厨房去一下，吩咐厨子马上把大馅饼给我们端过来。唉，叶梅里扬这个傻小子跑哪去了？还有小毛贼安东什卡呢？干吗到现在还不上凉菜呢？"

主人刚说完，客厅的门就打开了。傻小子叶梅里扬和小毛贼安东什卡捧着餐巾走了进来，立刻动手摆好餐桌，用托盘端来六瓶各种颜色的饮

① 一俄亩大约等于一点零九公顷。

料和露酒。在托盘和长颈酒瓶四周，很快就摆上了一圈各式各样凉菜，有鱼子、干酪、腌乳蘑等美味佳肴，真让人一看便食欲大振，馋涎欲滴。紧接着又从厨房里端来一道又一道的热菜，全都盛在带盖子的盘子里，还可以听到沸腾的热油在盘子里发出吱吱的响声。傻小子叶梅里扬和小毛贼安东什卡可忙坏了，不停在客厅和厨房之间快速地跑动着，两个人干得又卖力气又出色，平时干事也是既机灵又敏捷，既痛快又麻利。那么老爷为什么给他们俩分别起了听起来很不雅的外号呢？并不是因为他们做事呆傻或者手脚不干净爱偷东西，而是反其意而用之，以表示对他们的鼓励和爱惜之意。再说这位老爷就爱搞这一套恶作剧，但并无歹意。他认为给他们起个外号，叫起来更亲切，更有意思。其实这位老爷是个心地善良之人，从来不无缘无故地责骂仆人，只不过用一些尖酸刻薄的字眼拿仆人开心而已，因此仆人对他起的外号并不介意，也不反感。这一点正符合俄罗斯人的天性，平时总爱使用一些尖酸刻薄，甚至是冷嘲热讽的字眼儿，就像爱喝一杯伏特加酒来提提神，或者刺激一下胃肠的消化功能一般。有什么办法呢，这就叫做生就的骨头长就的肉，本性难移呀。

吃过凉菜和几道热菜之后，紧接着又上正餐。这时，宽厚和善的主人突然变成餐桌上的霸主，硬逼着客人进餐吃菜，只要他一发现哪个客人的食碟里就剩下一点菜了，马上就给你加上第二块，而且还说道："鸟要比翼飞，人要结成对，不然活着没滋味。"没等客人吃下去，他立刻又给你加上第三块，说道："只吃两块不算完，三位一体才叫全，上帝看了才喜欢。"客人刚吃第三块，他马上又给你加上第四块，并且会说道："三个轮子的马车不能跑，三根立柱的房子必然会倒，四个轮子四根柱，车子房子才牢靠。"客人吃完了第四块，他立刻又说了一句顺口溜，逼着客人再吃第五块，主人还是死缠住不放。乞乞科夫接连吃了十二块，真是撑得有点食不知味了，心想："吃得够多了，这回主人再也想不出来什么新把戏了吧。"结果还是过不了关，主人这次什么话也没说，就把一大块烧通脊全都放在他的食盘中，肉是串在铁钎子上烧的，是一头牛犊的最肥最好的部位。

"这头小牛犊，我用牛奶喂了两年，"主人炫耀道，"就像喂养亲儿子一样精心照料它。"

"谢谢您的盛情，我实在吃不下啦。"乞乞科夫真心诚意地说道。

"您先尝一尝，然后再推辞也不晚。"

"已经撑到嗓子眼儿啦，实在没有地方装啦。"

"我知道，有那么一次教堂里的人挤得水泄不通，一个位子也没有，可是市长大人一到，立刻就给腾出空位子啦。您只要尝尝味道就知道了，这块烤牛犊会像市长一样，准能挤进去！"

乞乞科夫实在推辞不掉,只好硬着头皮尝了一尝。果然味道鲜美,这块烤牛犊像市长进教堂一样,真的在他肚子里找到了位子,可是,他原来却以为一点儿也吃不下去了。

"唉,这么一个大手大脚的人,到了彼得堡或者莫斯科,怎么得了呢?如此发疯般地好客,动辄一掷千金,恐怕用不了三年,就会把钱挥霍一空。"乞乞科夫一直在为这位主人担心和忧虑,"也许他还不知道,现在京都里的情况也已今非昔比了,花销大得很,照这样坐吃山空,即使不大宴宾朋,用不了三年,恐怕三个月,也会把钱挥霍得分文皆无。"

别杜赫劝酒也别具一格。他从典当行里拿到钱以后,立即就买了大量的酒,储藏起来,足够消受十年。他一个劲儿地劝酒,不停地给客人斟酒,客人实在喝不下去了,就让他的两个儿子代劳。于是,阿列克萨沙和尼古拉沙,就一杯接一杯地往下灌,就像喝清凉饮料一般,不仅若无其事,而且喝得神采飞扬。诸君可想而知,到了京都以后,他们更会在这方面大显神通,还用得着去攻读哪一门专业和学科吗?客人们可喝得晕晕乎乎了,歪歪斜斜地走到凉台上,费了好大劲儿才在扶手椅上坐了下来。主人更是狼狈不堪,坐在自己那把可以坐下四个人的扶手椅上,马上就到梦中去云游了。他那巨大而滚圆的身躯立刻就变成了一个大风箱,从张大的嘴巴里和鼻子眼里演奏出来一种奇妙无比的音乐,即使是当今的时髦乐队也演奏不出来如此美妙的交响乐。里面既有擂鼓的声音,又有长笛尖细刺耳的声音,还有断断续续的狗咬架的声音,好不精彩,好不动听!

"快听,别杜赫演奏得多精彩!"普拉东诺夫说道。

乞乞科夫看到主人那副尊容,再听到他发出的那种奇怪声音,实在忍不住,不禁大笑起来。

"没错!像他这样大吃大喝,当然没闲工夫苦闷啦!还没上来苦闷劲儿呢,就叫睡神给抢走了,对吧?"普拉东诺夫说道。

"是啊,"乞乞科夫无精打采地说道,似乎那双小眼睛也有些睁不开了。"但是,请见谅,我还是没弄清楚,您怎么会总感到苦闷呢?再说,有很多方法可以排解苦闷的呀。"

"都有哪些方法呢?"

"对于年轻人来说,解除苦闷的方法多着呢!跳一跳舞啦,玩一玩乐器啦……实在不行,就谈谈恋爱,结婚。"

"谈恋爱,结婚?和谁呀?"

"难道这里四邻八舍就没有一个又有钱长得又漂亮的姑娘?"

"您别说,还真的一个没有!"

"嗨,这有什么难的,天涯何处无芳草,可以到别的地方去找嘛,只要想找,我想一定可以找得到!"说到这里,乞乞科夫突然灵机一动,想出一个最奇妙不过的好方法来,于是,睁大了眼睛看着普拉东诺夫,脱口而出:"哈,这可是一个绝妙的方法!"

"什么样绝妙的方法!"

"出门旅行去呀!"

"请问,去什么地方呢?"

"如果您现在就有闲工夫的话,就请和我结伴同行吧,"乞乞科夫说道,眼睛盯着普拉东诺夫,看看他的反应如何,心里却打起了如意算盘:"这倒是个好办法。如此一来,一路上的开销可以两个人来分担,那么修车费呢,就叫他一个人出。"

"请问,您想去什么地方呢?"

"怎么跟您说呢?我此次出行是受朋友之托。我的一位忘年之交的好朋友,贝特里谢夫将军,也可以说是我的恩公,托付我代他去拜访几位亲朋好友……虽然此行是代劳,固然是义不容辞,但是对我自己来说也会受益不浅,可以借此机会增长一些见识,也就是说多见见世面,又可以结交一下各方面人士,不论和什么人交往,都等于阅读一部活的教科书,也是熟悉外部世界和为人处世的大好时机。"

说到这里,乞乞科夫的如意算盘越打越如意啦:"这个主意确实很妙!最好把旅行的全部花销都算在他的头上,最好是用他的马来拉车,把我自己的马寄养在他的田庄里养养膘。"

"对呀,干吗不出去消遣消遣呢?"普拉东诺夫听完这番话,心里也琢磨起来。"反正我在家里也没有什么事可干,田庄一直由我哥哥经营管理,即使我出去转一转,也不会误什么事。对,这个主意真的不错,干吗不出去消遣消遣呢?也许会更开心一些。"

"不知您尊意如何,可否到我家小住两三日,"普拉东诺夫问道,"这样也可以和我哥哥见见面,结识一下,否则,他是不会同意我出去旅行的。"

"不胜荣幸,小住几日,悉听你们兄弟二人的安排。"

"太好啦,那我们就击掌约定,不准反悔!说走就走!"普拉东诺夫兴高采烈地说道。

于是,两个人就高高兴兴地击起掌来,并且异口同声地说道:

"走吧!"

"到哪儿去!你们二位要去哪儿呀?"主人别杜赫被从梦中惊醒,瞪圆着双眼,大声地问道。"绝对不行,二位仁兄!我早就吩咐过了,叫人把您的马车轮子给卸下来啦。至于您吗,普拉东·米哈雷奇,已经把您的马放到十五里之外的地方去啦。不行,今天我决不放你们走,要在我这里畅聊一夜,等到明天吃过午饭再走,到那时是去是留,悉听尊便。”

两个人当然拗不过别杜赫啦,恭敬不如从命,只好留了下来。但是,他们二人却在这里度过了一个极其开心而又愉快的春夜良宵,也可以说没有辜负别杜赫对他们的一番美意。主人为他们精心安排了湖上泛舟,河上娱乐。十二名船工每人挥动着两把船桨,放声高歌,游船载着他们在波平如镜的水面上飞驰,歌声、桨声划破了夏夜的长空,久久地回荡在湖面之上。他们又从湖里划入一条一望无际而又宽阔的大河,河的两岸都是平缓的斜坡,游船不断地挂到横截河面捕鱼的绳索。船在水面上急驶,荡起了一圈又一圈的涟漪,两岸的美景犹如图画一样,一幅又一幅在他们眼前一闪即逝。从林沿着河岸延伸,绿葱葱的林木和芳草如茵的绿地,令人目不暇接。当船工们把二十四枝船桨同时插入水中,用力猛然一划,游船犹如振翅飞翔的鸟儿,在水面上飞了起来。尚未来得及吃茶点,主人别杜赫一时兴起,脱掉了衣服,纵身一跃,扑通一声跃入水中。他在水中一边畅游,一边大呼小叫地喊着大福马和库齐马,一边又和船工们大声地交谈,足足折腾了一个多小时。后来游累了,力不能支,便爬上游船,虽然又冷又累,可是食欲大振,狼吞虎咽地吃喝了一通,真是让人羡慕,拍手叫绝。此时,太阳已经落山,天空中升起绚丽的晚霞。喊叫声、笑闹声在长空中和水面上回荡。船工们不知在何处藏起了身影,一群顽童出现在河边,他们在水中尽兴地玩耍,打水仗,互相追逐,笑闹声,吹呼声,此起彼伏,演奏出了一支欢乐的交响曲。江面上忽然又响起了嘹亮悦耳的歌声,那是坐在舵手身后的第三个位子上的一个小伙子唱出来的。只见他长得肩宽背阔,真是一个棒小伙子,面目清秀,恰如一位适龄少女那般漂亮。他把几段副歌唱得哀婉奇绝,犹如夜莺一般如泣如诉地啼鸣婉转。有五六个船工放喉应和,又有五六个船工帮腔烘托,那歌声在无边无际的长空中飘荡回响,就像俄罗斯大地一样的空旷辽阔,无边无际。不管是主人,还是农奴,都是那么悠闲自在,无拘无束。别杜赫吃饱喝足了以后又精神焕发起来,也扯着嗓门儿跟着唱了起来,发出呜呜的声音,显得十分可笑,倒也非常有趣。这种欢快热闹的情景,让乞乞科夫感慨万端,感到自己是一个名副其实的俄罗斯人了,同时又暗下决心:“无论如何,我一定要让自己拥有这么一处庄园!”只有普拉东诺夫却想的不一样:“谁愿意听这种凄凉的歌声?听来听去,只能叫人心里徒增忧伤和苦闷。”

当游船驶上打道回府的路程时,天空中早就垂下漆黑的夜幕。水面黑乎乎一片,几乎什么东西也看不到,只是听到船桨哗啦哗啦击水的声音。游船在一片昏暗中靠了岸,湖岸上点起了一堆堆篝火,渔夫们正在忙碌着，在篝火上支起了三角架，正在用活蹦乱跳的梅花鲈鱼煮鱼汤呢。村里的人全都回家准备安歇了。牲畜和家禽也都归槽回舍了。一路之上扬起的尘土烟雾也消散了。牡童们忙完之后，正站在大门口，等着人们用牛奶或者鲜鱼汤来犒赏他们。昏暗中传来人们说话的喧闹声，邻村传来一阵阵狗的吠叫声，本村的狗有时也跟着一起唱起来。一轮明月渐渐爬上天空，撕开了黑沉沉的夜幕，刚开始时只是给万物涂抹上一层模糊的亮光，后来就把万物全都照得十分清晰。明月呀，月光啊，你描绘出一幅多么神奇的夜色啊！明月给人间撒满了银白色清辉，举目可见，家家户户的烟囱都喷吐出一缕缕的炊烟。只见尼古拉沙和阿列克萨沙骑着骏马从客人面前飞驰而过，两匹剽悍的种马正在月下撒欢，相互你追我赶地向前飞奔，马蹄扬起一团团的尘烟。这两个浪荡公子心里却一直想着莫斯科，想着琳琅满目的店铺，大戏院和饭店，虽然他们尚未亲眼目睹，可是已经从一个来自京都过路的士官生那里了解了不少情况。他们二人的老子呢，正在琢磨用什么丰盛的晚餐来招待这两位客人。如此欢闹而快乐的夏夜，又触动了乞乞科夫的心事，他无比激动和兴奋地想道："嘿，无论如何，日后我也要购置这么一座田庄！"想到这里，眼前仿佛影影绰绰地晃动着美貌妻子的娇姿丽影，一群小乞乞科夫在相互追逐和嬉戏，心里像融化了蜜糖一样甜滋滋的。只有普拉东诺夫对这一切无动于衷，懒洋洋地打着呵欠，眼皮也在直打架。

晚餐非常丰盛，免不了又猛吃猛喝一通。乞乞科夫挺着撑得鼓鼓的肚子走进了给他过夜的房间，一头栽倒在床上，用手抚摸着自己的肚子，惊愕地说道："简直变成了大鼓啦，就是'总督'来了，也挤不进去了！"嗬，真是机缘巧合，隔壁房间恰巧是主人的书房，墙壁是很薄的隔板，那里有什么动静可以听得非常清楚。乞乞科夫听到，主人别杜赫在向厨子吩咐翌日早晨的食谱。名义上说是早餐，其实比一桌丰盛的午宴只有过之而无不及！只听点出菜肴的名字就令人馋涎欲滴！就是死人闻到这些佳肴的香味，也会起死回生来大饱一番口福！

乞乞科夫虽然肚子还饱饱的，但是听到明天早晨这些美味佳肴，不禁伸出舌头收一收口水。接着又听到别杜赫的吩咐："这样的菜要煎，但是火不要太大；那个菜要炖，要用文火慢慢炖，一定要把作料的味道都炖进去！听懂了吗？"厨子尖声尖气地回答道："懂了，老爷。是的，可以这样做，老爷。"

"鱼肉馅饼要做成方形的，"别杜赫接着说道，"一个角里用鲟鱼肉和鳇鱼脊筋，另一个角里用荞麦粥、蘑菇、葱头、甜鱼膏、牛脑髓，还有其他一些美味的东西，反正你都知道。但是，你得心中有数，一面要烤得焦黄酥脆，而另一面要烤得脆而不硬，一定要掌握好火候，你听明白了，要把肉馅烤熟烤透，把滋味都烤到皮子里去，也就是说也烤得松软酥脆，吃到嘴里就融化了，就像雪片一样化到嘴里，叫人吃了又香、又酥、又脆，而且要余味无穷。好啦，听明白了吧?"

乞乞科夫刚一听到主人的吩咐，确实感到很有趣，可是听着，听着，心里就烦了。

"真是活见鬼，啰嗦起来就没完啦，成心不让人睡觉!"乞乞科夫急得在床上直折腾，实在无奈，用被子把脑袋包了起来，但是，别杜赫的说话声还是直往耳朵里钻。

"喂，我还得提醒你别忘了，鲟鱼肚子里要塞些甜菜丁、胡瓜鱼、乳蘑，你要记清楚了，还要加上芜菁、胡萝卜、豆荚之类的东西。也就是说，配料要多，把各种各样有滋味的东西放进去，才能提味和入味，吃起来才有味道。还要记住，猪灌肠里要放点儿冰，这样肠子才会鼓起来，既好看又好吃。"

别杜赫滔滔不绝地说个没完，又点出了好多样菜。总是反反复复地说:"这个菜要炒的，那两样菜要煎的，有的又要烤，还有的要炖，每道菜都做得香甜可口，咸淡合适，都要色鲜味美。"说呀，说呀，一直说到火鸡怎么做的时候，乞乞科夫可能是听烦了，这才不知不觉地进入了梦乡。

第二天早晨起来之后，前一天晚上吃的东西可能还没消化完，可是看到如此丰盛的美味佳肴，又放开肚皮猛吃猛喝一顿。普拉东诺夫吃得肚子圆滚滚的，连弯腰都很费劲儿，哪里还能骑得了马！只好让别杜赫的马夫牵着往回走。这位爱苦闷的先生和乞乞科夫同乘一辆马车啦。他那只长毛狮子狗也因为吃得太饱，无精打采地跟在马车后面慢慢地走着。

"哎，这样的待客方法实在让人接受不了，"当二人乘坐的马车走出别杜赫家的大门时，乞乞科夫带点抱怨的情绪说道，"如此盛情也实在太过分了，虽然盛情难却，可是把人撑得太难受了。不知您的感受如何，很不舒服吧！普拉东·米哈雷奇？本来坐这辆马车是很舒服的，可是此刻坐在里面有些受不了。喂，彼得卢什卡，你这个蠢东西，干吗弄这么多纸盒子来，你又在搞什么名堂?"

普拉东诺夫一听，哈哈地笑着说道：

"我来代他回答吧，这可是彼得·彼得罗维奇的一番好意，给我们带了这么多东西让我们在路上吃的。"

"真是这么回事儿，"彼得卢什卡在驭台侧过身来说道，"那位老爷吩咐一定要把这些馅饼和烤饼全都带到路上吃。"

"彼得卢什卡说得一点儿也不假，巴维尔·伊凡诺维奇，"谢里方也回过身来笑嘻嘻地说道，“这位老爷真好，是个慷慨的大好人！还赏了我们每个人一杯香槟酒，还让人拿菜给我们吃呢。菜的味道香极了，真好吃。心肠这么好的老爷还真有呢。”

“可是我倒是觉得别杜赫心好得有点儿过头啦！让人受用不起！或者说让我苦闷了。”普拉东诺夫有些不高兴地说道。

“真是身在福中不知福！倘若我和你一样，一年有七万卢布进项，”乞乞科夫有些不服气地想道，“我才没工夫去苦闷呢！就拿专卖商穆拉佐夫来说吧，有一千多万卢布，太厉害……这份家产太大啦！”

“怎么样，巴维尔·伊凡诺维奇，我们中途稍微耽搁一点时间可以吗？我想到我姐夫的田庄去一下，我想和我姐夫和姐姐去告别一声，离这儿没多远，大约有十几里路吧。”

“非常高兴！”乞乞科夫说道。

“不会让您白跑一趟的，也许会有很大的益处。我姐夫可是一个精明能干的人。”普拉东诺夫说道，“要是您对经营和管理田产有兴趣的话，您要能和他结识一下，将会是一种令您高兴的事情，比他更善于经营管理的人，恐怕找不到第二个人啦。他把一个濒临破产的田庄治理得不仅起死回生，而且发生了翻天覆地的变化。原来每年只有不足三万卢布的收入，经过他十年的治理，现在一年就有二十多万卢布的进项！”

“啊，实在太了不起啦！真是一位值得尊敬的好主人！有幸能和这样的人结识一定会受益匪浅！应该好好地向他求教才对。那么，请问，他贵姓？”

“柯斯坦若格洛。”

“他的名字和父名怎样称呼呢？”

“康斯坦丁·费多罗维奇。”

“噢，康斯坦丁·费多罗维奇·柯斯坦若格洛。有幸能够结识这样一位大能人，肯定会受益不浅！”乞乞科夫越听越感兴趣，聚精会神地听着有关柯斯坦若格洛的各方面情况，而且心中对这位精明能干的地主满怀敬佩之情啦。

于是，普拉东诺夫便不由分说给谢里方充当起向导来啦。他这样做，确实是个英明之举，因为车夫谢里方勉强在驭台上坐稳，彼得卢什卡在和他挤位子。这个笨蛋有两次从马车上掉下来，以至于不得不用绳子捆到驭台上。

“你们这两个蠢货！就会瞎折腾。”乞乞科夫见此情景，气呼呼地骂道：

“快看，快看，从这里开始就是我姐夫的地界啦，”普拉东诺夫说道，

"您马上就能看得出来,这里的一切和别的地方相比,完全不一样啦。"

车夫谢里方在普拉东诺夫的指引下,把马车向左拐了一个弯。这时,你再举目一望,整片田野上整整齐齐地排着三道前面高后面低的树林。每一道树林,都是后面是老树林,高高的,前面是新种植的树林,全都排列有序地挺立在田野中。他们的马车就这样三次穿过新老树林,仿佛穿越了三重绿阴蔽日的拱门一样。

"这里所有的树林子都是用人工播种种植起来的,而且树木长势、成材既好又快,他这些树林子只用八年的时间就长成了,但是在别的地方二十年也长不起来。"普拉东诺夫说道,"您再看,这里的庄稼长势多好,每年的收成也比别的地方多了不知几倍呢!"

"那么,请问,他怎么搞得这么好呢?"

"那您最好还是去问他本人吧。他是一位杰出的自然地理学家,精通土壤学和植物学,具有非常丰富的农业知识,在经营管理方面更是出类拔萃,没人能比得了。他不仅了解什么样的土壤该种什么样的农作物,而且还了解什么样的作物应该和哪种作物套种,什么样的庄稼地旁边该栽种什么样的树木。他做任何一件事情,都是胸有成竹,都是经过周密思索而有计划进行的,因此不但能收到立竿见影的效果,而且能够做到一举多得。他为什么要种植树木呢?一、可以植树成林,生产木材;二、可以蓄水保墒,别人的地遇到天旱缺雨,就会土地干裂,禾苗枯死,庄稼减产,或者颗粒无收,但是他的庄稼却能旱涝丰收;三、落下来的枯叶既可以保养土地,又可以充当上好的肥料;四、绿树成荫,既可以遮挡烈日,又可以防止狂风暴雨、风雪严寒的侵袭。总之,好处太多了,不好意思的是,我对这些可是个外行,没有本事说清楚。总而言之,他是个了不起的人物,所以人们都说他是一个魔法师。"

"真的,此人真是一个了不起的人物,一定要会一会这个精明能干之人!"乞乞科夫心里琢磨道,"光听这个年轻人讲是不行的,再说他也讲不清楚,说不明白。也许是上帝的恩典,让我去结识这位高人,我一定要虚心求教,说不定会学到发家致富的诀窍,让我乞乞科夫也能飞黄腾达,财源滚滚呢。"

他们终于看到了柯斯坦若格洛的庄园啦,这可是一座非同寻常的村庄,看上去就像一座城市一样,所有的一切都井然有序。一座座小木屋错落有致地分布在三个高坡之上,每个山坡顶部都高耸着一座教堂,树林的周围都有栅栏。到处都有畜牧场,整洁干净,一头头牲畜都膘肥体壮,令人赏心悦目。略精事理之人一看便心知肚明,当然乞乞科夫更不能例外了,他心中暗想:"啊,果然不错,这里不是住着一位世外高人,就是住着一位农业专家,或者就是农家富豪!否则,怎么会有这样一派令人惊叹不已的繁荣富裕的景象呢?!"环顾四周,到处都矗立着巨大的麦垛和干草垛。村里的街道都很平坦与笔直,小木屋也建造得美观、坚固,偶尔遇上一辆大车,也是新的,一看便知,既结实又耐用。遇到的庄稼汉个个都是满面红光,聪明能干的样子,膀大腰圆,全都很健壮结实。就连猪、马、牛、羊也都显露出一副得意洋洋的架势。不言而喻,这里的庄稼汉,都过着歌谣里唱的那样好日子:吃得饱来睡得好,房子美观造得牢,只要刻苦爱劳动,金子银子满地刨。这里没有追求时髦的建筑,没有什么西欧或英国式的花园和草地,没有曲径流水,也没有刻意去仿造各式各样林阴大道。只有一条原来旧有的大道,直通老爷的宅院,道路两旁是一座座谷仓和作坊。在老爷宅第的屋顶上,有一个很大的凉亭,既可纳凉小憩,又可作为瞭望台,可以随时观望和了解周围发生的情况。上面还高高地挂着一盏路灯,可以照到方圆十五里的地方。

乞乞科夫的马车驶到台阶前,侍仆们纷纷出来迎接客人,一个个精神抖擞,动作敏捷,热情周到,比酒鬼谢里方和蠢货彼得卢什卡要体面多了。尽管他们没有穿常礼服,只不过是穿着一件哥萨克式的蓝色粗呢子大褂,而且衣料是自制的产品。

女主人,也就是普拉东诺夫的姐姐,亲自走到台阶上来迎接客人。一看便知,柯斯坦若格洛一定没有在家。女主人面容娇美艳丽,肤色洁白如玉,恰似万里无云的夜空中的一轮明月,满头像波浪一样的金发,身段修长而苗条。和弟弟普拉东诺夫长得惟妙惟肖,恰似两滴水一般无二。但是两个人性格却完全不相同,姐姐性情开朗、欢快活泼,而且非常健谈,不像弟弟那样多愁善感,郁郁寡欢,还爱什么苦闷。

"哎呀,你好,弟弟!看到你来,我非常高兴!可是不巧得很,康斯坦丁却不在家;但是,别着急,我想他很快就能回来。"

"姐姐,你好!康斯坦丁到哪儿去了?"

"他大概是到村里找人谈生意去了。"她一面说着,一面把客人请进屋里。

乞乞科夫没有来得及和女主人寒暄什么,便非常好奇地观察起这位每年有二十万卢布收入的能人的居所。他是想根据住房和居室的装潢和陈设,来观察、发现和推断主人的性格、爱好和特点,如同根据贝壳的形状来推测和判断,里面曾栖息过什么样的牡蛎和蜗牛一样。然而,仅凭这一点,他并没有得到任何启示。这里所有的房间装饰和陈设都非常朴素,没有一点奢华的影子,甚至显得房间特别宽敞,而且有些空空荡荡的。墙壁上既没悬挂色彩斑斓的水彩画和油画,没有摆放和陈列青铜古玩、陶瓷器具的壁橱、壁柜或隔架,也没看到花盆、花瓶和雕像等装饰物品,甚至也没看到书架。总而言之,这里好像住着一位超凡脱俗的苦行僧一样。这里的一切都清楚地告诉你,在这里居住的主人不是躲在四壁之中悠闲度日之人,主人来到此处只是为稍事休息,而不是为了在这里休闲纳福。他生活中的大部分时间是忙碌在自己领地的田间地头、牧场和林场中。他的思想和行动不是坐在扶手椅上或偎依在暖烘烘的壁炉前,凭空想像或设计构思出来。他是在自己经营和管理的实际活动中,遇到什么问题,或想到什么事情,立刻就在实践活动中加以解决。所以他所做的每一件事,从来都是有的放矢,从来不做那种想入非非或凭空遐想和瞎想的蠢事,他就是这样一位精明能干的实干家。

乞乞科夫在每个房间里,都可以看出是女主人在操持和管理家务事。他看到不管是桌子还是椅子上,都摆放着许多洁净的菩提树木板,上面堆放着一些需要晒干的花瓣。他正想要问,弄这么多花瓣干什么,不想普拉东诺夫却抢先问道:

"姐姐,你在这儿搞这么多脏东西干什么呀?"

"什么叫脏东西!"女主人不十分高兴地说道,"这可是治疟疾最有效的上等良药!我们去年就用它把患疟疾的庄稼汉全都治好了。你看,这种花瓣是用来泡酒的,这种是做果酱用的。你们总是拿果酱和腌菜来讽刺人和挖苦人,可一吃起来比谁都爱吃,而且还总是吃不够,夸耀起来没完。"

普拉东诺夫懒洋洋地走到钢琴前,顺手按出几个音来。

"天哪,这都是老掉牙的东西啦!"普拉东诺夫漫不经心地开口说道,"唉,我的姐姐,我的好姐姐,弄这么一个破东西摆在这里,你也不觉得难为情?"

"算了吧,我的好弟弟,请别介意,你说得倒是很轻松,我哪有闲工夫摆弄钢琴啊?我的女儿已经八岁了,我要用全副精力来抚养她,教育她,这是我义不容辞的责任啊!若是为了自己有空闲时间搞音乐,就把孩子甩到外籍家庭教师手里?对不起,弟弟,我绝对不会干这种蠢事!"

"说心里话,姐姐,你怎么会变成这个样子,整天陷在家务事里,多没意思啊,你也不嫌枯燥和乏味?"普拉东诺夫一边说着走到窗户前,忽然大声喊道,"喂,快来看,是他!他回来啦,回来啦!"

乞乞科夫也立刻走到窗前,并向外望去。看到一个四十来岁的男人正向门口的台阶走来。一看便知,此人身体健壮,欢快活泼,皮肤晒得黑黑的,身穿一件駝毛常礼服,头上戴着一顶毛绒便帽。从穿着打扮来看,他并不怎么讲究衣着。有两个仆人一般的男人手里拿着帽子,跟在他的左右。两个人一面走着，一面在和这位主人商谈什么事情。其中一个像是个老实本分的庄稼汉，另外一个一看便知道，是一个老奸巨猾的外乡人，穿着一件腰间打摺的蓝色大褂。三个人走到台阶前就停了下来，因此，无法听到他们在谈论什么。

“好了，我看最好的办法是：你们先去向你们老爷赎身。那样，我才能借给你们钱；以后你们给我干活来抵债就行了。”

“不用，康斯坦丁·费多罗维奇，干吗非得赎身呢？您干脆把我们买下来不就行了。到了您这儿，我们的脑袋就会变得聪明，就不会再干蠢事啦。像您这样精明能干又体贴下人的主人，就是跑遍天下，也找不到第二个人哪。现在，到处都是陷阱，稍不注意，你就得吃亏上当，掉到别人给你挖的陷阱里去。就像小酒馆里的老板一样，说他卖的酒度数不算高，可是你只喝上一杯，就不知道东南西北了。老板却说，喝吧，喝吧，越喝越精神，越喝越过瘾。你就听信了他的花言巧语，稀里糊涂地喝吧，还没搞明白是哪码事儿，身上的钱就全都弄光了。骗人的事儿可多着呢，一不小心，你就让人家给骗了！唉，说实在的，如今的世道怎么变得这么坏呀！一定是魔鬼在作怪！社会上什么样的鬼把戏没有哇，想方设法引诱庄稼汉往歪门邪道上走，又是让你吸烟，又是拖着你去嫖女人，各种各样的花招，陷阱多得很哪……有什么办法呢，康斯坦丁·费多罗维奇？诱惑太多了，阴谋诡计多得很，实在没办法约束得住自个儿。”

“你听我给你说清楚，问题在什么地方，这种事儿，首先应该怪你们自己，再就是没有人严厉地管束你们！你可要记住，到了我这里，可是不准你们由着性子胡来，我绝对不允许你们自由散漫地瞎折腾！当然啦，你们一到我这里来，居家过日子，本本分分、踏踏实实地干活，该有的东西，该用的东西都会有，什么牛啊，马啊。但是，要牢牢记住，我对庄稼汉的要求可比别处严格。到了我的田庄，头一条，要老老实实地干活，本本分分地过日子，不管是给我干活，还是给你们自己干活，都得卖力气干。我决不会让哪个人在我这里游手好闲，或者闲着的时候瞎折腾，我这里绝对不要懒汉、二流子！我不光是要求庄稼汉要这样，我也不能例外，也要卖力气干、拼命地干，就像你们一样的干活。只有这样才能过上好日子，而且会越过越红火。跟你们说句掏心窝子的话吧，这可是我的切身体会：就是因为不踏踏实实地干活，脑袋里才会钻进去或者自己想出来各式各样歪思斜念、歪门邪道。要到我这里来，就得按着我的要求干，这一点，你们可要想好，商量好，否则就别来，再说啦，我也不会要！”

“康斯坦丁·费多罗维奇老爷，这一点我们都想过了，也都商量过，请您放心好啦！就连白胡子老头都众口一词地说：‘还有什么可说的，在康斯坦丁·费多罗维奇老爷的田庄里,庄稼汉的日子过得再没那么好的了。家家户户丰衣足食,这可不是天上掉馅饼,而是这位有菩萨心肠的老爷领着大家拼死拼活干出来的呀!就连那里的神父都有一副慈悲的心肠。但是,在我们的田庄里完全是另外一回事儿,就连神职人员也都抓去当劳役了,人死了都没人给操办葬礼。"

"但是,不管怎么样,你们还是回去好好想一想,商量好,要从长计议,万万不可凭一时头脑发热蛮干。"

"好,我们一定遵照您的吩咐办。"

"那么,这桩生意,康斯坦丁·费多罗维奇,请您发发善心……把价格再压低一点儿吧。"走在左边那个身着蓝色大褂的外乡人请求道。

"我已经跟你说得很明白了,我向来不爱讨价还价。我再说一遍,我和别的地主可不一样,到了该赎当的时候,你手里拿着当票子,可以要挟他,尽量压低价格讨便宜。我早就知道你们会玩这一套把戏的。你们手里攥着赎当日期的清单,知道哪个人该赎当了,你们就去对付他,去整他,你们的居心不是很明显吗?因为他手中正缺钱,你就可以随便宰割他,甚至杀一半的价钱,不管他愿意不愿意,也得卖给你。我可不吃你们这一套,我手里有的是钱,不缺你那点儿钱!我这些东西,即使再放上个两三年也没什么关系!我可没和当铺打什么交道,更不欠它的债!"

"这倒是实话,您怎么会欠当铺的债呢?康斯坦丁·费多罗维奇。但是,我这样做,只是为了今后和您继续做生意,我并没有想要捞您的便宜。既然是这样,我们就算成交了,那么这三千个卢布就作为定金,请您收下好了。"这个外乡商人说着从衣兜里掏出一沓脏兮兮的钞票递给了柯斯坦若格洛。后者不十分高兴地接了过来,连头都没有点,随意塞进了常礼服的衣兜里。

"嗬,可真阔气,"乞乞科夫心里想道,"就像塞一条手帕似的!"

柯斯坦若格洛转身走进了客厅,看到普拉东诺夫,立刻大声地喊着:"啊,弟弟,是你来啦!"两个人热烈地拥抱亲吻之后,普拉东诺夫便把乞乞科夫引荐给他。乞乞科夫彬彬有礼而又毕恭毕敬地快步走到这位他崇拜的主人面前,寒暄了几句之后,两个人也亲热地相互拥抱和亲吻。

柯斯坦若格洛有一种南方人那种热情奔放的性格。由于常年在外奔波,面孔被晒得黝黑黝黑的,一头又浓又密的黑发,头发又粗又硬,某些地方还出现了少许白发;一双眼睛炯炯有神,闪耀着足智多谋而又与人为善的光芒。虽然是初次见面,却给乞乞科夫留下极为深刻的印象。他的言谈举止和面部表情,都充分显示出这个人具有旺盛蓬勃的精力,而且智慧超群。论血统,他不是一个纯粹的俄罗斯人,但是却有着俄罗斯人的灵魂和性格。他自己也不了解他到底属于斯拉夫人的哪个民族,也不知道祖先的身世。他并没有把自己的血统和家族的身世放在心上,他认为这些对一个人并不是那么重要。他认为唯一重要,而且最有实际意义的事情,是全力以赴地经营和管理自己的田庄。在他的灵魂深处和思想意识当中,认为自己就是一个地地道道的俄罗斯人,更何况他自幼就把俄语当作母语,而不懂得其他民族的语言。

"喂,康斯坦丁,我要告诉你我的一个决定。"普接东诺夫说道。

"快告诉我,是什么样的决定啊?"康斯坦丁立刻问道。

"我打算到外省去游历游历,说不准会把我心中的郁闷排遣掉,也许会医好我的抑郁症。"

"这倒是个好主意!我想对你会大有益处的。"

"我打算同乞乞科夫结伴同行。"

"那就更好啦!有个意气相投的旅伴同行,乃是一大快事。那么,您准备去哪些地方呢?"柯斯坦若格洛很有礼貌地向乞乞科夫问道。

"恕我直言相告,"乞乞科夫颇有风度和满怀敬意地微笑着欠身答道,一只手轻轻地扶着椅子的扶手,"鄙人此行不是出于个人的需要,而是去完成受人之托的事情。也就是说,是受我的忘年之交贝特里谢夫将军之托,他是我的恩公,代他去拜访他的几位亲朋好友。当然啦,受人之托,忠人之事,是一件义不容辞的事情。但是说心里话,这次出游经办此事,对于我个人来说,也会受益不浅的,借此机会可以多见见世面,多结交一些朋友,还可以借此良机多了解一下各地的风土人情,真可谓一劳多得呀。古人云:行万里路读万卷书,这可是一部活的教科书,是一门博闻广见增长智慧活生生的学问,况且这样游历游历也是锻炼身体驱除百病的良药啊!"

"确实如此,能出去多游历一些地方乃是明智之举,一定会得到很多的教益。"

"蒙君赞同,不胜欣慰,如君所言,确实应该出去游历游历。否则,整天守在家里,犹如井底之蛙,很容易成为一个孤陋寡闻之人。出去转一转,既可以开阔眼界,又可以敞开胸襟,会看到意想不到的新事物,会结识到意想不到的良师益友。同一些有识之士聊一聊,交谈交谈,胜受十年寒窗之苦啊!就拿此刻来说吧,我能有幸与您结识,这是我的福分。尊敬的康斯坦丁·费多罗维奇,我对您这样学识渊博又善于实践的贤明之士,真是仰慕已久,我是专程来向您求教,渴望亲耳聆听您的指教。您的金石良言,会使我茅塞顿开,犹如饥渴的大地久旱逢甘霖哪!"

柯斯坦若格洛被乞乞柯夫这一番恭维的言语,弄得十分难为情地说道：

“何谈指教呢？实在不敢当！您说得言过其实啦，怎么能说什么指教？和您说心里话，我可不是过于自谦，我的确是一个学识浅薄之人，哪里敢说什么学识渊博和什么贤明之士啊，我真的承受不起！您想谈一谈哪方面的问题，我们倒是可以开诚布公地聊一聊，那么您究竟想探讨什么呢？”

“哪里敢谈什么探讨啊，我是真心诚意来向您求教的！求您在发家致富方面给我指教诀窍！求您指教如何管理和经营田庄的锦囊妙计，求您指教如何保证年年都可以取得可观的收入的秘诀，求您指教怎样才能创造出真正的财富的宝贵经验，求您指教怎样把理想和愿望变成现实的生财之道，从而也能像您一样履行一个公民应尽的义务，而且能够像您一样赢得同胞们的赞誉和尊敬！”

“尊敬的先生，您这个题目似乎有点太大啦，并非三言两语便可以说清楚的。”柯斯坦若格洛若有所思和态度十分真诚地说道，“您看这样好不好，您在我的田庄里小住一两日，我可以陪同您在这里转一转。这样，我便可以在您的实地考察过程中，给您介绍一下我的经营方法和管理措施，讲一讲我所采取的全部方法。我想这样一来，比咱们坐在屋子里纸上谈兵要好得多。您经过实地考察，一看就会清楚，我这里并没有什么诀窍、锦囊妙计和什么秘诀之类的东西，只不过是盲人骑瞎马，在实际活动中闯出来的罢了。”

“我看康斯坦丁这个主意不错。您就留住一两天吧。”女主人说道，同时她又转过头来对普拉东诺夫说道：“弟弟，您也住下来吧，不是也没有什么事情急着要办吗？”

“我倒是没什么事情可忙的，留住一两天也没什么关系！”普拉东诺夫真心实意地说道，“只是不知道巴维尔·伊凡诺维奇有何打算和安排，是否愿意留下？”

“噢，我很高兴能留下来，这是我求之不得的！……但是有这么一件事，我得先去拜访一下贝特里谢夫将军的一位亲戚，也就是科施卡廖夫上校……”

“原来是这个人哪……他可是个怪人，神经兮兮的。”

“噢，原来如此，既然是个神经不太正常的人，不去也罢。但是受贝特里谢夫将军之托，他是我的忘年之交，又是我的恩公……不去拜访一下，恐怕不妥。”

“既然是这样，”柯斯坦若格洛说道，“依我看，出于礼貌，还是去一下为好。不过，最好马上就去，晚饭之前便可以赶回来，我这儿正好有一辆套好的轻便马车,不到十几里的路程,很快就可以赶回来。”

“这是一个好主意!不过又得给您添麻烦,实在不好意思,只好先说声谢谢啦!”乞乞科夫十分高兴地说道,拿起帽子便往外走。

他立刻登上马车,前去拜访这位上校。车夫挥鞭打马,马车便风驰电掣地跑了起来,没到半个小时,就来到了科施卡廖夫上校的田庄。到了这里举目环顾,乞乞科夫不禁大吃一惊:整个村庄都乱成了一团糟,有些地方在建造新的房舍,有些地方在翻新改旧,街道上杂乱不堪,到处都是石头、砖瓦和木料,横七竖八地堆放在那里,一点秩序都没有。有一些已经建造好的房舍,看样子倒是很讲究气派,猛然看上去,还以为是官府衙门呢。每一座房子上都各有名号,其中一座房子上写着几个镀金大字“家具仓库”,有的写着“总会计室”,“农务委员会”,“村民示范教育学校”,等等。总之一句话,名目繁多,无奇不有。乞乞科夫还误以为,自己来到了一座大兴土木的城市了呢。

乞乞科夫见到这位上校的时候,他正站在一张高脚桌前,嘴里咬着羽翎笔,现出一副沉思的样子。这位科施卡廖夫上校十分热情友好地接待了乞乞科夫。一看就知道,此人是一个非常注重仪表之人,胡子、头发都修剪得很整齐,面部光滑油润,五官清秀。言谈举止,表现出来这是一个热心爽快、亲切和蔼的人,也是一个心直口快的人。初次见面,就口若悬河地和乞乞科夫神聊了起来,炫耀他为了把他的田庄管理和经营到今天这样兴盛的景象,不知绞尽多少脑汁,花费多少心血,虽然不敢说庄稼汉们都过上丰衣足食的幸福生活,但起码可以说是过上了顺心如意,不缺食少穿的日子。又有些伤感地说道,为了提高庄稼汉的文化素质,高尚的道德情操,为了让他们懂得,光有丰衣足食的物质生活是不够的,还要有享受精神文明的重要性;让他们明白,只有文学、艺术才能培养出高尚的精神文明,他不知伤了多少脑筋,克服了多少困难,甚至急得坐卧不宁,食不知味,睡不安枕。他深有感触地说,要克服和战胜俄国人的愚昧无知,落后的风俗习惯,真是难于上青天啊。他举出一个例子说,比如,为了使村子里的妇女养成束腰的习惯,为了使男人穿德国式的裤子,虽然花了九牛二虎之力,但至今收效甚微。说到这里,他甚至有些气恼,并且现身说法地讲道,当年,就是早在一八一四年①,他率领他的部队驻扎在德国时,就连磨坊主的女儿都会弹钢琴,会说法语,会行屈膝礼。说到邻村地主的时候,他甚至有些气愤,责骂他们因循守旧,抱怨他们顽固不化,说他们是愚

---

① 指一八一四年俄国卫国战争胜利,俄军把拿破仑的残部追击到德国境内,后来一直进军到巴黎。

昧无知的蠢货。他虽然苦口婆心地开导他们，说服他们，但是种种努力都付之流水，反而遭到他们嘲讽和唾骂。最后他又信誓旦旦地说道，哪怕愚昧无知的势力再顽固，因循守旧的积习再牢固，他都会不遗余力地去克服，并且要战而胜之，一定叫他田庄的庄稼汉们既会犁地耕田，同时又能够读懂美国科学发明家[①]有关避雷针的著作，还要让他们读懂英国古典主义大诗人维吉尔的田园诗，或者多读一些有关土壤化学分析研究方面的著作等等，不达目的，决不罢休。

"对呀，说得很好，想得也不错，要是真能如此，又有谁会说不好呢?"乞乞科夫听了这番宏论和畅想，心中想道。"谈何容易，哪有那么多闲工夫啊，一本《拉瓦列尔伯爵夫人》，我至今尚未读完。"

科施卡廖夫虽然发表了长篇大论，但是仍然谈兴未尽，又对怎么让人们发家致富，过上丰衣足食的幸福生活发表很多高论。他最后痛心疾首地说道：

"这种愚昧无知太顽固，太可怕啦！这种中世纪的愚昧落后的积习太根深蒂固啦，很难连根拔掉，很难彻底铲除……您是知道的，要想把它一扫而光，实在太难啦！但是，我是决不会就此罢休的！思来想去，绞尽脑汁，我终于想出来一个绝招，我敢发誓，如果按照我的绝招来办，准灵!"

"那么，请问，是什么绝招呢?"乞乞科夫惊奇而又极其感兴趣地问道。

于是，科施卡廖夫指着自己身上的那件德国款式的上装，现身说法地断言：

"要是让俄国人，具体地说，让俄国的庄稼汉都穿上德国式的服装，我敢拿我的性命担保，换服装，就是换脑筋！这样一来，什么愚昧落后，全都会彻底铲除，连根拔掉！科学就会昌盛，商业就会发达，经济就会繁荣，最主要的是俄国人就会聪明起来，俄罗斯兴旺发达的黄金时代就会到来啦!"

乞乞科夫听了以后，不免有些大失所望，怪不得人家说他是个疯子呢。于是心中暗想："既然如此，同这种人交往，就用不着讲究什么礼仪啦，还是免除一切虚礼，开门见山地谈自己要谈的事情为妙。"想到这里，他就直来直去地说明此行的真正目的，坦率地提出，他要收购一批死农奴，并且要办理买卖合同。总之，都直言不讳地和这位上校说得一清二楚。

---

① 指美国科学发明家富兰克林(1707—1790)。

“如此说来，如果我还不算愚钝的话，您是要和我谈成这项交易，并且请求尽快办好买卖合同，我说得对吧？”科施卡廖夫上校非常坦率地问道，并没有表现出一点为难或迟疑的样子。

“您说得一点儿不错。”

“既然要办，咱们何不趁热打铁，说办就办呢？那您马上就写一份申请书吧。把申请书写好以后，先交到文件受理办公室，办公室登记编号注册以后，再呈报到我这里，经我批阅之后，再送到农业委员会，农业委员会经调查核实，再经抄录之后转至管家手里，管家再同经办此事的秘书一块儿……”

“哎呀，恕我直言，”乞乞科夫一听要绕这么大的圈子，便大声惊叫起来，“这么一转圈子，一周折，不知要拖到哪一天啦！”

“啊，不必着急！”上校不以为然地微笑着说道，“公文手续办起来是繁杂一些，但是它的可取之处也恰恰在这里，这样做可以保证准确无误，万无一失呀！拖延一点时间又算得了什么。”

“但是，把这种事情堂而皇之用文字表述出来，恐怕不大妥当吧？您可是知道的，这种事情在某种程度上……我们是在搞死农奴的交易啊，恐怕有碍观瞻和传论吧？”

“没关系。您就如实写上又有何妨？反正农奴确实是死的呀。”

“这样恐怕不妥，不，不是不妥，而是绝对不能这样写！是的，这些农奴的确是死的，然而，我们却要让人们觉得他们并没有死，是活蹦乱跳的，否则怎么进行交易啊！”

“那好吧，就照您的意思写吧。反正您得想办法，不管是希望、期望或者乞求也好，务必让人们觉得他们是活的，只要您想出办法就行。但是，有一点，我必须提请您注意，没有书面呈文和经办手续，此事可无法办成。不管是在英国，还是在拿破仑时代，都是如此。我倒是可以给您派一名经办人员，叫他陪着您去办理。”

上校刚把话说完，立刻叫来了一个人。他吩咐道：

“秘书！把管事给我找来。”

管事很快就来了，这是一个怪模怪样而又身份不明的人物。从穿着打扮和行为举止上看，既不像是一个纯粹干活的庄稼汉，可是又不像是一个舞文弄墨的书办或者小官吏。鬼知道，这是一个什么人物。上校又吩咐道：

“现在就由你陪着这位绅士，到经办文件必须到的几个地方去转一趟，务必要尽心哪，千万不可敷衍差事。如果办不好，我就拿你是问！”

乞乞科夫一看，这位科施卡廖夫上校真是一个地道的神经病，不折不扣的疯子。心中无名之火把脑袋都气得嗡嗡直响,可是又不敢发作,因为他有求于人家呀。真是又气又急,可是又有什么办法呢？只好耐着性子答应去转一趟。走着,走着,他又想出一个自我安慰和自我解嘲的办法,转就转去吧,正好乘这个机会去了解一下科施卡廖夫手下的这些奴仆都是些什么人物,又都在干些什么,于是跟着这个管事到非去不成的地方去转一转,心中的怒火也平息了不少。

转了一趟的结果使乞乞科夫更是大失所望,所看到的一切真是让他急得哭笑不得。到了文件收发办公室一看,只有招牌在那儿“值班”,办公室的外面是铁将军把门,一把大锁吊在那里。这里的头头赫鲁廖夫被调走了,到新成立的农业建筑委员会上任去了。他原来的职位由上校的贴身侍仆别廖佐夫斯基接替。这位新官刚一上任,就被派去调解酒鬼管家和骗子村长的纠纷去了。因此,办公室里连个鬼也没见到,吃了个闭门羹。后来,他们二人又到农务处去了一趟,那边也正在大兴土木进行修缮;费了好大劲儿叫醒一个喝得昏昏大睡的人,但是什么事情也问不出来。

“你们这里到底是怎么搞的？……到处都是乱糟糟的,我真不知道是怎么回事。”乞乞科夫向陪同人员问道。

“您怎么能知道是什么原因呢!”这个陪同人员气呼呼地说道,“我们这儿一直就这么瞎折腾,好长时间了,就这么乱糟糟的。老爷也没个准主意,被人蒙在鼓里,不论大事小事,全都由建筑委员会拍板拿主意,老爷也不深入了解实际情况,被哄骗得团团转。这个建筑委员会权力可大啦,他们随意把人调来调去,没干一件正经事儿！他们把这里搞得越乱越好,这叫乱中得利嘛！好处全让建筑委员会那帮家伙捞去了。可是老爷还挺满意的,以为田庄里一切都很好,都正常！有什么办法呢？倒霉的还不是庄稼汉!”

乞乞科夫转了一圈,一看,的确是这样,到处都是一团糟,乱哄哄,闹嚷嚷,叫人看得眼睛发花,脑袋疼。什么也不想再看啦,回去之后,便直言不讳地把所看到的情况如实告诉了这位糊涂虫上校,特别强调指出,有人揭发建筑委员会可能暗中捣鬼,浑水摸鱼,乱中取利,只知道捞取外快,不干正经事。

科施卡廖夫上校一听,马上暴跳如雷,痛骂这些家伙辜负了他的信任和期望,并且心情异常激动地抓住乞乞科夫的双手,紧紧握住,而且使劲摇摆,以表达他的感激之情。握得乞乞科夫的双手发痛,甚至被摇摆得有些发晕站不稳了。上校松开他的双手之后,立即拿过来纸张和羽翎笔,一口气写出八条措辞非常严厉的条款,对这帮家伙兴师问罪。责问建筑委员会为何不经他的批准，就滥用职权随便调动人员？总管怎么能容许文件收发办公室的头头擅离职守，没有移交公务就出去为他人调查和调解纠纷？又质问农业委员会为什么对文件收发办公室唱空城计，或者等同虚设的情况不请示，不报告，而听之任之？

“唉，怎么乱成这个样子？真是不可思议！”乞乞科夫非常失望地想道，“还在这儿泡什么呢？这一趟就算徒劳往返吧，什么事也搞不成，真晦气！”于是，他便向主人表示，打算立刻告辞。

“不，我怎么能让您走呢！您如果就这么走了，不是太让我丢面子了吗？不是太让我难堪了吗？请稍等两三个小时，我要向您证明，我这里一整套的管理机构假如能正常运转起来，办事效率还是挺高的！您何必这样心急火燎地要走呢？我向您保证，很快就会圆满解决，包您满意！我要派一个人专门去办理此事，此人是一个刚从高等学府毕业的优秀人才，既有才华又能干，一个人可以顶所有的人。我也好让您开开眼界，我的田庄里到底有些什么杰出的人才……这次，绝对不会让您白白浪费时间的。为了使您不至于感到寂寞无聊，我恳求您到我的藏书室去浏览一下我的藏书，那里纸张笔墨应有尽有，您尽管随意使用，就像在自己的书房里一样。”

科施卡廖夫说出的这番话，倒真是肺腑之言。他刚把话说完，就挽起乞乞科夫的胳膊走进一间很大的藏书室。这是一间宽敞的大厅，里面摆着一排排又高又大的书架和书柜，还陈列着各种各样的动物标本。这里的藏书十分丰富，种类繁多，自然科学、社会科学、哲学、文学艺术等方面的书籍无所不有。乞乞科夫走马观花地浏览了一番，有农业方面的专业书籍：林业的、畜牧业的、养殖业的，园艺方面的；还有一大批指南手册、杂志。这些杂志都是长期订阅的，但是估计没有谁会有兴趣去读。乞乞科夫看来看去，全是一些枯燥乏味的专业书籍和杂志，根本无法让人轻松愉快地打发时间。他有些不耐烦地走到另外一排书柜去看，不看则已，一看心中更是不耐烦，这里是一些更让人伤脑筋的哲学专著和论文之类的东西。首先映入眼帘的是六大卷专著，一看书的名字就叫人头疼，书名又臭又长，不照着书本念，根本就记不住，其名曰：《思维领域初探：论共性、综合、本质，兼论与探讨社会生产率有机因素在生产实践中的运用》。乞乞科夫一看是这样的大部头著作，尽管有些心烦，但出于好奇，还是一目十行地随手翻阅了一下，几乎每一页上都有：呈现、发展、抽象、封闭、相关等抽象的哲学词汇，全是一些令人感到莫名其妙的艰涩难懂的哲学术语，真是让人莫测高深，恐怕连鬼看了都会心烦意躁！乞乞科夫气哼哼地说道：“我对这些玩意才不感兴趣呢！”无可奈何地又转身去看第三个书柜，这里收藏的书籍倒是让乞乞科夫眼前一亮，全是一些文学、艺术方面的。他颇感兴趣地从中抽出来一本，发现这部书倒是图文并茂，但是插图差不多都是一些有伤大雅，甚至是不堪入目的东西，其内容全是一些古罗马神话故事之类的。我们的主人公便津津有味地翻阅起来。这也很难责怪乞乞科夫，很多像他这样的中年单身男人，哪怕表面上看起来是正人君子，其实骨子里对这些东西还是很向往很爱看的。甚至连那些迷恋芭蕾舞女演员，或者想方设法到娱乐场所寻求刺激年过花甲的老色鬼，看到这类书籍和插图也是手不释卷，大概这类东西可以圆他们想入非非或者心猿意马的美梦吧！？唉，这也许就是世风日下的一个明证。谁知道呢？作者可不敢断言。总之，色情书刊，香艳传奇，桃色事件满天飞，应该说是个冲击人们心灵的不祥之兆！乞乞科夫翻阅过这本书之后，胃口大振，兴趣正浓，正打算再抽出一本同类的书来大饱眼福，或者说解解心灵之渴，不巧得很，恰在此时，科施卡廖夫兴冲冲地跑来，手里还拿着一张纸。

"要办的事情大功告成啦，而且搞得既神速又漂亮！因此，您应该赞赏我的眼力和用人的高明之处。我刚才委派的那个大学生真是一个杰出的人物，不，应该说是一个少有的奇才！为此我一定要重用他，让他的职位比任何人都高，我要为他增设一个专门儿的机构，让他充分地展示他的才能。他真是很了不起，这么一会儿工夫，就把一个复杂的问题给圆满解决啦。"

"太好啦，感谢上帝的保佑！"乞乞科夫一听，心花怒放，便聚精会神地听了起来。上校清了清喉咙，郑重其事地宣读了如下一篇奇文：

"承蒙大人的委托，在下经过极其认真地斟酌之后，一挥而就，现禀报如下：

'一、六品文官，荣获勋章者巴维尔·伊凡诺维奇·乞乞科夫绅士，在其申请书中，误将纳税农奴与已死亡农奴混为一谈，概因死农奴者是无法进行交易的，故该申请存在十分谬误之处。由此可见，这位绅士所受之教育水平着实较差，而导致该君语文水平和文字表达能力令人实难恭维，更有令人荒谬不解之处，所谓'死魂灵'一说是悖于神学教义的。众所周知，灵魂乃是千古不灭永生不死者也。'

"这个鬼东西！"科施卡廖夫有意在此停顿一下，洋洋得意地说道："这个调皮鬼，他还在这儿故弄玄虚地嘲弄了您一下，务请不必介意！但是，您也觉察出来了，这小子确实文笔不错，颇有些讽刺大家之风呢！"他接着又往下念：

'二、申请书中所列之农奴，不论是纳税农奴，还是即将死亡之农奴，或者不管任何情况之农奴，即大人名下所属之农奴，均已毫无例外地被典押出去，而且又以每个农奴一百五十个卢布押金，再次典押净尽，其中仅有古尔麦洛夫卡力村例外。其原因是与地主普列季谢夫打官司来了，尚属悬而未决的争议之地，故属不能擅自转让或典押者。'

“既然如此，您怎么不早说呢？干吗还叫我待在这儿瞎折腾呢！”乞乞科夫气呼呼地责问道。

“请您千万别误会，这些情况，时至今日我尚一无所知，我确实并非有意耽误您的时间，务请见谅！但是，无形中也有意外收获，通过办理公文手续让您发现了所存在的问题。这可不是敷衍了事所能做得到的。无意中发现什么问题，这是傻瓜笨蛋也能做到的，但是，要有准备有目的去检察和发现才是高明的。”

乞乞科夫听了他这番蠢话之后，再也无法压住心中的怒火，根本不再管什么礼仪呀，什么体面呀，怒气冲冲地拿起帽子，就大步流星地冲出屋外。四轮轻便马车就等在台阶下面，因为马车夫已经知道没有必要把马匹卸下来。在这里马要喂饲料的话，也必须先写申请书，即使能批下来，也得等到第二天才能领到喂马的燕麦。尽管乞乞科夫如此气急败坏，并且已经怒形于色，但是科施卡廖夫上校并未在意，仍然礼貌周全地追了出来，厚着脸皮使劲握住我们主人公的手，而且硬把这只手紧紧按在他自己的胸口上，说出来一大堆令客人哭笑不得的感谢言辞。他又信口开河地说道，多亏乞乞科夫的到来使他得以了解办理公文手续的全部过程；又说多亏此事才使得他了解到，必须对他手下奴仆严加训斥和管束的必要性了，而且是迫在眉睫，不容再拖延和迟疑。还说什么人人都有惰性，奴性十足，稍一疏忽，他手下的蠢货便会给他捅娄子，出差错。田庄管理的发条如果不经常检查修理，也会生锈、松弛，而不能正常运转。最后又说，多亏此事为他敲响了警钟，为此，他又急中生智想出来一个绝妙的主意，那就是要再增设一个新的委员会，其名曰：监察委员会，其职责便是随时监督建筑委员会的工作，如此一来，恐怕就再没有人敢玩忽职守，或者营私舞弊啦。

“疯子！蠢货！”在返回的途中，乞乞科夫心中暗自骂道，肚子气得鼓鼓的，就像癞蛤蟆的肚皮，真的鼓得要爆炸了！

此时，夜幕早就笼罩了大地，群星在天空中闪烁，好像人们在故意地挤眉弄眼地嘲笑他。道路两旁村庄也已经灯火闪亮，然而在乞乞科夫看来，就像鬼火一样在他眼前闪动，一肚子的怒火仍然未消。

“您怎么耽搁这么久才回来？”当我们主人公刚刚走进屋子的时候，柯斯坦若格洛便迫不及待地问道。

“您跟这疯子有什么好谈的，还谈了这么长的时间？”普拉东诺夫也紧接着话茬问道。

“真是让人气得发昏!”乞乞科夫余怒未消地答道,“像他这样不可理喻的笨蛋,我有生以来还从来没有碰到过!”

“这有什么可大惊小怪的!”柯斯坦若格洛似有先见之明地说道,“有科施卡廖夫这样的宝贝存在,倒也不是一件坏事,他既可以供人开心取乐,又可以让我们在他的言谈举止中,观察到那些所谓的聪明之人的愚蠢和可笑之处。就是这些聪明的蠢货才敢标新立异,独出心裁地要弄一些新把戏,根本不顾俄罗斯的国情,把别人愚蠢到家的鬼点子、新花样生搬硬套地照搬过来,跟在别人的屁股后面赶时髦,还得意洋洋地宣称自己在紧跟时代潮流,还大言不惭地自诩自己是开明绅士。您举目四望,这样自作聪明的地主老爷可是大有人在。他们又成立什么管理处,又是开办工厂、作坊,又是兴办学校,又是设立什么委员会,名堂多得很,花样数不胜数,鬼知道这些所谓的聪明人,开明绅士,到底要玩什么鬼把戏!自从打垮了拿破仑,把法国佬赶走之后,俄国人倒是真有点醒悟过来了,可是没过多久,又开始瞎搅和了,又把一切弄得乱七八糟,甚至比法国佬有过之而无不及!因此,如今像什么彼得·彼得罗维奇·别杜赫这号地主还算是个好样的啦!”

“但是,您可要弄清楚,就连他也把田庄给抵押出去了。”乞乞科夫有点大惑不解地说道。

“是啊,这算什么新鲜事儿呀?现在什么东西都可以抵押,什么东西全都抵押出去了,全都抵押给信贷银行了。”柯斯坦若格洛说着说着,气就不打一处来。“您看,现在花样多极了,办了帽子厂不算,还办起了蜡烛工厂,而且还专门从伦敦请来制造蜡烛的名师。如今可倒好,不管是什么人都折腾起来做生意,都想发大财。地主,这是一个多么值得自豪,多么令人肃然起敬的尊称啊,但是现在都成了跑江湖的商人啦,当起作坊和工厂的老板来啦!又从国外弄来纺织机……专门织那种难以遮羞的透明的,正经人谁会穿这种东西?还不是供城里那些不正经的女人和妓女用,一个个打扮起来,跟妖精没什么两样!”

“但是,你可别忘啦,你不是也在开工厂吗。”普拉东诺夫用有点带讽刺的调门儿说道。

“那些工厂可不是我自己非要办不可,而是它们自己应运而生:大量的羊毛积压在那里,又找不到买主,我才想到把它们织成呢子,并且是织成普普通通的粗呢子,由于价格低廉,便宜实惠,根本不愁销路,在本村的集市上,一下子就抢购一空。庄稼汉个个都爱穿,经济实惠,又经穿耐用。再说那些鱼鳞吧,别人都把它当成废物扔到我的河岸上,一连六七年,都快堆成小山啦。你说，让我怎么办？于是，我灵机一动，变废为宝，把它们熬制成胶水，谁知道，光这一项就挣了四万多个卢布。你看看吧，我的工厂就是这样一个又一个办起来的。所以，我才说，这叫水到渠成，应运而生，不是像有些聪明人那样，闭门造车，凭空想像，就稀里糊涂地瞎折腾起来。”

“这个人太精明啦！”乞乞科夫惊奇地瞪大两只眼睛，目不转睛地看着他，心中暗暗佩服地想着，“好一颗会想生财之道的脑袋，真是一个会赚钱的高手！”

“我从来都不会跟在别人的屁股后面去赶时髦、瞎折腾，我也没大兴土木去建英国式或者欧洲式的庄园，也没设立什么委员会，我也不迷信那些什么外国师傅。我办工厂劳力多得很，每年都有很多快要饿死的人来投奔我，这些人可以源源不断地补充到我办的工厂中去。为此，我倒要感谢那些不管庄稼汉死活的聪明地主，是他们不务正业，错过农时，把衣不遮体，食不果腹的庄稼汉都赶到我这里来啦。老弟，你想想看，像这样的工厂，我想办的还多得很呢。只要你能把那些别人扔掉的废物、下脚料，充分地利用起来，也就是说要变废为宝，任何一种废物都是宝贝，只要你会动脑筋，想办法，变废为宝就是生财之道！这就叫做财宝满地跑，看你会找不会找！免得废物多了，让你看了心烦又头疼，还得找地方放置它们。这么好的生财之道，何乐而不为呢！”

“您这个人太厉害啦，太聪明啦！居然把废物都利用起来了，居然把废物都变成了宝贝，废物居然也成了生财之道，真让我佩服得五体投地！”乞乞科夫既惊叹又敬佩地说道。

“您这样的恭维我，我的确受之有愧，不过，我倒是可以告诉您，一个人想成就一番事业，必须脚踏实地去干，在实干中丰富自己的智慧，提高自己的能力。说到这里，我又要发火。但是，现在有的人就是不肯实实在在地干事，非得两只眼睛盯着国外，盯着外国人，非得跟在外国人的屁股后头转，真是没有骨气，崇洋媚外！就像克雷洛夫寓言《工具箱》里讲的那个故事，一些自作聪明的人，非得把一件很简单的事情搞得复杂化，结果什么都搞不成！这不是就有这么一个机械师要打开一个工具箱，你干脆打开不就完事啦，嗨，他还非要到伦敦去转一圈，劳民伤财，又不解决问题，真是一个蠢货！”柯斯坦若格洛说到这里，气得又跺脚又吐唾沫。接着又说道，“谁知道，这个家伙回国之后，变得更傻里傻气了，比没出国之前更糊涂一百倍，成了一个不折不扣的大傻冒！”

“喂，喂，康斯坦丁，你又发脾气啦，干吗要生气呢！”女主人十分不安地提醒道，“你要时刻记住，大动肝火对你的健康是非常不利的。”

“那么你说说看,怎么能不叫我生气呢?假如这件事真的与我无关,还则罢了。可这偏偏又是我非常关心的事情啊。令人发火的是,俄罗斯人的性格怎么会变得这样糟糕了呢,简直无法救药了,实在让人痛心!如今,很多俄罗斯人都让堂吉诃德的魔影给缠住了。这不是就有一个堂吉诃德式的傻瓜,突然心血来潮,想办什么学校,这是连一些货真价实的蠢货都不会办的。这些学校都培养出什么人啦?净培养出来一些不学无术的傻瓜,干什么都用不上的宝贝。在城里混不下去,到乡下也派不上用场!结果却变成一个个嗜酒如命的废物,可是他们自己却洋洋得意,以为自己还是什么了不起的栋梁之材呢。如果他信仰和迷恋自由、博爱的思想,那他就会变成一个提供自由与博爱的堂吉诃德,不惜挥霍掉几百万的卢布,最后不但弄得自己倾家荡产,而且还要连累他手下所有的人都失业去沿街乞讨,成为可怜的叫花子。建起来的医院根本就不适用,发挥不了治病救人的作用,还有建立起来的五花八门讲究气派的慈善机构,怎么样呢?根本就是聋子的耳朵——摆设,钱倒是花了不计其数,可是干出来什么慈善的事儿呢?这就是他们整天嚷嚷的自由和博爱,结果是害人又害己!”

乞乞科夫对什么教育呀,博爱呀,根本就无动于衷。他所心迷神醉的就是生财之道,想方设法想把这个问题打听清楚,看一看,摸一摸,探一探究竟有什么点石成金的诀窍,一直想问明白怎么才可以变废为宝,怎奈柯斯坦若格洛根本就不给他问话的机会,让他急得有些抓耳挠腮啦。这位精明能干的地主越说越气,嘴里愤怒的言辞像决了堤的河水,滔滔不绝地倾泻出来,仿佛说话之人自己无法刹车和关闸啦。

“如今,有很多聪明人一个劲儿地琢磨,如何让庄稼汉都成为有文化,有教养的人,却从不考虑庄稼汉还饿着肚皮呢,缺吃少穿,穷得丁当乱响,他哪里有心思去学习呀,去念书呀?因此,最重要的是,首先要庄稼汉吃饱饭,先过上不愁吃不愁穿的日子,他才会想到要发家致富,就得有文化,他自己就会主动去学习;有了文化知识以后,他又会想到把自己变成一个有教养的人,他自己才会想方设法把自己培养成一个有教养的人。如今这个时代,人们都变得越来越糊涂,整个世界也变得越来越愚蠢,其糊涂和愚蠢的程度,让人都无法相信,无法想像!你再看一看,听一听那些摇笔杆子的家伙在胡说八道些什么?只要有那么一个乳毛未退的黄毛小儿笔杆一摇,抛出来一本令人不寒而栗的奇文,人们就像发疯一样争先恐后地去买去读,就像捧读圣经一样读,去背诵。可是,里面贩卖的都是些什么货色和奇谈怪论呢:胡说什么庄稼汉的日子过得太枯燥,太乏味啦,像苦行僧一样清贫、艰苦和单调;应该让他们过一过奢侈豪华的日子,应该让他们见识见识，享受享受人间天堂的幸福生活，应该让他们去追求超现代的物质享受和精神享受。结果怎么样呢？就连这些摇笔杆子的毛头小儿自己这么一见识，这么一享受，全都变成了废物，变成了令人不齿的人渣，变成了人不人，鬼不鬼的怪物，传染上了令人难以启齿的脏病。甚至让那些刚刚成年，刚刚踏上人生美好旅途的年轻人，无一幸免地掉进了声色犬马、奢侈享乐和放任无度的陷阱里：十八九岁刚过，牙齿就掉得一个不剩了，满头华发也不翼而飞，变成一个大秃瓢，恰似一个光溜溜的大玻璃球，或者光闪闪的大灯泡。悲哉，痛哉，怎么不让人痛彻肺腑！如今，居然还有人发表高论，让庄稼汉也跳进这个陷阱中去，居然也想让他们去享受享受这种脏病的折磨。我真不知道，他们居心何在？真应该感谢上帝的恩典，多亏我们伟大的俄罗斯还有这么一个身心健康的阶层没有落入这座陷阱，没有沉沦到这些乌七八糟而又荒淫无耻的泥潭中去。说心里话，在我们这个国家里的庄稼人，也就是被人看不起的庄稼汉和农奴，才是最纯洁和最值得尊敬的。是他们常年脸朝黄土背朝天地辛勤忘我地劳动，是他们在田里创造数之不尽的财富来养活我们每个俄罗斯人，是他们在支撑着俄罗斯帝国的大厦，是他们在为俄罗斯创造物质文明和精神文明，是他们体现出了俄罗斯人的性格和精神气质，是他们……说到这儿，我不禁要大声质问：你们这些聪明的老爷们，干吗又要算计和坑害庄稼汉呢？你们究竟是何居心？我祈祷上帝保佑，但愿每个俄罗斯人都能像庄稼汉那样辛勤劳动，刻苦耐劳，都能像庄稼汉一样为国家，为人民创造财富！”

“如此说来，您认为种地务农收效最大了，就可以发家致富了吧？”乞乞科夫迫不及待地问道。

“种地务农更合乎俄罗斯的国情，更合乎情理，而不只是着眼于收效大小，或者发家致富的问题。古谚云：种瓜得瓜，种豆得豆，你要想收成好，就得脸朝土背朝天踏踏实实地干，就得出大力，流大汗。藏奸耍滑是不行的，没有什么不出力不苦干就能从田地里收回来粮食，或者从天上掉下来馅饼的，除此之外，没有什么其他诀窍！要牢牢记住《圣经·旧约全书》中《创世记》第三章中，耶和华为了惩罚亚当和夏娃吃了禁果以后说的那段话。他对夏娃说：‘我一定要狠狠地增多你在怀孕和分娩时的痛苦折磨。’他又对亚当说：‘你只有终生服劳役，才会从地里得到填饱肚皮的东西，’‘你一定要汗流浃背，以泪洗面才能养家糊口。’从古至今，一代又一代人的宝贵经验足以证明，凡是务农耕田的人，都是品德更高尚之人，都是心灵更纯洁清白之人，都是更尊贵可敬之人。我并不是说，其他别的事情都不必干啦，而是说在治理国家，发展经济方面，始终都必须把务农耕田放在首位，时刻都要以农业为根本。这就是我对我的田庄的经营管理之道。至于说到办工厂，我并不反对，当然要办啦。但是不是为了赶时髦，不是心血一来潮，脑袋一发热，不看当地具体情况，无的放矢地胡折腾，更不是为了虚张声势，装门面，做样子给别人看。而是要合乎时代要求，顺乎民情，水到渠成，自然而然地就办起来啦。但是，要办也只能办那些合乎当地实际情况的工厂，要生产和制造当地不可缺少的，老百姓居家过日子，从事农业生产所必需的东西，也就是说要因地制宜来满足老百姓的需求。我坚决反对去办那些只是为了供应和满足某些人过豪华奢侈生活所需要的那些高消费的东西的工厂，这样只能使现代人讲究排场、摆阔、腐化，只知道享乐，养成好逸恶劳的恶习，只能使人变成没有生存目标的蠢货和社会上的毒瘤。我更反对办那些为了生存竞争，争夺市场，为了打开销路，耍尽各种阴谋诡计和卑鄙下流的手段，去坑害，去腐蚀平民百姓的工厂。再说，我们的平民百姓生活已经够凄惨的了，干吗还要给他们雪上加霜呢！干吗还要把他们往火坑里推呢？干吗非得要把他们搞得倾家荡产而流落街头呢？尽管有的人为了赚钱，为了发大财，丧尽天良地胡说八道，把这些工厂吹得天花乱坠；但是，我是绝对不会去办这些只顾刺激人们不正当的奢华欲望的工厂，我绝对不会昧着良心去干这种祸国殃民的事情，什么卷烟厂啦，什么制糖厂啦，我都不去搞，就算能够赚上几百万卢布，我也宁肯不去赚。假如人心不古，世风败坏，也赖不到我的头上，也算不上我的账。我扪心自问，无愧无悔，我在上帝面前心灵和作为都是清白的，都是无可指责的……我和平民百姓一起创业二十年啦，我绝不会坑害他们，我一直牢记着一条准则：一定要做利国利民的事情。"

"听君一席话，使我最为惊奇的是，怎么经过您这一番精明有序的管理，居然把所有残渣废料都变成有益的东西，您这变废为宝真可以被誉之为点石成金之术啦，真是让我佩服得五体投地，这是任何一个经济学家都想不到的呀！……"

"嗨，快别提那些经济学家啦！"柯斯坦若格洛没等乞乞科夫说完，便情绪激愤地打断他的话说道，"什么经济学家！一个个就会纸上谈兵，完全脱离实际，都是只会夸夸其谈的蠢货，专门儿靠抛售一些空洞无用的理论而招摇撞骗，全是些骗人的把戏！他们既脱离实际又目光短浅，一点儿高瞻远瞩警示世人的有益的理论和东西都没有。分明是腹中无物的蠢货，还厚着脸皮登上讲坛，口若悬河地胡说八道，戴着一付眼镜硬充是大学者，大理论家……真是一批货真价实的蠢材，骗子！"他越说越气，唾了一口唾沫，以示对他们轻蔑和气愤。

"亲爱的，你说的话句句都很公道，全部都是不容辩驳的事实，我只央求你别这么激动，千万不要生气，”妻子语调真诚而又温柔地劝解道，“干吗非得那么激动呢？好像不这样就不能谈论这个问题，你要记住，情绪激动和生气对你的健康是很有害的！”

“最尊敬的康斯坦丁·费多罗维奇，今天能在尊前亲耳聆听到您如此精辟的高论宏议，不仅是我，任何一个人都会茅塞顿开，受益匪浅，可以领悟到人生在世的真谛，并且发掘出生活的本质问题。但是，请允许我提出一个请求，是否暂时不去探讨国计民生和全人类如此重大的话题，而把问题转移到个人发家致富上面来呢？请问，如果有朝一日我也成为一个地主，并且想在为期不长的时间里把我的田庄治理好，这样，也可以做点儿利国利民的事业，尽到一个公民应尽的义务，为此，我虚心地向您求教，请不吝赐教，我该当如何呢？”

“怎样才能治理好田庄以及发家致富吗？”柯斯坦若格洛正要讲下去，“我认为应该如此……”

“我看，我们最好还是先去进餐吧！”女主人说道，接着，她便从长沙发上站起身来，走到屋子中央。看来她很怕冷，用一条大披巾把自己柔弱的身躯裹了起来，而且已经冷得有些发抖。

乞乞科夫马上像军人一样，精神抖擞地从座位上站了起来，挽起女主人的一只手臂，和她一起神色庄重地穿过两个房间向饭厅走去。餐桌已经准备就绪，上面摆放着一只汤盘，盖子已被揭开，餐厅里散发着新鲜蔬菜和春天香芹以及鲜汤的味道，使人食欲大振。宾主在餐桌旁就座，侍仆便动作敏捷地把带把的盖碗和各种菜肴全都摆放到餐桌上，然后又立刻退出餐厅。这可能是柯斯坦若格洛的家规，他不喜欢仆人听主人和客人的谈话，特别不高兴别人看到他进餐时的样子。

喝过汤之后，宾主又喝了一大杯高级葡萄酒，这种酒匈牙利味道很浓。一杯酒落肚之后，乞乞科夫又对主人旧话重提：“请您见谅，先生，我又要向您说起刚才未来得及谈完的话题，我方才向您请教过，要想发家致富，应该如何办，如何做起[①]……”

“那座田庄，要是他只要四万卢布，如果是我的话，我会毫不犹豫，立刻当场付款把它买下来。”

“啊，原来是这样，”乞乞科夫郑重其事地思索起来，“那么，”他有些不放心地说道，“那您干吗不把它买下来呢？”

“但是，干事情总要量力而行啊。我为自己的那些田庄，已经忙得不可开交啦，甚至可以说有些焦头烂额啦。更何况，我们这一带的贵族地主

---

① 以下原稿缺一段。——原编者注。

早就在攻击我,似乎我是在乘人之危,抓住他们濒临破产的时机,压低价钱来收购他们的土地。我干吗要蒙受这种不白之冤呢?我才不担这个名声呢,烦死人啦,让他们统统见鬼去吧。"

"这可真是人心叵测,人言可畏呀!"乞乞科夫有些愤愤不平地说道。

"可是,在我们这个省里,人心有多么肮脏吧……无论如何,您是难以想像得出来的!别人一说起我来,不是把我叫做吝啬鬼,就是叫做把钱都攥出水来的守财奴,骂我财迷心窍。但是,他们自己呢?连一件有利于平民百姓的事情都不曾做过,还腆着厚脸皮来品评别人。当然啦,也有人说我把钱都用光啦,那是因为我为了追求崇高的目的,赞助和支援了许多兴办工业的企业家,也就是说,赞助和支援了一些骗子,都是他们害得我……否则,我或许会以别杜赫为榜样,像蠢猪一样养尊处优地享受上一辈子。"

"噢,我倒是很想成为一头这样的蠢猪呢!"乞乞科夫立刻不假思索脱口而出地说道。

"谁不知道,他们说得冠冕堂皇,全都是一些骗人的鬼话。他们追求什么样的崇高目的?只不过是自欺欺人罢了,有哪个人会相信呢?虽然他家里也有一些藏书,可是那只是为了装门面,从来也不曾读过。他们整天都干些什么呢?游手好闲,除了打牌赌博,就是酗酒滋事。为什么总是把我视作眼中钉、肉中刺呢?还不是因为我不愿意结交他们,没有请他们喝酒吃饭,没有借给他们钱,于是他们便恼羞成怒,竭力攻击和诋毁我。我不请客吃饭,因为我不愿意用酒肉收买人心,我根本不愿意浪费时间干这种毫无意义的事情,也免得给自己找麻烦。如果有人到我这里来做客,客随主便,我吃什么,他也吃什么,那我是非常欢迎的。我认为交友之道,不在于吃吃喝喝,而应该是志趣相投,心灵相通,我从来都不交那种酒肉朋友!至于说我不肯借钱给他们,这也是他们故意颠倒黑白说假话。如果有哪个人真是遇到什么事情,急需用钱,可以随时来找我,但是必须把借钱的理由说清楚,并且要向我说明白怎样使用借去的钱。要是我从他的叙述中,得知他使用得合理得当,而且聪明机智,并且这笔钱可以给他带来很可观的效益,我不仅不会拒绝借给他,而且还可以免收利息。"

"这一点可要牢记在心,不收利息实在太妙了!"乞乞科夫心中暗自琢磨道。

"而且,这样的借款,我永远都会慷慨答应的,"柯斯坦若格洛继续说道,"但是,让我把钱扔到水里去打水漂,这种蠢事我是坚决不会干的。如果他想从我这儿借钱,去请他的情妇大吃大喝,或者铺张浪费地买什么高档家具来装饰自己的豪宅,或者要陪一个浪妇娇妞去参加一个什么假面舞会，或者去开一个什么纪念会，纪念他枉来人世一场，白混了一生一世，来找我借钱供他挥霍，那么，请他免开尊口，即使厚着脸皮跟我说了，对不起！我绝对不会借给他，让他最好给我躲得远远的……”

说到这里，柯斯坦若格洛又激动起来，狠狠地啐了一口唾沫，并且险些当着他夫人的面，说出骂人的脏话来。脸上罩上一层乌云，说明这些话在他的心中已经积郁了很久，前额上聚拢起一道又一道的皱纹，表现出他的内心异常的激动和愤怒。

“我对先生深明大义的举止深表敬佩之至，请原谅我的唐突，我还是想继续向您请教方才中断了的话题，”乞乞科夫一边说着，一边品尝着那实属上乘佳品的果子酒。“如果说，我真的买了您方才所提及的那座田庄，怎样才能尽快地治理到发家致富的地步呢？需要多长时间……”

“您要是想尽快地发家致富，”柯斯坦若格洛依旧心情激动，余怒未消地说道，而且语气变得更加严肃急促，“如果您想要发家致富，而不去计较时间的长短，您倒是很快就可以发家致富。如果您总想尽快，或者说越快越好地发家致富，那您就永远不会发家致富，这就叫作欲速则不达，心急吃不了热馅饼的道理。”

“感谢您的赐教，原来是如此啊！”乞乞科夫心悦诚服地说道。

“千真万确。”柯斯坦若格洛匆忙地抢过话茬说道，仿佛他在生乞乞科夫的气。“必须真心诚意的热爱劳动。切记，忘了这一点，您将一事无成。真的，必须真心诚意热爱务农耕田。请您千万要确信，从事农务管理和劳动，绝对不会让您感到枯燥无味。有些人信口胡言，瞎说什么乡村生活会使人忧愁伤感，甚至会使人愁肠难解而憋闷致死，这完全是捏造出来的谎言，纯属胡说八道。如果让我在城里无所事事闲游闲逛，像城里的那些花花公子一样，整天醉生梦死泡在那种庸俗无聊、低级下流的俱乐部里，饭店酒肆里，戏院里，或者在烟花柳巷中鬼混，消磨大好的生命年华，哪怕是待上一天，我真的无法活下去了，倒是会愁闷得要死，还不如让我上吊去好！说这种话的人才是真正的蠢驴，才是不折不扣的大笨蛋，才是货真价实的大傻瓜！一个真正的善经营会管理的地主，他到哪儿去找时间发愁，他根本找不到时间烦闷。在他每一天的日程表里，找不出一点儿清闲自在的闲工夫，每时每刻都有忙不完的事情要干。光是各种各样农活，又经营，又管理，又劳动就够你忙的啦，哪里还有闲工夫让你去发愁，让你去憋闷哪。再说，你整天忙的是一些什么样的工作呀！全都是一些令人精神振奋的事儿，全是一些有利于国计民生的大事！不论怎么说，在广阔的农村中，在一望无际的田野里，人始终偎依在大自然的怀抱里，人始终和大自然，和一年四季景色的变化，和春耕、夏种、秋收和冬藏滚在一起，一块儿向前奋进，一块儿去享受丰收的快乐和喜悦，这样勤奋的人才是造物主所有创造活动的参与者，这样勇于创造财富的人才是造物主驯顺的天使和知音！您就看看这一整年里要干的农活儿和收获吧：春天尚未来临，严冬那个老太婆还迟迟不肯走的时候，春耕工作就已经全部准备就绪：早就准备好了种子，翻检所有的库房和粮食，把粮食再重新过磅，重新晾晒晾晒，精心收藏和保管；给各家农户和庄稼汉安排好新的一年的农活和劳务。整个一年都要干的事情，要完成的生产计划，都必须通盘仔细考虑好，计划要周详，所有这一切工作都必须在新年伊始安排妥当，计划周全。一等到风雪严寒那个老太婆被春姑娘给赶走，冰雪开始融化，河流冲开坚冰，愉快地流淌起来，大地万物都被春天的太阳晒得暖融融的，农田开始张着嘴要种子吃啦，到那个时候，菜园和花园里锹镐飞舞，早就闲得不耐烦的木犁和钉耙又在农田里大显神通了，人们又欢快地播种和插秧啦，一派繁忙劳碌热火朝天的景象便展现在你的眼前。

“您可要搞清楚，这一切准备工作和繁忙劳碌意味着什么，所有这一切难道是无关大局的小事吗？非也！这是在耕耘和播种新一年的丰收，是在耕耘和播种大地母亲赐予我们的幸福。这是在耕耘和播种千千万万人的食粮，这是在耕耘和播种千千万万人的生命之源，这是在耕耘和播种人类赖以生存和繁衍生命的神圣果实！夏天穿着五颜六色的彩裙和霓裳来临了，到处都是繁花似锦，田野里五谷翠禾迎风招展，到处都飘荡着芳草翠禾的馨香，人们又都忙着锄田刈草，刈草锄田，整天在田地里奔波劳碌，整天挥汗如雨，享受着劳动的欢欣和快乐。好像没过多长时间，农田里的五谷翠禾日夜奏着拔节长高的乐曲，稼禾都开始成熟啦：黑麦首先告捷，一片接一片地成熟了，紧接着是小麦，没过几天大麦、燕麦也传来成熟的喜讯。各种各样的麦田都开始成熟，灌浆饱满，籽粒硕大，长势喜人，蓬蓬勃勃，颗颗麦穗都沉甸甸的，随着微风向人点头致意。丰收在望了，丰收在望了，种田人又欢天喜地地大干起来，一分钟农时都耽搁不得，又都甩开膀子，大步流星地忙碌起来，哪怕你是希腊神话中的那个百眼巨人阿尔古斯，也得把一百只眼睛都睁得圆圆的，大大的。丰收乐，乐丰收；欢天喜地，喜地欢天地庆贺一番之后，又都忙着把收割下来的庄稼运到打谷场上，一垛一垛地码放整齐。紧接着又忙起来冬耕，在冬天还没有到来之前，必须把粮仓、库房、烘谷房、牲畜栏、猪羊圈，全都修缮清理一番。与此同时，还要关照一下妇女们要干或者能干的活计。而且还要回顾和检查一番，没有一点疏漏，而且全都抢在冬天到来之前。您可要知道，万一出点什么差错，冬天一到，风雪交加，寒风呼啸，那可就不好办了！把一切过冬的准备工作都安排好了，又得抓紧时间安排打麦脱粒，把脱好粒的粮食送到烘干房，然后再从那里搬运到粮仓中去。此后又要把磨坊、工厂和作坊巡视一番，再到各个农户的田里转一转。检查一下各家各户都忙活得怎么样，是否也都把过冬的准备工作都安排就绪。更何况我这个人，就喜欢观赏能工巧匠干活的样子，一看到木匠师傅挥动斧子那股灵巧劲儿，那种熟练程度，真是赏心悦目。有时我甚至可以在他的面前站上一两个小时，看到他做出的各种精巧漂亮的木工活，真会叫你心迷神醉！要是你看到这一年里的辛勤劳苦，都在有条不紊地进行，一切经营管理工作都进行得卓有成效，你再环顾一下四周一切都蓬勃发展，欣欣向荣，绿油油的庄稼全都变成了金黄金黄的穗子，结出来丰硕的果实，带来了巨大效益和丰厚的收入。你想想看，那时你心中该是什么滋味啊，就像把心泡在蜂蜜里一样，甜滋滋的，不，是甜蜜蜜的，是甜极啦，美极啦！这并不是因为我的钞票在不断增长。钞票是什么？只不过是钞票而已，如果不把它变成能增值的财富，那只不过是一堆废纸罢了。你看到这一切为什么会心潮澎湃和心花怒放呢？那是因为这所有的一切，都是你的聪明才智和勤劳的双手所创造的，因为这一切财富都是你亲手创造出来的，你就是这一切财富的创造者、缔造者，你就像一个无所不能的魔法师一样，向四面八方的土地里撒下发家致富和创造幸福的种子，而且这些抛撒在农田里的种子，经过心血和汗水的浇灌，开花结果，结出累累的果实。请问，又有哪个人能够为我寻求来如此的幸福和快乐呢？”

柯斯坦若格洛一直侃侃而谈，这时他昂着头，精神焕发，额头上的皱纹和脸上的阴云飞逝得无影无踪。他的神态恰似一位帝王在庄严的加冕日里一样，心花怒放，志得意满，神采飞扬，二目炯炯有神，闪射出治国安邦的智慧超群的光芒。“您即使周游世界，也寻觅不到这样的快乐，也找不到这样的幸福。一个人只有在大自然的怀抱里，只有偎依在大地母亲的胸膛之上，才能谨遵上帝的教导去劳动，去创造。因为上帝便是把劳动与创造看作自己的神圣天职，并把这种神圣的天职看作高于一切的快乐与幸福，所以上帝才谆谆教诲我们成为幸福和快乐的创造者，教导我们要为整个人类、整个世界造福。也只有把双脚牢牢地踏在大地上，才能享受到泥土的芳香，才能享受到五谷的芳香；也只有这样，才能从大地母亲那里汲取无穷的力量和智慧；也只有这样，你才能勇于去创造，也只有这样，你才能收获到真正的幸福，真正的快乐！然而，有的人却抛出什么生活在农村从事务农耕田的劳动会枯燥无味，甚至会憋闷而死的奇谈怪论，真是滑天下之稽！”

主人柯斯坦若格洛有理有据地侃侃而谈，客人乞乞科夫津津有味地洗耳恭听，犹如在聆听天堂里极乐鸟那美妙动人的啼鸣一般。乞乞科夫听着听着，就好像望着美味佳肴一样，虽然品尝到了一点儿，却依旧馋涎欲滴，殷切地希望继续聆听下去。他两只眼睛放射着渴求发家致富的神奇诀窍，心中激荡着一股跃跃欲试热切希望的暖流。听着，听着，真的如痴如醉了。心中暗想："与君一席谈，胜读十年书！讲下去吧，讲下去吧，让我真正悟到其中的真谛！"不巧，正在这时，女主人的话打断了他的思路。

"该散席了吧，康斯坦丁？"女主人提醒柯斯坦若格洛说道，同时从椅子上站起身来。宾主相继离开餐桌。乞乞科夫仍旧彬彬有礼地挽着女主人的一只手臂，和她一块步履缓慢地走向客厅。但是，他的动作已不如来进餐时那么轻盈灵巧啦，因为此时的他满怀心事，脑袋完全被柯斯坦若格洛的讲话所引发起来的激情占满了，一心在思考着一些对他来说非常重要的问题。

"康斯坦丁，尽管你说得天花乱坠，在我听来，全都很枯燥乏味，全是一些无稽之谈！"普拉东诺夫大声说道，因为他走在最后面。

"这位客人倒是个有识之士，"柯斯坦若格洛心中暗想，"此人的言谈举止很稳重，不像是一个舞文弄墨的轻狂之人，也不是一个油嘴滑舌卖乖取宠之客。"他心中这么一琢磨，谈话的兴趣就更浓了，似乎在庆幸自己碰到了一个心灵相通的知音。

宾主一起回到客厅之后，未及说上几句话，又来到一间不大的房间，倒是显得很舒适雅静，屋里点上了几支蜡烛，虽然不甚明亮，却也别具一番情趣。这间屋子前面是个凉台，打开玻璃门便可步入花园，天空中繁星点点，在已经进入梦境的树冠的上空，仿佛从花园里向他们俯视和眨眼，大概是在向他们问候或者打招呼吧。乞乞科夫心中很有一种宾至如归的感觉，这种感觉和心情对他来说，已经感到陌生了，或者说很久很久没有品尝到这种滋味了。就好像他成年累月地在旅途上奔波，漂泊异乡为异客，此时却仿佛重返家乡故居一样，他历尽旅途劳顿，久经风霜雨雪之苦，领略了浊世凡尘人情的冷暖，霜刀雪剑的宰割之后，最后终于得到了他日思夜想梦寐以求的一切。现在总算可以丢掉那根伴随着他长期到处漂泊和流浪的手杖，并且大声说道："再见了，我已经流浪够了！"这种令其心迷神醉的感觉，这种令其欢欣喜悦的心情，完全是由于柯斯坦若格洛的平易近人，殷勤好客，和他那一番聪明睿智的谈话，在他的心灵深处焕发起来的。他那一番真诚坦率、直言不讳的谈话，比任何一个其他的人的话语倍感贴心，倍感亲切，倍感神奇，倍感灵验。如获灵丹妙药，医治好了他的心病。更让他感到神奇莫测的是，仿佛在冥冥之中，上天的神明，给他派遣这么一位良师益友，一位妙手回春的神医，一位给他说经讲道的世外高人，因此他的心中充满了对神明的无限感激之情。否则，他怎么会意想不到，在一个如此偏远的乡下，在一个甚至被人遗忘了的穷乡僻壤，在一个如此寂寥蛮荒的角落，会碰上这样一位世外高人，这样一位学识渊博而又经验丰富明哲之士呢？柯斯坦若格洛那一番字字如珠玑、句句如美玉的谈话，多么暖人心肺啊，像一股充满青春活力的热血注入了他的心房，使他忘掉了自己仕途的坎坷，忘掉了旅途的颠簸和磨难，忘掉了旅途投宿的不快，忘掉了驿站长粗暴无理的吵骂所引起的烦恼，忘掉了当今社会上那种打情骂俏、不堪入耳的淫荡的调笑声——污秽的叫骂声，荡妇浪妞的娇嗔声，忘掉了那些背街窄巷里不堪入目下流无耻的丑态，也忘掉了上流社会的互相倾轧、勾心斗角的丑剧，狡猾多端的阴谋诡计，也忘记了那些大人物衣冠禽兽骇人听闻的丑行，总而言之，让他忘记了那些令人恶心的，令人痛彻心肺的丑恶现象。

乞乞科夫在这里度过了一个美妙而愉快的夜晚，并且永远栩栩如生地铭刻在他的心里，在这个黄昏里所发生的一切和所见到的人和物，全都清晰如初地保留在他的记忆之中：当时都有哪些人在场，哪个人坐在哪把椅子上，哪个人又说了哪些话，哪个人当时手里拿着什么东西，每个人就座是什么样的姿势，每个人说话时又是什么样的语调，说话人和听话人当时又是什么样的表情。他还清晰地记住了那朴素无华而又温馨可爱的房间，柯斯坦若格洛宽容豁达，平易近人和与人为善的神情，普拉东诺夫当时吸着带琥珀烟嘴的烟斗，以及他对哈巴狗亚尔布搞的恶作剧——他一个劲儿地往亚尔布那张讨人欢喜的胖乎乎的脸上喷吐着浓烟，弄得这个畜生直打喷嚏，惹得文静秀美的女主人不得不笑着说道："得了，得了，别再折磨和作弄它啦！"他也不会忘记房间里壁纸上的花纹，欢快跳动着的烛光，墙角里蟋蟀的鸣叫声，那扇通往凉台的玻璃门，以及春天里繁星闪烁的明媚的夜空，披着透明夜色的高耸入云的树冠，还有从翠绿欲滴的丛林深处传来的夜莺的啼鸣婉转，以及他自己当时那种神怡心悦的情感。

"我最崇敬的康斯坦丁·费多罗维奇，您的讲话太精彩啦，对我来说，犹如久旱逢甘霖，犹如干渴饮清泉啊。我可以推心置腹地说，"乞乞科夫满怀敬意地说道，"我遍游整个俄罗斯，也从来没碰上一个学识渊博，智慧超群的人可以和您媲美的啦！"

乞乞科夫说完开心地一笑，他自己认为，他所说的话并未夸大其词，更没有献媚取宠之嫌，乃是发自肺腑的真情实感。

"千万不要如此客气，不，您的恭维，我真的承受不起。"柯斯坦若格洛确实有点难为情地说道："要论智慧超群的人，我们这里倒是真有这么一位，他真的比我高明多啦，您真的想要结识聪明的人，智慧超群的人，我建议您,最好跟他结识一下。"

"那么请问,这个人是谁呀?"乞乞科夫惊奇地问道。

"此人就是我们的专卖商穆拉佐夫。"

"我已经是第二次听到您提到此人的姓氏啦!"乞乞科夫大声地回应道。

"这个人的本事可大啦,他不仅能够管理好地主的庄园,甚至能够治理一个国家。假如我是一个国家的君主,那么我就立刻委任他当财政大臣。"

"是的,我曾听说过他非常富有,是个真正的大富翁,据说他的家产有一千万之巨。"

"何止一千万!四千万也不止啊!再过几年,他的家产便可以抵上半个俄罗斯啦!"

"这不会是谣传吧?果真如此吗?"乞乞科夫惊奇地瞪大眼睛,嘴巴张得大大的,比听了《天方夜谭》还要激动地问道。

"一点儿也不假,完全是事实。如果一个人只有十万、八万的家产,要想迅速增长,那还确实有点儿难。但是,如果一个人手里攥着几百万卢布,那他生财之道就多得很了,那他财产的增长速度就快得没法说啦:无论往哪儿投资,都会得心应手,让本钱翻上几番,易如反掌,真可谓左右逢源,财源滚滚。在生财之道方面,恐怕没人比得上他,也没有哪个人能够竞争得过他。不管做什么交易,只要他一出价,那就是板上钉钉,谁也无法再杀价啦!"

"哎呀,我的上帝,"乞乞科夫不知如何表达自己的惊叹,只是在胸前画着十字说道。他发怔地看着柯斯坦若格洛,激动得呼吸都有些困难啦。

"真是让人难以想像!听了以后真的把人吓傻了!人们往往对能够准确揭示微观世界和昆虫繁衍生息的渊博学识赞叹不止,我却认为,一个人能够得心应手地支配和周转这么一大笔巨资,更是让人匪夷所思,无法想像啦!恕我浅薄无知,提出一个不该提出的疑问:他有这么一笔巨大的钱财,想当初的来路一定都是光明正大的吧?"

"毋庸置疑,请君务必相信,来路都是光明正大的。"

"虽然先生已经明示,可是我仍然感到有些困惑,乞君见谅。我想,如果只是几千个卢布,那倒还在罢了,这可是成百万、上千万的巨资,积攒起来,谈何容易……"

"此话谬矣!恰恰相反,光明正大地筹集几千卢布倒是很难,然而赚上几千万的巨资反而一点儿都不难。百万富翁何须投机取巧,更不必搞什么邪门歪道。他只要光明正大地去赚钱,就能够财源滚滚,别人就不行了,别人没有这么大的本事,也没有这么大的气魄。只要他一出手,又有谁敢和他抗衡,又有谁敢和他竞争?不论什么样的生意,只要他想做,他的资本就会像驴打滚一样地翻番。但是,只有一两个卢布,又有多大油水呢?撑死了,也只能赚到可怜兮兮的一两成,而且还没有十足的把握,还要靠撞大运才行。"

"最让人难以理解和想不通的是,他拥有这几千万的家产,竟然是从一个戈比发迹的,这不等于是白手起家吗?"

"这是毫无异议的,除此之外,别无他法。这也是顺理成章,符合事物发展规律的。"柯斯坦若格洛语气坚定地说道,"哪个人一生下来就是百万富翁?再说一个人要真是靠上一代人的百万千万家业养大,在糖水和蜜罐中泡大,那么他肯定不会再继续创业和赚大钱,说不定他会成为一个挥金如土的花花公子,说不定他是一个搞得倾家荡产的败家子!这就叫作创业难,守业更难。古往今来,多少富豪之家,不是都毁在不肖子孙的手里,又有多少王公大臣,世袭贵族,全都被不劳而获的子孙折腾成了穷光蛋!为什么?因为他们不知道,想当初创下的家业刚开始时,要想得到一个戈比有多难啊。这些活生生的实例清楚明白地告诉我们,要创业就必须从头开始,要发家致富就必须从一个戈比开始,而不是从中途半路开始,而是要从最底层开始。也只有从最底层开始,你才会体验到人生的苦辣酸辛,只有从最底层艰难困苦的生活开始,只有你下定决心忍辱含垢,只有你亲身经受了社会的种种磨难,尝尽了混浊尘世的不公,你才会清醒地意识到每一个戈比都是穷人用血汗泡出来的,都是来之不易的。也只有这样你才能增加智慧,你才会增长才干,你才会磨炼出坚强的意志,你才会痛下决心艰苦创业,也只有这样你才会立于不败之地。你要记住,在人生拼搏的大擂台上,和在战场上一样,真正百战百胜的将军是没有的,任何一个成就大事业之人,诸事顺心,万事如意的坦途是没有的,都是在失败中记取教训,跌倒爬起来再干。一个戎马一生的常胜将军,一个成就大事业的伟人,都是这样磨炼和造就出来的。请君切记,一个人只有雄心不死,只有决心不变,你才能创业成功,你才能发家致富,你才能成为一个无愧于国家和民族的大智大勇的有用之材!发家致富的美好愿望,人皆有之,无可非议和指责。但是,谁要是想撞大运,想一夜暴富,恕我口上无德,我敢断言,这样人的下场一定是一夜暴毙!假如说有哪一个人来对我说'请借给我十万卢布,我立刻就会发大财'这种鬼话,我是绝对不会相信的。我倒是敢断言,他是绝对不会成功的,他一定会碰得头破血流而以失败告终的。请不要嫌我啰嗦,我必须再强调一次,要创业,就必须从一个戈比开始,而且要有百折不回的勇气,要有坚定不移的决心!"

“如此说来，我一定会发家致富的啦，”乞乞科夫立刻脱口而出，“我真正是两袖清风，一无所有哇，正如明公所说，真正是白手起家，从一个戈比开始创业。”

其实他心中早就打着如意算盘：仍旧紧紧地抱住死农奴的僵尸不放，做着借尸还魂、发家致富的美梦。

“康斯坦丁，该让巴维尔·伊凡诺维奇安歇啦，让他早点儿睡吧。你说起来就没完没了的。”女主人说道。

“您一定会发家致富的，”柯斯坦若格洛对女主人的话仿佛置若罔闻，继续说道，“您一定会财源滚滚的，黄金会源源不断地向您涌来，您的财产将多得让您不知如何支配才好。”

乞乞科夫听得如痴如醉，像着了魔似的坐在那里一动不动，脑袋里却像开了锅，黄金和钞票像走马灯一样在眼前旋转，完全沉醉在黄金梦里，就连房间里的壁毯都金灿灿的，耳边一直在回荡着“黄金将会源源不断地向您涌来”这句话。

“康斯坦丁，真的该让巴维尔·伊凡诺维奇去睡觉啦。”

“你啰嗦些什么呀！得了，要是你想睡觉，就去睡好啦！”柯斯坦若格洛突然把话停住，因为他听到了普拉东诺夫沉雷般的鼾声，紧接着又传来哈巴狗亚尔布更加响亮的鼾声。

远处传来敲击铁板的报时声，柯斯坦若格洛这才发觉，时间的确不早了，已经是后半夜了。便自言自语说道：“啊，真的该睡觉啦！”他使劲儿推了推普拉东诺夫，把他叫醒，说道：“你的鼾声打得够响的！”说完，又向乞乞科夫道了晚安。于是，众人都回房安歇去了，很快就投入了睡神的怀抱。

唯独乞乞科夫一个人在床上辗转反侧，折腾了很久，还是睡不着。脑袋里思潮起伏，心中思绪万端，可是思来想去，实际上就是一个问题，或者说就是他一直日思夜想的美梦：如何才能成为一个既精于管理，又善于经营的田庄主人。听了柯斯坦若格洛精彩的谈话之后，仿佛茅塞顿开，如此说来，发家致富并非是梦想，亦非遥不可及，只要乘上柯斯坦若格洛送来的诺亚方舟，发家致富的梦想完全可以变为现实。众所周知，经营和管理田庄是一件极其复杂而又困难重重的事情，可是现在这一切难题都在柯斯坦若格洛的谈话中找到了答案，全都迎刃而解啦，全都变得轻而易举啦。想到这里，他险些放声大笑，自鸣得意地想到：就凭我乞乞科夫的聪明劲儿，得天独厚的机智伶俐，再凭攀登仕途阶梯和闯荡江湖百折不挠的韧劲儿，以及想出人头地，光宗耀祖庇荫子孙的远大抱负，又有幸遇到高人的指教，我乞乞科夫要想发家致富，何足道哉！这正是我乞乞科夫大显身手最合适不过的事业啦！于是，他在内心深处精明地策划起来，想到得意之处，差点大声地喊出来：现在真可谓“万事俱备，只欠东风啦！”只要我把已经购买到手的死农奴典押出去，拿到大把的钞票，我还怕什么？我就用这些钱去买一处比较理想的田庄，这座田庄便是我发家致富聚拢钱财的基地啦。他想着想着，仿佛已经美梦成真，他俨然以一个真正的地主，庄园主的身份，按着柯斯坦格洛几乎是耳提面授的发家致富的金玉良言甩开膀子大干起来：经营管理田庄既要胆大，又要心细；既要灵活，又要谨慎；既要大刀阔斧，又要谨小慎微；绝不要因循守旧，但又不能莽撞蛮干；在采取任何一项新的措施之前，一定要和陈规旧律反复比较，衡量利弊；事无巨细，大事小情都要亲自过问，亲自过目，事事都要做到心中有数，这样在处理任何一项事务时，都能做到胸有成竹，绝对不能犯粗枝大叶，信口胡言和瞎指挥的错误。要深入了解每一个农奴，要体恤下情，要消除各种矛盾和纠纷，要把田庄里所有劳动力的积极性都调动起来，要把他们安排得各得其所，要消除一切不良的习惯和好逸恶劳、奸懒馋滑的坏现象，要废除不正当的享乐，要把田庄里所有人的精力，都集中和投入到农田劳动和田亩耕作上面去。当然，他作为田庄的主人，要以身作则，严以律己，给庄稼汉们作出示范和表率：只有这样，这部经营管理的机器，在他自己制定的规章制度的约束下，各个部件才能协调一致，有条不紊地迅速开动起来，运转起来。这样一来，整个田庄里，到处都是热火朝天干活的身影，到处都洋溢着紧张而欢快的气氛，变各种残渣和废料为宝，就像谷粒在高速运转的磨坊里磨成面粉一样，源源不断地变成财富和金钱。乞乞科夫已经预先领略到了丰收的喜悦，发家致富的快乐，而这位点石成金，神通广大的庄园主柯斯坦若格洛也亲临现场视察，时时刻刻都在为他示范和指导。真的，在乞乞科夫的心中，这位犹如魔法师一样的柯斯坦若格洛，便是上帝给他派来的教导他发家致富的天使。这位高人柯斯坦若格洛，是他在整个俄罗斯崇敬得五体投地的第一个人，而且完全是发自内心的，没有受到任何一丁点儿外力驱使，他不仅崇敬此人的才华，而且更崇敬他的人格。从前，他也敬重过某个人，但是那是因为受到一种无形的外力的驱使，不得已而为之。因为那个人要么是高官显爵、王公贵族，要么是一个百万富翁、豪门权贵。纯粹是由于才华出众，胆识超人而崇敬某个人，真的还不曾有过。只有柯斯坦若格洛才是他心目中的偶像！因此，乞乞科夫心中非常清楚，和这样一位品格高尚的人，绝对耍不得半点小聪明，也就是玩不得任何一点儿花招。因此他绝对不敢在他面前谈起买卖死农奴的骗人把戏。但是，他心里早就打着另一个如意算盘：如果能够如愿买下赫洛布耶夫庄园，那才是一桩天大的美事。他衣兜里已经有了一万卢布，他盘算着向柯斯坦若格洛借贷一万五千卢布，他估计能够如愿以偿，因为柯斯坦若格洛曾当着他面，亲口说过他愿意帮助任何一个渴望发家致富的人；至于其余的一万卢布，等他把已经买到自己名下的死农奴典押出去，就可以有钱啦，或者到时候耍无赖，想方设法拖着不付，看他有什么办法。要知道这一招确实也是没办法的办法，但是却可以行得通。如果把对方惹恼了，那也只好破罐子破摔，随他的便好啦，他愿意怎么折腾，就让他折腾去吧。要是他不服气的话，就让他到法院去告，反正钱还得欠着，要是真的把我惹火了，那我可以拿出最后一招杀手锏——耍死狗，要钱没钱，要命倒是有一条，有什么高招，就让他想去好啦。我之所以这么干，也是被逼无奈，又能怪得了谁呢？反正好端端的一座田庄，已经握在我的手里，已经属于我的私有财产啦！想到这里，乞乞科夫倒暗中感到开心啦。他把这一切打算和做法，前前后后翻来覆去筹划了好长时间。最后，乞乞科夫发现睡神已经把所有的人都搂在了怀里，足足酣睡了四个小时之久，终于伸出无形的大手，把他也紧紧地搂在怀里，尽管他活跃的思绪余兴未尽，但是眼皮已经不给他做主了，他也只好乖乖地酣睡起来。我们祝愿我们的主人公，在睡神的怀抱中继续做他的美梦吧！

第四章

Мертвые души

出乎意料的是，到了第二天，该办的事都办得非常顺畅，这让乞乞科夫很满意，甚至可以说，令他心花怒放。柯斯坦若格洛非常豪爽地借给他一万卢布，而且分文利息不取，也没让他找担保人，只是让他写了一张借据。柯斯坦若格洛真是一个言行一致、光明磊落的君子，他用自己的实际行动来实践自己的诺言：他愿意真心诚意地帮扶每一个想发家致富的人。此人真是个一诺千金的大丈夫，正像乞乞科夫自己所想的那样，他遇上了这样一位仁人君子，真是他的幸运和造化！

柯斯坦若格洛还向乞乞科夫展示了自己的庄园，以及经营管理的情况。乞乞科夫一看，心中的敬佩之情不禁油然而生，真的，耳听是虚，眼见为实，田庄里的一切都安排得井井有条，表面看起来十分简单、自然，其实安排得很机智合理，这都是主人绞尽心血运筹帷幄的结果！只要主人安排好了，一声令下，就无须再去操心费力地跟在屁股后面去监督检查啦。放眼四顾，庄稼汉们都在勤勤恳恳地干活，而且都很卖力气，踏踏实实埋头苦干，田庄里的一切都有条不紊卓有成效地运转着，没有一分钟是白白浪费掉的。这位庄园主犹如一位自天而降的神灵，率领着他们走上劳动致富的康庄大道，庄稼汉们都心悦诚服地跟着主人在这条大道上向前迈进，没有一个人耍奸使滑或者故意偷懒，因为他们都知道，这是在为自己创造美好的生活，因此每个人的脸上都洋溢着心满意足的微笑……不管是翻地，犁地，还是播种和锄草，都干得既快又好。

参观了这座田庄的一切之后，乞乞科夫更是非常惊奇地察觉到，这样一位机智过人、才干出众的人，虽然没有著书立说，来阐述自己造福全人类的规划，以及自己卓有成效的实践活动，只是默默无闻地，不声不响地为造福人类，为造福俄罗斯，为造福平民百姓，做出那么多的贡献和好事，却从来不大吹大擂地炫耀自己，也从来不因此而邀功请赏，从不垂涎名利地位。

作者认为有必要在这里多发几分感慨：像柯斯坦若格洛这样的人，才是顶天立地的男子汉大丈夫；像他这样的人，才是品德高尚的仁人君子；这样的人，才是俄罗斯治国安邦的栋梁之材！而那些口若悬河，满嘴空话假话的理论家，而那些招摇撞骗和故弄玄虚的窃国大盗，那些衣冠楚楚，满肚子男盗女娼的所谓的达官贵人，而那些挥金如土，只会给战功赫赫光荣的祖先抹黑的不肖子孙，而那些只知道花天酒地的花花公子，那些醉生梦死窃居高位的行尸走肉，和柯斯坦若格洛比起来，只不过是人类社会的残渣，只不过是人类社会上的小丑，只不过是一条条令人厌恶的蛆虫和寄生虫。他们虽然居住在首都的豪宅里，他们虽然出入上流社会的交际场所，他们虽然在达官贵人的客厅里被奉为上宾，他们虽然是讲究繁文缛节的风流人物，他们虽然是社交场上献媚取宠的高手，他们虽然在平民百姓面前趾高气扬、威风凛凛，却都是一些招摇过市的江湖骗子，都是一些盗窃国库、损公肥私的盗贼，都是一些祸国殃民的小丑。他们表面上是衣冠楚楚的正人君子，骨子里却是危害国家，危害黎民百姓的恶棍、流氓、蠢货、无耻之徒、灵魂发霉的人渣和鬼魅。

乞乞科夫看着，想着，聚精会神地看着，绞尽脑汁地想着。想着，想着，不禁心花怒放，灵感骤至，下定决心要做一个地主，要做一个柯斯坦若格洛式的地主，也就是要像他那样发家致富。他一再琢磨，最后只坚信一条：发财，发财，发大财；致富，致富，再致富。如果有朝一日成了百万富翁，手里有数之不尽的钞票，还有什么享受不到的呢？还有什么事做不成呢？有钱能使鬼推磨嘛！他正想得出神的时候，柯斯坦若格洛提出的一个建议把他唤醒了。

柯斯坦若格洛不仅陪着乞乞科夫详细地参观了自己的田庄，还主动提出要陪他去会见赫洛布耶夫，一是出于礼貌，二是也想亲自去观察一下这个地主的田庄情况究竟如何。乞乞科夫当然喜出望外啦，有这样的高人陪同前往，乃是求之不得的大好事啊！早餐过后，宾主二人再加上普拉东诺夫，一起坐上了乞乞科夫的折篷轻便马车。柯斯坦若格洛的马车，由车夫驾着空车跟在后面。哈巴狗亚尔布在车前奔跑着，玩耍着，把路边的小鸟都吓得振翅飞走了。在长长的十五里之遥的大道两旁，全是柯斯坦若格洛的农田和树林，树林和牧场都合乎植物生长规律地间生在一起。这里没有一点儿荒芜的土地和杂草蔓生的地块，放眼望去，犹如一座大花园，犹如到了天堂圣境。然而，马车一踏上赫罗布耶夫的地界，恍如来到另外一个世界：根本看不到树林的影子，灌木丛也被牲畜啃食得光秃秃的，黑麦田里长满了杂草，把黑麦挤得透不过气来，麦秆十分瘦弱，拼命挣扎着，几乎到了垂死的边缘。马车走着，走着，终于看到了东倒西歪的农家小屋，就像全身穿得破破烂烂的叫花子在那里乞讨，房子周围根本就没有栅栏围护。在这些破烂农舍中间，只有一幢尚未竣工的空房子，倒是用石头砌起来的。但是却没有盖屋顶，一定是因为缺少建筑材料，只是在上面随便堆放了一些稻草，显得不伦不类，十分难看。主人赫洛布耶夫住在另外一座平房里。只见他披着一件又破又旧的常礼服，慌慌张张地跑出来迎接来访的三位客人。他蓬头垢面，穿着一双千疮百孔的长筒皮靴，一副睡眼惺忪，穷困潦倒的狼狈相。然而却表现一副殷勤好客的样子，看到这三位客人来访，犹如迎接久别重逢的亲朋好友一样，简直高兴得手舞足蹈，兴高采烈地和客人打招呼：

"康斯坦丁·费多罗维奇！普拉东·米哈伊洛维奇！总算把你们给盼来啦，你们肯屈驾光临敝庄，我感到荣幸之至！让我仔细看一看，这不是梦中的幻觉吧？说心里话，我原来以为再也不会有谁肯赏光到我这里来啦。如今，每个人都躲着我，就像躲避瘟疫一样，一定是怕我伸手向他们借钱吧。唉，如今我真像热锅上的蚂蚁，日子太难熬啦，康斯坦丁·费多罗维奇。到了现在，我才恍然大悟，都是我自己造的孽，事已至此，又有什么办法呢？现在，我这副狼狈相，真是连猪狗都不如啦。敬请原谅，诸位先生，我就以这副寒酸的样子来接待你们，实在是有失体统，实在是大不敬啊。可是又能如何呢？诸君请看，这双靴子已经千疮百孔啦。我也只好厚着脸皮问一句，诸位想喝点什么呢？"

"千万不必费心啦。我们此行的目的，是专程来办紧要事情的。请先让我给您引荐一下，这位就是来买您的庄园的买主，巴维尔·伊凡诺维奇·乞乞科夫。"柯斯坦若格洛首先说了这番话。

"非常非常荣幸认识您，请赏光，让我握一握您的手。"

乞乞科夫应声向他伸过去两只手。

"最尊敬的巴维尔·伊凡诺维奇，承蒙您的惠顾，请允许我冒昧地恳请您光顾一下我的田庄，我认为还是值得看一下的。噢，对了，请容许我问一声：诸位可曾用过午餐？"

"用过啦，用过啦，"柯斯坦若格洛急于办事，只是敷衍道，"我们不要再耽搁时间，现在就去看一下吧。"

"既然是这样，那我们马上就走吧。"

赫洛布耶夫拿起便帽，三位客人都戴上了帽子，一行四人便走上村子里的街道。两旁歪歪斜斜的破农舍，犹如睁眼瞎子一样，可怜兮兮地站在那里，窗子都破了，塞着乱七八糟的破布。

"请诸位去欣赏欣赏吧，我这儿可是搞得一塌糊涂，什么都没有章法，全是乱糟糟的，"赫洛布耶夫不停地啰嗦着，"当然啦，诸位吃过午饭才来，实在是明智之举。康斯坦丁·费多罗维奇，说出来不怕您耻笑，我家里连一只母鸡都找不到了，您看我穷困潦倒到了什么样的可怜程度，实在太可悲啦！"

赫洛布耶夫做出一副极为可怜的样子，并且深深地叹了一口气，他估计从康斯坦丁·费多罗维奇那里大概不会取得什么同情和怜悯，便去和普拉东诺夫套近乎，亲热地挎起了他的一只胳膊，身子和他挨得紧紧的，两个人走在前面。柯斯坦若格洛和乞乞科夫手拉着手，不慌不忙跟在后面，落了好远一段距离。

“日子真难熬啊，普拉东·米哈洛维奇，真的不好过呀！”赫洛布耶夫可怜兮兮地对普拉东诺夫好似诉苦般地说道，“这种难熬劲儿，您绝对是想像不出来的，也绝对是体会不到的，这种日子实在太不好过了！穷得一贫如洗，食不果腹，衣不遮体，还欠了一屁股债，这种饥寒交迫的滋味，在您听来，简直是海外奇谈，因为您过得多么清闲自在呀！假如我岁数再小一些，又是一个衣食无忧的光棍汉，这又算得了什么呀，只不过是一件芝麻绿豆的小事儿，根本不值一提。但是，到了你头发白了，岁数大了，沦落到这种可怜的境地，更何况还有老婆孩子一大堆拖累着你，有五个孩子围着你转，要吃，要喝，还要穿的，这不等于有五个催命鬼追着你，你能不着急，能不发愁吗？你还能睡得着觉吗？唉，造孽呀，造孽呀……”

“这么说，您要是把田庄卖出去，是不是日子就会好过呢？”普拉东诺夫深表同情地问道。

“好过什么呀？”赫洛布耶夫不以为然地挥了挥手，说道，“没那么便宜的好事，拿到卖田庄的钱，差不多全都得去打发那些讨债的催命鬼，我的手里还能剩下几个钱呢？连一千个卢布都到不了啦。”

“听您这么一说，今后这日子可怎么过呢？”

“怎么过！只有上帝才知道！”

“那您干吗不好好想一想呢？得想个好办法摆脱这种困境才行啊。”

“想个什么好办法呢？哪儿想得出来呀！”

“什么好办法，您总得找个养家糊口的差事儿干一干吧，总不能坐吃山空，干瞪眼等着老天给您掉馅饼吧？”

“可是，您要知道，我只不过是一个芝麻绿豆大的小得不能再小的十二品文官，人家会给我什么好差事呢？要给，也只能给个让谁都看不起的事儿干干，那怎么能行呢？就算年俸有五百卢布，我有老婆孩子一大堆，这点儿钱，对于我来说不是杯水车薪吗？能解决什么事儿呀？”

“那可怎么办哪？总不能混吃等死，坐以待毙吧？去给别人当一名管家也行啊。”

“但是又有哪一个人肯把田庄托付给我呢？我把自己的产业全都折腾光啦，吃喝没啦。唉，没有人会用我的！”

“但是，既然已经处于冻饿致死的境地，总该找条救命之路才行啊。

我一定去找我哥哥，想个什么办法在城里给您找条路子，也许会帮您找到一份事情干干，我想他是不会袖手旁观，见死不救的吧？”

“不必为我操心啦，普拉东·米哈伊洛维奇，”赫洛布耶夫紧紧握住他的手，做出一副苦不堪言的样子，长叹一声说道，“我这一辈子算是完蛋啦，特别是现在，真成了一个啥也干不了的废人啦，人还没老，身体就不行了，过去造下的孽全都找上来啦，腰疼腿疼，全身都不得劲儿，再加上肩膀还得了风湿症，我成了一个病秧子，成了一个啥事儿也干不了的大废物！又何必死皮赖脸地糟蹋皇粮呢。如今，削尖脑袋要钻营一个肥缺的官员，简直多得数不胜数，我干吗白费这门儿心思呢？只求上帝宽恕啦，不要为给我这个没用之人发薪俸，再额外增加穷困可怜的老百姓的负担啦！”

“唉，这又怪得了谁呢，全都是你自个荒诞不稽造下的孽！这可比我无所事事，一事无成还要差劲儿，还要糟糕！”普拉东诺夫见景生情，不由得心里想到这些。

在普拉东诺夫和赫洛布耶夫交谈的时候，柯斯坦若格洛和乞乞科夫也在边走边谈，走在那两个人的后边，这位精明能干的庄园主看到这里的一切，把肚皮都要气破啦。

“您快看一看，”柯斯坦若格洛气鼓鼓地用手指指点点地说道，“这个赫洛布耶夫算个什么地主？他算把庄稼汉给坑苦啦！弄得穷困到这种地步：既没有大车，也没有马匹。这也怪不得那些庄稼汉哪，牲畜得了瘟疫，大批大批地死掉，他哪儿还管得了自己的财物？按道理，他应该赶快把家中的一切都卖了，赶紧给庄稼汉们再买牲口才对呀，应该想到有朝一日没有干活的牲口怎么得了。但是，看目前这副样子，他作为主人什么也没干，破败到这副样子，得花多少年的工夫才能恢复元气呀？晚啦，完蛋啦！结果庄稼汉们一个个游手好闲，懒惰成性，成天就知道喝酒，一个个全都成了酒鬼！仅仅有一年的工夫没让他干活，就坑害了他一生一世：他就养成了游手好闲、好吃懒做的坏习气啦。你再看一看那土地和庄稼被糟蹋成什么样子啦！您好好看一看吧，简直惨不忍睹！”他一边说着，一边用手指着农家小木屋背后的那一片牧场。“这全是由于春暖花开时，冰雪一消融肥沃的田野全都被春水淹没了。要是由我来经管这片土地，我就种上大麻，光是这一项保证能拿到五千卢布的收入；然后再栽种芜菁，准能又赚得四千卢布的收入。您再往这边儿看一看，山丘上的黑麦已经抽穗了，但是这可不是辛勤劳动的产物，而是老天的恩赐，是自生自灭的产物。我知道，赫洛布耶夫是种粮食的，您再看一看，这一片峡谷，要是换了我，我一定要栽种上高耸云霄的树木，保准林木参天，就连乌鸦也甭想飞过这些高大树木的树冠。然而，令人遗憾的是，这么好的一块聚宝盆一样的肥田沃野居然全被荒芜掉了，真是太可惜啦！说实话，就算是没有牲口来翻耕农田，就凭着勤劳的双手，用铁锹来翻耕，栽种上蔬菜，也可以得到一笔丰厚的收入呀。一家子人就靠铁锹，老婆、孩子、家里仆人一起上阵，怎么会赚不到钱呢！实在懒得太出奇啦！你自个儿好逸恶劳，好吃懒做也就罢了，那么，你也得让牲畜卖力气干活才是正理呀。让牲畜累死了，也是死得其所呀，也算尽到自己的责任啦，可是，他却让牲畜同他一样好吃懒做，在狂吃滥饮时活活被撑死！"柯斯坦若格洛越说越气，犹如明朗的晴空的脸上又蒙上了一层气愤的乌云。

他们二人又继续往前走了几步，在金雀花丛密布的陡峭的岩壁上收住了脚步，放眼往远处一看，一处河湾波光闪闪，一座山岭的支脉呈暗黑色从远处绵延而去，穷目眺望，贝特里谢夫将军的邸宅掩映在密林之中，邸宅的后面又隆起了一道林木苍翠蓊郁的山峦，山峦被一层缥缈游动的灰蒙蒙的蓝色烟尘所笼罩。乞乞科夫看到这团烟尘，便推测出，那里一定是坚杰特尼科夫的庄园，这时他说道：

"假如在这里有一片苍翠的林木，那么村子的景色准会更美……"

"噢，原来如此，您竟然是一个欣赏风景的爱好者？"柯斯坦若格洛说到这里，蓦然神色突变，双眼射出严厉的目光，向乞乞科夫斜睨了一眼，毫不客气地问道，"您可要注意，您假如这么迷恋风景，那么，您将来必定会遭到一个既收不到粮食也没有风景可欣赏的可悲的下场！您应该注意的是实际效益，而不能只顾欣赏美景。美丽的景色会不召而至的。城市所形成的美丽景色就足以向您证明：时至今日，城市的美景越来越美，但那都是城市自然而然形成的，城市居民们都是根据自己的需求和审美观点为自己修建房屋的。然而，那些按照统一的规划和模式修建起来的城市，只不过是一幢幢大兵居住的营房罢了……恕我直言，先把美丽的景色丢到一边吧，还是先为实际需求操心费力吧。"

"但是，遗憾的是，要是那样的话，不知要等上多长时间啦。如果有朝一日，能亲眼目睹自己朝思暮想的那种美丽景色，那才叫没有虚度此生啊！"

"您这是怎么回事！莫非您只是一个二十啷当岁的毛头小伙子？一个少不更事而又轻浮的人，或者是彼得堡的花花公子？真是让人莫名其妙！干事业，就必须要有恒心，要有耐心。您要艰苦奋斗上个五六年，播种，栽种，翻地，深耕，一会儿都不要间断。干起来的确很苦、很难。但是一旦您搞好了深耕细做，土地便会自己反过来回报您，帮助您啦。到那时，您经营的产业就事半功倍啦，您的收入就源源不断了，不仅是什么上百万的家业啦,不,老兄,为您干活的人就不只是六七十个人啦,而是无形中要翻上十倍,足有六七百人在给您创造财富啦。干活的人手,增加的效益,每年的收入,都会翻上个十倍啊。我现在用不着亲自操劳和奔忙,所有的工作都在有条不紊地进行,而且效率很高,很可观。是啊,大自然就喜欢有耐心和有恒心的人,这也是造物主亲自赋予大自然的规律,是的,造物主就是偏爱具有恒心和干事情能够坚忍不拔、持之以恒之人。"

"是啊,听您的讲话,就会给人增加无穷的力量,而且可以使人神采焕发,精神抖擞。"

"快看看,农田被搞成什么德行啦!"柯斯坦若格洛用手指着一个山丘,痛心疾首地大声喊道:"我在这儿一分钟也不想待下去了:眼睁睁地看着这一片荒凉破败的景象,我的心里实在太难以忍受,真是像刀割一样的难受!多亏,此刻没有我在一旁,您自己也可以把这件事情变妥当啦。快,快点儿把这个聚宝盆从这个大笨蛋的手里买过来吧。这个蠢家伙把造物主恩赐的宝物糟蹋得这么惨。"说完这一番话以后,柯斯坦若格洛脸上又布满了激愤的阴云。他同乞乞科夫匆忙说了声再见,便加快脚步走到主人赫洛布耶夫面前,说明立刻就要告辞的心意。

"怎么能这样呢,康斯坦丁·费多罗维奇,"赫洛布耶夫十分惊诧地说道,"这怎么成呢,哪有刚来这么一会儿就要匆匆忙忙告辞的道理呢。"

"不,恕我不恭,我必须马上回家,真的有急事。"柯斯坦若格洛执意要走。于是,他坐上自己的四轮弹簧马车打道回府啦。

看样子,赫洛布耶夫大概已经清楚了柯斯坦若格洛匆忙告辞的原因啦。

"康斯坦丁·费多罗维奇实在看不下去了,"主人说道,"像他这样一位精明能干的地主,看到这种极其荒唐的经营管理情况,心中一定是很不高兴的,我只好直言相告,巴维尔·伊凡诺维奇,我今年根本就没有种粮食。我说的可完全是大实话,没有种子可以播种,甚至连耕地的牲畜也没有。怎么能不叫人讨厌我呢?看看我把地……[①]普拉东·米哈伊洛维奇,人们都说您的兄长也是一位精明能干的地主。至于康斯坦丁·费多罗维奇,那当然更没有什么可说的了。他那颗智慧的头脑,甚至可以超过拿破仑。说心里话,我也常常在苦思冥想,干吗要把那么多的智慧只装进他一个人的脑袋里呢!哪怕把他的智慧能分给我这个傻瓜的脑袋一些也好啊!两位先生,过桥时可要多加小心,要不然会掉到水塘里去的。今年一开春的时候,我就曾吩咐过把桥板修补一下。让我最伤心的是,我这里

① 这句话没有完。——原注

的庄稼汉都穷得要死，一个个全都身无分文；他们需要一个精明能干的带头人，把他看作榜样。可是，他们从我的身上能学到什么呢？说真的，什么也学不到！请两位明示，你们说说该如何是好呢？巴维尔·伊凡诺维奇，您就发发善心，您就把他们买去了吧。给他们一条活路吧。我哪里有能力教他们有条理地过日子呢，我自个儿都把日子搞得杂乱无章，一塌糊涂！我早就想给他们人身自由啦，但是，这样干对他们也不见得有什么益处啊。其实，我早就看清楚了，最重要的是，要引导他们会过日子才是正理。必须有一个精明能干而又公正严厉的人来带领他们，管理他们才行，能够长期地和他们生活在一起。以其精明强干的管理，刻苦耐劳的顽强劳动为表率……[1]俄罗斯人，一贯奴性十足，根据我的切身体会，没有鞭子抽打……他一定会变得慵懒、怠惰，甚至干出荒唐事儿来的。"

"这就怪啦，"普拉东诺夫说道，"为什么俄罗斯人就天生这样慵懒、怠惰，如果对一个普通之人不加以严格的管理，他就会放任自流，他就会自甘堕落，而变成一个嗜酒如命的无赖或恶棍呢？"

"那只有上帝才知道是怎么回事儿。我们大家都接受过教育，都在高等学府里攻读过，但是，对于我来说，又有什么用呢？就拿我来说吧，究竟学到了一些什么东西呢？不仅没有学会自立于社会做人的道理，不仅没有学会独立生活的道理，反倒把那些所谓的时髦的高雅、挥金如土的本领全都学到手了，而且还精通得很。对于大把花钱买那些乌七八糟的享受的东西见识得太多了，一头扎进去，再也无力自拔和自救。我就是这样一个人，只学会了大把花钱买来生活上的各种各样的享受罢了。那么人们不禁要问，是不是我学习的都是不务正业的东西呢？是不是我学习的方法不对头呢？不是的，真是有点儿莫名其妙，其他同学也是如此。只有那么两三个人修成了正果，从学校和书本里真正学到了有益的东西。但是这也许是由于这两三个人生来就天资聪慧，出污泥而不染，说到其他人嘛，只是学会了寻花问柳糟蹋身心健康和骗取钱财的各种卑鄙伎俩。上帝作证，我说的可全都是大实话。有的时候，我苦思冥想而不得其解，甚至会生出一种稀奇古怪的想法，我竟然觉得俄罗斯人真的堕落成性，无可救药。二位，你们说，该有多么荒唐可怕呀！俄罗斯人就是这样的一种人，头脑发热时，什么事情都想干，可是又什么事情都干不成。虽然说他总是在下决心：从明天就开始过新的生活，从明天开始一定要节制饮食，但是，却从来就没有身体力行过。当天晚上，就甩开腮帮子猛吃猛喝一通，撑得直打饱嗝，眨巴着眼睛干坐着，连舌头都不好使了。你看他那副

① 这句话没有完。——原注

模样,恰似一只撑得不愿动的猫头鹰,向所有的人瞪着一双大眼睛。而且这副尊容不是一两个人,人人都是如此。"

"此话不假,"乞乞科夫微微一笑说道,"这种样子倒是司空见惯的。"

"我们天生就不会过理性的生活,我根本就不相信,我们中间哪个人是有理性的。即使我看到有的人此时日子过得很舒心,很体面,也发了财,手中有不少的钱,我看那也不过是暂时的。这样的人,一到年迈花甲的时候,也一定会给魔鬼迷住心窍,然后突然有那么一天,他也会把钱挥霍得一分不剩。可以这么说吧,哪个人都不例外,都是如此,不管是受过教育的,还是没有受过教育的。不,这种人一定缺少点儿什么别的东西,但是,到底是缺少一点儿什么东西,我至今也没有搞清楚。"

他们三个人就这样一路走着,一路议论着,绕过一片农舍,然后又乘车驶过一片牧场。假如这里的树木不被砍伐净尽的话,这个地方的风景一定很让人赏心悦目。环顾四周,光秃秃的,前些日子,乞乞科夫到过那些丘陵的一侧,在远处闪耀着蓝光。但是,极目眺望,不管是坚杰特尼科夫的庄园,还是贝特里谢夫将军的庄园,全都连一点影子都看不到。它们全都被青山和绿树给挡住了。他们走下山来,来到一片牧场上,那里只有柳树和又低又矮的杨树,高大的树木全被砍光了。他们察看了一座水力发动的磨坊,已经荒废了,糟糕透顶。还看到一条河,这倒是流放木材的好地方,只可惜连一根像样的木材也没有啦。偶然间在两三处还看到了放牧的畜群,只是全都瘦得光剩骨头架子啦,让人心里有些发酸。三个人都没有下车,只是走马观花地转了一趟,又重新返回到赫洛布耶夫的村庄里。在街上碰到一个庄稼汉,在那儿用手在腰里抓挠一会儿,然后把嘴张得大大的,打了一个大哈欠,声如沉雷,把领头的火鸡给吓了一大跳。他张大嘴巴打哈欠的样子,在所有的建筑物上均可以看到①;甚至连屋顶也张着大嘴在打哈欠。普拉东诺夫看着这些建筑物上的大洞,也打起大哈欠。整片农舍都破旧不堪啦,上面都是补丁摞补丁。有一间屋子,根本就没有屋顶,干脆铺上了副门板。在田庄的经营方法上,采取的是克雷洛夫寓言中所说的特利什金补长褂的办法:即挖肉补疮,剪下袖子和后襟去补肘弯处破的地方。

"请看吧,我这里就是这副破烂不堪的样子,"赫洛布耶夫有些难为情地说道,"此刻就请二位去看一看我的寒舍吧。"他一边说着,一边在前面引路,把客人带入了他的居所。

乞乞科夫心想,在赫洛布耶夫家里所能看到的,一定也是破破烂烂的

① 此处的意思,是说建筑物上有洞。

东西，或者各种各样让人不堪入目和让人打哈欠的破东西。但是，出乎他意料的是，他家里倒是非常整洁干净，令他感到吃惊。刚一走进房间，见到的是一些光彩夺目的摆设，全是一些最时髦的小玩意儿，也是当时最奢侈的陈列品，的确令他大吃一惊。墨水瓶盖子上安放着一种装饰物，大概是一尊莎士比亚的雕像。桌子上还摆放着一个专门挠背用的痒痒挠，是用象牙制作的，十分精巧华贵。女主人出来迎接他们，穿着既雅致大方，又时髦入时。四个孩子个个都穿着讲究，而且还有一个女家庭教师陪伴着他们。孩子们长得都很漂亮，样子都很讨人喜欢。但是，假如让他们都穿上各种颜色的粗布裙，普普通通的衬衫的话，没有人时刻约束他们，让他们在院子里面随意奔跑和玩耍，和普通的农家孩子没有什么差别的话，也许会更好一些。忽然有一个女客人来拜会女主人，这是一个嘴大舌长的女人，专门会东家长西家短的扯废话。两个女人到赫洛布耶夫夫人的闺房里去了，孩子们也一窝蜂地跟着两个女人跑了出去。屋子里面就剩下三个男人。

“好啦，我们来谈正事吧。您的田庄出售价钱是多少呢？”乞乞科夫开门见山问道，“必须承认。我此刻问您，可是想听到最后拍板的价格，因为您田庄的情况，比事先预料的要糟糕得多。”

“说实话，是糟糕透顶啦，巴维尔·伊凡诺维奇。”赫洛布耶夫很直率地承认道，“而且情况要比这些更糟。我应该直言不讳地相告：登记在册的一百个农奴里，只有一半是活着的，因为我们这一带曾经流行过一场非常严重的霍乱。就是那五十个活着的，也全都没有带身份证就跑得无影无踪了。因此，您就把他们也当成是死掉的吧。要是到法院去起诉，追回那些逃掉的农奴的话，那只好把整个田庄拿去孝敬法院啦。正是因为如此，我只要三万五千卢布，已经便宜到家啦。”

乞乞科夫是一个老谋深算的家伙，自然要趁火打劫啦，于是便开始讨价还价，尽量压低价格。

“哎呀呀，这么糟糕的田庄居然要三万五千卢布，那怎么能行呢。我看，干脆就给两万五千卢布算啦，这个价，您一点儿也不吃亏。”

普拉东诺夫在一旁看着，有些过意不去，于是便说道：

“别再争了，巴维尔·伊凡诺维奇，您就买下算了。一处田庄卖这个价，说实在的真不算贵。如果您嫌贵，不肯出三万五千卢布，那我们兄弟二人可要合伙买下来啦。”

“既然您也这么说，我也就不再讨价还价了，好吧，我同意买下来啦。”乞乞科夫怕普拉东诺夫真的给买走，因此只好硬着头皮答应了。“但是，只不过我还有一个先决条件，我只能先交半数钱款，其余的一年付清,可以吧?”

“那可不行,巴维尔·伊凡诺维奇,这个条件,我无论如何也是不能同意的。请现在就付清一半现款,其余的钱款要在半个月之内付清。您可要明白,这么一笔钱当铺也会贷给我的。谁不知道,蚂蟥只会吸血,当铺只会放高利贷。”

“说心里话,这可就难办了,因为我手里总共只有一万卢布,这可怎么办才好呢?”乞乞科夫睁着眼睛说瞎话,其实他手里有两万卢布的现款,因为他还从柯斯坦若格洛那里无偿借到了一万卢布。但是,不知怎么搞的,乞乞科夫就不肯一下子拿出这么多的钱。

“不行,绝对不行,巴维尔·伊凡诺维奇,您就发发善心吧。您听我说,我要一万五千卢布才行。”

“既然如此,巴维尔·伊凡诺维奇,那我就借给您五千卢布好啦。”普拉东诺夫实在看不过去了,如此说道。

“如此说来,我也只好从命了,这就叫做恭敬不如从命嘛。”乞乞科夫一边说着,一边心里打着如意算盘,“既然他肯慷慨解囊借给我,我又何乐而不为呢。”他把小木匣子从轻便马车里捧了过来,打开木匣子,从里面取出一万卢布当面交给赫洛布耶夫,其余的五千卢布,当面说好明天一定给他送过来。其实只是口头答应了,心里却盘算着只送过来三千卢布,其余的嘛,以后再说吧,或者拖上个三五天,或者再拖欠一段时间,反正不能一下子就都给他,那不是太便宜他了吗?不知何故,巴维尔·乞乞科夫非常不喜欢大大方方地把钱交给人家。要不是迫不得已,或者碍着面子,他无论如何都不肯当天交钱的,哪怕拖到明天再交,他的心里都会感到舒服一些。也就是说,他这种耍赖的行为,仿佛我们大家人皆有之,仿佛把钱放在自己手里多捂一天,心里也会感到舒服一些。要知道,这可是我们大家的一个通病:总是想方设法刁难一下有求于我们的人,才会感到开心一些。我们总是爱捉弄一下别人,让有求于我们的人着急?可是我可不着急,就让他在过道里靠着墙根等去好啦,好像他就不能等一等似的。要说到每一个钟头对他来说都至关重要,也许他要办的事情会因为这一两个钟头遭到重大损失,这又和我有什么关系呢?老兄,我今天实在忙得不可开交,实在没空,有事?请明天再跑一趟吧。

“那么,请问,您以后要搬到什么地方去住呢?”普拉东诺夫十分同情地向赫洛布耶夫问道,“您大概还有别的田庄吧?”

“我只好搬到城里去住啦,我在那儿有一处小房子。我这样做也是为孩子们着想,他们需要启蒙老师。在这个鬼地方,也许能找到神学教师,可是要请到音乐教师、舞蹈教师,比登天还要难哪,就是大把花钱也请不到啊。"

"连面包都吃不到了,还要给孩子们请音乐、舞蹈教师呢,真是荒唐!"乞乞科夫不以为然地想着。

"真是滑稽!"普拉东诺夫心中想道。

"但是,此刻我们总该喝点什么来庆贺一下这桩买卖的成功啊,"赫洛布耶夫说道,"喂,基留什卡,好小子,快去拿一瓶香槟酒来。"

"连一片面包都吃不上了,倒是有什么香槟酒,岂不怪哉!"乞乞科夫有些嘲笑地想道。

普拉东诺夫被弄得哭笑不得,索性根本就什么也不去想了。

赫洛布耶夫万般无奈,才张罗起来要搞一瓶香槟酒。他打发人到城里去买:有什么法子可想呢?小铺子就连喀瓦斯都不肯赊给他,可是此刻非得喝点什么才说得过去呀。可是,不久以前从彼得堡弄来一批葡萄酒的那个法国人对谁都肯赊账。没办法,只好从他那里赊来了一瓶香槟酒。

香槟酒终于弄来了,他们三个人每人喝了三大杯之后,都感到非常高兴。赫洛布耶夫乘着酒兴,也变得活跃起来,举止言谈一点顾忌也没有了。变得既讨人喜欢,又机智健谈,俏皮话连篇,并讲了好多轶闻趣事。他所讲的东西,充分证明他很通晓处世哲学,人情世故!他对很多事物的观察也异常透彻和准确无误!他只几句简短的描述,便可把邻近的地主面目勾勒得惟妙惟肖,把他们每个人的弱点和谬误之处观察和分析得十分精辟。对那些破产的地主老爷,他也了解得一清二楚:他们为什么会被弄得倾家荡产,招惹祸端的来龙去脉,也分析得非常透彻,而且入情入理。他又能妙趣横生地刻画出他们最不显眼的各种怪癖,真是一个体察入微的名家里手。他的这一番高谈阔论和精彩绝伦的表演,让乞乞科夫和普拉东诺夫二人听得神魂颠倒,佩服得五体投地,真心诚意地认为他是世界上一个最最聪明之人。

"我真有点儿感到惊奇莫解,"乞乞科夫说道,"凭着您的聪明和智慧,怎么会琢磨不出一个摆脱困境的办法呢?怎么能找不到一条重振家业的出路呢?请您告诉我,这是为什么?"

"谁说没有出路和办法!出路和办法倒是有的,"赫洛布耶夫说道,于是他便说出一大套寻找出路和办法的锦囊妙计。他所说的妙计都是一些异想天开,荒诞无稽,稀奇古怪的谬论,跟他所通晓的人情世故根本就沾不上边儿,让人听了,只能耸耸肩膀,无可奈何地说道:"上帝呀,通晓人情世故和善于运用人情世故之间,存在着多么大的距离呀!"原来,他把一切都建立在异想天开的美梦之上,也就是说首先必须从什么地方突然发个意外之财,一下子先搞到一笔十万卢布或者二十万卢布这样一个海市蜃楼的基础之上。如果能得到这笔巨款,他就会把一切都安排得好好的,家业便从此振兴起来,田庄就会发达起来。到那时,他便偿清全部债务,田庄就可以恢复元气啦,他每年所得到的收入可以增加三倍。到那时,他便可以呼风唤雨,成为一个了不起的地主老爷啦。但是,他最后还是无可奈何地说道:“但是,叫我有什么办法可想呢?到什么地方能够找到这么一个大善人,肯借给我钱呀,别说二十万卢布啦,就是十万也行啊,我就对天磕头了。我知道,我这等于仰起下巴颏儿,等着天上掉馅饼啊,一定是老天不肯帮我这个忙。”

“这就对啦,”乞乞科夫心里想道,“老天绝对不会把二十万个卢布送给这么一个货真价实的大笨蛋!”

“我有一位姑姑,手中大概能有三百万卢布的家产,”赫洛布耶夫说道,“这个老太太倒是一个非常虔诚而又慷慨大方之人,修教堂和寺院这种善事,她总是捐赠大笔的款项,却对至亲不愿意帮衬和扶持。她可是一个典型的老派人物,你看看她家里的情况,就知道她有多么古怪啦。光是金丝雀,她就养了四百多只,还养着一大群哈巴狗,还有一大群帮吃帮喝的门客和奴仆,像这样的奴仆如今可难找到了。家奴中岁数最小的一个也快六十岁啦,可是她还一直把这个快六十岁的老头子叫做‘小伙子!’要是来的客人中哪个人举止失当,她看着不顺眼,马上会吩咐仆人不要给这个客人上菜。奴仆们只好从命。你看一看吧,这个老太太究竟有多么古怪吧。”

普拉东诺夫听了,不以为然地笑了一下。

“请问,您这位姑妈的姓氏,住在什么地方?”乞乞科夫问道。

“她的姓氏叫哈纳萨洛娃,名字和父称是亚历山德拉·伊凡诺芙娜,就住在这座城市。”

“那您干吗不去求求她帮忙呢?”普拉东诺夫很同情他的处境,所以才这样问。“我认为,如果您能如实告知她您目前的处境,也许她会同情您的境遇,伸手救援您的。”

“唉,谈何容易,也许恰好相反,她只会袖手旁观,而绝对不会帮忙的。您不知道,我这位姑妈可是一个脾气倔强的老太太。是一个典型的老古董,是一个死心眼的人,普拉东·米哈伊洛维奇!就是我不去求她,早就有一大批专门儿溜须拍马、阿谀奉承的小人,整天围在她的身边团团转啦。其中还有那么一个宝贝,就连做梦都想当省长,厚着脸皮生拉硬扯地和她攀上了本家关系……啊,就请赏给我一个面子吧,”赫洛布耶夫突然向普拉东诺夫发出邀请,说道,“下个星期我要设宴招待全城的大小官员,请您务必出席……”

普拉东诺夫听罢,困惑地瞪着一双眼睛,他哪里知道,在俄罗斯,在各大都市和京城里,就有这么一批能人,他们过的日子完全是令人莫名其妙的谜。表面上看来,他们已经把家业挥霍一空,还欠了一屁股的债,家中一点进项也没有,财源枯竭,然而却照样设宴摆席,大宴宾客。而所有参加宴会的人都异口同声地说,这是最后一次宴请啦,明天宴会主人就会被抓去蹲大狱啦。自从这次宴会之后,又过了十年,仍然逍遥自在的活在世上,屁股后面的债务比以前更多啦,但是他们依旧大摆宴席,而参加宴席的食客们,一边甩开腮帮子大吃大喝,一边又暗自嘀咕,这次大概是最后一回宴请了,明天宴会的主人就要去蹲大狱啦。

赫洛布耶夫在城里的宅第也是一种极其少有的现象,今天请神父披着圣衣到家里来主持祈祷仪式,明天又请法国演员来排新戏。有那么一段时间,甚至家中连面包屑都没有了,过几天,却又在家里大摆筵席,款待什么全城的艺术家和演员,还豪爽地发给每个人一份赏钱。有的时候家里穷得没吃没喝,真是困难到了极点,要是换了别人遇到这么艰难的情况,不是上吊寻死,就是开枪寻短见了。但是,他每一次都由于笃信宗教而得救。这种笃信宗教的情绪和他荒诞无稽的生活方式奇妙地结合在一起。在这些最艰难痛苦的时日里,他便苦读磨炼自己意志的东西,使他的精神超脱凡尘的烦恼,学习那些殉道者和苦行僧的处世哲学,那时他的心灵便被融化了,精神受到巨大的感动和感召,甚至眼睛里还饱含着热泪。他整天不停地祈祷,嗨,你别说,还真神了!几乎每一次都能化险为夷,得到救援:不是他的一位老朋友想起了他,给他寄来一笔救命的款子,再不就是哪一位过路的女士,跟他素不相识,可是无意间听到他的不幸遭遇,便怀着一颗易于冲动的善良之心,捐助给他一大笔救济款。或者是在一个什么地方,就连他自己也不曾听说过的官司打赢了,结果又意外收到一笔钱。总之,在他快要冻饿至死的时候,总能遇到救命恩人或者意想不到的救助。每逢这种危难时刻,他都能死里逃生,因此,他总是庆幸自己对上天的忠诚,对宗教的虔诚,总是发自内心地感谢上天对他的仁慈,并且每次都要举行一次感谢上天恩典的祈祷,然后又继续过着那种荒诞无稽的生活,花天酒地,大肆挥霍。

"我感到他是很可怜的,真的很可怜。"当两位客人向赫洛布耶夫道别,坐上车从主人家里出去的时候,普拉东诺夫对乞乞科夫说出了这句话。

"这是一个地地道道的败家子!"乞乞科夫有点气愤地说道。"这种人没有什么好同情的,更无需怜悯他。"

两个人坐在车里,很快就不想赫洛布耶夫了。普拉东诺夫不再去想他，那是因为此人对别人的处境，如同对待世界上所有的事物一样，历来都是事不关己地看上一眼，过后就忘，就像没有这么回事儿。当然，他看到别人在遭受磨难，当时心中也很同情，也很难过，但是不知为什么，这种事情总是不会铭刻在他的心里。只是一时的感情冲动，过一会儿就忘了。他之所以有这种表现，是因为从来对自己也不过多地去思索。乞乞科夫和他就不同了，他不去多想赫洛布耶夫，那是因为他一门儿心思在想他买下的那座田庄，他才没有那份闲心去想田庄原来的主人呢。不管怎么说，此刻他突然成了一个名副其实的地主，而不再是梦想中的地主了。成了一个真正的地主，拥有了自己的田庄，他却变得沉默寡言了，只是在心里得意地琢磨盘算起来，言谈举止也变得谨慎起来，然而脸上却表现出一种意味深长、让人琢磨不透的神情。他心中一直盘算和默念着："要有耐心！要刻苦耐劳！要艰苦劳动！要管理好田庄，这件事并不难，可以说一出娘胎，我就熟悉这一切。对我来说，管理和经营田庄，并不是什么没有见到过的新鲜东西。但是，如今我已经到了这把年岁，是否还会像年轻的时候那样精力十足，有持之以恒的耐心呢？"总而言之，此刻他的思绪全都集中到这处田庄上了，盘算着如何有章有法地翻地、播种，如何抛弃一切荒唐而愚蠢的想法，如何披星戴月，早出晚归，把日出之前的农活都做好安排，如何紧张而有秩序地劳动和工作。有朝一日，看到自己的田庄日益兴旺发达，看到自己真的发家致富，那时该是多么欢乐和幸福啊。如果再娶妻成家，儿孙绕膝，那该有多么幸福和快乐呀！"是啊，这才叫做真正的生活，这才叫做真正的快乐！还是柯斯坦若格洛说得对，这可是至理名言哪！"正当乞乞科夫想得非常得意的时候，他那张脸似乎也由于这些美好的愿望而变得更加庄重和体面了。确实如此，当一个人尽是思考一些美好的愿望和合乎情理的事情时，也会为他增添一些高尚的气质的。然而，人毕竟是一个七情六欲的混合体，除了想到美好的东西之外，有时也会遭到突如其来不光彩的想法的袭击。像乞乞科夫这样的凡夫俗子，更是如此。他忽然想道，"这件事情也可以这么办，先把一些比较好的土地分批转卖给他人，然后再把田庄和死掉的农奴一起抵押出去。甚至还可以一不做二不休，干脆脚底下抹油溜之大吉，再昧着良心把柯斯坦若格洛的一万卢布全部赖掉，这样做也许更划算吧？对，就是这个主意！"这样一个荒唐的想法，并不是乞乞科夫想出来的，而是突然一下子从他的脑袋里钻出来的。这种不光彩的想法，犹如一个臭婊子，犹如一个专门害人的魔鬼一样，挑逗着他，鼓动着他，向他发出迷人的微笑，向他频送秋波，一心想把他拉入坑害人的陷阱里去。如果是一个坐怀不乱光明磊落的正人君子，是绝对不会被迷惑，然而，乞乞科夫并非正人君子，而是一个典型的势利小人，一个唯利是图的伪君子，一个见利忘义的恶棍。再说他那个卑污的脑袋和那颗既阴暗又肮脏的灵魂，正是滋生这些荒唐想法的温床，因此，才会突然从他的脑袋里钻出来这种卑鄙的想法。不管怎么说，这桩购置田庄的生意，对他来说，再便宜不过了。他感到非常心满意足，因为此刻他已经成为一个名副其实的地主，成了一个既有耕地和可以让他进行多种经营的资源，又拥有一批农奴的地主了。这些农奴已经不是想像中虚无缥缈的影子啦，而是真实存在着的，哪怕他们是死掉的，或是逃掉的，但是却实实在在地归属于他的名下。他越想越激动，甚至要手舞足蹈了，兴奋得摇晃着身子，不停地搓着双手，并在暗中高兴地挤挤眼睛。

"停下！"他的同伴普拉东诺夫向车夫大喊了一声。这一声呼叫把乞乞科夫从迷醉的状态中给惊醒过来，于是他环顾了一下四周。他们的马车早就行驶在景色迷人的密林深处了。眼前闪过亭亭玉立的白桦树，像两堵围墙似的在路的两边延伸。野生的白桦和白杨的树干像雪一样的洁白耀眼，犹如一排洁白的雪堆砌而成的白玉栅栏，显得晶莹剔透，在刚刚绽放不久的嫩绿色的树叶映衬之下，十分挺拔而又轻盈地伫立在路旁。夜莺像举行歌咏比赛一样，从树林里面传出来啼鸣婉转的歌喉。翠绿的草丛中点缀着点点黄色的野生郁金香，绿草和鲜花竞相媲美，显得色彩非常艳丽娇嫩。乞乞科夫尚未搞清楚，方才眼前还是一望无际的平原沃野，却突然一下子驶入这块景致怡人的地方。一座用白色石头砌造起来的教堂掩映在绿树丛中，而在路的另一边，密林中闪露出一道篱笆墙。在街道的尽头，有一位地主老爷迎着他的马车走了过来。只见他头上戴着一顶便帽，手持一条满是结疤的手杖。在他的前面，还有一条英国种的狼犬在缓步奔跑着，它那四条长长的细腿显得格外引人注目。

"对面来的这个人就是我胞兄，"普拉东诺夫对乞乞科夫说道，"车夫，停车，"话刚说完他就已经跨出了马车，乞乞科夫也紧随其后。这时，两条狗已经亲热地亲吻过了。细腿的狼犬名字叫阿佐尔，首先伸出舌头灵巧地舔了一下亚尔布的脸，接着舔了一下普拉东诺夫的手，然后又亲亲热热地扑到乞乞科夫身上，把他的耳朵舔了一下。

兄弟二人非常亲切地相互拥抱，互致问候。

"你可真行，普拉东，你这是跟我捉什么迷藏！"哥哥停下脚步说道，他的名字叫瓦西里。

"什么叫捉迷藏！"普拉东诺夫不以为然、大大咧咧地说道。

"怎么不叫捉迷藏！你三天来音讯皆无。马夫从别杜赫那里把你的牡马牵了回来，说你和一位老爷一块儿走了，一去就是无影无踪。唉，哪怕你告诉我一声也好啊，上哪儿去了，干什么去了，要去多长时间？你可真行，我的老弟，一声不吭就走了，干事怎么能这样冒冒失失呢？这几天，真是让我坐卧不宁，我担心极了，只有上帝才会知道，我心里总是七上八下的，什么情况都想过了。”

“唉，有什么办法呢？当时走得太急，也忘了告诉你一声到哪里去。我又不是小孩子，何必为我那么操心呢？好了，都是我的错，快别着急啦，我这不是好好地回来了吗？”普拉东诺夫说道。“我们搭伴儿去康斯坦丁·费多罗维奇家里走了一趟。康斯坦丁问你好，姐姐也问你好。巴维尔·伊凡诺维奇，我来向您介绍一下：这位就是我的胞兄，瓦西里。瓦西里哥哥，这位是巴维尔·伊凡诺维奇。”

两位刚结识的人亲切地握了握手，摘下帽子相互亲吻了一下。

“这个乞乞科夫究竟是个什么样的人呢？”瓦西里哥哥心中暗想，“普拉东弟弟结交起朋友来，总是马马虎虎，随随便便。”于是，他在不违反礼仪的情况下，仔细地打量了一下乞乞科夫，发现此人倒是一个仪表堂堂，言行举止颇为规矩的人。

从乞乞科夫这方面来说，他也在不违反礼仪的情况下，打量了一下瓦西里。一眼便看得出来，他比弟弟普拉东诺夫的身材略矮了一些，头发比弟弟的颜色深了一些，长相远不如普拉东诺夫那么漂亮，但是此人的眉宇之间饱含着旺盛的活力和精气神，而且反映出他的内心一定非常善良。但是，乞乞科夫对这一部分精神气质却不那么关心。可以看得出来，瓦西里是一个精明谨慎之人，不像普拉东诺夫那样大大咧咧的。

“瓦夏[①]，我打算和巴维尔·伊凡诺维奇结伴儿去旅游，亲眼观赏一下我们伟大而神圣的俄罗斯，也许可以排解掉我的忧郁和烦闷呢。”

“干吗这么突然就决定呢……”瓦西里困惑不解地问道，差一点脱口而出：“而且还是和一个素不相识的人结伴。此人究竟是何许人，你一无所知，也许他是一个骗子，鬼才知道他到底是个什么货色。”他对乞乞科夫并不信任，用余光又扫视了他一下，表面上看来倒像一个正派人，但是到底是个什么人，就不得而知了。

他们三人一起往右拐了一个弯，走进了自家的大门，走进了一座古色古香的院落，房舍也都是古色古香的。如今已经不再修建这样的宅院了，窗子上都有遮阳，屋顶比现在新建的要高多了。院子中间有两株枝繁叶茂的菩提树，树干很粗，又高又大，差不多把整个院落都笼罩在绿阴之中。树的下方摆着很多把木制长凳。围墙上方盛开着稠李和丁香花，就好似给院落戴上了镶满绿叶和鲜花的项链。主人的宅第完全掩藏在绿树和花

① 瓦西里的爱称。

从之中，只有门窗像调皮的孩子一样，在枝叶略微稀疏的地方露出脸来，显得既顽皮又讨人喜爱。透过像箭一样笔直的树干，可以隐隐约约看到厨房、储藏室和地窖雪白色的墙角。这里的一切，仿佛都被树木搂抱在怀中。夜莺在竞显歌喉，啼鸣婉转的歌声在密林中此起彼伏，犹如专门举办的夜莺音乐会。来到此地，仿佛到了世外桃源，使人不由得产生一种非常宁静而又愉悦心扉的感觉。这里的一切都散发着宁静、淳朴和简洁明快的气息，充分显示出这里的生活一定非常富足安详、舒适快活。瓦西里请乞乞科夫入座，他们就在菩提树的绿阴下坐在了长凳上。

一个十六七岁的小伙子，身穿一件粉红色条纹布衬衣，显得英俊漂亮；他端来了好几瓶颜色不同的喀瓦斯，放在他们面前，这是用各种不同的水果酿制的，有的浓得像是牛奶，有的还嗞嗞直冒气泡，犹如柠檬汽水一样。小伙子摆好长颈玻璃瓶，就操起竖在树旁的一把铁锹，到花园里干活去了。普拉东诺夫兄弟，也和柯斯坦若格洛一样，家里也没仆人。仆人都是花匠，或者说有仆人，所有的家奴全都轮换着承担侍弄花的工作。哥哥瓦西里始终坚持自己的观点，认为仆人不是一个阶层。料理家中事务，什么人都可以干，只不过是每个家庭成员的举手之劳，无须为此专门供养一批人。俄罗斯人穿惯长袍和短褂，干起活来既方便又灵活，样子也挺顺眼的，干起活来也不偷懒耍滑。但是只要穿上德国人的长礼服，立刻就变得又笨又懒，笨得要死不说，还懒得出奇。从此，连衬衣也不按时更换，根本就不去浴室洗澡，就连睡觉都穿着长礼服，在那件德国式的长礼服里面便生出很多虱子。在这一点上，也许他说得是有道理的。在瓦西里的田庄，老百姓都穿得考究漂亮，村妇们的包头巾都是用金线绣的，衣服袖子都镶着土耳其披巾用的那种花边。

"这些喀瓦斯是我们家中自制的，在我们这一带还是很有名气的。"瓦西里毫不隐讳地介绍道。

乞乞科夫从第一个长颈玻璃瓶中倒出来一杯，味道很好，和他在波兰喝过的蜜酒完全一样。泡沫多得和香槟酒根本就没差别，那股清凉爽口的气味，一直从口腔冲到鼻子里。"真好喝，不亚于陈年佳酿！"他赞不绝口。然后，又从另一个瓶子里倒了一杯，味道更香、更美。

"这可是饮料中的上品啊！"乞乞科夫赞美道，"我曾在尊敬的康斯坦丁·费多罗维奇的府上，品尝过堪称上品的果子酒，此刻又在您的府上品尝了堪称饮料中极品的喀瓦斯。我庆幸自己真有口福！"

"康斯坦丁家的果子酒，其实是从我这里传过去的，是我的妹妹最先开始制作的。我的老母原籍是小俄罗斯，即乌克兰人，是在波尔塔瓦出生的。如今，大家对操持家务都生疏了，因为从来都不搞啦。请问，您准备去哪个方向,想到些什么地方呢?"瓦西里问道。

"我这次出门远行,"乞乞科夫答道,在长凳上稍微欠了一下身子,以示尊敬,一只手抚弄着自己的膝部,"主要不是办个人的私事,而是受朋友之托。贝特里谢夫将军是我好友,他不仅是我的忘年之交,而且还可以说是我的恩公。是他托付我代其访问几位亲友。代访亲友只不过是受人之托忠人之事而已,但是,对于我自己来说,却受益匪浅,既可以除病消灾,又可以见见世面,开阔眼界,广交朋友,多结善缘,真可称之为一部活的教科书,这可是人生交往中的一门重要学问,有此机缘,又何乐而不为呢!"

瓦西里听了乞乞科夫这一番话之后,沉思良久。他认为:"此人说话虽然有些咬文嚼字,有点儿卖弄词藻,但是,他所说的话倒是很有道理,无可挑剔。"他思索了一会儿之后,转过身去对普拉东诺夫说道:

"我也认为,普拉东,外出旅游确实会使你精神振奋起来。其实,你并没有什么病,只是精神萎靡而已。你整天都好像昏昏欲睡,并不是由于饮食过量或者过度疲惫,而是因为你的生活过于单调,缺少新的印象和感受。因此,我完全赞同你去旅游。至于我自己嘛,反倒很希望对周围的一切事情不那么敏感,别对什么事情都那么爱操心。"

"对什么事情都操心,那是你自己心甘情愿的呀,"普拉东诺夫说道,"你那纯粹是自讨苦吃,自寻烦恼,何必呢?"

"怎么能这么说呢?什么叫自讨苦吃、自寻烦恼呢?假如你事事都不如意,该怎么办呢?"瓦西里说道,"难道你没有听说过,你不在家的时候,连尼津在背地里搞了很多鬼名堂?他居然把那块荒地给抢占去了。那片荒地不管别人花多少钱要买,我都不会放手的……我们村子里的庄稼汉按习俗,每年都在那里聚会过春分节[①]。村子里流传的故事都和这块荒地有着密不可分的联系。对我来说,这片荒地不论是按风俗习惯,还是个人感情来说,都是神圣不可侵犯的,哪怕是舍出一切或生命,我都在所不惜的,绝对不会让人强占去的。"

"也许是他不知道这块荒地对你来说这么重要,因此才占了去,"弟弟普拉东宽慰哥哥说道,"也许怪不得他,他刚从彼得堡搬过来,举目无亲,人地生疏,对这里的风俗习惯一点儿也不了解,应该向他解释清楚,说明白,也许事情就好办了。"

"他知道,他了解得很清楚。我已打发人和他说过了,可是他就是不肯让步,蛮不讲理。"

---

① 这是俄罗斯人的风俗习惯,复活节后的第一个星期,被认为是举行婚礼的吉庆之日。

“我想，你倒是应该亲自去一趟才好，当面把话说清楚，也许事情就好解决啦。我说，你还是亲自出马去和他谈一谈为好。”

“得了，我才不去呢，这个人太傲慢无礼啦。我才不会去呢。假如你愿意去的话，那么，就劳驾你去跑一趟好啦。”

“让我去？我倒是可以去一趟，但是，我历来都不管事。他准会蒙骗我，搞不好，我会吃亏上当的。”

“恕我多管闲事，如果你们二位认为可以的话，可否让我代劳？”

瓦西里斜眼看了他一眼，心中想道：“真是爱管闲事！”

“您只要简要地介绍一下就可以，请告诉我，他究竟是一个什么样的人，”乞乞科夫说道，“把这件事儿同我说一说。”

“我很抱歉，也很过意不去，怎么能委托你去办这种令人不愉快而又棘手的事情呢？他这个人，依我之见，是一个地道的卑鄙小人。要论出身，他家只不过是本省家底并不富裕的贵族，娶了个老婆，还不知道是什么人的私生女。但是他却鼻孔朝天，自以为了不起啦。如今就更是飞扬跋扈了，傲慢得不得了。但是，我们这里的人可不是傻瓜。我们并不欣赏时髦的东西，对彼得堡也不顶礼膜拜，不唯命是从。”

“的确，的确，”乞乞科夫随声附和地说道，“那么能否告知一下此事的详细呢？”

“您可要清楚，他倒是真的急需土地。但是，假若他做事情不这样蛮不讲理的话，我会高兴地在别的地方给他找一些土地，会白送给他，而且要找好一些的土地，不是荒地野坡……但是如今……一些爱惹是生非的人会以为……”

“依我粗知浅见，还是去和他当面谈一谈为好，或许事情就……我以前经常受人之托去办理一些事情，对方从来没有反悔过，没有变过卦。就以贝特里谢夫将军为例吧，他也是……”

“但是，我还是觉得难为情，劳驾您去和这样一个蛮不讲理的人去打交道，……①。”

“……②一定要注意，对此事要严守秘密，不要传扬出去，”乞乞科夫说，“因为犯罪本身反倒不如引诱使人犯罪的行为那么有害。”

“噢，这话说得不错，这话说得很对。”连尼津一边说着，把头完全扭到了另一边。

“啊，我们两个人还真有缘，真的是英雄所见略同，这该是一件多么

---

① 原稿中此处不完整。——原注

② 原文中此处缺少开头的一句。

令人开心的事情呀!”乞乞科夫高兴地说道。“说起来,我也有一笔既合法又不合法两种性质交织在一起的生意:从表面上看来它似乎不合法,但就其实质而论又是合法的。我急需一批抵押品,买进一个活的农奴我可以支付两个卢布,可是我又不想让任何一个人去冒这个风险。因为要是出了什么事儿,不仅我会破产(但愿老天保佑不会出任何问题),而且还会牵连到出卖农奴的地主。因此,我便想了一个一举两得的奇妙主意,我打算采取一个迂回的办法:即借用一下已经死亡或者逃走的农奴的名字,也就是说他们尚未从纳税人花名册上注销。这样做,既不违反基督教的精神,又可以为陷入困境的农奴主解除为这些农奴缴纳人头税的沉重负担。我们两人要做的事情,只需在你我之间签订一份形式上的合同,就像通常买卖活农奴那样就可以了。”

“但是,这可是一桩非常奇怪的交易呀,”连尼津听了以后,觉得很惊奇,惊奇得连人带椅子往后挪了一大步,“这件事情的性质……”

“这件事情并不违法呀,因为我们不是明目张胆搞的,而是私下里双方心甘情愿的公平交易,”乞乞科夫狡辩地说道,“而且是在两个奉公守法的人之间搞的。”

“但是,这件事儿总有点……”

“放心好啦,这件事儿和违法犯罪绝对沾不上边儿,”乞乞科夫坦然地说道,“这件事正如我们方才所议论的那样,是公平合理合法的。这件事是在两个奉公守法的公民之间进行的,况且,我们都已经到了不惑之年,都有相当水平文化素质,而且又是在私下里进行的公平交易,”他说这些话的时候,语气始终很镇定,态度也很坦然,并且毫不隐讳地直视着对方的眼睛。

虽然连尼津很圆滑老练,而且十分精通衙门里的办事程序,突然遇到这样一件事,似乎也变得懵懵懂懂了,不知如何是好,而且不知怎的,竟然莫名其妙地落入自己挖的陷阱里面了。此人倒是从来不善于干不光明磊落的事情,而且从来都不愿意干任何一种不光明磊落的事情,就连背着人干他都不会。“这件事儿可是真怪呀!”他心里不停地嘀咕着,“说什么愿与贤明之士结成生死之交,愿意为其两肋插刀!好啦,这回看你使出什么高招吧!”

然而,乞乞科夫总算还是很走运,竟在进退两难的时刻,命运和当时机遇帮了他的大忙,恰在此时,连尼津年轻的夫人鬼使神差地出场了,犹如存心来帮忙,促成这桩令人棘手的交易似的。这位年轻的女主人,款步走进房间,只见她面色苍白,小巧玲珑,穿着打扮很入时,完全是一副彼得堡的派头,是一位非常令人敬重有地位又体面人物的女士。奶娘抱着孩子走在她的身后，这孩子是他们的第一个儿子，是他们结婚不久柔情蜜意的结晶。乞乞科夫又在表演他那种略带弹跳的轻盈步伐，和把头歪向一侧的故伎，讨得了这位来自彼得堡的年轻夫人的欢心，接着又讨到了孩子的欢心。刚一开始，差一点把孩子给吓哭了，但是小孩子毕竟招架不住乞乞科夫表演的把戏。他一边儿轻声细语、柔声细气地哄着："啊，啊，乖孩子，心肝儿宝贝儿，"一边用手指头打响，接着又把表链子上漂亮的鸡心纹章拿出来逗弄，孩子很快就乖乖地让他抱过去了。哄了一会儿，他又把孩子举得高高的，逗得孩子笑得特别开心，父母在一旁看了，心里也非常高兴。但是，可能是由于过于开心，或者是别的原因，孩子突然做出了一个很失礼的举动——尿了他一身。

"哎呀，我的老天爷，"连尼津的妻子失声叫了起来，"您看，这孩子真不像话，把您的燕尾服全给弄脏啦！"

乞乞科夫看了一看：崭新的燕尾服一只袖子全给浇湿了，心里狠狠地骂道："小坏蛋，真是中了邪，居然浇到老子身上来啦！"

连尼津、女主人、奶娘忙做一团，忙着给他擦，喷洒香水。

"没关系，没关系，真的没关系！"乞乞科夫一边说着，一边尽力装出满不在乎的表情。"一个可爱的孩子，在这种年龄，他的这种东西比黄金还要贵重，在某种意义上说，这是我的运气！"虽然他嘴上这么说，可是心里却恨得咬牙切齿："这个小坏蛋，怎么不叫狼把他生吃活吞呢！这个挨千刀的小坏种。怎么会选上我干这种缺德事儿！"

虽然这是一件无足轻重的小事儿，但由于乞乞科夫表面上的这种非常大度的表现，使连尼津落入他的圈套，连尼津无法拒绝这样一位风度高雅的客人的要求。结果乞乞科夫顺利地完成了他日思夜想的交易。他对孩子表现的大度和对孩子真诚的疼爱，为此还牺牲了一件燕尾服，使连尼津深受感动，因此两人一拍即合，决定私下里做成这笔交易，而且乞乞科夫清楚地知道，进行这种交易，远比引诱他人犯罪更有害。

"请容许我不揣冒昧，为调解你和普拉东诺夫兄弟之间的纠纷，略尽绵薄之力。我知道，您非常需要土地，对吗？我会尽力而为之。"

结尾的一章[1]

人世间所有的生灵都在为改善自己的生存条件而顽强挣扎着，拼搏着，这就叫做生存竞争。俗语云，千方百计，不达目的决不罢休，或者说，不见棺材不落泪嘛。看来，乞乞科夫这次千里迢迢、风尘仆仆地去探寻别人家产的旅行，收获还是很大的。所以，在这次察访中，有不少东西又藏进了他那个小木匣子里面。总之，这是一次绞尽脑汁、费尽心血的明智之举。不能说乞乞科夫是一种偷盗和欺诈行为，只不过是巧妙、狡猾地占用一下。诸君都知道，我们之中每个人都有占用一下什么东西的怪癖：有人强占官府的林木，有人挪用公款，有人为了取悦一个什么外地来的女演员，占用家中子女的钱物；有人为购置一套彼得堡时髦一时的家具，或者购买一辆新式马车，不惜侵吞平民百姓的血汗钱。既然人世上有那么多数不胜数的诱惑，又有哪个仁人君子可以超凡脱俗而不被诱惑呢？真的，没有办法不被诱惑。当今世界诱惑人的东西太多了：有价格昂贵逼迫人们大把花钱的饭店，有让你挥金如土的化装舞会、游园会，以及茨冈舞女勾魂的舞会。既然周围的人都这么干，而且如今世风日下，奢靡之风盛行，从政府大员到平民百姓，都竞相追逐，趋之若骛，的确很难找到哪个人能洁身自好，出污泥而不染，的确很难逃出这个漩涡之外；如果不信，你就自己试上一番。人非圣贤，孰能无过，在污泥浊水中也要生存，总不能原地不动、裹足不前吧，因此，乞乞科夫也就如同那些与日俱增的专门儿追求生活上的舒适奢华的人物一样，使尽浑身解数，巧施阴谋诡计，玩弄一些掩人耳目的小聪明，放纵自己在其所经管的事务中揩油或捞取便宜。是啊，已经到了离开闹市急流勇退的时刻啦，但是，道路难行，一时又不好脱身哪。更何况，又有一个集市要敲锣打鼓地开张——那是一个地地道道的贵族老爷式的集市。何况原来那个集市算得了什么，只不过是一个贩卖马匹、牲口，原料以及由小商贩和富农批发来的农产品而已。如今要开张的这个集市呢，凡是由布商们在尼日戈罗德集市上批发来的货物，全

① 这一章版本较多，这里选了比其他各章更早的版本（国家文艺出版社 1949 年版）。——原注

部运送到这里来兜售。为了搜光刮尽俄罗斯人手中的卢布，国内外商人均个个大显神通，向这个集市展开了大举进攻：法国男客商运来大批价格昂贵的化妆品，法国女客商又弄来各种各样时髦的女式帽子，凡是来此处经商之人，个个都是赚钱和牟取暴利的高手。正如柯斯坦若格洛所说的，他们犹如《圣经·旧约·出埃及记》中扫荡埃及的蝗虫[1]，吃光啃尽田地里的禾苗不算，还排下大批的虫卵，并把它深深掩埋在泥土之中，继续危害和啃啮这片土地。

因为庄稼欠收和倒霉透顶……[2]致使很多地主没闲心进城挥霍和潇洒。但是，政府的大小官员却不受欠收和荒年的影响，腰里揣着搜刮来的民脂民膏，肆意挥霍，花天酒地地享乐。他们的娇妻宠妾也都披挂上阵，和他们暂比高低，也大肆挥霍起他们的不义之财。她们读遍了最近出版的形形色色的煽动人们大把花钱的书刊，做梦都想品尝一下新潮流享乐的滋味。一个法国佬为此专门儿开了一个全新的游乐场，这是一个迄今最为高级和豪华的游乐场，不仅可以通宵达旦地游乐、荒唐，还供应夜宵，声称价格非常便宜，而且还可赊欠一半。如此一来，不仅诱使那些科长一级的官员跃跃欲试，就连那些小科员们也想一试身手，打算在下一次经办的事务上多捞一点……[3]甚至想要借此机会，彼此比试和炫耀一番自己的高头骏马和驾驭本领。这个游乐场简直成了社会上各种人士挥霍钱财、寻欢作乐的竞技场！成了醉生梦死、藏污纳垢的大染缸！……哪怕天公不作美，凄风苦雨、风雪交加，道路泥泞难行，那些腰里揣着不义之财的大小官老爷，还是乘坐着各种各样的轿式马车往这里汇聚。这些人物和马车究竟是从什么地方来的，问谁去呀？只有鬼才知道！这些人即使到了彼得堡，在大把挥霍钱财方面也不会逊色。商店的老板、伙计个个都使出看家本领，满面笑容地举着帽子，招揽太太小姐们光顾他们的店铺购物。在这些店铺里很少能遇上一个满脸大胡子的平头百姓，更难看到一个头戴廉价皮耳帽子的男顾客。并非说没有男人来逛商店，但是来者一个个都摆着一副欧洲人的架势，脸和下巴刮得光光的，就是面容都很憔悴，而且一张嘴全都露出脏兮兮的病牙，个个都像病鬼。

"请进，请进！老爷，老爷！只要您到我们的小店里看一看，就算是对我们的惠顾和恩典啦！"几家商店的门口，小伙计都扯着嗓门儿大声呼喊着，此起彼伏，好不热闹，叫喊声，叫卖声不绝于耳。

---

① 引自《圣经·旧约·出埃及记》第十章中的一段故事。因埃及人虐待和欺凌以色列人，耶和华曾警告和劝说埃及人，但埃及人置若罔闻，故降各种灾难以示惩罚，蝗灾便是其中一种。

② 原稿中有遗漏。——原注

③ 原稿中有遗漏。——原注

而那些到欧洲游逛过的老板对这些假洋鬼子可是不买账，对他们根本不屑一顾，有时还口出不逊地大喊一声："别挡道！"……或者吆喝一声："本店货色齐全，有条纹[1]花呢，浅色[2]呢料。"

正好乞乞科夫也来逛商店，走到呢料商店门前问道：

"有樾橘色带闪光花点的呢料吗？"

"有，有上等呢料。"商店老板赶紧应声答道，一只手把帽子又举高一点以示敬意，用另一只手指着自家的店铺。

乞乞科夫举步走进布店。老板非常熟练而又麻利地掀起柜台上横着的隔板，满脸堆笑地面对着乞乞科夫，背后是一匹匹呢料，从地上一直堆放到天花板。只见他把双手往柜台上一撑，点头哈腰，声音亲切而又柔和地问道：

"先生要选购哪一种呢料？"

"要近似于樾橘色的，上面还要带橄榄色，或者墨绿色点子的。"乞乞科夫不假思索地答道。

"先生，不是我夸口，您在本店买到的呢料准是最上等的，比这再好的，恐怕只有到彼得堡和莫斯科才能买到啦。伙计，快把上面那匹三十四号的呢料拿下来。不，不是这匹，真笨！你怎么总爱耍小聪明，像个大老粗一样！对，就是这匹，扔过来吧。先生，您看一看这种料子。"老板一边说着，一边把料子抖开，然后把呢料捧到乞乞科夫面前。因而乞乞科夫不仅可以伸手抚摸光滑如绸的呢料，甚至还可以闻一闻毛料的味道。

"确实不错，遗憾的是，不是我要买的那一种，"乞乞科夫说道，"您知道，我曾在海关上干过事儿，我还是很识货的。我要最好的料子，而且要带一点红色的，不是墨绿色的，而是要跟樾橘色差不多的。"

"啊，明白了，先生要的那种颜色，其实目前正是彼得堡的流行色。本店有一种质量最好的呢料。但是，丑话可要说到前头，这种料子的价格可是贵了一些，这就叫作一分钱一分货嘛！再说，先生既然要最上等的，当然也就不在乎价格高一点啦。"

这位精明能干的老板爬上货架去拿呢料，选好一匹扔了下来。由于赚钱心切，竟然忘记了现代人挑呢料的习惯，仍然用老办法抖开料子，然后又把料子拿到光线好的地方。于是走出了店铺，在街上当众展示起来，冲着日光把料子举起来，并且眯着眼睛看，嘴里说道："颜色妙极了，正是先生所要的那种颜色，没错儿，就是这一种料子！"

---

① 原文为法语。
② 原文为法语。

乞乞科夫真的相中了,价格也讲好了,尽管老板嘴里叨咕着:“不能讨价还价的。”[①]接下来,老板非常巧妙地扯料子,只听嗞啦一声,就大功告成,买卖就算做成了。老板又按着俄罗斯人捆货的方法,飞快灵巧地把料子捆成一个纸包,又用绳子捆起来,然后又在绳子上打了一空结,以便提起来方便。为了讨得顾客的满意,或者说拉回头客,老板还亲自把捆好的纸包送到乞乞科夫的轻便马车之上。这个老板真会做生意,是个典型的机灵鬼,在乞乞科夫掏钱付款的时候,他把帽子举得更高了,大概是再一次对顾客表示敬意或感谢之情吧。

“把呢料拿出来让我观赏一下。”身边传来了另外一个人的说话声。

“真是活见鬼啦,这不是赫洛布耶夫的声音吗?!”乞乞科夫心想,“真是冤家路窄,狭路相逢啊!”于是,他立刻转过身去想逃之夭夭,免得和赫洛布耶夫见面。他以为,他没有必要向后者解释什么有关遗产问题,而且那也不是一种明智之举。但是,他想躲想逃都来不及了,因为赫洛布耶夫不仅看到他了,而且盯住不放了。

“哎,老实说,巴维尔·伊凡诺维奇,这是怎么回事呀,您干吗老躲着我呀?但愿您不是故意的!我到处找您,可就是找不到。但是我们之间的事情还没有完结呀,也不能就这样不了了之啊,我们两个人必须好好谈一谈才行啊。你总是躲着我,那可有点儿不像话啦!”

“误会啦,误会啦!”乞乞科夫佯装很热情地握住赫洛布耶夫的双手,说道,“我怎么会躲着您哪。说心里话,我一直都想和您好好谈一谈,怎奈我没有分身术哇,我实在忙得焦头烂额,哪儿有时间啊!”实际上,他心里却想:“见你他妈的鬼去吧,老子才没那个闲工夫呢!”恰在此时,他突然发现穆拉佐夫正好走进商店,便赶紧迎上前去,说道:“哎呀,我的天老爷,原来是您哪,我向您问候啦,尊敬的阿法纳西·瓦西里耶维奇。您好啊,您老人家近来贵体可好?”

“谢谢!您好吗?”穆拉佐夫摘下帽子,说道。

商店老板与赫洛布耶夫也都同时脱帽,以表敬意。

“还好,还好,不知为什么,我这腰时常又酸又疼,还有晚上睡觉的时候,总是睡不稳。大概是不经常活动的原因吧……”

但是,穆拉佐夫并没有深入去了解乞乞科夫为什么腰总是疼痛,而是立刻转过身去对赫洛布耶夫说道:

“您好,谢苗·谢苗诺维奇,我看到您走进商店,我便跟了进来。我必须跟您谈一谈,有几句心里话想跟您说一说,请移驾到我家去一趟,不

---

① 原文为法语。

知可否?"

"只要您吩咐一声,我哪有不遵命照办之理?"赫洛布耶夫爽快地答应了,于是两个人就一同走出了店铺。

"这两个人有什么好谈的呢?"乞乞科夫暗自琢磨道。

"阿法纳西·瓦西里耶维奇可是个了不起的人,是一位令人尊敬之人,他可是一位聪明绝顶之人。"商店老板连声夸赞,"他在自己的本行里可算是一个行家里手啦,美中不足的就是墨水喝的太少了一点。大家都知道,经商也是一门大学问,不光是简简单单的买和卖,要精通一整套生意经呢。这里面学问可多着哩,什么预算啊,行情啊,你都得搞通搞懂,还要随时了解和掌握行情,不弄清楚这些东西,你准得连本带利都搭进去,赔个精光。"

乞乞科夫听得有些不耐烦,挥了一挥手,正打算拔腿要走。突然又从背后传来了连尼津的说话声:

"巴维尔·伊凡诺维奇,您跑到哪儿去啦!让我找得好苦啊!"

商店老板再次脱帽致敬。

"啊,原来是您哪,费奥多尔·费奥多罗维奇。"

"祈祷上帝恩典啦,请到我家来吧,我们无论如何该好好谈一谈啦,请千万不要推辞。"

乞乞科夫一听,把魂都吓掉了,一张脸像纸一样白。他立刻同老板结账,匆匆忙忙地溜出了商店。

"我在恭候大驾呢,谢苗·谢苗诺维奇,"穆拉佐夫一看到赫洛布耶夫走进门来,立刻说道,"请到我的房间去吧,"他一边说着,便把赫洛布耶夫领到一个房间里,读者对这里已经很熟悉啦,这是一间陈设很简陋的房间,哪怕一个年薪七百卢布的官员,家里也会比这里排场得多。

"请您介绍一下,目前,我想您的经济状况要好多了吧?您的姑母病故之后,您总还是分到了一些什么吧?"

"让我怎样对您说呢,阿法纳西·瓦西里耶维奇。我也没搞清楚我的经济状况是否有所改善。我分到的那点东西少得太可怜啦,一共才有三十个农奴和三万个卢布。我首先用这笔钱偿还了部分债务,到头来,还是两手空空。这且不说,就说那份遗嘱吧,引起的那场官司太卑鄙可耻了。居然有人在里面耍弄一些骗人和欺诈的鬼把戏,阿法纳西·瓦西里耶维奇,我敢断言,就是您听了以后,也会惊奇不已的,也会气炸肺的。这个乞乞科夫太……"

"先等一下,谢苗·谢苗诺维奇,请先不要讲乞乞科夫,最好还是先说说您自己的近况。请您坦率地告诉我,您要彻底摆脱当前的困境,您仔仔细细地估算一下，究竟需要多少钱才可以完全得到解脱呢？"

"我目前的经济状况可是糟糕得很哪，"赫洛布耶夫满面愁容地说道，"要想彻底摆脱困境，彻底还清债务，并且今后得以温饱度日，我想起码也得十万卢布吧，我这还是精打细算了的，没有留一点空额。总而言之，说来说去，算来算去，要弄到这么多的钱，对我来说，比登天还难。"

"是啊，可是如果您有了这笔款项，您有什么打算，也就是说，如何来安排您今后的生活呢？"

"如果真的能搞到这笔钱，彻底摆脱了困境，我首先要租一套房子，有了落脚之处，我就要用全部精力来教育和培养我的子女。至于说到我自己，已经没有什么指望啦，已经忙到半百之年啦，什么功名，什么前程，一点儿盼头也没有了，我已经成了一个一点儿用处也没有的废物啦！"

"可是，无论怎么说，您的生活倒是很清闲自在的呀。请君切记，清闲自在可不是什么好事，闲得无聊，就会想入非非，就会想出一些歪门邪道，就会误入歧途。要是一个人整天都有事儿干，整天奔忙劳碌地埋头苦干，哪还有闲工夫去想那些歪门邪道，就是一天忙到晚，大概还嫌时间不够用呢！"

"但是，我可是不行啊，我已经成了一个大废人：身不能肩担，手不能提篮，一点精气神儿也没有啦，而且整天身上都难受，不是腰酸，就是背疼！"

"依我之见，您这就是闲着没事儿，才会这样！一个人要活着，要生存，不干事儿，不干活，那怎么能行呢？人就是这么个贱骨头，越待越懒，越吃越馋。一个人活在世上，哪能没有事干呢？哪能不去谋个职务呢？哪能没有地位和尊严呢？你抬起头来，睁大眼睛看一看，上帝所创造出来的一切。哪一件事情，不是在为一个理想和目标而奋斗，每个人都有自己要履行和完成的职责和任务。世界上的万物都有用武之地，都是各得其所，哪怕是一块石头呢，它的存在，也是供人利用和使用，否则，它就没有存在的必要和价值啦！那么人呢，人是万物之灵，如果一个人甘愿做行尸走肉，甘愿做造粪机器，而不对社会做出奉献，那他还有存在和生活在世上的必要和价值吗？不仅上天不会容纳他，大地也不会容纳他，那才叫做天地不容！"

"但是，这话也不能这么说，要知道，我并没有混吃等死呀，我毕竟还是有事情做呀。我还可以教育我的子女，教育和培养他们长大成人，也是我义不容辞的职责呀。"

"不，恕我直言，谢苗·谢苗诺维奇，我不能同意您的观点。教育子女这可是一件非常复杂而又困难的事情。谈何容易，并不是光凭嘴说说就能做到的。一个人连自己都没有教育好，又如何能教育好自己的子女呢？请原谅，也许我说得太绝对了，这简直就是天方夜谭！您要明白一个道理，一个人若能以自己言行作为榜样，才有可能教育好自己的子女。然而，您这一辈子的所作所为，配得上做自己子女的榜样或典范吗？难道您就问心无愧吗？莫非您想让他们重蹈您的覆辙，去效仿您是如何虚掷时光，浪费生命的吗？让他们也去游手好闲地混日子？让他们也学会打牌到赌场上去混吗？恕我无礼啦，谢苗·谢苗诺维奇，您只会毁掉他们的生活和前程的，我看，还是把孩子托付给我吧，我是不会亏待他们的，我自信可以把他们教育和培养成人，教育和培养成有益于社会的人！您现在该是清醒的时候啦，好好地躬身自省吧！您的这一辈子就让清闲自在给毁了！您要痛下决心，从现在开始要彻底抛弃清闲自在的懒散生活！如果您还迟疑不决，得过且过，那您可真要成为一个不可救药的人啦，您可就真要成为一个没有一点指望的人啦！不要嫌我说的不中听，的的确确是如此呀！是啊，人生在世，如果没有个向往，没有个追求，怎么能活得下去呢？怎么会有生活下去的动力呢？一个人，不管怎么说，总应该有点儿事情干，总应该为社会尽一份责任吧？就算是打零工，干零活，那他也是在尽力呀，也是在为社会做贡献啊。哪怕每顿只吃一个戈比的面包，那也是他用自己劳动挣来的呀，那他也会感到心满意足，因为他会感到自己存在的价值，他也会感到心安理得，也会感到他没有白来世上一场。"

"我可以当着上帝的面发誓，说心里话，这一切我都想过，也都尝试着去干过，尊敬的阿法纳西·瓦西里耶维奇，我也曾竭尽全力去克服所遇到的困难。可是都没有用啊，我的年岁已经不小了，我什么本事都没有，变成一个不折不扣的废人啦。您说，让我怎么干才好呢？莫非说还得让我去谋求一份什么差事干一干？如今，我已经是个四十五岁的人啦，已经土埋多半截了，怎么还能厚着脸皮去跟那些朝气蓬勃的小伙子在一个办公桌前去办公呢？话又说回来啦，我既不贪污，也不会受贿。那样干，不是既断送自己的生路，又要断送别人的大好前程吗？再说，现在的官场里可是腐败透顶，人人都在拉帮结派地干坏事，我宁肯饿死，也不会去干这种缺德事儿！不，阿法纳西·瓦西里耶维奇，您可不要冤枉我，我什么事都想过，什么事都试过，我也反反复复前前后后地思量过，说真的，我什么事情也干不了啦。眼下，只有一条出路，那就是去养老院……"

"唉，您想的可倒是美，说起来倒也很轻松！您知道养老院是为什么人开办的吗？是为那些为社会流过大汗，做过奉献，吃过苦，受过累，甚至流过血的人开办的！而不是为了那些年轻的时候只知道追欢逐乐，花天酒地的荒唐鬼开办的！这些荒唐鬼的下场只能是，像蚂蚁对蜻蜓那样说的：'跳你的舞去吧，去荒唐去吧！'更何况住进养老院的人也要劳动，也要干活，而不是整天坐在牌桌前赌，不是无所事事，整天只知道混吃等死，人家也是在想方设法为社会做奉献！这一点，您可要弄清楚，谢苗·谢苗诺维奇。”

穆拉佐夫瞪着一双炯炯有神的眼睛，直视着赫洛布耶夫的面孔，接着又说道：“您别再自欺欺人啦，也别再欺骗我啦，再说，这一套花言巧语和借口，是欺骗不了我的！”

穆拉佐夫仪态威严庄重，神色逼人地看着他。再看可怜的赫洛布耶夫那副狼狈相，他被说得理屈词穷，张口结舌，连一句话也回答不上来。穆拉佐夫看到他这副可怜相，倒有些怜悯他了。但是，这位心地善良的老人，还是苦口婆心地继续规劝他：

“您大概听烦了吧？谢苗·谢苗诺维奇，我已经是一个行将就木的老人了，我愿意以一个长辈和朋友的身份，再向你说上几句规劝的良言。据我所知，您从未间断过祈祷，天天都去教堂，没有一天不做晨祷和晚祷。虽然说您已经闲散惯了，懒惰成性，早晨不愿意起床，但是，您毕竟还是凌晨四点钟就起了床，而且去教堂做了早祷，别人还在床上做美梦的时候，您却一次不落地去了教堂。这足以说明，您的心是善良的，说明您还是笃信上帝的，说明您心中还是牢记着上帝的，说明您的良知未泯，善心未泯，说明您还是一心向善的。”

“不，这完全是两码事，我尊敬的阿法纳西·瓦西里耶维奇。我扪心自问，我承认，我这样做不是为了肉体凡胎的芸芸众生，而是为了把我们创造为万物之灵的造物主，是为了仁慈的上帝。我想，一个人不管他落入多么艰难困苦的境地，他都不应该忘本，时刻不应该忘记给了他生命的造物主和仁慈的上帝。我当然也是如此啦，我再怎么困难，再怎么挣扎，都应该时时刻刻牢记着造物主，牢记着上帝，也就是说上帝永远在我的心中。也只有时时刻刻牢记着上帝，我才有继续活下去的勇气，我才有继续挣扎下去的勇气。因此，我一直坚持去教堂，一直坚持做晨祷和晚祷，我要永远在上帝面前祈祷和忏悔，我要永远在上帝面前来倾诉他给予我生命的无限恩情和慈爱，并且决心用我的后半生来报答他给予我生命的恩情和慈爱。我一直坚信，只有上帝对我是仁慈的，只有上帝是怜爱我的，不管我这前半生如何违背他对我的教诲和期望，没有以自己的实际行动和业绩来为他增光，没有为他头上的光轮增添光华和霓彩，他都不会嫌弃我，他都不会抛弃我，就像父母不会嫌弃和抛弃自己的子女一样。不管我这前半生如何卑贱，如何不争气，如何为他丢人现眼，他都能够以仁慈为本来宽恕我，他都能以宽大为怀而收留我，他都能以无限怜爱之情来拯救我，只有他的教诲和关怀，才是我活下去的动力。最尊敬的阿法纳西·瓦西里耶维奇老人，让我对您掏心窝子地说吧，只有我在心中牢牢地记住上帝,才不会使我继续堕落下去,只有时刻想着上帝,不管我处于什么样艰难困苦的境地,我也不会去干那些践踏人的灵魂和出卖自己灵魂的罪恶勾当。尽管现在我的处境非常困难,尽管目前我的家境内外交困,尽管世人对我冷眼相看,甚至有的人还落井下石来坑害我,抬起脚来踢我,甚至连最要好的朋友也乘机来出卖我,并且在事后美其名曰,他出卖我是为了帮助我,是为了挽救我。当今社会,人心不古啊,什么样的卑鄙勾当都干得出来!但是,我始终坚信一条,心中永远要有上帝,心中要永远牢记着上帝,不管你有什么样的困难,哪怕是天大的困难,你都不会走上歪门邪道,你都要堂堂正正地做人,永远做一个正直的人,在良心上要永远无愧于上帝,要做一个在灵魂上清清白白的人!笃信上帝,心中牢记着上帝,时刻不忘记向上帝祈祷和忏悔,不管你是活着还是死了,你的灵魂都会得到安宁。我最尊敬的阿法纳西·瓦西里耶维奇,我敬爱的前辈,这就是我的真实想法,这就是我发自肺腑的心里话。您是知道的,我是不擅辞令的,不知是否表达清楚了,也许还有不当之处和错误的地方,恳求您老人家多多指教!"

赫洛布耶夫说到这里,激动得声泪俱下,显露出一种悲痛欲绝的神情,致使这位善良的穆拉佐夫也流下了同情的热泪。这位老人又以长者和忘年之交的身份,语重心长地说道:

"我的朋友,既然您如此笃信上帝,既然您心中永远牢记着上帝,那么您就应该全心全意地为这位无所不能的上帝效忠,那么您就应该为这位大慈大悲的上帝竭诚效力。但是,请允许我提醒和告诫您一点,一定要牢记:忘我的劳动也和祈祷一样,能够博得上帝的赞许和欢心。因为上帝一贯教导和劝诫:人永远都不要忘记劳动,劳动乃是人的本分;人永远都不要忘记创造,创造乃是人的天职!如此说来,您可以随意挑选一件有益的工作去做一做嘛,您这是在为上帝效力,而不是为了满足肉体凡胎的芸私欲,那您就会有使不完的力气,您就会心安理得。比如说吧,即使您到田里去播种,您到山上去种树,您心里只要想着这是遵奉上帝的旨意在劳动,在创造,您的心里就会踏实,就会安然。如此一来,您就是在为上帝行善积德啦,长此下去,您的灵魂就得到超脱了,您就再也不会有闲工夫去寻欢作乐啦,再也不想坐到牌桌前去赌啦,再也不会去和那些酒肉朋友吃喝玩乐啦。久而久之,您再也不会迷恋红尘俗世那些乌七八糟的东西啦,时时处处,您都会想方设法保持洁身自好的人格啦。劳动和创造会陶冶一个人高尚的情操,您说,我说得对吗?您会同意吧?您会这样去做吧?唉,谢苗·谢苗诺维奇,我给您说一个人吧,有个伊凡·博达贝奇,您认识这个人吗?"

“认识，我不仅认识他，而且还很敬重他。”

“可是，您知道吗，他原来是一个商人，非常精明能干，光家产一项就有五十多万卢布。但是，他看到财源滚滚，每一笔生意都赚大钱，于是乎就飘飘然了，得意忘形，大肆挥霍起来，一直到把自己家业全都折腾光……非要他儿子说法国话，把女儿也嫁出去了，听说是嫁给了一个将军，可能是个老头子吧。喝茶、吃饭、喝酒也讲究起来，不再去小茶馆和小饭店啦。只要遇到一个朋友，就拉着去有名的大饭店里大吃大喝一通，整日整夜在外面花天酒地，就这样胡吃海塞把家业全都折腾光了，结果一直闹到穷困潦倒的地步。家有天灾人祸，天有不测风云，他的儿子又遭上了大灾祸。现在怎么样？成了孤家寡人。总不能让他流落街头冻饿而死吧？于是我就收留了他，现在在我那儿当伙计呢。怎么样？都是自己瞎折腾的！如今，只好从头干起。不过，最近情况倒是有了好转，慢慢干，好好干，有朝一日，又可以做起来五十万资本的大生意呢。经过这一番折腾，真可以说是大起大落呀！您猜他现在是怎么说的：‘当伙计也不错呀，我甘愿就这样干到老，干到死，这样又省心又舒心，挺好的，如今我的身板儿也健壮，精神头也足了。弄那么多钱有什么用？我可不想再把肚皮吃得大大的，照那样再折腾一番，非得水肿病不可。不，绝对不能再走老路啦！’如今，他也不讲究什么喝茶了，见到酒也躲得远远的。整天就吃粗茶淡饭，喝点菜汤，吃点粥，日子过得蛮好的。但是，他每天都做虔诚的祈祷，可能我们谁也比不上他。他更是慷慨好施，热心救助穷人，恐怕我们谁也不如他。有的人虽然口头上说愿意扶贫救困，可是钱都被折腾光啦，还说力不从心，见他的鬼去吧！”

赫洛布耶夫听完老人这一番语重心长的劝诫，满面愁容，忏悔地沉思起来，那副可怜的样子，真是让人又是同情又是气愤。

穆拉佐夫老人紧紧地握着他的双手，没有一点儿嫌弃和鄙视他的样子。仍然态度诚恳而又语重心长地对他说道：

“谢苗·谢苗诺维奇！假如您能够了解和明白我是多么怜爱您，心疼您，那就好了，也不枉我对您这一片苦心哪！可能我说的话有些您听起来不大顺耳，那也是爱之深，恨之切呀。其实我的心中一直在想念着您，惦记着您，您知道吗？现在，您再注意听我说，在修道院里有一位不愿抛头露面的隐士，是个学识渊博，智慧出众的人，如此卓越之人，我至今还没遇到第二个人。我心想是不是可以请他给指点指点呢，于是我就专程去找他，并且对他说：我有一位朋友遇到难以解脱的困难，如此这般地说了一遍，但是我没有指名道姓。他听着听着，忽然打断我的话，说道：‘应该把上帝的事业摆在首位，个人的事业为副。当前正要修建教堂，但是资金匮乏，必须想尽一切办法为修建教堂筹措资金，也就是说必须去募捐筹款。'他说完这一番话之后，砰地一声就把门关上了。我想来想去，心中还有些困惑不解，他究竟是什么意思呢？也许是不想给出什么主意。没办法，我就去找大司祭问个究竟，大司祭没听我把话说完，马上就说道：这个人我认识不认识，是不是可以委托他去为兴建教堂募捐呢；此人要是出身贵族或者商人就好了，总会比其他人有教养些，他会把这份差事看作是拯救自己的灵魂。我一听才恍然大悟：'噢，原来如此，我的上帝！这位隐士是指点谢苗·谢苗诺维奇去完成这件有意义的工作啊。这件事情对他来说再合适不过啦！若是他肯干的话，他便可以揣着募捐簿子去走家串户，从地主家的宅院走进庄稼汉的小木屋，再从庄稼汉的小木屋走进市井小民的楼房，那样的话，他就可以了解到各个阶层的人的生活啦，就可以知道普通平民百姓的疾苦啦。等到他跑遍远近八方的几个省份之后，他就比谁都了解俄罗斯人的日子过得怎么样啦，他就会洁身自好，一心向善啦……是啊，是啊，现在可真需要一个这样的人哪。'公爵大人不止一次跟我说，他不惜重金要挑选物色一个了解民情的官员，而不是只会按着公文办事的人，据说从公文里什么也看不出来，只是一堆应付差事或者瞒上欺下的废纸。"

"您的话真的把我的心都搅乱啦，让我不知如何是好，阿法纳西·瓦西里耶维奇。"赫洛布耶夫惊奇而又困惑地望着这位老人，说道，"我甚至不敢相信，您跟我说的这番话，您是想物色一个能干这种有意义的大事的人，要物色一个不怕辛勤劳苦，一心为公而又专心致志的人。您说说看，像我这样一个人怎么能够格呢，再说，我又有老婆孩子一大堆，怎么能丢下他们不管呢，让他们怎么活下去呀，总不能喝西北风吧？"

"这一点您不必着急，尽管放心好啦。您不必担心您的夫人和孩子们的生活问题。他们的一切我全都包了，一切由我来照应和安排，至于孩子们受教育的问题，我可以为他们请最好的老师。这样总比您去沿街乞讨要强多了。您能够为上帝去请求布施，这可是一件既高尚又体面的事情啊！是一件既可以拯救自己的灵魂，又可以普度众生、造福天下的神圣大事啊！我可以给您一辆带篷的轻便马车，不要害怕一路上的颠簸，不要怕在路上吃苦，这样对您的健康会大有好处的。我还会给您带上一些钱，一路上，您还可以布施和救济那些饥寒交迫的穷人，这也是您行善积德的大好事呀。一路上您可以做很多好事，多行善，多积德，该有多好哇。只要您不受骗上当，把钱布施给那些真正困难的人就行了。这样一来，您一路上就可以学会识别各种各样的人啦，您就会了解和认识每一种人的良心和品行啦，您自己也会在各个方面有很大的长进的。这不是要比那些不了解民情的官员强得多么？他们只会在老百姓面前耍威风，摆架子，谁还敢和他们说真话，说心里话！您这是替上帝行善积德，人家知道您是在为修建教堂募款，人家都会把您看成是正人君子，是为上帝行善积德的使者，当然有什么话都愿意和您说啦，您也就真正了解民间疾苦，这可是一件功德无量的大事啊！"

"听了您这一番教导，我明白了，这的的确确是一件大好事，我很高兴去完成它，哪怕是只完成一部分也算是积德啦。但是，说心里话，我还是有些心虚，害怕自己干不好，不是我不想干，我是怕自己没有这份能力。"

"请您听我说，什么才是能力呢？"穆拉佐夫说道，"要知道，什么才算是能力呢？什么才是我们力所能及的呢？只要您肯干，只要您全心全意地去干，能力就会从实干中锻炼出来。要记住，能力是来源于信仰的，一个人要为信仰踏踏实实地干，去奋斗，信仰就是您心中的上帝，上帝就会给您信心和力量。您在实践中干，能力也就越干越强。只要您心中铭记着上帝，一切言行都按着上帝的吩咐去干，您就没有什么事干不成。您是那么虔诚地祈祷，祈祷就会给您力量，给您信心，给您能力。一个泅水的人，到了筋疲力尽的地步，他便在胸前画一个十字，并且虔诚地说了一声：'上帝啊，降恩予我吧，给我力量吧！'于是，他就觉得力气倍增，游啊，游啊，终于游到岸边。这件事，您就不要再犹豫啦，应该当机立断，把这件事当成上帝交付给您的使命，当成替天行道。我立刻就把马车为您准备妥当，我还会给您一笔在路上布施穷苦人的经费。您赶紧到大司祭那里去拿一本募捐册子，并且请求他为您祝福，您立刻就可以出发去完成自己的使命啦，我也会祝福您一路顺利和成功！"

"好吧，阿法纳西·瓦西里耶维奇，我遵从您的吩咐，把这件事当成是上帝的旨意。"于是，他在心中虔诚地说了一声："上帝啊，给我力量和智慧吧，赐福予我吧！"真的十分灵验，他立刻感到勇气倍增，身上也充满了力量。他的智慧好似也苏醒了过来，而且产生了自己拯救自己——一定要脱出困境的勇气和力量。希望之光在远方闪耀，呼唤着他去完成自己的使命……

好啦，有关赫洛布耶夫的情况就到此为止吧，我们还是去看看乞乞科夫吧，看看我们的主人公现在在忙乎些什么呢。

说来也巧，正当我们回过头来描述我们主人公的时候，法院里接二连三地收到指控乞乞科夫的状子，不知从什么地方忽然钻出来那么多的本家亲戚来，这可是我们从来也没有听说过的。就好像一群鹰鹫闻到了死尸腐烂发臭的味道一样，争先恐后地飞了过来，人人都来争夺那位富婆死后留下来的遗产，有多得数不胜数的钱财和值钱的物品。有的是控告乞乞科夫递的状子,有人又控告最后一份遗嘱是伪造的,有揭发第一份遗嘱也是伪造的状子,还有揭发偷窃和隐瞒财物的状子,并且提供出有力的罪证。甚至由此案拐带而揭发出乞乞科夫购买死农奴进行诈骗的罪证,而且还把他在海关时伙同走私集团走私和受贿的罪行都揭发了出来,不仅事实确凿,而且罪证在案。这样一来,把乞乞科夫的旧案都翻了个底朝上,把他过去的历史和他所干的丑事,全都调查得一清二楚,全都给他暴露在光天化日之下,把他身上那张伪君子的画皮彻底剥光了。这些人太厉害啦,真可谓之神探,竟然把他所有见不得人的东西,全部调查和揭发了出来。甚至连乞乞科夫认为除了他自己以外,连鬼都不知道的那些丑事,也都给抖弄出来了。当然,目前这一切还只有法官掌握在手里的状子和罪证,乞乞科夫自己还蒙在鼓里,还像没事人一样的逍遥呢。虽然他很快就得到讯息,是法律顾问给他写了一张便条,向他通风报信,告诉他将有一场大麻烦,并且提醒他切记,千万不要张皇失措。告诉他一定要镇静再镇静,有人会为他应付这场官司。这张便条虽然写得言简意赅,可是乞乞科夫如获至宝,吃了个定心丸。他还自鸣得意地说:"写便条之人真是个天才,有这样的人从中帮忙,还会有什么躲不过去的麻烦呢!"恰在此时,裁缝给他送来了新做好的衣服。乞乞科夫便迫不及待地穿上这件新衣服,这是他一直喜欢的绛紫色的燕尾服,他对着镜子左一遍右一遍看了起来。接着穿上裤子,裤子做得也非常合体,不管是大腿,还是小腿,以及整个下身,都既舒适又美观。可是等到背后的背带扣系紧了之后,他那个大草包肚子就挺了起来,鼓鼓的,活像个青蛙的大肚皮。他顺手抓起衣服刷子,在大肚皮上敲了一下,还自嘲地说了一句:"看,这副蠢样!但是,从整个身体来看还是很有风度的,可以说气度不凡!"上装穿在身上比裤子更合体一些:一点儿褶皱也没有,前前后后都很贴身舒适,腰部还做成了弓字形,把全身的线条都显露了出来。乞乞科夫试来试去,最后指出右边腋窝处略紧了一些,裁缝却笑而不答,意思是说:这样才叫妙到好处哪!最后带着洋洋得意的神情说道:"先生,您只管放心好啦,要说做工,我想您是无可挑剔的。"并且一再标榜自己的手艺,自吹自擂地说道:"除了在首都彼得堡之外,您到什么地方也甭想找到这么高明的手艺啦!"虽然裁缝一再吹嘘自己是从彼得堡来的,可是在招牌上却谎称自己是来自伦敦和巴黎的外商。这倒不是因为他太会吹牛皮,吹吧,随便吹吧,反正吹牛皮也不上税!只要能把顾客吹晕乎啦,还怕什么自相矛盾或出丑呢!

乞乞科夫对这套衣服的做工还是很满意的,慷慨大方地付了账。裁缝走了,就剩下他一个人啦,又没有什么事儿干,便又对着镜子左顾右盼自我欣赏起来,犹如一个演员做身段表演一样。结果他发现,自己身上的一切好像比从前更漂亮啦:脸蛋更加鲜嫩迷人,下巴颏更加圆润可爱,雪白的衣领与面部,蓝色的锦缎领带和衣领搭配的相当巧妙。硬胸上的时髦皱褶和领带,华贵的天鹅绒坎肩和硬胸,再加绛紫色的燕尾服像丝绸一样闪闪发光,和身上所有的一切服饰,都搭配得相当巧妙,看上去又漂亮,又赏心悦目。前后左右,不论往哪边转身,都很惹人注目,都很漂亮。这种美妙的身段,这一身包裹着的行头,完全可以和御前侍从或者专门效仿法国鬼子的风流绅士媲美。乞乞科夫自以为口味之高雅和品味之出众,已经达到了登峰造极的地步啦!美,漂亮;漂亮,美,他心中美得不知如何是好啦。他在镜子前扭来扭去折腾了好久,最后模仿一个受过新式教育的中年女士的媚态,娇滴滴地说道:嘿,太漂亮啦,简直是一个美男子!最后竟然美到得意忘形的程度,纵身做了一个跳跃的动作,这一下可不得了,惹得五屉柜生气地抖了一下身子,把摆在上面的一瓶香水也气得滚落在地。但是,一点儿也没引起他的烦躁和不快,只是照例对香水瓶子骂了一句"蠢婆娘!"心中还美滋滋地想,如果有一位绘画大师在场就好啦,他可以挥起画笔,画出一副千古叫绝的名画呀!后来乘着兴头又想道:"此刻应该先去拜访哪一位呢?最好去……"

正当乞乞科夫得意忘形,美得不知如何是好的时刻,忽然从前厅传来大皮靴走路的铿锵声,听声音,皮靴上还钉着马刺,紧接着就有一名全副武装的宪兵出现在他的面前。这个宪兵摆出一副雄赳赳气昂昂的样子,并以十分生硬的口气说道:"总督大人传唤,十万火急,不得有误!"乞乞科夫一听和看到宪兵这副架势,立刻像漏了气的皮球一样,全身瘫软,四肢像触了电一样,变得麻木不灵绵软无力。这时他才定睛一看,眼前仿佛站着一个凶神恶煞,左右肩膀上都有一条佩刀带,腰里还挂着一把锋利无比的军刀,头盔上的马尾毛还直摇晃。他神情恍惚地发现,好像他全身都带着武器,只是吓得一时叫不上名字来。真好像是上阵杀敌的那副势不可挡的样子。他刚要开口问话,那个凶神恶煞却粗暴地吼道:"啰嗦什么!火速前往,不得有误!"他又斜着眼睛往前厅的房门那里偷看一眼,嗬,那儿也有一个凶神恶煞,又朝窗外偷看了一眼,屋前停着一辆马车。唉,真是插翅难逃啊,哪有什么脱身的办法呀!他也来不及脱掉那身令他心花怒放的新装啦,乖乖地坐上马车,全身瑟瑟发抖地前往总督府,车上还有一个宪兵押解着他。马车一路急驰,到了总督府,走进前厅,甚至连神智还没清醒过来,就听一名值日官命令道:"进去吧!公爵大人正等着您哪!"他的两条腿仿佛踩到棉花上一样,颤颤抖抖地向前走着,神智依旧有些恍惚,眼前仿佛蒙着一层烟雾一般,迷迷糊糊地闪过前厅,闪过正在收取文件包裹的信使,又穿过大厅,这时他心里不住地在想:"完了,这回可真的要完蛋啦！看这个架势，真是在劫难逃了——既不用通过法院审判，也没有履行任何法律手续，一下子就发配到西伯利亚去啦！”他的心猛烈地跳动着，就好像一个死囚走上刑场一样，那颗心仿佛要从胸腔里跳出来。那扇如同鬼门关一样的大门，终于打开了。啊，原来是一个办公室。里面是公文包、文件柜、书柜，还有什么东西也来不及看，而且也看不清了。最后才看到那位执掌生杀大权的公爵大人，只见他满面怒容地坐在那儿，炯炯有神的眼睛，好像射出两把寒光闪闪的利剑！

“索命的魔王，索命的魔王！”乞乞科夫心里嘟囔着，“他不仅会要了我的命，还会摧毁我的灵魂，就像饿狼扑食羔羊一样，会把我生吞活咽下去的，唉，这回算是彻底完蛋了！”

“上回算你运气，我还是饶恕了你，允许你待在城里，本应该让你去蹲大牢！可是你哪，恶习不改，故伎重演，再次以最卑鄙无耻的欺诈手段玷污了你自己，这种欺诈行为还没什么人犯过，你太令我生气啦！”公爵大人义愤填膺，气得嘴唇都直发抖。

“恳求大人明示，究竟是什么样的卑鄙无耻的欺诈行为呢？”乞乞科夫全身像筛糠一样，声音颤抖地问道。

“一个下流的女人，”公爵一边说着，朝乞乞科夫走近了几步，逼视着乞乞科夫的眼睛说道，“这个女人按着你的口授编写了一份假遗嘱，她已经依法逮捕在押，她还要和你当堂对质。”

乞乞科夫一听，心中暗自叫苦，想到立刻就要遭到灭顶之灾，吓得面无人色。

“我的青天大老爷，恳求您明鉴，请允许我把这件事情的真相，一五一十地向您招认出来。我知道我有罪，确实是有罪。但是，我的罪过也不至于大到这种程度啊，一定是仇人故意诽谤和陷害我呀。”

“有哪个人会故意诽谤和陷害你呢？这完完全全是你咎由自取！因为你身上卑鄙下贱的品质已经根深蒂固了，你比任何一个卑鄙无耻的骗子所能捏造和虚构出的骗人的把戏不知要多多少倍呢，你不要再在我面前耍弄你这一套鬼把戏啦。我相信，你这一辈子也没有做过一件光明磊落的正经事情。你身上的每一个戈比，都是利用卑鄙的欺诈手段骗来的，每一个戈比都是欺诈和盗窃的罪证。因此你理应受到鞭笞和发配到西伯利亚去，你这是罪有应得！不，事到如今，你不必再狡辩再啰嗦了！从今天起，就把你送进大牢，你就应该蹲在那里，去和那些罪大恶极的歹徒和恶棍，强盗和死囚在一起，等候你罪有应得的命运判决。这样治裁你，对你还是宽大的，因为你比那些歹徒还要恶劣上好几倍，比他们还要罪大恶极。因为他们都是些衣不遮体，食不果腹的贱民，可是你呢……”公爵大人越说火气越大，扫视了一眼乞乞科夫身上那套非常扎眼而又体面的燕尾服，伸手拿起叫人铃绳来拉了一下。

乞乞科夫一听，吓得魂飞天外，真的傻了眼，声嘶力竭地喊道：

“大人哪，我的青天大老爷，开恩哪，您就开开恩吧！您就是我生命的主宰！我不敢求您宽恕我，但是也要垂怜我家中的老母亲哪，她已经八十岁高龄啦，求您可怜可怜这个行将就木的老人吧！”

“你给我住嘴，又说谎骗人！”公爵大人怒不可遏地厉声喝道。“你又故伎重演，上一次你也要弄这一套鬼把戏，用你根本就不存在的妻子儿女来向我求情，这一次又说有什么高堂老母，全是一派胡言，全是谎话！”

“大人哪。大人，您真是明察秋毫，我再一次求您开恩，我是一个无耻之徒，是一个恬不知耻的无赖，是一个罪恶昭彰的恶棍，”乞乞科夫声泪俱下地哭嚎着……[①]“上一次我的确是说了谎，我确实没有娶妻成家，更没有什么子女。但是，老天作证，我一直想结婚，娶妻生子，一心想堂堂正正地尽一个公民的义务，一直想为社会做出奉献，并且一直想取得同仁和上司的爱戴和重视。但是，大人，您可知道，我的遭遇太不幸啦。我在人生旅途上每前进一步，都要付出血和泪。大人哪，为了能够得到卑贱的生存条件，我都要付出个人的尊严，都要付出心血，都要付出辛酸的眼泪。在社会上每前进一步是多么艰辛哪，到处都是诱惑，到处都是陷阱……四面八方都是仇敌，有多少人处心积虑地想整垮我，想陷害我，想毁掉我；到处都是虎视眈眈的恶人，他们想方设法来侵吞和夺取我的财物。大人哪，我慈悲的大人哪，我这一辈子如同狂风骤雨中的浮萍，又似惊涛骇浪中的一叶孤帆，随风漂泊，任凭巨浪狂涛的蹂躏和抛掷。我活得是多么的艰难，多么的痛苦啊，大人哪，怎么能说我是卑鄙无耻的小人呢？我也是一个有血有肉的人，我也要生存啊，我仁慈的大人啊！”

乞乞科夫说着，说着，突然泪如泉涌，泣不成声，不顾一点儿颜面和人格，像发疯和丧失理智一样，扑倒在公爵大人的脚下。把往日那种哗众取宠的礼仪和风度，什么借以炫耀自己风采的绛紫色的崭新的燕尾服啊，什么天鹅绒的坎肩啊，什么引人注目的全身的行头啊，以及精心梳理的头发啊，全都抛到九霄云外去了，仿佛全身散发的高雅香水的味道，由于他这一番拙劣的表演，也变得臭气熏天了！

“给我滚开！”公爵大人怒不可遏地大声吼道，并且吩咐几个进来的侍从人员：“快去叫士兵来把他给拖走！立刻带走！我再也不想见到这个无赖！”

---

① 原文此处有遗漏。——原注

"大人哪,大人,开开恩吧,饶恕我吧。"乞乞科夫鬼哭狼嚎地哭喊,不顾一切地死死拖住公爵的皮靴,耍起死狗来啦。

"给我滚开!你要识点事务的话,就乖乖地给我走开,否则别怪我不客气啦!"公爵说着,竭力想把腿从乞乞科夫的双臂中挣脱出来。

"大人,如果您不开恩,我死也不走!"乞乞科夫一边说着,像癞皮狗一样死死地抱住公爵大人的皮靴不放,身上那件漂亮的燕尾服也在地板上连滚带爬地被拖出去好几步远。

"给我滚开,我再说一遍,否则我真的不客气啦!"公爵大人以一种十分厌恶和鄙视的口气说道,那种口气是当一个人看到一只丑陋无比,而又不忍心抬起脚来去踏死的一条虫子而产生的无可奈何的感觉。公爵把一条腿猛烈地一甩,一下子踢到乞乞科夫的腮帮子。但是,这个无赖之徒,仍然不肯放开公爵的皮靴,反而抱得更紧了。跑过来两名膀大腰圆的宪兵,走上前去,使劲把他的双手掰开,架着他的两只胳膊像拖死猪一样拖走了。乞乞科夫吓得面无一点人色,陷入了昏迷的状态,只有当一个人被拖着走向绞刑架,或者被押解着走向刑场时,才会处于这种绝望的状态。

就在两名宪兵拖着乞乞科夫向楼梯口走去的时候,穆拉佐夫正好从对面走来。处于昏迷状态的乞乞科夫突然惊醒过来,脑袋立刻闪过一个念头:"啊,救星来啦!"这时,他突然使出全身的力气,从两个宪兵犹如铁钳子的大手中挣脱出来,扑通一声跪到了这位仁慈的老人面前,把穆拉佐夫吓了一大跳,使他感到异常的惊骇。

"巴维尔·伊凡诺维奇,您这是怎么啦,出了什么事啦?"

"老人家,我的大救星,快快救救我吧!他们这是要把我投到大牢里去,他们这是拖着我去送死,老爷子,快救救我吧!"他的话还没说完,两个宪兵又像饿狼扑食一样,伸出大手抓住他,拖起来就走,根本不让他再说话,也不让他听穆拉佐夫老人说什么。

乞乞科夫被囚禁在一个堆放杂物的房间里,里面潮湿,散发着呛人的霉味,还有大兵们的皮靴和包脚布的臭味,真是臭气熏天,令人喘不过气来。屋子里面有一张没有漆过的破桌子,两把快散架的椅子,一扇钉上铁栅栏的小窗子,一个到处都往外冒烟的破炉子,死死灭灭的,根本没有一点儿热乎气儿。我们这位身着崭新的燕尾服的主人公,就被关在这么个"高级"的房间里,来享受着他一直梦寐以求的"高级"生活,他也只好心灰意冷地品尝他所追求的生活甜蜜的滋味啦。由于事发突然,并且完全出乎他的意料,他甚至来不及带上日常生活必需品,特别是没有带上他那只藏着宝贝的小木匣子,那里面的钱或许足以用来……唉,实在糟透了,那些购买死农奴的合同,那些字据和证件,全都会被官员们给查抄去,全都会成为罪证啊，这可如何是好啊！想到这里，他发疯一般扑倒在地上，这些想法像一条嗜血的毒虫，在他那充满忧伤和绝望的心口上爬来爬去，不断地吸着他的血。这能怪谁呢？谁让他如此粗心大意，竟然没有做一点防御灾难突然袭来的准备。他开始悔恨，不是悔恨自己的卑劣行径，而是悔恨事先没有想到对付官府的锦囊妙计和逃之夭夭的办法。照这样下去，在这里一天天地熬着苦日子，在这里整天忧心如焚地混下去，迟早有一天会把命丢在这里。如此一来，这个世界上根本就没有他这个乞乞科夫存在了，他会像一条癞皮狗一样死去，无声无息地从这个世界上消失。他在忧伤、痛苦和绝望之余，还乞求那只可以拯救一切的手——他是不会无动于衷的，是不会不来拯救他的，此时，只有在这个时候，他才想起来虔诚的祈祷，乞求上帝大发慈悲来拯救他。他如此这般折腾了一个多钟头，牢门突然打开了，穆拉佐夫走了进来。

乞乞科夫精神为之一震，他看到这位老人，犹如看到了大救星，心中立刻充满了求生得救的希望，犹如一个被焦渴折磨得半死之人，身上落满了旅途之上的沙尘，筋疲力尽而濒临死亡之人，干裂的喉咙里，注入了一股甘甜的清泉而产生的那种神清气爽的感觉一样，他又复活了！

"我的大救星，您可来啦！"乞乞科夫说着，突然从地上跳了起来，飞快地奔了过去，抓住穆拉佐夫的手狂吻了一番，并且把老人那只手紧紧地贴在自己的胸口上。"您是在探望一个濒临死亡之人，上帝会因此而奖赏您的！"

穆拉佐夫老人以悲伤而又怜悯的目光看着他，百感交集地说道：

"唉，巴维尔·伊凡诺维奇呀，巴维尔·伊凡诺维奇，您这是造的什么孽呀？"

"唉，这是祸从天降啊，我有什么办法呢？一个该天杀的女人把我坑苦了！也怪我自己不知好歹，未能及时跳出她设下的陷阱。是万恶的魔鬼撒旦蛊惑我的心灵，夺去我的理智和良知，把我推下了罪恶的深渊。我知道，我有罪，我犯了罪。可是，他们怎么能如此来对待一个一贯正直的人哪？把一个出身于贵族之人，把一个贵族，不分青红皂白地不经过审判，不经过对质和查询，就随随便便关进监牢里呢？这样对待一个贵族，是不是太不公正啦，我仁慈的阿法纳西·瓦西里耶维奇。怎么能这样对待我呢？甚至都不准我回家里去清理和处理我的东西，这样做，实在有点太过分，太不近人情了吧？您知道，我家里的一切都没有人照应啊。我有一个小木匣子，里面装着我的全部家当，善良的阿法纳西·瓦西里耶维奇，那可是我的命根子呀。那可是我用汗水，用鲜血换来的呀，是我这一辈子忍饥挨饿，受尽屈辱，历尽坎坷才积攒下来的呀……阿法纳西·瓦西里耶维奇，那个小木匣子可是我的命根子呀。要是落到别人手里,里面的东西全都会被偷走,哄抢一空……唉,上帝呀,我的上帝呀,赐福给我吧!”

乞乞科夫再也遏止不住心中的悲哀,像一个泼妇一样大声哭嚎起来,那凄厉的哭声震得老人的耳朵都嗡嗡直响,甚至穿越监牢的厚墙,在远方回荡着。只见他举起一只手来,把脖子上的领带扯下来,把身上的燕尾服扯得粉碎,像发了疯一样又嚎又跳。

“嘿,巴维尔·伊凡诺维奇呀,巴维尔·伊凡诺维奇,您真是鬼迷心窍啦,竟然让金钱迷住了眼睛,竟然为了钱财而丧智发狂,让自己落入钱迷心窍这个陷阱里啊!多么可悲,多么可叹哪!”

“我的大恩人,快救救我吧,救救我吧!”乞乞科夫像一条可怜的癞皮狗一样跪倒在老人的脚下,苦苦地哀求着,声嘶力竭地嚎哭着。“公爵大人是非常敬重您的,他一定会对您言听计从,他一定会给您面子的,为我求求情吧,他一定会答应的。”

“不,不,巴维尔·伊凡诺维奇,不管我怎么为您帮忙,这都是痴心妄想,他是不会答应的,不管我怎么为您去求情,也是没用的。在神圣的法律面前,在正义面前,我是无能为力的!因为您是自作自受,因为您是落进了铁面无私的法网,法律是无情的,法律是公正的,而不是哪个人的权力可以左右得了的。我劝您,还是老老实实交待自己的罪行,等待着命运的宣判吧!”

“撒旦哪,撒旦,你这个害人精,你这吃人不吐骨头的恶魔,你可把我害苦啦!”

乞乞科夫这下子彻底绝望了,他像发了疯一样举起拳头,在桌子上猛捶了一下,而且还一头向墙上撞去,拳头都捶得鲜血直流,脑袋也被撞得眼前直冒金星,里面嗡嗡直响,可是这只发了疯的癞皮狗却未觉得疼痛。

“巴维尔·伊凡诺维奇,请您冷静一下,安静下来,平心静气地想一想,先不要责怪别人不公正地对待您,而是要好好反思一下自己所犯的罪过。您可要在上帝面前认真悔罪,您要遵从上帝的旨意来拯救自己的灵魂,否则,有朝一日,您有什么颜面去见上帝呢?”

“但是,阿法纳西·瓦西里耶维奇,我怎么这么倒霉呢?命运对我为什么如此不公呢?难道说世界上还有像我这样不幸的人吗?难道就该让我遇到这么倒霉的命运吗?您是知道的,我是以无限的耐心,不怕流血流汗地去劳动,去拼搏,去赚钱的呀。我的钱可都是清白的呀,我没赚过一个昧心的戈比,更没有杀生害命去坑害别人。我并未像那些大权在握的大人物去侵吞别人的财产,去贪污和盗窃公款。我为什么要想方设法去赚钱呢?只是为了自己能够安度晚年,能在晚年不受饥寒交迫的威胁。

再有，我还想为我的子孙后代积攒下一些钱财，以使他们衣食无忧。我早就有娶妻生子，成家立业这个夙愿，不仅是我自己，也让我的子孙后代为祖国效忠，为祖国和民族尽到一个正直的公民应该尽的义务。难道说我这种求生的欲望和这种简单朴实的想法错了吗？我为什么要昧着良心去搞歪门邪道呢？那是因为我走光明正大的道路走不通啊！是的，我确实昧着良心，搞了一些见不得人的勾当，但那也是被逼无奈呀。可是，话又说回来啦，我是赚了一些钱，但那也是我绞尽脑汁，花了心血，费了九牛二虎的力气赚来的呀。更何况我赚的钱是那些大财主，那些阔老爷的钱哪，也许他们这些钱还是不义之财，也说不定。我凭着自己的良心为自己说句公道话，我从来没有坑害平民百姓和诓骗穷苦人的钱，我从来没赚过一个戈比的不义之财。比起那些高高在上，大权在握的人物，我这点可怜巴巴的钱又算得了什么呢？他们才是无耻之徒，他们才是明目张胆盗窃公款的大罪犯，大强盗。他们甚至还侵吞和霸占平民百姓的财产，甚至铁石心肠地夺走缺吃少穿的人们手中仅有的一个戈比，这些人才是强盗，才是无耻之徒。我的救命恩人，阿法纳西·瓦西里耶维奇，您说这公平吗？命运为什么总和我作对呢？我怎么就该这么倒霉呢，我怎么就该这么不幸呢？每一次，都是在我成功在望的时刻，突然刮起一场狂风暴雨，把我所划的小舟吹到暗礁之上，撞得粉身碎骨。所幸的是，尚未船毁人亡，那我也是死里逃生啊！我辛辛苦苦地积攒了三十万个卢布，已经盖起来一座三层小楼，而且我曾两次买下田庄，可是全都被害人的命运女神给夺走了，到头来，我还是两手空空。唉，阿法纳西·瓦西里耶维奇，我怎么就这么命苦呢，我为什么就这么倒霉呢？我的仕途之路也是坎坎坷坷，磕磕绊绊，经历了多少风险，闯过多少难关，为什么要遭受这么多次沉重的打击呢？难道我经历的苦难还不够吗？我真的成了人生大海中险些被淹死的泅水者啦，我险些被人生大海的狂涛巨浪夺走生命，但是我喝的又苦又涩的海水还少吗？不是说天道酬勤吗，难道我还不够勤勉吗？天理在哪里呢？公理又在何处呢？我那少有的忍耐力，我那世间罕见的恒心所得到的酬劳又在哪里？我经过三起三落，每一次都被害得一无所有，两手空空，我只好再又从头干起，赤手空拳，白手起家是那么容易吗？如果换了其他人，不是死于绝望，就是借酒浇愁，成了一个酒鬼；不是死在荒郊野外，大道上，就是醉死在酒馆里面。我积攒下来的每一个戈比，都是我流血流汗挣来的呀，没有一个戈比是不义之财。发财之心，人皆有之，但是必须取之有道，我是花了心血和劳动挣来的呀！我省吃俭用，克勤克俭，我把每一个戈比当成三个戈比去花，难道我还不够节俭吗？我这可都是说的心里话，老天明察秋毫，可以为我作证。我每次都是跌倒了爬起来，再跌倒，我就再爬起来，我这还不算是百折不挠、艰苦奋斗吗？我这一生一世，没有一天敢怠惰和偷懒，我这还不算是为社会尽到一个公民该尽的义务吗？那么，为什么命运要这样惩罚我，老天为什么要这样不公正地对待我呢？”

他还没有把心中的委屈和苦水吐完，因为再也忍受不住内心的愤懑和痛苦，又极其伤心地大声号啕起来。他伤心至极跌倒在椅子上，把已经撕得破破烂烂的燕尾服的后襟，猛地扯下来，扔在地上，又用脚去乱踩，又狠狠地揪着自己的头发，甚至带着头皮鲜血淋漓地揪下来，他显然是有些丧智发狂了，想借皮肉之苦来麻醉、倾泄和消解内心极度的痛苦。

包税商穆拉佐夫老人，一声未吭地在他的面前坐了好长时间，这也许是老人有生以来第一次看到一个人竟然如此来表达和释放自己的悲痛。那么这个疯疯癫癫的人，前不久还到处游逛，上蹿下跳地周旋在大小官员和地主之间，施展着他自幼练就的招摇撞骗的本领。那时，你看他穿戴讲究，冒充绅士，或者像军人一样风流潇洒，在交际场所更是应付自如，甚至还曾引起N城的女士们争风吃醋，真是春风得意，险些把N城闹个地覆天翻！再看看他现在这副尊容：蓬头垢面，身上的燕尾服都撕成了条条和碎片，裤子也敞开了，还不断地挥着鲜血淋漓的拳头，像只困兽一样来回乱撞，嘴里不停喷着脏话，咒骂那些与他为敌的人，甚至对当局也敢出言不逊，把他们和它们一律诅咒为邪恶势力，语言之尖刻、声调之凄惨、模样之可怜，真是令人惨不忍闻、惨不忍睹！

“唉，巴维尔·伊凡诺维奇呀，巴维尔·伊凡诺维奇，您这是干什么？您这又何必呢？您这样折磨自己，糟蹋自己，又有什么用呢？您如此折腾也是于事无补的呀！我也一直设身处地为您着想，假如您心里能够有一个光明磊落的追求，能够有一个善良美好的愿望，凭着您的聪明才智，凭着您一贯忍耐的坚强毅力，踏踏实实地苦干，您本该成就一番事业，您是能够成为一个了不起的人物的！我的老天爷呀，如果是这样的话，您会做出多少好事，做出多少善事，就连上帝都会感谢您的呀！当今世界，有几个人愿意积德行善，有几个人能像您甘心情愿地牺牲个人的自尊心，牺牲功名利禄；又有谁能像您一样为了发家致富，积攒钱财而不顾惜个人的身心健康，一贯勤俭治家，节衣缩食，把挣来的钱掏出来去做善事，不出于利己主义的自私，而是为了天下苍生，为平民百姓，那我们的社会该变成一个多么美好的社会啊，人世间该会多么太平安宁、繁荣昌盛啊！巴维尔·伊凡诺维奇呀，巴维尔·伊凡诺维奇，您一生错就错在处心积虑地谋自己的私利，而且又是用不正当的手段，也就是走歪门邪道去赚钱。虽然您一时得逞，骗了别人，但是归根结底您是坑害了您自己呀！难道到现在您还不醒悟吗？难道到现在还不想幡然悔悟吗？把话说穿了，令人最遗憾最惋惜的是，您不是对别人犯下了罪，您是对自己犯下了令人痛心疾首的大罪——您毁了自己，您对不起造物主赋予您的聪明才智和充沛的精力，您对不起上天赋予您的超乎寻常的忍耐力和惊人的毅力，太可惜了，太叫人痛心了！本来，如果您能很好地使用和发挥自己的长处，您是可以成为一位成就大事业的大人物的，然而，您却污损了自己，埋没了自己，葬送了自己！这是一件多么可悲而又可气的事情啊！我真的替您惋惜，为您痛心哪！”

人的天性是善良的，人的心灵向善的奥秘是存在的，是不会泯灭的！哪怕一个误入歧途的人偏离了人生正路有多么远，哪怕一个冷酷无情的罪人如何不可救药，哪怕一个堕落的人在污泥浊水的陷坑中陷得不能自拔，然而，如果你用人向善的本性去教导他，去启发他，去劝慰他，去斥责他，他灵魂深处向善的本性是会复苏的，他的被诱骗和被蒙蔽的天性是会悔悟的，他的整个身心和理智也会随之战栗而复活的。

“我的恩人哪，阿法纳西·瓦西里耶维奇呀，”乞乞科夫似乎有些清醒了，他紧紧握住穆拉佐夫的双手，声音颤抖地说，“啊，如果我能得救，如果能把财产再还给我，那我可就要给您叩头谢恩啦！果真能够如此，我的恩人，我向您发誓，从今以后我要彻底改邪归正，我要过一种全新的生活。救救我吧，我的大恩人，您一定能够救我的，我再次求您啦，救救我吧！”

“您这不是让我为难吗？我哪有那么大的本事呢？除非让我对抗法律。再者说，即使我不遗余力去为您求情，可是公爵大人是铁面无私的，我想，他是绝对不会答应的。”

“我的大恩人哪，您是无所不能的，您一定能办得到的！令我胆战心惊的并不是法律，根据法律条文，我是能够找到解脱的出路的。但是，现在我已经被不由分说投入监牢，在这里就没有什么道理可讲，已经成为案板的肉，任人宰割就是了。在这里我会像一条狗一样无声无息地死去，还有我的小木匣子、财产、合同、契据……老人家，凭您的智慧和人格，您是能够救得了我的，救救我吧，我的大恩人！我就是做牛做马，也会报答您的大恩大德的！”乞乞科夫使劲地抱住穆拉佐夫的双腿，如泉喷涌的泪水，把老人的裤子都弄湿啦。

“唉，巴维尔·伊凡诺维奇呀，巴维尔·伊凡诺维奇，”穆拉佐夫老人以无限同情而又伤感的目光看着他，说道，“您真是鬼迷了心窍，让钱的铜臭把您熏昏了，让那些花花绿绿的钞票迷住了您的眼睛，为了钱您背叛了自己的心灵和良知，为了钱您便如此不知廉耻地糟蹋自己的灵魂和良知啊，太可怕啦，太可怕啦！”

“我的恩人哪，我会珍惜自己的灵魂和良知的，我会拯救自己的灵魂和良知的！但是，您一定要千方百计地搭救我啊！”

“巴维尔·伊凡诺维奇呀，”穆拉佐夫老人欲言又止。“……您心里也十分清楚，我确实想救您，但是这件事超出我的能力啦。不过，您尽管放心，我会不遗余力尽力而为的，哪怕能从轻发落，把您救出监牢也好啊。可是，我的心中没有底，是否能办成，就看您的运气和造化啦，您放心，我一定尽力而为。可是丑话要说到前面，如果侥幸办成功的话，巴维尔·伊凡诺维奇，我一定要向您收取报酬的：您一定要抛掉所有这些发财致富的想法，不要再为钱而想入非非啦！我对您推心置腹地说句掏心窝子的话吧：假如有朝一日我失去我的全部财产，您是知道的，我的财产要比您的多得多，我绝对不会为此而哭天抹泪的，更不会为此寻死觅活。最重要的是，不在于谁可以剥夺我的财产，而在于谁也无法偷盗和抢夺我奋发自强的那种创业精神。您在人世上的经历和见闻已经非常丰富了，正像您把自己一辈子的生活比做狂风巨浪中的一叶小舟，够形象的啦，够恰如其分的了。您的后半生也不会再为衣食发愁啦。我奉劝您最好还是找一个僻静的地方去安度晚年，享受余生，离教堂近一点，生活在朴实善良的平民百姓中间；如果实在要为乞乞科夫家族着想，想要娶妻生子的话，我劝您还是找一个心地善良，为人正派，谨守妇德，勤俭持家的姑娘为妻。但是切记，千万不要找豪门富户，官宦之家的小姐。把光怪陆离、喧闹浮华的交际场所和那个蛊惑人心的花花世界忘到九霄云外去，也让这个花花世界把您忘掉。在这个花花世界里，您是永远也不会得到安宁的。您已经看得很清楚了，当今这个世界到处都游荡着心怀鬼胎、充满仇恨、诲淫诲盗、横行不法，或者背信弃义和出卖灵魂的恶棍和小丑。”

“我一定遵命，我一定照办，一定遵命照办！我早就有这个愿望和打算，安下心来本本分分地过日子，精心管理和经营田庄，安安静静地过俭朴无华的生活。然而，不知为什么叫魔鬼把魂魄给勾走啦，受到他的蛊惑，才走上了歪门邪道，偏离了光明大道。我诅咒这个该死的撒旦，他是个害人的魔鬼，害人精！我要与他势不两立！”

有些人一生，或者至今尚未品尝到真正的父母之爱，亲人的呵护，朋友无私的友情，人与人之间坦诚的关爱，这种感情对他来说是陌生的，也是他无法理解和没有享受过的感情。仿佛他只知道，冷漠而又无情的童年、不幸的童年，寂寞凄凉的家庭，在家庭之中享受不到父母的慈爱，享受不到同胞骨肉的关爱和呵护；衣不遮体、食不果腹的贫困生活，过早地在他们的心灵中播下了不幸的种子，埋下了世事不平的祸根。甚至养成了孤僻的难以和世人融合的性格，甚至有时还滋生出一种可怕的报复心理。

尽管在他身上善良的天性被命运捉弄，被冷酷的社会现实，被花花世界的污泥浊水所玷污，被人世间的风雪严寒摧残，但是他的良知并未毁灭，他那颗向善的心灵并没泯灭，他还在挣扎，在拼搏，要冲破这一切强加在他身上的罗网和羁绊，得到心灵的解脱而飞向自由的世界，幸福的天堂，也就是灵魂升华的天堂，他们是不会自甘堕落的！

乞乞科夫经过一番认真的思索之后，发出了一阵令人怜悯而战栗的呻吟，他举起颤抖的双手捂住自己的面孔，以发自内心的感激和催人泪下的悲伤的声音说道：

“老人家，您说得太对啦，句句如珠玑啊，真是振聋发聩的金石良言！”

“因为您的心术不正，灵魂被扭曲啦，因此连您所熟知的人情世故，连您丰富的阅历，连您接人待物的可贵经验，都束手无策，没有办法把您引上正路，反而成了您搞歪门邪道的资本。假如您有了这些本领和长处，如果有一颗坦诚而正直的心灵，把自己的心摆正了，那就是另外一码事儿啦……唉，巴维尔·伊凡诺维奇，您干吗要玷污自己的灵魂，您干吗要毁了自己呢？无论对谁来说，对自己，对上帝，这都是罪过呀！猛醒吧，猛醒吧！现在悔改还为时不晚，还来得及，您还有漫长的后半个人生的道路要走啊，时间还长着呢！”

“不，晚了，为时已晚，已经来不及了！”乞乞科夫一声长叹地说道，然后又发出一连串的呻吟之声。他的答话和呻吟，令穆拉佐夫非常伤心，一颗善良而仁慈之心险些被揉碎了。乞乞科夫又继续说道：“仁慈的老人啊，经过您的教诲，我认识到自己错了，我已经领悟到，我确实走上了邪路、错路，而且是一条不归之路，已经没法再回过头来走正路啦。这是因为我自幼所受的教育就不对头，就是错误的。我的父亲只是口头上用那些要一心向善的言词来教育我，训诫我，甚至挥舞柳条子来逼着我描摹那些道德戒条，动不动就狠狠地抽我。但是他呢，却当着我的面去偷窃邻居的木料，有的时候还让我和他一起去偷。他还当我的面去勾引和诱骗一个少女，而这个女孩正是由他监护的，还不知羞耻地跟人家去打官司，真是伤天害理呀！他就是这样给我做榜样的，那么让我死记硬背那些戒条又有什么用呢？因为榜样的力量是无穷的呀。经过您的一番教诲，我此刻醒悟了，我的心也变得敞亮了，我的眼睛也变得明亮了，阿法纳西·瓦西里耶维奇，我的家庭是不幸的，我的童年也是不幸的，我的生活过得很不光彩，我对罪恶没有嫉恶如仇的感觉，我的天性被扭曲了，变得麻木不仁了。我没有养成对善的追求和热爱，没有养成乐于行善积德的美好愿望，久而久之，使我变成一个自私自利的，一个不肯拔一毛而利天下的自私鬼、吝啬鬼。如果我对行善积德、乐于助人和济困扶贫的善举,能像我追求钱财那样具有忍耐力和百折不挠的精神就好了。但是,请允许我说真心话——我是力不从心哪。”

穆拉佐夫老人听到这里,无可奈何地长叹一口气,然后又苦口婆心、语重心长地说道:

“巴维尔·伊凡诺维奇,您的毅力是坚强的,是惊人的,您的恒心和忍耐力也是令人钦佩的,只可惜,您没有用到正地方。人人都知道药是苦的,但是病人还必须服用它,皱着眉咧着嘴也要把它吞服下去,因为病人都知道,否则就制服不了疾病,就恢复不了健康。我说这些话,有些话也是很不给您留情面的,也是很严厉的,很尖刻的,或许您听起来不很顺耳,甚至难以接受,但是您要记住:良药苦口利于病,良言刺耳利于行啊!您自己也承认,您缺少对善的爱,最好的办法就是,您要强迫自己去行善,去做好事;哪怕缺少对它的爱,您要下狠心强迫自己去做,久而久之,就会养成一种行善积德的良好习惯,这就叫做‘习惯成自然’嘛。假如您真的这样做的话,我可以毫不夸张地说,您比那些本来就出于爱心而行善的人还强,您所做出的贡献就更大了,因为您是强迫自己行善而挽救了一个自私自利的人。这个人是谁呢?不正是您自己吗!我相信,凭着您的毅力和耐心,您一定能够做到,您要是真的做到了,这不就是一件功德圆满的大好事嘛!古语云:‘有志者事竟成’,明知有困难,要知难而上,要知难而进,克服了困难,您就做成了,您就成功了,您就成了行善积德的使者啦,您就成了一位谨遵上帝的教导和实现上帝旨意的使者啦!嘿,巴维尔·伊凡诺维奇,勇敢地,大胆地做下去吧,挣破裹在您身上自私自利的罗网,冲垮金钱这个魔鬼为您设置的障碍,您还是可以成为洗心革面一心向善的勇士的!要知道,如今人世间的芸芸众生全都是一些没有勇气和毅力的孬种,全是一些自私自利的吝啬鬼!”

经过穆拉佐夫老人这一番大义凛然、循循善诱的教诲,又是严厉的斥责,又是苦口婆心的规劝,又是真诚坦率的告诫,又是语重心长的启迪,又是怜爱而又善意的鼓励,乞乞科夫那颗冰冷的心已经感到了温暖,绝望的坚冰也开始融化了。老人的每一句话都在乞乞科夫的灵魂深处放射出光芒,老人所说的字字句句都拨动他要重新做人和珍惜自己的人格和荣誉的心弦,老人的每一句金石良言都唤醒了他的良知,使得他有了勇气和决心去改邪归正,重新走上人生的光明大道。这时,他的眼睛里再不是眼泪,再不是抱怨人世不公,命运不济的那种哀伤和仇恨的目光,而是闪耀出走向新生的信心和决心的光芒。

“阿法纳西·瓦西里耶维奇,”乞乞科夫精神开始有些振奋,并以坚定不移的口气说道,“我的大恩人,只要您能为我去求情,只要能把我从监牢中解救出去,让我获得自由,给我改过自新的机会,再给我一点可以自立和谋生的钱和物,我会立刻离开这里。我向您发誓,我将过上一种全新的生活:我要购置一座田庄,作一个开明的地主,我不再为了自己而去积攒钱,而是为行善积德,为扶贫济困,尽我自己的最大努力去履行替天行道的天职。从我的后半生开始去过俭朴的生活,去过一种拯救灵魂和良知的清醒的生活,忘掉城市的喧嚣和蛊惑、腐蚀人的灵魂的奢华,忘掉花天酒地、醉生梦死的生活;行善积德,积德行善,要像上帝的使徒和圣者一样达到忘我的程度。”

“好啦,好啦,我太高兴啦,巴维尔·伊凡诺维奇,”慈祥的穆拉佐夫老人欣喜异常地说道,“但愿上帝赐给您勇气和决心,但愿您能言必行,行必果,但愿您能履行自己的诺言。您放心好啦,我一定不遗余力地去为您求情,恳求公爵大人解除您的牢狱之灾,给您自由,是不是能够如愿,那只有求上帝保佑啦。但是,不管怎么样,您的命运一定会改变,会好转的。您就静候佳音吧,啊。快来拥抱我吧,也让我来拥抱您一下。说心里话,您今天的表现真是让我喜出望外,我太高兴啦!好啦,祈求上帝保佑您,我立刻就到公爵大人那里去为您求情。”

臭气熏天的牢房里,就剩下乞乞科夫一个人,他顿时感到有些孤单。此时,虽然他还感到顾影自怜,还有些七上八下地不放心,但是心中充满了希望。

他的整个身心都经受了巨大的震动,向善的本性开始复苏啦。啊,人啊人,纵然他那颗心变得像铁石一般的冥顽不灵,纵然被金钱这个魔鬼把他的心肠变成了铁石一般的冷酷无情,但是,就算它变成了最坚硬,最耐高温,最耐火和最耐燃烧的白金,也会被融化的。当熔炉的火越燃越旺,风箱不断地吹风助燃,炉火散发出可以融化一切物质的高温,就算是白金,也会在烈火中逐渐由红变白,由硬变软,最后也得变成液体,变成可以随意塑造成形的物体。即使最顽固不化的人,最刚烈不屈的硬汉子,如果把他投进受尽磨难的熔炉之中,让这种磨难大施淫威,以灼热难忍的烈火飞焰燃烧他,熔炼他,再刚强的硬汉子,也会在烈火中服输变软。乞乞科夫在穆拉佐夫老人那像飞焰烈火一样的教诲下,也经历了这么一场熔炼。他真正开始认真地思考,并且决心改过自新:

“我的心灵被金钱这个魔鬼给麻醉了,我对真善美的感觉变得迟钝了,除了金钱之外,仿佛我什么都看不到了,太可怕啦,太危险啦!穆拉佐夫老人哪,您不仅是可以解救我免受牢狱之灾的大恩人,您还是拯救我灵魂的大恩人!我一定谨遵您的教诲,一心向善,重新做人。我知道我的品德恶劣，我知道我没有什么特长和谋生的本领，但是，我可以用我自己误入歧途的经历去现身说法，告诫人们不要重蹈我的覆辙，警示他们一定要走光明正道。我虽然是个不好的基督徒，但是我绝对不会引诱别人走上歪门邪道，劝诫他们一定要一心向善，多为社会和别人做好事，做善事，不要玷污自己的人格和心灵。我将投身于劳动之中，到乡下，用我勤劳的汗水来洗刷我的心灵，刻苦劳动，正直经营田产，以求得到别人的信任、尊重和爱戴。怎么啦？不要以为我什么都干不了啦，我成了一个废人啦。我自信我还是具备经营和管理田产的才能的；我有节俭持家、机智灵活的本事，和头脑冷静、遇事不慌等难得的品质，而且还有干事的恒心和坚忍不拔的忍耐能力。只要我横下一条心拼死拼活地去干就行啦。”

乞乞科夫如此思索着筹划着，虽然此时神智尚未完全清醒，但是已经领悟到自己的未来还是光明的，还是可以大有所为的。虽然神智还有些朦朦胧胧，但是他的天性已经领悟到，一个人活在世上必须履行一种职责，无论身处何地，哪怕是在别人不知道的偏远地方，都要去履行自己的职责；不管出现什么意想不到的情况，哪怕遇到使人惊惧不安的动乱和勾人魂魄的变化，他都要时刻不忘去履行自己应尽的职责。于是乎，一种强烈向往和追求劳动创造的生活，一种远离城市喧闹，拒绝和远离那种诱人堕落和产生享乐的罪恶欲念的美好追求和向往，在前方，他生活的未来向他招手，感召他，呼唤他。这种追求和向往，这种感召和呼唤，使他暂时忘掉身陷囹圄的不快和伤心，也许经过这么惨痛的教训，他真的会彻底醒悟，为此应该感谢上苍，说不定这是上天对他的拯救和感召。他想，如果这次真的能走出牢门，给他自由，并且再发还他自己的财物，不，只发还一部分即可……

正当乞乞科夫还在沉思冥想的时刻，那间臭气熏天、又脏又乱的杂物间的单扇房门打开了，走进来一个什么官员。此人姓萨莫斯维斯托夫，一副剽悍粗野的凶相，膀大腰圆，有两条大长腿。他是个追欢逐乐的家伙，是个寻花问柳的嫖客，酗酒寻欢的高手，或者根据他的狐朋狗友的说法，是个诡计多端，专门干坏事的恶棍。这样莽撞蛮干的家伙，如果遇上战火纷飞的年代，说不定还会干出一番轰轰烈烈的大事来。这样的莽汉，也许在战斗中会从敌人的眼皮底下偷来一门大炮也未可知。但是，在和平时期，他便无处发挥偷窃或抢劫的本领，于是，他便在官场上大显其能，除了向平民百姓强取豪夺之外，便在乌烟瘴气的官场上为非作歹。他也有他的一套离奇古怪的处世哲学：对朋友敢于两肋插刀，最讲哥们儿意气，绝对不出卖朋友，无论什么事情，就是把天捅个窟窿，也敢作敢当，说话算数，一诺千金；什么法律，什么王法，什么正义，什么邪恶，在他的脑袋里就是一团糨糊。他胆大妄为，也不把上司放在眼里，而是把他看成敌人的堡垒一样，为达到个人的目的，他也会发起冲锋，冲杀过去……

当他进到牢房里一看，便对乞乞科夫说道：

“您的处境非常危险，我全都听说了，此刻我也看到了，别看牢房的前门和后门都关得很严实，又有卫兵把守，但您用不着上火，也用不着害怕，我们会想办法把您救出去的。我们大伙儿都是您忠实的奴仆，我们一定会为您效劳。千万不要着急，没事，一点事儿也没有。我敢拿我脑袋作担保，一定会把您救出去的！要是说到酬金嘛，给我三万个卢布就足够啦，说话算数，绝对不会找您多要一个戈比的。”

“此话当真？可不要哄骗我呀，”乞乞科夫惊疑得差点喊出来，“我真能够脱险吗，我真的能被宣判无罪吗？”

“千真万确，绝对没错儿！而且您还会因遭到不白之冤而得到补偿呢，这就叫做损失费嘛！”

“那么，酬金……”

“三万个卢布。这三万个卢布就把一切花销全都包括在内啦，也就是说除了给我们这些人的酬劳之外，还包括给总督府里的人，以及给秘书的，全都包括在内啦，就要三万，足够啦。”

“但是，实在对不起，我现在怎么拿得出呢？我的全部家产，我那只装钱财的小木匣子，以及其他一切东西都被查封起来了。”

“别着急，别着急，再过一个钟头，您就会收到被查封的一切啦。大丈夫一言出口驷马难追，我们一言为定。现在就来击掌，怎么样？”

乞乞科夫兴奋得心都快跳出来啦，他简直不敢相信会有这样的事情，但是这可是千载难逢的大喜事啊。啊，真是个千载难逢，万年难遇的机会呀，机不可失，失不再来，既然能够脱险，能够逃命，何乐而不为呢，于是他就伸出了手和他击掌。

“再见啦，千万不要着急，等着好消息吧！这是一位我们两个都认识的朋友托我给您带的话：千万要镇静，千万要沉住气，千万不要着急！”

这个神出鬼没，来历不明的萨莫斯维斯托夫匆匆地走了……又剩乞乞科夫一个人啦。他思前想后，想来想去，怎么也不相信这个陌生人的话。但是，此后，不到一个钟头，果然就有人把小木匣子、契据、合同和现款给送来啦，而且所有的东西都完好无缺。

此事原来是这样的：萨莫斯维斯托夫巧扮狱卒的头头去转了一下，把值班的哨兵骂了个狗血淋头，斥责他们粗心大意，另外又要来几个士兵严加防守，可是他自己不光是取走了乞乞科夫的小木匣子，而且还取走那些可能让乞乞科夫身败名裂的字据；然后把这些东西捆成一包，封好，专门派了一名士兵佯装成是给犯人送晚间睡觉时要用的物品，直接送到乞乞科夫手里。因此，乞乞科夫收到了自己那些物品——他的命根子，还收到了不致使他娇贵的身子受到寒冷侵袭的物品。他所放心不下和忧心如焚的东西都收到了，而且是如此之神速，使他大喜过望，甚至有说不出的高兴。于是，他又胡思乱想起来，又产生一种强烈的欲望，又开始心猿意马、想入非非啦，又想起蛊惑人心、勾魂摄魄的鬼名堂来了：戏园里的逍遥自在啦，他曾追求过的那个跳舞的浪妞啦，舞场上的那个金发女郎啦。把僻远的乡村和它宁静的生活又抛到脑袋后面去了，又开始向往都市喧闹的生活，而且越想越来劲儿。唉，人啊人，人就是这么一种奇妙的生灵！唉，人世的汪洋大海，生活的滚滚洪流，谁又能逃脱得了呢！

与此同时，各级法院都忙得脚朝天了，开始查办一起规模巨大，甚至席卷了数之不尽的大小官员的奇案。办案人员挥着笔不停地写，一个个脑瓜子聪明的大小官员哈欠连天，摇头晃脑，伸胳膊踢腿地想赶走睡神，可是睡神还是揪住他们不放。没办法只好一个劲儿地嗅鼻烟来提精神，或者干脆猛抽起烟斗或烟袋来喷云吐雾啦。即使如此，看着那一行行歪歪扭扭的字迹，仍然还直打瞌睡。此时，法律顾问却大显神通，他就像一个隐身的魔法师一样，在暗中操纵着这部庞大的执法机器。没等哪个人清醒过来呢，他已经把所有的人都捉弄得晕头转向。把案子越搞越大，案情也弄得越来越复杂，把上上下下的官员都搅得晕晕乎乎，案子越搞越糊涂，越搞越混乱。再看看那个萨莫斯维斯托夫，又胆大妄为地干出了一桩前所未有的惊天壮举。在探听到那个落网的女人被关押之处以后，他就明目张胆地闯到那里，佯装一副长官大人的样子，大模大样地走了进去。哨兵一见，立刻举手敬礼，而且还把腰杆挺得溜直。他便开口问道，“你早就在此站岗了吗？”“是的，长官大人，从早晨一直站到现在啦。”“离换岗的时间还要多大工夫？”“还要三个小时，回长官的话。”“我要派你去干点别的事情。不过，我得先去和警官打一声招呼，叫他派个人来顶替你，听懂了吗？”“是，听懂了，长官大人。”说完之后，他便乘车回了家。为了不走漏消息，把事情办得天衣无缝，他又亲自出马，扮成一个满脸大胡子的宪兵。真是神不知鬼不觉，哪个人还能认得出来！于是，他又跑回那座房子，不费吹灰之力，就把那个落网的娘们儿给提走了，把这个女人又交给了两个很会耍弄花招的年轻军官。而他自己呢？翘着两撇小胡子，装模作样地走到哨兵面前说道：“你可以走啦，队长吩咐我来站完这班岗。”换完岗，他就扛着枪站在哨位上。一切都安排就绪了。这时，原来关押那个女人的地方，却出现了一个来历不明什么都不知道的女人。原来那个落网的女人已经不知去向，活不见人，死不见尸。

正当萨莫斯维斯托夫装神弄鬼大显神通的时候，法律顾问也在社会上折腾了起来，他煽起流言蜚语，让省长得知检察长正在写密信揭发他；又让宪兵大队长知道，有一个身份不明的官员正在写揭发信密告他；又让那身份不明的官员得知，还有一个神秘的官员在告发他呢。如此一来，所有的官员个个提心吊胆，人人失魂落魄，结果都纷纷跑来找他，央求他给出一个免受牵连、逃灾避难的锦囊妙计。一时间，社会上流言蜚语满天飞，官场上乌云翻滚，人人自危，出现了极其混乱的局面：密告信像雪片一样漫天飞舞，不到几天的工夫，竟然在衙门里摞成了一大堆，渐渐地竟然揭发出一桩桩惊天大案，甚至还抖搂出来一些莫须有的离奇案子来。结果法院和检察机关忙得团团转，全部人马都被调动起来啦，就连老弱病残也披挂上阵，展开了大规模的清查：哪个人是非法的私生子，哪个人的老婆和别人关系暧昧，哪个人又有姘头，哪个人又大把花钱，但是钱的来路不明，等等。丑闻满天飞，怪事遍地跑，欺诈、拐骗一件又一件，闹得满城风雨，乌烟瘴气。又有些稀奇古怪，五花八门的丑事和乞乞科夫的案子，和死掉的农奴，全都搅和在一块儿了，结果弄得谁也说不清道不明，这里面到底哪个案子更重要、更离奇、更荒唐。看来不是什么相关的案子，可是案情却相互有牵连，怎么弄，也搞不出来一个有说服力的结论。办案人员像无头苍蝇似的，到处乱撞，又到处碰壁。这些叫喊声、抱怨声、诅咒声，形成一个吵、骂、叹的噪音大合唱，弄得人们心烦意乱，差点儿相互指责，相互吵骂，几乎都要大打出手了！那位平时以智慧超群、脑瓜灵活，遇事总能随机应变的负责官员，此时也变成傻瓜笨蛋啦，使出了全身解数，绞尽了脑汁，就是写不出来一份像样的案情摘要，或思路清楚、有说服力、有根有据、言之有理的报告来。虽然急得眼珠子都红了，头发都立起来了，差点儿弄得发疯上吊，但是无论如何，就是理不出个头绪来，更何况他自己也不干净，他自个儿也跟好几个案子藕断丝连，弄不好，他自己也会成为众矢之的，或者成为那些问题大的人的挡箭牌，替罪羊，或者引火烧身，成为自找倒霉的投火飞蛾，或遭明枪暗箭穿身的靶子！不巧的是，公爵大人此时也被突如其来的一些事情弄得烦躁不安，焦头烂额。一件比一件更让人伤脑筋：省里某些地方闹起了灾荒，民不聊生、饥寒交迫；可是派出去的赈灾官员，又把事情搞得一团糟，结果是民怨沸腾，险些闹得揭竿而起；在省里另外一些地区，分裂派教徒也乘机兴风作浪，煽风点火，搞得全省上下人心惶惶，整天提心吊胆，担惊受怕；又传说有人在民间散布流言蜚语，造谣生事，说什么冒出来一个反基督的狂徒，就连死人也不让得到安息，正在大批买卖死农奴，利用死人大发横财。结果煽动起来好些不明真相的人，打着捉拿反基督狂徒的幌子，到处寻衅滋事，混乱之中打死了好多个虔诚的基督徒和安分守己的无辜之人。在一个地方,农奴和庄稼汉又起义暴动,和当地的地主老爷与县警察局长干了起来,并且扬言,不打死这些恶霸地主和他们的警察看家狗绝不罢休。一些无业游民、流浪汉也乘机在民众中散布流言蜚语,发布小道消息,说风水轮流转,到了老百姓该当地主老爷和警察局长的时候啦,到了老百姓和农奴扬眉吐气、发号施令的时候啦,让那些地主老爷和警察局长到田里去播种、耕地,并且拒绝缴纳一切赋税。当地的政府当局也使出了最后的伎俩和绝招:这还了得,不镇压又待何时?公爵所听到的讯息,所收到的报告,一件比一件更烦心,一件比一件更让他坐立不安。正在他忧心忡忡,心烦意乱的时候,听差进来禀报,说专卖商穆拉佐夫求见。公爵连忙说道:

"快,快请他进来!"

于是穆拉佐夫老人应声推门走了进来。还未来得及相互问候,公爵大人便带着责问的口气说道:

"快看一看,您那个乞乞科夫是个什么货色吧!您过去总是为他说好话,打保票,总是袒护他。这回他可是报答您啦,看看他做的好事吧:就连最厚颜无耻的小偷都没有胆量干的丑事,他居然却敢干,怎么样?现在给逮到牢房里去啦!"

"大人,先不要生气,请容许我向您禀告,这件事儿我真的一点儿不知道。"

"他居然敢伪造遗嘱,真是胆大妄为,还有……不说了,总之,应该当众给他一顿鞭笞才对,以示惩罚!"

"大人,您误会啦,我此次来求见,并不是为乞乞科夫求情的,再说这件事情尚未弄个水落石出,还未证实和定案哪。听说还没有过堂审讯呢,谁知道究竟是怎么一回事儿。"

"谁说还没有得到证实,冒充死者的那个女人已经落网在押。这么说来,我倒是很有兴趣当着您的面来审问一下这个女人啦。"公爵说着,伸手拉了一下铃,命令把那个落网的女人带来。

穆拉佐夫没有再说什么,暂时保持沉默。

"真是可恶之极,太丢人现眼啦,本城那些最高级的官员也都一个个牵连进去啦,居然连省长也不例外。太可耻啦!真是莫名其妙,堂堂一省之长,竟然和小偷、流氓和恶棍同流合污,真是叫人难以想像!"公爵大人异常激动而又气愤地说道。

"可是您要知道,省长是继承人,名正言顺,他当然有权提出要求啦。至于说到其他人,那就更不好说啦,他们从四面八方赶来,攀亲道故,想要捞点油水,也无可非议,这也是人之常情嘛,大人何必为此事大动肝火呢?

再说,一个拥有数百万家产的富婆,又是一个寡妇死了,又没有立下条文明确的遗嘱。因此,凡是有一点儿沾亲带故的都赶来吃这块肥肉,啃点骨头,也算不上什么非分之想或犯罪行为呀……您又能把这些人如之奈何呢?”

“就算如此,那么干吗要玩耍卑鄙手段,干出那些见不得人的丑事呢?要我看,全是一些混账东西,不知廉耻的家伙!”公爵非常气愤地说道,“我手下这帮人没有一个好东西:全是一些寡廉鲜耻的小人!”

“公爵大人,恕我直言,在我们这些人中间,又有谁是十全十美的圣人呢?本城的官员也是一些肉体凡胎的俗人,他们也都是一些精明能干的人,精通本门的业务,办事也都很出色,但是在工作中或者接人待物的过程中,难免会出些差错,担点儿罪名。大人可要知道,古语云:人非圣贤,孰能无过?我的话,如有冲撞大人的地方,万望海涵,务请见谅!”

“好啦,好啦,请听我说,阿法纳西·瓦西里耶维奇,说心里话,我一直认为您是一位正人君子,是一位正直的人,但是我却想不通,您为什么总是袒护形形色色卑劣无耻之徒呢?”

“公爵大人,”穆拉佐夫说道,“不管您所说的卑鄙无耻的小人是些何种人物,但是您必须承认,他们终归还是人吧?难道说我袒护人错了吗?您可是要知道,他们做错了事,甚至是犯了罪,有一半原因,是他们因为愚昧无知做出来的。另一半原因,是由于当今社会的混乱,人心不古,世风日下,是谁造成的呢?也是因为我们做的很多事情不公正,当然我们并不是有意去这样做的,但是,这样就造成他人的不幸,为社会埋下了不安分的种子,因此,能够把做错事或犯了罪的人都称之为卑鄙无耻的小人吗?能够全怪他们吗?当今的社会和我们这些执法的人,也应该承担一半的责任。这有什么可大惊小怪的呢?就连您这位德高望重,执法如山的大人,不是也做出了非常不合理而又不公正的事情嘛?”

“什么?您说什么?”公爵大人一听,非常吃惊地大声喊道,“请您最好再说一遍,我究竟做了什么不公正的事情?”

穆拉佐夫老人一看公爵的神态,沉默了片刻,好似在想些什么,本来不想使公爵大人感到尴尬,最后还是开诚布公地说道:

“别的先不说,我们就拿杰尔卞尼科夫的案子来说吧,您能说处理的公正吗?”

“阿法纳西·瓦西里耶维奇,这可不是一个一般的案子,他们反对国家大法,这种罪行就等于是叛国投敌呀!”

“您知道,我倒不是偏袒他。但是,如果把一个受人诱惑而又涉世不深的年轻人,和一个罪大恶极的主犯同罪宣判,您认为合理吗?公正吗?您可知道,尽管杰尔卞尼科夫和那个罪恶昭彰的恶棍沃龙诺伊罪名相同,可是他们所犯的罪行却是不相同的,也就是说并不相等啊。"

"哎呀,看在上帝的面子上,您就如实告诉我吧,"公爵显出异常激动而又焦急的样子,说道,"您对这个案子还了解一些什么情况?您就照直说吧!前些日子,我还给彼得堡直接上书,不怕冒犯皇帝,为他求情,以求从轻处理呢。"

"不,不是的,大人您误会啦。我提起这个案子,倒不是因为我了解到一些大人所不了解的情况。虽然确实有一个有利于杰尔卡尼科夫的情况,但是,他本人大概不会同意这样做,因为如此一来,就会牵连到另外一个人。我现在考虑的是,您当时是否有点儿太心急了?大人,务请宽恕,由于我愚钝无知而又才疏学浅,这只是我一点愚不可及的粗知浅见。但是,您一再吩咐要如实相告,恭敬不如从命,我只好直言禀报啦。当年我在衙门里供职的时候,在我的属下也曾有过许多形形色色的人员,人的素质也是参差不齐,好坏都有。不仅要熟知一个人的现实表现,还要了解他以往的情况,因为不全面地了解一个人,头一次见面就板起面孔大声申斥,这样一来,就会把他给吓晕了,那他又怎么敢心服口服地认错呢?但是,假如您能以热情而关切的态度同他聊天,慢慢地加以盘问,就像朋友和兄弟之间促膝谈心一样;如此一来,他自己就会主动把一切交待清楚,甚至不会提出从宽处理的要求,而且也不会怨天尤人,更不会迁怒于他人。因为他看得明明白白,不是我跟他过不去,不是我要惩罚他,而是法不容情,也只有这样,他才心服口服。"

公爵听了这番话以后,似乎有所感悟,心平气和地沉思起来。此时,一位年轻的官员走进了办公室,手提一只公文包,一进门就停住脚步,恭候公爵大人的吩咐。在他那张鲜嫩润滑的面孔上,很明显地流露出忧心忡忡和疲劳过度的神情。由此看得出来,他确实是一个称职的专员。这是一个为数不多的廉洁奉公的人才,经办公事也是兢兢业业的。他既不为了功名而奴颜婢膝,也不垂涎高官厚禄,他之所以勤劳忘我地工作,认为这是他应尽的义务和职责,而没有其他奢望,或者不正当的要求和欲望。他认为自己的职责就是,把错综复杂的疑案进行调查,逐步进行分析,掌握全部线索,把整个案情全部搞清,而且要证据确凿。如果这一切都进行得很成功,他便可以简明扼要、清楚无误地把案情叙述出来,而且又证据确凿,无论哪个人看了都会一目了然,这便是对他的辛勤劳苦和许多个不眠之夜的忘我工作最好的酬劳。他那欢乐和喜悦的心情,如同一位科学家攻克了一道多年未解的难题。但是……①

---

① 此处遗漏了一大段。——原注

“……①在闹灾荒的地区发放赈灾粮，其实我比这些官员更了解这部分受灾地区，受灾的人数是多少，人们都需要些什么东西，我会亲自去了解，去察看。公爵大人，恕我不揣冒昧，如果您同意的话，我还要自告奋勇去和分裂派教徒们当面谈一谈。他们和我们这些人，也就是说，和平民百姓更谈得来一些，也愿意和我们交流，这样也许更有利于问题的解决。乞求上帝恩典，也许我能充当一个调解之人，我有把握和他们推心置腹地交谈，并且会平心静气地把冲突解决。要是派官员们去办，问题解决不了，还会惹出更大的麻烦来。因为他们只会搞文书交涉，只会陷在文件堆里，两只眼睛只知道死盯着那些往来文件，反而会忽略实际情况。只会把死文件当作救命的稻草，不是命令就是镇压，而不从实际出发，灵活处理，反而会把事情越搞越糟。至于说到钱款，我自己会掏腰包的，在这灾民遍地，饿殍遍野的灾难时刻，再想乘机捞钱，那就太可恶、太卑鄙无耻啦。您放心好了，我有现成的粮食，足可以解决赈济粮的问题。我这不是刚给西伯利亚发去了一批粮食，国家有难，人人有责嘛，反正到了明年夏天还可以补充新粮。”

“阿法纳西·瓦西里耶维奇，您真是一位救苦救难的菩萨呀。在国家有难，民众忍饥挨饿的时候，您能如此以大局为重而慷慨解囊，为国效力，为民解忧，让我说什么好呢？任何感谢的言辞都无法表达出我的真情实感，真的，只有上帝才可以酬劳和表彰您做出无私的壮举。我也就不再说什么啦，因为任何感谢和表彰的言辞，对您来说，都会显得苍白无力……但是，我请求您允许我，对您刚才提到的情况说一句话。请您开诚布公，或者推心置腹地和我说一说，我有没有权利对这件事置若罔闻？请您告诉我，如果宽赦了那些卑鄙无耻之徒，对于我所肩负的职责来说，是不是有失公允，或者说，是不是正直或公正呢？”

“公爵大人，恕我不恭，您不该如此称呼这些人，要知道他们之中也有德才兼备的人士呀。大人，您想一想，现在的社会环境和他们所处之境况，是多么复杂啊，极其复杂，极其复杂，各种数之不尽的诱惑都在招引和毒害他们。有时也会出现这种情况，一个人看上去一无是处，全身是错，但是，您要是设身处地为他考虑考虑，您就会发现，他们做错事，犯错误，根子并不在他们身上。”

“但是，我要不制裁这些人，他们怎么会认识到自己的过错呢，他们怎么改恶从善呢？而且他们之中有些人会更加肆无忌惮起来，或许还会说，他们把我镇住了。他们或许会更加有恃无恐地来与我唱对台戏，根本

---

① 此处缺少句子的开头。

就不再尊重我了。”

“公爵大人，请允许我给您提个建议，或者说是个可取的好主意：您的海量再大一些，您的姿态再高一些。把他们全都召到您的面前来，让他们明白，您对他们的所作所为都了如指掌；并且能像刚才所说的心里话那样，坦诚地告诉他们您自己的处境和为难之处，然后表现出非常虚心的样子，让他们给您出出主意，想想办法，让他们设身处地为您想一想：如果处在您的位置上，他们每个人又该怎么做？”

“难道您真的以为，崇高的追求，圣洁的情操能够教化和感召他们吗？会比尔虞我诈和采取各种卑鄙无耻的手段去诈取不义之财更有感召力和教化作用吗？我想，这恐怕是您的一厢情愿，他们反而会嘲笑我，认为我没有制服他们的办法啦。”

“大人，我仁慈的大人，我知道，您为治国安邦殚精竭虑，废寝忘食，您的心情我是可以理解的。但是，请大人千万不要忘记，俄罗斯人的天性和情感，就算是那些品德最差劲的俄罗斯人，他们的天性和情感，还是能够识别出好与坏，公正和罪恶的，因为俄罗斯人就是正直的人，公正的人。除非他是一个什么狡猾的犹太人，而不是一个纯血统的俄罗斯人。真的，大人，您不必有任何隐讳，完全就像您方才在我面前所说的那样，要坦诚地、直言不讳地告诉他们。您要做到心中有数，哪怕他们正在诋毁您，说您是一个虚荣心很强的人，是一个刚愎自用，听不得旁人发表不同的意见，只相信自己一贯正确的人。那么好吧，这次您就给他们来个现身说法，让他们亲眼看一看，您究竟是怎样一个人，让他们的毁谤和谎言不攻自破，如此一来，还有谁不尊重您，不信任您哪！您还有什么可顾虑的呢？您本来就是一个光明磊落之人，正直而公正，您所做的事情也是正确的。您这样做本身就是光明磊落的，就是光明正大的，您就当作是在上帝面前虔诚地忏悔一样，而不是面对一些肉体凡胎的俗人在讲话好啦！”

“阿法纳西·瓦西里耶维奇，”公爵怀着感激的心情说道，“这件事情容我再仔细想一下。但是，我必须先向您致以衷心的谢意，感谢您对我赤诚的忠告。”

“既然如此，大人，就请下令吧，把乞乞科夫放出来吧。”

“请您对乞乞科夫转达我的命令：叫他尽早从这里滚开，滚得越快、越远越好。对他的所作所为，我是永远不会宽恕和原谅的！”

穆拉佐夫老人告辞之后，便从公爵府邸直接去找乞乞科夫。老人发现乞乞科夫的精神状态大有好转，已经在安安静静地吃午饭，饭菜做得也非常可口，据说是一间非常有品味的厨房烹制的，并且是用一个陶瓷手提盒给他送来的。刚刚说了几句话，穆拉佐夫就察觉到，看来乞乞科夫跟哪个诡计多端的官员谈过话了,甚至猜想老谋深算的法律顾问插手此事啦。

“我给您带来了好消息,巴维尔·伊凡诺维奇,”老人高兴地说道,“公爵大人给了您自由,但是却有个先决条件:您必须马上离开这座城市,走得越远越好。赶快收拾您的行装,一分钟也不要迟误,祈祷万能的上帝保佑您,平平安安地赶路吧。因为此事变得越来越复杂,越来越麻烦,早走一分钟,您就会多一分钟的安全。我一猜便知,此刻有一个人在给您出馊主意,您千万不要上当!因此,我必须私下里告诫您和向您透露一点消息,还有一件很严重的案子正在被揭发出来,即使有天大的本事,也救不了那个罪犯啦。他当然想多拖几个人下水啦。咬出其他的人来,他以为这样就可以逃脱罪责,以为这件事就可以不再追查而不了了之。他错打了如意算盘,想拉人代他受过,没那么便宜的事儿!我方才离开这里的时候,看到您的心情比现在要好得多,正常得多。千万不要再犹豫啦,千万不要胡思乱想啦,我这是非常严肃认真地告诫您,千万不要马虎大意!最最重要的是,不在与人们为争夺财物吵闹不休,甚至互相生杀恶斗,争个你死我活。如果不好好地思索一下灵魂归天去到另外一个世界的安宁,那么又怎么能够求得在这个现实的红尘滚滚的世界上生活得快乐和安宁呢?巴维尔·伊凡诺维奇,只要人们还迷恋尘世间相互争杀的财物,这些财物都是生不带来死不带走的身外之物,而忘记了修身养性,忘记心灵财富的神圣和完美,那么尘世间财富的完美也是保不住的,也是空的,而且只会徒增烦恼和不幸!如果每个人不明白和不懂得这一点,不积德行善,只知争杀恶斗,到那时,老天都会发怒的,会给人间降下来灾祸和贫困。到那时,不仅普天下的黎民百姓会遭殃,会受苦受难,每个人都将在劫难逃……这不是再浅显不过的道理吗?无论您怎么说,肉体总归是要死的,而灵魂却是永远支配肉体的。否则,为什么人们都渴望世道公正合理呢。您不应该去想那些死的魂灵,也就是那些已经死去了的农奴,不该借用死去的魂灵去发家致富,还是多想想如何拯救自己活的灵魂吧。从今以后,您要走上改过自新的道路,上帝会保佑您的,千万不可忘记,时刻都要想道:脱胎换骨,重新做人,一定要重新做人!明天我也出去履行我的职责,记住,我明天一早就走。您绝对一分钟也不要耽搁,立刻就走!否则,我一走,您就要倒大霉的!”

老人说完这番语重心长的话之后就走了。乞乞科夫又认真地思索起来,最后好似真正醒悟了过来,语气坚定地说道:“穆拉佐夫老人说的话很有道理,不能再迟疑了,是该走上重新做人之路的时候啦。”说完了这句话以后,他立刻走出牢房。一名哨兵捧着他的小木匣子,在他身后磨磨蹭蹭地走着,另一名哨兵给他挟着床垫子和衣物。

谢里方和彼得卢什卡看到老爷完好无缺地归来，高兴得不得了，甚至欢呼雀跃起来。

"好啦，没事儿了，亲爱的伙计，"乞乞科夫口气非常温和地说道，"该动身上路啦，赶快收拾行装吧。"

"是啊，我们也该走了，巴维尔·伊凡诺维奇，"谢里方说道。"现在路可是要好走多了：雪虽然下得很厚，但是没有泥浆路啦。说心里话，是该离开这座城市啦。在这儿都住腻了，不想再待下去了，甚至连再看它一眼的兴趣都没有啦。"

"快去找修车的人来，赶快给马车装上爬犁腿，"乞乞科夫吩咐道。可是他却转身溜进城去了，要去哪家去辞行呢？他已经没有这份闲情逸致啦。经过这一番折腾和变故之后，他心中尚有余悸，而且感到没有颜面再去见什么熟人，又加之有关他的丑闻已经闹得家喻户晓啦，还是多一事不如少一事为好，还去招摇什么呢？为了不和熟人相遇，只是偷偷地去找卖给他做燕尾服呢料的商人，重新买了几尺做燕尾服和裤子的呢料，又挟着衣料去找上次做衣服的那个裁缝。裁缝一看他心急火燎的，活计要的如此之急，便趁火打劫，要了双倍的价钱。于是便动用铺子里的全班人马，挑灯夜战，加班加点地忙活了一个通宵，第二天一早居然把燕尾服给他赶制出来，虽然拖了一会儿时间。尽管忙得都火燎屁股了，乞乞科夫还没忘记把新的燕尾服试了一遍，衣服做的好极了，和上一次一样贴身、舒适、漂亮。遗憾的是，他突然发现自己脑袋秃了一块，所以他又后悔伤感地说道："真蠢，当时干吗要那样寻死觅活的呢？更傻的是不该使劲儿揪头发呀。"他和裁缝结清了账目之后，才忙得连蹦带跳地坐上马车，快马加鞭急急忙忙地驶出城外。这时他的心情犹如撞倒了五味瓶，什么滋味都有了，究竟是什么滋味，就连他自己也说不清。此时的这个人，已经不是原来的那个乞乞科夫啦，只是原来那个乞乞科夫的皮囊，而他那颗心，他那颗灵魂却不是原来的啦。我们可以把他此时的心理状态比作一座拆毁的建筑物，之所以要拆除，是为了要建筑一座新的。但是，新的建筑物尚未开始动工兴建，因为建筑师还没交出定稿的图纸，工人们只好莫名其妙干瞪眼地等在那里。

穆拉佐夫带着博塔贝奇，坐着一辆席篷马车走了。一个小时之后，乞乞科夫也出了城。又过一个钟头，公爵府中发出命令，说公爵即将去彼得堡晋见皇上，临行前要召见全体大小官员。

于是，在总督府里一间宽敞高大的大厅里，全城大小官员都到齐了。来的官员上到省长，下至九品文官，其中有各个厅局的，各项业务的主管，以及官级不等的文职官员，还有品级不明的基斯罗耶多夫、克拉斯诺诺索夫，萨莫斯维斯托夫也来了。其中有廉洁奉公的，有贪污受贿的；有一贯昧着良心干卑鄙可耻勾当的，有半贪半清的，也有一身正气、刚直不阿的官员。总之，不管哪一号官员，都像怀揣小兔子一样诚惶诚恐地在那儿恭候着总督的大驾。公爵步入大厅的时候，面部的表情不阴不晴的，但是却目光炯炯，步履也坚定有力，可以说是神采奕奕的。全体在场的官员全都恭而敬之地躬身施礼，有许多官员甚至一躬到地。公爵大人威严地略微躬身答礼之后，便开口讲话：

"我认为，在即将前赴彼得堡之际，理应和诸位见上一面为好。此外，我还想借此机会向诸位解释一下这次召见的缘由。我们这里近来发生了一桩非常引人注目而又令人焦虑的案件。今天在场的诸位，或许很多人都知道了，我所说的是哪一桩案件。紧接着这个案件，又连续揭发出其他一些案件，其案情之卑劣无耻甚至超过了前一个案件，而且还牵连到一些我一向认为是清正廉洁、作风正派、刚直不阿之人。更有甚者，我还获悉，有人心怀叵测，图谋不轨，要弄阴谋诡计，妄图兴风作浪，把水搅浑，以达到鱼目混珠，令我们无从依法破案的罪恶目的。而且我还了解到，哪个人是主谋，哪个人在暗中煽阴风点鬼火……[①]虽然他自作聪明，竭尽全力想掩盖他自己的阴谋活动，但是，他错打了如意算盘。我决心采取非常的办法破案，即不根据案卷按程序进行审讯，而是像战争时期一样，采取非常的审讯办法，即采用军事法庭雷厉风行的手段，进行迅速而果断的措施来审理此案。我想，当我把这个案件的全部案情向皇上禀告之后，皇上一定会赐予我这个权力的。既然有人在兴风作浪而无法按照民法办案，既然此案案情如此之严重，牵扯的人员如此之广，对国家和社会危害如此之大，既然法不容情，亟于了结此案并消除其极其恶劣的影响，也迫使我不得不采取坚决果断的非常措施，我认为军事法庭是了结此案唯一可行而正确的方法；既然有人急不可待地跳出来，肆无忌惮地散布谣言，混淆视听，以节外生枝的证词和以密告信的方式来捏造事实，妄图把案情搅得更为复杂，更为严重。我认为，在这种特殊的情况下，必须采取特殊的措施，以军事法庭这种迅雷不及掩耳的方法，来打击和处理这些不法之徒的猖狂活动，军事法庭将是最坚决有力的措施。我召见诸位的目的，就是想听一听诸位有何高见和良策，切望诸位能知无不言，言无不尽！"

公爵说到此处，有意停顿一会儿，似乎在等待众人发表意见。全体在场的人员无不垂首肃立，一个个眼睛都直盯着地面。整个大厅里鸦雀无声，甚至连每个人的心跳声都听得出来。是啊，确实如此，有些人听了公爵

---

① 原稿缺后半句。——原注

大人这番话以后，不仅脸色发白，全身在瑟瑟发抖，他们那颗心真的要从胸腔里跳出来啦！是啊，形势太严重啦，气氛太紧张啦，简直就像站在军事法庭的被告席上受审一样，天哪，实在受不了啦！公爵大人接着又说道：

“我还收到一个案子，虽然作案人自以为高明、自以为行动诡秘、案情天衣无缝，以为罪行不会败露。我在此郑重地宣布，此案正在清查，原告和申诉人就是我！我将提出确凿无疑的证据，任何人也不要妄想进行狡辩和抵赖，我严正地警告作案人：铁证如山！”

官员中有的人好像遭到沉雷轰顶，猛烈地震颤了一下，虽然强作镇静，险些把裤子尿湿，身上已经冷汗如注，几个胆小怕事或做贼心虚之人，心中也是七上八下的，甚至翻肠搅肚地硬撑着。

“作案分子的罪行不言自明，无论是主谋还是胁从，都将一网打尽，只不过量刑处理轻重不同而已。一些主谋分子必遭严惩，不仅要褫夺官级，没收全部财产，还要受到严厉的制裁，胁从者则予以革职处分。主动交待和立功者，一律给予从宽处理。而对顽固不化或耍阴谋诡计者，决不轻饶！有什么办法呢？这就叫作自作自受，自作孽不可恕！由于案情太过于卑鄙无耻，太过于严重，造成的危害太大啦，非执法如山、毫不容情不可啦！尽管我知道，如此严厉的惩处，未必能使所有的人引以为戒，但是起码会起到震慑作用，至于再出现新的腐败分子、犯罪分子，那也是他们自取其咎，其下场也是不妙的。我在这里呼吁和告诫一直是奉公守法、洁身自好、正直无私的贤良之士，务必要时刻警惕，切不可步将遭到惩治人的后尘，切记洁身自好，严以律己，恪尽职守，不为酒色财气所动，永远保持清正廉洁的作风和品格，此乃国之大幸，黎民百姓之大幸也！我知道，有人指责我实行苛政，但是这是国法纲纪使然，这是我的职责使然。为了履行我的职责，我必须铁面无私，冷酷无情，因为法律本身就是铁面无私、冷酷无情的嘛！有些人愿意指责，愿意说三道四，就让他们说去好啦。所以，我只有把国法纲纪当作唯一的执法工具，并且要把它化为一柄寒光闪闪、冷酷无情的利剑降落在犯罪分子的头上！”

所有在场的官员，不管是清官还是贪官，听了公爵大人这番威力无穷的讲话，内心都掠过一阵寒战，无不产生畏惧之感。

公爵大人的神态一直都异常镇静，面孔既未流露出愤怒的表情，说到言辞激烈之处，也未曾流露出内心的激动和义愤，但是每句话都是掷地有声，都产生了巨大的威力。公爵大人仍然以平静而又刚柔并济的语调说道：

“此刻，我作为一个执法者，一个手中掌握着很多人命运的人，任何请求、哀告、乞求都无法动之以情的铁面无私之人，一个履行神圣职责之人,此刻却躬身俯首求助于诸位。只要你们能帮助我实现我的请求,我一定会亲自在皇上驾前为你们请求开恩;你们以前所犯的罪过可以既往不咎,可以一笔勾销,可以予以宽宥。下面便是我提出的请求,我很清楚,不论我们采取什么样的手段和措施,也不论我采取什么样严厉的警告和惩罚,都铲除不尽社会上的不法和不义的犯罪和官场上的歪风邪气、贪污腐败的不正之风,因为这些东西由来已久,已经根深蒂固。贪污受贿这种犯罪行径,甚至坑害了我们很多奉公守法、清廉自律之人,使很多人陷进罪恶的泥坑无法自拔,越陷越深,反而认为收取不义之财乃是人之常情,是天经地义的,是人皆有之的欲望,因此也就越加横行不法,倒行逆施了,结果走上了一条葬送自己天性、人格、尊严和灵魂的不归之路,最后走上一条与国法纲纪为敌之路,走上自取灭亡之路!

"可是现在,我要向诸位高声呼吁,如同我们面临拯救祖国和人民危亡的时刻一样;每个公民都要忍辱负重,不惜牺牲自己个人一切的生死攸关而又神圣的时刻一样;呼吁那些胸膛里还跳动着一颗正直善良,勇敢无私的俄罗斯人的心灵的公民,我们应该同心协力,上下一致,同心同德,捐弃前嫌,共同来铲除这种横行不法的邪恶势力。在如此崇高而神圣的职责和义务面前,我们何须去计较我们之间谁的过失大小呢!或许,我比你们诸位所做的错事,所犯的过失都大;或许,过去我对你们的要求过苛过严;或许,由于我的过于猜疑,对你们不够信任,使我疏远和忽视了那些真诚希望帮助我的人。况且,如果我们能相互信任,彼此很好地沟通,或许,我对这些人也是会有所帮助的。如果这些人是真正的热爱我们的祖国和人民,如果他们真正尊重、热爱和维护俄罗斯大地的公平与正义,正直与善良的话,他们就不该计较我言词上所表露出来的简单粗暴,就不该计较我态度上的傲慢无礼,更不应该为此而耿耿于怀,或者心中郁闷不快。为了国家和人民的利益而应该胸怀大度、宽容和谅解,就应该尽量克制自己的自尊心,甚至牺牲一点个人的尊严和人格。如果我们把自己的自尊心、尊严和人格看得至高无上,无限放大,那么自尊心、尊严和人格,就会变成彼此无法相容,无法交融的虚荣心啦,这样,对我们大家都是不利的。我相信,我并不是一个顽固不化唯我独尊的人,因此,我不会不发现他们自我牺牲的精神,不计较个人得失,和对善的崇高追求和热爱的,因此我也不可能不尊重他们,不可能不虚心地倾听和接受他们善意而又有益的劝谏和忠告。然而,无论怎么说,下级应该了解和顺从上级的脾气和秉性,而不是上级来顺从和迁就下级的脾气和秉性。我认为这样做更为合情合理,而且做起来也更简单易行。那么,或许有人会说,这样做是否有些不合理,不平等呢?然而,我提请诸位注意一个问题,因为上级只有一个人,尽管他有三头六臂，尽管他睿智超群，他也不可能了解和熟知属下几百个人的脾气和秉性啊。反之，就很容易做到了，因为是几百个人去了解一个人。好啦，好啦，我们在这里无需再去探讨和议论我们之间谁是谁非，谁的过失大小的问题啦。我们现在迫在眉睫、至关重要的问题是，现在已到了拯救我们祖国的关键时刻，我们祖国已经到了生死存亡的危急时刻，但是我们所面临的敌人，不是讲着二十几种语言的外敌入侵①，我们的敌人就是来自我们自己内部的敌人。现在，我们内部这些敌人已经形成一股强大的邪恶势力，他们盘踞在我们官府的内部，窃居高位，掌握实权，甚至可以进入我们的各种政府机构，其活动能量和对我们国家的危害都非常大。他们经办任何事情，都要提出条件，无论经办任何事情都要公开地索贿受贿，而且气焰嚣张，胆大妄为，居然明目张胆地标出价格。这种歪风邪气几乎家喻户晓，尽人皆知，但是平民百姓又有什么办法？只好忍气吞声，甘受鱼肉盘剥之苦。这种猖獗而疯狂的不法罪行和丑恶行径，无论是哪一个贤明君主，哪一个铁面无私的青天大老爷都束手无策，都毫无办法加以整治和肃清的。即使他比所有的立法者和治国安邦的君主都更加睿智和贤明，即使他委派监察专员，手捧尚方宝剑和皇帝圣旨的钦差大臣，去惩治那些贪官污吏，也是杯水车薪，也无法扑灭这场因贪污腐败而燃烧起来的危及国家和民族的灾难大火。诸位，我在这里慷慨陈词、披肝沥胆地说出这番话，并不是夸大其词，并不是危言耸听，更不是涣散斗志。因此，我再次呼吁：关键就在于我们自己，我们每个人都应该觉醒，都应该洁身自好，清廉自律，都应该肩负起自己神圣的义务和职责，拿出我们反抗入侵之敌，拯救祖国危亡的大无畏的勇气和不怕流血牺牲的顽强斗志，与贪污腐败这股邪恶势力血战到底。我相信，归根结底，正义是会战胜邪恶的！否则，国将不国，家将不家，会被这些贪污腐败的蛀虫蛀食净尽！会被这场灾难大火烧光烧尽！所以，我作为一个正直的俄罗斯人，我和你们诸位是血脉相通，同种同族，血肉相连的亲人，此刻我向你们诸位大声呼吁，我向你们中间尚有良知和天性未泯的人大声呼吁。我谨请你们诸位回顾一下一个人所面临神圣职责和必须履行的义务，不管身居哪种职位，都要严肃而认真思考一下自己在人世间应尽的职责和义务，因为我们所有的人对此都已经很疏忽大意啦，我们好似……”②

---

① 指一八一二年拿破仑纠集二十几个附庸国的杂牌军入侵俄罗斯一事。

② 作者手稿到此中断。——原编者注。

图书在版编目(CIP)数据

死魂灵/(俄罗斯)果戈理著；田国彬译. -北京：北京燕山出版社，2008.10
ISBN 978-7-5402-1960-4

Ⅰ.死… Ⅱ.①果… ②田… Ⅲ.长篇小说-俄罗斯-近代 Ⅳ.I512.44

中国版本图书馆 CIP 数据核字(2008)第 080666 号

死魂灵

作　　者	[俄] 果戈理
译　　者	田国彬
责任编辑	常思薇　王沁滨
装帧设计	贾　嘉
出版发行	北京燕山出版社
	宣武区陶然亭路 53 号　　邮编 100054
经　　销	新华书店
印　　刷	北京密云红光印刷厂
开　　本	640×960　1/32
印　　张	15
字　　数	512 千字
版次印次	2008 年 10 月第 1 版　2008 年 10 月第 1 次印刷
定　　价	25.00 元